Suite francesa

Sobre la autora

Irène Némirovsky (Kiev, 1903-Auschwitz, 1942) recibió una educación exquisita, aunque tuvo una infancia infeliz y solitaria. Tras huir de la revolución bolchevique, su familia se estableció en París en 1919, donde Irène obtuvo la licenciatura de Letras en la Sorbona. En 1929 envió su primera novela, *David Golder*, a la editorial Grasset, dando comienzo a una brillante carrera literaria que la consagraría como una de las escritoras de mayor prestigio de Francia. Pero la Segunda Guerra Mundial marcaría trágicamente su destino. Deportada a Auschwitz, donde sería asesinada igual que su marido, Michel Epstein, dejó a sus dos hijas una maleta que éstas conservaron durante decenios. En ella se encontraba el manuscrito de *Suite francesa*, cuya publicación en 2004 desencadenó un fenómeno editorial y cultural sin precedentes: la novela se tradujo a treinta y nueve idiomas, obtuvo numerosos premios —entre ellos el Premio Renaudot, otorgado por primera vez a un autor fallecido— y fue uno de los libros más leídos en los países donde se publicó. En España fue galardonada con el Premio del Gremio de Libreros de Madrid y también cosechó un sorprendente éxito comercial.

Títulos publicados

Suite francesa - El baile - David Golder
El ardor de la sangre - El maestro de almas
El caso Kurílov - Nieve en otoño - Los perros y los lobos
El vino de la soledad - Jezabel - El malentendido
Los bienes de este mundo - La presa
Domingo - Los fuegos de otoño

Irène Némirovsky

Suite francesa

Traducción del francés de
José Antonio Soriano Marco

Título original: *Suite Française*
Decimosegunda edición: diciembre de 2019
Segunda reimpresión: marzo de 2020

© 2004, Éditions Denoël
© 2005, Penguin Random House Grupo Editorial, S. A. U.
Travessera de Gràcia, 47-49, 08021 Barcelona
© 2005, José Antonio Soriano Marco, por la traducción
Ilustración de la cubierta: Suzanne & Nick Geary/Getty

Printed in Spain – Impreso en España

ISBN: 978-84-9838-370-6
Depósito legal: B-4.212-2020

Impreso en Romanyà-Valls
Capellades, Barcelona

SB8370A

Penguin
Random House
Grupo Editorial

Desde el recuerdo de mi madre y mi padre,
para mi hermana Élisabeth Gille, para mis hijos
y mis nietos, y para todos los que conocieron
y conocen todavía hoy el drama de la intolerancia,
esta Memoria para transmitir.

DENISE EPSTEIN

Contenido

Prólogo.   11

TEMPESTAD EN JUNIO   27

DOLCE   247

Apéndices.   415
   I. Notas manuscritas de Irène Némirovsky.   417
   II. Correspondencia 1936-1945   437

Agradecimientos.   475

Página del manuscrito de *Suite francesa*, 1942.
Fondo Irène Némirovsky/Imec

Prólogo

En 1929, Bernard Grasset recibió por correo un manuscrito titulado *David Golder*. Entusiasmado tras su lectura, de inmediato decidió publicarlo, pero el autor, tal vez temiendo un fracaso, no había incluido ni su nombre ni su dirección, tan sólo un apartado de correos. Así pues, Grasset publicó un breve anuncio en los periódicos invitando al misterioso escritor a que se diera a conocer.

Cuando pocos días después Irène Némirovsky se presentó ante él, al editor le costó creer que aquella joven de aspecto alegre y llano que residía en Francia desde hacía sólo diez años fuese la autora de aquel libro brillante, cruel, audaz y que, sobre todo, traslucía un perfecto dominio narrativo. Era la clase de obra que un escritor logra en su madurez. Admirándola ya, pero aún dudoso, la interrogó largo rato para asegurarse de que no se trataba del testaferro de un escritor que deseaba permanecer en la sombra.

Cuando se publicó, la novela *David Golder* fue unánimemente aplaudida por la crítica, hasta el punto de que Irène Némirovsky se convirtió en una celebridad, adulada por escritores tan dispares como Joseph Kessel, que era judío, y Robert Brasillach, monárquico de extrema derecha y antisemita. Este último alabó la pureza de la prosa de aquella recién llegada a las letras francesas. Aunque nacida en Kiev, Irène Némirovsky había aprendido francés con su aya desde la más tierna infancia. Hablaba asimismo con fluidez ruso, polaco, inglés, vasco y finlandés, y entendía el yidis, cuyas huellas es posible rastrear en *Los perros y los lobos*, escrita en 1940. No obstante, no

11

permitió que su triunfal debut literario se le subiera a la cabeza. Incluso le sorprendió que se dispensara tanta atención a *David Golder*, que calificaba sin falsa modestia de «novelita». El 22 de enero de 1930 escribió a una amiga: «¿Cómo se le ocurre suponer que pueda olvidarme de mis viejas amigas a causa de un libro del que se hablará durante quince días y que será olvidado con la misma rapidez, como se olvida todo en París?»

Irène Némirovsky nació el 11 de febrero de 1903 en Kiev, en lo que en la actualidad se conoce como *yiddishland*. Su padre, Léon Némirovsky (de nombre hebreo Arieh), originario de una familia procedente de la ciudad ucraniana de Nemirov, uno de los centros del movimiento hasídico en el siglo XVIII, había tenido el infortunio de nacer en 1868 en Elisabethgrado, donde en 1881 iba a desencadenarse la gran oleada de pogroms contra los judíos de Rusia, que se prolongó varios años. Léon Némirovsky, cuya familia había prosperado en el comercio de granos, viajó mucho antes de hacer fortuna en las finanzas y convertirse en uno de los banqueros más ricos de Rusia. En su tarjeta de visita se podía leer: «Léon Némirovsky, presidente del Consejo del Banco de Comercio de Voronej, administrador del Banco de la Unión de Moscú, miembro del Consejo de la Banca Privada de Comercio de Petrogrado.» Había adquirido una vasta mansión en la parte alta de la ciudad, en una apacible calle bordeada de jardines y tilos.

Irène, confiada a los buenos cuidados de su aya, recibió las enseñanzas de excelentes preceptores. Como sus padres sentían escaso interés por su hogar, fue una niña extremadamente desdichada y solitaria. Su padre, a quien adoraba y admiraba, pasaba la mayor parte del tiempo ocupado en sus negocios, de viaje o jugándose fortunas en el casino. Su madre, que se hacía llamar Fanny (de nombre hebreo Faïga), la había traído al mundo con el mero propósito de complacer a su acaudalado esposo. Sin embargo, vivió el nacimiento de su hija como una primera señal del declive de su feminidad, y la abandonó a los cuidados de su nodriza. Fanny Némirovsky (Odessa, 1887-París, 1989) experimentaba una especie de aversión hacia su hija, que jamás recibió de ella el menor gesto de amor. Se pasaba las horas frente al espejo acechando la aparición de arrugas, maquillándose, recibiendo masajes, y el resto del tiempo fuera de casa, en busca de aventuras extraconyugales. Muy envanecida de su belleza, veía con horror cómo sus rasgos se marchitaban y la convertían en una mujer que pronto tendría que recurrir a gigolós. No obstante, para demostrarse que todavía era joven se negó a ver en Irène, ya adolescente, otra cosa que una niña, y durante mucho tiempo la obligó a vestirse y peinarse como una pequeña colegiala.

Irène, abandonada a su suerte durante las vacaciones de su aya, se refugió en la lectura, empezó a escribir y resistió la desesperación desarrollando a su vez un odio feroz contra su madre. Esta violencia, las relaciones contra natura entre madre e hija, ocupa un lugar capital en su obra. Así, en *Le vin de solitude* se lee: «En su corazón alimentaba un extraño odio hacia su madre que parecía crecer con ella...» «Jamás decía "mamá" articulando claramente las dos sílabas, que pasaban con dificultad entre sus labios apretados; pronunciaba "má", una especie de gruñido apresurado que arrancaba de su corazón con esfuerzo y con un sordo y melancólico dolorcillo.» Y también: «El rostro de su madre, crispado de furor, se aproximó al suyo; vio centellear los aborrecidos ojos, dilatados por la cólera y el recelo...» «"La venganza es mía", dijo el Señor. ¡Ah, pues qué se le va a hacer, no soy una santa, no puedo perdonárselo! ¡Aguarda, aguarda un poco y verás! ¡Te haré llorar como tú me hiciste llorar a mí!... ¡Espera y verás, mujer!»

Dicha venganza se vio cumplida con la publicación de *El baile*, *Jézabel* y *Le vin de solitude*.

Sus obras más fuertes se ambientan en el mundo judío y ruso. En *Los perros y los lobos* retrata a los burgueses del primer gremio de los mercaderes, que tenían derecho a residir en Kiev, ciudad en principio prohibida a los judíos por orden de Nicolás I.

Irène Némirovsky no renegaba de la cultura judía de Europa Oriental, en cuyo seno habían vivido sus abuelos (Yacov Margulis y Bella Chtchedrovitch) y sus padres, aun cuando se hubieran apartado de ella una vez labrada su fortuna. No obstante, a sus ojos, el manejo del dinero y la acumulación de bienes que éste conlleva estaban mancillados de oprobio, aunque su vida de soltera y de adulta fue la de una gran burguesa.

Al describir la ascensión social de los judíos, hace suyos toda clase de prejuicios antisemitas y les atribuye los estereotipos en boga por entonces. De su pluma surgen retratos de judíos perfilados en los términos más crueles y peyorativos, a los que contempla con una especie de horror fascinado, si bien reconoce que comparte con ellos un destino común. A este respecto, los trágicos acontecimientos venideros acabarían dándole la razón.

¡Qué sentimiento de odio hacia sí misma se descubre bajo su pluma! En un balanceo vertiginoso, al principio adopta la idea de que los judíos pertenecerían a la «raza judía», una raza inferior y de signos distintivos fácilmente reconocibles, pese a que resulta imposible hablar de razas humanas en el sentido que se daba al término en los años treinta, luego generalizado en la Alemania nazi. Veamos algunos rasgos específicos otorgados a los judíos en su obra, ciertas elecciones léxicas utilizadas para caracterizarlos, para conformar un grupo humano a partir de peculiaridades comunes: cabello crespo, nariz ganchuda, mano fofa, dedos afilados, tez morena, amarillenta o aceitunada, ojos juntos, negros y húmedos, cuerpo enclenque, vello espeso y negro, mejillas lívidas, dientes irregulares, narinas inquietas, a lo cual cabe añadir el afán de lucro, la pugnacidad, la histeria, la habilidad atávica para «vender y adquirir baratijas, traficar con divisas, dedicarse a viajante de comercio, a corredor de encajes falsos o de munición de contrabando...».

Lacerando con palabras una y otra vez a esa «chusma judía», escribe en *Los perros y los lobos*: «Como todos los judíos, él se sentía más vivamente, más dolorosamente escandalizado que un cristiano por defectos específicamente judíos. Y esa energía tenaz, esa necesidad casi salvaje de obtener lo que se deseaba, ese desprecio ciego de lo que otro pueda pensar, todo eso se almacenaba en su mente bajo una única etiqueta: "insolencia judía".» Paradójicamente, concluye esa novela con una especie de ternura y de fidelidad desesperada: «Ésos son los míos; ésa es mi familia.» Y de pronto, en un nuevo vuelco de perspectiva, hablando en nombre de los judíos escribe: «¡Ah, cómo odio vuestros melindres de europeos! Lo que denomináis éxito, victoria, amor, odio, ¡yo lo llamo dinero! ¡Se trata de otra palabra para designar las mismas cosas!»

Por otra parte, Némirovsky lo ignoraba todo sobre la espiritualidad judía, la riqueza, la diversidad de la cultura judía de Europa Oriental. En una entrevista concedida a *L'Univers israélite* el 5 de julio de 1935, se proclamaba orgullosa de ser judía, y a aquellos que veían en ella a una enemiga de su pueblo les respondía que en *David Golder* había descrito no «a los israelitas franceses establecidos en su país desde hace generaciones y en quienes, en efecto, la cuestión de la raza no interviene, sino a muchos judíos cosmopolitas para quienes el amor al dinero ha pasado a ocupar el lugar de cualquier otro sentimiento».

David Golder, novela comenzada en Biarritz en 1925 y concluida en 1929, narra la epopeya de Golder, magnate judío de las finanzas internacionales, originario de Rusia: su ascensión, esplendor y caída tras el crac espectacular de su banco. Gloria, su esposa que empieza a envejecer, notoriamente infiel y que lleva un tren de vida fastuoso, exige cada vez más dinero para mantener a su amante. Arruinado y vencido, el viejo Golder, otrora el terror de la Bolsa, vuelve a ser el pequeño judío de sus días de juventud en Odessa. De pronto, llevado del amor por su ingrata y frívola hija, decide reconstruir su fortuna. Tras haber jugado victoriosamente su última baza, muere de agotamiento mientras balbucea unas palabras en yidis a bordo de un buque de carga durante una formidable tempestad. Un inmigrante judío, embarcado como él en Simferopol con destino a Europa, con la esperanza de una vida mejor, recoge su postrer suspiro. Golder muere, por así decirlo, entre los suyos.

Cuando vivían en Rusia, los Némirovsky disfrutaban de un alto nivel de vida. Todos los veranos abandonaban Ucrania ya fuese con destino a Crimea o a Biarritz, San Juan de Luz y Hendaya, o la Costa Azul. La madre de Irène se instalaba en un palacio, mientras que su hija y su aya se alojaban en una casa de huéspedes.

Tras la muerte de su institutriz francesa, Irène Némirovsky, a la sazón de catorce años de edad, empezó a escribir. Se acomodaba en un sofá con un cuaderno apoyado en las rodillas. Había elaborado una técnica novelesca inspirada en el estilo de Iván Turgueniev. Al comenzar una novela escribía no sólo el relato en sí, sino también las reflexiones que éste le inspiraba, sin supresión ni tachadura algunas. Por añadidura, conocía de forma precisa a todos sus personajes, incluso a los más secundarios. Emborronaba cuadernos enteros para describir su fisonomía, su carácter, su educación, su infancia y las etapas cronológicas de su vida. Cuando todos los personajes habían alcanzado semejante grado de precisión, subrayaba con ayuda de dos lápices, uno rojo y otro azul, los rasgos esenciales que debía conservar; a veces bastaban unas líneas. Pasaba rápidamente a la composición de la novela, la mejoraba, y acto seguido redactaba la versión definitiva.

En el momento en que estalló la Revolución de Octubre, los Némirovsky residían en San Petersburgo desde hacía tres años, en una casa grande y hermosa. «Estaba construida de tal manera que, desde el vestíbulo, la mirada podía alcanzar las estancias del fondo; a través de anchas puertas abiertas se veía una hilera de salones blanco y oro», escribe en *Le vin de solitude*, una novela en gran parte autobiográfica. San Petersburgo era una ciudad mítica para muchos escritores y poetas rusos. Irène sólo veía en ella una sucesión de calles oscuras, cubiertas de nieve, recorridas por un viento glacial que subía de las nauseabundas aguas de los canales y el Neva.

Léon Némirovsky, a quien sus asuntos llamaban con frecuencia a Moscú, subarrendaba en dicha ciudad un piso amueblado a un oficial de la guardia imperial, por entonces destinado en la embajada rusa en Londres. Creyendo poner a su familia a salvo, Némirovsky instaló a los suyos en Moscú, pero fue precisamente allí donde la revolución alcanzó su apogeo de violencia en octubre de 1918. Mientras el fuego de fusilería causaba estragos, Irène exploraba la biblioteca de Des Esseintes, aquel cultivado oficial. Descubrió a Huysmans, Maupassant, Platón y Oscar Wilde. *El retrato de Dorian Gray* era su libro preferido.

La casa, invisible desde la calle, se hallaba encastrada en otros edificios y rodeada de un patio, bordeado a su vez de una casa más alta que la precedente. Luego había otro patio circular, y otra casa más. Irène bajaba discretamente a recoger casquillos cuando el lugar se hallaba desierto. Por espacio de cinco días, la familia subsistió en el piso con un saco de patatas, cajas de chocolatinas y sardinas como únicas provisiones. Aprovechando un período de calma, los Némirovsky regresaron a San Petersburgo, y cuando los bolcheviques pusieron precio a la cabeza del padre de Irène, éste se vio obligado a pasar a la clandestinidad. En diciembre de 1918, aprovechando el hecho de que la frontera aún no estaba cerrada, organizó la huida a Finlandia de los suyos, disfrazados de campesinos. Irène pasó un año en un caserío compuesto de tres casas de madera rodeadas de campos nevados. Confiaba en poder volver a Rusia. Durante esa larga espera, su padre regresaba con frecuencia de incógnito a su país para tratar de salvar sus bienes.

Por primera vez, Irène conoció un momento de serenidad y paz. Se convirtió en una mujer y empezó a escribir poemas en prosa, inspirados en Oscar Wilde. Como la situación en Rusia no hacía más que empeorar y los bolcheviques se les acercaban peligrosamente, los Némirovsky alcanzaron Suecia al término de un largo viaje. Pasaron tres meses en Estocolmo. Irène conservó el recuerdo de las lilas malva que crecían en los patios y jardines en primavera.

En julio de 1919, la familia embarcó en un pequeño carguero que los llevaría a Ruán. Navegaron durante diez días, sin escalas, en medio de una espantosa tempestad que habría de inspirar la dramática escena final de *David Golder*. En París, Léon Némirovsky asumió la dirección de una sucursal de su banco, y de ese modo pudo reconstituir su fortuna.

Irène se matriculó en la Sorbona y obtuvo una licenciatura en Letras con mención. *David Golder*, su primera novela, no era su primer intento. Había debutado en el mundo editorial enviando lo que denominaba «breves cuentos divertidos» a la revista bimensual ilustrada *Fantasio*, que aparecía el 1 y el 15 de cada mes, que los publicó y le pagó por cada uno sesenta francos. Luego se lanzó y ofreció un cuento a *Le Matin*, que también lo publicó. Siguieron un cuento y una novela corta en *Les Oeuvres Libres*, así como *Le Malentendu*, una primera novela —redactada en 1923, a la edad de dieciocho años—, y un año más tarde *L'Enfant génial*, una novela corta posteriormente titulada *Un enfant prodige*, que apareció en la misma editorial en febrero de 1926.

Dicha narración cuenta la trágica historia de Ismaël Baruch, un niño judío nacido en un cuchitril de Odessa. Sus dotes de poeta precoz e ingenuo seducen a un aristócrata, que lo recoge del arroyo y lo lleva a un palacio para distraer la ociosidad de su amante. Mimado, el niño vive extasiado a los pies de la princesa, que ve en él una especie de mono sabio.

Llegado a adolescente al término de una prolongada crisis, pierde las gracias que lo habían adornado en la infancia y tiene en muy poco los cantos y poemas que otrora le valieron su fortuna. Busca la inspiración en la lectura, pero la cultura no hace de él un genio; por el contrario, destruye su originalidad y espontaneidad. Entonces, la princesa lo abandona como un objeto inútil y a Ismaël no le queda otro remedio que regresar a su mundo de origen: el barrio judío de Odessa, con sus zaquizamís y sus tugurios. Sin embargo, nadie reconoce a Ismaël en aquel joven establecido. Rechazado por los suyos, ya no tiene un lugar en ese mundo y corre a arrojarse a las aguas estancadas del puerto.

En Francia, su vida tiene una tonalidad menos amarga. Los Némirovsky se adaptan y llevan en París la vida rutilante de los grandes burgueses acaudalados. Veladas mundanas, cenas con champán, bailes, veraneos lujosos. Irène adora el movimiento, la danza. Va de fiesta en recepción. Según su propia confesión, se va de juerga. En ocasiones juega en el casino. El 2 de enero de 1924 escribe a una amiga: «He pasado una semana completamente loca: baile tras baile; todavía estoy un poco embriagada y me cuesta regresar a la senda del deber.»

En otra ocasión, en Niza: «Me agito como una chiflada y eso debería avergonzarme. Bailo de la noche a la mañana. Todos los días se celebran galas muy elegantes en diferentes hoteles, y como mi buena estrella me ha gratificado con algunos gigolós, me lo paso en grande.»

De vuelta de Niza: «No he sido buena chica... para variar. La víspera de mi partida hubo un gran baile en nuestra residencia, en el hotel Negresco. Bailé como una posesa hasta las dos de la mañana y luego, pese a que soplaba un viento glacial, salí a flirtear y a beber champán frío.» Pocos días después: «Choura vino a verme y me soltó un responso de dos horas: al parecer, flirteo demasiado, y está muy mal enloquecer de ese modo a los chicos... Como sabes, he terminado con Henry, que vino a verme el otro día, pálido y con los ojos desorbitados, con expresión malvada ¡y un revólver en el bolsillo!»

En el torbellino de una de esas veladas conoce a Mijaíl, llamado Michel Epstein, «un morenito de tez muy oscura» que no tarda en hacerle la corte. Ingeniero en física y electricidad por la Universidad de San Petersburgo, trabaja como apoderado en la Banque des Pays du Nord, en la rue Gaillon. Lo encuentra de su agrado, flirtea y en 1926 se casa con él.

La pareja se instala en el número 10 de la avenida Constant-Coquelin, en un hermoso piso cuyas ventanas dan al gran jardín de un convento de la orilla izquierda. Su hija Denise nace en 1929. Fanny regala a Irène un oso de peluche cuando se entera de que la han hecho abuela. Una segunda niña, Élisabeth, vendrá al mundo el 20 de marzo de 1937.

Los Némirovsky reciben a algunos amigos, como Tristan Bernard y la actriz Suzanne Devoyod, y frecuentan a la princesa Obolensky. Irène cuida de su asma en estaciones balnearias. Unos productores cinematográficos adquieren los derechos de adaptación de *David Golder*, que será interpretada por Harry Baur en una película de Julien Duvivier.

Pese a su notoriedad, Irène Némirovsky, que se ha enamorado de Francia y de su buena sociedad, no conseguirá la nacionalidad francesa. En el contexto de la psicosis de guerra de 1939, y tras una década marcada por un antisemitismo violento que presenta a los judíos como invasores dañinos, mercachifles, belicosos, sedientos de poder, promotores de guerras, a un tiempo burgueses y revolucionarios, toma la decisión de convertirse al cristianismo junto con sus hijas. La madrugada del 2 de febrero de 1939, en la capilla de Santa María de París, la bautiza un amigo de la familia, monseñor Ghika, príncipe-obispo rumano.

La víspera del inicio de la Segunda Guerra Mundial, el 1 de septiembre de 1939, Irène y Michel Epstein conducen a Denise y Élisabeth, sus dos hijas, a Issy-l'Évêque, en Saône-et-Loire, con su niñera Cécile Michaud, natural de ese pueblo. Ésta confía las niñas a los buenos cuidados de su madre, la señora Mitaine. Irène y Michel Epstein regresan a París, desde donde harán frecuentes visitas a sus hijas, hasta que se establece la línea de demarcación en junio de 1940.

El primer estatuto de los judíos, del 3 de octubre de 1940, les asigna una condición social y jurídica inferior que los convierte en parias. Ante todo define, basándose en criterios raciales, quién es judío a los ojos del Estado francés. Los Némirovsky, que entran en el censo en junio de 1941, son a un tiempo judíos y extranjeros. Michel ya no tiene derecho a trabajar en la Banque des Pays du Nord; las editoriales «arianizan» a su personal y a sus autores, Irène ya no puede publicar. Ambos abandonan París y se reúnen con sus hijas en el Hôtel des Voyageurs, en Issy-l'Évêque, donde residen asimismo soldados y oficiales de la Wehrmacht.

En octubre de 1940 se promulga una ley sobre «los ciudadanos extranjeros de raza judía». Estipula que pueden ser internados en campos de concentración o estar bajo arresto domiciliario. La ley del 2 de junio de 1941, que sustituye al primer estatuto de los judíos de octubre de 1940, vuelve su situación aún más precaria. Supone el preludio de su arresto, internamiento y deportación a los campos de exterminio nazis.

La partida de bautismo de los Némirovsky no les resulta de ninguna utilidad. No obstante, la pequeña Denise hace la primera comunión. Cuando llevar la estrella judía se vuelve obligatorio, asiste a la escuela municipal con la estrella amarilla y negra, bien visible, cosida sobre el abrigo.

Tras haber residido un año en el hotel, los Némirovsky por fin encuentran una amplia casa burguesa para alquilar en el pueblo.

Michel escribe una tabla de multiplicar en verso para su hija Denise. Irène, muy lúcida, no tiene ninguna duda de que el desenlace de los acontecimientos será trágico. Pese a ello, escribe y lee mucho. Todos los días, después del desayuno, sale de casa. En ocasiones camina hasta diez kilómetros antes de encontrar un lugar que le convenga. Entonces se pone a la tarea. Vuelve a salir a primera hora de la tarde, después de comer, y no regresa hasta el anochecer. Desde 1940 hasta 1942, Éditions Albin Michel y el director del periódico antisemita *Gringoire* aceptan publicar sus novelas cortas con dos seudónimos: Pierre Nérey y Charles Blancat.

Durante 1941 y 1942, en Issy-l'Évêque, Irène Némirovsky, que al igual que su marido lleva la estrella amarilla, escribe *La vida de Chejov* y *Nieve en otoño*, novela que no se publicará hasta la primavera de 1957, y emprende un trabajo ambicioso, *Suite francesa*, a la que no tendrá tiempo de poner la palabra «fin». La obra comprende dos libros. El primero, *Tempestad en junio*, se compone de una serie de cuadros sobre la debacle. El segundo, *Dolce*, fue escrito en forma de novela.

Como de costumbre, empieza por redactar notas sobre el trabajo en curso y las reflexiones que le inspira la situación en Francia. Elabora la lista de sus personajes, los principales y los secundarios, comprueba que los haya utilizado a todos correctamente. Sueña con un libro de mil páginas compuesto como una sinfonía, pero en cinco partes, en función de los ritmos y las tonalidades. Toma como modelo la *Quinta Sinfonía* de Beethoven.

El 12 de junio de 1942, pocos días antes de su arresto, duda que logre acabar la gran obra emprendida. Ha tenido el presentimiento de que le queda poco tiempo de vida. No obstante, continúa redactando sus notas, paralelamente a la escritura del libro. Titula esas observaciones lúcidas y cínicas *Notas sobre la situación de Francia*. Demuestran que Irène Némirovsky no se hace ninguna ilusión sobre la actitud de la masa inerte, «aborrecible», de los franceses con respecto a la derrota y el colaboracionismo, ni sobre su propio destino. ¿Acaso no escribe, encabezando la primera página?:

Para levantar un peso tan enorme,
Sísifo, se necesitaría tu coraje.
No me faltan ánimos para la tarea,
mas el objetivo es largo y el tiempo, corto.

Estigmatiza el miedo, la cobardía, la aceptación de la humillación, de la persecución y las masacres. Está sola. En los medios literarios y editoriales, raros son los que no han optado por el colaboracionismo. Todos los días acude al encuentro del cartero, pero no hay correo para ella. No trata de escapar de su destino huyendo, por ejemplo, a Suiza, que acoge con parsimonia a judíos procedentes de Francia, sobre todo a mujeres y niños. Se siente tan abandonada que el 3 de junio redacta un testamento en favor de la tutora de sus hijas, a fin de que ésta pueda cuidar de ellas cuando su madre y su padre hayan desaparecido. Da indicaciones precisas, enumera todos los bienes que ha logrado salvar y que podrán aportar dinero para pagar el alquiler, calentar la casa, comprar un horno, contratar a un jardinero que se ocupe del huerto, que proporcionará verduras en aquel período de racionamiento; da la dirección de los médicos que atienden a las niñas, fija su régimen alimentario. Ni una palabra de rebeldía. La simple constatación de la situación como se presenta. Es decir, desesperada.

El 3 de julio de 1942 escribe: «Desde luego, y a menos que las cosas duren y se compliquen aún más, ¡que todo acabe, bien o mal!» Ve la situación como una serie de violentas sacudidas que podrían acabar con su vida.

El 11 de julio trabaja en el pinar, sentada sobre su jersey de lana azul, «en medio de un océano de hojas podridas y empapadas por la tormenta de la pasada noche como sobre una balsa, con las piernas dobladas bajo el cuerpo».

Ese mismo día escribe a su director literario en Albin Michel una carta que no deja ninguna duda sobre su certeza de que no sobreviviría a la guerra que los nazis habían declarado a los judíos: «Querido amigo... piense en mí. He escrito mucho. Supongo que serán obras póstumas, pero ayuda a pasar el tiempo.»

El 13 de julio, los gendarmes franceses llaman a la puerta de los Némirovsky. Van a detener a Irène. Es internada el 16 de julio en el campo de concentración de Pithiviers, en el Loiret. Al día siguiente la deportan a Auschwitz en el convoy número 6. Tras ser recluida en el campo de exterminio de Birkenau, debilitada, pasa por el *Revier*[1] y es asesinada el 17 de agosto de 1942.

Tras la marcha de Irène, Michel Epstein no ha comprendido que el arresto y la deportación significan la muerte. Todos los días aguarda su regreso, y exige que pongan su cubierto en la mesa en cada comida. Desesperado, se queda con sus hijas en Issy-l'Évêque. Escribe al mariscal Pétain para explicar que su mujer tiene una salud delicada, y solicita permiso para ocupar su lugar en un campo de trabajo.

La respuesta del gobierno de Vichy será el arresto de Michel en octubre de 1942. Lo internarán en el Creusot y luego en Drancy, donde su anotación de registro indica que le confiscaron 8.500 francos. Será a su vez deportado a Auschwitz el 6 de noviembre de 1942, y ejecutado al llegar.

Apenas hubieron arrestado a Michel Epstein, los gendarmes se presentaron en la escuela municipal para apoderarse de la pequeña Denise, a la que su maestra logró esconder en el reducido espacio que quedaba entre su cama y la pared.

Lejos de desanimarse, los gendarmes franceses perseguirán obstinadamente a las dos niñas, buscándolas por todas partes para hacerles correr la misma suerte que a sus padres. Su tutora tendrá la presencia de ánimo de descoser la estrella judía de las ropas de Denise y ayudar a las dos chiquillas a cruzar Francia clandestinamente. Pasarán varios meses ocultas primero en un convento y luego en sótanos en la región de Burdeos.

Tras haber perdido la esperanza de ver regresar a sus padres después de la guerra, buscaron la ayuda de su abuela, que había pasado aquellos años en Niza rodeada de las mayores comodidades. Pero ésta se negó a abrirles la puerta y desde el otro lado les gritó que si sus padres habían muerto debían dirigirse a un orfanato. Murió a la edad de 102 años en su gran piso de la avenida Président-Wilson.

---

1. Enfermería de Auschwitz, donde los prisioneros demasiado enfermos para trabajar eran confinados en condiciones atroces. Periódicamente, las SS los amontonaban en camiones y los llevaban a la cámara de gas.

En su caja fuerte no encontraron otra cosa que dos libros de Irène Némirovsky: *Jézabel* y *David Golder*.

La historia de la publicación de *Suite francesa* en muchos aspectos recuerda un milagro; merece ser contada.

En su huida, la tutora y las dos niñas se llevaron consigo una maleta que contenía fotos, documentos de la familia y este último manuscrito de la escritora, redactado con letra minúscula para economizar la tinta y el pésimo papel de guerra. Irène Némirovsky había trazado en aquella postrera obra un retrato implacable de la Francia abúlica, vencida y ocupada.

La maleta acompañó a Élisabeth y Denise Epstein de un refugio precario y fugaz a otro. El primero fue un internado católico. Sólo dos religiosas sabían que las niñas eran judías. Habían puesto un nombre falso a Denise, pero no conseguía acostumbrarse, y en clase la llamaban al orden porque no respondía cuando la nombraban. Entonces, los gendarmes, que seguían ensañándose y no encontraban nada más importante que hacer que entregar a dos niñas judías a los nazis, recuperaron su pista. Tuvieron que abandonar el internado. En los sótanos donde pasó varias semanas, Denise contrajo una pleuritis; los que la ocultaban, al no atreverse a llevarla a un médico, le administraron por todo tratamiento resina de pino. A punto de ser descubiertas, tuvieron que huir de nuevo, con la preciosa maleta siempre preparada para una emergencia. La tutora ordenaba a Denise antes de subir a un tren: «¡Esconde la nariz!»

Cuando los supervivientes de los campos nazis empezaron a llegar a la Gare de l'Est, Denise y Élisabeth acudían allí todos los días. También iban, con una pancarta en la que se leía su nombre, al hotel Lutétia, habilitado como centro de acogida para los repatriados. En cierta ocasión, Denise echó a correr porque creyó reconocer la silueta de su madre en la calle.

Denise había salvado el precioso cuaderno. No se atrevía a abrirlo, le bastaba con verlo. No obstante, una vez trató de conocer su contenido, pero le resultó demasiado doloroso. Pasaron los años.

Junto con su hermana Élisabeth, convertida en directora literaria con el nombre de Élisabeth Gille, tomó la decisión de confiar la última obra de su madre al Institut Mémoire de l'Édition Contemporaine, con el fin de salvarla.

Sin embargo, antes de separarse de ella decidió mecanografiarla. Con la ayuda de una gruesa lupa emprendió entonces una larga y difícil labor de descifrado. Finalmente, *Suite francesa* fue introducida en la memoria de un ordenador, y retranscrita una tercera vez en su estado definitivo. No se trataba, como ella había pensado, de simples notas, de un diario íntimo, sino de una obra violenta, un fresco extraordinariamente lúcido, un sobrecogedor retrato de Francia y los franceses en aquella encrucijada: rutas del éxodo; pueblos invadidos por mujeres y niños agotados, hambrientos, luchando por la posibilidad de dormir en una simple silla en el pasillo de una posada rural; coches cargados de muebles y enseres, atascados sin gasolina en medio del camino; grandes burgueses asqueados por el populacho y tratando de salvar sus chucherías; prostitutas de lujo despachadas por sus amantes, que tenían prisa por abandonar París con su familia; un cura conduciendo hacia un refugio a unos huérfanos que, liberados de sus inhibiciones, acabarán por asesinarlo; un soldado alemán alojado en una casa burguesa y seduciendo a una mujer joven ante la mirada de su suegra. En este cuadro desconsolador, sólo una pareja modesta, cuyo hijo ha resultado herido en los primeros combates, conserva su dignidad. Entre los soldados vencidos que se arrastran por las carreteras, en el caos de los convoyes militares que llevan a los heridos a los hospitales, intentarán en vano encontrar su pista.

Cuando Denise Epstein confió el manuscrito de *Suite francesa* al conservador del IMEC, experimentó un gran dolor. No dudaba del valor de la última obra de su madre, pero no se la dio a leer a un editor, pues Élisabeth Gille, su hermana, ya gravemente enferma, estaba escribiendo *El mirador*, una magnífica biografía imaginaria de aquella a quien no había tenido tiempo de conocer, pues sólo tenía cinco años cuando los nazis la asesinaron.

MYRIAM ANISSIMOV

25

TEMPESTAD EN JUNIO

1

La guerra

Caliente, pensaban los parisinos. El aire de primavera. Era la noche en guerra, la alerta. Pero la noche pasaría, la guerra estaba lejos. Los que no dormían, los enfermos encogidos en sus camas, las madres con hijos en el frente, las enamoradas con ojos ajados por las lágrimas, oían el primer jadeo de la sirena. Aún no era más que una honda exhalación, similar al suspiro que sale de un pecho oprimido. En unos instantes, todo el cielo se llenaría de clamores. Llegaban de muy lejos, de los confines del horizonte, sin prisa, se diría. Los que dormían soñaban con el mar que empuja ante sí sus olas y guijarros, con la tormenta que sacude el bosque en marzo, con un rebaño de bueyes que corre pesadamente haciendo temblar la tierra, hasta que al fin el sueño cedía y, abriendo apenas los ojos, murmuraban: «¿Es la alarma?»

Más nerviosas, más vivaces, las mujeres ya estaban en pie. Algunas, tras cerrar ventanas y postigos, volvían a acostarse. El día anterior, lunes 3 de junio, por primera vez desde el comienzo de la guerra habían caído bombas sobre París. Sin embargo, la gente seguía tranquila. Las noticias eran malas, pero no se las creían. Tampoco se habrían creído el anuncio de una victoria. «No entendemos nada», decían. Las madres vestían a los niños a la luz de una linterna, alzando en vilo los pesados y tibios cuerpecillos: «Ven, no tengas miedo, no llores.» Es la alerta. Se apagaban todas las lámparas, pero bajo aquel dorado y transparente cielo de junio se distinguían todas las calles, todas las casas. En cuanto al Sena, parecía concentrar todos los resplandores dispersos y reflejarlos centuplicados, como un espejo de muchas facetas. Las ventanas mal camufladas, los tejados que brillaban en la ligera penumbra, los herrajes de las puertas cuyas aristas relucían débilmente, algunos semáforos que, no se sabía por qué, tardaban más en apagarse… El Sena los captaba y los hacía cabrillear en sus aguas. Desde lo alto debía de parecer un río de leche. Guiaba a los aviones enemigos, opinaban algunos. Otros aseguraban que eso era imposible. En realidad no se sabía nada. «Yo me quedo en la cama —murmuraban voces somnolientas—, no tengo miedo.» «De todas maneras, basta con que nos toque una vez», respondía la gente sensata.

A través de las vidrieras que protegían las escaleras de servicio de los edificios nuevos, se veían bajar una, dos, tres lucecitas: los vecinos del sexto huían de las alturas. Blandían linternas, encendidas pese a las normas. «No tengo ganas de romperme la crisma en las escaleras. ¿Vienes, Émile?» La gente bajaba la voz instintivamente, como si todo se hubiera poblado de ojos y oídos enemigos. Se oían puertas cerrándose una tras otra. En los barrios populares, el metro y los malolientes refugios estaban siempre llenos, mientras que los ricos preferían quedarse en las porterías, con el oído atento a los estallidos y las explosiones que anunciarían la caída de las bombas, con el alma en vilo, con el cuerpo en tensión, como animales inquietos en el bosque cuando se acerca la noche de la cacería. No es que los pobres fueran más miedosos que los ricos, ni que le tuvieran más apego a la vida; pero sí eran más gregarios, se necesitaban unos a otros, necesitaban apoyarse mutuamente, gemir o reír juntos. No tardaría en hacerse de día; una claridad malva y plata se deslizaba por los adoquines, por los pretiles del río, por las torres de Notre-Dame. Hileras de sacos de arena rodeaban los edificios más importantes hasta la mitad de su altura, tapaban a las bailarinas de Carpeaux de la fachada de la Ópera, ahogaban el grito de *La Marsellesa* en el Arco de Triunfo…

Se oían cañonazos bastante lejanos, pero, a medida que se acercaban, todos los cristales temblaban en respuesta. En habitaciones cálidas con las ventanas cuidadosamente tapadas para que la luz no se filtrara fuera, nacían criaturas, y su llanto hacía olvidar a las mujeres el aullido de las sirenas y la guerra. En los oídos de los moribundos, los cañonazos parecían débiles y carentes de significado, un ruido más en el siniestro rumor que acoge al agonizante como una ola. Acurrucados contra el cálido costado de sus madres, los pequeños dormían apaciblemente, chasqueando la lengua con un ruido parecido al del cordero al mamar. Los carretones de las vendedoras ambulantes, abandonados durante la alerta, esperaban en la calle, cargados de flores frescas.

El sol, muy rojo todavía, ascendía hacia un cielo sin nubes. De pronto, un cañonazo sonó tan cerca de París que los pájaros abandonaron lo alto de todos los monumentos. Grandes pájaros negros, invisibles el resto del tiempo, planeaban en las alturas, extendiendo al sol sus alas escarchadas de rosa; luego llegaban los hermosos palomos, gordos y arrulladores, y las golondrinas, y los gorriones, que brincaban tranquilamente por las calles desiertas. A orillas del Sena, cada álamo tenía su racimo de pajarillos pardos que cantaban con todas sus fuerzas. En el fondo de los subterráneos se oyó al fin una llamada muy lejana, amortiguada por la distancia, una especie de diana de tres tonos. La alerta había acabado.

2

Esa noche, en casa de los Péricand las noticias de la radio se habían escuchado en consternado silencio, sin hacer comentarios. Los Péricand eran gente de orden; sus tradiciones, su manera de pensar, su raigambre burguesa y católica, sus vínculos con la Iglesia (el hijo mayor, Philippe, era sacerdote), todo, en fin, les hacía mirar con desconfianza al gobierno de la República. Por otro lado, la posición del señor Péricand, conservador de un museo nacional, los ligaba a un régimen que derramaba honores y beneficios sobre sus servidores.

Un gato sostenía con circunspección entre sus puntiagudos dientes un trozo de pescado erizado de espinas: comérselo le daba miedo, pero escupirlo sería una lástima.

Charlotte Péricand opinaba que sólo la mente masculina podía juzgar con serenidad unos acontecimientos tan extraños y graves. Pero ni su marido ni su hijo mayor estaban en casa; el uno cenaba con unos amigos y el otro se encontraba fuera de París. La señora Péricand, que llevaba con mano de hierro todo lo relacionado con la vida diaria —ya fuera el cuidado de la casa, la educación de los hijos o la carrera de su marido—, no aceptaba la opinión de nadie; pero aquello era harina de otro costal. Para empezar, necesitaba que una voz autorizada le dijera lo que convenía pensar. Una vez puesta en la buena dirección, echaba a correr y no había quien la parara. Si le demostraban, con pruebas en la mano, que estaba equivocada, respondía con una sonrisa fría y altiva: «Me lo ha dicho mi padre», o «Mi marido está bien informado». Y su mano enguantada cortaba el aire con un gesto seco.

La posición de su marido la halagaba (en realidad, habría preferido una vida más casera, pero, como Nuestro Señor, en este mundo cada cual tiene que llevar su cruz). Acababa de volver a casa, en un intervalo entre dos de sus visitas, para supervisar los estudios de los chicos, los biberones del benjamín y el trabajo de los criados, pero no le daba tiempo a cambiarse de ropa. En el recuerdo de los jóvenes Péricand, la madre debía permanecer siempre lista para salir, con el sombrero puesto y las manos enguantadas de blanco. (Como era ahorrativa, sus usados guantes despedían un tenue olor a producto químico, recuerdo de su paso por la tintorería.)

Así pues, esa noche acababa de llegar y estaba de pie en el salón, frente al aparato de radio. Iba vestida de negro y tocada con un sombrerito a la moda, una auténtica monería adornada con tres flores y una borla de seda encaramada sobre la frente. Debajo, el rostro estaba pálido y angustiado; acusaba el cansancio y la edad más de lo habitual. La señora Péricand tenía cuarenta y siete años y cinco hijos. Era una mujer visiblemente destinada por Dios a ser pelirroja. Tenía la piel en extremo delicada y ajada por los años, y la nariz, recia y majestuosa, salpicada de pecas. Sus ojos verdes lanzaban miradas tan penetrantes como las de un gato. Pero en el último momento la Providencia debía de haber dudado o considerado que una melena explosiva no armonizaría ni con la irreprochable moralidad de la señora Péricand ni con su posición, y le había dado un cabello castaño mate que perdía a puñados desde el nacimiento de su hijo menor. El señor Péricand era un hombre estricto: sus escrúpulos religiosos le vedaban un sinfín de deseos y el temor por su reputación lo mantenía alejado de lugares inconvenientes. Así que el menor de los Péricand no tenía más que dos años, y entre el sacerdote, Philippe, y el benjamín se escalonaban otros tres chicos, todos vivos, y lo que la señora Péricand llamaba púdicamente tres accidentes, en los que la criatura había llegado casi al término del embarazo pero no había vivido, y que habían llevado a la madre al borde de la tumba en otras tantas ocasiones.

El salón, donde en esos momentos sonaba la radio, era una amplia habitación de equilibradas proporciones cuyas cuatro ventanas daban al bulevar Delessert. Estaba amueblado a la antigua, con grandes sillones y canapés tapizados con tela dorada. Junto al balcón, en su sillón de ruedas, se encontraba el anciano señor Péricand, que estaba impedido y, debido a lo avanzado de su edad, sufría frecuentes regresiones a la infancia. Sólo recobraba totalmente la lucidez cuando se trataba de su considerable fortuna (era un Péricand-Maltête, heredero de los Maltête lioneses). Pero la guerra y sus vicisitudes ya no lo afectaban. Escuchaba con indiferencia, meneando rítmicamente su hermosa barba plateada. Detrás de la señora de la casa, formando un semicírculo, se encontraban sus retoños, incluido el pequeño, que estaba en brazos de la niñera. Ésta, que tenía tres hijos en el frente, había llevado al niño a dar las buenas noches a la familia y aprovechaba su momentánea admisión en el salón para escuchar con ansioso interés las palabras del locutor.

Tras la puerta entreabierta, la señora Péricand adivinaba la presencia de los otros criados; la doncella, Madeleine, llevada por la preocupación, llegó incluso a acercarse al umbral, infracción a las normas que la señora Péricand interpretó como un mal augurio. Del mismo modo, cuando se produce un naufragio todas las clases sociales se juntan en cubierta. Pero el pueblo no sabía mantener la calma. «Cómo se dejan llevar…», pensó la señora Péricand con desaprobación. Era una de esas burguesas que confían en el pueblo. «No son malos, si sabes manejarlos», solía decir en el tono indulgente y un tanto apenado con que se habría referido a un animal enjaulado. Presumía de conservar a sus criados mucho tiempo. Si caían enfermos, ella misma se encargaba de cuidarlos. Cuando Madeleine había tenido anginas, la señora Péricand le había preparado los gargarismos personalmente. Como el resto del día no tenía tiempo, lo hacía por la noche, a la vuelta del teatro. Madeleine se despertaba sobresaltada y no mostraba su agradecimiento hasta pasado un rato, y además de forma bastante fría, pensaba la señora Péricand. Así era el pueblo; nunca estaba satisfecho y, cuanto más se desvivía una por él, más voluble e ingrato se mostraba. Pero la señora Péricand no esperaba más recompensa que la del Cielo.

Se volvió hacia la penumbra del vestíbulo y, con infinita bondad, anunció:

—Si queréis, podéis oír las noticias.

—Gracias, señora —murmuraron unas voces respetuosas, y los criados penetraron de puntillas en el salón: Madeleine, Marie y Auguste, el ayuda de cámara; Maria, la cocinera, avergonzada de que sus manos oliesen a pescado, entró la última.

En realidad, las noticias ya habían acabado. Ahora venía el comentario de la situación, «seria, desde luego, pero no alarmante», aseguraba el locutor. Hablaba con una voz tan clara, tan tranquila, tan campechana, con notas vibrantes cada vez que pronunciaba las palabras «Francia, Patria y Ejército», que sembraba el optimismo en el corazón de sus oyentes. Tenía una forma muy suya de recordar el comunicado según el cual «el enemigo sigue atacando encarnizadamente nuestras posiciones, en las que ha topado con la enérgica resistencia de nuestras tropas». Leía la primera mitad de la frase con un tono ligero, irónico y desdeñoso, como si quisiera decir: «O eso es lo que intentan hacernos creer.» En cambio, enfatizaba cada sílaba de la segunda, subrayando el adjetivo «enérgica» y las palabras «nuestras tropas» con tanta firmeza que la gente no podía dejar de pensar: «Está claro que no hay que preocuparse demasiado.»

La señora Péricand vio las miradas de duda y esperanza que se clavaban en ella y declaró con firmeza:

—¡No me parece malo en absoluto! —No es que estuviera convencida, pero consideraba que su deber era levantar la moral de quienes la rodeaban.

Maria y Madeleine suspiraron.

—¿Usted cree, señora?

Hubert, el segundo hijo del matrimonio Péricand, un muchacho de dieciocho años, mofletudo y sonrosado, parecía el único presa de la desesperación y el estupor. Se enjugaba nerviosamente el cuello con el pañuelo hecho un rebujo y, con voz aguda y por momentos ronca, exclamó:

—¡No es posible! ¡No es posible que hayamos llegado a esto! Pero bueno, ¿a qué esperan para movilizar a todos los hombres? ¡A todos, de los dieciséis a los sesenta, y enseguida! Es lo que deberían hacer, ¿no le parece, madre? —Y salió corriendo hacia la sala de estudio, de donde regresó con un enorme mapa que desplegó sobre la mesa—. ¡Le digo que estamos perdidos! —aseguró midiendo febrilmente las distancias—. Perdidos a menos que… —Al parecer, aún quedaba una esperanza—. Ahora entiendo lo que vamos a hacer —anunció de pronto, con una ancha sonrisa que dejó al descubierto sus blancos dientes—. Lo entiendo perfectamente. Dejaremos que avancen y avancen, y luego los esperaremos aquí y aquí, fíjese, madre… O puede que…

—Sí, sí —respondió ella—. Anda, ve a lavarte las manos y quítate ese mechón de los ojos. ¡Mira qué aspecto tienes!

Enrabietado, Hubert plegó el mapa. Philippe era el único que lo tomaba en serio, el único que le hablaba como a un igual. «¡Familias, os odio!», declamó para sus adentros, y al salir del salón, para vengarse, dispersó de un puntapié los juguetes de su hermano Bernard, que empezó a berrear. «Así aprenderá lo que es la vida», se dijo Hubert. La niñera se apresuró a hacer salir a Bernard y Jacqueline; el pequeño Emmanuel ya se había quedado dormido sobre su hombro. La mujer avanzaba con paso vivo, llevando de la mano a Bernard y llorando a sus tres hijos, a los que veía con los ojos de la imaginación, los tres muertos.

—¡Miseria y desgracias! ¡Miseria y desgracias! —repetía en voz baja y meneando la entrecana cabeza.

Luego abrió los grifos de la bañera y puso a caldear los albornoces de los niños, sin dejar de murmurar la misma frase, en la que veía resumida no sólo la situación política, sino también su propia existencia: las labores del campo en su juventud, la viudez, el mal carácter de sus nueras y la vida en casas ajenas desde los dieciséis años.

Auguste, el ayuda de cámara, regresó a la cocina sin hacer ruido. Su solemne y estúpido rostro mostraba una expresión de desprecio hacia infinidad de cosas. La señora Péricand tomó posesión de la casa. Prodigiosamente activa, aprovechaba el cuarto de hora libre entre el baño de los niños y la cena para hacer recitar las lecciones a Jacqueline y Bernard.

—La Tierra es una esfera que no descansa sobre nada —declamaron sus frescas voces.

En el salón, el viejo Péricand y *Albert*, el gato, se quedaron solos. El día había sido espléndido. La luz del atardecer iluminaba suavemente los frondosos castaños, y *Albert*, un minino corriente de color gris que pertenecía a los niños, presa de una alegría frenética, rodaba por la alfombra, saltaba a la chimenea, mordisqueaba la punta de una peonía del jarrón azul oscuro colocado en una consola y delicadamente adornado con una boca de dragón grabada... De pronto, se encaramó de un salto al respaldo del sillón del anciano y le maulló en la oreja. El viejo Péricand levantó hacia él una mano violácea, temblorosa y tan helada como siempre. El felino se asustó y salió huyendo. Iban a servir la cena. Auguste entró en el salón para empujar el sillón de ruedas del inválido hasta el comedor. Cuando estaban sentándose a la mesa, la señora de la casa se quedó bruscamente inmóvil, con la cuchara del jarabe reconstituyente de Jacqueline todavía en la mano.

—Es vuestro padre, niños —dijo al oír una llave que giraba en la cerradura.

En efecto, era el señor Péricand, un individuo rechoncho de andares pausados y un tanto torpes. Su rostro, habitualmente sonrosado y tranquilo, de hombre bien alimentado, estaba muy pálido y traslucía no tanto miedo o preocupación como un asombro extraordinario. Las facciones de quienes hallan una muerte instantánea en un accidente, sin tiempo para sufrir ni asustarse, suelen mostrar una expresión parecida. Leían un libro, miraban por la ventanilla del coche, pensaban en sus asuntos, iban al vagón restaurante, y de pronto están en el infierno.

La señora Péricand hizo amago de levantarse.

—¿Adrien? —dijo con voz angustiada.

—Nada, nada —se apresuró a murmurar su marido, señalando con la mirada a los niños, su padre y los criados.

Ella comprendió e indicó que siguieran sirviendo. Después, se esforzó en acabar su plato, pero cada bocado le parecía duro e insípido como una piedra y se le atascaba en la garganta. No obstante, repetía las frases que constituían el ritual de todas sus comidas desde hacía treinta años.

—No bebas antes de empezar la sopa —le decía a alguno de los niños—. El cuchillo, cariño...

Luego, cortó en finos trozos el filete de lenguado de su suegro. Al anciano se le preparaban platos exquisitos y complicados, y siempre le servía la propia señora Péricand, que además le llenaba el vaso de agua, le untaba mantequilla en el pan y le anudaba la servilleta alrededor del cuello, porque solía babear en cuanto veía aparecer algo que le gustaba. «Creo —les decía la señora Péricand a sus amigos— que estos pobres ancianos impedidos sufren si los tocan los criados.»

—Siempre debemos mostrar nuestro afecto al abuelito, hijos míos —advirtió a los niños, mirando al anciano con profunda ternura.

En su madurez, el señor Péricand había instituido varias obras benéficas, una de las cuales le era especialmente querida: los Pequeños Arrepentidos del decimosexto distrito, admirable institución que tenía por objeto redimir moralmente a menores implicados en atentados a las buenas costumbres. Siempre se había sabido que, a su muerte, el señor Péricand dejaría cierta cantidad a dicha institución, pero el anciano tenía una forma un tanto irritante de no precisar nunca la suma exacta. Cuando no le gustaba un plato o los niños armaban demasiado escándalo, despertaba de golpe de su letargo y, con voz débil pero clara, decretaba: «Legaré cinco millones a la Obra.» A lo que seguía un embarazoso silencio.

Por el contrario, cuando había comido y dormido a gusto en su sillón, tomando el sol que entraba por la ventana, alzaba hacia su nuera sus apagados ojos, vagos y turbios como los de los niños muy pequeños o los perros recién nacidos.

Charlotte tenía mucho tacto. No exclamaba, como habría hecho cualquier otra: «Tiene mucha razón, padre», sino que con voz suave se limitaba a decir: «¡Dios mío, si le queda mucho tiempo para pensarlo!»

La fortuna de los Péricand era considerable, de modo que habría sido injusto acusarlos de codiciar la herencia del anciano. En cierto modo, más que tenerle apego al dinero, era el dinero el que les tenía apego a ellos. Había un cúmulo de cosas que les pertenecían por derecho, entre otras, los «millones de los Maltête-Lyonnais», que nunca gastarían, que guardarían para los hijos de sus hijos. En cuanto a la Obra de los Pequeños Arrepentidos, era tal el interés que les despertaba que dos veces al año la señora Péricand organizaba conciertos de música clásica para aquellos desventurados; ella tocaba el arpa y afirmaba que en determinados pasajes un coro de sollozos le respondía desde las sombras de la sala.

Los ojos de Péricand padre seguían atentamente las manos de su nuera. Estaba tan distraída y turbada que se olvidó de la salsa. La blanca barba del anciano empezó a agitarse de un modo alarmante. La señora Péricand volvió a la realidad y se apresuró a verter la mantequilla fresca, fundida y espolvoreada con perejil, sobre la marfileña carne del pescado; pero el anciano no recobró la serenidad hasta que ella dejó una rodaja de limón en el borde del plato.

Hubert se inclinó hacia su hermano y le susurró:

—¿Va mal?

«Sí», respondió el otro con el gesto y la mirada.

Hubert dejó caer las temblorosas manos sobre las rodillas. Su arrebatada imaginación le pintaba vívidas escenas de batalla y de victoria. Era *boy scout*. Sus compañeros y él formarían un grupo de voluntarios, de francotiradores que defenderían el país hasta el final. En un segundo, recorrió mentalmente el tiempo y el espacio. Sus camaradas y él, un pequeño ejército unido bajo la bandera del honor y la fidelidad, lucharían incluso de noche; salvarían el París bombardeado, incendiado… ¡Qué experiencia tan emocionante, tan maravillosa! El corazón le brincaba en el pecho. Sin embargo, la guerra era algo espantoso y atroz… Embriagado por aquellas visiones, hizo tanta fuerza con el cuchillo que el trozo de rosbif que estaba cortando voló por los aires y aterrizó en el suelo.

—¡Manazas! —le susurró Bernard, su vecino de mesa, haciéndole la burla por debajo del mantel.

Bernard y Jacqueline, de ocho y nueve años respectivamente, eran dos rubiales delgaduchos y engreídos. En cuanto acabaron el postre, los mandaron a la cama, y el viejo señor Péricand se adormiló en su sitio habitual, junto a la ventana abierta. El suave día de junio se demoraba, se negaba a morir. Cada latido de luz era más débil y más exquisito que el anterior, como si cada uno fuera un adiós lleno de pesar y de amor a la tierra. Sentado en el alféizar de la ventana, el gato contemplaba melancólicamente el horizonte. El señor Péricand iba de aquí para allá por el salón.

—Pasado mañana, mañana quizá, los alemanes estarán a las puertas de París. Se dice que el alto mando está decidido a luchar ante París, en París, detrás de París... Por suerte, la gente todavía no lo sabe, pero de aquí a mañana todo el mundo correrá a las estaciones, se echará a la carretera... Tenéis que salir mañana a primera hora e ir a casa de tu madre, a Borgoña, Charlotte. En cuanto a mí —añadió el señor Péricand, no sin cierto énfasis—, compartiré la suerte de los tesoros que me han confiado.

—Creía que habían evacuado el museo en septiembre... —dijo Hubert.

—Sí, pero el refugio provisional que eligieron en Bretaña no era adecuado, porque, como se ha demostrado, es húmedo como una bodega. No lo entiendo. Se había organizado un comité para la salvaguarda de los tesoros nacionales, dividido en tres grupos y siete subgrupos, cada uno de los cuales designaría una comisión de expertos encargada del repliegue de las obras artísticas durante la guerra, y hete aquí que el mes pasado un vigilante del museo provisional nos advierte que están apareciendo manchas sospechosas en las telas. Sí, un retrato admirable de Mignard tenía las manos roídas por una especie de lepra verde. Nos apresuramos a hacer regresar a París las valiosas cajas, y ahora estoy pendiente de una orden, que no puede tardar, para enviarlas más lejos.

—Pero entonces, nosotros ¿cómo viajaremos? ¿Solos?

—Los niños y tú os marcharéis tranquilamente mañana por la mañana, con los dos coches y, naturalmente, con todos los muebles y el equipaje que podáis llevaros, porque no hay que engañarse: puede que de aquí al fin de semana París haya sido destruido, incendiado y, por si fuera poco, saqueado.

—¡Eres increíble! —exclamó Charlotte—. Lo dices con una calma...

El señor Péricand volvió hacia su mujer un rostro que iba recuperando poco a poco el tono sonrosado, pero aun así carente de brillo, como el de un cerdo recién sacrificado.

—Es que no puedo creerlo —explicó bajando la voz—. Te hablo, te escucho, decidimos abandonar nuestra casa, echarnos a la carretera, y no puedo creer que esto sea real, ¿comprendes? Ve a prepararte, Charlotte. Que esté todo listo por la mañana. Podréis llegar a casa de tu madre a la hora de la cena. Yo me reuniré con vosotros en cuanto pueda.

La señora Péricand había adoptado la misma expresión resignada y agria que utilizaba junto con su bata de enfermera cuando los niños estaban enfermos; solían arreglárselas para enfermar todos a la vez, aunque de dolencias distintas. En esas ocasiones, ella salía de las habitaciones de sus hijos sosteniendo el termómetro como si blandiese la palma del martirio, y todo en su aspecto era un grito: «¡El último día, Tú reconocerás a los tuyos, dulce Jesús mío!»

—¿Y Philippe? —se limitó a preguntar.

—Philippe no puede abandonar París.

Ella asintió y salió con la cabeza bien alta. No se hundiría bajo aquella carga. Se las arreglaría para que al día siguiente la familia estuviera lista para partir: un anciano impedido, cuatro niños, los criados, el gato, la plata, las piezas más valiosas del servicio, las pieles, las cosas de los niños, provisiones, el botiquín… Se estremeció.

En el salón, Hubert le imploraba a su padre:

—Deje que me quede. Estaré con Philippe y… No se ría de mí, pero ¿no cree que, si fuera a buscar a mis camaradas, jóvenes, fuertes, dispuestos a todo, podríamos formar una compañía de voluntarios…? Podríamos…

El señor Péricand lo miró y se limitó a decir:

—Mi pobre pequeño.

—¿Se ha acabado? ¿Hemos perdido la guerra? —balbuceó Hubert—. ¿No es…? ¿No es verdad?

Y de pronto, para su horror, rompió en sollozos. Lloraba como un niño, como habría podido hacerlo Bernard, con la boca muy abierta y las lágrimas resbalándole por las mejillas. La noche llegaba, suave y tranquila. En el aire ya oscuro, una golondrina pasó muy cerca del balcón. El gato soltó un breve maullido de voracidad.

3

El escritor Gabriel Corte trabajaba en su terraza, entre el oscuro y ondulante bosque y el ocaso de oro verde que se apagaba sobre el Sena. ¡Qué tranquilidad lo rodeaba! A su lado tenía a unos íntimos muy bien educados, sus grandes perros blancos, que permanecían inmóviles con el hocico sobre las frescas losas y los ojos entornados. A sus pies, su amante recogía silenciosamente las hojas que Gabriel iba dejando caer. Sus criados y su secretaria, invisibles tras las vidrieras espejadas, estaban en algún lugar del fondo de la casa, entre los bastidores de una vida que Corte quería que fuera brillante, fastuosa y disciplinada como un ballet. Tenía cincuenta años y sus propios juegos. Era, según el día, el Señor de los Cielos o un pobre autor aplastado por una tarea dura e inútil. Sobre su escritorio había hecho grabar: «Para levantar un peso tan enorme, Sísifo, se necesitaría tu coraje.» Sus colegas lo envidiaban porque era rico. Él mismo contaba con amargura que, en su primera candidatura a la Academia Francesa, uno de los electores a los que solicitaron que votara por él respondió con sequedad: «¡Tiene tres líneas de teléfono!»

Era un hombre apuesto, con maneras lánguidas y crueles de gato, manos suaves y expresivas, y un rostro de César un poco grueso. Florence, su amante oficial, a la que admitía en su cama hasta la mañana siguiente (las demás nunca pasaban toda una noche con él), habría sido la única capaz de decir a cuántas máscaras podía parecerse Gabriel, vieja coqueta con dos bolsas lívidas bajo los párpados y cejas de mujer, delgadas, demasiado finas.

Esa tarde trabajaba, como de costumbre, medio desnudo. Su casa de Saint-Cloud estaba construida de tal modo que hasta la terraza, enorme, admirable, adornada con cinerarias azules, escapaba a las miradas indiscretas. El azul era el color favorito de Gabriel Corte. No podía escribir sin tener al lado una pequeña copa de lapislázuli azul intenso. A veces la contemplaba y la acariciaba como a una amante. Por otro lado, lo que más le gustaba de Florence, como le decía a menudo, eran sus ojos, de un azul franco, que le producían la misma sensación de frescura que su copa. «Tus ojos me quitan la sed», murmuraba. Florence tenía una barbilla suave y un tanto adiposa, voz de contralto todavía hermosa, y algo de bovino en la mirada, les decía Gabriel en confianza a sus amigos. «Eso me encanta. Una mujer debe parecerse a una ternera dulce, confiada y generosa, con un cuerpo blanco como la leche, ya sabéis, con esa piel de las viejas actrices, suavizada por los masajes, impregnada por los cosméticos y los polvos.» Corte alzó los finos dedos en el aire y los hizo chasquear como si fueran castañuelas. Florence le tendió un limón cortado y él mordió la pulpa; luego se comió una naranja y unas fresas heladas. Consumía fruta en cantidades asombrosas. La mujer lo miró, casi arrodillada ante él en un puf de terciopelo, en la postura de adoración que a él le gustaba (no habría podido imaginar una mejor). Estaba cansado, pero con el grato cansancio que sigue a un trabajo satisfactorio, todavía mejor que el del amor, como él mismo solía decir. Gabriel contempló a su amante con benevolencia.

—Bueno, no ha ido del todo mal, creo. ¿Y sabes qué? —añadió dibujando un triángulo en el aire y señalando el vértice superior—, el centro ya ha quedado atrás.

Florence sabía a qué se refería. La inspiración solía flaquearle hacia la mitad de la novela. Llegado a ese punto, Corte sufría como un caballo que no consigue sacar su coche de un atolladero. Florence juntó las manos en un gracioso gesto de admiración y sorpresa.

—¿Ya? Te felicito, cariño mío. Ahora irá sola, estoy segura.

—¡Dios te oiga! —exclamó Gabriel con aprensión—. Pero me preocupa Lucienne.

—¿Lucienne?

43

Corte la fulminó con una mirada dura y fría. Cuando él recuperaba el buen humor, Florence le decía: «Has vuelto a mirarme como un basilisco.» Él se reía, halagado, pero cuando estaba poseído por el fuego de la creación odiaba las bromas.

Ella no se acordaba en absoluto del personaje de Lucienne.

—¡Ah, sí, claro! —mintió—. ¡No sé en qué estaría pensando!

—Yo también me lo pregunto —replicó él con tono herido. Pero la vio tan contrita y humilde que le dio pena y se ablandó—. Te lo digo siempre: no le prestas suficiente atención a los secundarios. Una novela tiene que parecerse a una calle llena de desconocidos por la que pasan no más de dos o tres personajes a los que se conoce a fondo. Mira a Proust y algunos otros que han sabido sacarle partido a los secundarios. Los utilizan para humillar, para empequeñecer a sus protagonistas. Nada más saludable en una novela que esa lección de humildad dada a los héroes. Recuerda *Guerra y paz*: las campesinas que cruzan la carretera riendo ante la carroza del príncipe André lo verán hablar primero para ellas, para sus oídos, y de pronto la visión del lector se eleva: ya no hay un solo rostro, una sola alma. Descubre la multiplicidad de los moldes. Espera, voy a leerte ese pasaje, es notable. Enciende la luz —pidió, porque se había hecho de noche.

—Los aviones —respondió Florence señalando el cielo.

—¿Es que nunca van a dejarme en paz? —gruñó Gabriel. Odiaba la guerra, que amenazaba algo mucho más importante que su vida o su bienestar: a cada instante destruía el universo de la ficción, el único en que se sentía feliz, como el sonido de una terrible y discordante trompeta que derrumbaba las frágiles murallas alzadas con tanto esfuerzo entre él y el mundo exterior—. ¡Dios! —suspiró—. ¡Qué fastidio, qué pesadilla! —Pero volvió a la tierra—. ¿Tienes los periódicos?

Florence se los llevó sin decir palabra. Salieron de la terraza. Gabriel pasaba las páginas con rostro sombrío.

—Nada nuevo, en definitiva —murmuró. No quería ver nada. Rechazaba la realidad con el gesto asustado e irritado de alguien a quien despiertan en mitad de un sueño. Incluso se puso la mano delante de los ojos a modo de pantalla, como habría hecho para protegerse de una luz demasiado intensa. Florence se acercó al aparato de radio—. No, no la enciendas.

—Pero, Gabriel…

—Te he dicho que no quiero oír nada —repitió él, pálido de ira—. Mañana, mañana será el momento. Ahora las malas noticias (y no pueden ser más que malas, con esos imbéciles en el gobierno) sólo servirían para cortarme el impulso, arrebatarme la inspiración y tal vez provocarme una crisis de angustia esta noche. Mira, más vale que llames a la señorita Sudre. Creo que voy a dictar unas páginas.

Florence se apresuró a obedecer. Cuando volvía al salón tras avisar a la secretaria, sonó el teléfono.

—Es el señor Jules Blanc, que llama de la presidencia del Consejo y desea hablar con el señor —anunció el ayuda de cámara.

Florence cerró cuidadosamente todas las puertas para que ni un solo ruido penetrara en el salón, donde Gabriel y la secretaria estaban trabajando, y cogió el auricular. Entretanto, el ayuda de cámara preparaba, como de costumbre, la cena fría que esperaba el capricho del señor. Gabriel comía poco a mediodía, pero solía tener hambre por la noche. Había sobras de perdigón frío, melocotones, unos deliciosos pastelillos de queso que Florence en persona encargaba en una tienda de la orilla izquierda, y una botella de Pommery. Tras muchos años de reflexión y búsqueda, Gabriel había llegado a la conclusión de que lo único conveniente para su enfermedad de hígado era el champán. Florence escuchaba al teléfono la voz de Jules Blanc, una voz agotada, casi afónica, y al mismo tiempo oía los ruidos familiares de la casa, el débil tintineo de platos y vasos, y el timbre cansado, ronco y profundo de la voz de Gabriel, y se sentía como si estuviera viviendo un confuso sueño. Tras colgar el auricular llamó al ayuda de cámara. Llevaba mucho tiempo a su servicio y estaba hecho a lo que él llamaba «la mecánica de la casa». A Gabriel le encantaba aquel inconsciente pastiche del Grand Siècle.

—¿Qué hacemos, Marcel? El señor Jules Blanc nos aconseja que nos marchemos.

—¿Marcharse? ¿Para ir adónde, señora?

—A donde sea. A Bretaña. Al sur. Los alemanes han cruzado el Sena. ¿Qué hacemos? —repitió Florence.

—No sabría decirle, señora —respondió Marcel con tono glacial.

Era un poco tarde para pedirle su opinión. «Para hacer bien las cosas —se dijo Marcel—, habría que haberse ido ayer. ¡Qué pena, comprobar que la gente rica y famosa tiene menos conocimiento que los animales! ¡Por lo menos ellos barruntan el peligro!» A él, por su parte, no le daban miedo los alemanes. Los había visto en el catorce. Ahora ya no era movilizable y lo dejarían tranquilo. Pero estaba escandalizado de que no se hubieran tomado medidas respecto a la casa, los muebles y la plata a su debido tiempo. Se permitió un suspiro apenas perceptible. Él lo habría embalado todo, escondido en cajas y puesto a buen recaudo hacía tiempo. Sentía hacia sus señores una especie de desprecio afectuoso, parecido al que sentía por los galgos blancos, hermosos pero sin carácter.

—La señora haría bien en advertir al señor —concluyó.

Florence avanzó hacia el salón, pero, apenas entreabrió la puerta, oyó la voz de Gabriel: era la de los peores días, la de los momentos de trance, una voz lenta, ronca, entrecortada por una tos nerviosa.

Dio instrucciones a Marcel y la doncella y se ocupó de los objetos más valiosos, los que uno se lleva en la huida, en el peligro. Hizo colocar sobre su cama una maleta ligera y resistente. En primer lugar escondió las joyas que había tenido la precaución de sacar del cofre. Puso encima un poco de ropa interior, los artículos de aseo, dos blusas de repuesto, un sencillo vestido de noche, para tener algo que ponerse nada más llegar, porque había que contar con retrasos en la carretera, un albornoz y unas chinelas, su estuche de maquillaje (que ocupaba bastante sitio) y, naturalmente, el manuscrito de Gabriel. Intentó cerrar la maleta, en vano. Movió el cofrecillo de las joyas y volvió a intentarlo. No, estaba claro que había que sacar algo. Pero ¿qué? Todo era indispensable. Apoyó una rodilla en la maleta, presionó y tiró del cierre inútilmente… Estaba empezando a ponerse nerviosa. Acabó por llamar a la doncella.

—¿Podrías cerrar esto, Julie?

—Está demasiado llena, señora. Es imposible.

Por un instante, Florence dudó entre el estuche de maquillaje y el manuscrito. Eligió el maquillaje y cerró la maleta.

«Meteremos el manuscrito en la sombrerera —pensó—. ¡Ah, no! Lo conozco: estallidos de ira, un ataque de angustia, la digitalina para el corazón… Mañana veremos. Lo mejor es prepararlo todo para el viaje esta noche y que no se entere de nada. Después ya veremos…»

4

Los Maltête-Lyonnais habían legado a los Péricand no sólo su fortuna, sino también la predisposición a la tuberculosis. La enfermedad se había llevado a dos hermanas de Adrien Péricand de corta edad. El padre Philippe la había padecido hacía tiempo, pero dos años en la montaña parecían haberlo sanado en el momento en que al fin acababa de ser ordenado sacerdote. No obstante, aún tenía los pulmones delicados y, tras el estallido de la guerra, fue declarado inútil. Sin embargo, su aspecto era el de un hombre sano. Tenía tez sonrosada, espesas cejas negras y apariencia robusta y saludable. Era párroco en un pueblo de Auvernia. Cuando su vocación se confirmó, la señora Péricand lo abandonó al Señor. A ella le hubiese gustado un poco de gloria mundana, que su primogénito estuviera llamado a altos destinos, en lugar de enseñar el catecismo a los hijos de los campesinos del Puy-de-Dôme. Y a falta de un cargo eclesiástico importante, habría preferido para su hijo el claustro antes que aquella mísera parroquia. «Es un desperdicio —le decía con convicción—. Malgastas los dones que te concedió el Todopoderoso.» Pero se consolaba pensando que la dureza del clima le hacía bien. El aire de las grandes altitudes, que había respirado en Suiza durante dos años, parecía habérsele hecho necesario. En París se reencontraba con las calles y las recorría a largas y ágiles zancadas que hacían sonreír a los viandantes, porque la sotana no casaba con aquellos andares.

Esa mañana, Philippe se detuvo ante un inmueble gris y entró en un patio que olía a col: la Obra de los Pequeños Arrepentidos del decimosexto distrito ocupaba una casa construida detrás de un edificio alto de viviendas de alquiler. Como lo expresaba la señora Péricand en la carta anual dirigida a los amigos de la Obra (miembro fundador, 500 francos al año; benefactor, 100 francos, y afiliados, 20 francos), allí los niños vivían en las mejores condiciones materiales y morales, entregados al aprendizaje de diversos oficios y a una sana actividad física. A un lado de la casa se alzaba un pequeño hangar acristalado que albergaba un taller de ebanistería y un banco de zapatero. A través de los cristales, el padre Péricand vio las redondas cabezas de los pupilos, que se alzaron un instante al oír sus pasos. En un recuadro de jardín, entre la escalinata y el hangar, dos muchachos de unos quince años trabajaban a las órdenes de un celador. No llevaban uniforme. No se había querido perpetuar el recuerdo de los correccionales, que algunos conocían ya. Vestían ropa confeccionada por personas caritativas que aprovechaban restos de lana y telas en su beneficio. Un muchacho llevaba un jersey verde manzana que le dejaba al descubierto las delgadas y velludas muñecas. Removían la tierra, arrancaban malas hierbas y plantaban macetas con irreprochable disciplina. Saludaron al padre Péricand, que les sonrió. El sacerdote se veía sereno, pero su expresión era seria y un tanto triste. Sin embargo, su sonrisa irradiaba una gran dulzura, al tiempo que un poco de timidez y tierno reproche. «Yo os quiero. ¿Por qué no me queréis vosotros a mí?», parecía decir. Los niños lo miraban en silencio.

—Qué buen tiempo… —dijo Philippe.

—Sí, señor cura —respondieron los chicos con mecánica frialdad.

Philippe murmuró otra frase y entró en el vestíbulo. La casa era gris y pulcra, y la habitación en que se encontraba estaba casi desnuda. El mobiliario se reducía a dos sillas de rejilla. Era el locutorio donde los pupilos recibían a las visitas, toleradas pero no alentadas. Por otra parte, casi todos eran huérfanos. Muy de tarde en tarde, alguna vecina que había conocido a sus difuntos padres o una hermana mayor que servía en provincias se acordaba de ellos y obtenía permiso para verlos. Pero el padre Péricand nunca se había encontrado con nadie en aquel locutorio, contiguo al despacho del director.

El director, un hombre menudo y pálido de párpados sonrosados, tenía una nariz puntiaguda y trémula como un hocico que olfatea la comida. Sus pupilos lo llamaban «la rata» y «el tapir». Al ver entrar a Philippe le tendió los brazos; tenía las manos frías y húmedas.

—No sé cómo agradecerle su bondad, señor cura. ¿Realmente se encargará de nuestros pupilos? —Los niños debían ser evacuados al día siguiente, y a él acababan de llamarlo urgentemente al sur, junto a su esposa enferma—. El celador teme verse desbordado, no poder con nuestros treinta muchachos él solo.

—Parecen muy dóciles —observó Philippe.

—Sí, son buenos chicos. Nosotros los suavizamos, domamos a los más rebeldes… Pero, modestia aparte, todo esto lo hago funcionar yo solo. Los celadores son un poco timoratos. Además, la guerra nos ha privado de uno, y el otro… —Hizo una mueca—. Excelente si no lo sacas de la rutina, pero incapaz de la menor iniciativa. Uno de esos hombres que se ahogan en un vaso de agua. En fin, no sabía a qué santo encomendarme para llevar a buen término la evacuación, cuando su señor padre me dijo que estaba usted de paso, que mañana regresaría a sus montañas y que no se negaría a acudir en nuestra ayuda.

—Lo haré con sumo gusto. ¿Cómo viajarán los chicos?

—Hemos conseguido dos camiones. Tenemos suficiente gasolina. Como sabe, el lugar de acogida se encuentra a unos cincuenta kilómetros de su parroquia. Apenas tendrá que alargar el viaje.

—Tengo libre hasta el jueves —dijo Philippe—. Me sustituye un compañero.

—¡No, el viaje no durará tanto! Su padre me ha dicho que conoce usted la casa que una dama benefactora ha puesto a nuestra disposición. Es un amplio edificio en medio del bosque. La propietaria lo heredó el año pasado y el mobiliario, que era muy elegante, se vendió poco antes de la guerra. Los chicos podrán acampar en el parque. Y en esta hermosa estación, ¡qué alegría para ellos! Al comienzo de la guerra ya pasaron tres meses en Corrèze, en otra casa de campo amablemente ofrecida a la Obra por una de esas damas. Allí no teníamos ningún medio de calefacción. Por la mañana había que romper el hielo de las jofainas. Los niños se portaron mejor que nunca. Ha pasado el tiempo de las pequeñas comodidades, de la regalada vida en paz. —El sacerdote miró el reloj—. ¿Querría almorzar conmigo, padre? —añadió el director.

Philippe rehusó la invitación. Había llegado a París esa misma mañana, tras viajar toda la noche. Temía que Hubert cometiera no sabía qué locura y había venido a buscarlo, pero la familia salía ese mismo día hacia Nièvre. Philippe quería estar presente cuando se marcharan; no les vendría mal que les echara una mano, pensó sonriendo.

—Voy a anunciar a nuestros pupilos que va usted a reemplazarme —dijo el director—. Tal vez desee dirigirles unas palabras, a modo de primera aproximación. Pensaba hablarles yo, despertar sus mentes a la conciencia de las guerras padecidas por la Patria; pero salgo a las cuatro y…

—Les hablaré yo —respondió el padre Péricand.

Luego, bajó los ojos y se llevó la yema de los dedos a los labios. Una expresión de severidad y tristeza, dirigidas ambas hacia sí mismo, hacia su propio corazón, le cubrió el rostro. No quería a aquellos pobres chicos. Se acercaba a ellos con dulzura, con toda la buena voluntad de que era capaz, pero en su presencia no sentía más que frialdad y repugnancia, ningún arranque de amor, ni el menor asomo de la divina palpitación que despertaban los pecadores más miserables cuando imploraban perdón. En las fanfarronadas de muchos viejos ateos, de muchos blasfemos impenitentes, había más humildad que en las palabras o las miradas de aquellos niños. Su aparente docilidad era espantosa. Pese al bautismo, pese a los sacramentos de la comunión y la penitencia, ningún rayo salvador llegaba hasta ellos. Hijos de las tinieblas, ni siquiera tenían suficiente fuerza espiritual para elevarse hasta el deseo de la luz; no la presentían, no la anhelaban, no la echaban en falta. El padre Péricand pensó enternecido en sus niños de la catequesis. No, tampoco se hacía ilusiones respecto a ellos. Ya sabía que el mal había echado raíces firmes y duraderas en sus jóvenes almas; pero, a veces, qué estallidos de ternura, qué gracia inocente, qué estremecimientos de piedad y horror cuando les hablaba de los suplicios de Cristo… No veía el momento de regresar junto a ellos. Pensó en la ceremonia de la comunión, fijada para el domingo siguiente.

Entretanto, habían llegado a la sala en que acababan de reunir a los pupilos. Las contraventanas estaban cerradas. En la penumbra, Philippe tropezó en el escalón del umbral y tuvo que agarrarse al brazo del director. Miró a los niños temiendo, esperando un estallido de risas ahogadas. A veces basta un incidente tan nimio como aquél para romper el hielo entre profesores y alumnos. Pero no; ninguno rechistó. Pálidos, con los labios apretados y los ojos bajos, esperaban en pie, formando un semicírculo delante de la pared, con los más pequeños en primera línea. Éstos tenían entre once y quince años. Casi todos eran bajos y enclenques para su edad. Detrás estaban los adolescentes, de entre quince y diecisiete años. Algunos tenían la frente estrecha y pesadas manos de asesino. Una vez más, en cuanto los tuvo delante, el padre Péricand fue presa de un extraño sentimiento de aversión y casi de miedo. Tenía que vencerlo a toda costa. Avanzó hacia ellos, que retrocedieron imperceptiblemente, como buscando refugio en la pared.

—Hijos míos, a partir de mañana y hasta el final de vuestro viaje, sustituiré al señor director —anunció—. Ya sabéis que vais a abandonar París. Sólo Dios conoce la suerte que correrán nuestros soldados y nuestra amada Patria. Sólo Él, en su infinita sabiduría, conoce la suerte que correremos cada uno de nosotros en los días venideros. Lamentablemente, es muy probable que todos suframos en nuestro corazón, porque las desgracias públicas están hechas de una multitud de desgracias privadas. No obstante, son el único caso en que tomamos conciencia, ciegos e ingratos como somos, de la solidaridad que nos une como a miembros de un mismo cuerpo. Lo que me gustaría pediros es un acto de confianza en Dios. Con la boca pequeña solemos repetir: «Hágase tu voluntad», pero en nuestro fuero interno exclamamos: «¡Hágase *mi* voluntad, Señor!» Sin embargo, ¿por qué buscamos a Dios? Porque anhelamos la felicidad; la aspiración a la felicidad es un rasgo innato del hombre, y esa felicidad puede dárnosla Dios en esta vida, sin necesidad de esperar la muerte y la Resurrección, si aceptamos su voluntad, si hacemos nuestra esa voluntad. Hijos míos, que cada uno de vosotros se confíe a Dios. Que se dirija a Él como a un padre, que ponga su vida en sus amorosas manos, y la paz divina descenderá sobre él de inmediato. —Philippe esperó un instante, observándolos—. Ahora diremos juntos una breve oración.

Treinta voces agudas e indiferentes recitaron el padrenuestro. Treinta chupados rostros rodeaban al sacerdote; las frentes se inclinaron con un movimiento brusco, mecánico, cuando el padre Péricand hizo la señal de la cruz ante ellas. Un niño de boca grande y amarga fue el único que volvió los ojos hacia la ventana, y el rayo de luz que se colaba entre los postigos iluminó una delicada mejilla cubierta de pecas y una nariz fina y contraída.

Ninguno de ellos se movió ni respondió. A un toque de silbato del celador, se pusieron en fila y abandonaron la sala.

5

Las calles estaban desiertas. Los comerciantes echaban los cierres de las tiendas. En el silencio, sólo se oía su ruido metálico, ese sonido que con tanta fuerza resuena en los oídos las mañanas de sublevación o guerra en las ciudades amenazadas. Más lejos, en su recorrido habitual, los Michaud vieron camiones cargados esperando a las puertas de los ministerios. Menearon la cabeza. Como de costumbre, se cogieron del brazo para cruzar la avenida de la Ópera frente al banco, aunque esa mañana la calzada estaba vacía. Ambos eran empleados de banca y trabajaban para la misma entidad, aunque él ocupaba un puesto de contable desde hacía quince años mientras que ella sólo llevaba unos meses contratada «de forma provisional, hasta que acabe la guerra». Era profesora de canto, pero en septiembre del año anterior había perdido a todos sus alumnos, enviados a provincias por sus familias para protegerlos de los bombardeos. El sueldo del marido nunca había bastado para mantenerlos, y su único hijo estaba en el frente. Gracias a aquel puesto de secretaria habían podido salir adelante; como ella decía: «¡No hay que pedir lo imposible a mi pobre marido!» Su vida nunca había sido fácil desde el día en que escaparon de sus casas para casarse contra la voluntad de sus padres. De eso hacía mucho tiempo. La señora Michaud tenía el pelo gris, pero su delgado rostro todavía conservaba parte de su belleza. Él era de estatura baja y tenía aspecto cansado y descuidado, pero a veces, cuando se volvía hacia ella, la miraba y le sonreía, una llama burlona y tierna iluminaba los ojos de su mujer, la misma, pensaba él, sí, realmente casi la misma de antaño. La ayudó a subir a la acera y recogió el guante que se le había caído. Ella se lo agradeció con un ligero apretón en la mano que él le tendía. Otros empleados convergían hacia la puerta del banco. Al pasar junto a los Michaud, uno de ellos les preguntó:

—¿Nos vamos, por fin?

Ellos no sabían nada. Era 10 de junio, un lunes. Dos días antes, al salir del trabajo todo parecía tranquilo. Evacuaban los valores a provincias, pero todavía no se había decidido nada sobre los empleados. Su destino se decidiría en el primer piso, donde se encontraban los despachos de dirección, dos grandes puertas pintadas de verde y acolchadas, ante las que los Michaud pasaron rápida y silenciosamente. Se separaron al final del pasillo; él subía a contabilidad y ella se quedaba en la zona privilegiada: era la secretaria de uno de los directores, el señor Corbin, el auténtico mandamás. Su segundo, el señor conde de Furières (casado con una Salomon-Worms), se encargaba más particularmente de las relaciones externas del banco, que tenía una clientela reducida pero muy selecta. Sólo se admitía a los grandes terratenientes y a los nombres más importantes de la industria, preferiblemente metalúrgica. El señor Corbin esperaba que su colega el conde de Furières facilitara su admisión en el Jockey. Llevaba años viviendo en esa espera. El conde consideraba que favores tales como invitaciones a cenas y a las cacerías de Furières compensaban ampliamente ciertas facilidades de caja. Por la noche, la señora Michaud remedaba para su marido las conversaciones de ambos directores, sus agrias sonrisas, las muecas de Corbin y las miradas del conde, lo que hacía un poco más llevadera la monotonía del trabajo diario. Pero desde hacía algún tiempo no tenían ni esa distracción: el conde de Furières estaba en el frente de los Alpes y Corbin dirigía solo la sucursal.

La señora Michaud entró con la correspondencia en la pequeña antesala del despacho del director. Un tenue perfume flotaba en el aire. Eso bastó para que supiera que Corbin estaba ocupado. El director protegía a una bailarina: la señorita Arlette Corail. Nunca se le había conocido una amante que no fuera bailarina. Era como si las mujeres que realizaban cualquier otra actividad no le interesaran.

Ninguna mecanógrafa, por atractiva o joven que fuera, había conseguido desviarlo de aquella preferencia. Se mostraba igualmente odioso, grosero y tacaño con todas sus empleadas, fueran guapas o feas, jóvenes o viejas. Hablaba con una vocecilla atiplada, que resultaba curiosa en aquel pesado corpachón de buen comedor. Cuando se encolerizaba, su voz se volvía aguda y vibrante como la de una mujer.

Ese día, el estridente sonido que tan bien conocía la señora Michaud atravesaba la puerta cerrada. Uno de los empleados entró en la antesala y, bajando la voz, le anunció:

—Nos vamos.

—¿Ah, sí? ¿Cuándo?

—Mañana.

Por el pasillo se deslizaban sombras cuchicheantes. Los empleados se paraban a hablar en los huecos de las ventanas y en los umbrales de los despachos. Corbin abrió al fin su puerta y la bailarina salió. Llevaba un vestido rosa caramelo y un gran sombrero de paja sobre el cabello teñido. Tenía un cuerpo esbelto y bien proporcionado y una expresión dura y cansada bajo el maquillaje. Unas manchas rojas le salpicaban las mejillas y la frente. Estaba visiblemente furiosa.

—¿Qué quieres, que me vaya andando? —le oyó decir la señora Michaud.

—Vuelve al taller. Nunca me haces caso. No seas tacaña, págales lo que quieran y repararán el coche.

—Ya te he dicho que es imposible, ¡imposible! ¿Entiendes el idioma?

—Entonces, querida, ¿qué quieres que te diga? Los alemanes están a las puertas de París. ¿Y tú pretendes ir en dirección a Versalles? Además, ¿para qué vas allí? Coge el tren.

—¿Sabes cómo están las estaciones?

—Las carreteras no estarán mucho mejor.

—Eres… eres un inconsciente. Te vas, te llevas tus dos coches…

—Transporto los expedientes y parte del personal. ¿Qué demonios quieres que haga con el personal?

—¡Ah, no seas grosero, por favor! ¡Tienes el coche de tu mujer!

—¿Quieres viajar en el coche de mi mujer? ¡Una idea estupenda!

La bailarina le dio la espalda y silbó a su perro, que acudió dando brincos. Ella le puso el collar con manos temblorosas de indignación.

—Toda mi juventud sacrificada a un…

—¡Vamos, déjate de historias! Te telefonearé esta noche. Entretanto, veré qué puedo hacer…

—No, no. Ya veo que tendré que ir a morirme en una cuneta... ¡Oh! ¡Cállate, por Dios, me exasperas!

Por fin se dieron cuenta de que la secretaria los estaba oyendo. Bajaron la voz y Corbin cogió del brazo a su amante y la acompañó hasta la puerta. A la vuelta, fulminó con la mirada a la señora Michaud, que se cruzó con él y recibió la primera descarga de su mal humor.

—Reúna a los jefes de departamento en la sala del consejo. ¡Inmediatamente!

La señora Michaud salió para dar las órdenes oportunas. Unos instantes después, los empleados entraban en una gran sala donde el retrato de cuerpo entero del actual presidente, el señor Auguste-Jean, afectado desde hacía tiempo de un reblandecimiento del cerebro debido a su avanzada edad, hacía frente a un busto de mármol del fundador del banco.

Corbin los recibió de pie tras la mesa oval, en la que nueve cartapacios señalaban los puestos del consejo de administración.

—Señores, mañana a las ocho nos pondremos en camino hacia nuestra sucursal en Tours. Llevaré los expedientes del consejo en mi coche. Señora Michaud, usted y su marido me acompañarán. Los que tienen vehículo propio, que pasen a recoger al personal y se presenten a las seis de la mañana delante de la puerta del banco. Me refiero a aquellos a los que he comunicado que deben marcharse. En cuanto a los demás, intentaré arreglarlo. Si no, cogerán el tren. Muchas gracias, señores.

El director desapareció, y un rumor de voces inquietas llenó la sala. Dos días antes, el propio Corbin había declarado que no preveía ningún traslado, que los rumores alarmistas eran obra de traidores, que el banco seguiría en su puesto y cumpliría con su deber, aunque otros faltaran a él. Si el «repliegue», como púdicamente se le llamaba, se había decidido con tanta precipitación, era sin duda porque todo estaba perdido. Las mujeres se enjugaban los ojos llorosos. Los Michaud se abrieron paso entre los grupos y se quedaron juntos. Ambos pensaban en su hijo Jean-Marie. Su última carta estaba fechada el 2 de junio. Hacía sólo ocho días. ¡Cuántas cosas podían haber ocurrido desde entonces, Dios mío! En su angustia, el único consuelo posible era la presencia del otro.

—¡Qué alegría no tener que separarnos! —le susurró ella.

6

Estaba anocheciendo, pero el coche de los Péricand seguía esperando delante de la puerta. Habían atado el blando y grueso colchón que ocupaba el lecho conyugal desde hacía veintiocho años al techo del vehículo, y un cochecito de niño y una bicicleta al maletero. Ahora trataban de meter en el habitáculo todos los bolsos, maletas y maletines de los miembros de la familia, además de las cestas de los sándwiches y los termos de la merienda, las botellas de leche de los niños, pollo frío, jamón, pan y las cajas de harina lacteada del anciano señor Péricand, y por último el cesto del gato. Para empezar, se habían retrasado porque el lavandero no había traído la ropa blanca y no conseguían contactar con él por teléfono. Parecía impensable abandonar aquellas grandes sábanas bordadas, parte del inalterable patrimonio de los Péricand-Maltête en la misma medida que las joyas, la plata y la biblioteca. Toda la mañana se había ido en pesquisas. El lavandero, que también se marchaba, había acabado por devolver la ropa blanca a la señora Péricand en forma de montones arrugados y húmedos. Ella se había saltado el almuerzo para supervisar personalmente su empaquetado. La idea inicial era que los criados viajaran con Hubert y Bernard en tren. Pero las verjas de todas las estaciones ya estaban cerradas y vigiladas por soldados. La muchedumbre se agarraba a los barrotes, los sacudía y acababa dispersándose por las calles aledañas. Algunas mujeres corrían llorando con sus hijos en brazos. La gente paraba los últimos taxis y ofrecía dos y hasta tres mil francos por abandonar París. «Sólo hasta

Orleans…» Pero los taxistas se negaban. No les quedaba gasolina. Los Péricand tuvieron que volverse a casa. Al final consiguieron una camioneta, en la que viajarían Madeleine, Maria, Auguste y Bernard, con su hermano pequeño en las rodillas. Hubert seguiría el convoy en bicicleta.

De vez en cuando, en el umbral de alguna casa del bulevar Delessert se veía aparecer un gesticulante grupo de mujeres, ancianos y niños que se esforzaban, con calma al principio, febrilmente después y con un nerviosismo frenético al final, en hacer entrar familias y equipajes en un Renault, en un turismo, en un cabriolé. No se veía una sola ventana iluminada. Empezaban a salir las estrellas, estrellas de primavera, con destellos plateados. París tenía su olor más dulce, un olor a castaños en flor y gasolina, con motas de polvo que crujen entre los dientes como granos de pimienta. En las sombras, el peligro se agrandaba. La angustia flotaba en el aire, en el silencio. Las personas más frías, las más tranquilas habitualmente, no podían evitar sentir aquel miedo sordo y cerval. Todo el mundo contemplaba su casa con el corazón encogido y se decía: «Mañana estará en ruinas, mañana ya no tendré nada. No le he hecho daño a nadie. Entonces, ¿por qué?» Luego, una ola de indiferencia inundaba las almas: «¿Y qué más da? ¡No son más que piedras y vigas, objetos inanimados! ¡Lo esencial es salvar la vida!» ¿Quién pensaba en las desgracias de la Patria? Ellos, los que se marchaban esa noche, no. El pánico anulaba todo lo que no fuera instinto, movimiento animal y trémulo del cuerpo. Coger lo más valioso que se tuviera en este mundo y luego… Y esa noche sólo lo que vivía, respiraba, lloraba, amaba, tenía valor. Raro era el que lamentaba la pérdida de sus bienes; la gente cogía en brazos a una mujer o un niño y se olvidaba de lo demás. Lo demás podía ser pasto de las llamas.

Aguzando el oído, se percibía el rumor de los aviones en el cielo. ¿Franceses o enemigos? No se sabía.

—Más deprisa, más deprisa —decía el señor Péricand.

Pero tan pronto se olvidaban de la plancha como de la caja de costura. Era imposible hacer entrar en razón a los criados. Temblaban de miedo, querían partir, pero la rutina podía más que el terror, y se empeñaban en que todo se hiciera según el ritual que precedía los viajes al campo en época de vacaciones. En las maletas, todo tenía que estar en su sitio habitual. No habían comprendido lo que ocurría realmente. Actuaban, por así decirlo, en dos tiempos, a medias en el presente y a medias en el pasado, como si los acontecimientos recientes sólo hubieran penetrado en la capa más superficial de su conciencia, dejando toda una profunda región adormecida en la ignorancia. El ama, con el cabello gris revuelto, los labios apretados y los párpados hinchados de tanto llorar, plegaba los pañuelos recién planchados de Jacqueline con movimientos asombrosamente enérgicos y precisos. La señora Péricand, que ya estaba junto al coche, la llamaba una y otra vez, pero la anciana no respondía, ni siquiera la oía. Al final, Philippe tuvo que subir a buscarla.

—Vamos, ama. ¿Qué te pasa? Hay que marcharse. ¿Qué te pasa? —repitió, cogiéndole la mano.

—¡Oh, déjame, mi pobre pequeño! —gimió la mujer, olvidando que ahora sólo lo llamaba «señorito Philippe» o «señor cura» y volviendo instintivamente al tuteo de antaño—. Déjame, anda. ¡Tú eres bueno, pero estamos perdidos!

—Pero, mujer, no te pongas así. Deja los pañuelos, vístete y baja enseguida, que mamá te está esperando.

—¡No volveré a ver a mis chicos, Philippe!

—Que sí, que sí —le aseguró Philippe, y él mismo se puso a peinarla, le arregló los desordenados mechones y le encasquetó un sombrero de paja negra.

—¿Querrás rezarle a la Santa Virgen por mis chicos?

Philippe la besó en la mejilla con suavidad.

—Sí, claro que sí, te lo prometo. Y ahora, ve.

En la escalera se cruzaron con el chófer y el portero, que iban a buscar al anciano señor Péricand. Lo habían mantenido apartado del trajín hasta el último momento. Auguste y el enfermero acabaron de vestirlo. Lo habían operado no hacía mucho. Llevaba un complicado vendaje y, en previsión del fresco nocturno, un ceñidor de franela tan largo y ancho que tenía el cuerpo fajado como una momia. Auguste le abotonó los anticuados botines, le puso un jersey ligero pero de abrigo cálido y, por último, la chaqueta. El anciano, que hasta ese momento se había dejado manipular sin rechistar,

61

como una muñeca vieja y tiesa, pareció despertar de un sueño y exclamó:

—¡El chaleco de lana!

—Tendrá usted demasiado calor —observó Auguste, queriendo pasar a otra cosa.

Pero el anciano le clavó sus desvaídos y vidriosos ojos y, con voz un poco más alta, repitió:

—¡El chaleco de lana!

Se lo dieron. Le pusieron su largo gabán y un pañuelo que le daba dos vueltas alrededor del cuello y se unía por detrás con un imperdible. Lo colocaron en su sillón de ruedas y bajaron con él los cinco pisos, pues el sillón no entraba en el ascensor. El enfermero, un alsaciano pelirrojo y fornido, bajaba los peldaños de espaldas levantando su carga con los brazos extendidos, mientras Auguste la sujetaba respetuosamente por detrás. Al llegar a un rellano, hacían un alto para secarse el sudor de la frente, mientras el anciano contemplaba el techo meneando su frondosa barba blanca. Era imposible saber qué pensaba de tan precipitado viaje. Sin embargo, contra lo que pudiera creerse, no ignoraba nada sobre los recientes acontecimientos. Mientras lo vestían, había murmurado:

—Una noche muy clara… No me sorprendería que… —Luego pareció quedarse dormido, pero acabó la frase al cabo de unos instantes, en el umbral de la puerta—: ¡No me sorprendería que nos bombardearan por el camino!

—¡Qué ocurrencia, señor Péricand! —había exclamado el enfermero con todo el optimismo inherente a su profesión.

Pero el anciano ya había vuelto a adoptar su actitud de grave indiferencia. Al fin, consiguieron sacar el sillón de ruedas del edificio. Instalaron al anciano en el rincón de la derecha, bien resguardado de las corrientes de aire. Con manos temblorosas de impaciencia, su nuera en persona lo arrebujó en un chal escocés, cuyos largos flecos el anciano solía entretenerse en trenzar.

—¿Todo en orden? —preguntó Philippe—. ¡Entonces en marcha, vamos!

«Si cruzan las puertas de París antes de que amanezca, habrán tenido suerte», pensó el sacerdote.

—Mis guantes —pidió el anciano.

Se los dieron. Con tantas capas de lana, costaba abrochárselos en las muñecas, pero él no perdonó ni un corchete. Por fin, todo estaba listo. Emmanuel lloraba entre los brazos del ama. La señora Péricand besó a su marido y su hijo mayor. Los estrechó sin llorar, pero ellos sintieron palpitar aceleradamente su corazón. El chófer puso el coche en marcha. Hubert montó en la bicicleta. Entonces el anciano señor Péricand levantó la mano y dijo con voz débil pero clara:

—Un momento.

—¿Qué ocurre, padre? —El anciano indicó con señas que no podía decírselo a su nuera—. ¿Ha olvidado alguna cosa?

Él asintió con la cabeza. El coche se detuvo. Pálida de exasperación, la señora Péricand sacó la cabeza por la ventanilla.

—¡Creo que papá se ha dejado algo! —gritó en dirección al pequeño grupo que se había quedado en la acera, formado por su marido, Philippe y el enfermero.

Cuando el coche retrocedió hasta la puerta, el anciano llamó al enfermero con un gesto discreto y le susurró algo al oído.

—Pero ¿qué le sucede? ¡Es increíble! A este paso, aún estaremos aquí mañana —exclamó la señora Péricand—. ¿Qué quiere usted, padre? ¿Qué ha dicho? —le preguntó al enfermero.

El hombre bajó los ojos.

—El señor quiere que volvamos a subirlo… para hacer pis.

7

Arrodillado en el parquet del salón, Charles Langelet empaquetaba personalmente sus porcelanas. Estaba gordo y padecía del corazón; el suspiro que salía de su pecho oprimido parecía un estertor. Se encontraba solo en el piso vacío. El matrimonio que trabajaba para él desde hacía siete años se había dejado llevar por el pánico esa misma mañana, cuando los parisinos habían despertado bajo una niebla artificial que caía como una lluvia de cenizas. La pareja había salido temprano a comprar provisiones y no había vuelto. Langelet pensaba con amargura en los generosos sueldos y gratificaciones que les había pagado desde que estaban con él y que sin duda les habían permitido comprarse una pequeña granja en su región natal.

Langelet debería haberse marchado hacía tiempo, pero le tenía demasiado apego a sus viejas costumbres. Retraído y desdeñoso, lo único que le gustaba en este mundo era su casa y los objetos esparcidos a su alrededor, en el suelo desnudo (las alfombras, enrolladas con naftalina, estaban escondidas en el sótano). Todas las ventanas estaban adornadas con largas tiras de papel engomado rosa y azul claro. Él las había colocado con sus propias manos regordetas y pálidas, dándoles forma de estrellas, de barcos, de unicornios… Eran la admiración de sus amigos, pero es que él no podía vivir en un ambiente insulso o vulgar. A su alrededor, en su casa, todo lo que componía su forma de vida estaba hecho de detalles hermosos, humildes en unos casos y caros en otros, que acababan por crear un clima particular, grato, luminoso, el único, en definitiva, digno de un hombre civilizado, pensaba el señor Langelet. A los veinte años, llevaba un anillo con esta inscripción grabada en su interior: *This thing of Beauty is a guilt for ever.* Era una niñería, y había acabado deshaciéndose del anillo (al señor Langelet le gustaba hablar consigo mismo en inglés, lengua que por su poesía y su fuerza era ideal para algunos de sus estados de ánimos), pero no se había olvidado del lema, al que permanecía fiel.

Se incorporó sobre una rodilla y lanzó en derredor una mirada de desolación que lo abarcaba todo: el Sena bajo sus ventanas; el gracioso eje que separaba los dos salones; la chimenea, con sus morillos antiguos, y los altos techos, bañados por una luz límpida que tenía el tono verdoso y la transparencia del agua, porque llegaba tamizada por los estores de tela esmeralda del balcón.

De vez en cuando sonaba el teléfono. En París todavía quedaban algunos indecisos, locos que temían marcharse y esperaban no se sabía qué milagro. Lentamente, suspirando, el señor Langelet se llevaba el auricular al oído. Hablaba con voz nasal y pausada, con ese desapego, con esa ironía que sus amigos —un grupito muy cerrado, muy parisino— llamaban «un tono inimitable». Sí, había decidido marcharse. No, no le daba miedo. París no sería defendido. En el resto del país las cosas no serían muy diferentes. El peligro estaba en todas partes, pero él no huía del peligro. «He visto dos guerras», decía. Efectivamente, había vivido la del catorce, en su propiedad de Normandía, porque tenía el corazón delicado y lo habían eximido de cualquier servicio militar.

—Tengo sesenta años, mi querida amiga. No le temo a la muerte.

—Entonces, ¿por qué se va?

—No soporto este desorden, estos estallidos de odio, el repugnante espectáculo de la guerra. Me iré a algún rincón tranquilo en el campo. Viviré con los cuatro cuartos que me quedan hasta que el mundo recobre la cordura.

Le respondió una leve risita: tenía fama de tacaño y previsor. Se decía de él: «¿Charlie? Se cose monedas de oro en todos los trajes viejos.» Esbozó una sonrisa agria y gélida. Sabía que su vida cómoda, demasiado desahogada, despertaba envidias.

—¡Oh, usted no tendrá problemas! —aseguró su amiga—. Pero, desgraciadamente, no todo el mundo cuenta con su fortuna… —Charlie arrugó la frente: aquella mujer no tenía tacto—. ¿Adónde irá? —preguntó ella.

—A una casita que tengo en Ciboure.

—¿Cerca de la frontera? —exclamó la amiga, que decididamente había perdido el comedimiento.

Se despidieron con frialdad. Charlie volvió a arrodillarse ante la caja, que ya estaba medio llena, y a través de la paja y el papel de seda acarició sus porcelanas, sus tazas de Nankín, su centro de mesa Wedgwood, sus jarrones de Sèvres, de los que no se separaría por nada del mundo... Pero tenía el corazón roto: no podría llevarse el lavabo de porcelana de Sajonia que tenía en el dormitorio, una pieza de museo, con su tremol decorado con rosas. ¡Eso se iría al infierno! Por unos instantes se quedó inmóvil, hincado sobre el parquet, con el monóculo colgando de su cordón negro. Era alto y fuerte; sobre su delicado cuero cabelludo, los ralos cabellos estaban distribuidos con sumo cuidado. Habitualmente, su rostro tenía una expresión impávida y desconfiada, como la de un viejo gato que ronronea junto al fuego. El esfuerzo del último día lo había dejado agotado, y ahora la mandíbula le colgaba floja, como a los muertos. ¿Qué había dicho aquella sabionda por teléfono? ¡Había insinuado que él quería huir de Francia! ¡Menuda idiota! ¡Se creía que iba a avergonzarlo, que iba a sacarle los colores! Por supuesto que se iría. Si conseguía llegar a Hendaya, se las arreglaría para cruzar la frontera. Pasaría unos días en Lisboa y luego se marcharía de aquella Europa espantosa y sanguinolenta. La imaginaba convertida en un cadáver medio descompuesto, atravesado por mil heridas. Se estremeció. Él no estaba hecho para eso. No estaba hecho para el mundo que nacería de aquella carroña, como un gusano que sale de una tumba. Un mundo brutal, feroz, en el que habría que defenderse de las dentelladas. Miró sus hermosas manos, que nunca habían trabajado, que sólo habían acariciado estatuas, piezas de orfebrería antigua, encuadernaciones de lujo y algún que otro mueble isabelino. ¿Qué iba a hacer él, Charles Langelet, con sus refinamientos, con los escrúpulos que constituían la base de su carácter, en medio de aquella muchedumbre enloquecida? Le robarían, lo despojarían, lo asesinarían como a un pobre perro abandonado a los lobos. Sonrió débil y amargamente, imaginándose con el aspecto de un pequinés de dorada pelambre perdido en una jungla. No se parecía al común de los mortales. Sus ambiciones, sus miedos, sus cobardías y sus griteríos le eran ajenos. Vivía en un universo de paz y de luz. Estaba condenado a ser odiado y engañado por todos. Llegado a ese punto, se acordó de sus criados y rió por lo bajo. Era la aurora de los nuevos tiempos, ¡una advertencia y un presagio! Con dificultad, porque tenía las rodillas doloridas, se levantó, se llevó las manos a los riñones y fue a la antecocina en busca del martillo y los clavos para cerrar la caja. Después la bajó él mismo al coche: los porteros no necesitaban saber lo que se llevaba.

8

Los Michaud se habían levantado a las cinco de la mañana para tener tiempo de ordenar el piso a fondo antes de abandonarlo. Seguramente era absurdo tomarse tantas molestias por cosas sin valor y condenadas, con toda probabilidad, a desaparecer en cuanto las primeras bombas cayeran sobre París. Pero, pensaba la señora Michaud, también se viste y se acicala a los muertos, destinados a pudrirse en la tierra. Es un último homenaje, la suprema prueba de amor hacia quien nos fue querido. Y aquel pisito les era muy querido. Habían vivido en él dieciséis años. No podrían llevarse todos sus recuerdos. Por mucho que les pesara, los mejores se quedarían allí, entre aquellas cuatro humildes paredes. Guardaron los libros en la parte inferior de un armario, junto con todas las fotos de aficionado que siempre se proponían pegar en álbumes y que estaban desvaídas, curvadas, atrapadas en la ranura de un cajón. El retrato de Jean-Marie, de niño, ya estaba en el fondo de la maleta, entre los pliegues de un vestido de repuesto, y el banco les había recomendado encarecidamente que sólo llevaran lo estrictamente necesario: un poco de ropa interior y los artículos de aseo. Por fin, todo estaba listo. Ya habían desayunado. La señora Michaud cubrió la cama con una gran sábana que protegería del polvo la descolorida colcha de seda rosa.

—Es hora de marcharse —dijo su marido.

—Baja, yo voy enseguida —respondió ella con voz alterada.

Maurice la dejó sola. La señora Michaud entró en la habitación de Jean-Marie. Todo estaba silencioso, oscuro, lúgubre tras los postigos cerrados. Se arrodilló junto a la cama y dijo en voz alta: «¡Dios mío, protégelo!» Luego salió y cerró la puerta. Su marido la esperaba en la escalera. La atrajo hacia sí y, allí mismo, sin decir palabra, la estrechó entre sus brazos con tanta fuerza que ella soltó un pequeño grito de dolor.

—¡Ah! Me haces daño, Maurice…

—Si no ha sido nada… —murmuró él con voz ronca.

En el banco, los empleados, reunidos en el amplio vestíbulo portando sus pequeños bolsos, comentaban las últimas noticias en voz baja. Corbin no estaba. El jefe de personal repartía los números de orden: cada uno tenía que subir al coche que le correspondiera cuando dijeran su número. Las salidas se efectuaron según lo previsto y sin contratiempos hasta mediodía. Luego llegó Corbin, con prisas y de mal humor. Bajó al sótano, a la cámara acorazada, de donde regresó con un paquete medio oculto bajo su abrigo.

—Son las joyas de Arlette —le susurró la señora Michaud a su marido—. Las de su mujer las retiró anteayer.

—Con tal que no se olvide de nosotros… —suspiró Maurice, entre irónico y preocupado.

Cuando Corbin se acercó, la señora Michaud le salió al paso con decisión.

—Así pues, ¿iremos con usted, señor director?

Él asintió y les dijo que lo siguieran. Michaud cogió la maleta y los tres salieron de la oficina. El coche de Corbin estaba delante de la puerta, pero, cuando se acercaron, Michaud, entrecerrando sus ojos de miope, dijo con voz suave y un tanto cansada:

—Por lo que veo, nos han quitado el sitio.

Arlette Corail, su perro y sus maletas ocupaban el asiento trasero del vehículo.

—¿Acaso vas a arrojarme a la acera? —le espetó la bailarina asomando la cabeza por la ventanilla.

Se inició una discusión de pareja. Los Michaud se alejaron unos pasos, pero lo oían todo.

—¡Pero si en Tours tenemos que recoger a mi mujer! —espetó Corbin y le pegó un puntapié al perro.

El chucho soltó un gañido y se refugió entre las piernas de Arlette.

—¡Bruto!

—Cállate. Si anteayer no hubieras estado callejeando con esos aviadores ingleses… Otros dos a los que me gustaría ver en el fondo del mar…

Ella repetía «¡Bruto! ¡Bruto!» con voz cada vez más aguda. Hasta que de pronto, con toda la calma del mundo, declaró:

—En Tours tengo un amigo. Ya no te necesitaré.

Corbin le lanzó una mirada torva, pero al parecer ya había tomado una decisión.

—Lo siento —dijo volviéndose hacia los Michaud—. Ya lo ven, no tengo sitio para ustedes. El coche de la señorita Corail ha sufrido un accidente, y ella necesita que la lleve hasta Tours. No puedo negarme. Tienen ustedes un tren dentro de una hora. Tal vez vayan un poco apretados, pero como es un viaje corto… En cualquier caso, arréglenselas para reunirse con nosotros lo antes posible. Confío en usted, señora Michaud, que es un poco más enérgica que su marido. Por cierto, Michaud, en adelante tendrá que mostrarse más dinámico que en los últimos tiempos —añadió, enfatizando las sílabas «di-ná-mi-co»—. No toleraré más apatía. Si quiere conservar su puesto, dese por advertido. Los quiero a los dos en Tours pasado mañana a más tardar. Necesito tener mi personal al completo.

Corbin se despidió con un pequeño gesto de la mano, subió al coche y se marchó con la bailarina. En la acera, los Michaud se miraron.

—Es la mejor defensa —comentó Michaud con su habitual flema, encogiendo ligeramente los hombros—. Reñir a la gente que tiene motivos de queja contra ti. ¡Siempre funciona! —Ambos se echaron a reír—. ¿Y ahora qué hacemos?

—Volver a casa y comer —refunfuñó ella, furiosa.

Encontraron el piso fresco, la cocina con las persianas bajadas, los muebles cubiertos con fundas. Todo tenía un aire íntimo, amistoso y acogedor, como si en la penumbra una voz hubiera susurrado: «Os esperábamos. Todo está en orden.»

—Quedémonos —propuso Maurice.

Estaban sentados en el sofá del salón y ella le acariciaba las sienes con sus manos delgadas y suaves, un gesto familiar en la pareja.

—Mi pobre niño… Es imposible, hay que vivir, no tenemos nada ahorrado desde mi operación, lo sabes perfectamente. Quedan ciento setenta y cinco francos en la caja de ahorros. Corbin no dejaría pasar la oportunidad de ponernos en la calle. Después de un golpe así, todos los bancos reducirán su personal. Hay que llegar a Tours a toda costa.

—Me temo que será imposible.

—Pues debemos conseguirlo —insistió ella, que ya estaba en pie, poniéndose el sombrero y cogiendo la maleta.

Salieron y se dirigieron a la estación.

No lograron acceder a la gran explanada, cerrada con cadenas, protegida por soldados y asediada por una multitud que presionaba los barrotes de la verja. Se quedaron allí hasta que oscureció. A su alrededor, la gente decía:

—Muy bien. Nos iremos a pie.

Lo aseguraban con una especie de anonadado estupor. Era evidente que ni ellos mismos se lo creían. Miraban alrededor y esperaban el milagro: un coche, un camión, cualquier cosa en la que poder irse. Pero no aparecía nada. De modo que se dirigían hacia las puertas de París, las cruzaban arrastrando las maletas por el polvo, seguían avanzando, se adentraban en el extrarradio y después en la campiña y pensaban: «¡Estoy soñando!»

Como los demás, los Michaud echaron a andar. Era una cálida noche de junio. Delante de ellos, una mujer vestida de luto y tocada con un sombrero adornado con un crespón y torcido sobre su blanco cabello, iba tropezando en las piedras del camino y farfullando con gestos de loca:

—Rezad para que no tengamos que huir en invierno… Rezad… ¡Rezad!

9

Gabriel Corte y Florence pasaron la noche del 11 al 12 de junio en su coche. Habían llegado hacia las seis de la tarde, y en el hotel sólo quedaban dos cuartos diminutos y sofocantes bajo el tejado. Gabriel los examinó brevemente, abrió con brusquedad las ventanas, se inclinó un instante sobre la barandilla, volvió a erguirse y con voz seca declaró:

—Yo no me quedo aquí.

—Lo siento, señor, es lo único que tenemos. Piense que con esta muchedumbre de refugiados hay gente durmiendo hasta en las mesas de billar —dijo el director, pálido y abrumado—. Sólo quería serle de utilidad.

—No me quedaré aquí —se obstinó Gabriel, espaciando las palabras con voz grave, la misma que empleaba al final de las discusiones con los editores, cuando cogía la puerta y les espetaba: «¡En esas condiciones, señor, será imposible que nos entendamos!» El editor se ablandaba y subía de ochenta a cien mil francos.

Pero el director del hotel se limitó a mover la cabeza con tristeza.

—No tengo otra cosa.

—¿Sabe usted quién soy? —le preguntó Gabriel, de pronto peligrosamente tranquilo—. Soy Gabriel Corte y le advierto que prefiero dormir en mi coche antes que en esta ratonera.

—Cuando salga usted de aquí —replicó el director, ofendido—, verá diez familias en el rellano pidiéndome de rodillas que les alquile esta habitación.

Corte soltó una carcajada afectada, gélida y despectiva.

—Desde luego, no seré yo quien se la dispute. Adiós, caballero.

A nadie, ni siquiera a Florence, que lo esperaba en el vestíbulo, habría confesado por qué había rechazado aquella habitación. Al acercarse a la ventana había visto, en la suave noche de junio, un depósito de gasolina muy cerca del hotel y, un poco más allá, lo que le habían parecido autoametralladoras y tanques estacionados en la plaza.

«¡Nos van a bombardear! —se dijo, y empezó a temblar tan espasmódicamente que pensó—: Estoy enfermo, tengo fiebre.» ¿Miedo? ¿Gabriel Corte? ¡No, él no podía tener miedo! ¡Por favor! Sonrió con desdén y piedad, como si respondiera a un interlocutor invisible. Por supuesto que no tenía miedo; pero, al asomarse por segunda vez, había visto aquel cielo negro, del que, en cualquier momento, podían caer el fuego y la muerte, y había vuelto a invadirlo aquella espantosa sensación: primero el temblor en los huesos, y luego la debilidad, las náuseas, la crispación de las entrañas que precedía al desvanecimiento. Miedo o no, qué importaba. Ahora huía seguido de Florence y la doncella.

—Dormiremos en el coche —decidió—. Una noche pasa enseguida.

Luego pensó que podían buscar otro hotel, pero mientras dudaba se hizo demasiado tarde: por la carretera de París discurría un lento e incesante río de coches, camiones, carros y bicicletas, al que se sumaban las caballerías de los campesinos, que abandonaban sus granjas y partían hacia el sur arrastrando tras sí a sus hijos y sus animales. A medianoche, en Orleans no quedaba una habitación, ni siquiera una cama libre. La gente dormía en el suelo de los cafés, en las calles, con la cabeza apoyada en la maleta. El atasco era tan caótico que resultaba imposible salir de la ciudad. Se decía que habían cerrado la carretera para reservarla a las tropas.

En silencio y con los faros apagados, los vehículos llegaban uno tras otro llenos a reventar, cargados hasta los topes de maletas y muebles, de cochecitos de niño y jaulas de pájaro, de cajas y cestos de ropa, cada uno con su colchón atado al techo; formaban frágiles andamiajes y parecían avanzar sin ayuda del motor, llevados por su propia inercia a lo largo de las calles en pendiente hasta la plaza. Ahora ya bloqueaban todas las salidas, arrimados unos a otros como peces atrapados en una red; incluso parecía posible cogerlos todos a la vez y arrojarlos a una espantosa orilla. No se oían lloros ni gritos: hasta los niños permanecían callados. Todo estaba tranquilo. De vez en cuando, un rostro se asomaba por una ventanilla y escrutaba el cielo con atención. Un rumor débil y sordo, hecho de respiraciones trabajosas, de suspiros, de palabras intercambiadas a media voz, como si se temiera que llegaran a oídos de un enemigo al acecho, se elevaba de aquella multitud. Algunos intentaban dormir utilizando la maleta como incómoda almohada, movían las doloridas piernas en el estrecho asiento o aplastaban la mejilla contra el frío cristal de una ventanilla. Algunos jóvenes y algunas mujeres se llamaban de un coche a otro, y a veces incluso reían con desenfado. Pero, de pronto, una mancha oscura se deslizaba por el cielo cuajado de estrellas y las risas cesaban; todo el mundo permanecía atento. No era inquietud propiamente dicha, sino una extraña tristeza que tenía poco de humano, porque no comportaba ni valentía ni esperanza. Así es como los animales esperan la muerte. Así es como el pez atrapado en la red ve pasar una y otra vez la sombra del pescador.

El avión surgió súbitamente sobre sus cabezas; oían su zumbido estridente, que se alejaba, se apagaba y luego volvía a dominar todos los sonidos de la ciudad y suspender todas las angustiadas respiraciones. El río, el puente metálico, las vías del tren, la estación, las chimeneas de la fábrica, brillaban tenuemente, como otros tantos puntos estratégicos, otros tantos blancos a alcanzar por el enemigo. Otros tantos peligros para aquella muchedumbre silenciosa. «Me parece que es francés», decían los optimistas. Francés, enemigo… Nadie lo sabía. Pero ahora sí había desaparecido. A veces se oía una explosión lejana. «No vienen por nosotros —pensaba la gente con un suspiro de alivio—. No vienen por nosotros, van por otros. ¡Ha habido suerte!»

—¡Qué noche de perros! —gimió Florence—. ¡Qué noche!

Con un siseo apenas audible, Gabriel le soltó con desdén:

—¿Verdad que yo no duermo? Pues haz tú lo mismo.

—Es que ya que teníamos una habitación… ¡Ya que tuvimos la increíble suerte de disponer de una habitación…!

74

—¿A eso llamas una suerte increíble? Una buhardilla infame que apestaba a sumidero... ¿No viste que estaba encima de las cocinas? ¿Yo, allí dentro? ¿Tú me ves allí dentro?

—Pero, Gabriel, lo conviertes en una cuestión de amor propio...

—¡Bah! Déjame en paz, ¿quieres? Siempre lo he sabido: hay matices, hay... —farfulló buscando la palabra adecuada— hay pudores que tú no sientes.

—¡Lo que siento es que tengo el culo molido! —exclamó Florence, olvidándose de repente de los últimos cinco años de su vida, y con gesto vulgar se palmeó el muslo con su mano cubierta de sortijas—. ¡Dios! ¡Estoy harta!

Gabriel se volvió hacia ella, lívido de rabia.

—¡Entonces lárgate! ¡Vamos, lárgate! ¡Fuera, he dicho!

En ese preciso instante, un súbito e intenso resplandor iluminó la plaza. Era una bengala lanzada por un avión. Las palabras se helaron en los labios de Gabriel. La bengala se apagó, pero el cielo pareció llenarse de aviones. Pasaban y volvían a pasar por encima de la plaza, se diría que sin prisa.

—Y los nuestros, ¿dónde están? —refunfuñaba la gente.

A la izquierda de Gabriel había un pequeño coche desvencijado; en el techo, además del colchón, llevaba un velador redondo con pesados y vulgares adornos de cobre. Lo ocupaban un hombre tocado con una gorra y dos mujeres, una con un bebé en el regazo y la otra con una jaula de pájaros. Al parecer habían sufrido un accidente. La carrocería y el parachoques estaban abollados, y la mujer que abrazaba la jaula tenía la cabeza vendada con tiras blancas.

A su derecha, Gabriel vio una camioneta cargada de jaulones de los que utilizan los campesinos para transportar gallinas los días de mercado, pero llenos de perros, y en la ventanilla más cercana descubrió el rostro de una prostituta vieja. Pelirroja y desaliñada, de frente estrecha y ojos maquillados, miraba fijamente a Gabriel mientras mascaba un mendrugo de pan. Él se estremeció.

—¡Qué horror! —exclamó—. ¡Qué caras tan repugnantes!

Agobiado, escondió la cabeza en el rincón del coche y cerró los ojos.

—Tengo hambre —dijo Florence—. ¿Y tú?

Gabriel negó con la cabeza.

Ella abrió la maleta y sacó unos sándwiches.

—Esta noche no has cenado. Vamos, sé razonable.

—No puedo comer. Creo que no podría tragar ni un bocado. ¿Has visto a esa vieja grotesca de ojos pintarrajeados y pelo color zanahoria mascando pan?

Florence cogió un sándwich y entregó otros dos a la doncella y el chófer. Gabriel se llevó las manos a los oídos para no oír crujir el pan entre los dientes de los criados.

10

Los Péricand llevaban cerca de una semana en la carretera. Habían tenido mala suerte. Una avería los había retenido dos días en Gien. Poco después, en aquel caos y apresuramiento indescriptibles, habían chocado con la camioneta en la que iban los criados y el equipaje. Eso había ocurrido en los alrededores de Nevers. Por fortuna para los Péricand, no había rincón de provincias donde les fuera imposible encontrar algún amigo o pariente con una gran casa, un hermoso jardín y la despensa llena. Así pues, un primo de la rama Maltête-Lyonnais los había acogido, pero el pánico iba en aumento, se extendía de ciudad en ciudad como un incendio. Los Péricand repararon el coche como pudieron y al cabo de cuarenta y ocho horas reemprendieron la marcha. El sábado a mediodía quedó claro que el vehículo no llegaría muy lejos sin que lo examinaran y repararan de nuevo. Se detuvieron en una pequeña ciudad un poco apartada de la carretera principal, con la esperanza de encontrar alojamiento. Pero las calles estaban atestadas de vehículos de todas clases; los chirridos de los maltratados frenos hendían el aire; la plaza, situada junto al río, parecía un campamento de gitanos; los hombres, exhaustos, dormían en el suelo o se lavaban en la orilla. Una joven había colgado un espejito en el tronco de un árbol y se estaba maquillando y peinando de pie ante él. Otra lavaba pañales en la fuente. En las puertas de sus casas, los vecinos contemplaban aquel espectáculo con expresiones de estupor.

—¡Pobre gente! Señor, lo que hay que ver… —decían con piedad y un íntimo sentimiento de satisfacción: aquellos refugiados venían de París, del norte, del este, de provincias asoladas por la invasión y la guerra. Pero ellos vivían bien tranquilos; los días pasarían y los soldados lucharían mientras el ferretero de la calle mayor y la señorita Dubois, la mercera, seguían vendiendo sus ollas y sus cintas, tomando sopa caliente en sus cocinas y cerrando la pequeña cerca de madera que separaba su jardín del resto del mundo al llegar la noche.

Por la mañana, a primera hora, los coches se abastecían de gasolina, que empezaba a escasear. La gente pedía noticias a los refugiados. No sabían nada. Alguien aseguró que «esperaban a los alemanes en las montañas de Morvan». Sus palabras fueron acogidas con escepticismo.

—Hombre, en el catorce no llegaron tan lejos... —dijo el grueso farmacéutico meneando la cabeza, y todo el mundo asintió como si la sangre vertida en la Gran Guerra hubiera formado una mística barrera capaz de detener al enemigo por los siglos de los siglos.

Seguían llegando coches y más coches.

—¡Qué cansados parecen! ¡Qué calor deben de estar pasando! —decía la gente, pero a nadie se le ocurría invitar a su casa a alguno de aquellos desventurados, dejarlo entrar en uno de aquellos pequeños paraísos de sombra que se adivinaban vagamente detrás de las casas, con su banco de madera bajo un cenador, sus groselleros y sus rosas.

Había demasiados refugiados. Había demasiados rostros cansados, demacrados, sudorosos; demasiados niños llorando, demasiados labios temblorosos que preguntaban: «¿No sabrá usted dónde podríamos encontrar una habitación o una cama?» «¿Podría usted indicarnos un restaurante, señora?» Era como para desalentar la caridad. Aquella multitud miserable ya no presentaba rasgos humanos; parecía una manada en estampida. Una extraña uniformidad se extendía sobre ellos. La ropa arrugada, los rostros exhaustos, las voces roncas, todo los asemejaba. Todos hacían los mismos gestos, todos decían las mismas frases. Al salir del coche, se tambaleaban como si hubieran bebido y se llevaban la mano a la frente, a las sienes doloridas. «¡Qué viaje, Dios mío!», suspiraban. «Estamos guapos, ¿eh?», ironizaban. «De todas maneras, parece que allí la cosa va mejor», decían señalando un punto invisible en la lejanía.

La señora Péricand había detenido su convoy ante un pequeño café cerca de la estación. La familia sacó una cesta de provisiones y pidió cerveza. En una mesa cercana, un niño muy guapo vestido con un elegante y arrugado abrigo verde se comía plácidamente una rebanada de pan con mantequilla. En la silla contigua, un bebé berreaba en un cesto de ropa. Con su ojo clínico, la señora Péricand se percató al instante de que aquellos niños eran de buena familia y se podía hablar con ellos. Así que dirigió unas palabras afectuosas al del abrigo verde y, cuando la joven madre apareció, entabló conversación con ella. La mujer, que era de Reims, lanzó una mirada de envidia a la apetitosa merienda de los pequeños Péricand.

—Quiero chocolate para el pan, mamá —pidió el niño del abrigo verde.

—¡Pobrecito mío! —exclamó la joven, sentando al bebé en sus rodillas para intentar calmarlo—. No tengo chocolate, no me ha dado tiempo de ir a comprarlo. Pero esta noche tendrás un buen postre en casa de la abuela.

—¿Me permite ofrecerle unas pastas?

—¡Oh, señora! ¡Es usted muy amable!

—No, se lo ruego…

Las dos mujeres hablaban en un tono de lo más alegre, de lo más fino, con los mismos gestos y sonrisas con que habrían aceptado o rechazado un pastelito y una taza de té en otras circunstancias. Mientras tanto, el bebé se desgañitaba y los refugiados seguían entrando en el café con sus hijos, sus maletas y sus perros. Uno de los chuchos olió a *Albert* en su cesta y se lanzó ladrando alegremente bajo la mesa de los Péricand, donde el niño del abrigo verde se comía sus pastas parsimoniosamente.

—Jacqueline, en tu bolso tienes pirulíes —le dijo la señora Péricand a su hija con un gesto discreto y una mirada de «ya sabes que hay que compartir las cosas con los que no tienen nada y ayudarse mutuamente en la desgracia; es el momento de poner en práctica lo que aprendiste en la catequesis».

Verse tan colmada de riquezas y tan caritativa le producía una enorme satisfacción. Era el premio a su previsión y su buen corazón. Le dio un pirulí no sólo al niño del abrigo verde, sino también a los de una familia belga que había llegado en una camioneta llena de jaulas de gallinas. Añadió unas tortitas con pasas para los pequeños. Luego, pidió que le hirvieran agua y preparó una infusión ligera para el anciano señor Péricand. Hubert había ido a buscar habitación. La señora Péricand salió del café y pidió indicaciones; buscaba la iglesia, que estaba en el centro de la ciudad. Las familias habían acampado en las aceras y en la escalinata de piedra del templo.

La iglesia era blanca y muy nueva; todavía olía a pintura fresca. En su interior se desarrollaba una especie de doble vida: la de la tranquila rutina cotidiana y otra más febril y extraña. En un rincón, una religiosa cambiaba las flores a los pies de la Virgen. Sin prisa, con una sonrisa dulce y plácida, cortaba los tallos marchitos y ataba las rosas frescas en gruesos ramos. Se oían los chasquidos de sus tijeras de podar y el sonido de sus sosegados pasos en las losas. A continuación, se puso a despabilar las velas. Un viejo sacerdote se dirigía hacia el confesionario. Una anciana dormitaba en una silla con el rosario en las manos. Había muchos cirios encendidos ante la estatua de Juana de Arco. Bajo aquel gran sol, todas las llamitas danzaban, pálidas y transparentes, contra la deslumbrante blancura de las paredes. En una placa de mármol colocada entre dos ventanas brillaban las letras doradas que formaban los nombres de los caídos en la Gran Guerra.

Entretanto, una multitud cada vez mayor inundaba las naves como una ola. Las mujeres y los niños acudían a dar gracias a Dios por haber llegado hasta allí o a rezar por la continuación del viaje; algunos lloraban, otros estaban heridos, con la cabeza vendada o un brazo en cabestrillo. Todos los rostros estaban salpicados de manchas rojas y todas las prendas, arrugadas, desgarradas y sucias, como si la gente que las llevaba hubiera dormido varias noches sin quitárselas. En algunas de aquellas caras pálidas y cubiertas de polvo, las gotas de sudor resbalaban como lágrimas. Las mujeres irrumpían en la iglesia atropelladamente, como quien se acoge a un asilo inviolable. Su sobreexcitación, su ansia era tanta que parecían incapaces de quedarse quietas. Iban de reclinatorio en reclinatorio, se arrodillaban, se levantaban, algunas chocaban con las sillas, azoradas y desorientadas como aves nocturnas en una habitación iluminada. Pero, poco a poco, se calmaban, ocultaban el rostro entre las manos y al fin, ya sin fuerzas ni lágrimas, encontraban la paz ante el gran crucifijo de madera negra.

Tras decir sus oraciones, la señora Péricand abandonó la iglesia. Una vez en la calle, decidió renovar su provisión de pastas, sensiblemente mermada por su dadivosidad. Entró en una gran tienda de ultramarinos.

—No nos queda de nada, señora —le dijo la dependienta.

—¿Cómo? ¿Ni unas galletas, ni un pastel? ¿Nada?

—Nada de nada, señora. Se ha acabado todo.

—Entonces deme una libra de té de Ceilán. ¿Tampoco?

—No hay nada, señora.

Le indicaron otras tiendas de alimentación, pero en ninguna encontró nada. Los refugiados habían vaciado la ciudad. Cerca del café se le unió Hubert. No había hallado habitación.

—¡No hay nada para comer, las tiendas están vacías! —exclamó la señora Péricand.

—Pues yo he encontrado dos que están muy bien surtidas.

—¿Ah, sí? ¿Y dónde?

Hubert soltó una carcajada.

—¡Una vende pianos y la otra artículos funerarios!

—¡Qué tonterías dices a veces, hijo mío!

—Creo que a este paso las coronas de flores también van a estar muy solicitadas —comentó él—. Podríamos hacer negocio, ¿no le parece, mamá?

Ella se limitó a encogerse de hombros. Al llegar, vio a Jacqueline y Bernard en la puerta del café. Tenían las manos llenas de chocolatinas y azucarillos y los estaban repartiendo a su alrededor. La señora Péricand dio un respingo.

—¿Queréis hacer el favor de entrar? ¿Qué estáis haciendo aquí? Os prohíbo que toquéis las provisiones. Te castigaré, Jacqueline. Y tú, Bernard, verás cuando lo sepa tu padre —amenazó, tirando de los dos estupefactos culpables, firme como una roca.

La caridad cristiana, la mansedumbre de los siglos de civilización se le caían como vanos ornamentos y dejaban al descubierto su alma, árida y desnuda. Sus hijos y ella estaban solos en un mundo hostil. Tenía que alimentar y proteger a sus pequeños. Lo demás ya no contaba.

11

Maurice y Jeanne Michaud caminaban en fila por la larga carretera bordeada de álamos. Iban flanqueados, precedidos y seguidos de fugitivos. Cuando llegaban a un cambio de rasante, veían una confusa multitud que arrastraba los pies por el polvo hasta el horizonte, hasta donde alcanzaba la vista. Los más afortunados tenían una carretilla, un cochecito de niño, un carro hecho con cuatro tablas y dos toscas ruedas, que transportaban sus equipajes y se curvaban bajo el peso de bolsos, de perros, de niños dormidos. Eran los pobres, los desgraciados, los débiles, los que no saben apañárselas, los que siempre acaban relegados a los últimos puestos, y también algunos pusilánimes, algunos tacaños que habían esperado hasta el último momento ante el precio del billete, los gastos y los riesgos del viaje. Pero de pronto habían sido presa del pánico, como todo el mundo. No sabían por qué huían: Francia entera estaba en llamas, el peligro acechaba en todas partes. No sabían con certeza adónde iban. Cuando se dejaban caer al suelo, decían que no volverían a levantarse, que hasta allí habían llegado, que, puestos a morir, preferían morir tranquilos. Pero eran los primeros en levantarse cuando se acercaba un avión. Entre ellos había piedad, caridad, esa simpatía activa y vigilante que la gente del pueblo no testimonia más que a los suyos, a los pobres, y sólo en circunstancias excepcionales de miedo y miseria. Ya eran diez las veces que una matrona gruesa y robusta le ofrecía el brazo a Jeanne Michaud para ayudarla a avanzar. Ella misma llevaba a dos niños cogidos de la mano, mientras su marido cargaba con un hato de ropa y una cesta con un conejo vivo y patatas, únicos bienes terrenales de una viejecilla que había salido a pie de Nanterre. Pese al cansancio, el hambre y la preocupación, Maurice Michaud no se sentía demasiado desgraciado. Tenía una forma de ser muy especial: no se consideraba demasiado importante; a sus propios ojos, no era la criatura única e irreemplazable que cada cual ve cuando piensa en sí mismo. Sus compañeros de desdicha le inspiraban piedad, pero una piedad lúcida y fría. Después de todo, se decía, aquellas grandes migraciones humanas parecían ordenadas por leyes naturales. Sin duda, los pueblos necesitaban desplazamientos periódicos masivos tanto como los rebaños la trashumancia. La idea le resultaba extrañamente consoladora. La gente que lo rodeaba creía que la mala suerte se cebaba en ellos, en su mísera generación, con especial saña; pero él no olvidaba que los éxodos se habían producido en todas las épocas. Cuántos hombres habían caído sobre aquella tierra (como sobre todas las tierras del mundo), vertiendo lágrimas de sangre, huyendo del enemigo, abandonando ciudades en llamas, apretando a sus hijos contra el pecho… Nadie había pensado jamás con simpatía en aquellos muertos incontables. Para sus descendientes eran poco más que pollos sacrificados. Se imaginó que sus dolientes sombras se alzaban en el camino, se inclinaban hacia él y le murmuraban al oído: «Nosotros conocimos todo esto antes que tú. ¿Por qué ibas a ser más feliz que nosotros?»

A su lado, la gruesa matrona gimió:

—¡Nunca se han visto horrores parecidos!

—Ya lo creo que sí, señora —respondió Maurice con suavidad—. Ya lo creo que sí.

Llevaban andando tres días cuando vieron los primeros regimientos en retirada. La confianza estaba tan arraigada en el corazón de los franceses que, al divisar a los soldados, los refugiados pensaron que iban a librar batalla, que el alto mando había dado órdenes para que el ejército, todavía intacto, convergiera hacia el frente en pequeños grupos y por caminos apartados. Esa esperanza les dio ánimos. Los soldados no se mostraban muy locuaces. Casi todos estaban sombríos y taciturnos. Algunos dormían en el fondo de los camiones. Los carros de combate avanzaban pesadamente, camuflados con ramas y envueltos en polvo. Tras las hojas, agostadas por el ardiente sol, se veían rostros pálidos, chupados, con expresiones de cólera y agotamiento extremo.

A cada paso, la señora Michaud creía reconocer entre ellos la cara de su hijo. No vio el número de su regimiento ningún día, pero una especie de alucinación la embargaba: cada rostro desconocido, cada mirada, cada voz joven que oía, le causaba tal sobresalto que se paraba en seco, se llevaba la mano al corazón y, con un hilo de voz, murmuraba:

—¡Oh, Maurice! ¿No es…?

—¿Qué?

—No, nada…

Pero su marido no se dejaba engañar.

—Mi pobre Jeanne… —decía moviendo la cabeza—. Ves a tu hijo en todas partes.

Ella se limitaba a suspirar.

—Se le parece, ¿no crees?

Después de todo, podía ocurrir. Su hijo podía aparecer a su lado repentinamente: Jean-Marie, escapado de la muerte, diciéndoles con voz alegre y cariñosa, con aquella voz suya, masculina y suave, que le parecía estar oyendo en esos momentos: «Pero ¿qué hacéis aquí vosotros dos?»

¡Oh, tan sólo verlo, estrecharlo entre los brazos, ver brillar sus hermosos ojos con aquella mirada penetrante y viva…! Eran de color avellana, con largas pestañas de chica, ¡y veían tantas cosas! Ella le había enseñado desde niño a descubrir el lado cómico y conmovedor de la gente. A la señora Michaud, que sentía compasión por los demás, le gustaba reír: «Tu espíritu dickensiano, mi querida madre», le decía su hijo. ¡Y qué bien se entendían! Se burlaban alegre, cruelmente a veces, de aquellos de quienes tenían motivos de queja; aunque después una palabra, un movimiento, un suspiro, los desarmaban. Maurice era diferente; más sereno y más frío. A él lo quería y lo admiraba, pero Jean-Marie era… ¡oh, Dios mío!, todo lo que ella habría querido ser, todo lo que había soñado, todo lo bueno que había en ella, y su alegría, su esperanza… «Mi hijo, el amor de mi corazón, mi Jeannot…», pensó, volviendo a llamarlo por el diminutivo de cuando tenía cinco años y le cogía con dulzura las orejas para besarlo, le echaba la cabeza atrás y le hacía cosquillas con los labios, mientras él se reía como un poseso.

A medida que avanzaba por la carretera, sus ideas se volvían más febriles y confusas. Siempre le había gustado andar: de jóvenes, durante sus cortas vacaciones, Maurice y ella solían vagabundear por el campo mochila al hombro. Cuando no tenían bastante dinero para pagarse un hotel, viajaban así, a pie, con unas pocas provisiones y sus sacos de dormir. De modo que soportaba la fatiga mejor que la mayoría de sus compañeros; pero aquel incesante calidoscopio, aquel tropel de rostros desconocidos que pasaban ante ella, que aparecían, se alejaban y desaparecían, le causaban una sensación dolorosa, peor que el cansancio físico. «Un tiovivo en una ratonera», se decía. Los vehículos quedaban atrapados entre el gentío como esas hierbas que flotan en la superficie del agua, retenidas por invisibles lazos, mientras el torrente fluye alrededor. Jeanne volvía el rostro para no verlos. Envenenaban el aire con su olor a gasolina, ensordecían a la gente con sus inútiles bocinazos, pidiendo un paso que no se les podía dar. Ver la rabia impotente o la huraña resignación de los conductores era como un bálsamo para los corazones de los refugiados. «¡Van tan lentos como nosotros!», comentaban, y la sensación de que su desgracia era compartida se la hacía más llevadera.

Los fugitivos avanzaban en pequeños grupos. No se sabía muy bien qué azar los había unido a las puertas de París, pero ya no se apartaban unos de otros, aunque nadie sabía ni siquiera el nombre de su vecino. Con los Michaud iba una mujer alta y delgada que llevaba un mísero y raído abrigo y joyas falsas. Jeanne se preguntaba vagamente qué podía empujar a alguien a huir llevando dos gruesas perlas artificiales rodeadas de diminutos cristales en las orejas, piedras verdes y rojas en los dedos y un broche de estrás adornado con pequeños topacios en la blusa. Los seguían una portera y su hija, la madre menuda y pálida, la niña grande y fuerte, ambas vestidas de negro y arrastrando entre su equipaje el retrato de un hombre grueso con mostacho. «Mi marido, guarda de cementerio», decía la mujer. La acompañaba su hermana, que estaba embarazada y empujaba un cochecito donde dormía una criatura. Era jovencísima. Ella también se estremecía y buscaba con la mirada cada vez que aparecía un convoy militar.

—Mi marido está en el frente —decía.

En el frente, o tal vez allí... Todo era posible. Y Jeanne, quizá por centésima vez (es que ya no sabía muy bien lo que decía), le confiaba:

—Mi hijo también, mi hijo también...

Todavía no los habían ametrallado. Cuando al fin ocurrió, tardaron en comprenderlo. Oyeron una explosión, luego otra y después gritos:

—¡Sálvese quien pueda! ¡Cuerpo a tierra! ¡A tierra!

Se arrojaron al suelo de inmediato y Jeanne pensó confusamente: «¡Qué grotescos debemos de parecer!» No tenía miedo, pero el corazón le latía con tanta fuerza que se apretó el pecho con ambas manos, jadeando, y lo apoyó sobre una piedra. Un tallo con una campanilla rosa en el extremo le rozaba los labios. Luego reparó en que, mientras estaban allí tumbados, una pequeña mariposa blanca volaba sin prisa de flor en flor. Al fin, una voz le dijo al oído:

—Ya está, se han ido.

Se levantó y se sacudió el polvo de la ropa. Nadie parecía haber resultado herido. Pero, tras unos instantes de marcha, vieron los primeros muertos: dos hombres y una mujer. Tenían el cuerpo destrozado, pero, curiosamente, los tres rostros estaban intactos, unos rostros normales y tristes, con una expresión asombrada, concentrada y estúpida, como si trataran en vano de comprender lo que les ocurría; unos rostros, Dios mío, tan poco hechos para una muerte bélica, tan poco hechos para cualquier muerte... La mujer no debía de haber dicho otra cosa en su vida que «¡Los puerros están cada vez más gordos!» o «¿Quién ha sido el marrano que me ha manchado el suelo?».

«Pero ¿cómo puedo saberlo? —se dijo Jeanne. Tras aquella frente estrecha, bajo aquellos cabellos apagados y revueltos, puede que hubiera tesoros de inteligencia y ternura—. ¿Qué otra cosa somos nosotros, Maurice y yo, a ojos de la gente, que una pareja de pobres empleadillos? En cierto sentido es verdad, y en otro somos seres valiosos y únicos. Yo lo sé. ¡Qué atrocidad tan absurda!», pensó por último.

Se apoyó en el hombro de Maurice, temblando y con las mejillas anegadas en lágrimas.

—Sigamos andando —dijo él tirándole de la mano con suavidad.

«¿Para qué?», pensaban ambos. Nunca llegarían a Tours. ¿Seguiría existiendo el banco? ¿No estaría el señor Corbin enterrado bajo un montón de escombros, con sus valores, con su bailarina, con las joyas de su mujer? Pero eso sería demasiado bonito, se dijo Jeanne en un acceso de crueldad. Mientras tanto, paso a paso, seguían su camino. No se podía hacer otra cosa que andar y ponerse en manos de Dios.

12

El pequeño grupo formado por los Michaud y sus compañeros fue recogido la tarde del viernes. Los subieron a un camión militar. Viajaron en él toda la noche, tumbados entre cajas. Por la mañana llegaron a una ciudad cuyo nombre nunca conocerían. Las vías del tren estaban intactas, les dijeron. Podrían ir directamente a Tours. Jeanne entró en la primera casa que encontró en las afueras y preguntó si podía lavarse. La cocina ya estaba llena de refugiados, que hacían la colada en el fregadero, pero llevaron a Jeanne al jardín para que se aseara en la bomba. Maurice había comprado un espejito provisto de una cadenilla; lo colgó de la rama de un árbol y se afeitó. De inmediato se sintieron mejor, dispuestos a enfrentarse a la larga espera ante el cuartel donde distribuían la sopa y a la aún más larga ante la taquilla de tercera de la estación. Habían comido y estaban cruzando la plaza del ferrocarril cuando empezó el bombardeo. Los aviones enemigos llevaban tres días sobrevolando sin descanso la ciudad. La alerta sonaba constantemente. En realidad era una vieja alarma de incendios que hacía las veces de sirena; su débil y ridículo aullido apenas se oía entre el ruido de los coches, los berridos de los niños y los gritos de la enloquecida muchedumbre. La gente llegaba, bajaba del tren y preguntaba:

—Dios mío, ¿es una alerta?

—No, no, es el final —les respondían.

Y cinco minutos después volvía a oírse la débil sonería. La gente se lo tomaba a risa.

Allí todavía había tiendas abiertas, niñas jugando a la rayuela en la acera, perros correteando cerca de la vieja catedral. Nadie hacía caso de los aviones italianos y alemanes que sobrevolaban tranquilamente la ciudad. Habían acabado acostumbrándose a ellos.

De pronto, uno de ellos se separó de los demás y se lanzó en picado sobre la muchedumbre. «Se cae —pensó Jeanne, y luego—: Va a disparar, va a disparar, estamos perdidos...» Instintivamente se llevó las manos a la boca para ahogar un grito. Las bombas cayeron sobre la estación y un poco más allá, en las vías. Los cristales de la cubierta se derrumbaron, salieron despedidos hacia la plaza e hirieron y mataron a cuantos encontraron a su paso. Presas del pánico, algunas mujeres soltaban a sus hijos como si fueran molestos paquetes y salían huyendo. Otras los estrechaban contra su cuerpo con tanta fuerza que parecían querer meterlos de nuevo en su seno, como si ése fuera el único refugio seguro. Una desventurada rodó a los pies de Jeanne: era la mujer de las joyas artificiales. Refulgían en su cuello y sus dedos, mientras la sangre manaba de su destrozada cabeza. Aquella sangre caliente salpicó el vestido de Jeanne, sus medias y zapatos. Por suerte, no tuvo tiempo de contemplar los muertos que la rodeaban. Los heridos pedían auxilio entre los cascotes y los cristales rotos. Jeanne se unió a Maurice y otros hombres que intentaban retirar los escombros, pero era demasiado duro para ella. No les servía de ayuda. Entonces pensó en los niños que vagaban desorientados por la plaza, buscando a sus madres. Jeanne empezó a llamarlos, cogerlos de la mano y llevarlos aparte, bajo el pórtico de la catedral; luego volvía junto a la gente y, cuando veía a una mujer desesperada, chillando y corriendo de aquí para allá, con voz fuerte y templada, tan templada que a ella misma le sorprendía, le gritaba:

—¡Los niños están en la puerta de la catedral! Vaya a buscar al suyo. ¡Quienes hayan perdido a sus hijos, que vayan a buscarlos a la catedral!

Las mujeres corrían hacia el templo. Unas lloraban, otras se echaban a reír, otras lanzaban una especie de aullido visceral, ahogado, que no se parecía a ningún otro grito. Los niños estaban mucho más tranquilos. Sus lágrimas se secaban rápidamente. Las madres se los llevaban apretándolos contra su pecho. Ninguna se detuvo a darle las gracias. Jeanne volvió a la plaza, donde le dijeron que la ciudad no había sufrido grandes daños, pero que un convoy sanitario había sido alcanzado por las bombas cuando entraba en la estación; no obstante, la línea de Tours seguía intacta. El tren se estaba formando en esos momentos y saldría al cabo de un cuarto de hora. Olvidándose de los muertos y los heridos, la gente se precipitaba hacia la estación agarrada a sus maletas y sombrereras, como náufragos a los salvavidas, y se disputaba los asientos. Los Michaud vieron las primeras camillas con soldados heridos. El caos les impidió acercarse y distinguir sus rostros. Los subían a camiones, a coches militares y civiles requisados a toda prisa. Jeanne vio a un oficial acercarse a un camión lleno de niños acompañados por un sacerdote.

—Lo siento mucho, padre —oyó decir al militar—, pero necesito el camión. Tenemos que llevar a los heridos a Blois. —El sacerdote hizo un gesto a los chicos, que empezaron a bajar—. Lo siento mucho, de verdad —repitió el oficial—. Supongo que es un colegio…

—Un orfanato.

—Haré que le devuelvan el camión, si encuentro gasolina.

Los muchachos, adolescentes de entre catorce y dieciocho años, cada cual con su pequeña maleta, bajaban y se agrupaban alrededor del sacerdote.

—¿Vamos? —preguntó Maurice volviéndose hacia ella.

—Sí. Espera.

—¿Para qué?

Jeanne trataba de ver las camillas que pasaban entre la muchedumbre. Pero había demasiada gente: no veía nada. A su lado, otra mujer se alzaba de puntillas, como ella. Movía los labios, pero no emitía ninguna palabra inteligible: rezaba o repetía un nombre. Miró a Jeanne.

—Siempre cree una que va a ver al suyo, ¿verdad? —le dijo, y soltó un leve suspiro.

En efecto, no había ninguna razón para que fuera el suyo, y no el de cualquier otra, quien apareciera de pronto ante sus ojos; el suyo, su Jean-Marie, su amor. ¿Estaría en algún sitio tranquilo? Hasta las batallas más terribles dejan zonas intactas, preservadas entre barreras de llamas.

—¿Sabe de dónde venía ese tren? —le preguntó Jeanne a su vecina.

—No.

—¿Hay muchas víctimas?

—Dicen que hay dos vagones llenos de muertos.

Jeanne dejó de resistirse a su marido, que le tiraba de la mano. No sin dificultad, se abrieron paso hasta la estación. Tenían que ir sorteando morrillos, bloques de piedra y montones de cristales rotos. Al fin, consiguieron llegar al tercer andén, que estaba intacto. El tren de Tours, un correo de provincias negro y parsimonioso, esperaba la salida escupiendo humo.

13

Jean-Marie, herido dos días antes, iba en el tren bombardeado. Esta vez no había sufrido daños, pero el vagón en que viajaba estaba ardiendo. El esfuerzo para levantarse y llegar a la puerta hizo que se le reabriera la herida. Cuando lo recogieron y lo subieron al camión, estaba semiinconsciente. Iba tumbado en una camilla, pero la cabeza se le había deslizado fuera y, a cada sacudida del vehículo, golpeaba contra una caja vacía. Tres camiones llenos de soldados avanzaban lentamente en fila india por un camino bombardeado y apenas practicable. Los aviones enemigos sobrevolaban el convoy una y otra vez. Jean-Marie emergió fugazmente de su turbio delirio y pensó: «Las gallinas deben de sentirse como nosotros cuando vuela el gavilán…»

Confusamente, volvió a ver la granja de su nodriza, donde pasaba las vacaciones de Semana Santa cuando era niño. El corral estaba inundado de sol: los pollos picoteaban el grano y correteaban por los montones de ceniza; luego, la gran mano huesuda de la nodriza atrapaba uno, le ataba las patas, se lo llevaba y cinco minutos después… aquel chorro de sangre que escapaba con un débil y grotesco borboteo. Era la muerte… «A mí también me han atrapado y me han llevado… —pensó Jean-Marie—. Atrapado y llevado… Y mañana, cuando me arrojen a la fosa, desnudo y flaco, no tendré mejor pinta que un pollo.»

De pronto, su frente golpeó la caja con tal brusquedad que Jean-Marie soltó un débil quejido; ya no tenía fuerzas para gritar, pero bastó para llamar la atención del compañero que iba tumbado junto a él, con una herida en la pierna pero menos grave.

—¿Qué pasa, Michaud? Michaud, ¿estás bien?

«Dame de beber y ponme la cabeza un poco mejor. Y espántame esta mosca de los ojos», quiso decir Jean-Marie, pero sólo murmuró:

—No… —Y cerró los ojos.

—Eso tuyo se arregla —gruñó el camarada.

En ese momento empezaron a caer bombas alrededor del convoy. Destruyeron un pequeño puente, cortando la carretera a Blois. Había que volver atrás y abrirse paso entre la riada de refugiados, o ir por Vendôme. No llegarían antes del anochecer.

«Pobres muchachos», pensó el médico militar mirando a Michaud, el herido más grave. Le puso una inyección. El convoy reanudó la marcha. Los dos camiones cargados de heridos leves subieron hacia Vendôme; el que llevaba a Jean-Marie tomó un camino que debía acortar el viaje varios kilómetros, pero no tardó en pararse. Se había quedado sin gasolina. El médico se puso a buscar una casa donde alojar a sus hombres. Allí estaban apartados de la desbandada; el río de vehículos discurría más abajo. Desde la colina a la que subió el oficial, en aquel suave y apacible crepúsculo de junio, de un violeta azulado, se veía una masa negra de la que escapaban los indistintos y discordantes sonidos de las bocinas, los gritos, las llamadas, un rumor sordo y siniestro que encogía el corazón.

El médico vio varias granjas muy cercanas entre sí, una especie de aldea. Estaban habitadas, pero sólo quedaban mujeres y niños. Los hombres estaban en el frente. Jean-Marie fue trasladado a una de ellas. Las casas vecinas acogieron a los demás soldados; en cuanto al oficial, encontró una bicicleta de mujer y decidió ir a la ciudad más cercana en busca de ayuda, de gasolina, de camiones, de lo que encontrara…

«Si tiene que morir —pensó echando un último vistazo a Michaud, que seguía tendido en su camilla en la amplia cocina de la granja, mientras las mujeres preparaban y calentaban la cama—, si ha llegado su hora, más vale que sea entre sábanas limpias que en la carretera…»

Empezó a pedalear hacia Vendôme. Cuando estaba llegando a la ciudad, tras viajar toda la noche, cayó en manos de los alemanes, que lo hicieron prisionero. Entretanto, al ver que no volvía, las mujeres habían ido al pueblo a avisar al médico y las monjas del hospital. El hospital estaba lleno, porque habían llevado allí a las víctimas del último bombardeo. Los soldados se quedaron en la aldea. Las mujeres se quejaban: en ausencia de los hombres, bastante tenían con las faenas del campo y el cuidado de los animales como para encima ocuparse de los heridos que les habían endosado. Levantando con dificultad los párpados, que le ardían de fiebre, Jean-Marie veía delante de su cama a una anciana de nariz larga y cetrina que hacía punto y suspiraba mirándolo:

—Si al menos supiera que mi pobre muchacho, allá donde lo tengan, está tan bien cuidado como éste, al que no conozco de nada...

En las pausas entre sus confusos sueños, Jean-Marie oía el tintineo de las agujas; la madeja de lana rebotaba en su cubrepiés; en su delirio, le parecía que la mujer tenía las orejas puntiagudas y una cola, y extendía la mano para acariciársela. De vez en cuando, la nuera de la granjera se acercaba a la cama; era joven, tenía un rostro fresco, rubicundo, de rasgos un poco toscos, y ojos negros, vivaces y límpidos. Un día le trajo un puñado de cerezas y se las dejó en la almohada. Le prohibieron comérselas, pero se las llevaba a las mejillas, que le ardían como el fuego, y se sentía aliviado y casi feliz.

14

Los Corte habían dejado Orleans y seguían viajando hacia Burdeos. Lo que complicaba las cosas era que no sabían exactamente adónde iban. En un primer momento habían pensado marcharse a Bretaña, pero luego decidieron dirigirse al sur. Ahora Gabriel decía que se iría de Francia.

—No saldremos vivos de aquí —murmuró Florence.

Lo que sentía no era tanto cansancio y miedo como cólera, una rabia ciega, frenética, que iba creciendo en su interior y la ahogaba. A su modo de ver, Gabriel había incumplido el contrato tácito que los unía. Después de todo, entre un hombre y una mujer de su situación, de su edad, el amor es un trueque. Ella se había entregado porque a cambio esperaba recibir de él una protección no sólo material, sino también espiritual, y hasta entonces la había recibido en forma de dinero y prestigio; Gabriel le había pagado como debía. Pero, de pronto, le parecía un hombre débil y despreciable.

—¿Quieres decirme qué vamos a hacer nosotros en el extranjero? ¿Cómo viviremos? Todo tu dinero está aquí, puesto que cometiste la estupidez de traértelo de Londres, nunca he sabido por qué, ¡caramba!

—Porque pensaba que Inglaterra corría más peligro que Francia. He confiado en mi país, en el ejército de mi país. Supongo que no irás a reprocharme también eso, ¿no? Además, ¿por qué te preocupas tanto? Afortunadamente soy famoso en todas partes, creo yo.

Gabriel se interrumpió bruscamente, sacó la cabeza por la ventanilla y volvió a meterla con un gesto de irritación.

—¿Y ahora qué pasa? —exclamó Florence alzando los ojos al cielo.

—Esa gente…

Corte señaló el coche abollado que acababa de adelantarlos. Florence miró a sus ocupantes; habían pasado la noche en Orleans junto a ellos, en la plaza. El hombre de la gorra, la mujer con el bebé y la otra con la cabeza vendada eran fácilmente reconocibles.

—¡Bueno, pues no los mires! —exclamó Florence, exasperada.

Gabriel golpeó violenta y repetidamente el pequeño bolso con adornos de oro y marfil en que iba acodado.

—¡Si acontecimientos tan dolorosos como una derrota y un éxodo no están revestidos de cierta nobleza, de cierta grandeza, no tienen razón de ser! No admito que esos tenderos, esas porteras y esos zarrapastrosos envilezcan un ambiente de tragedia con sus lloriqueos, su cháchara y su grosería. ¡Míralos! ¡Míralos! ¡No los soporto, te lo juro! ¡Vamos, Henri, acelere de una vez! —ordenó al chófer—. ¿Es que no puede dejar atrás a esa chusma?

Henri ni siquiera respondió. El coche, que medía tres metros, se detenía constantemente, atrapado en el indescriptible caos de vehículos, bicicletas y peatones. De nuevo poniéndose a la par del otro, Gabriel observó a la mujer de la cabeza vendada. Tenía cejas negras y gruesas, dientes largos y blancos, y el labio superior cubierto de vello. El vendaje se veía manchado de sangre y con mechones negros pegados al algodón y la tela. Gabriel se estremeció de asco y volvió la cabeza, pero la mujer le sonreía e intentaba entablar conversación.

—No avanzamos mucho, ¿eh? —le preguntó amistosamente, asomándose a la ventanilla—. Por lo menos hemos acertado yendo por aquí. ¡Menudo bombardeo les ha caído encima a los de la otra parte! Todos los castillos del Loira están destruidos, caballero…

La mujer advirtió al fin la gélida mirada de Gabriel y se calló.

—¿Ves como no puedo librarme de ellos?

—¡Pues deja de mirarlos!

—¡Como si fuera tan sencillo! ¡Qué pesadilla! ¡Ah, qué fealdad, qué vulgaridad, qué espantosa ordinariez la de esta gentuza!

Se acercaban a Tours. Gabriel llevaba rato bostezando: tenía hambre. Desde que habían salido de Orleans, apenas había probado bocado. A semejanza de Byron, decía, era de costumbres frugales; se contentaba con verdura, fruta y agua con gas, pero una o dos veces por semana necesitaba una comida abundante y sustanciosa. Ahora sentía esa necesidad. Iba inmóvil, silencioso, con los ojos cerrados y el hermoso y pálido rostro contraído en una expresión de sufrimiento, como en los momentos en que formaba las primeras frases escuetas y puras de sus libros (le gustaba que fueran tan ligeras y zumbantes como cigarras; luego venía el sonido sordo y apasionado, lo que él llamaba «mis violones». «Hagamos sonar los violones», decía). Pero esa noche su mente estaba ocupada en otras ideas. Volvía a ver, con una intensidad extraordinaria, los sándwiches que Florence le había ofrecido en Orleans; en su momento le habían parecido poco apetitosos, un tanto reblandecidos por el calor. Eran pequeños bollos untados de foie-gras o rebanadas de pan negro con una rodaja de pepino y una hoja de lechuga; su sabor debía de ser agradable, fresco, ácido. Bostezó de nuevo, abrió el bolso y encontró una servilleta manchada y un tarro de encurtidos.

—¿Qué buscas? —le preguntó Florence.

—Un sándwich.

—No quedan.

—¿Cómo? Hace un momento había tres.

—Se había salido la mayonesa. No se podían comer, así que los he tirado. En Tours podremos cenar, espero.

Las afueras de Tours habían aparecido en el horizonte, pero los vehículos no avanzaban. Se había instalado una barrera en un cruce y había que esperar turno. Transcurrió una hora. Gabriel palidecía por momentos. Ya no soñaba con sándwiches, sino con deliciosas sopas calientes, con los pastellillos fritos en mantequilla que había comido en Tours una vez que volvía de Biarritz (estaba con una mujer, pero ya no se acordaba del nombre ni de la cara; curiosamente, lo único que había permanecido en su memoria eran aquellos pastellillos a la mantequilla con sendos trocitos de trufa en el suave y cremoso relleno). Luego pensó en un grueso filete rojo y sangrante de rosbif, con una nuez de mantequilla fundiéndose lentamente sobre la tierna carne... ¡Qué delicia! Sí, eso era lo que necesitaba, un rosbif, un bistec, un chateaubriand... O al menos un escalope o una chuleta de cordero. Soltó un profundo suspiro.

Era un atardecer suave y dorado, sin viento, sin demasiado calor, el final de un día espléndido. Una dulce sombra se extendía sobre los campos y caminos, como un ala... Del cercano bosque llegaba un débil aroma a fresas. Se percibía intermitentemente en el aire enrarecido por los gases del petróleo y el humo. Los coches avanzaron unos metros y se detuvieron bajo un puente. Unas mujeres lavaban ropa en el río, tranquilamente. El horror y el absurdo de los acontecimientos resultaban aún más patentes en contraste con aquellas imágenes de paz. Un molino hacía girar su rueda muy lejos de allí.

—Aquí habrá buena pesca —comentó Gabriel con aire soñador.

Dos años antes, en Austria, cerca de un pequeño río rápido y claro como aquél había comido truchas al roquefort. La carne, bajo la piel nacarada y azul, era sonrosada como la de un recién nacido. Y aquellas patatas al vapor... tan sencillas, tan clásicas, con una pizca de mantequilla fresca y perejil picado... Miró esperanzado los muros de la ciudad. Al fin, al fin entraban. Pero, en cuanto sacaron la cabeza por la ventanilla, vieron la cola de refugiados que esperaban de pie en la calle. Un comedor de beneficencia distribuía alimentos entre los hambrientos, se comentaba, pero no quedaba comida en ningún otro sitio.

Una mujer bien vestida que tenía a un niño cogido de la mano se volvió hacia Gabriel y Florence.

—Llevamos aquí cuatro horas —les dijo—. El niño llora... Es espantoso...

—Es espantoso —repitió Florence.

Detrás de ellos, apareció la mujer de la cabeza vendada.

—No merece la pena esperar —dijo—. Van a cerrar. No queda nada. —Hizo un gesto tajante con la mano—. Nada de nada. Ni un mendrugo de pan. Mi cuñada, que viaja conmigo y dio a luz hace tres semanas, no ha comido nada desde ayer y tiene que amamantar a su hijo. Y aún te dicen: ¡tened hijos! ¡Qué poca vergüenza! ¡Hijos, sí! ¡Qué risa me dan!

Un lúgubre murmullo recorrió la cola.

—Nada, nada, no les queda nada. Te dicen: «Vuelva mañana.» Dicen que los alemanes se acercan, que el regimiento se marcha esta noche.

—¿Han ido a mirar si hay algo en la ciudad?

—¿Y para qué? Todo el mundo se va, parece una ciudad abandonada. Después de esto, ya hay quien empieza a acaparar, se lo digo yo.

—Es espantoso —volvió a gemir Florence.

En su angustia, se dirigía a los ocupantes del coche abollado. La mujer del bebé estaba pálida como una muerta. La otra meneaba la cabeza con expresión sombría.

—¿Esto? Esto no es nada. Todo esto es cosa de los ricos, pero el que más sufre es el obrero.

—¿Qué vamos a hacer? —dijo Florence, volviéndose hacia Gabriel con gesto de desesperación.

Él le indicó que lo siguiera y echó a andar con brío. Acababa de salir la luna y su resplandor permitía moverse sin dificultad por aquella ciudad de postigos cerrados y puertas atrancadas, en la que no brillaba una luz y nadie se asomaba a las ventanas.

—Mira, todo eso no son más que sandeces —dijo Gabriel bajando la voz—. Es imposible que pagando no se encuentre comida. Créeme, una cosa es el rebaño de los idiotas y otra los espabilados que han guardado las provisiones en sitio seguro. Basta con encontrar a un espabilado —aseguró, y se detuvo—. Esto es Paray-le-Monial, ¿verdad? Ahora verás lo que buscaba. Hace dos años cené en este restaurante. El dueño se acordará de mí, espera. —Empezó a aporrear la puerta, cerrada con candado, y gritó con voz imperiosa—: ¡Abra, abra, buen hombre! ¡Soy un amigo!

¡Y se hizo el milagro! Se oyeron pasos; una llave giró en la cerradura. Una nariz inquieta se asomó a la puerta.

—Dígame, me reconoce, ¿verdad? Soy Corte, Gabriel Corte. Estoy muerto de hambre, amigo mío. Sí, sí, ya sé, no le queda nada… Pero, tratándose de mí, si busca bien… ¿no encontrará algo? ¡Ajá! ¿Se acuerda ahora de mí?

—Lo siento, caballero, pero no puedo dejarle entrar en casa —susurró el hombre—. ¡Me asediarían! Vaya a la esquina y espéreme allí. Iré enseguida. Será un placer atenderlo, señor Corte, pero estamos tan mal provistos, tan mal… En fin, veré si buscando bien…

—Sí, eso es, buscando bien…

—Pero sobre todo no se lo cuente a nadie, ¿eh? No puede imaginarse lo que ha ocurrido hoy. Escenas de locura… Mi mujer está muerta de miedo. ¡Lo devoran todo y se marchan sin pagar!

—Confío en usted, amigo mío —dijo Gabriel entregándole unos billetes.

Cinco minutos después, Florence y él volvían al coche llevando una misteriosa cesta tapada con una servilleta.

—No tengo ni idea de su contenido —murmuró Gabriel con el tono distante y soñador que adoptaba para hablar con las mujeres, con las mujeres deseadas y todavía no poseídas—. Ni idea… Pero creo que me llega un olorcillo a foie-gras…

En ese instante, una sombra se abalanzó, les arrebató la cesta y apartó a Gabriel de un puñetazo. Fuera de sí, Florence se llevó las manos al cuello y chilló:

—¡Mi collar! ¡Mi collar!

Pero el collar seguía allí, lo mismo que el joyero que habían llevado consigo. Los ladrones sólo les habían quitado la cena. Florence se encontraba ilesa al lado de Gabriel, que se palpaba la mandíbula y la dolorida nariz repitiendo:

—Esto es una jungla, estamos atrapados en una jungla…

15

—No has debido hacerlo —suspiró la mujer que sostenía al bebé.

Sus mejillas habían recobrado un poco de color. El viejo Citroën destartalado había maniobrado con suficiente habilidad para salir del atasco, y ahora sus ocupantes descansaban sentados en el musgo de un bosquecillo. Una luna redonda y pura brillaba en el firmamento, pero, a falta de luna, el enorme incendio que ardía en el horizonte habría bastado para iluminar la escena: grupos de gente tumbada bajo los pinos, coches inmóviles y, junto a la joven y el hombre de la gorra, la cesta de provisiones, abierta y medio vacía, y el gollete dorado de una botella de champán descorchada.

—No, no has debido hacerlo… No me parece bien. ¡Qué desgracia, verse obligados a esto, Jules!

El hombre, bajo y esmirriado, con una cara que era todo frente y ojos, la boca débil y una barbilla minúscula que le daba aspecto ratonil, protestó:

—Entonces, ¿qué? ¿Hay que morirse?

—¡Déjalo, Aline, que tiene razón! —exclamó la mujer de la cabeza vendada—. ¿Qué querías que hiciéramos? ¡Esos dos no tienen derecho ni a vivir, te lo digo yo!

Se callaron. La mujer de la cabeza vendada había sido sirvienta y después se había casado con un obrero de la Renault. Durante los primeros meses de la guerra él había conseguido quedarse en París, pero al final, en febrero, no había tenido más remedio que marcharse, y ahora estaba luchando Dios sabía dónde. Y eso que había combatido en la anterior guerra y era el mayor de cuatro hermanos; pero no le había servido de nada. Los privilegios, las exenciones, los enchufes, todo eso era para los burgueses, pensaba ella. En el fondo de su corazón había capas de odio que se superponían sin confundirse: la de la campesina que instintivamente detesta a la gente de la ciudad, la de la criada cansada y amargada por haber vivido en casas ajenas y, finalmente, la de la obrera, porque durante aquellos últimos meses había sustituido a su marido en la fábrica. No estaba habituada a aquel trabajo de hombre, que le había endurecido los brazos y el alma.

—Pero tú te has portado, Jules —le dijo a su hermano—. ¡Te aseguro que no te creía capaz de algo así!

—Cuando vi a Aline desmayada de hambre, y a esos cerdos cargados de botellas, de foie-gras y de todo, no sé qué me ha dado.

Aline, que parecía más tímida y más dulce, aventuró:

—Podríamos haberles pedido un poco, ¿no crees, Hortense?

Su marido y su cuñada se sulfuraron:

—¡Sí, claro! ¡Ay, Dios mío, qué poco los conoces! Ésos nos verían reventar como perros y se quedarían tan orondos… ¡Te lo digo yo, que los conozco bien! —gruñó Hortense—. Y éstos son los peores. Él iba por casa de la condesa Barral du Jeu, un vejestorio inaguantable; escribe libros y obras de teatro. Un chalado, según dice el chófer, y más tonto que hecho de encargo. —Hortensia guardó el resto de las provisiones sin dejar de hablar. Sus gruesas manos se movían con extraordinaria rapidez y habilidad. Cuando acabó, cogió al bebé y le quitó los pañales—. ¡Pobrecito mío, qué viaje! ¡Ay, qué pronto va a saber éste lo que es la vida! Aunque tal vez sea lo mejor. A veces me alegro de haber tenido que bregar desde cría y saber servirme de las manos… ¡Los hay que no pueden decir tanto! ¿Te acuerdas, Jules? Cuando murió mamá yo tenía trece años, pero me echaba el bártulo de ropa a la espalda y me iba al lavadero hiciera el tiempo que hiciera… En invierno tenía que romper el hielo. ¡Cuántas veces habré llorado tapándome la cara con las manos agrietadas! Pero eso me enseñó a espabilarme y no tener miedo.

—Es verdad, tú no te acobardas por nada —reconoció Aline.

Una vez cambiado, lavado y secado el bebé, Aline se desabrochó la blusa y se lo puso contra el pecho. Su marido y su cuñada la miraban sonriendo.

—¡Al menos mi pobre chiquitín tendrá algo que mamar! ¡Vamos!

El champán se les había subido a la cabeza y sentían una dulce embriaguez. Contemplaban el lejano incendio sumidos en el amodorramiento. A veces olvidaban por qué estaban en aquel extraño lugar, por qué habían abandonado su pisito junto a la Gare de Lyon, cogido la carretera, vagado por el bosque de Fontainebleau, robado a Corte. Todo se volvía oscuro y borroso, como en un sueño. La jaula colgaba de una rama baja y dieron de comer a los pájaros. Al marcharse, Hortense no se había olvidado de coger un paquete de alpiste. Se sacó unos azucarillos del fondo del bolsillo y los echó en una taza de café caliente: el termo había sobrevivido al accidente. Se la bebió sorbiendo, adelantando los gruesos labios y posando una mano sobre los opulentos pechos para no mancharse. De pronto, un rumor saltó de grupo en grupo:

—Los alemanes han entrado en París esta mañana.

Hortense dejó caer la taza, todavía medio llena. Su grueso rostro enrojeció aún más. Bajó la cabeza y se echó a llorar. Sus lágrimas, escasas y ardientes, eran las de una mujer dura que no solía compadecerse ni de sí misma ni de los demás. La embargaba un sentimiento de cólera, pena y vergüenza, tan violento que sentía un dolor físico, lancinante y agudo en la zona del corazón.

—Ya sabéis cuánto quiero a mi marido… —murmuró al fin—. Mi pobre Louis… Estamos los dos solos, y él trabaja, no bebe, no pendonea… En fin, que nos queremos. No lo tengo más que a él, pero si me dijeran: no volverás a verlo, a estas horas está muerto, pero la victoria es nuestra… ¡Bueno, pues lo preferiría! Y no lo digo por decir, ¡eh! ¡Lo preferiría!

—¡Ya lo creo! —dijo Aline buscando en vano una expresión más contundente—. Ya lo creo que es triste.

Jules callaba y pensaba en el brazo medio paralizado que le había permitido librarse del servicio militar y la guerra. «¡Qué suerte la mía!», se decía, al mismo tiempo que algo, no sabía qué, casi un remordimiento, lo desazonaba.

—En fin, es así. Es así y nosotros no podemos hacer nada —les dijo a las mujeres con expresión sombría.

Volvieron a hablar de Corte. Pensaban con satisfacción en la estupenda cena que habían disfrutado en su lugar. No obstante, ahora lo juzgaban con más benevolencia. Hortense, que en casa de la condesa Barral du Jeu había visto escritores, académicos y un día incluso a la condesa de Noailles, los hizo llorar de risa contándoles lo que sabía sobre ellos.

—No es que sean malos. Lo que pasa es que no conocen la vida —dijo Aline.

16

Los Péricand no habían encontrado alojamiento en la ciudad, pero en un pueblo cercano, dos viejas solteronas que vivían enfrente de la iglesia tenían una enorme habitación libre. Los niños, que se caían de sueño, se acostaron vestidos. Con voz angustiada, Jacqueline pidió que dejaran el cesto del gato a su lado. Se le había metido en la cabeza que se escaparía, que lo perderían, que lo olvidarían, que se moriría de hambre por los caminos. Introdujo la mano entre los barrotes del cesto, que formaban una especie de ventanilla por la que se veía un ojo verde y reluciente y unos largos bigotes erizados de cólera, y sólo entonces se quedó tranquila. Emmanuel lloraba, asustado en aquella habitación desconocida e inmensa, por la que las dos viejas solteronas revoloteaban como moscardones, gimoteando: «¡Cuándo se ha visto una cosa así! ¡Qué pena, Dios mío! Pobres criaturitas inocentes… Pobre angelito mío…» Tumbado boca arriba, Bernard las miraba con expresión seria y abstraída, chupando el azucarillo que llevaba desde hacía tres días en el bolsillo, donde el calor lo había fundido con una mina de lápiz, un sello usado y un trozo de cordel. La otra cama de la habitación estaba ocupada por el viejo señor Péricand. La señora Péricand, Hubert y los criados pasarían la noche en las sillas del comedor.

Por las ventanas abiertas se veía un pequeño jardín iluminado por la luna. Un apacible resplandor bañaba los aromáticos racimos de azucena y los plateados guijarros del sendero, por el que una gata avanzaba sigilosamente. En el comedor, los refugiados oían la radio junto con algunos vecinos del pueblo. Las mujeres lloraban. Los hombres bajaban la cabeza, silenciosos. No sentían desesperación propiamente dicha, sino más bien una especie de incapacidad para comprender, un estupor como el que, cuando estamos soñando, experimentamos en el momento en que las tinieblas de la inconsciencia van a disiparse, en que el día se acerca, en que lo presentimos, en que todo nuestro ser se dirige hacia la luz, en que pensamos: «No es más que una pesadilla, voy a despertar.» Permanecían inmóviles, con la cabeza vuelta para evitar los ojos de los demás. Cuando Hubert apagó la radio, todos los hombres se marcharon sin decir palabra. En el comedor sólo quedaba el grupo de mujeres. Se oían sus murmullos, sus suspiros; lloraban las desgracias de la Patria, a la que veían con los amados rasgos de los maridos y los hijos que seguían luchando. Su dolor era más visceral que el de sus compañeros, más simple y también más locuaz; lo aliviaban con recriminaciones y exclamaciones: «Tantos sufrimientos ¡para esto! Para acabar así… ¡Qué desgracia! Nos han traicionado, señora, se lo digo yo… Nos han vendido, y ahora el que sufre es el pobre…»

Hubert las escuchaba con el puño apretado y el corazón rabioso. ¿Qué hacía él allí? «Hatajo de viejas cotorras», se decía. ¡Ah, si tuviera un par de años más! En su espíritu, hasta entonces tierno y ligero, más joven que su edad, despertaban de pronto las pasiones y las torturas del hombre adulto: angustia patriótica, un ardiente deseo de sacrificio, vergüenza, dolor y cólera. Al fin, por primera vez en su vida, una aventura era lo bastante seria como para apelar a su responsabilidad, pensaba Hubert. No bastaba con llorar ni hablar de traición; él era un hombre. No tenía la edad legal para luchar, pero sabía que era más fuerte, más resistente al cansancio, más hábil, más listo que aquellos viejos de treinta y cinco y cuarenta años a los que habían mandado al frente, y además era libre. ¡A él no lo retenía ninguna familia, ningún amor!

—¡Oh, quiero ir! —murmuró—. ¡Quiero ir! —Corrió junto a su madre, la cogió de la mano y se la llevó aparte—. Madre, deme provisiones, mi jersey rojo que está en su bolso, y… un beso. Me voy —le dijo.

Se ahogaba. Las lágrimas le resbalaban por las mejillas. Ella lo miró y comprendió.

—Vamos, hijo mío, no seas loco…

—Me voy, madre. No puedo quedarme aquí… Si tengo que quedarme aquí, como un inútil, con los brazos cruzados mientras… ¡Me moriré, me mataré! ¿No comprende que los alemanes llegarán, reclutarán a todos los chicos a la fuerza y los obligarán a luchar en su bando? ¡No quiero! Deje que me vaya.

Sin darse cuenta, Hubert fue levantando la voz y ahora estaba gritando, sin poder contenerse. Lo rodeaba un asustado grupo de temblorosas viejas; otro chico, apenas mayor que él, sobrino de las dueñas de la casa, sonrosado y rubio, de pelo rizado y grandes e ingenuos ojos azules, se había unido a él y repetía, con ligero acento meridional (sus padres eran funcionarios, y él había nacido en Tarascon):

—Claro que hay que irse, ¡y esta misma noche! Mira, no muy lejos de aquí, en el bosque de la Sainte, están las tropas… No tenemos más que coger las bicicletas y largarnos.

—René —gimieron sus tías abrazándose a él—. ¡René, niño mío, piensa en tu madre!

—Déjenme, tías, esto no es cosa de mujeres —respondió él rechazándolas, con el delicado rostro encendido de gozo: estaba orgulloso de lo bien que había hablado.

Miró a Hubert, que se había secado las lágrimas y estaba de pie ante la ventana, sombrío y resuelto. Se acercó a él y le susurró al oído:

—¿Nos iremos?

—Por supuesto —musitó Hubert. Y tras una breve reflexión añadió—: Nos encontraremos a medianoche, a la salida del pueblo.

Los dos chicos se dieron la mano disimuladamente. A su alrededor, las mujeres hablaban todas a la vez, los conminaban a renunciar a su plan, a conservar para el futuro unas vidas tan valiosas, a tener piedad de sus padres… De pronto, en el piso de arriba, Jacqueline soltó un grito desgarrador:

—¡Mamá! ¡Mamá, venga enseguida! ¡Se ha escapado *Albert*!

—¿Albert, su otro hijo? ¡Ay, Dios mío! —exclamaron las solteronas.

—No, no; *Albert* es el gato —aclaró la señora Péricand, y le pareció que empezaba a volverse loca. Entretanto, unos estampidos sordos y violentos estremecían el aire: los cañones tronaban a lo lejos... ¡Estaban rodeados de peligros! Se dejó caer en una silla—. ¡Escúchame bien, Hubert! ¡En ausencia de tu padre, quien manda soy yo! Eres un niño, apenas tienes diecisiete años, tu deber es reservarte para el porvenir...

—¿Para la próxima guerra?

—Para la próxima guerra —repitió maquinalmente la señora Péricand—. Mientras tanto, lo que tienes que hacer es callarte y obedecerme. ¡No te irás! ¡Si tuvieras un poco de corazón ni siquiera se te habría ocurrido una idea tan cruel, tan estúpida! ¿Quizá te parece que aún no soy lo bastante desgraciada? ¿No te das cuenta de que está todo perdido? ¿De que los alemanes están llegando y te matarán o te harán prisionero antes de que hayas recorrido cien metros? ¡Cállate! No pienso discutir contigo. ¡Si quieres salir de aquí, tendrás que pasar sobre mi cadáver!

—¡Mamá, mamá! —clamaba Jacqueline—. ¡Quiero a *Albert*! ¡Que vayan a buscarlo! ¡Lo atraparán los alemanes! ¡Le dispararán, lo robarán, me lo quitarán! *¡Albert! ¡Albert! ¡Albert!*

—¡Cállate, Jacqueline! ¡Vas a despertar a tus hermanos!

Todas gritaban a la vez. Con labios temblorosos, Hubert se alejó de aquel caótico y desgreñado grupo de viejas. ¿Es que no entendían nada? La vida era shakespeariana, maravillosa y trágica, y ellas la degradaban sin motivo. El mundo se derrumbaba, ya no era más que escombros y ruinas, pero ellas no cambiaban. Criaturas inferiores, no tenían heroísmo ni grandeza, ni fe ni espíritu de sacrificio. Sólo sabían empequeñecer todo lo que tocaban, reducirlo a su medida. ¡Oh, Dios, ver a un hombre, estrechar la mano de un hombre! Aunque fuera a su padre, pensó, pero mejor a su querido hermano mayor, al buen, al gran Philippe. Necesitaba tanto la presencia de su hermano que los ojos volvieron a humedecérsele. El incesante fragor de los cañones lo inquietaba y lo excitaba; con el cuerpo sacudido por escalofríos, volvía bruscamente la cabeza a diestro y siniestro, como un potro asustado. Pero no tenía miedo. ¿Miedo, él? No, no tenía miedo. Aceptaba, acariciaba la idea de la muerte. Sería una muerte hermosa por una causa perdida. Mejor que pudrirse en las trincheras, como en el catorce. Ahora se luchaba a cielo abierto, bajo el hermoso sol de junio o en aquel resplandeciente claro de luna.

Su madre había subido a ver a Jacqueline, pero había tomado precauciones: cuando él quiso salir al jardín, se encontró la puerta cerrada con llave. La aporreó, la sacudió... Las dueñas, que se habían retirado a su habitación, protestaron:

—¡Deje tranquila la puerta, señor! Es tarde. Estamos cansadas y tenemos sueño. Déjenos dormir. —Y una de ellas añadió—: Vaya a acostarse, jovencito.

—Jovencito... ¡Vieja chocha!

Su madre bajó.

—Jacqueline ha tenido una crisis nerviosa —le dijo—. Por suerte, llevo un frasco de flor de azahar en el bolso. ¡No te muerdas las uñas, por Dios! Me crispas los nervios, Hubert. Anda, siéntate en ese sillón y duerme un poco.

—No tengo sueño.

—Pues duerme igualmente —le ordenó ella con la misma voz imperiosa e impaciente que habría utilizado con Emmanuel.

Tragándose la rebeldía, Hubert se dejó caer en un viejo sillón de cretona que crujió bajo su peso. La señora Péricand alzó los ojos al cielo.

—¡Mira que eres bruto, hijo mío! Vas a romper ese pobre sillón... ¡Estate quieto de una vez!

—Sí, madre —dijo él con voz sumisa.

—¿A que no se te ha ocurrido sacar tu impermeable del coche?

—No, madre.

—¡No piensas en nada!

—No lo necesito. Hace buen tiempo.

—Mañana puede llover.

La señora Péricand sacó la labor de su bolso. Las agujas empezaron a tintinear. Cuando él era pequeño, hacía punto a su lado durante las lecciones de piano. Hubert cerró los ojos y fingió dormir. Al cabo de un rato, su madre se durmió de verdad. Sin pensárselo dos veces, el chico saltó por la ventana abierta, corrió hasta el cobertizo en que había guardado la bicicleta, entreabrió la puerta de la cerca sin hacer ruido y se deslizó fuera. Ahora todo el mundo dormía. El ruido de los cañones había cesado. Unos gatos maullaban en los tejados. La luna azuleaba las vidrieras de la hermosa iglesia, que se alzaba en mitad de un viejo y polvoriento paseo, donde los refugiados habían aparcado los coches. Los que no habían encontrado sitio en las casas dormían dentro de los vehículos o sobre la hierba. Sus pálidos rostros sudaban angustia; se los veía tensos y asustados incluso en pleno sueño. Sin embargo, dormían tan pesadamente que nada conseguiría despertarlos antes del amanecer. Saltaba a la vista. Podrían pasar del sueño a la muerte sin siquiera enterarse.

Hubert avanzó entre ellos, mirándolos con asombro y piedad. Él no se notaba cansado. Su sobreexcitada mente lo sostenía y arrastraba. Pensaba en su familia con pena y remordimientos. Pero esa pena y esos remordimientos multiplicaban su exaltación. No se lanzaba desnudo a la aventura; sacrificaba a su país no sólo su propia vida, sino también la de todos los suyos. Avanzaba al encuentro de su destino como un joven dios cargado de presentes. Al menos, así se veía él. Salió del pueblo, llegó al cerezo y se tumbó bajo las ramas. De pronto, una vibrante emoción hizo palpitar su corazón: pensaba en el nuevo compañero que iba a compartir con él la gloria y el peligro. Apenas lo conocía, pero se sentía unido a aquel muchacho rubio con una vehemencia y una ternura extraordinarias. Había oído contar que, en el norte, un regimiento alemán había tenido que cruzar un puente pasando por encima de los cadáveres de los compañeros muertos, y que lo habían hecho cantando: «Yo tenía un camarada...» Hubert lo comprendía, comprendía ese sentimiento de amor puro, casi salvaje. Inconscientemente, buscaba a alguien que sustituyera a Philippe, al que tanto quería y que se alejaba de él lenta pero implacablemente; demasiado serio, demasiado santo, pensaba Hubert, ya no tenía otro afecto, otra pasión que la de Cristo.

Durante los dos últimos años, Hubert se había sentido realmente solo, y para colmo sus compañeros de clase no eran más que brutos o esnobs. Por otra parte, casi sin saberlo, Hubert era sensible a la belleza física, y aquel René tenía cara de ángel. En fin, siguió esperándolo. Al menor ruido se estremecía y levantaba la cabeza. Eran las doce menos cinco. Pasó un caballo sin jinete. De vez en cuando ocurrían cosas así, extrañas apariciones que recordaban los desastres de la guerra; pero, por lo demás, todo estaba tranquilo. Arrancó una larga brizna de hierba y la mordisqueó; luego examinó el contenido de uno de sus bolsillos: un mendrugo de pan, una manzana, avellanas, un trozo de tarta desmigajado, una navaja, un ovillo de cordel y su pequeña libreta roja. En la primera página escribió: «Si muero, que avisen a mi padre, el señor Péricand, bulevar Delessert 18, París, o a mi madre…» También puso la dirección de Nimes. Después se acordó de que esa noche no había dicho sus oraciones. Se arrodilló en la hierba, las rezó y añadió un Credo especial por su familia. Se levantó soltando un profundo suspiro. Se sentía en paz con los hombres y con Dios. Mientras rezaba habían dado las doce. Había que estar listo para marcharse. La luna iluminaba la carretera. No se veía un alma. Hubert esperó pacientemente otra media hora; luego empezó a inquietarse. Dejó la bicicleta echada en la cuneta y avanzó hacia el pueblo al encuentro de René, pero no lo vio venir. Dio media vuelta, regresó al cerezo, siguió esperando y examinó el contenido del otro bolsillo: cigarrillos arrugados y dinero. Se fumó un pitillo sin disfrutarlo; todavía no se había acostumbrado al sabor del tabaco. Las manos le temblaban de nerviosismo. Arrancó unas flores y las arrojó al suelo. Era la una pasada. ¿Y si René…? No, no, nadie falta a su palabra de esa manera… Sus tías lo habrían retenido, encerrado quizá; aunque a él las precauciones de su madre no le habían impedido escapar. Su madre. Aún debía de estar durmiendo, pero no tardaría en despertarse y notar su ausencia. Lo buscarían por todas partes. No podía quedarse allí, tan cerca del pueblo. Pero ¿y si llegaba René? Esperaría hasta el amanecer y se iría en cuanto asomara el sol.

Los primeros rayos iluminaban la carretera cuando Hubert se puso en marcha. Se dirigió hacia el bosque de la Sainte, que cubría una colina. Subió por la ladera con precaución, empujando el manillar de la bicicleta y preparando el discurso que dirigiría a los soldados. Oyó voces, risas, el relincho de un caballo. Alguien gritó. Hubert se paró en seco y contuvo la respiración: habían hablado en alemán. Se escondió detrás de un árbol, vio un uniforme verde a unos pasos de él y, olvidándose de la bicicleta, echó a correr como una liebre. Al pie de la colina se equivocó de dirección, pero siguió corriendo en línea recta y acabó llegando al pueblo, que no reconoció. Volvió a la carretera principal y vio los coches de los refugiados pasar a toda velocidad. Uno (un enorme bólido gris) provocó que un camioncito volcase en la cuneta, pero se dio a la fuga sin que el conductor redujera la velocidad ni por un instante. Cuanto más avanzaba, más deprisa iba el torrente de vehículos, como en una película enloquecida, se dijo Hubert. Vio un camión lleno de soldados y les hizo gestos desesperados. Sin detenerse, alguien le aferró la mano, lo izó y lo dejó entre cañones camuflados con ramas y cajas de lonas.

—Quería avisarles... —jadeó Hubert—. He visto alemanes en un bosque muy cerca de aquí.

—Están por todas partes, chaval —respondió el soldado.

—¿Puedo ir con ustedes? —preguntó Hubert tímidamente—. Quiero... —empezó, pero la emoción le quebró la voz—. Quiero combatir.

El soldado lo miró y no respondió. Parecía que ya nada que oyeran o vieran podía sorprender o conmover a aquellos hombres. Hubert se enteró de que por el camino habían recogido a una embarazada, a un niño herido en un bombardeo y abandonado o perdido, y a un perro con una pata rota. También comprendió que tenían intención de retrasar el avance enemigo e impedir, si podían, que cruzara el río.

«Yo no me separo de ellos —se dijo Hubert—. Ahora ya está, me he metido en el fregado.»

La creciente ola de refugiados rodeaba el camión y obstaculizaba su marcha. Había momentos en que era imposible avanzar. Los soldados se cruzaban de brazos y esperaban a que los dejaran pasar. Hubert iba sentado en la parte posterior, con las piernas colgando fuera. Un extraordinario tumulto, una confusión de ideas y pasiones se agitaba en su interior, pero lo que dominaba en su corazón era el desprecio que le inspiraba toda la humanidad. Era una sensación casi física: unos meses antes, unos camaradas le habían hecho beber por primera vez en su vida, y ahora volvía a tener aquel horrible regusto a ceniza y hiel que deja en la boca el mal vino. ¡Había sido un niño tan bueno! A sus ojos, el mundo era simple y hermoso, y los hombres, dignos de respeto. Los hombres... ¡Una manada de animales salvajes y cobardes! Ese René, que lo había incitado a huir y luego se había quedado durmiendo tan pancho en su cama, mientras Francia se desangraba... Aquella gente que negaba un vaso de agua o una cama a los refugiados, los que se hacían pagar los huevos a precio de oro, los que llenaban el coche de maletas, de paquetes, de comida, hasta de muebles, y respondían a una mujer muerta de cansancio: «No podemos llevarla. Ya ve que no hay sitio...» Aquellas maletas de cuero leonado y aquellas mujeres maquilladas en un camión lleno de oficiales... Tanto egoísmo, tanta cobardía, tanta crueldad feroz y vana le revolvían el estómago. Y lo peor era que no podía soslayar los sacrificios, el heroísmo y la bondad de unos pocos. Philippe, por ejemplo, era un santo, y aquellos soldados que no habían comido ni bebido (el oficial de intendencia se había marchado por la mañana y no había regresado a tiempo) pero que aun así iban a luchar por una causa desesperada eran héroes. Entre los hombres existía el coraje, la abnegación, el amor, pero hasta eso era espantoso: los buenos parecían predestinados. Philippe lo explicaba a su manera. Cuando hablaba, parecía iluminarse y arder a la vez, como alumbrado por un fuego muy puro; pero Hubert atravesaba una crisis de fe religiosa y Philippe estaba lejos. El absurdo y repulsivo mundo exterior tenía los colores del infierno, un infierno al que Jesús jamás volvería a descender, «porque lo harían pedazos», se dijo Hubert.

El convoy fue ametrallado varias veces. La muerte planeaba en el cielo y, de pronto, se precipitaba, se lanzaba en picado desde las alturas con las alas desplegadas y el pico de acero dirigido hacia aquella larga y temblorosa hilera de insectos negros que se arrastraba por la carretera. Todo el mundo se arrojaba al suelo. Las mujeres se echaban encima de sus hijos para protegerlos con el cuerpo. Cuando cesaba el fuego, la muchedumbre estaba surcada por largos y estrechos claros, como los que forma el viento en los trigales o los árboles talados en un bosque. Tras unos instantes de silencio, empezaban a oírse llamadas y gemidos que parecían responderse, gemidos que nadie escuchaba, llamadas lanzadas en vano...

La gente volvía a subirse a los coches detenidos al borde del camino y reanudaba la marcha, pero algunos vehículos se quedaban allí, abandonados, con las puertas abiertas y el equipaje atado al techo, en algunos casos con una rueda en la cuneta debido a la precipitación del conductor por huir y ponerse a cubierto. Pero ya no volvería. En el interior de los coches, entre los paquetes olvidados, a veces se veía un perro tirando de su correa y gañendo quejumbrosamente, o un gato maullando desesperado dentro de su cesta.

17

Gabriel Corte seguía dejándose condicionar por reflejos de otra época: cuando le hacían daño, su primera reacción era quejarse; sólo se defendía después. A toda prisa, arrastrando a Florence, en Paray-le-Monial buscó al alcalde, los gendarmes, un diputado, un prefecto, cualquier representante de la autoridad que pudiera devolverle la cena que le habían robado. Pero las calles estaban desiertas; las casas, mudas. Al doblar una esquina topó con un grupo de mujeres que parecían vagar sin objeto, pero escucharon sus preguntas.

—No sabemos, no somos de aquí. Somos refugiadas como ustedes —explicó una de ellas.

Un débil olor a humo llegaba hasta ellos, llevado por la suave brisa de junio.

Al cabo de un rato, Florence y Gabriel empezaron a preguntarse dónde habían dejado el coche. Ella creía que cerca de la estación. Él se acordaba de un puente que habría podido guiarlos. La luna, serena y magnífica, los alumbraba, pero en aquella pequeña y vieja ciudad todas las calles se parecían. Todo eran gabletes, viejos guardacantones, balcones inclinados hacia un lado, callejones oscuros...

—Un mal decorado de ópera —refunfuñó Corte.

El olor también era el que se percibe entre bastidores, a moho y polvo, con un lejano hedor a letrina. Hacía mucho calor; a Gabriel el sudor le perlaba la frente. Oyó las llamadas de Florence, que se había rezagado y le gritaba:

—¡Espérame! ¡Para de una vez, cobarde, canalla! ¿Dónde estás, Gabriel? ¿Dónde estás? ¡Cerdo!

Sus insultos rebotaban contra las viejas fachadas, como balas: «¡Cerdo, viejo miserable, cobarde!»

Consiguió alcanzarlo cuando estaban llegando a la estación. Se le echó encima y le pegó, lo arañó, le escupió en la cara, mientras él se defendía chillando. Parecía imposible que la voz grave y cansada de Gabriel fuera capaz de alcanzar notas tan vibrantes y agudas, tan femeninas y salvajes. El hambre, el miedo y el cansancio los estaban volviendo locos. Les había bastado un vistazo para constatar que la plaza de la estación estaba vacía y comprender que la ciudad había sido evacuada.

Los demás estaban lejos, en el puente iluminado por la luna. Sentados en el suelo, sobre el empedrado de la plaza, había varios grupos de soldados. Uno de ellos, un muchacho muy joven, pálido y con gafas gruesas, se levantó con esfuerzo y se acercó con intención de separarlos.

—Vamos, caballero… Venga, señora, ¿no les da vergüenza?

—Pero ¿dónde están los coches? —chilló Corte.

—Han ordenado retirarlos.

—Pero ¿quién? ¿Por qué? ¿Y nuestro equipaje? ¡Mis manuscritos! ¡Soy Gabriel Corte!

—¡Por amor de Dios, ya encontrará sus dichosos manuscritos! ¡Y déjeme decirle que otros han perdido mucho más!

—¡Ignorante!

—Lo que usted diga, caballero, pero…

—¿Quién ha dado esa estúpida orden?

—Eso, caballero… Se han dado muchas que no eran más inteligentes, debo reconocerlo. Encontrará usted su coche y sus documentos, estoy seguro. Entretanto, no deben quedarse aquí. Los alemanes llegarán de un momento a otro. Tenemos orden de volar la estación.

—¿Y adónde vamos?

—Vuelvan a la ciudad.

—Pero ¿dónde nos alojaremos?

—Sitio no les va a faltar. Todo el mundo se larga —dijo otro soldado que se había acercado a Corte.

El claro de luna derramaba una luz tenue y azulada. El hombre tenía un rostro rudo y severo: dos grandes pliegues verticales le surcaban las toscas mejillas. Posó la mano en el hombro de Gabriel y, sin esfuerzo aparente, lo hizo girar.

—¡Ea, arreando! Ya nos hemos cansado de verlos, ¿entendido?

Por un instante, Gabriel pensó que se arrojaría sobre el soldado, pero la presión de aquella mano férrea sobre el hombro lo hizo recapacitar y retroceder dos pasos.

—Llevamos en la carretera desde el lunes… y tenemos hambre…

—Tenemos hambre —gimió Florence haciendo eco a Gabriel.

—Aguanten hasta mañana. Si seguimos aquí, les daremos sopa.

Con su voz cansada y suave, el soldado de las gafas gruesas repitió:

—No se queden aquí, caballero… Vamos, váyanse —les urgió, cogiendo del brazo a Corte y empujándolo levemente, como se hace con los niños para sacarlos del salón y mandarlos a dormir.

Gabriel y Florence volvieron a cruzar la plaza arrastrando los cansados pies, pero esta vez el uno al lado del otro. Su cólera había desaparecido, y con ella la tensión nerviosa que los sostenía. Estaban tan desmoralizados que no tuvieron fuerzas para ponerse a buscar otro restaurante. Llamaron a puertas que no se abrieron. Acabaron derrumbándose en un banco, cerca de una iglesia. Florence se quitó los zapatos con una mueca de dolor.

Pasaba el tiempo. No ocurría nada. La estación seguía en su sitio. De vez en cuando se oían los pasos de los soldados en la calle de al lado. En un par de ocasiones, un hombre pasó por delante del banco sin siquiera mirar a Florence y Gabriel, ovillados en el silencio de la noche, con las cabezas pesadamente apoyadas la una en la otra. Un hedor a carne podrida llegó hasta ellos: una bomba había incendiado los mataderos de las afueras. Se adormecieron. Cuando despertaron, vieron pasar a unos soldados que llevaban escudillas. Florence soltó un débil gemido de hambre y los soldados le dieron un cuenco de caldo y un trozo de pan. Con la luz del día, Gabriel recuperó parte del respeto humano: no osó disputarle a su amante un poco de caldo y aquel mendrugo. Florence bebía lentamente. Sin embargo, se detuvo y le dijo:

—Cómete el resto.

Él rehusó.

—No, mujer, si apenas hay para ti…

Ella le tendió el recipiente de aluminio, medio lleno de un líquido tibio que olía a col. Gabriel lo cogió con manos temblorosas, se llevó el borde a los labios y bebió el caldo a grandes tragos, sin apenas respirar. Al acabar soltó un suspiro de satisfacción.

—¿Están mejor? —les preguntó un soldado.

Reconocieron al que la noche anterior los había echado de la plaza de la estación, aunque los rayos del sol naciente suavizaban su rostro de feroz centurión. Gabriel recordó que llevaba cigarrillos en el bolsillo y le ofreció uno. Los dos hombres fumaron en silencio durante unos instantes, mientras Florence intentaba en vano ponerse los zapatos.

—Yo en su lugar —dijo al fin el soldado— me largaría, porque, se lo garantizo, los alemanes volverán. Lo raro es que todavía no estén aquí. Pero ya no les corre prisa —añadió con amargura—. Ahora será un paseo hasta Bayona.

—¿Cree usted que está todo perdido? —le preguntó Florence con timidez.

Por toda respuesta, el soldado dio media vuelta y se fue. Ellos también se dirigieron hacia las afueras, paso a paso y sin mirar atrás. De aquella ciudad que parecía desierta surgían ahora pequeños grupos de refugiados cargados de maletas. Aquí y allá se reunían como animales perdidos que se buscan y se juntan después de una tormenta. Iban hacia el puente custodiado por los soldados, que los dejaban pasar. Y allí fueron los Corte. Sobre sus cabezas resplandecía el cielo, un cielo de un azul puro y deslumbrante en el que no se veía ni una nube ni un avión. A sus pies discurría un bonito río. Enfrente, veían la carretera hacia el sur y un bosque de árboles muy jóvenes, cubiertos de tiernas hojas verdes. De pronto tuvieron la impresión de que el bosque se animaba y avanzaba a su encuentro. Camiones y cañones alemanes camuflados se dirigían hacia ellos. Corte vio que la gente de delante levantaba los brazos, daba media vuelta y echaba a correr. En el mismo instante, los franceses abrieron fuego y las ametralladoras alemanas les respondieron. Atrapados entre dos fuegos, los refugiados corrían en todas las direcciones, aunque algunos se limitaban a dar vueltas sobre sí mismos, como si hubieran perdido el juicio. Una mujer pasó las piernas por encima del pretil y se arrojó al agua. Florence agarró del brazo a Gabriel e, hincándole las uñas, chilló:

—¡Volvamos, corre!

—Pero ¡van a volar el puente! —gritó él.

La agarró de la mano y la arrastró hacia delante. De pronto se le ocurrió la idea, extraña, súbita y deslumbrante como un relámpago, de que corrían hacia la muerte. Atrajo hacia sí a Florence, la obligó a agachar la cabeza para ocultársela bajo su abrigo, como quien le venda los ojos a un condenado, y, tropezando y jadeando, llevándola casi en vilo, recorrió los escasos metros que los separaban de la otra orilla. Aunque le parecía que el corazón le golpeaba el pecho como el badajo de una campana, en realidad no tenía miedo. Deseaba salvarle la vida a Florence con un ansia salvaje. Confiaba en algo invisible, en una mano protectora tendida hacia él, hacia él, un ser débil, miserable, pequeño, tan pequeño que el destino se apiadaría de él como la tempestad de una brizna de paja. Cruzaron el puente, pasaron casi rozando a los alemanes en su carrera y dejaron atrás las ametralladoras y los uniformes verdes. La carretera estaba despejada y la muerte quedaba atrás, y de pronto, allí mismo, a la entrada de un pequeño camino forestal, distinguieron —sí, no se equivocaban, lo habían reconocido de inmediato— su coche, con sus fieles criados, que estaban esperándolos. Florence sólo pudo gemir:

—¡Julie! ¡Alabado sea Dios, Julie!

Las voces del chófer y la doncella llegaron a los oídos de Gabriel como esos sordos y extraños sonidos que atraviesan a medias la bruma de un desvanecimiento. Florence se echó a llorar. Con lentitud, con incredulidad, con eclipses de lucidez, Corte comprendió penosa y gradualmente que le devolvían el coche, que le devolvían los manuscritos, que había vuelto a la vida, que ya nunca volvería a ser un hombre corriente, desesperado, hambriento, a un tiempo cobarde y arrojado, sino un ser privilegiado y protegido de todo mal: ¡Gabriel Corte!

18

Al fin, el lunes 17 de junio a mediodía, Hubert llegó a orillas del Allier con los soldados que lo habían recogido en la carretera. Por el camino se les habían unido voluntarios: guardias móviles, senegaleses, militares que intentaban en vano reconstituir sus desbaratadas compañías aferrándose a cualquier núcleo de resistencia con desesperado coraje, y chicos como Hubert Péricand, que habían quedado separados de sus familias durante el éxodo o se habían fugado durante la noche para «unirse a las tropas», frase mágica que circulaba de pueblo en pueblo, de granja en granja. «Vamos a unirnos a las tropas, a escapar de los alemanes y reagruparnos al otro lado del Loira», repetían bocas de dieciséis años. Aquellos chicos llevaban un hatillo a la espalda (las sobras de la merienda del día anterior envueltas a toda prisa en un jersey y una camisa por una madre deshecha en llanto), tenían rostros sonrosados y redondos, los dedos manchados de tinta y voces que estaban mudando. Tres de ellos iban acompañados por sus padres, veteranos del catorce que, debido a su edad, sus viejas heridas y su situación familiar, habían permanecido al margen de los combates desde septiembre. El jefe de batallón instaló su puesto de mando bajo un puente de piedra cercano al paso a nivel. Hubert contó casi doscientos hombres en el camino y la orilla del río. En su inexperiencia, creyó que ahora el enemigo tenía enfrente a un poderoso ejército. Vio colocar toneladas de melinita en el puente de piedra; lo que ignoraba era que no habían conseguido encontrar cordón Pickford para la mecha. Los soldados trabajaban en silencio o dormían tumbados en el suelo. Llevaban todo un día sin comer. Al atardecer repartieron botellas de cerveza. Hubert no tenía hambre, pero la cerveza rubia, con su sabor amargo y su suave espuma, le proporcionó una sensación de bienestar. Le hacía falta para animarse porque, de momento, allí nadie parecía necesitarlo. Iba de soldado en soldado ofreciendo tímidamente sus servicios, pero no le respondían, ni siquiera lo miraban. Vio a dos hombres llevando paja y haces de leña hacia el puente, y a otro empujando un barril de alquitrán. Hubert cogió un enorme haz de leña, pero con tanta torpeza que se clavó las astillas y tuvo que ahogar una exclamación de dolor. Pensaba que nadie lo había oído, pero instantes después creyó morirse de vergüenza cuando, al soltar su carga a la entrada del puente, uno de los hombres le gritó:

—¿Qué coño haces ahí? ¿No ves que estorbas? ¿No lo ves?

Hubert, herido en lo más vivo, se alejó. De pie, inmóvil en el camino de Saint-Pourçain, frente al Allier, vio finalizar un trabajo que le resultaba incomprensible: la paja y la leña, rociadas con alquitrán, estaban amontonadas en el puente, junto a un bidón de cincuenta litros de gasolina; aquella barrera debía detener al enemigo hasta que un cañón de 75 mm consiguiera hacer explotar la melinita.

El resto del día pasó de un modo parecido, igual que la noche y toda la mañana siguiente: horas vacías, extrañas, incoherentes como un sueño febril. Sin nada para comer o beber. Hasta los muchachos campesinos empezaban a perder sus saludables colores y, demacrados por el hambre, cubiertos de polvo, con el pelo revuelto y los ojos brillantes, parecían más viejos, mayores, adultos de aspecto tozudo, dolorido y duro.

Eran las dos de la tarde cuando en la orilla opuesta aparecieron los primeros alemanes. Se trataba de la columna motorizada que había atravesado Paray-le-Monial esa misma mañana. Boquiabierto, Hubert los vio lanzarse hacia el puente a una velocidad inaudita, como un salvaje y belicoso relámpago que fulgurara en la paz del campo. No fue más que un instante: un cañonazo hizo explotar los barriles de melinita que formaban la barricada. Los pedazos del puente, los vehículos y sus ocupantes cayeron al Allier. Hubert vio a los soldados franceses abalanzarse a la carrera.

«¡Ya está, nos lanzamos al ataque!», pensó, con carne de gallina y la garganta seca, como cuando era niño y oía los primeros acordes de una banda militar. También echó a correr, pero tropezó en la paja y los haces de leña que los soldados estaban encendiendo en esos momentos. El negro humo del alquitrán le anegó la boca y las fosas nasales. Tras aquella cortina protectora, las ametralladoras trataban de detener los tanques alemanes. Ahogándose, tosiendo y estornudando, Hubert retrocedió unos metros a cuatro patas. Estaba desesperado. No tenía arma. No hacía nada. Los demás luchaban y él estaba de brazos cruzados, inmóvil, pasivo. Se consoló un poco pensando que a su alrededor los hombres se limitaban a protegerse del fuego enemigo sin responder. Lo atribuyó a complejas razones tácticas, hasta el momento en que comprendió que apenas tenían municiones. «No obstante —se dijo—, si nos han ordenado quedarnos aquí es porque somos necesarios, porque somos útiles, porque tal vez protegemos al grueso de nuestro ejército.» Hubert esperaba ver aparecer refuerzos avanzando hacia ellos por el camino de Saint-Pourçain al grito de «¡Aquí estamos, chicos, no os preocupéis! ¡Ya los tenemos!», o cualquier otra frase guerrera. Pero no venía nadie. Junto a él vio a un hombre con la cabeza ensangrentada que vacilaba como un borracho y que acabó derrumbándose sobre un arbusto, donde quedó sentado entre las ramas en una postura extraña e incómoda, con las rodillas dobladas bajo el cuerpo y la barbilla hundida en el pecho.

—¡Ni médico, ni enfermeros ni ambulancia! —oyó exclamar con cólera a un oficial—. ¿Qué queréis que haga?

—Hay uno herido en el jardín de las oficinas municipales —informó alguien.

—¿Y qué queréis que haga, Dios mío? —repitió el oficial—. Dejadlo allí.

Los obuses habían incendiado parte de la ciudad. Bajo la espléndida luz de junio, las llamas tenían un color transparente y rosado, y una larga columna de humo ascendía al cielo formando un penacho atravesado por los rayos del sol, que arrancaban reflejos al azufre y las cenizas.

—Se van —le dijo un soldado a Hubert señalándole a los hombres de las ametralladoras, que estaban retrocediendo.

—¿Por qué? —exclamó el chico, consternado—. ¿Es que no van a seguir luchando?

—¿Con qué?

«Es un desastre —pensó Hubert, anonadado—. ¡Es la derrota! Estoy asistiendo a una gran derrota, peor que la de Waterloo. Estamos perdidos, no volveré a ver a mamá ni a ninguno de los míos. Voy a morir.»

Se sentía perdido, indiferente a todo, en un espantoso estado de agotamiento y desesperación. No oyó la orden de retirada. Vio que los hombres corrían bajo las balas enemigas, los imitó y saltó la cerca de un jardín en el que había un cochecito de niño abandonado. Pero la batalla no había terminado. Sin tanques, sin artillería, sin municiones, un puñado de hombres seguía defendiendo unos metros cuadrados de tierra, una cabeza de puente, mientras los alemanes, victoriosos, cerraban el cerco sobre Francia. De pronto, Hubert sintió un desesperado arranque de valor, muy parecido a un ataque de locura. Se dijo que estaba huyendo, cuando su deber era volver a la primera línea, adonde estaban aquellos fusiles ametralladores que aún oía responder obstinadamente a las ametralladoras alemanas, y morir con aquellos valientes. De nuevo, desafiando la muerte a cada paso, atravesó el jardín, pisoteando juguetes abandonados. ¿Dónde estaban los dueños de aquella casa? ¿Habían huido? Saltó la puerta metálica bajo una ráfaga de ametralladora y, milagrosamente ileso, cayó a la carretera y volvió a reptar, con las manos y las rodillas ensangrentadas, en dirección al río. No consiguió llegar. De pronto, cuando estaba a medio camino, todo el fragor se interrumpió. Hubert advirtió que era de noche y comprendió que debía de haberse desmayado de agotamiento. Aquel súbito silencio le había hecho volver en sí. Se incorporó aturdido. La cabeza le resonaba como una campana. Una luna radiante iluminaba la carretera, pero él permanecía oculto en la franja de sombra que arrojaba un árbol. El barrio de Villars seguía ardiendo, pero las armas habían callado.

Temiendo topar con los alemanes, Hubert abandonó la carretera y se internó en un bosquecillo. De vez en cuando se detenía y se preguntaba adónde iba. Al día siguiente, las columnas motorizadas que habían invadido la mitad de Francia en cinco días estarían sin duda en la frontera de Italia, de Suiza, de España... No podría eludirlas. Había olvidado que no llevaba uniforme, que nada indicaba que acababa de participar en una batalla. Estaba seguro de que lo harían prisionero. Huía obedeciendo el mismo instinto que lo había llevado al escenario de los combates y ahora lo empujaba a alejarse de aquellos incendios, de aquellos puentes destruidos, de aquella pesadilla en la que, por primera vez en su vida, había visto muertos con sus propios ojos. Febrilmente, trataba de calcular cuánto avanzarían los alemanes hasta la mañana siguiente. Veía ciudades cayendo una tras otra, soldados vencidos, armas tiradas, camiones abandonados en la carretera por falta de gasolina, los tanques y cañones anticarro cuyas reproducciones tanto había admirado, y todo el botín caído en manos del enemigo. Temblaba, lloraba avanzando a gatas por aquel campo iluminado por la luna y, sin embargo, todavía no creía en la derrota, del mismo modo que cualquier ser joven y rebosante de salud rechaza la idea de la muerte. No muy lejos de allí, los soldados se reunirían, se reagruparían, volverían a luchar, y él con ellos. Y él... con ellos... «Pero ¿qué he hecho yo? —se preguntó de pronto—. No he disparado ni un solo tiro. —Se sintió tan avergonzado de sí mismo que por las mejillas volvieron a resbalarle quemantes y dolorosas lágrimas—. No es culpa mía, no tenía armas, no tenía más que las manos...» De repente, volvió a verse tratando en vano de arrastrar el haz de leña hacia el río. No, ni de eso había sido capaz, él, que habría querido correr hacia el puente, arrastrar tras de sí a los soldados, lanzarse contra los tanques enemigos, morir gritando «¡Viva Francia!»... Estaba ebrio de fatiga y desesperación. De vez en cuando lo asaltaban ideas de una extraña madurez: reflexionaba sobre el desastre, sobre sus causas profundas, sobre el futuro, sobre la muerte. Luego pensaba en sí mismo, se preguntaba qué sería de él, y poco a poco iba recuperando la conciencia de la realidad:

—¡La bronca que te va a echar mamá va a ser de aúpa, amiguito! —murmuró, y por unos instantes su pálido y tenso rostro, que parecía haber envejecido y adelgazado en dos días, volvió a iluminarse con la ingenua y ancha sonrisa del niño.

Entre dos campos vio un angosto sendero que se alejaba de las casas. Allí nada recordaba la guerra. Una fuente murmuraba, un ruiseñor cantaba, una campana daba la hora, en todos los setos había flores, y frescas hojas verdes en todos los árboles. Desde que se había refrescado las manos y la boca, desde que había bebido agua en un arroyo ahuecando las palmas, se sentía mucho mejor. Buscó fruta en las ramas desesperadamente. Sabía que no era la época, pero estaba en la edad en que aún se cree en los milagros. Al final del sendero volvió a encontrar la carretera. «Cressange, 22 km», leyó en un mojón, y se detuvo, perplejo. Luego vio una granja y, tras mucho dudarlo, se acercó y llamó a la puerta de la vivienda. Oyó pasos en el interior. Preguntaron quién era. Al oír que se había perdido y tenía hambre, lo dejaron pasar. Dentro había tres soldados franceses durmiendo. Los reconoció. Habían participado en la defensa del puente de Moulins. Ahora roncaban tumbados en sendos bancos, con los demacrados y sucios rostros boca arriba, como los muertos. Los velaba una mujer que hacía punto; la madeja de lana rodaba por el suelo, perseguida por un gato. La escena le resultó tan familiar y al mismo tiempo tan extraña, después de todo lo que había visto en los últimos ocho días, que le flaquearon las piernas y tuvo que sentarse. Sobre la mesa vio los cascos de los soldados, cubiertos con hojas para evitar que brillaran a la luz de la luna.

En ese momento, uno de ellos despertó, se incorporó y se quedó apoyado en un codo.

—¿Has visto a alguno, chaval?

Hubert comprendió que se refería a los alemanes.

—No, no —se apresuró a responder—. Ni uno desde Moulins.

—Se ve que ya ni siquiera cogen prisioneros —dijo el soldado—. Tienen demasiados. Los desarman y luego los mandan a hacer puñetas.

—Se ve que sí —dijo la mujer.

Volvió a hacerse el silencio. Hubert comió: le habían servido un plato de sopa y un trozo de queso. Cuando acabó, miró al soldado y le preguntó:

—¿Qué piensan hacer ahora?

Uno de sus compañeros había abierto los ojos. Los dos hombres empezaron a discutir. Uno quería ir a Cressange; el otro, angustiado, lanzaba alrededor miradas medrosas e inquietas de pájaro asombrado.

—¿Para qué? Están en todas partes, en todas… —decía. Realmente, le parecía estar viendo a los alemanes alrededor de él, a punto de cogerlo. De vez en cuando, soltaba una especie de risa entrecortada y amarga—. ¡Dios mío! Haber estado en la del catorce y ver esto…

La mujer tejía plácidamente. Era muy vieja y llevaba un gorro blanco acanalado.

—Yo viví la del setenta. Así que… —murmuró.

Hubert los escuchaba y contemplaba con estupefacción. Le parecían casi irreales, semejantes a fantasmas, a quejumbrosas sombras surgidas de las páginas de su *Historia de Francia*. ¡Dios mío! El presente y sus desastres valían más que esas glorias muertas y ese olor a sangre que ascendía del pasado. Hubert tomó un café muy cargado y muy caliente y una copita de orujo, le dio las gracias a la anciana, se despidió de los soldados y se puso en camino, decidido a llegar a Cressange a la mañana siguiente. Una vez allí, tal vez pudiera ponerse en contacto con su familia y tranquilizarlos respecto a su situación. Caminó toda la noche y, a las ocho de la mañana, llegó a un pueblecito a unos kilómetros de Cressange, de cuya fonda salía un delicioso aroma a café y pan recién hecho. Hubert comprendió que no conseguiría llegar más lejos, que sus pies se negaban a continuar. Entró en el salón de la fonda, que estaba llena de refugiados. Preguntó si había habitación. No supieron responderle. Le dijeron que la dueña había salido a buscar comida para aquel ejército de muertos de hambre, pero no tardaría en regresar. Volvió a la calle y, en una ventana del primer piso, vio a una mujer que se estaba maquillando. De pronto, el pintalabios se le escapó de la mano y fue a caer a los pies de Hubert, que se apresuró a recogerlo. Ella se asomó y le sonrió.

—¿Y ahora cómo lo recupero? —le preguntó y, sacando el cuerpo fuera de la ventana, extendió hacia él un brazo desnudo y pálido.

El sol arrancaba diminutos destellos a la pintura de sus uñas, que brillaban en los ojos del chico. Aquella carne lechosa y aquella cabellera pelirroja lo encandilaron como una potente luz.

Hubert bajó la cabeza y balbuceó:

—Puedo... puedo subírselo, señora.

—Sí, por favor —dijo ella, y volvió a sonreírle.

Hubert entró en la fonda, cruzó el bar, subió una escalera estrecha y oscura y vio una puerta abierta. La habitación parecía rosa. Efectivamente, el sol atravesaba una humilde cortina roja y llenaba el espacio de una cálida y palpitante penumbra, encarnada como un rosal en flor. La mujer lo invitó a entrar; se estaba limando las uñas. Cogió el pintalabios que le tendía Hubert y lo miró.

—Pero... ¡te vas a desmayar!

Hubert sintió que lo cogía de la mano, lo ayudaba a dar los dos pasos que lo separaban del sillón, le ponía un cojín bajo la nuca... No perdió el conocimiento, pero el corazón le latía con fuerza. Todo daba vueltas a su alrededor como en un mareo, y olas heladas y ardientes lo inundaban alternativamente. Estaba cohibido, pero bastante orgulloso de sí mismo.

—¿Cansado? ¿Hambre? ¿Qué le pasa a mi pobre muchacho? —preguntó ella.

Hubert exageró aún más el temblor de su voz para responder:

—No es nada. Es que... he venido andando desde Moulins, donde hemos defendido el puente.

Ella lo miró sorprendida.

—Pero ¿cuántos años tienes?

—Dieciocho.

—¿No eres soldado?

—No; viajaba con mi familia. La dejé para unirme a las tropas.

—Pero... eso está muy bien.

Empleó el tono de admiración que esperaba Hubert, pero, sin saber por qué, su mirada lo hizo enrojecer. De cerca ya no parecía tan joven. Su rostro, ligeramente maquillado, estaba surcado de pequeñas arrugas. Era esbelta y elegante, y tenía unas piernas estupendas.

—¿Cómo te llamas? —le preguntó la mujer.

—Hubert Péricand.

—¿No hay un Péricand conservador del Museo de Bellas Artes?

—Es mi padre, señora.

Mientras hablaban, la mujer se había levantado y estaba sirviéndole café. Acababa de desayunar, y la bandeja con la cafetera medio llena, la jarrita de leche y las tostadas seguía sobre la mesa.

—No está muy caliente —le dijo—, pero igual tómalo, te sentará bien. —Hubert obedeció—. Con todos esos refugiados, hay tal barullo ahí abajo que no vendría nadie aunque me pasara todo el día llamando. Vienes de París, ¿verdad?

—Sí. ¿Usted también, señora?

—Sí. Pasé por Tours, donde me bombardearon. Ahora quiero llegar a Burdeos. Supongo que habrán evacuado la Ópera allí.

—¿Es usted actriz, señora? —preguntó Hubert respetuosamente.

—Bailarina. Arlette Corail. —Hubert sólo había visto bailarinas en el escenario del Châtelet. Instintivamente, la mirada del muchacho se dirigió con curiosidad y deseo hacia sus finos tobillos y musculosas pantorrillas, enfundados en lustrosas medias. Estaba azorado. Un mechón rubio le cayó sobre los ojos. La mujer se lo retiró con suavidad—. ¿Y ahora adónde te diriges?

—No lo sé. Mi familia se quedó en un pueblecito que está a unos treinta kilómetros de aquí. Me gustaría reunirme con ellos, pero los alemanes ya habrán llegado allí.

—Aquí los esperan de un momento a otro.

—¿Aquí? —Alarmado, Hubert dio un respingo y se levantó para huir, pero la mujer lo retuvo, riendo.

—Pero ¿qué crees que te van a hacer? No eres más que un chico…

—Aun así he luchado… —protestó él, herido.

—Sí, claro que sí, pero nadie va a ir a contárselo, ¿verdad? —La bailarina pareció reflexionar y su entrecejo se arrugó ligeramente—. Mira, te diré lo que haremos. Bajaré y pediré una habitación para ti. Aquí me conocen. Es una fonda muy pequeña, pero cocinan de maravilla, y he pasado aquí más de un fin de semana. Te darán la habitación de su hijo, que está en el frente. Descansarás uno o dos días y podrás avisar a tus padres.

—No sé cómo agradecérselo… —murmuró él.

La bailarina lo dejó solo. Cuando volvió, pasados apenas unos minutos, Hubert estaba profundamente dormido. Arlette le levantó

129

suavemente la cabeza y le rodeó con los brazos los anchos hombros y el pecho, que se alzaba pausadamente. Luego lo contempló, volvió a arreglarle los dorados mechones que le caían desordenadamente sobre la frente, lo contempló de nuevo con expresión soñadora y ávida, como una gata acechando a un pajarillo, y murmuró:

—No está mal el muchacho…

19

El pueblo esperaba a los alemanes. A algunos, la idea de ver por primera vez a sus vencedores les hacía sentir vergüenza y desesperación; a otros, angustia, y a la mayoría sólo una mezcla de miedo y curiosidad, como el anuncio de un espectáculo novedoso. Los funcionarios, los gendarmes y los empleados de correos habían recibido la orden de marcharse el día anterior. El alcalde se había quedado. Era un viejo campesino gotoso y tranquilo que no se inmutaba por nada. Si el pueblo hubiese estado sin jefe no le habría ido mucho peor. A mediodía, unos viajeros llegaron con la noticia del armisticio al bullicioso comedor donde Arlette Corail estaba acabando de desayunar. Las mujeres se echaron a llorar. Se decía que la situación era confusa, que en algunos sitios los soldados seguían resistiendo, que algunos civiles se habían unido a ellos. Los presentes coincidieron en censurarlo: todo estaba perdido, ya sólo quedaba ceder. Todo el mundo hablaba a la vez. El aire era irrespirable. Arlette apartó el plato y salió al pequeño jardín de la fonda. Había cogido cigarrillos, una tumbona y un libro. Tras abandonar París hacía una semana en un estado de pánico que rayaba en la locura y sortear innegables peligros, volvía a sentirse fría y tranquila. Además, estaba convencida de que saldría adelante siempre y en cualquier lugar, y de que poseía auténtico talento para rodearse del máximo de comodidad y bienestar en cualquier circunstancia. Esa flexibilidad, esa lucidez, esa indiferencia, eran cualidades que le habían sido de enorme utilidad en su carrera profesional y su vida sentimental, pero hasta entonces no había comprendido que también podían servirle en la vida cotidiana o en circunstancias excepcionales.

Ahora, cuando pensaba que había implorado la protección de Corbin, sonreía de piedad. Habían llegado a Tours justo a tiempo para que los bombardearan; la maleta que contenía los efectos personales de Corbin y los documentos del banco había quedado sepultada bajo los escombros; ella, en cambio, había sobrevivido al desastre sin perder un solo pañuelo, un solo estuche de maquillaje, un solo par de zapatos. Había visto a Corbin muerto de miedo y se decía con malicia que le recordaría esos instantes a menudo. Aún le parecía estar viéndolo con la mandíbula caída, como los muertos; daban ganas de ponerle una barbillera para sujetársela. Penoso. Dejándolo en medio del caos y el espantoso tumulto de Tours, Arlette había cogido el coche, conseguido gasolina y desaparecido. Llevaba dos días en aquel pueblo, donde había comido y dormido a sus anchas, mientras una muchedumbre lamentable acampaba en los graneros y en la misma plaza. Incluso se había dado el lujo de mostrarse caritativa, cediéndole la habitación a aquel chico encantador, el joven Péricand... ¿Péricand? Una familia burguesa, chapada a la antigua, respetable, muy rica y con inmejorables relaciones en el mundo oficial, de los ministrables y los grandes industriales, gracias a su parentesco con los Maltête, esa gente de Lyon... Relaciones... La bailarina soltó un leve suspiro de irritación pensando en todo lo que de ahora en adelante habría que revisar a ese respecto y en todo el empeño que había puesto no hacía mucho en seducir a Gérard Salomon-Worms, el cuñado del conde de Furières. Conquista totalmente inútil, en la que había malgastado tiempo y energías.

Frunció levemente el entrecejo y se miró las uñas. La contemplación de aquellos diez diminutos y brillantes espejos parecía predisponerla a las especulaciones abstractas. Sus amantes sabían que, cuando se miraba las manos con esa expresión cavilosa y malévola, siempre acababa expresando su opinión sobre cosas como la política, el arte, la literatura o la moda, y, por lo general, su opinión era perspicaz y justa. Durante unos instantes, en aquel florido jardín se imaginó su futuro, mientras los abejorros asediaban un arbusto cuajado de campanillas violáceas. Llegó a la conclusión de que para ella no cambiaría nada. Su fortuna consistía en joyas (que no harían sino aumentar de valor) y tierras (había hecho varias compras acertadas en el sur antes de la guerra). Además, todo eso era accesorio. Sus principales posesiones eran sus piernas, su cintura y su talento para las intrigas, y sobre eso sólo pesaba la amenaza del tiempo. Que, por otro lado, era el punto negro... Se recordó su edad y, acto seguido, como quien toca un amuleto para ahuyentar la mala suerte, sacó el espejito de su bolso y se estudió el rostro detenidamente. Una desagradable idea acudió a su mente: su maquillaje norteamericano era insustituible, pero en unas semanas ya no podría conseguirlo fácilmente. Eso la puso de mal humor. ¡Bah, las cosas cambiarían en la superficie y seguirían igual en el fondo! Habría nuevos ricos, como al día siguiente de cualquier desastre; hombres dispuestos a pagar caros sus placeres, porque habían obtenido su riqueza sin esfuerzo, y el amor seguiría siendo lo de siempre. Pero, por Dios, ¡que aquel caos acabara cuanto antes! Que se implantara un estilo de vida, fuera el que fuese; puede que todo aquello, aquella guerra, las revoluciones, los grandes acontecimientos de la Historia, excitara a los hombres, pero para las mujeres... ¡Ah, para las mujeres sólo era un fastidio! Estaba segura de que, a ese respecto, todas pensaban como ella: ¿las grandes palabras, los grandes sentimientos? Una monserga, un tostón como para aburrir hasta las piedras. Ah, los hombres... Había cosas en las que aquellos seres tan simples resultaban incomprensibles. Pero las mujeres estaban curadas durante al menos cincuenta años de todo lo que no fuera la vida cotidiana, las cosas tangibles...

Arlette levantó la mirada y vio a la mesonera asomada a la ventana, mirando a lo lejos.

—¿Ocurre algo, señora Goulot? —le preguntó.

—Son ellos, señorita... —respondió la mujer con voz solemne y temblorosa—. Están llegando...

—¿Los alemanes?

—Sí.

La bailarina hizo amago de levantarse para ir hasta la cerca, desde la que se veía la calle, pero le dio miedo que le quitaran la hamaca y su sitio a la sombra, y se quedó donde estaba.

Lo que llegaba no eran los alemanes, sino un alemán. El primero. Tras las puertas cerradas, por las rendijas de las persianas medio bajadas o los ventanucos de los graneros, todo el pueblo lo vio acercarse. Detuvo la motocicleta en la plaza desierta. Llevaba guantes, un uniforme verde y un casco bajo cuya visera pudo verse, cuando alzó la cabeza, un rostro fino y sonrosado, casi infantil.

—¡Qué joven es! —murmuraron las mujeres, que, sin ser plenamente conscientes, esperaban alguna visión del Apocalipsis, un extraño y horripilante monstruo.

El alemán miraba alrededor buscando a alguien. De pronto, el estanquero, que había participado en la guerra del catorce y llevaba una cruz de guerra y una medalla militar en la solapa de su vieja chaqueta gris, salió de su establecimiento y avanzó hacia el enemigo. Por unos instantes, los dos hombres permanecieron inmóviles, frente a frente, sin decir palabra. Luego, el alemán sacó un cigarrillo y pidió fuego en mal francés. El estanquero respondió en peor alemán, porque había estado en la ocupación del dieciocho, en Maguncia. Tal era el silencio (todo el pueblo contenía la respiración) que se oían todas sus palabras. El alemán pidió indicaciones. El francés se las dio y a continuación, envalentonado, preguntó:

—¿Ya se ha firmado el armisticio?

El alemán abrió los brazos.

—Todavía no lo sabemos. Eso esperamos —respondió.

Y la resonancia humana de aquellas palabras, de aquellos gestos, que demostraban que el alemán no era un monstruo sediento de sangre sino un soldado como los suyos, rompió de golpe el hielo entre el pueblo y el enemigo, entre el campesino y el invasor.

—No parece mala persona —cuchichearon las mujeres.

El alemán se llevó la mano al casco, sonriendo, con un movimiento inseguro y como inacabado, que no era ni un saludo militar propiamente dicho ni el de un civil para despedirse de otro. Luego, tras una breve mirada de curiosidad a las ventanas, arrancó la moto y desapareció. Las puertas se abrieron una tras otra y todo el pueblo salió a la plaza y rodeó al estanquero, que, inmóvil, con las manos en los bolsillos y la frente arrugada, miraba a lo lejos. En su rostro se superponían expresiones contradictorias: alivio porque todo había acabado, tristeza y cólera porque había acabado de aquel modo, recuerdos del pasado, miedo al futuro… Todos sus sentimientos parecían reflejarse en la cara de los demás. Las mujeres se enjugaban las lágrimas; los hombres, silenciosos, tenían una expresión obstinada y dura. Los niños, momentáneamente distraídos de sus juegos, volvían a sus canicas y su rayuela. El cielo resplandecía con una luminosidad radiante y plateada; como ocurre a veces en mitad de un día espléndido, un imperceptible vaho, tierno e irisado, flotaba en el aire y avivaba los frescos colores de junio, que parecían más puros y nítidos, como vistos a través de un prisma de agua.

Las horas transcurrían lentamente. Por la carretera circulaban menos coches, pero las bicicletas seguían pasando a toda velocidad, como impulsadas por el furioso viento del nordeste, que llevaba toda una semana soplando y arrastrando a aquellos desventurados humanos. Un poco más tarde empezaron a pasar coches en sentido contrario al seguido en los últimos ocho días: regresaban a París. Al ver aquello, la gente empezó a creerse que, en efecto, todo había terminado. Todos regresaron a sus casas. Volvió a oírse el entrechocar de los cacharros que las mujeres fregaban en las cocinas, los leves pasos de una viejecilla que iba a echar hierba a los conejos y hasta la canción entonada por una niña que sacaba agua de una bomba. Los perros reñían y se revolcaban por el polvo.

Era el atardecer, un crepúsculo espléndido, un aire transparente, una sombra azulada, el último fulgor del sol poniente acariciando las rosas y la campana de la iglesia, que llamaba a los fieles a la oración, cuando en la carretera empezó a oírse un ruido creciente que no se parecía al de los últimos días; sordo, constante, el fragor parecía avanzar sin prisa, pesada e inexorablemente. Se acercaban camiones. Esta vez sí eran los alemanes. Los camiones se detuvieron en la plaza y los soldados saltaron al suelo; tras los primeros vehículos venían otros, y luego otros, y otros… En unos minutos, la vieja y polvorienta plaza se convirtió en una inmóvil y oscura masa de camiones gris hierro, en los que todavía se veía alguna rama cubierta de hojas secas, vestigio del camuflaje.

¡Cuántos hombres! Silenciosos y absortos, los vecinos, que habían vuelto a salir al umbral de sus casas, los miraban, los escuchaban, trataban en vano de contar aquella marea humana. Los alemanes surgían de todas partes, llenaban las calles y las plazuelas, se sucedían ininterrumpidamente. Desde septiembre, el pueblo había perdido la costumbre de oír pasos, risas, voces jóvenes. Ahora estaba aturdido, abrumado por el rumor que se elevaba de aquel mar de uniformes verdes, por aquel olor a humanidad sana, a carne joven, y sobre todo por los sonidos de aquella lengua extranjera. Los alemanes invadían las casas, las tiendas, los cafés. Sus botas resonaban en las rojas baldosas de las cocinas. Pedían de comer y de beber. Acariciaban a los niños al pasar. Gesticulaban, cantaban, sonreían mirando a las mujeres. Su cara de felicidad, su embriaguez de conquistadores, su fiebre, su locura, su alegría, mezclada con una especie de incredulidad, como si a ellos mismos les costara creerse su victoria, todo, en suma, era de tal tensión y viveza que, por unos momentos, los vencidos se olvidaron de su pena y su rencor. Boquiabiertos, no dejaban de mirar.

En la fonda, bajo la habitación donde Hubert seguía durmiendo, la sala era un pandemónium de gritos y canciones. Al entrar, los alemanes habían pedido champán (*Sekt! Nahrung!*), y ahora los corchos saltaban entre sus manos. Unos jugaban al billar; otros iban a la cocina con montones de rojizos filetes, que echaban a la parrilla para que chisporrotearan en medio de una humareda; otros subían barriles de cerveza de la bodega, apartando en su impaciencia a la criada que quería ayudarlos. Un joven de cara rubicunda y pelo rubio freía huevos en un rincón del fogón; otro cogía las primeras fresas del jardín. Dos muchachos con el torso desnudo se mojaban la cabeza en sendos cubos de agua fría recién sacada del pozo. Se regalaban, se hartaban de todas las cosas buenas de la vida; ¡habían escapado de la muerte, eran jóvenes, estaban vivos, habían vencido! Expresaban su delirante alegría con palabras atropelladas, chapurreaban francés con cualquiera dispuesto a escucharlos, se señalaban las botas y repetían: «Nosotros caminar, caminar... Camaradas caer, pero nosotros caminar, caminar...» El entrechocar de las armas, de los cinturones, de los cascos, resonaba en el salón. En sueños, Hubert lo oía, lo confundía con los recuerdos del día anterior, revivía la batalla del puente de Moulins... Se agitaba y suspiraba; rechazaba a alguien invisible;

gemía, sufría. Al final despertó en aquella habitación desconocida. Se había pasado todo el día durmiendo. Ahora, por la ventana abierta, se veía brillar la luna llena. Hubert hizo un gesto de sorpresa, se frotó los ojos y vio a la bailarina, que había vuelto mientras él dormía.

El muchacho balbuceó unas palabras de agradecimiento y disculpa.

—Supongo que ahora tendrás hambre… —dijo ella. Sí, era cierto, estaba famélico—. Pero tal vez sea mejor cenar en la habitación, ¿sabes? Abajo no se puede estar. Está lleno de soldados.

—¿Soldados? —repitió Hubert, y se precipitó a la puerta—. ¿Y qué dicen? ¿Van mejor las cosas? ¿Dónde están los alemanes?

—¿Los alemanes? Pues aquí. Los soldados de abajo son alemanes.

Él se apartó de ella bruscamente con un movimiento de sorpresa y miedo, como un animal acorralado.

—¿Alemanes? No… ¿Es una broma? —Buscó en vano otra palabra y, en voz baja y temblorosa, repitió—: ¿Es una broma?

La bailarina abrió la puerta; de la sala, envuelto en una densa y acre humareda, ascendía el inconfundible jolgorio que produce una turba de soldados victoriosos: gritos, risas y cánticos, sonoras pisadas de botas, golpes de pesadas armas arrojadas sobre las mesas y estrépito de cascos chocando con las hebillas metálicas, y la jubilosa algarabía que se eleva de una muchedumbre feliz, orgullosa, embriagada por su victoria. «Como el equipo de rugby que gana un partido», se dijo Hubert. Tuvo que hacer un esfuerzo para contener las lágrimas y los improperios. Corrió a la ventana y se asomó fuera. La calle empezaba a vaciarse, pero cuatro hombres iban golpeando con el puño las puertas de las casas.

—¡Las luces! ¡Apaguen todas las luces! —gritaban, y una tras otra, dócilmente, las lámparas se extinguían.

Ya no quedaba más que la claridad de la luna, que arrancaba apagados destellos azulados a los cascos y los cañones de los fusiles.

Hubert agarró la cortina con las dos manos, se la apretó convulsivamente contra la boca y se echó a llorar.

—Tranquilo, tranquilo… —murmuró Arlette acariciándole la espalda con vaga piedad—. Nosotros no podemos hacer nada, ¿verdad que no? ¿Qué podemos hacer? Todas las lágrimas del mundo no cambiarán las cosas. Ya vendrán días mejores. Hay que vivir para verlos, ante todo hay que vivir… hay que aguantar… Pero tú te has portado como un valiente. Si todos hubieran hecho lo mismo… ¡Con lo joven que eres! Casi un niño… —Hubert sacudió la cabeza—. ¿No? —musitó ella—. ¿Un hombre, pues? —Con dedos ligeramente temblorosos, crispó las uñas en el brazo del muchacho, como si tomara posesión de una presa recién capturada y la inmovilizara antes de disponerse a saciar su hambre. Muy bajo, con la voz alterada, añadió—: No hay que llorar. Sólo lloran los niños. Tú eres un hombre. Un hombre, cuando se siente desgraciado, sabe que puede encontrar… —Hubert tenía los párpados entrecerrados y los labios apretados en una expresión de dolor, pero fruncía la nariz y le temblaban las aletas nasales; así que, con voz débil, ella dijo por fin—: el amor…

20

Albert, el gato de los Péricand, había hecho su cama en la habitación en que dormían los niños. Primero se había subido al cubrepiés floreado de Jacqueline y había empezado a amasarlo y mordisquear la cretona, que olía a pegamento y fruta, hasta que el ama lo había echado. Pero, en cuanto la anciana le daba la espalda, el animal volvía al mismo sitio con un silencioso salto y una gracia alada. Así hasta tres veces. Al final, *Albert* tuvo que renunciar a la lucha y acomodarse en un sillón, medio tapado con la bata de Jacqueline. En la habitación, todo dormía. Los niños descansaban plácidamente y el ama se había quedado traspuesta rezando el rosario. *Albert*, inmóvil, con el cuerpo oculto bajo la bata de franela rosa, tenía uno de sus verdes ojos clavado en el rosario, que brillaba a la luz de la luna, y el otro, cerrado. Poco a poco, con extraordinaria lentitud, sacó una pata, luego la otra, las estiró y sintió cómo se estremecían desde la articulación del hombro, resorte de acero disimulado bajo el suave y cálido pelaje, hasta las duras y transparentes uñas. Cogió impulso, saltó sobre la cama del ama y se quedó observándola, totalmente inmóvil; sólo le temblaban sus finos bigotes. Estiró una pata e hizo oscilar las cuentas del rosario; al principio apenas las rozó, pero luego le cogió gusto al fresco y liso tacto de aquellas esferas diminutas y perfectas, que rodaban entre sus uñas, y les dio un pequeño tirón. El rosario cayó al suelo y *Albert*, asustado, se escondió bajo el sillón.

Poco después, Emmanuel despertó y se puso a llorar. Las ventanas y los postigos estaban abiertos. La luna iluminaba los tejados del pueblo; las tejas relucían como escamas de pez. En el perfumado y apacible jardín, la plateada claridad fluía como un agua transparente que ondulaba y abrazaba suavemente los árboles frutales.

Levantando con el hocico los flecos del sillón, el gato contemplaba aquel espectáculo con una gravedad asombrada y soñadora. Era un gato muy joven que sólo conocía la ciudad; allí, las noches de junio sólo se barruntaban y a veces se conseguía respirar una de sus tibias y embriagadoras bocanadas, pero aquí el aroma llegaba hasta sus bigotes, lo asaltaba, lo envolvía, lo invadía, lo aturdía… Con los ojos entrecerrados, el felino se dejaba inundar por oleadas de penetrantes y gratos olores: el de las últimas lilas, con sus tenues efluvios de descomposición; el de la savia que fluye por los árboles y el de la tierra, tenebroso y fresco; el de los animales, pájaros, topos, ratones, todas sus presas, un olor almizclado, a pelaje y a sangre… *Albert* bostezó de hambre y saltó al alféizar de la ventana. Luego se dio un tranquilo paseo por el canalón. Allí era donde, dos noches antes, una enérgica mano se había apoderado de él y lo había arrojado a la cama de la inconsolable Jacqueline. Pero esa noche no se dejaría coger. Calculó con la mirada la distancia del canalón al suelo. Aquel salto era un juego para él, pero al parecer pretendía darse importancia a sus propios ojos exagerando la dificultad. Balanceó los cuartos traseros con ostentación y arrogancia, barrió el canalón con su larga y negra cola, echó atrás las orejas, saltó al vacío y aterrizó en la tierra recién removida. Tras un instante de vacilación, pegó el hocico al suelo; ahora estaba en el corazón, en el seno más profundo, en el regazo mismo de la noche. Así era como había que olerla, a ras de tierra; los aromas estaban allí, entre las piedras y raíces; todavía no se habían atenuado ni evaporado, ni mezclado con el olor de los humanos. Eran secretos, cálidos, estaban vivos, hablaban. Cada uno era la emanación de una pequeña vida escondida, feliz, comestible… Escarabajos, ratones de campo, grillos y ese sapillo cuya voz parecía llena de lágrimas cristalinas… Las largas orejas del gato, rosados cucuruchos cubiertos de pelaje plateado, puntiagudas y delicadamente vueltas hacia dentro como una flor de dondiego, se irguieron para captar los tenues sonidos de las tinieblas, tan leves, tan misteriosos y —sólo para él— tan claros: los crujidos de un nido en que un pájaro cuidaba a sus polluelos, roces de plumas, el débil martilleo de un pico en un tronco, agitación de alas, de élitros, de patas de ratón arañando suavemente la tierra, e incluso la sorda explosión de las semillas al germinar. Ojos de oro huían en la oscuridad, los gorriones dormidos entre el follaje, el gordo mirlo negro, el paro y la hembra del ruiseñor, cuyo macho estaba bien despierto y le respondía desde el bosque y junto al río.

También se oían otros ruidos: una detonación que crecía y se desplegaba como una flor a intervalos regulares, y cuando cesaba, el temblor de todas las ventanas del pueblo, el chirrido de los postigos abiertos y de nuevo cerrados en la oscuridad y las palabras angustiadas que se lanzaban de ventana a ventana. Al principio, con cada explosión, el gato daba un respingo y se quedaba con la cola erguida: reflejos de muaré recorrían su pelaje y sus bigotes estaban tiesos de miedo. Luego se fue acostumbrando a aquel estrépito; sonaba cada vez más cerca y seguramente lo confundía con una tormenta. Dio unos brincos por los arriates y deshojó una rosa de un zarpazo: estaba abierta y sólo esperaba un soplo para caer y morir; sus pétalos blancos se habrían ido esparciendo por el suelo como una lluvia blanda y perfumada. De pronto, el gato se encaramó a lo alto de un árbol con la rapidez de una ardilla, arañando la corteza a su paso. Los pájaros alzaron el vuelo, asustados. En la punta de una rama, el felino ejecutó una danza salvaje, guerrera, insolente y temeraria, desafiando al cielo, la tierra, los animales, la luna… De vez en cuando abría su estrecha y profunda boca y soltaba un maullido destemplado, una aguda y retadora llamada a todos los gatos del vecindario.

En el gallinero y el palomar todos despertaron, se estremecieron y escondieron la cabeza bajo el ala, percibiendo el olor de la amenaza y la muerte; una pequeña gallina blanca saltó atolondradamente sobre una cubeta de cinc, la volcó y salió huyendo entre despavoridos cloqueos. Pero el gato ya había saltado a la hierba y estaba inmóvil, al acecho. Sus redondos ojos amarillos relucían en la oscuridad. Se oyó un ruido de hojarasca removida y el gato volvió con un pajarillo inmóvil entre las fauces. Con los ojos cerrados, lamió lentamente la sangre que manaba de la herida, saboreándola. Había clavado las uñas en el pecho del ave, y siguió separándolas y volviendo a hundirlas en la tierna carne, entre los frágiles huesos, con un movimiento lento y regular, hasta que el corazón dejó de latir. Luego se comió al pájaro sin prisa, se lavó y se lamió la cola, la punta de su hermosa cola humedecida por la noche. Ahora se sentía inclinado a la clemencia: una musaraña pasó corriendo por su lado sin que se molestara en atraparla, y un topo se llevó un zarpazo en la cabeza que lo dejó con el hocico ensangrentado y medio muerto, pero la cosa no pasó de ahí: *Albert* lo contempló con una ligera palpitación desdeñosa de las fosas nasales y no lo remató. Otra clase de hambre había despertado en su interior: sus ijares se hundían; levantó la cabeza y volvió a maullar, con un maullido que acabó en un chillido imperioso y ronco. Sobre el techo del gallinero acababa de aparecer una vieja gata, enroscada a la luz de la luna.

La breve noche de junio tocaba a su fin, las estrellas palidecían, un olor a leche y hierba húmeda flotaba en el aire; la luna, semioculta tras el bosque, ya no enseñaba más que un cuerno rosa difuminado en la bruma cuando el gato, cansado, victorioso, empapado de rocío, con una brizna de hierba entre los dientes, se deslizó en la habitación de los niños, saltó a la cama de Jacqueline y buscó el tibio hueco de sus pequeños y delgados pies. Ronroneaba como un hervidor.

Instantes después, el polvorín saltó por los aires.

21

El polvorín saltó por los aires y, cuando el espantoso eco de la explosión cesó (todo el aire de la región se desplazó, todas las puertas y ventanas temblaron y la pequeña tapia del cementerio se vino abajo), una larga llama sibilante surgió del campanario. El estallido de la bomba incendiaria se había confundido con el del polvorín. En un segundo, el pueblo estaba en llamas. Había heno en los cobertizos, paja en los graneros... Todo ardió; los techos se derrumbaron y los suelos de madera se partieron por la mitad. La muchedumbre de refugiados se lanzó a la calle, mientras los vecinos corrían hacia las puertas de los establos y cuadras para salvar sus animales; los caballos relinchaban, se encabritaban y, aterrorizados por el resplandor y el fragor del incendio, se negaban a salir y golpeaban con la cabeza y los cascos las paredes en llamas. Una vaca echó a correr llevando entre los cuernos una paca de heno envuelta en llamas, que el animal sacudía furiosamente, lanzando mugidos de dolor y pánico y soltando pavesas a su alrededor. En el jardín, los resplandores teñían los árboles en flor de un rojo sangriento. En otras circunstancias, la gente se habría organizado para extinguir el fuego. Superado el pánico inicial, los vecinos habrían recuperado cierta calma; pero aquella desgracia, sumada a las anteriores, los hundió en el desánimo. Además, sabían que tres días antes los bomberos habían recibido la orden de marcharse con todo su equipo. Se sentían perdidos.

—¡Los hombres! ¡Si al menos los hombres estuvieran aquí! —exclamaban las campesinas.

Pero los hombres estaban lejos, y los chicos corrían, chillaban, se desesperaban, y lo único que conseguían era aumentar el caos. Los refugiados se llamaban. Entre ellos, a medio vestir, con la cara tiznada y el pelo revuelto, estaban los Péricand. Como en la carretera tras la caída de las bombas, los gritos se cruzaban y mezclaban, todos vociferaban —el pueblo no era más que un clamor: «¡Jean! ¡Suzanne! ¡Mamá! ¡Abuela!»—, todos se llamaban al unísono... Pero nadie respondía. Varios chicos que habían conseguido sacar sus bicicletas de los cobertizos en llamas las empujaban sin contemplaciones entre la gente. Sin embargo, todos pensaban que habían conservado la sangre fría, que se comportaban exactamente como debían. La señora Péricand tenía a Emmanuel en brazos y a Jacqueline y Bernard agarrados a la falda (cuando su madre la había sacado de la cama, Jacqueline incluso había conseguido meter a *Albert* en su cesta, que ahora sostenía apretada contra el pecho). La señora Péricand se repetía mentalmente: «Lo más importante está a salvo. ¡Alabado sea el Señor!» Llevaba las joyas y el dinero en una bolsita de ante sujeta con un alfiler al interior de su camisón; descansaba contra su pecho y se lo golpeaba cada vez que se movía. También había tenido presencia de ánimo para coger el abrigo de pieles y el pequeño bolso de la plata, que guardaba junto a la cabecera de la cama. Los niños estaban allí, ¡los tres! De vez en cuando, la idea de que los dos mayores, Philippe y el loco de Hubert, estaban en peligro, lejos de ella, pasaba por su mente con la brusquedad y viveza de un relámpago. La fuga de Hubert la había sumido en la desesperación, y sin embargo estaba orgullosa. Era un acto irreflexivo, indisciplinado, pero digno de un hombre. Por ellos dos, por Philippe y Hubert, no podía hacer nada, pero sus tres pequeños... ¡los había salvado! Creía que la noche anterior la había alertado una especie de instinto. Los había acostado medio vestidos. Jacqueline no tenía la bata, pero llevaba una chaqueta sobre los hombros desnudos; no pasaría frío. Era mejor que estar en camisón. El bebé iba envuelto en una manta. Y Bernard tenía puesta hasta la boina. En cuanto a ella, sin medias y con unas chinelas rojas, los dientes apretados y los brazos tensos alrededor del pequeño, que no lloraba pero miraba a todas partes con ojos despavoridos, se abría paso entre la aterrorizada muchedumbre sin saber adónde se dirigía, mientras en el cielo los aviones, que le parecían innumerables (¡en realidad eran dos!), pasaban una y otra vez zumbando como siniestros abejorros.

«¡Con tal que no nos bombardeen más! ¡Con tal que no nos bombardeen más! ¡Con tal…!» Esas palabras se repetían como una letanía en su agachada cabeza. Y en voz alta exclamaba:

—¡No me sueltes la mano, Jacqueline! ¡Deja ya de llorar, Bernard! ¡Pareces una niña! ¡No, chiquitín, no pasa nada, mamá está aquí!

Lo decía maquinalmente, sin dejar de rogar para sus adentros: «¡Que no nos bombardeen más! ¡Que bombardeen a otros, Dios mío, pero no a nosotros! ¡Tengo tres hijos! ¡Quiero salvarlos! ¡Haz que no nos bombardeen más!»

Al fin, la estrecha calle del pueblo quedó atrás; ya estaban en el campo. A sus espaldas, el incendio se desplegaba contra el cielo como un abanico. Apenas había transcurrido una hora desde que el obús cayera sobre el campanario, al alba. Por la carretera seguían pasando coches y más coches que huían de París, Dijon, Normandía, Lorena, toda Francia. La gente iba durmiendo. Algunos levantaban la cabeza y veían arder el horizonte con indiferencia. ¡Habían visto tantas cosas! El ama, que iba detrás de la señora Péricand, parecía haberse quedado muda de terror: movía los labios pero no emitía sonido alguno. Llevaba en la mano un gorro acanalado con cintas de muselina recién planchado. La señora Péricand le lanzó una mirada furibunda.

—Desde luego, ama, podía habérsele ocurrido algo mejor que traer, ¿no?

La mujer hizo un gran esfuerzo para hablar. Su rostro adquirió un tono violáceo y sus ojos se llenaron de lágrimas. «¡Señor —pensó la señora Péricand—, esta mujer está perdiendo el juicio! ¿Qué va a ser de mí?» Pero la voz de su señora había obrado el milagro de devolver el habla a la anciana, que recuperó su tono habitual, deferente y agrio a la vez, para responder:

—No esperaría la señora que lo dejara… ¿Qué cuesta llevarlo?

El asunto del gorro era la manzana de la discordia entre las dos mujeres, porque el ama odiaba las cofias, «tan favorecedoras, tan adecuadas para domésticas», pensaba la señora Péricand, para quien cada clase social debía llevar algún signo distintivo que evitara los malentendidos, como cada artículo lleva su precio en una tienda. «¡Cómo se ve que no es ella la que lava y plancha! Mala pécora…», mascullaba el ama en la antecocina.

Con mano temblorosa, la anciana se colocó aquella mariposa de encaje en la cabeza, que ya llevaba cubierta con un enorme gorro de dormir. La señora Péricand la miró y le vio algo extraño, pero no supo distinguirlo. Todo parecía inaudito. El mundo se había convertido en una espantosa pesadilla. Se dejó caer en la cuneta, devolvió a Emmanuel a los brazos del ama y declaró con énfasis:

—Ahora hay que salir de aquí.

Y siguió sentada, esperando el milagro.

No se produjo, pero al cabo de un rato pasó un carro tirado por un asno, y al ver que el conductor volvía la mirada hacia ella y sus hijos y tiraba de las riendas, la señora Péricand oyó la voz de su instinto, ese instinto nacido de la riqueza que sabe cuándo y dónde hay algo en venta.

—¡Alto! —gritó—. ¿Cuál es la estación más cercana?

—Saint-Georges.

—¿Cuánto tardaríamos en su vehículo?

—Pues… unas cuatro horas.

—¿Todavía circulan trenes?

—Eso dicen.

—Muy bien. Vamos a subir. Venga, Bernard. Ama, coja al pequeño.

—Pero, señora, es que no voy en esa dirección… Y contando la vuelta, para mí serían ocho horas…

—Le pagaré bien —dijo la señora Péricand.

Subió al carro calculando que si los trenes circulaban con normalidad, estaría en Nimes a la mañana siguiente. Nimes… La vieja casa de su madre, su habitación, un baño… Sólo de pensarlo se le iba la cabeza. ¿Habría sitio en el tren? «Llevando tres niños, seguro que llego», se dijo. Como un miembro de la realeza, la señora Péricand, en su calidad de madre de familia numerosa, ocupaba en todas partes y con toda naturalidad el primer lugar. Y no era de esas mujeres que permiten a nadie que olvide sus privilegios. Se cruzó de brazos y contempló el paisaje con expresión triunfal.

—Pero, señora, ¿y el coche? —gimió el ama.

—A estas horas debe de ser un montón de cenizas —respondió la señora Péricand.

—¿Y los bolsos, las cosas de los niños…?

Los bolsos iban en la camioneta de los criados. En el momento del desastre sólo quedaban tres maletas, tres maletas llenas de ropa blanca…

—¡Qué se le va a hacer! —suspiró la señora Péricand alzando los ojos al cielo y, no obstante, volviendo a ver, como en un sueño delicioso, los hondos armarios de Nimes, con sus tesoros de algodón y lino.

El ama, que había dejado atrás su enorme maleta con flejes de hierro y un bolso de mano en piel de cerdo de imitación, se echó a llorar. La señora Péricand trató en vano de hacerle ver su ingratitud para con la Providencia.

—Piense que está viva, ama. ¿Qué importa lo demás?

El asno trotaba. El campesino tomaba pequeños caminos atestados de refugiados. Llegaron a las once y la señora Péricand consiguió coger un tren que iba en dirección a Nimes. A su alrededor, la gente decía que habían firmado el armisticio, aunque también había quien aseguraba que eso era imposible; sin embargo, los cañones habían dejado de sonar y las bombas, de caer. «¿Se habrá acabado la pesadilla?», se preguntó la señora Péricand. Volvió a mirar todo lo que llevaba consigo, «todo lo que he conseguido salvar»: sus hijos, su bolso. Palpó las joyas y el dinero que llevaba cosidos al camisón. Sí, había actuado con firmeza, coraje y sangre fría en unos momentos terribles. ¡No había perdido la cabeza! No había perdido… no había perdido… De pronto ahogó un grito. Se llevó las manos al cuello, echó el cuerpo atrás y su garganta emitió un estertor sordo, como si estuviera ahogándose.

—¡Dios mío, señora! Señora, ¿se encuentra mal?

Por fin, con un hilo de voz, la señora Péricand consiguió gemir:

—Ama, mi pobre ama, nos hemos olvidado...

—Pero ¿de qué? ¿De qué?

—Nos hemos olvidado de mi suegro —murmuró la señora Péricand, y se echó a llorar.

22

Charles Langelet se había pasado toda una noche al volante entre París y Montargis, de modo que había padecido su parte de la desgracia pública. No obstante, mostraba una gran presencia de ánimo. En la fonda en que se detuvo a almorzar, un grupo de refugiados se lamentaba de los horrores del viaje, tomándolo a él por testigo:

—¿No es verdad, caballero? Usted lo ha visto tan bien como nosotros. ¡No puede decirse que exageremos!

—¿Yo? Yo no he visto nada —respondió él con sequedad.

—¿Cómo? ¿Ni un bombardeo? —le preguntó la dueña, sorprendida.

—Pues no, señora.

—¿Ni un incendio?

—Ni siquiera un accidente de coche.

—Pues mejor para usted, desde luego —dijo la mujer tras unos instantes de reflexión, pero encogiéndose de hombros con cara de incredulidad, como si pensara: «¡Vaya un bicho raro!»

Langelet probó con cautela la tortilla que acababan de servirle, la apartó murmurando «incomible», pidió la cuenta y se marchó. Encontraba un placer perverso en privar a aquellas buenas almas del entretenimiento que se prometían al interrogarlo, porque, como los seres viles y vulgares que eran, imaginaban que sentían compasión por el prójimo, pero en realidad temblaban de malsana curiosidad, de melodrama barato. «Es increíble lo vulgar que puede llegar a ser la gente», pensó Charlie con tristeza. Siempre se sentía escandalizado y afligido al descubrir el mundo real, poblado de pobres diablos que nunca han visto una catedral, una estatua, un cuadro. Aunque los *happy few* a los que se enorgullecía de pertenecer reaccionaban con la misma cobardía y la misma estupidez que los humildes ante los golpes del destino. ¡Dios! Y lo que diría la gente después del «éxodo», de «su éxodo»… Ya le parecía estar oyendo cotorrear a aquella vieja pretenciosa: «Yo no me asusté de los alemanes; me acerqué a ellos y les dije: "Caballeros, tienen ustedes delante a la madre de un oficial francés." Ni siquiera rechistaron.» Y a la que contaría: «Las balas silbaban a mi alrededor. Y lo más curioso es que no me daba miedo.» Y todos se pondrían de acuerdo para acumular escenas de horror en sus relatos. En cuanto a él, se limitaría a decir: «Qué curioso, a mí todo me pareció muy normal. Mucha gente en la carretera, y nada más.» Imaginó sus caras de asombro y sonrió, reconfortado. Necesitaba reconfortarse. Cuando pensaba en su piso de París se le encogía el corazón. De vez en cuando se volvía hacia el fondo del coche y miraba con ternura las cajas que contenían sus porcelanas, su más preciado tesoro. Había un grupo de Capo di Monte que lo preocupaba: se preguntaba si había puesto bastante serrín y bastante papel de seda a su alrededor. Al final del embalaje se había quedado corto de papel. Era un centro de mesa, un grupo de muchachas bailando con amorcillos y cervatos. Suspiró. Mentalmente, se comparaba a un romano huyendo de la lava y las cenizas de Pompeya tras abandonar a sus esclavos, su casa y su oro, pero llevando entre los pliegues de la túnica una estatuilla de terracota, un vaso de forma perfecta, una copa moldeada sobre un hermoso pecho. Sentirse tan diferente del resto de los hombres era reconfortante y amargo a la vez. Volvió hacia ellos sus claros ojos. La riada de coches seguía fluyendo y las caras, sombrías y angustiadas, se parecían como gotas de agua. ¡Pobre chusma! ¿Qué les preocupaba? ¿Lo que comerían? ¿Lo que beberían? Él pensaba en la catedral de Ruán, en los castillos del Loira, en el Louvre… Una sola de sus venerables piedras valía más que mil vidas humanas. Se estaba acercando a Gien. Un punto negro apareció en el cielo y, con la rapidez del rayo, Langelet pensó que aquella columna de refugiados cerca del paso a nivel era un blanco muy tentador para un avión enemigo, y se metió por un camino de tierra. Quince minutos después, unos metros delante de él, dos coches que también habían optado por abandonar la carretera eran obligados a precipitarse a la cuneta debido a una falsa maniobra de un conductor enloquecido y salían despedidos hacia los campos, por los que esparcían maletas, colchones, jaulas de pájaros, mujeres heridas… Charlie oyó ruidos confusos, pero no se volvió. Huyó hacia un espeso bosque. Detuvo el coche entre los árboles, esperó unos minutos y reanudó la marcha por el camino forestal, porque decididamente la carretera nacional era demasiado peligrosa.

Durante un rato dejó de pensar en los peligros que acechaban a la catedral de Ruán para imaginarse muy concretamente los que corría él, Charles Langelet. No quería darle demasiadas vueltas, pero las imágenes que acudían a su mente eran de lo más desagradables. Crispadas sobre el volante, sus largas y delgadas manos temblaban ligeramente. Por allí se veían pocos coches y pocas casas, y ni siquiera sabía muy bien adónde se dirigía. Siempre se había orientado mal y no estaba acostumbrado a viajar sin chófer. Se pasó un buen rato dando vueltas alrededor de Gien y empezó a ponerse nervioso. Temía quedarse sin gasolina. Meneó la cabeza y suspiró. Ya sabía que pasaría algo así: él, Charlie Langelet, no estaba hecho para aquella existencia grosera. Las mil pequeñas trampas de la vida cotidiana lo superaban. Y, en efecto, al coche se le acabó el combustible y se paró. Charlie se dirigió a sí mismo un pequeño gesto de homenaje, como quien se inclina ante un valiente vencido. No había nada que hacer; pasaría la noche en el bosque.

—¿No tendría usted una lata de gasolina para dejarme? —le preguntó al primer automovilista que vio.

El hombre respondió que no, y Charlie sonrió amarga y melancólicamente. «¡Así son los hombres! Raza egoísta y dura… Nadie está dispuesto a compartir un trozo de pan, una botella de cerveza o una simple lata de gasolina con un hermano en el infortunio…»

El automovilista arrancó pero se volvió para gritarle:

—Podrá conseguirla muy cerca de aquí, en la aldea de…

El nombre se perdió en la distancia y el vehículo siguió alejándose y desapareció entre los árboles. Charlie creyó distinguir una o dos casas.

«¿Y el coche? ¡No puedo dejarlo aquí! —se dijo, desesperado—. Intentémoslo otra vez.» Esperó un buen rato. De pronto, vio una nube de polvo que se acercaba y distinguió un coche que avanzaba a trancas y barrancas, ocupado por unos jóvenes que parecían borrachos y gritaban como locos, apretujados como sardinas en el interior, sobre el estribo y hasta en el techo.

«¡Qué pinta de mangantes!», pensó Langelet con un estremecimiento. No obstante, se dirigió a ellos con su voz más amable:

—¿No les sobraría un poco de gasolina, caballeros?

El coche se detuvo con un horrible chirrido de frenos maltratados y los jóvenes miraron a Charlie sonriendo con sorna.

—¿Cuánto paga? —preguntó al fin uno de ellos.

Charlie sabía que habría debido responder: «¡Lo que quieran!» Pero era tacaño y, por otra parte, temía tentar a aquellos granujas si daba la impresión de ser rico. Además, no estaba dispuesto a que lo estafaran.

—Un precio razonable —dijo con altivez.

—Pues no tenemos —replicó el hombre, y el traqueteante y gemebundo vehículo se alejó por el polvoriento camino forestal.

Langelet, aterrado, agitó los brazos y gritó:

—¡Eh, esperen! ¡Deténganse! ¡Al menos díganme lo que piden!

Ni siquiera se dignaron responder. Charlie se quedó solo. No por mucho tiempo, porque estaba anocheciendo y poco a poco otros refugiados invadieron el bosque. En los hoteles no quedaba sitio, las casas particulares también estaban llenas, y habían decidido pasar la noche al raso. Al poco rato, aquello se parecía a un cámping de Elisabethville en pleno julio, pensó Charlie con repugnancia. Críos armando alboroto, la hierba cubierta de periódicos arrugados, trapos sucios y latas de conserva vacías, mujeres llorando, chillando o riendo… Horribles niños churretosos se acercaban a Charlie, que los echaba sin levantar la voz, porque no quería problemas con los padres, pero lanzándoles miradas furibundas.

—Es la escoria de Belleville —murmuró, aterrado—. Pero ¿dónde me he metido?

¿Había reunido el azar en aquel bosque a los habitantes de uno de los barrios con peor fama de París, o acaso su viva y nerviosa imaginación estaba jugándole una mala pasada? Veía a todos los hombres con cara de maleante y a todas las chicas con pinta de fulana. No tardó en caer la noche; bajo los densos árboles, la transparente penumbra de junio se convirtió en una tiniebla salpicada de claros que, iluminados por la luna, parecían cubiertos de escarcha. Todos los ruidos adquirían una resonancia peculiar y siniestra: los aviones que surcaban el cielo, los pájaros insomnes, unas detonaciones sordas, de las que no se podía decir con seguridad si eran cañonazos o reventones de neumático… En un par de ocasiones, alguien se acercó al coche a fisgar, a meterse donde no lo llamaban. Charlie oía cosas que ponían los pelos de punta. El estado de ánimo del pueblo no era el que debería ser… No se hablaba más que de los ricos que huían para poner su pellejo y su oro a salvo y que atestaban las carreteras, mientras el pobre no tenía más que las piernas para andar hasta caerse muerto. «Como si ellos no fueran en coche —pensaba Charlie, indignado—. ¡Y encima lo habrán robado, seguro!»

Se sintió extraordinariamente aliviado cuando vio aparcar cerca de él un cochecito muy coqueto ocupado por una pareja joven de una clase visiblemente más elevada que la de los otros refugiados. Él tenía un brazo ligeramente deforme, que adelantaba con ostentación, como si llevara escrito con grandes letras: «no apto para el servicio militar». Ella, joven y atractiva, estaba muy pálida. Se comieron unos sándwiches y se durmieron enseguida en los asientos delanteros, con el hombro del uno apoyado en el del otro y las mejillas juntas. Charlie intentó hacer lo mismo, pero el cansancio, la sobreexcitación y el miedo lo mantenían despierto. Al cabo de una hora, su joven vecino abrió los ojos y, apartando con suavidad a su acompañante, encendió un cigarrillo. Al ver que Langelet tampoco dormía, se inclinó hacia él y murmuró:

—¡Qué mal, eh!

—Sí, muy mal.

—En fin, una noche pasa enseguida. Espero poder llegar a Beaugency mañana por estos atajos, porque la carretera está imposible.

—¿De veras? Y al parecer ha habido violentos bombardeos. Tiene usted suerte de poder marcharse —dijo Charlie—. A mí no me queda ni una gota de gasolina... —Y, tras una breve vacilación, añadió—: Si fuera usted tan amable de vigilar mi coche —«realmente parece un hombre de fiar», se dijo—, iría al pueblo de al lado, donde, según me han dicho, todavía hay.

El joven meneó la cabeza.

—Lo siento, caballero, ya no les queda nada. He comprado las últimas latas, y a un precio de escándalo. Aun así no sé si tendré suficiente para llegar al Loira —añadió señalando unas latas atadas al maletero—. Y cruzar los puentes antes de que los vuelen.

—¿Cómo? ¿Van a volar todos los puentes?

—Sí. Todo el mundo lo dice. Van a defender el Loira.

—Entonces, ¿piensa usted que no queda gasolina?

—¡Uy, de eso estoy seguro! Me encantaría compartirla con usted, pero tengo la justa. Debo poner a mi prometida a salvo en casa de sus padres. Viven en Bergerac. Cuando hayamos cruzado el Loira será más fácil encontrar gasolina, espero.

—Ah, ¿es su prometida? —dijo Charlie, que estaba pensando en otra cosa.

—Sí. Teníamos que casarnos el catorce de junio. Estaba todo listo, caballero: las invitaciones enviadas, los anillos comprados y los trajes nos los habrían entregado esta mañana. —El joven se sumió en una profunda ensoñación.

—Sólo es un aplazamiento —dijo Charles Langelet amablemente.

—¡Ah, caballero! ¿Quién sabe dónde estaremos mañana? Aunque yo no puedo quejarme. A mi edad debería estar combatiendo, pero con este brazo... Sí, un accidente en el colegio... Pero creo que en esta guerra los civiles corren tanto peligro como los militares. Dicen que algunas ciudades... —bajó la voz— han quedado reducidas a cenizas y llenas de cadáveres. Una carnicería... Y me han contado historias atroces. ¿Sabía que han abierto las cárceles y los manicomios? Sí, caballero. Nuestros dirigentes se han vuelto locos. Los presos recorren los caminos sin vigilancia. Dicen que el director de una prisión fue asesinado por los internos, a los que tenía orden de evacuar; ha ocurrido a dos pasos de aquí. He visto con mis propios ojos villas allanadas, saqueadas del sótano al desván. Y asaltan a los viajeros, roban a los automovilistas…

—¡Oh! ¿Roban a los…?

—Nunca sabremos todo lo que ha ocurrido durante el éxodo. Ahora dicen: «No tenían más que quedarse en sus casas.» ¡Qué simpáticos! Para que la artillería y los aviones nos masacraran a domicilio… Había alquilado una casita en Montfort-l'Amaury para pasar un mes tranquilamente después de la boda, antes de reunirnos con mis suegros. Pues la destruyeron el tres de junio, caballero —dijo el joven con indignación. Hablaba mucho y atropelladamente; parecía ebrio de cansancio—. ¡Con tal que pueda salvar a Solange! —exclamó acariciando la mejilla de su prometida con la yema de los dedos.

—Parecen ustedes muy jóvenes…

—Yo tengo veintidós años y Solange veinte.

—Así está muy incómoda —dijo de pronto Langelet con una voz meliflua, una voz que no se conocía, dulce como la miel, mientras el corazón le latía como si quisiera escapársele del pecho—. ¿Por qué no van a acostarse en la hierba, un poco más allá?

—Pero ¿y el coche?

—¡Bah, yo lo vigilaré! Vaya tranquilo —dijo Charlie con una risita ahogada.

El joven seguía dudando.

—Quería salir lo antes posible. Y tengo un sueño tan profundo…

—Ya lo despertaré yo. ¿A qué hora quieren marcharse? Mire, son poco más de las doce —dijo Charlie consultando su reloj—. Los llamaré a las cuatro.

—¡Oh, caballero, es usted muy amable!

—No, es que sé lo que es estar enamorado a los veinte años.

El joven parecía azorado.

—Íbamos a casarnos el catorce de junio —repitió suspirando.

155

—Sí, claro, claro… Vivimos unos tiempos terribles… Pero, créame, es absurdo estar encogido en el coche. Su prometida está hecha un ovillo. ¿Tienen una manta?

—Solange tiene un abrigo grande de viaje.

—En la hierba se tiene que estar muy bien. Si no temiera por mi viejo reuma… ¡Ay, joven, quién tuviera veinte años!

—Veintidós —lo corrigió el novio.

—Ustedes verán tiempos mejores, conseguirán salir adelante, mientras que un pobre viejo como yo… —Charlie bajó los párpados como un gato ronroneante. Luego extendió la mano hacia un pequeño claro que se distinguía vagamente entre los árboles a la luz de la luna—. ¡Qué bien se tiene que estar allí! Como para olvidarse de todo… —Hizo una pausa y luego, con un tono falsamente indiferente, comentó—: ¿Oye usted ese ruiseñor?

El pájaro, encaramado en una rama muy alta, llevaba un rato cantando, indiferente al ruido, a los gritos de los refugiados, a las grandes hogueras que habían encendido sobre la hierba para disipar la humedad. Cantaba y otros ruiseñores le respondían. El joven se quedó escuchando al pájaro con la cabeza inclinada, mientras su brazo rodeaba a su prometida, que seguía durmiendo. Al cabo de unos instantes le susurró algo al oído. La joven abrió los ojos. Él se acercó más y volvió a hablarle con tono apremiante. Charlie desvió la mirada. No obstante, consiguió captar algunas palabras: «Como el caballero dice que vigilará el coche…» Y: «Tú no me quieres, Solange. No, no me quieres… Sin embargo…»

Charlie bostezó prolongada y ostensiblemente; luego, como hablando para el foro, con la exagerada naturalidad de un mal actor, dijo a media voz:

—Creo que me está entrando sueño…

De pronto, Solange dejó de dudar. Entre risitas nerviosas, negativas cada vez más débiles y besos, dijo:

—Si nos viera mamá… ¡Oh, Bob, eres terrible! ¿No me lo reprocharás después, Bob?

Y se alejó del brazo de su prometido. Luego, Charlie los vio entre los árboles, cogidos de la cintura y dándose besitos. Hasta que desaparecieron.

Esperó. La media hora que dejó transcurrir le pareció la más larga de su vida. Sin embargo, no pensaba. Sentía angustia y un gozo extraordinario. Sus palpitaciones eran tan agudas, tan dolorosas, que murmuró:

—Este corazón enfermo no lo resistirá.

Pero sabía que nunca había sentido un placer mayor. El gato que duerme en cojines de terciopelo y se alimenta de pechugas de pollo, cuando el azar lo devuelve a la vida silvestre y tiene la oportunidad de hincarle el diente a un ensangrentado y palpitante pájaro, debe de sentir el mismo terror, la misma alegría cruel, se dijo Charles Langelet, porque era demasiado inteligente para no comprender lo que ocurría en su interior. Lenta, muy lentamente, poniendo buen cuidado en no hacer ruido con la puerta del coche, se deslizó hasta el otro, desató las latas (también cogió aceite), volvió a su coche, desenroscó el tapón del depósito destrozándose las manos, lo llenó de gasolina y, aprovechando que otros vehículos se estaban poniendo en marcha, se largó.

Una vez fuera del bosque, volvió la cabeza, contempló sonriendo las plateadas copas de los árboles y pensó: «Después de todo, iban a casarse el 14 de junio…»

23

El griterío de la calle despertó al señor Péricand. El anciano abrió
un ojo, sólo uno, vago, apagado, lleno de asombro y reproche. «¿Por
qué gritan de ese modo?», pensó. Ya no se acordaba del viaje, de los
alemanes, de la guerra. Creía que estaba en casa de su hijo, en el bulevar Delessert, aunque su mirada se paseaba por una habitación
desconocida; no entendía nada. Estaba en la edad en que la visión
anterior es más fuerte que la realidad; creía ver las colgaduras verdes
de su cama parisina. Extendió los temblorosos dedos hacia la mesilla, en la que todas las mañanas una mano atenta dejaba un plato de
gachas de avena y unos bizcochos de régimen. No había plato ni
taza, ni siquiera mesilla. En ese momento, oyó el rugido del fuego
en las casas vecinas, percibió el olor del humo y adivinó lo que ocurría. Abrió la boca, inspiró con ansia, como un pez fuera del agua, y
se desmayó.

Sin embargo, la casa no había ardido. Las llamas sólo habían
dañado una parte del techo. Tras sembrar el pánico y la confusión, el
incendio se apaciguó. Los rescoldos seguían crepitando bajo los escombros de la plaza, pero el edificio estaba intacto y, al atardecer, las
dos solteronas encontraron al anciano señor Péricand solo en la habitación. Mascullaba frases inconexas, pero se dejó llevar al asilo
mansamente.

—Allí estará mucho mejor —dijo una de las dueñas—. No tenemos tiempo para ocuparnos de él, con los refugiados, los alemanes llegando, el incendio y todo lo demás…

Era un asilo bien aseado y bien administrado por las hermanas del Santísimo Sacramento. Instalaron al señor Péricand en una buena cama cerca de la ventana; a través de los cristales habría podido ver los grandes y verdes árboles de junio, y alrededor a quince ancianos silenciosos, tranquilos, acostados en sus inmaculadas camas. Pero no veía nada. Seguía creyendo que estaba en su casa. De vez en cuando parecía hablar con sus débiles y violáceas manos, cruzadas sobre la colcha gris. Les dirigía unas palabras entrecortadas y severas, meneaba la cabeza largo rato y, agotado, cerraba los ojos. Las llamas no lo habían tocado, no había sufrido el menor daño, pero tenía fiebre alta. El médico estaba en la ciudad, atendiendo a las víctimas de un bombardeo. Por fin, a última hora de la noche, pudo examinar al señor Péricand. No dijo gran cosa: se tambaleaba de cansancio, llevaba cuarenta y ocho horas sin dormir y por sus manos habían pasado sesenta heridos. Le puso una inyección y prometió volver al día siguiente. Para las hermanas quedó todo dicho; estaban lo bastante acostumbradas a ver agonizantes para reconocer la muerte en un suspiro, en una queja, en aquella frente perlada de sudor frío, en aquellos dedos inertes. Avisaron al cura, que había acompañado al médico a la ciudad y había dormido tan poco como él, pero acudió a administrarle la extremaunción. El señor Péricand pareció recobrar la conciencia. Al marcharse, el sacerdote les dijo a las hermanas que el pobre anciano estaba en paz con Dios y tendría una muerte cristiana.

Una de las monjas era pequeña y delgada, y tenía unos ojos azules de mirada penetrante, traviesa y llena de valentía, que brillaban bajo la blanca toca; la otra, dulce y tímida, de mejillas coloradas, sufría horriblemente de una muela y, mientras rezaba el rosario, de vez en cuando se tocaba las encías con una sonrisa humilde, como si se avergonzara de llevar una cruz tan leve en tiempos de tanta aflicción. Fue a ella a quien, de pronto (eran las doce pasadas y el tumulto del día se había apaciguado; no se oían más que los quejumbrosos maullidos de los gatos en el jardín del convento), el señor Péricand le dijo:

—Hija mía, me siento mal... Ve a buscar al notario. —La había tomado por su nuera. En su semidelirio, le extrañaba que se hubiera puesto una toca para cuidarlo; pero, a fin de cuentas, no podía ser más que ella—. El señor Nogaret... el notario... —repitió lenta y pacientemente—. Últimas voluntades...

—¿Qué hacemos, hermana? —le preguntó sor Marie del Santísimo Sacramento a sor Marie de los Querubines.

Las dos tocas blancas se inclinaron y casi se juntaron encima del cuerpo postrado.

—El notario no vendrá a estas horas, mi querido señor... Duerma. Mañana habrá tiempo.

—No... no hay tiempo... —dijo él con un hilo de voz—. Nogaret vendrá... Telefonéale, por favor.

Las dos religiosas volvieron a conferenciar; al cabo de unos instantes, una de ellas abandonó la sala y, poco después, volvió trayendo una infusión caliente. El anciano intentó beber unos sorbos, pero no consiguió tragarse el líquido, que le resbaló por la blanca barba. De pronto, fue presa de una enorme agitación; gemía, ordenaba:

—Dile que se dé prisa... Me había prometido... en cuanto lo llamara. Por favor... date prisa, Jeanne. —En su mente, quien estaba junto a él ya no era su nuera, sino su mujer, que llevaba muerta cuarenta años.

Un latigazo especialmente doloroso en la muela cariada privó a sor Marie del Santísimo Sacramento de la posibilidad de protestar. Asintió dos veces con la cabeza y, apretándose la mejilla con el pañuelo, se quedó inmóvil; pero su compañera se levantó con decisión.

—Hay que ir a buscar al notario, hermana.

Era una mujer de temperamento fogoso y emprendedor, y la inacción la desesperaba. Le habría gustado acompañar al médico y al sacerdote a la ciudad, pero no podía dejar a los quince ancianos del asilo (no confiaba demasiado en la capacidad de iniciativa de sor Marie del Santísimo Sacramento). Aunque la noticia del incendio la había estremecido, había conseguido empujar las quince camas con ruedas fuera de la sala y preparado escaleras de mano, cuerdas y cubos de agua. Pero el fuego no había llegado al asilo, que se encontraba a dos kilómetros de la iglesia bombardeada. De modo que se había limitado a esperar, acongojada por los gritos de la despavorida muchedumbre, el acre olor a humo y el resplandor de las llamas, pero firme en su puesto y dispuesta a todo. Sin embargo, no había pasado nada. Las víctimas del siniestro habían sido trasladadas al hospital civil. No había otra cosa que hacer que preparar la sopa de los quince ancianos; así que la súbita petición del señor Péricand galvanizó de golpe todas sus energías.

—Hay que ir.

—¿Usted cree, hermana?

—Puede que su última voluntad incluya algún asunto grave.

—¿Y si el señor Charboeuf no está en casa?

—¿A las doce y media de la noche?

—No querrá venir.

—¡Eso ya lo veremos! Es su deber. Si hace falta, lo sacaré de la cama a rastras —repuso la joven religiosa con indignación.

Sor Marie de los Querubines abandonó la sala, pero, una vez fuera, dudó. La comunidad se componía de cuatro hermanas, dos de las cuales, recogidas en el convento de Paray-le-Monial desde principios de junio, todavía no habían podido regresar. En el asilo había una bicicleta, pero hasta ese momento ninguna de las religiosas se había atrevido a utilizarla por miedo a escandalizar a la población. La propia sor Marie de los Querubines solía decir: «Hay que esperar a que Nuestro Señor nos conceda la gracia de un caso urgente. Por ejemplo, un enfermo que va a fallecer, y hay que avisar al médico y al señor cura. Como cada segundo es precioso, me subo a la bicicleta y… La gente se quedará de una pieza, pero seguro que la próxima vez ni se inmutan.»

El caso urgente todavía no se había presentado. Pero sor Marie de los Querubines se moría de ganas de montar en aquel trasto. Tiempo atrás, cuando todavía no había abandonado el mundo, hacía de eso cinco años, ¡cuántas salidas con sus hermanas, cuántas excursiones, cuántas comidas en el campo! Se echó el negro velo hacia atrás y se dijo: «Si éste no es el caso, jamás lo será.» Y empuñó el manillar con el corazón palpitante de júbilo.

Minutos después estaba en el pueblo. Le costó lo suyo despertar al señor Charboeuf, que tenía el sueño pesado, y aún más convencerlo de que era necesario desplazarse al asilo inmediatamente. Charboeuf, «el angelote», como lo llamaban las chicas de la zona a causa de sus sonrosados mofletes y sus gruesos labios, tenía buen carácter y una mujer que lo llevaba más derecho que un palo. Suspirando, se vistió y tomó el camino del asilo, donde encontró al señor Péricand despierto, enrojecido y ardiendo de fiebre.

—Aquí está el notario —le anunció sor Marie.

—Siéntese, siéntese —insistió el anciano—. No perdamos tiempo.

El notario había elegido como testigos al jardinero del asilo y sus tres hijos. Ante las prisas del señor Péricand, se sacó un papel del bolsillo y se dispuso a escribir.

—Lo escucho, caballero. Tenga la amabilidad de declarar en primer lugar su nombre, sus apellidos y su estado.

—Entonces, ¿no es usted Nogaret?

Péricand volvió en sus cabales. Paseó la mirada por las paredes de la sala y la posó en la estatua de san José que se alzaba frente a su cama y en las dos hermosas rosas que sor María de los Querubines solía coger desde la ventana y colocar en un fino jarrón azul. Por unos instantes intentó comprender dónde se encontraba y por qué estaba solo, pero acabó renunciando. Se moría y ya está, pero había que morir según las formas. ¡Cuántas veces se había imaginado aquel último acto, su muerte, su testamento, última y brillante representación de un Péricand-Maltête sobre el escenario del mundo! No haber sido, durante los últimos diez años, más que un viejo al que visten y le limpian los mocos, y de pronto recuperar toda su importancia… Castigar, recompensar, decepcionar, colmar de alegría, repartir sus bienes terrenales a su libre albedrío… Dominar a los demás. Imponer su voluntad. Ocupar el primer plano. (Después de aquello ya no habría más que otra ceremonia en que lo ocuparía, dentro de una caja negra, sobre un catafalco, rodeado de flores; pero sólo en calidad de símbolo o espíritu desencarnado, mientras que ahora todavía estaba vivo…)

—¿Cómo se llama usted? —preguntó con un hilo de voz.

—Charboeuf —respondió el notario humildemente.

—Bien, no importa. Adelante.

Y empezó a dictar lenta, penosamente, como si leyera líneas escritas para él y que sólo él podía ver.

—Ante el ilustre señor Charboeuf... notario en... en presencia de... comparece el señor Péricand... —Hizo un débil esfuerzo por amplificar, por magnificar un poco su nombre. Como tenía que economizar el aire, y como le habría resultado imposible vociferar las prestigiosas sílabas, sus violáceas manos se agitaron sobre la sábana como marionetas: le parecía estar trazando gruesos signos negros en un papel en blanco, como antaño al pie de cartas, bonos, escrituras, contratos...—. Péricand... Pé-ri-cand, Louis-Auguste.

—¿Con domicilio en?

—Bulevar Delessert 89, París.

—Enfermo de cuerpo pero sano de mente, como constatan el notario y los testigos —dijo Charboeuf mirando al enfermo con cara de duda.

Pero aquel moribundo le imponía. Charboeuf tenía cierta experiencia; su clientela estaba compuesta principalmente por granjeros de los alrededores, pero todos los ricos testan del mismo modo. Aquel hombre era rico, de eso no cabía duda; aunque para acostarlo le hubieran puesto un basto camisón del asilo, debía de ser alguien importante. Asistirlo en el lecho de muerte y en aquellas circunstancias hacía que Charboeuf se sintiera halagado.

—Así pues, caballero, ¿desea usted instituir a su hijo como heredero universal?

—Sí, lego todos mis bienes muebles e inmuebles a Adrien Péricand, a condición de que entregue inmediatamente y sin dilación cinco millones a la obra de los Pequeños Arrepentidos del distrito decimosexto, fundada por mí. La obra de los Pequeños Arrepentidos se compromete a mandar ejecutar un retrato de mi persona, a tamaño natural en mi lecho de muerte, o un busto que conservará mis rasgos para la posteridad y que será encargado a un excelente artista y colocado en el vestíbulo de dicha institución. Lego a mi querida hermana Adèle-Émilienne-Louise, para resarcirla de la desavenencia que originó entre nosotros la herencia de mi veneranda madre, Henriette Maltête, y le lego, digo, en exclusiva propiedad mis terrenos de Dunkerque, adquiridos en mil novecientos doce, con todos los inmuebles construidos en ellos y la parte de los muelles que igualmente me pertenece. Encargo a mi hijo cumplir íntegramente esta promesa. Mi casa de campo en Bléoville, en el término municipal de Vorhange, será transformada en asilo para los grandes heridos de guerra, elegidos preferentemente entre los paralíticos y aquellos cuyas facultades mentales hayan quedado mermadas. Deseo que se coloque en la fachada una sencilla placa con la inscripción: «Fundación benéfica Péricand-Maltête en memoria de sus dos hijos caídos en Champaña.» Cuando acabe la guerra…

—Creo… creo que ya ha acabado —observó tímidamente el notario.

Ignoraba que la mente del señor Péricand había regresado a la otra guerra, que le había arrebatado dos hijos y triplicado su fortuna. Volvía a estar en septiembre de 1918, en el alba de la victoria, cuando una neumonía casi lo había llevado a la tumba y, en presencia de toda su familia reunida a la cabecera de su cama (con todos los colaterales del norte y el sur, que habían acudido a su lado en cuanto se enteraron de su estado), había llevado a cabo lo que, a la postre, era el ensayo general de su muerte: había dictado su última voluntad, que ahora encontraba intacta en su interior y a la que simplemente daba libre curso.

—Cuando acabe la guerra, deseo que se erija un monumento a los caídos en la plaza de Bléoville, para el que asigno la suma de tres mil francos, a sustraer de mi herencia. Primero, en gruesas letras doradas, los nombres de mis dos hijos mayores, luego un espacio, luego… —Cerró los ojos, agotado—. Luego todos los demás, en letras pequeñas.

Permaneció callado tanto rato que el notario miró a las hermanas con inquietud. ¿Estaba…? ¿Ya había acabado todo? Pero sor Marie de los Querubines movió la cabeza con serenidad. Todavía no estaba muerto. Reflexionaba. En su cuerpo inmóvil, el recuerdo recorría inmensas distancias en el tiempo y el espacio.

—La casi totalidad de mi fortuna se compone de valores estadounidenses que, según me aseguraron, darían un buen rendimien-

164

to. Ya no lo creo —murmuró, y meneó lúgubremente su larga barba—. Ya no lo creo. Deseo que mi hijo los convierta de inmediato en francos franceses. También hay oro: ahora ya no merece la pena guardarlo. Que se venda. También deberá colocarse una copia de mi retrato en la mansión de Bléoville, en la gran sala de la planta baja. Lego a mi fiel ayuda de cámara una renta anual y vitalicia de mil francos. Para todos mis biznietos por nacer, deseo que sus padres elijan mis nombres, Louis-Auguste si son varones, y Louise-Agustine si son hembras.

—¿Es todo? —preguntó Charboeuf.

La larga barba del anciano descendió hacia su pecho indicando que sí, era todo.

Durante unos instantes, que parecieron breves al notario, los testigos y las hermanas, pero que para el moribundo eran largos como un siglo, largos como el delirio, largos como un sueño, el señor Péricand-Maltête recorrió en sentido inverso el camino que le había sido dado transitar en esta tierra: las comidas familiares en la casa del bulevar Delessert, las siestas en el salón, el gato *Anatole* sobre sus rodillas; su último encuentro con su hermano mayor, tras el que habían acabado enemistados a muerte (y él había vuelto a comprar bajo mano las acciones del negocio); Jeanne, su mujer, en Bléoville, encorvada y reumática, echada en una tumbona de mimbre en el jardín, con un abanico de papel en las manos (murió ocho días después), y Jeanne, en Bléoville, treinta y cinco años antes, a la mañana siguiente de su boda: unas abejas que habían entrado por la ventana libaban los lirios del ramo de novia y la corona de flores de azahar, olvidada al pie de la cama. Jeanne se había refugiado entre sus brazos, riendo…

Luego, con absoluta certeza, sintió que la muerte había llegado; hizo un gesto breve, de apuro y también de sorpresa, como si intentara pasar por una puerta demasiado estrecha para él y dijera: «No, usted primero, se lo ruego.» Y una expresión de asombro le cubrió el rostro.

«¿Esto era? —parecía decir—. ¿Ya está?»

El asombro se borró, el rostro adoptó una expresión grave y severa y Charboeuf escribió a toda prisa:

En el momento en que se le presentó la pluma al testador para que estampara su firma al pie del presente testamento, hizo un esfuerzo para levantar la cabeza, sin conseguirlo, e inmediatamente exhaló el último suspiro, lo que fue constatado por el notario y los testigos, que no obstante, y tras su lectura, estamparon sus firmas para dar fe a los efectos que establece la legislación.

24

Entretanto, Jean-Marie se reponía lentamente. Llevaba cuatro días dormitando, inconsciente y febril. Ese día, por fin, se sentía más fuerte. Le había bajado la temperatura y la víspera había podido venir un médico, que le cambió el vendaje. Desde donde estaba, la vetusta cama en que lo habían acostado, Jean-Marie veía una enorme cocina un tanto oscura, el gorro blanco de una anciana sentada en un rincón, grandes y relucientes cacerolas alineadas en la pared y un calendario con una estampa de un sonrosado y rollizo soldado francés que tenía a dos muchachas alsacianas cogidas por la cintura, recuerdo de la otra guerra. Era extraño ver hasta qué punto seguían vivos allí los recuerdos de la Gran Guerra. En el lugar de honor, cuatro retratos de hombres uniformados con un pequeño lazo tricolor y una pequeña escarapela de crespón sujetos a una esquina, y, junto a él, una colección de *L'Illustration* de 1914 a 1918 encuadernada en negro y verde, para entretener las horas de la convalecencia.

En las conversaciones que llegaban a sus oídos, surgían continuamente Verdún, Charleroi, el Marne… «Cuando se ha vivido la otra guerra…» «Cuando participé en la ocupación de Mulhouse…» De la guerra actual, de la derrota, se hablaba poco; todavía no la habían asimilado las mentes, no adquiriría su viva y terrible forma hasta que pasaran unos meses, tal vez años; quizá hasta que los sucios chiquillos que se paraban ante la pequeña cerca de madera se hicieran hombres. Con sus desgarrados sombreros de paja, sus mejillas sonrosadas y morenas, y sus largas varas verdes en la mano, curiosos y asustadizos, se alzaban sobre los zuecos para ver mejor al soldado herido en el interior de la casa y, cuando Jean-Marie se movía, se ocultaban tras la cerca como ranas en una charca. A veces, el portillo se quedaba abierto y dejaba entrar una gallina, un viejo y melancólico perro, un enorme pavo. Jean-Marie sólo veía a sus anfitriones a la hora de las comidas. El resto del día lo dejaban en manos de la anciana. Al atardecer, dos chicas jóvenes se sentaban junto a él. A una la llamaban «la Cécile» y a la otra «la Madeleine». Al principio, Jean-Marie creyó que eran hermanas. Pero no. La Cécile era la hija de la granjera y la Madeleine, una huérfana. A las dos daba gusto verlas, porque eran, si no atractivas, lozanas; Cécile tenía una cara redonda y ojos negros y vivos, y Madeleine, rubia y más fina, unas mejillas resplandecientes, sedosas y sonrosadas como la flor del manzano.

Las chicas lo pusieron al corriente de los acontecimientos de la semana. En su boca, en sus palabras un tanto vacilantes, todos aquellos sucesos, extraordinariamente graves, perdían su resonancia trágica. «Es muy triste», decían, o: «Todo esto no es nada agradable», o: «¡Ay, señor, estamos muy preocupadas!» Jean-Marie se preguntaba si era una forma de hablar habitual entre la gente de la región o algo más profundo, que tenía que ver con el alma misma de aquellas chicas, con su juventud, un instinto que les decía que las guerras pasan y el invasor se marcha, que la vida, incluso deformada y mutilada, continúa. La madre del propio Jean-Marie, haciendo labor mientras la sopa hervía en el fuego, suspiraba y decía: «¿Mil novecientos catorce? Fue el año en que nos casamos tu padre y yo. Fuimos muy felices al principio y muy desgraciados al final.» Sin embargo, el reflejo de su amor había suavizado, iluminado aquel año negro.

Del mismo modo, para aquellas chicas, el verano de 1940 sería, en su recuerdo y pese a todo, el verano de sus veinte años, pensó Jean-Marie. Habría preferido no pensar; los pensamientos eran peores que el dolor físico. Pero todo volvía, todo giraba incansablemente en su cabeza: la anulación de su permiso, el 15 de mayo; aquellos cuatro días en Angers, esperando que los trenes volvieran a circular, los soldados durmiendo en el suelo, comidos por los piojos, y luego las alertas, los bombardeos, la batalla de Rethel, la retirada, la batalla del Somme, y otra vez la retirada, los días durante los cuales habían huido de ciudad en ciudad, sin jefes, sin órdenes, sin armas, y por último aquel vagón en llamas. Jean-Marie se agitaba y gemía. Ya no sabía si estaba consciente o se debatía en un confuso sueño provocado por la sed y la fiebre. Vamos, no era posible... Hay cosas que no son posibles... ¿No había hablado alguien de Sedán? Era 1870, estaba en una página de un libro de Historia con tapas de tela roja que aún creía estar viendo. Era... Jean-Marie recitaba las palabras lentamente: «Sedán, la derrota de Sedán... La desastrosa batalla de Sedán decidió la suerte de la guerra...» En la pared, la imagen del calendario, aquel soldado rubicundo y risueño y las dos alsacianas enseñando las medias blancas. Sí, eso es lo que era, un sueño, el pasado, y él... él empezaba a temblar y decía:

—Gracias, no es nada, gracias, no se moleste... —mientras unas manos deslizaban una bolsa de agua caliente bajo las mantas y se la colocaban en los entumecidos y rígidos pies.

—Esta tarde tiene mejor cara.

—Me siento mejor —respondió Jean-Marie. Luego pidió un espejo y sonrió al verse el mentón, en el que le había crecido una negra sotabarba—. Mañana habrá que afeitarme...

—Si tiene fuerzas. ¿Para quién quiere ponerse guapo?

—Para ustedes.

Ellas rieron y se acercaron un poco. Tenían curiosidad por saber de dónde era, dónde lo habían herido... De vez en cuando, sentían escrúpulos y se interrumpían.

—¡Ea, no hacemos más que parlotear! Lo vamos a cansar... Y luego nos van a reñir... ¿Se llama usted Michaud? ¿Jean-Marie?

—Sí.

—¿Es de París? ¿En qué trabaja? ¿Es obrero? ¡Quia! No hay más que verle las manos. Es empleado, o puede que funcionario...

—Estudiante.

—¿Ah, estudia? ¿Para qué?

—Pues... —murmuró Jean-Marie, y se quedó pensando—. Yo también me lo pregunto.

Era gracioso... Sus compañeros y él habían trabajado, preparado y aprobado exámenes, conseguido títulos, cuando sabían perfectamente que era inútil, que habría guerra... Su futuro estaba escrito de antemano, su carrera estaba decidida en los cielos, como en otros tiempos se decía que «los matrimonios se conciertan en el cielo». Lo habían concebido en 1915, durante un permiso. Había nacido de la guerra y (siempre lo había sabido) debido a la guerra. No había nada de morboso en esa idea, que compartía con muchos jóvenes de su edad y que simplemente era lógica y razonable. «Pero lo peor ha pasado —se dijo—, y eso lo cambia todo. Vuelve a haber un futuro. La guerra ha acabado, terrible, vergonzosa, pero ha acabado. Y hay esperanza…»

—Quería escribir libros —dijo tímidamente, revelando a aquellas muchachas campesinas, a aquellas desconocidas, una vocación que apenas se había confesado a sí mismo en el secreto de su corazón.

Luego preguntó cómo se llamaba aquel sitio, la granja en que se encontraba.

—Esto está lejos de todo —explicó la Cécile—. Perdido en mitad del campo. Aquí no se divierte una todos los días… Cuidando animales se vuelve una como ellos, ¿verdad, Madeleine?

—¿Hace mucho que vive aquí, señorita Madeleine?

—Desde que tenía tres semanas. Su madre nos crió juntas. La Cécile y yo somos hermanas de leche.

—Ya veo que se entienden muy bien…

—No siempre pensamos lo mismo —dijo Cécile—. ¡Ella quiere meterse monja!

—Sólo a veces… —murmuró Madeleine sonriendo.

Tenía una sonrisa preciosa, lenta y un poco tímida.

«¿De dónde vendrá?», se preguntó Jean-Marie. Tenía las manos rojas pero bonitas, igual que las piernas y los tobillos. Una niña abandonada… Jean-Marie sentía una pizca de curiosidad y otra pizca de compasión. Le estaba agradecido por los vagos anhelos que hacía nacer en su interior. Lo distraían, le ayudaban a no pensar en sí mismo y en la guerra. Resultaba difícil reír, bromear con ellas… pero era lo que ellas esperaban, seguro. En el campo, entre los chicos y chicas, las burlas y picardías son moneda corriente… Es lo habitual, las cosas se hacen así. Si no reía con ellas, se llevarían una sorpresa y una decepción.

Jean-Marie hizo un esfuerzo por sonreír.

—Un día aparecerá un chico y le hará cambiar de opinión, señorita Madeleine. ¡Ya no querrá ser monja!

—¡Ya le he dicho que sólo me da a veces!

—¿Cuándo?

—Pues… no sé. Los días que estoy triste…

—Aquí, chicos no es que haya muchos —terció la Cécile—. Ya le digo que esto está lejos de todo. Y encima, los pocos que había se los ha llevado la guerra. Así que… ¡Ay, qué desgraciadas somos las mujeres!

—El resto de la gente también lo está pasando mal —repuso Madeleine, que estaba sentada junto al herido. De pronto, se levantó de un brinco—. Oye, Cécile, que hay que fregar el suelo…

—Te toca a ti.

—¡Sí, claro! ¡Hay que ver cómo eres! A quien le toca es a ti.

Las dos chicas se pusieron a discutir, pero acabaron haciendo la faena juntas. Eran extraordinariamente rápidas y eficaces. En un abrir y cerrar de ojos, las losas rojas brillaban como un espejo. De la puerta llegaba olor a hierba, a leche, a menta silvestre. Jean-Marie tenía la mejilla apoyada en la mano. Qué extraño, el contraste entre aquella paz absoluta y la agitación de su interior, porque el infernal tumulto de los seis últimos días se le había quedado en los oídos y le bastaba unos instantes de silencio para volver a oírlo: un ruido de metal aporreado, los sordos y lentos golpes del hierro de un martillo cayendo sobre un enorme yunque. Jean-Marie se estremeció, y el cuerpo se le cubrió de sudor… Era el ruido de los vagones ametrallados, el estallido de las maderas y el acero, que ahogaba los gritos de los hombres…

—En cualquier caso, habrá que olvidar todo eso, ¿verdad? —dijo en voz alta.

—¿Cómo dice? ¿Necesita algo?

Jean-Marie no respondió. Ya no reconocía a Cécile y Madeleine. Las chicas menearon la cabeza, consternadas.

—Es la fiebre, ha vuelto a subirle.

—¡Es que le has hecho hablar demasiado!

—¡Pero si él no hablaba! Hemos sido tú y yo, que no hemos parado.

—Lo hemos cansado.

Madeleine se inclinó hacia él. Jean-Marie vio aquella mejilla sonrosada que olía a fresa muy cerca de su cara. Y la besó. La chica se irguió, roja como un tomate, riendo, arreglándose los desordenados mechones de pelo.

—Vaya, vaya… Me había asustado… ¡Ya veo que no está tan enfermo!

Él pensaba: «¿Quién es esta chica?» La había besado como quien se lleva un vaso de agua fresca a los labios. Estaba ardiendo; tenía la garganta y el interior de la boca como agrietados por el calor, resecados por el ardor de una llama. Aquella piel resplandeciente y suave le aliviaba la sed. Al mismo tiempo, lo veía todo con esa lucidez que dan el insomnio y la fiebre. Había olvidado el nombre de aquellas chicas y también el suyo. El esfuerzo mental necesario para comprender su situación presente, en aquel sitio que no conseguía reconocer, le resultaba demasiado penoso. Estaba extenuado, pero su alma flotaba en el vacío, serena y ligera, como un pez en el agua, como un pájaro llevado por el viento. No se veía a sí mismo, Jean-Marie Michaud, sino a otro, un soldado anónimo, vencido, que no se resignaba, un joven herido que no quería morir, un desdichado que no desesperaba.

—Pese a todo, habrá que salir adelante… Habrá que salir de aquí, de esta sangre, de este barro en el que te hundes… No va uno a tumbarse y dejarse morir… No, ¿verdad? Sería una enorme estupidez. Hay que agarrarse… agarrarse… agarrarse… —murmuró, y de pronto se vio aferrado al almohadón, sentado en la cama con los ojos muy abiertos, mirando la noche de luna llena, la noche perfumada, silenciosa, la noche cuajada de estrellas, tan agradable tras el calor del día que la granja, contrariamente a su costumbre, tenía abiertas todas las puertas y ventanas, para refrescar y calmar al herido.

25

Cuando el padre Péricand reanudó el viaje con sus pupilos, que lo seguían arrastrando los pies por el polvo, cada uno con su manta y su mochila, se dirigió hacia el interior del país, alejándose del Loira, lleno de peligros, por los bosques; pero las tropas habían tenido la misma idea, y el sacerdote pensó que los aviones no tardarían en localizar a los soldados y que el peligro era tan grande en medio de la espesura como a la orilla del río. Así que, dejando la nacional, tomó un pedregoso camino, apenas una trocha, confiando en que su instinto lo condujera a alguna vivienda aislada, como cuando guiaba a su equipo de esquiadores por la montaña hacia algún refugio perdido en medio de la niebla o la tempestad de nieve. Allí el día de junio era espléndido, tan resplandeciente y caluroso que los chicos parecían embriagados. Silenciosos y recatados —demasiado recatados— hasta ese momento, ahora gritaban y se empujaban, y el padre Péricand oía risas y retazos ahogados de canciones. Prestó atención y captó un estribillo obsceno canturreado a sus espaldas, como susurrado por unos labios medio cerrados. Les propuso cantar a coro una canción de marcha y la inició entonando con fuerza los primeros versos, pero apenas lo acompañaron unas pocas voces. Pasados unos instantes, todas callaron. También él siguió andando en silencio, preguntándose qué sentimientos despertaba aquella inesperada libertad en los pobres chicos, qué sueños, qué oscuros deseos. De pronto, uno de los más pequeños se detuvo y gritó:

—¡Un lagarto! ¡Eh, un lagarto! ¡Mirad!

Al sol, entre dos piedras, unas colas aparecían y desaparecían; unas cabezas delgadas y chatas se mostraban y se ocultaban; unas gargantas palpitantes se alzaban y bajaban con rápidas y asustadas pulsaciones. Los chicos miraban fascinados. Algunos incluso se habían arrodillado en el sendero. El sacerdote esperó unos momentos y luego les ordenó continuar. Los chicos se levantaron dócilmente, pero, en ese preciso instante, unas piedras salieron despedidas de sus manos tan rápidamente, con una puntería tan sorprendente, que dos lagartos, los más grandes y bonitos, de un gris tan delicado que parecía casi azul, murieron en el acto.

—¿Por qué habéis hecho eso? —exclamó el sacerdote, enfadado. Nadie respondió—. ¿Por qué? ¡Es una crueldad!

—Es que son como las víboras, muerden —respondió un chico de rostro pálido y huraño y nariz larga y afilada.

—¡Qué estupidez! Los lagartos son inofensivos.

—¡Ah! No lo sabíamos, señor cura —replicó el chico con socarronería mal disimulada y una fingida inocencia que no engañó al sacerdote.

Philippe se dijo que no era ni el momento ni el lugar de reñirlos por aquello y se limitó a inclinar levemente la cabeza, como si estuviera satisfecho con la respuesta, pero no obstante añadió:

—Ahora ya lo sabéis.

Y les hizo formar filas para seguirlo. Hasta entonces los había dejado ir como quisieran, pero de pronto pensó que a alguno podía ocurrírsele escapar. Acostumbrados al silbato, a la docilidad, al silencio obligatorio, obedecieron tan perfecta y mecánicamente que a Philippe se le encogió el corazón. Recorrió con la mirada aquellos rostros, súbitamente inexpresivos, apagados, tan impenetrables como una casa cerrada a cal y canto, con el alma recluida en sí misma, ausente o muerta, y les dijo:

—Tenemos que darnos prisa para encontrar un sitio en el que pasar la noche; pero en cuanto sepa dónde dormiremos, y después de cenar (¡porque enseguida empezaréis a tener hambre!), haremos un fuego de campamento y nos quedaremos despiertos tanto rato como queráis.

Y siguió andando entre ellos, hablándoles de los chicos de Auvernia, del esquí, de las excursiones por la montaña, en un esfuerzo por despertar su interés, por ganarse su confianza. Un esfuerzo vano. Tenía la sensación de que ni siquiera lo escuchaban; comprendió que nada que pudiera decirles, ya fuera para animarlos, corregirlos o educarlos, conseguiría penetrar en sus almas, porque estaban cerradas, tapiadas, sordas y mudas.

«Si pudiera estar más tiempo con ellos…», se dijo. Pero en el fondo de su corazón sabía que no lo deseaba. Sólo deseaba una cosa: perderlos de vista cuanto antes, librarse de aquella responsabilidad y del malestar que le hacían sentir. La ley de amor que hasta entonces le había parecido casi fácil —tan grande era en él la gracia de Dios, pensaba humildemente—, ahora le resultaba imposible de acatar, «justo cuando puede que sea la primera vez que constituya un esfuerzo meritorio de mi parte, un sacrificio real. ¡Qué débil soy!».

Llamó a un pequeño que se rezagaba continuamente.

—¿Estás cansado? ¿Te hacen daño los zapatos?

Sí, no se había equivocado: los zapatos le apretaban. Philippe le dio la mano para ayudarlo a avanzar y le habló con afecto. Como el niño caminaba con una mala postura, la espalda encorvada y los hombros encogidos, lo cogió del cuello con dos dedos, suavemente, para obligarlo a erguir el cuerpo. El chico no opuso resistencia. Al contrario: mirando al frente con rostro inexpresivo, se apoyó en la mano de Philippe, y aquella presión sorda, insistente, aquella extraña y equívoca caricia, o más bien aquella muda petición de una caricia, arrebolaron el rostro del sacerdote. Philippe lo cogió por la barbilla e intentó sumergir su mirada en la del pequeño, pero los ojos de éste permanecían ocultos bajo los entornados párpados.

El sacerdote apretó el paso procurando recogerse, como solía hacer en momentos de tristeza, en una oración interior; no era una plegaria propiamente dicha. A menudo, ni siquiera eran palabras que formaran parte del lenguaje humano, sino una especie de inefable contemplación de la que salía bañado de alegría y paz. Pero hoy ambas se le resistían con igual fuerza. La piedad que sentía estaba contaminada de inquietud y amargura. Era demasiado evidente que a aquellas pobres criaturas les faltaba la gracia: Su gracia. A Philippe le habría gustado derramarla sobre ellos, poder inocular la fe y el amor en sus áridos corazones. Ciertamente, bastaba un suspiro del Crucificado, un aleteo de uno de sus ángeles, para que el milagro se realizara; pero él, Philippe Péricand, ¿no había sido elegido por Dios para amansar, para entreabrir las almas y prepararlas para la venida de Dios? Ser incapaz lo hacía sufrir. A él le habían sido ahorrados los instantes de duda y ese súbito endurecimiento que se apodera del creyente y lo deja, no a merced de los príncipes de este mundo, sino abandonado, a medio camino entre Satán y Dios, sumido en las tinieblas.

Para él, la tentación era otra: una especie de impaciencia sagrada, el deseo de acumular a su alrededor almas liberadas, una ansiedad trémula que, en cuanto había conquistado un corazón para Dios, lo lanzaba hacia otras batallas, pero siempre sintiéndose frustrado, insatisfecho, descontento de sí mismo. No era suficiente. ¡No, Señor, no lo era! Aquel viejo descreído que se había confesado, que había comulgado en su última hora; aquella pecadora que había renunciado al vicio; aquel pagano que había pedido el bautismo… ¡No le bastaba, no, de ninguna manera! Tal vez padecía de algo parecido al ansia del avaro por amasar oro. Sin embargo, no era exactamente eso, sino más bien la sensación que a veces experimentaba a orillas del río cuando era niño: aquel estremecimiento de alegría cada vez que atrapaba un pez (ahora no comprendía cómo había podido gustarle aquel juego cruel, hasta el punto de que casi no podía comer pescado; se alimentaba con verdura, queso, pan fresco, castañas y aquella espesa sopa campesina en que la cuchara casi flotaba). De niño había sido un pescador compulsivo, y aún recordaba la angustia que sentía cuando el sol se ocultaba, la pesca había sido escasa y sabía que el día de asueto había acabado para él. Le habían reprochado su exceso de escrúpulos. Él mismo temía que no vinieran de Dios, sino de Otro… Aun así, nunca había sentido aquello como ese día, en aquel camino, bajo aquel cielo surcado por aviones enemigos, entre aquellos niños, de los que sólo salvaría los cuerpos…

Llevaban un buen rato caminando cuando vieron las primeras casas de un pueblo. Era muy pequeño y estaba intacto, pero desierto: sus habitantes habían huido. No obstante, antes de marcharse habían cerrado puertas y ventanas a cal y canto, y se habían llevado consigo los perros, los conejos y las gallinas. Sólo quedaban los gatos, que dormían al sol en los senderos de los jardines o se paseaban por los bajos tejados con aire satisfecho y tranquilo. Como era la temporada de las rosas, en cada porche se veía una hermosa flor totalmente abierta, sonriente, que dejaba a las avispas y los abejorros penetrar en su interior y devorarle el corazón. Aquel pueblo abandonado por los hombres, en el que no se oían pasos ni voces y al que le faltaban todos los sonidos del campo —el chirrido de las carretillas, el zureo de las palomas, el cloqueo de los corrales—, se había convertido en el reino de los pájaros, las abejas y los abejorros. Philippe pensó que nunca había oído tantos cantos vibrantes y felices ni visto tantas colmenas a su alrededor. Las pacas de heno, las fresas, los groselleros, las pequeñas y olorosas flores que bordeaban los arriates, cada macizo, cada mata, cada brizna de hierba, emitían un dulce ronroneo. Aquellos jardincillos habían sido cuidados con esmero, con amor; todos tenían un arco cubierto de rosas, un cenador en el que aún se veían las últimas lilas, un par de sillas de hierro, un banco al sol. Las grosellas, transparentes y doradas, eran enormes.

—¡Qué buen postre vamos a tener esta noche! —exclamó Philippe—. Los pájaros no tendrán más remedio que compartirlo con nosotros. No hacemos daño a nadie recogiendo esa fruta. Todos lleváis mochilas bien provistas; hambre no vamos a pasar. Pero no esperéis dormir en una cama. Supongo que no os dará miedo pasar una noche al raso… Tenéis buenas mantas. A ver, ¿qué necesitamos? Un prado, una fuente… Los pajares y los establos no os atraen demasiado, ¿verdad? A mí tampoco. Hace tan buen tiempo… Bueno, comed un poco de fruta para reponer fuerzas y seguidme; a ver si encontramos un buen sitio.

Philippe esperó un cuarto de hora a que los chavales se hartaran de fresas; los vigilaba atentamente para que no pisaran las flores y hortalizas, pero no tuvo que intervenir; eran realmente obedientes. Esa vez no necesitó ponerse firme, sólo levantar la voz.

—Vamos, dejad un poco para la noche. Seguidme. Si no remoloneáis por el camino, no hace falta que vayáis en fila.

Una vez más, los chicos obedecieron. Miraban los árboles, el cielo, las flores, sin que Philippe pudiera adivinar lo que pensaban… Lo que al parecer les gustaba, lo que les llegaba al corazón, no era el entorno visible, sino el embriagador aroma a aire puro y libertad que respiraban, tan nuevo para ellos.

—¿Ninguno de vosotros conocía el campo? —les preguntó.

—No, señor cura.

—No, señor cura —repitieron todos con lentitud.

Philippe ya había advertido que sólo conseguía que le respondieran tras unos segundos de silencio, como si necesitaran tiempo para inventar una mentira, un embuste, o como si nunca comprendieran exactamente lo que se les preguntaba… Siempre aquella sensación de tratar con seres… no del todo humanos, pensó Philippe, y en voz alta dijo:

—Vamos, démonos prisa.

No muy lejos del pueblo vieron un gran parque mal cuidado, con un hermoso lago, profundo y transparente, y una casa en lo alto de un promontorio. La casa señorial, sin duda, pensó Philippe. Se acercó a la verja y llamó con la esperanza de que hubiese alguien, pero la caseta del guarda estaba cerrada y nadie respondió a la llamada.

—En cualquier caso, ahí hay un sitio que parece hecho para nosotros —dijo señalando la orilla del lago—. En fin, niños, haremos menos daño que en esos jardincillos tan bien cuidados, estaremos mejor que en el camino y, si estalla una tormenta, seguro que podremos refugiarnos en esas casetas de baño.

El parque sólo estaba protegido por una valla de alambre, que saltaron con facilidad.

—No olvidéis —dijo Philippe riendo— que esto es un allanamiento y nunca debéis hacerlo, así que os pido que tengáis el respeto más absoluto hacia esta propiedad. Ni una rama rota, ni un papel de periódico abandonado en la hierba, ni una lata de conserva tirada por ahí. ¿Entendido? Si os portáis bien, mañana os dejaré bañaros en el lago.

La hierba estaba tan alta que les llegaba hasta las rodillas, y al avanzar aplastaban las flores. Philippe les mostró las flores de la Virgen, estrellas de seis pétalos blancos, y las de San José, de un suave morado casi rosa.

—¿Podemos cogerlas, señor cura?

—Sí, de ésas, tantas como queráis. Basta un poco de lluvia y sol para hacerlas germinar. Eso, en cambio, ha costado muchos cuidados y mucho esfuerzo —dijo señalando los arriates que rodeaban el edificio.

Uno de los chicos que estaba junto a él levantó la cara, pequeña, pálida, de pómulos muy marcados, hacia las grandes ventanas cerradas.

—¡Cuántas cosas debe de haber ahí dentro! —Lo dijo en voz baja, pero con una sorda aspereza que turbó al sacerdote. Como él no respondió, el chico insistió—. ¿Verdad que ahí dentro tiene que haber muchas cosas, señor cura?

—Nosotros nunca hemos visto casas como ésa —murmuró otro.

—Sin duda habrá cosas muy bonitas, muebles, cuadros, estatuas… Pero muchos de estos señores están arruinados y, si imagináis que ibais a ver maravillas, puede que os llevarais una decepción —respondió Philippe en tono desenfadado—. Supongo que lo que más os interesa es la comida. Como la gente de esta región parece muy previsora, seguramente se lo habrán llevado todo. Y, como de todas maneras no habríamos podido tocar nada, porque no es nuestro, más vale que nos olvidemos del asunto y nos arreglemos con lo que tenemos. Vamos a formar tres equipos: el primero recogerá ramas secas, el segundo traerá agua y el tercero preparará los platos.

Bajo la dirección del sacerdote, los chicos trabajaron deprisa y bien. Encendieron un gran fuego a la orilla del lago; comieron, bebieron, recogieron frutos silvestres… Philippe quiso organizar juegos, pero los chicos jugaban de mala gana y en silencio, sin entusiasmo, sin risas. El lago ya no brillaba a la luz del sol, pero relucía débilmente, y a su alrededor se oía el croar de las ranas. El fuego iluminaba a los chicos, inmóviles y tapados con las mantas.

—¿Queréis dormir? —Nadie respondió—. No tenéis frío, ¿verdad?

Otro silencio.

«Sin embargo, no todos están dormidos», se dijo el sacerdote. Se levantó y paseó entre ellos. De vez en cuando se agachaba y cubría un cuerpo más delgado, más frágil que los otros, una cabeza con el pelo aplastado y orejas de asa. Tenían los ojos cerrados. ¿Fingían dormir o realmente el sueño los había vencido? Philippe regresó junto al fuego para seguir leyendo su breviario. De vez en cuando levantaba la mirada y contemplaba los reflejos del agua. Esos instantes de muda meditación le aliviaban todas sus fatigas, lo compensaban de todas sus penas. El amor volvía a impregnarlo como la lluvia una tierra árida, primero gota a gota, abriéndose paso entre las piedras con dificultad, y luego, tras encontrar el corazón, en una larga y rápida riada.

¡Pobres chicos! Uno de ellos estaba soñando y emitía un largo y monótono quejido. En la penumbra, el sacerdote alzó la mano, los bendijo y musitó:

—*Pater amat vos.*

Era lo que solía decir a sus alumnos de catecismo cuando los exhortaba a la penitencia, la resignación y la oración. «El Padre os ama.» ¿Cómo había podido creer que a aquellos desventurados les faltaba la gracia? Puede que él fuera menos amado, tratado con menos indulgencia, con menos ternura divina que el menor, el más desgraciado de ellos. «¡Oh, Jesús, perdóname! ¡Ha sido un arranque de orgullo, una trampa del demonio! ¿Qué soy yo? ¡Menos que nada, polvo bajo tus divinos pies, Señor! Porque, ¿qué no podrías exigirme a mí, a quien has amado, protegido desde la infancia, conducido hacia Ti? Pero estos chicos… unos serán elegidos y los otros… Los Santos los redimirán. Sí, todo está bien, todo es bueno, todo es gracia. ¡Jesús, perdona mi flaqueza!»

El agua palpitaba mansamente, la noche era solemne y tranquila… Aquella presencia sin la que no habría podido vivir, aquel Soplo, aquella Mirada, estaban con él, en la oscuridad. Una criatura adormecida en la oscuridad, acurrucada en el regazo de su madre, no necesita luz para reconocer sus amadas facciones, sus manos, sus anillos… Ríe bajito, dichosa. «Jesús, estás ahí, de nuevo estás ahí. ¡Quédate a mi lado, divino Amigo!» Una larga y rosada llama se elevó de un negro tronco. Era tarde; la luna ascendía en el cielo, pero

Philippe no tenía sueño. Cogió una manta y se tumbó en la hierba. Siguió echado, con los ojos muy abiertos, notando el roce de una flor en la mejilla. Ni un solo ruido en aquel rincón de la tierra.

No oyó nada, no vio nada; percibió, con una especie de sexto sentido, la silenciosa carrera de dos chicos en dirección a la casa. Fue todo tan rápido que en un primer momento creyó que estaba soñando. No quiso llamarlos para no despertar a los demás. Se levantó, se sacudió la sotana, cubierta de briznas y pétalos, y siguió a los dos chicos hacia el edificio. El espeso césped amortiguaba el ruido de los pasos. De pronto, recordó que en una ventana había visto un postigo entreabierto. Sí, no se había equivocado. La luna iluminaba la fachada. Uno de los chicos empujaba el postigo, intentando forzarlo. A Philippe no le dio tiempo de gritar para detenerlos: una piedra acababa de romper el cristal. Los fragmentos estallaron contra el suelo. Con agilidad felina, los chicos desaparecieron en el interior.

—¡Ah, granujas, ya os daré yo! —murmuró Philippe.

Se recogió la sotana hasta las rodillas y, siguiendo el mismo camino que los chicos, apareció en un salón que tenía los muebles cubiertos con fundas y un suelo de parquet frío y brillante. Buscó a tientas el interruptor. Cuando al fin consiguió encender la luz, no vio a nadie. Indeciso, miró alrededor (los chicos estaban escondidos o habían huido): aquellos canapés, aquel piano, aquellos butacones cubiertos con fundas de flotantes pliegues, aquellas cortinas de seda floreada eran excelentes escondites. Avanzó hacia uno de los balcones, porque las colgaduras se habían movido, y las apartó bruscamente. Uno de los chicos estaba allí; era uno de los mayores, casi un hombre, de rostro moreno, frente estrecha y mandíbula prominente, aunque tenía unos ojos bastante hermosos.

—¿Qué hacéis aquí? —le preguntó el sacerdote.

Oyó ruido a sus espaldas y se volvió; el otro chico estaba en la habitación, justo detrás de él. También aparentaba diecisiete o dieciocho años; en su demacrado rostro, los labios, apretados, tenían una expresión desdeñosa; era como si el animal alentara bajo su piel. Philippe estaba en guardia, pero eran demasiado rápidos para él; en un abrir y cerrar de ojos se le echaron encima y, mientras uno le ponía la zancadilla, el otro lo agarró del cuello. Pero Philippe se debatía silenciosa, eficazmente. Consiguió atrapar a uno por el cuello de la camisa y lo sujetó con tanta firmeza que lo obligó a quedarse quieto. Pero, durante el forcejeo, algo se le cayó del bolsillo y rodó por el parquet. Era dinero.

—Felicidades, veo que no has perdido el tiempo —le dijo Philippe sentado en el suelo, jadeando. Y pensó: «Sobre todo, no hagas un drama. Hazlos salir de aquí y te seguirán como corderillos. Mañana ya se verá»—. ¡Bueno, ya está bien, eh! Se acabaron las estupideces… ¡Andando!

Apenas había acabado de hablar, cuando volvieron a abalanzarse sobre él con un salto silencioso, salvaje y desesperado. Uno de ellos lo mordió y le hizo sangre.

«Van a matarme», se dijo Philippe con una especie de estupor. Lo atacaban como dos lobos. No quería hacerles daño, pero no tuvo más remedio que defenderse; a puñetazos y patadas consiguió rechazarlos, pero ellos volvieron a la carga con redoblada saña, como locos, como bestias, como si hubieran perdido todo rasgo humano… Pese a todo, Philippe los habría dominado, pero se golpeó la cabeza contra un mueble, un velador con patas de bronce, y se desplomó. Mientras caía, oyó a uno de los chicos correr a la ventana y soltar un silbido. Del resto no vio nada: ni a los veintiocho adolescentes, súbitamente despiertos, cruzando el césped a la carrera y trepando por la ventana, ni la embestida contra los frágiles muebles para destrozarlos, volcarlos, arrojarlos por las ventanas… Estaban enloquecidos, bailaban alrededor del sacerdote, que seguía inconsciente, cantaban, gritaban… Un renacuajo con cara de chica brincaba sobre un sofá cuyos viejos muelles rechinaban sin cesar. Los mayores encontraron un mueble bar y lo llevaron al salón dándole patadas, mas descubrieron que estaba vacío. Pero no necesitaban vino para emborracharse: les bastaba con la destrucción, que les proporcionaba una dicha espantosa. Llevaron a Philippe hasta la ventana y lo dejaron caer pesadamente al césped. Luego siguieron arrastrándolo hasta el lago y, agarrándolo por los pies y las manos, lo levantaron en vilo y lo balancearon como a un pelele.

—¡Vamos! ¡Arriba! ¡Hay que matarlo! —chillaban con sus voces roncas, que en muchos casos conservaban el timbre infantil.

Pero, cuando cayó al agua, todavía estaba vivo. El instinto de conservación, o un resto de coraje, lo retuvo al borde de la muerte. Se aferró con las dos manos a la rama de un árbol y trató de mantener la cabeza fuera del agua. Su rostro, desfigurado por los puñetazos y las patadas, estaba ensangrentado, tumefacto, en un estado grotesco y terrible. Empezaron a apedrearlo. Al principio consiguió aguantar agarrado a la rama, que oscilaba, crujía, amenazaba con partirse. Trató de alcanzar la otra orilla, pero la lluvia de piedras arreció. Al fin, se tapó la cara con los brazos, y los chicos lo vieron hundirse a plomo en su negra sotana. Atrapado en el cieno, no se ahogó. Y así fue como murió, con el agua hasta la cintura, la cabeza echada atrás y un ojo reventado de una pedrada.

26

En la catedral de Notre-Dame de Nimes, todos los años se celebraba una misa en sufragio de los difuntos de la familia Péricand-Maltête; pero, como en la ciudad ya no quedaba más que la madre de la señora Péricand, por lo general el oficio se despachaba con cierta prisa en una capilla lateral, ante la anciana señora, obesa y medio ciega, que ahogaba las palabras del sacerdote con su ronca respiración, y una cocinera que llevaba treinta años con ella. La señora Péricand era una Craquant, pariente de los Craquant de Marsella, familia que había hecho fortuna con el aceite. Era un origen ciertamente honroso (su dote había ascendido a dos millones, dos millones de los de antes de la guerra), pero palidecía ante el prestigio de su nueva familia. Su madre, la anciana señora Craquant, compartía su punto de vista y, retirada en Nimes, observaba los ritos de los Péricand con gran fidelidad, rezaba por las almas de sus difuntos y dirigía a los vivos cartas de felicitación de boda y de bautizo, como esos ingleses de las colonias que se emborrachaban en solitario cuando Londres festejaba el cumpleaños de la reina.

La misa de difuntos era especialmente grata a la señora Craquant, porque tras ella, a la vuelta de la catedral, entraba en una pastelería donde se tomaba una taza de chocolate y dos cruasanes. Estaba demasiado gorda y su médico le había impuesto un severo régimen, pero, como se había levantado más temprano que de costumbre, se ventilaba sin remordimientos el pequeño tentempié. Incluso a veces, cuando la cocinera, a la que temía, estaba de espaldas, rígida y silenciosa junto a la puerta, con los dos misales en la mano y el chal de la señora en el brazo, la anciana cogía un plato de pasteles y, como quien no quiere la cosa, se comía ya un petisú de crema, ya una tartita de cerezas, ya ambas cosas a la vez.

Fuera, bajo el sol y las moscas, esperaba el coche, tirado por dos caballos viejos y conducido por un cochero casi tan rollizo como la señora.

Ese año, todo se había trastocado; los Péricand, refugiados en Nimes tras los acontecimientos de junio, acababan de recibir la noticia de la muerte del señor Péricand-Maltête y de Philippe. La primera les fue comunicada por las hermanas del asilo donde el anciano había tenido una muerte «muy dulce, muy consoladora y muy cristiana», según decía en su carta sor Marie del Santísimo Sacramento, cuya bondad para con los deudos la había llevado a ocuparse en sus menores detalles del testamento, que sería transcrito a la mayor brevedad.

La señora Péricand leyó y releyó la última frase y suspiró; una expresión inquieta asomó a su rostro, pero no tardó en dar paso a la compunción de la cristiana que acaba de saber que un ser querido ha dejado este mundo en paz con Dios.

—Ahora el abuelito está con el Niño Jesús, hijos míos —comunicó a sus retoños.

Dos horas más tarde, la segunda desgracia que había golpeado a la familia llegó a su conocimiento, pero esta vez sin detalles. El alcalde de un pueblecito del Loiret les informaba de que el padre Philippe Péricand había encontrado la muerte en un accidente y les enviaba los documentos que establecían su identidad de forma fidedigna. En cuanto a los treinta pupilos que estaban a su cargo, habían desaparecido. Como en esos momentos la mitad de Francia estaba buscando a la otra mitad, a nadie le extrañó. Se hablaba de un camión que había caído al río no lejos del lugar en que Philippe había encontrado la muerte, y sus familiares acabaron convenciéndose de que el sacerdote y los huérfanos viajaban en él.

Para terminar, les fue comunicado que Hubert había muerto en la batalla de Moulins. Esta vez la catástrofe superaba todo lo previsible. La inmensidad de su desgracia arrancó a la madre una exclamación de orgullo y desesperación:

185

—¡Traje al mundo a un héroe y a un santo! —proclamó y, mirando sombríamente a su prima Craquant, cuyo único hijo había encontrado un tranquilo puesto en la defensa pasiva de Toulouse, murmuró—: Nuestros hijos pagan por los de otros... Querida Odette, mi corazón sangra... Sabes que no he vivido más que para mis hijos, que he sido madre y sólo madre. —La señora Craquant, que había sido un tanto ligera de cascos en su juventud, bajó la cabeza—. Pero te lo juro: el orgullo que siento hace que olvide mi pena.

Y erguida y digna, sintiendo ya el revoloteo de los crespones a su alrededor, acompañó hasta la puerta a su prima, que tras suspirar reconoció humildemente:

—¡Ay, eres una auténtica romana!

—Una buena francesa, nada más —replicó la señora Péricand con sequedad, y le volvió la espalda.

Esas palabras consiguieron aliviar un poco su vivo y profundo dolor. Siempre había respetado a Philippe y comprendido, en cierta medida, que no pertenecía a este mundo; sabía que soñaba con las misiones y que, si había renunciado a ellas, había sido por un refinamiento de humildad que lo llevó a elegir, para servir a Dios, lo que le resultaba más duro: someterse a los deberes cotidianos. Tenía la certeza de que ahora su hijo estaba junto a Jesús. Cuando decía otro tanto de su suegro, lo hacía con una duda interior, que se reprochaba; en fin... Pero, en cuanto a Philippe: «¡Lo veo como si estuviera con él!», pensaba. Sí, podía sentirse orgullosa de Philippe, que derramaba sobre ella el resplandor de su alma. Pero lo más extraño era lo que experimentaba con relación a Hubert. Hubert, que cosechaba un cero tras otro en el instituto, que se mordía las uñas; Hubert, con sus dedos manchados de tinta, su cara redonda y mofletuda, su ancha y risueña boca... Hubert, muerto como un héroe... Inconcebible. Cuando contaba a sus conmovidos amigos la fuga de Hubert («Intenté retenerlo, pero ya veía que era imposible. Era un niño, pero un niño valiente, y cayó por el honor de Francia. Como dice Rostand: "Es mucho más hermoso cuando es inútil"»), la señora Péricand embellecía el pasado. Y de verdad creía haber dicho todas aquellas palabras orgullosas, haber enviado a su hijo a la guerra.

Nimes, que hasta entonces la había mirado no sin cierta acritud, sentía por aquella pobre madre una piedad rayana en la ternura.

—Hoy estará toda la ciudad —suspiró la anciana señora Craquant con melancólica satisfacción.

Era el 31 de julio. A las diez debía celebrarse la mencionada misa de difuntos, a los que tan trágicamente se habían sumado aquellos tres nombres.

—¡Oh, mamá! ¿Y qué importa eso? —respondió su hija, sin que pudiera saberse si sus palabras aludían a la futilidad de semejante consuelo o a la pobre opinión que le merecían sus paisanos.

La ciudad brillaba bajo un sol ardiente. En los barrios populares, un viento seco y socarrón agitaba las cortinillas de cuentas en las puertas de las casas. Las moscas importunaban, barruntaban la tormenta. Nimes, habitualmente aletargada en esa época del año, estaba abarrotada. Los refugiados que la habían invadido seguían allí, retenidos por la falta de gasolina y por el cierre provisional de la frontera del Loira. Las calles y plazas se habían transformado en aparcamientos. No había ni una habitación libre. Bastante gente seguía durmiendo en la calle, y una bala de paja, a modo de improvisada cama, se consideraba un lujo. Nimes se enorgullecía de haber cumplido, y con creces, su deber hacia los refugiados. Los había recibido con los brazos abiertos y estrechado contra su corazón. No había familia que no hubiese ofrecido su hospitalidad a los infortunados. Lo único lamentable era que aquel estado de cosas se prolongaba más de lo razonable. El avituallamiento era un problema, pero tampoco había que olvidar, decía Nimes, que todos aquellos pobres refugiados, extenuados por el viaje, serían víctimas de terribles epidemias. Así que, con medias palabras, a través de la prensa, y de manera menos velada, más brutal que por boca de los habitantes, día tras día se los instaba a marcharse cuanto antes, cosa que hasta ese momento no habían permitido las circunstancias.

La señora Craquant, que tenía a toda su familia en casa y por tanto podía negar, con la cabeza bien alta, incluso un simple par de sábanas, disfrutaba con toda aquella animación, que llegaba a sus oídos a través de las persianas bajadas. En ese momento estaba tomando el desayuno con sus nietos, antes de ponerse en camino hacia la catedral. La señora Péricand los contemplaba alimentarse sin tocar lo que le habían servido, que, pese a las restricciones, era apetitoso gracias a las provisiones acumuladas en las enormes alacenas desde el inicio de la guerra.

Su madre, con una servilleta blanca como la nieve desplegada sobre el opulento pecho, estaba acabándose la tercera tostada, pero sospechaba que la digeriría mal; los fijos y fríos ojos de su hija la incomodaban. De vez en cuando dejaba de comer y miraba a la señora Péricand con humildad.

—No sé para qué como, Charlotte —le dijo—. No me entra.

—Haga un esfuerzo, madre —respondía la señora Péricand en un tono gélidamente irónico, empujando la chocolatera hacia la taza de la anciana.

—Bueno, Charlotte, pues ponme media tacita más. Pero sólo media tacita, ¿eh?

—¿Se da cuenta de que es la tercera?

Pero la señora Craquant parecía repentinamente aquejada de sordera.

—Sí, sí —decía distraídamente asintiendo con la cabeza—. Tienes razón, Charlotte, hay que reponer fuerzas antes de tan triste ceremonia.

Y se echaba al coleto el espeso chocolate en un santiamén.

En ese momento llamaron a la puerta, y un criado llevó un paquete para la señora Péricand. Contenía los retratos de Philippe y Hubert. Había mandado encuadrar dos fotos de sus hijos. Se quedó mirándolas largo rato y luego se levantó, las colocó en la consola y retrocedió unos pasos para apreciar el efecto. A continuación, fue a su habitación y volvió con dos lacitos de crespón y dos cintas tricolores, con las que adornó los marcos. De pronto oyó sollozar al ama, que estaba de pie en el umbral con Emmanuel en los brazos. Jacqueline y Bernard la imitaron. La señora Péricand los cogió de la mano y, con suavidad, los hizo levantarse y los llevó ante la consola.

—¡Mirad bien a vuestros hermanos mayores, hijos míos! —les dijo—. Pedid a Dios Todopoderoso que os conceda pareceros a ellos. Tratad de ser unos niños buenos, obedientes y estudiosos,

188

como lo fueron ellos. Eran tan buenos hijos —añadió con la voz ahogada por el dolor— que no me extraña que Dios los haya premiado dándoles la palma del martirio. No hay que llorar. Están con Dios Nuestro Señor; nos ven, nos protegen y un día nos recibirán allá arriba, pero mientras tanto aquí abajo podemos estar orgullosos de ellos, como cristianos y como franceses.

Ahora todo el mundo lloraba; la señora Craquant incluso se había olvidado del chocolate y buscaba su pañuelo con mano temblorosa. La foto de Philippe se le parecía extraordinariamente. Aquélla era su mirada, profunda y pura. El joven sacerdote parecía contemplar a los suyos con aquella sonrisa dulce, indulgente y tierna, que esbozaba a veces…

—… Y en vuestras oraciones no olvidéis a esos desgraciados niños que desaparecieron con él —concluyó la señora Péricand.

—Quizá no hayan muerto todos…

—Es posible —dijo distraídamente la señora Péricand—, muy posible. Pobres pequeños… Por otra parte, esa obra es una pesada carga —añadió, y su mente volvió al testamento de su suegro.

La señora Craquant se enjugó las lágrimas.

—El pequeño Hubert… Era tan cariñoso, tan enredador... Recuerdo que, una vez que vinisteis, me quedé traspuesta en el salón después de desayunar, y llegó el perillán de vuestro hermano, despegó de la lámpara el papel para las moscas y lo dejó caer muy despacito sobre mi cabeza. Me desperté sobresaltada y pegué un grito. Ese día le diste un buen correctivo, Charlotte.

—No lo recuerdo —respondió la señora Péricand con sequedad—. Pero acábese el chocolate y démonos prisa, mamá. El coche está abajo. Van a dar las diez.

Bajaron a la calle con la abuela, pesada, jadeante y apoyándose en su bastón, en cabeza, seguida por la señora Péricand, envuelta en crespones, los dos niños mayores vestidos de negro, Emmanuel de blanco, y por último varios criados de riguroso luto. El cupé esperaba; de pronto, cuando el cochero estaba bajando de su asiento para abrir la portezuela, Emmanuel extendió un dedito y señaló a la gente.

—¡Hubert! ¡Es Hubert!

El ama se volvió maquinalmente hacia el lugar que indicaba la criatura, palideció como el papel y ahogó un grito:

—¡Jesús de mi corazón! ¡Virgen santísima!

Una especie de sordo aullido salió de la garganta de la madre, que se echó atrás el negro velo, dio dos pasos en dirección a Hubert y, de repente, resbaló en la acera y cayó en brazos del cochero, que se abalanzó hacia ella a tiempo de sujetarla.

Efectivamente, era Hubert, con un mechón de pelo sobre los ojos y la piel sonrosada y dorada como un melocotón, sin equipaje, sin bicicleta, sin heridas, que avanzaba sonriendo.

—¡Hola, mamá! ¡Hola, abuela! ¿Todos bien?

—¿Eres tú? Pero ¿eres tú? ¡Estás vivo! —exclamó la señora Craquant riendo y sollozando a la vez—. ¡Ay, mi pequeño Hubert, ya sabía yo que no podías estar muerto! ¡Eres demasiado granuja para eso, Dios mío!

La señora Péricand había vuelto en sí.

—¿Hubert? Pero ¿cómo? —balbuceó con un hilo de voz.

Hubert se sintió contento y a la vez incómodo ante semejante recibimiento. Se acercó a su madre, le presentó las dos mejillas, que ella besó sin saber muy bien lo que hacía, y luego se quedó plantado, balanceándose ante ella, como cuando llevaba un cero en traducción latina del instituto.

—Hubert... —gimió ella y, colgándose de su cuello, lo cubrió de besos y lágrimas.

Alrededor se había formado una pequeña y conmovida multitud. Hubert, que no sabía qué cara poner, daba golpecitos en la espalda a su madre, como si se hubiera tragado una espina.

—¿Es que no me esperabais? —Ella negó con la cabeza—. ¿Ibais a salir?

—¡Demonio de crío! ¡Íbamos a la catedral, a celebrar una misa por el descanso de tu alma!

—¡Venga ya! —soltó Hubert.

—Pero bueno, ¿dónde estabas? ¿Qué has hecho estos dos meses? Nos dijeron que habías caído en Moulins...

—Bueno, pues ya veis que no es verdad, puesto que estoy aquí.

—Pero ¿fuiste a luchar? ¡Hubert, no me mientas! ¿Qué necesidad tenías de meterte en ese berenjenal, idiota, más que idiota? ¿Y tu bicicleta? ¿Dónde está tu bicicleta?

—Perdida.

—¡Naturalmente! ¡Este chico acabará conmigo! Bueno, a ver, cuenta, habla, ¿dónde te habías metido?

—Estaba intentando reunirme con vosotros.

—¡Si no te hubieras ido! —replicó la señora Péricand con severidad—. ¡Bueno se pondrá tu padre cuando se entere! —dijo al fin con voz entrecortada.

Luego, de repente, se echó a llorar como una Magdalena y empezó a besarlo de nuevo. No obstante, el tiempo corría; la señora Péricand se secó los ojos, pero las lágrimas no querían parar.

—Anda, sube, ve a lavarte. ¿Tienes hambre?

—No; he desayunado muy bien, gracias.

—Cámbiate de pañuelo, de corbata, lávate las manos… ¡Adecéntate un poco, por amor de Dios! Y date prisa en reunirte con nosotros en la catedral.

—¿Cómo? ¿Todavía vais a ir? Ya que estoy vivo, ¿no preferiríais celebrarlo con una comilona? ¿En un buen restaurante? ¿No?

—¡Hubert!

—Pero ¿qué pasa? ¿Es porque he dicho «comilona»?

—No, pero… —«Es terrible decírselo así, en plena calle», pensó la señora Péricand, y, cogiéndolo de la mano, lo hizo subir al cupé—. Han ocurrido dos desgracias terribles, hijo mío. Primero, el abuelito… El pobre abuelito ha muerto. Y Philippe…

Hubert encajó el golpe de un modo extraño. Dos meses antes se habría echado a llorar, y sus mejillas se habrían llenado de gruesas, saladas y transparentes lágrimas. Ahora, su rostro, muy pálido, adquirió una expresión viril, casi dura, que su madre no le conocía.

—El abuelo me da igual —murmuró tras un largo silencio—. Pero Philippe…

—Hubert, ¿te has vuelto loco?

—Sí, me da igual, y a ti también. Era muy viejo y estaba enfermo. ¿Qué iba a hacer en medio de este follón?

—¡Habrase visto! —protestó la señora Craquant, herida.

191

Pero Hubert siguió hablando sin hacerle caso:

—Pero Philippe… ¿Estáis seguros? ¿No pasará como conmigo?

—Por desgracia, estamos seguros…

—Philippe… —La voz de Hubert tembló y se quebró—. No era de este mundo. Los demás hablan constantemente del cielo, pero no piensan más que en la tierra… Él venía de Dios y ahora debe de ser muy feliz. —Se tapó la cara con las manos y permaneció inmóvil.

En ese momento sonaron las campanas de la catedral. La señora Péricand posó la mano en el brazo de su hijo.

—¿Vamos?

Hubert asintió. La familia montó en el cupé y en el coche que lo seguía. Llegaron a la catedral. Hubert iba entre su madre y su abuela, que siguieron flanqueándolo cuando se arrodilló en un reclinatorio. La gente lo había reconocido; Hubert oía cuchicheos y exclamaciones ahogadas. La señora Craquant no se había equivocado; estaba todo Nimes. Todo el mundo pudo ver al resucitado que venía a dar gracias a Dios por haberlo salvado, el mismo día en que se celebraba una misa por los difuntos de su familia. En general, la gente se alegró: que un buen chico como Hubert hubiera escapado de las balas alemanas halagaba su sentido de la justicia y su sed de milagros. Cada madre privada de noticias desde mayo (y eran muchas) sintió renacer la esperanza en su corazón. Y era imposible pensar con acritud, como habrían podido sentirse tentadas a hacer: «¡Hay quien tiene demasiada suerte!» Porque, desgraciadamente, el pobre Philippe (un sacerdote excelente, según decían) había hallado una muerte trágica.

Así que, pese a la solemnidad de la ocasión, eran muchas las mujeres que sonreían a Hubert. Él no las miraba; todavía no había salido del estupor en que lo habían sumido las palabras de su madre. La muerte de Philippe le desgarraba el corazón. Volvía a encontrarse en el mismo estado de ánimo que en el momento de la debacle, durante la desesperada y vana defensa de Moulins. «Si fuéramos todos iguales —se dijo contemplando a los presentes—, canallas y mujerzuelas todos mezclados, aún se podría entender; pero a santos como

Philippe, ¿con qué fin los mandan aquí? Si es por nosotros, para redimirnos de nuestros pecados, es como arrojar margaritas a los cerdos.»

Todos los que lo rodeaban, la gente, su familia, sus amigos, le inspiraban sentimientos de vergüenza y furia. Los había visto en las carreteras, a ellos y a otros por el estilo, se acordaba de los coches llenos de oficiales que huían con sus preciosas maletas amarillas y sus pintarrajeadas mujeres; de los funcionarios que abandonaban sus puestos; de los políticos que, presas del pánico, dejaban un rastro de carpetas y documentos secretos a su paso; de las chicas que, después de haber llorado como convenía el día del Armisticio, ahora se consolaban con los alemanes. «Y pensar que nadie lo sabrá, que alrededor de todo esto se urdirá tal maraña de mentiras que aún acabarán convirtiéndolo en una página gloriosa de la historia de Francia. Removerán cielo y tierra para sacar a la luz actos de sacrificio, de heroísmo… ¡Con lo que yo he visto, Dios mío! Puertas cerradas a las que se llamaba en vano para pedir un vaso de agua, refugiados saqueando casas… Y en todas partes, en lo más alto y lo más bajo, el caos, la cobardía, la vanidad, la ignorancia… ¡Ah, qué grandes somos!»

Mientras tanto, seguía el oficio moviendo los labios y con el corazón tan oprimido y endurecido que le dolía físicamente. De vez en cuando soltaba un ronco suspiro que inquietaba a su madre. En una de las ocasiones, la señora Péricand se volvió hacia él; sus ojos llenos de lágrimas brillaban a través del crespón.

—¿Te encuentras mal? —le susurró.

—No, mamá —respondió él, mirándola con una frialdad que se reprochaba pero no conseguía vencer.

Juzgaba a los suyos con una amargura y una severidad dolorosas; no formulaba sus quejas de un modo preciso; acudían a él todas a la vez en forma de breves y violentas imágenes: su padre refiriéndose a la República como «ese régimen podrido», y esa misma noche, en casa, la cena de veinticuatro cubiertos, con los mejores manteles, el paté más exquisito, los vinos más caros, en honor de un antiguo ministro que podía volver a serlo y cuyos favores perseguía el señor Péricand. (¡Oh, su madre poniendo morritos para canturrear: «Mi querido presidente»!) Los coches rebosantes de ropa blanca, vajilla, cubertería y objetos de plata atrapados en medio de la muchedumbre que huía a pie, y su madre señalando a las mujeres y los niños, con sus hatillos de ropa, y diciendo: «Mirad si es bueno el Niño Jesús… ¡Pensad que podríamos habernos visto en la situación de esos desdichados!» ¡Hipócritas! ¡Sepulcros blancos! Y él mismo, ¿qué hacía allí? Fingir que rezaba por Philippe, cuando tenía el corazón rebosante de rabia e indignación. Pero Philippe era…

—¡Dios mío! ¡Philippe, mi querido hermano! —murmuró y, como si esas palabras tuvieran un poder divino de apaciguamiento, su atribulado corazón se ensanchó y las lágrimas brotaron de sus ojos, ardientes e incontenibles.

Pensamientos de amor, de perdón, llenaron su mente. No procedían de su interior sino de fuera, como si un amigo se hubiera inclinado hacia él y le hubiera susurrado al oído: «Una familia, una estirpe que ha producido a alguien como Philippe, no puede ser mala. Eres demasiado severo, sólo has visto los acontecimientos externos, no conoces las almas. El mal es visible, quema, se ofrece con complacencia a todos los ojos. Sólo Uno ha contado los sacrificios, ha medido la sangre y las lágrimas vertidas.» Hubert miró la placa de mármol en que estaban grabados los nombres de los caídos en la guerra… en la otra guerra. Entre ellos había Craquants y Péricands, tíos, primos que no había conocido, chicos apenas mayores que él, caídos en el Somme, en Flandes, en Verdún, muertos por partida doble, porque habían muerto por nada. Y poco a poco, de aquel caos, de aquellos sentimientos contradictorios, nació una extraña y amarga plenitud. Había adquirido una valiosa experiencia; ahora sabía, y ya no de una manera abstracta, libresca, sino con su corazón, que tan alocadamente había latido; con sus manos, que se habían despellejado ayudando a defender el puente de Moulins; con sus labios, que habían acariciado a una mujer mientras los alemanes festejaban la victoria… ahora sabía lo que significaban las palabras peligro, coraje, amor… Sí, también amor. Ahora se sentía bien, se sentía fuerte y seguro de sí mismo. Nunca volvería a ver por los ojos de otro, pero, además, lo que amara y creyera en adelante sería enteramente suyo, no inspirado por otros. Lentamente, juntó las manos, bajó la cabeza y, al fin, rezó.

Acabó la misa. En la plaza, la gente lo rodeaba, lo abrazaba, felicitaba a su madre…

—Y sigue teniendo tan buen color —decían las señoras—. Después de tantas penalidades, apenas ha adelgazado, no ha cambiado nada… Nuestro pequeño Hubert…

27

Los Corte llegaron al Grand Hôtel a las siete de la mañana. Estaban muertos de cansancio y miraban en derredor con aprensión, como si temieran franquear la puerta giratoria y verse de nuevo en un caótico universo de pesadilla donde los refugiados dormirían en las alfombras de color crema del salón, el recepcionista no los reconocería y les negaría una habitación, no habría agua caliente para lavarse y los aviones bombardearían el edificio. Pero, gracias a Dios, la reina de las estaciones termales de Francia estaba intacta y, a orillas del lago, la vida seguía bulliciosa y febril, pero, sobre todo, normal. El personal se hallaba en sus puestos. El director, naturalmente, aseguraba que no disponían de nada, pero el café era excelente, en el bar servían bebidas frescas y los grifos daban agua caliente o fría, a gusto del consumidor. En un primer momento había cundido el pánico: la poco amistosa actitud de Inglaterra hacía temer que se mantuviera el bloqueo, lo que impediría la llegada de whisky; pero había una buena reserva. Se podía esperar.

En cuanto pisaron el suelo de mármol del vestíbulo, los Corte se sintieron como nuevos. Todo estaba tranquilo; apenas se oía el lejano ronroneo de los grandes ascensores. A través de las puertas vidrieras, se veía el líquido y tembloroso arco iris de los aspersores sobre el césped de los jardines. El director del establecimiento, que Corte visitaba todos los años desde hacía veinte, alzó los ojos al cielo y les dijo que aquello era el fin, que el mundo se precipitaba al abismo y que había que restaurar el sentido del deber y la abnegación en el pueblo; luego, les confió que esperaban la llegada del gobierno de un momento a otro, que las habitaciones estaban preparadas desde el día anterior y que el embajador de Bolivia dormía en una mesa de billar, pero que para él, Gabriel Corte, siempre habría algo; en fin, poco más o menos lo mismo que decía en el Normandy de Deauville en época de carreras, cuando hacía sus pinitos como subdirector.

Corte se pasó una cansada mano por la abrumada frente.

—Mi querido amigo, póngame un colchón en un lavabo si es necesario.

Allí todo se hacía de un modo discreto, escrupuloso, eficiente. Allí no había mujeres pariendo en las cunetas, ni niños perdidos, ni puentes volando por los aires y cayendo envueltos en llamas sobre las casas vecinas por culpa de una carga de melinita mal calculada. Cerraban una ventana para protegerlo de las corrientes de aire, abrían puertas a su paso, notaba el grosor de las alfombras bajo sus pies...

—¿Tiene todas sus maletas? ¿No ha perdido nada? ¡Qué suerte! Aquí nos ha llegado gente sin un mísero pijama, sin un cepillo de dientes... Incluso un pobre hombre al que una explosión dejó sin nada que ponerse; hizo el viaje desde Tours desnudo, envuelto en una manta y gravemente herido.

—Yo he estado a punto de perder mis manuscritos —dijo Corte.

—¡Oh, Dios mío, qué horror! Pero los ha recuperado, ¿verdad? ¡Qué cosas! ¡Se ven unas cosas! Por favor, señor Corte; señora, por aquí, si es tan amable... Les he reservado una suite en la cuarta planta... Ustedes sabrán disculparme...

—¡Bah! —respondió Corte—. Ahora todo me da igual.

—Lo comprendo —dijo el director inclinando la cabeza con expresión triste—. Un desastre tan tremendo... Yo soy suizo de nacimiento, pero francés de corazón. Lo comprendo —repitió.

Y por unos instantes permaneció inmóvil, con la cabeza baja, como quien, tras dar el pésame a los deudos, no se atreve a marcharse de inmediato del cementerio. En los últimos tiempos había adoptado aquella actitud tan a menudo que su rostro, amable y redondo, había cambiado. Siempre había sido un hombre de paso ligero y voz suave, como convenía a su profesión. Exagerando sus tendencias naturales, ahora había aprendido a desplazarse silenciosamente, como en una cámara mortuoria, y, cuando preguntó a Corte si quería que les subieran el desayuno, utilizó un tono tan discreto y fúnebre como si, indicándole el cadáver de un pariente, le hubiera preguntado: «¿Puedo besarlo por última vez?»

—¿El desayuno? —murmuró Corte, haciendo un esfuerzo por volver a la realidad y sus fútiles preocupaciones—. No he probado bocado en veinticuatro horas —dijo con una sonrisa triste. Tal cosa había sido cierta el día anterior, pero ya no, porque a las seis de esa misma mañana había tomado un abundante desayuno. No obstante, no mentía: había comido distraídamente, debido al agotamiento y la angustia por los infortunios de la Patria. A todos los efectos, era como si siguiera en ayunas.

—Pues debe hacer un esfuerzo, señor Corte. No me gusta verlo así. Tiene que sobreponerse. Se debe usted a la humanidad.

Corte hizo un leve gesto de desesperación para indicar que lo sabía, que no discutía los derechos de la humanidad sobre su persona, pero que de momento no podía exigírsele más coraje que al más humilde ciudadano.

—Lo que agoniza no es sólo Francia, mi querido amigo —dijo volviendo la cabeza para ocultar sus lágrimas—. Es el Espíritu.

—Nunca, mientras siga usted entre nosotros —respondió calurosamente el director, que en los últimos tiempos había pronunciado esa misma frase bastantes veces. Corte era, en lo tocante a celebridades, la decimocuarta llegada de París después de los trágicos acontecimientos, y el quinto escritor que buscaba refugio en el hotel.

Gabriel sonrió débilmente y pidió que el café estuviera muy caliente.

—Hirviendo —respondió el director, y se marchó tras dar las órdenes oportunas por teléfono.

Florence se había retirado a sus habitaciones y, tras la puerta cerrada a cal y canto, se miraba en el espejo, consternada. El sudor había cubierto su rostro, siempre tan suave, tan bien maquillado, tan descansado, con una película pringosa y reluciente que ya no absorbía los polvos ni la crema, sino que los rechazaba convertidos en grumos tan compactos como los de una mayonesa cortada. Las aletas de la nariz se veían surcadas de arrugas; los ojos, hundidos; los labios, secos y flácidos. Apartó la cara del espejo, horrorizada.

—Tengo cincuenta años —le dijo a su doncella.

Era la pura verdad, pero Florence pronunció la frase con tal tono de incredulidad y terror que Julie la interpretó como convenía, es decir, como una imagen, una metáfora para designar la vejez extrema.

—Después de lo que hemos pasado, es comprensible… La señora debería echar un sueñecito.

—Imposible… En cuanto cierro los ojos, vuelvo a oír las bombas, a ver esos puentes, esos muertos…

—La señora lo olvidará.

—¡Ah, no, eso nunca! ¿Podrías olvidarlo tú?

—Mi caso es distinto.

—¿Por qué?

—¡La señora tiene tantas cosas en que pensar! —dijo Julie—. ¿Le saco el vestido verde, señora?

—¿El vestido verde? ¿Con esta cara?

Florence se había dejado caer contra el respaldo del sillón y había cerrado los ojos; pero, de pronto, reunió todas sus energías dispersas, como el jefe de un ejército que, pese a su necesidad de descanso y en vista de la ineptitud de sus oficiales, retoma el mando y, arrastrando los cansados pies, dirige personalmente a sus tropas en el campo de batalla.

—Escucha, esto es lo que vas a hacer. Primero me preparas, al mismo tiempo que el baño, una mascarilla para la cara, la número tres, esa del instituto norteamericano; luego llamas a la peluquería y que te digan si Luigi sigue allí. Que venga con la manicura dentro de tres cuartos de hora. Y después me preparas el traje de chaqueta gris, con la blusa rosa de batista.

—¿Esa que tiene el cuello así? —preguntó Julie trazando en el aire la forma de un amplio escote con el dedo índice.

Florence dudó.

—Sí… no… sí… ésa, y el sombrerito nuevo, el de los acianos. ¡Ay, Julie, pensaba que ya nunca podría ponérmelo, con lo bonito que es! En fin… Tienes razón, no hay que darle más vueltas a todo eso, o me volveré loca. Me pregunto si todavía tendrán polvo ocre, del último…

—Ya miraremos… La señora haría bien en pedir varias cajas. Venía de Inglaterra.

—¡Sí, ya lo sé! ¿Lo ves, Julie? Realmente, no nos damos del todo cuenta de lo que pasa. Son acontecimientos de un alcance incalculable, créeme, incalculable… La vida de la gente cambiará durante generaciones. Este invierno pasaremos hambre. Me sacarás el bolso de ante gris con el cierre de oro, que es sencillito… Me pregunto qué aspecto tendrá París —dijo Florence entrando en el cuarto de baño, pero el ruido de los grifos, que Julie acababa de abrir, ahogó sus palabras.

Entretanto, la mente de Corte se ocupaba de ideas menos frívolas. También él estaba tumbado en la bañera. Los primeros instantes habían sido de tanta dicha, de una paz tan bucólica y profunda, que le habían recordado las alegrías de la infancia: la felicidad de comerse un merengue helado rebosante de crema, de mojarse los pies en el agua fresca de una fuente, de apretar contra el pecho un juguete nuevo… Ya no sentía deseos, remordimientos ni angustias. Su cabeza estaba vacía y ligera. Se sentía flotar en el líquido y tibio elemento, que lo acariciaba, le hacía cosquillas en la piel, le quitaba el polvo y el sudor, se le metía entre los dedos de los pies, se deslizaba bajo sus riñones, como una madre que levanta a su hijo dormido. El cuarto de baño olía a jabón de brea, a loción para el cabello, a agua de colonia, a agua de lavanda… Gabriel sonreía, estiraba los brazos, hacía crujir las articulaciones de sus largos y pálidos dedos, saboreando el divino y sencillo placer de estar a cubierto de las bombas y de tomar un baño fresco un día de calor sofocante. No habría sabido decir en qué momento la amargura penetró en él como un cuchillo en el corazón de una fruta. Tal vez fue cuando sus ojos se posaron en la maleta de los manuscritos, colocada encima de una silla, o cuando el jabón se le cayó al agua y para pescarlo tuvo que hacer un esfuerzo que empañó su euforia; pero, en determinado momento, sus cejas se fruncieron y su rostro, que parecía más sereno, más terso de lo habitual, rejuvenecido, volvió a adoptar una expresión sombría y preocupada.

¿Qué sería de él, de Gabriel Corte? ¿Adónde se dirigía el mundo? ¿Cuál sería el espíritu del mañana? ¿O es que la gente sólo pensaría en comer y ya no habría sitio para el arte, o acaso, como tras cada crisis, un nuevo ideal se ganaría el favor del público? ¿Un nuevo ideal? Cínico y hastiado, pensó: «¡Una nueva moda!» Pero él, Corte, era demasiado viejo para adaptarse a nuevos gustos. Ya había renovado su estilo en 1920. Hacerlo por tercera vez le resultaría imposible. Seguir aquel mundo que iba a nacer lo dejaría sin aliento. ¡Ah, quién podía prever la forma que tomaría al salir de la dura matriz de la guerra de 1940, como de un molde de bronce! Ese universo, cuyas primeras convulsiones ya se dejaban sentir, saldría gigante o contrahecho (o ambas cosas). Era terrible inclinarse hacia él, mirarlo… y no comprender nada. Porque no comprendía nada. Pensó en su novela, en aquel manuscrito salvado del fuego y las bombas y que ahora descansaba sobre una silla. De pronto sintió un inmenso desánimo. Las pasiones que pintaba, sus propios estados de ánimo, sus escrúpulos, aquella historia de una generación, la suya… era todo viejo, inútil, anticuado.

—¡Anticuado! —exclamó con desesperación, y por segunda vez el jabón, que se escurría como un pez, desapareció en el agua. Gabriel soltó un juramento, se levantó e hizo sonar el timbre con furia—. Friccióname —ordenó a su criado en cuanto éste acudió.

Una vez le masajearon las piernas con el guante de crin y el agua de colonia, se sintió mejor. Totalmente desnudo, empezó a afeitarse mientras el criado le preparaba la ropa: camisa de lino, un traje fino de tweed y corbata azul.

—¿Hay gente conocida? —preguntó Corte.

—No lo sé, señor. Todavía no he visto a nadie importante, pero me han dicho que anoche vinieron muchos coches y volvieron a marcharse casi enseguida hacia España. Entre otros, el señor Jules Blanc. Se iba a Portugal.

—¿Jules Blanc?

Gabriel se quedó inmóvil con la navaja de afeitar, llena de jabón, en el aire. ¡Jules Blanc huyendo a Portugal! Aquella noticia era un duro golpe. Como todos los que se las arreglan para obtener el máximo de comodidades y placeres de la vida, Gabriel Corte tenía un político a su disposición. A cambio de buenas cenas, de brillantes recepciones, de pequeños favores concedidos por Florence, a cambio de algunos artículos oportunos, obtenía de Jules Blanc (titular de una cartera en casi todas las combinaciones ministeriales, dos veces presidente del Consejo y cuatro ministro de la Guerra) mil privilegios que le facilitaban la existencia. Gracias a Jules Blanc, le habían encargado aquella serie de los Grandes Amantes, sobre los que había disertado en la radio pública el invierno anterior. También en la radio, Jules Blanc le había encargado alocuciones patrióticas, exhortaciones imperiales o morales, según las circunstancias. Jules Blanc había intervenido ante el director de un gran periódico para que le pagaran ciento treinta mil francos por una novela, en lugar de los ochenta mil inicialmente acordados. Por último, le había prometido la insignia de comendador. Jules Blanc era un humilde pero necesario engranaje en el mecanismo de su carrera, porque el genio no puede planear en las alturas del cielo; debe maniobrar a ras de tierra.

Al enterarse de la caída de su amigo (muy comprometido tenía que estar para tomar una decisión tan desesperada, él, que no se cansaba de repetir que en política una derrota prepara la victoria), Corte se sintió solo y abandonado, al borde del abismo. De nuevo, con una fuerza terrible, volvió a recibir la impresión de un mundo diferente, desconocido para él, un mundo donde toda la gente se habría vuelto milagrosamente casta y desinteresada y estaría imbuida de los más nobles ideales. Pero el mimetismo, que es una forma del instinto de conservación para las plantas, los animales y el hombre, le hizo decir ya:

—¡Ah! ¿Se ha ido? Ha pasado la época de esos vividores, de esos politicastros… Pobre Francia… —añadió tras un silencio.

Lentamente, se puso unos calcetines azules. De pie en calcetines y ligas de seda negra, y con el resto del cuerpo desnudo, lampiño, de un blanco lustroso con reflejos marfileños, ejecutó unos cuantos movimientos de brazos y varias flexiones del torso. Luego se miró en el espejo con expresión satisfecha.

—Esto va mucho mejor —dijo, como si con esas palabras esperara darle una gran alegría a su criado.

Después acabó de vestirse. Bajó al bar poco después de mediodía. En el vestíbulo reinaba cierto caos; era evidente que pasaba algo, que lejos de allí grandes catástrofes hacían temblar el resto del universo. Alguien se había dejado las maletas, amontonadas desordenadamente en la tarima que solía utilizarse como pista de baile. Se oían voces destempladas procedentes de la cocina; mujeres pálidas y alteradas vagaban por los pasillos en busca de habitación; los ascensores no funcionaban; un viejo lloraba ante el recepcionista, que le negaba una cama.

—Compréndalo, caballero, no es que no quiera, es que es imposible, imposible. No damos abasto, caballero.

—Me basta un rinconcito en una habitación —suplicaba el pobre hombre—. Había quedado aquí con mi mujer. Nos perdimos durante el bombardeo de Étampes. Creerá que he muerto. Tengo setenta años, señor, y ella sesenta y ocho. Jamás nos hemos separado. —El anciano sacó la cartera con manos temblorosas—. Le daré mil francos —dijo, y en su honrada y modesta cara de francés medio se leía la vergüenza de tener que ofrecer por primera vez en su vida un soborno, y también el dolor de tener que separarse de su dinero.

Pero el recepcionista rechazó el billete que le tendían.

—Ya le he dicho que es imposible, caballero. Inténtelo en la ciudad.

—¿En la ciudad? ¿De dónde cree que vengo? Llevo llamando a todas las puertas desde las cinco de la mañana. ¡Me han echado como a un perro! Soy profesor de Física en el instituto de Saint-Omer. Tengo la condecoración al mérito académico.

Pero, comprendiendo que el recepcionista había dejado de escucharlo y le daba la espalda, recogió una pequeña sombrerera que había dejado en el suelo y que sin duda contenía todo su equipaje, y se marchó. Ahora el recepcionista tenía que lidiar con cuatro españolas de pelo negro y cara empolvada. Una de ellas lo agarraba del brazo.

—¡Una vez en la vida, pase, pero dos es demasiado! —clamaba en mal francés y con voz fuerte y ronca—. ¡Haber vivido la guerra en España, huir a Francia y vuelta a lo mismo, es demasiado!

—Pero, señora, ¿qué quiere que haga?

—¡Darme una habitación!

—Imposible, señora, imposible.

La española buscó una respuesta sarcástica, no la encontró, se sofocó y acabó soltándole:

—¡Bah, es usted muy poco hombre!

—¿Yo? —exclamó el recepcionista, y de golpe perdió toda su impasibilidad profesional y respondió al ultraje—. ¿Acaso la he insultado yo? Para empezar, es usted extranjera, ¿verdad? Pues cierre el pico si no quiere que llame a la policía —le espetó muy digno, y a continuación les abrió la puerta y las echó a la calle.

Las cuatro mujeres vociferaron insultos en español.

—¡Qué días, caballero! ¡Y qué noches! —le dijo a Corte—. ¡El mundo se ha vuelto loco, caballero!

Gabriel cruzó una larga galería, fresca, silenciosa y oscura, y llegó al amplio y tranquilo bar. Toda la agitación se detenía en el umbral de aquella puerta. Los postigos de las grandes ventanas protegían el lugar del sol de un mediodía bochornoso, y en el aire flotaba un olor a cuero, cigarros caros y licores añejos. El barman, italiano y viejo conocido de Corte, lo recibió de un modo perfecto, manifestándole su alegría de volver a verlo y lamentando las desgracias de Francia, de una manera noble y llena de tacto, sin olvidar en ningún momento la reserva exigida por los acontecimientos ni la inferioridad de su condición respecto a Corte. El escritor se sintió enormemente reconfortado.

—Es un placer volver a verte, querido amigo —le dijo, agradecido.

—¿El señor ha tenido problemas para abandonar París?

—¡Ah! —se limitó a responder Corte alzando los ojos al techo.

Joseph, el barman, hizo un leve gesto púdico con la mano, como si rechazara las confidencias y renunciara a remover recuerdos tan recientes y dolorosos, y con el tono con que el médico dice al enfermo en plena crisis «Primero tómese esto y luego me explicará su caso», murmuró respetuosamente:

—Le preparo un martini, ¿verdad?

Con el vaso empañado de vaho por el hielo y colocado entre dos platitos, uno de aceitunas y el otro de patatas fritas, Corte dirigió una débil sonrisa de convaleciente al familiar decorado que lo rodeaba y a continuación miró a los hombres que acababan de entrar, a los que reconoció uno tras otro. Vaya, si estaban todos allí: el académico y antiguo ministro, el gran industrial, el editor, el director de periódico, el senador, el dramaturgo y el caballero que firmaba «General X» esos artículos tan documentados, tan serios, tan técnicos, en una importante revista parisina, para la que comentaba los acontecimientos militares y los hacía comprensibles para el ciudadano de a pie, salpicándolos de precisiones siempre optimistas y muy poco precisas (diciendo, por ejemplo: «El próximo teatro de las operaciones militares estará en el norte de Europa, en los Balcanes o en el Ruhr, o en esos tres sitios a la vez, o bien en algún punto del globo imposible de determinar»). Sí, allí estaban todos, sanos y salvos. Por unos breve instantes, Corte fue presa del estupor. No habría sabido decir por qué, pero durante veinticuatro horas había tenido la sensación de que el antiguo mundo se desmoronaba y él se había quedado solo entre los escombros. Fue un alivio indescriptible reencontrarse con aquellos rostros famosos de amigos, o enemigos poco importantes para él. ¡Estaban en el mismo barco, estaban juntos! Se demostraban unos a otros que nada había cambiado demasiado, que todo seguía siendo parecido, que no estaban asistiendo a un cataclismo extraordinario, al fin del mundo, como habían llegado a creer, sino a una concatenación de acontecimientos puramente humanos, limitado en el tiempo y el espacio, y que a la postre sólo afectaban gravemente a gente desconocida.

Intercambiaron opiniones pesimistas, casi desesperadas, pero con tono alegre. Algunos ya le habían sacado todo el jugo a la vida y estaban en esa edad en que uno contempla a los jóvenes y se dice: «¡Que se las apañen!» Otros enumeraban mentalmente todas las páginas escritas y todos los discursos pronunciados que podrían servirles ante el nuevo régimen (y como todos habían deplorado, en mayor o menor medida, que Francia estuviera perdiendo el sentido de la grandeza y la ambición, por ese lado estaban tranquilos). Los políticos, un poco más inquietos porque algunos corrían un serio peligro, meditaban nuevas alianzas. El dramaturgo y Corte hablaban de sus respectivas obras y se olvidaban del mundo.

28

Los Michaud no llegaron a Tours. Una explosión había destruido las vías férreas. El tren se detuvo. Los refugiados tuvieron que volver a las carreteras, que ahora debían compartir con las columnas alemanas. Les ordenaron regresar.

A su llegada, los Michaud encontraron París medio desierto. Se dirigieron a casa a pie. Habían estado fuera quince días, pero, como cuando uno vuelve de un largo viaje espera encontrarlo todo cambiado, avanzaban por aquellas calles intactas y no daban crédito a sus ojos: todo seguía en su sitio.

Un sol mortecino iluminaba las casas, que tenían los postigos cerrados como el día en que se habían marchado; una súbita ola de calor había secado las hojas de los plátanos, que nadie barría y que crujían bajo sus cansados pies. Las tiendas de alimentación parecían todas cerradas. Había momentos en que la desolación era abrumadora; París semejaba una ciudad diezmada por la peste; sin embargo, en el instante en que uno murmuraba con el corazón encogido «Todo el mundo se ha marchado o ha muerto», se daba de bruces con una mujercilla muy arreglada y pintada, o bien, como les ocurrió a los Michaud, entre una carnicería y una panadería cerradas, veía una peluquería en la que una clienta se hacía la permanente. Era la de la señora Michaud, que entró a saludar. El peluquero se acercó a la puerta, seguido por su ayudante, su mujer y la clienta.

—¿Cómo les ha ido? —le preguntaron.

—Ya ven... —respondió la señora Michaud mostrando las desnudas pantorrillas, la falda desgarrada y la cara sucia de sudor y polvo—. ¿Y mi casa? —preguntó angustiada.

—¡Bah, no se apure! Está todo en orden. Hoy mismo he pasado por delante —dijo la mujer del peluquero—. No han tocado nada.

—¿Y mi hijo? Jean-Marie. ¿Lo han visto?

—¿Cómo van a verlo, mujer? —intervino Maurice acercándose a ellos—. A veces preguntas unas cosas...

—Y tú tienes una parsimonia... Vas a acabar conmigo —replicó ella con viveza—. Puede que la portera... —murmuró haciendo ademán de marcharse.

—No se moleste, señora Michaud. No sabe nada; le he preguntado al pasar. Y como además ya no llega el correo...

Jeanne procuró disimular su decepción con una sonrisa, pero le temblaban los labios.

—En fin, habrá que esperar. ¿Y ahora qué hacemos? —murmuró sentándose maquinalmente.

—Yo en su lugar —dijo el peluquero, un hombre rechoncho de cara redonda y afable— empezaría por lavarme la cabeza. Le aclarará las ideas. También podríamos refrescar un poco al señor Michaud. Mientras tanto, mi mujer les preparará algo de comer.

Y eso hicieron. Mientras a Jeanne le friccionaban la cabeza con agua de lavanda, llegó el hijo del peluquero y anunció que se había firmado el armisticio. En el estado de agotamiento y congoja en que se encontraba, Jeanne apenas comprendió el alcance de la noticia; se sentía como si hubiera derramado todas sus lágrimas a la cabecera de un moribundo y ya no le quedara ninguna para llorar su muerte. Pero Maurice recordó la guerra del catorce, los combates, sus heridas y sus sufrimientos, y una ola de amargura le inundó el corazón. Sin embargo, ya no había más que decir, de modo que guardó silencio.

Estuvieron más de una hora en la peluquería; luego se fueron derechos a casa. Se decía que el número de muertos del ejército francés era relativamente bajo, pero que había cerca de dos millones de prisioneros. ¿Sería Jean-Marie uno de ellos? No se atrevían a imaginar otra cosa. Se acercaban a su casa y, pese a todas las seguridades que les había dado la señora Josse, no acababan de creer que siguiera en pie, que no hubiera quedado reducida a escombros, como los edificios bombardeados de la plaza Martroi de Orleans, que habían cruzado la semana anterior. Pero allí estaba la puerta, el cuarto de la portera, el buzón (vacío), la llave del piso esperándolos, y la propia portera... Cuando Lázaro se alzó de entre los muertos, regresó junto a sus hermanas y vio la sopa en el fuego, debió de sentir algo muy parecido, una mezcla de estupor y sordo orgullo.

—Pese a todo, hemos vuelto, estamos aquí —se dijeron los Michaud; y Jeanne, a continuación:

—¿Y qué, si mi hijo...?

Miró a su marido, que le sonrió débilmente y luego se volvió hacia la portera.

—Buenos días, señora Nonnain.

La portera era muy mayor y estaba medio sorda. Los Michaud procuraron acortar los relatos de los respectivos éxodos, pues, por su parte, la señora Nonnain había seguido a su hija, que era lavandera, hasta la Puerta de Italia, aunque, una vez allí, había discutido con su yerno y había vuelto a casa.

—No saben qué ha sido de mí; creerán que estoy muerta —dijo la mujer con satisfacción—. Creerán que ya pueden disponer de mis ahorros. Y no es que ella sea mala —añadió refiriéndose a su hija—, pero es muy aprovechada.

Los Michaud le dijeron que estaban agotados y subían a casa. El ascensor estaba averiado.

—Lo que faltaba —murmuró Jeanne, pero se lo tomó a risa.

Mientras su marido subía tranquilamente, ella se lanzó escaleras arriba, como si de repente hubiera recuperado las fuerzas y el ímpetu de la juventud. ¡Señor, con la de veces que había despotricado contra aquella escalera oscura y aquel piso sin apenas armarios, sin cuarto de baño (la bañera estaba instalada en la cocina) y con unos radiadores que se averiaban indefectiblemente en lo más crudo del invierno! Y ahora se sentía como si le hubieran devuelto el pequeño universo, cerrado y acogedor, en que había vivido los últimos dieciséis años y que tan dulces y queridos recuerdos guardaba entre sus paredes. Jeanne se inclinó sobre la barandilla y vio que Maurice seguía subiendo. Estaba sola. Se acercó a la puerta y posó los labios en la hoja; luego cogió la llave y abrió. Era su casa, su refugio. Allí estaba la habitación de Jean-Marie, allí estaba la cocina, el cuarto de estar y el sofá, en el que, por la noche, al volver del banco, extendía las cansadas piernas.

El recuerdo del banco le produjo un estremecimiento. Hacía ocho días que no pensaba en él. Apenas entró en el piso, Maurice vio que estaba preocupada y comprendió que la alegría del regreso se había esfumado.

—¿Qué te pasa? —le preguntó—. ¿Jean-Marie?

—No, el banco —respondió Jeanne tras un instante de duda.

—¡Por amor de Dios! Hemos hecho todo lo humanamente posible, y casi lo imposible, por llegar a Tours. No pueden reprocharnos nada.

—No nos reprocharán nada si quieren que sigamos con ellos; pero yo sólo estaba contratada mientras durara la guerra y tú, amigo mío, nunca has podido entenderte con ellos. Así que si quieren librarse de nosotros, la ocasión la pintan calva.

—Ya lo sé. —Como siempre que, en lugar de contradecirla, le daba la razón, Jeanne cambió de opinión con viveza.

—De todas formas, no me digas que no son unos cerdos…

—Lo son —dijo Maurice con voz suave—. Pero ¿sabes qué? Bastante mal lo hemos pasado. Estamos juntos, estamos en casa. No pensemos en nada más…

No nombraron a Jean-Marie; no podían pronunciar su nombre sin echarse a llorar, y no querían llorar. Ambos seguían teniendo un inmenso deseo de ser felices; tal vez porque se habían querido mucho, habían aprendido a vivir al día, a olvidarse voluntariamente del mañana.

No tenían hambre. Abrieron un tarro de mermelada y una caja de galletas, y Jeanne preparó con infinito cuidado un café del que sólo quedaba un cuarto de libra, un puro moka que hasta entonces habían reservado para las grandes ocasiones.

—¿Y qué ocasión más grande se nos va a presentar? —dijo Maurice.

—Ninguna como ésta, espero —respondió Jeanne—. Sin embargo, no hay que olvidar que si la guerra dura no encontraremos un café como éste así como así.

—Casi le das el sabor del pecado —dijo Maurice aspirando el aroma que salía de la cafetera.

Tras el ligero tentempié, abrieron la ventana y se sentaron ante ella. Ambos tenían un libro sobre las rodillas, pero no leían. Al final se quedaron dormidos el uno junto al otro, cogidos de la mano.

Pasaron varios días bastante tranquilos. Como no llegaban cartas, sabían que no recibirían noticias, ni buenas ni malas. Sólo podían esperar.

A principios de julio, el señor de Furières volvió a París. El conde había hecho una guerra muy aparente, como se decía tras el armisticio de 1919: durante unos meses había arriesgado la vida heroicamente, y luego se había casado con una joven muy rica. Desde entonces se le habían quitado las ganas de jugarse el pellejo, cosa bastante natural. Su mujer tenía amigos influyentes, pero Furières no recurrió a ellos. No siguió exponiéndose al peligro, pero tampoco lo rehuyó. Terminó la guerra sin un rasguño y satisfecho de sí mismo, de su irreprochable conducta ante el enemigo, de su seguridad y buena estrella. En 1939 disfrutaba de una posición social de primer orden: su mujer era una Salomon-Worms y su hermana se había casado con el marqués de Maigle; era miembro del Jockey y sus fiestas y cacerías eran célebres; tenía dos hijas encantadoras, la mayor de las cuales acababa de prometerse. Era bastante menos rico que en 1920, pero había aprendido a prescindir del dinero o procurárselo cuando la ocasión lo requería. Había aceptado el cargo de director del Banco Corbin.

Corbin no era más que un personaje grosero que había iniciado su carrera de un modo bajo, casi indigno. Se contaba que había sido botones en una entidad de crédito de la rue Trudaine. Pero Corbin tenía grandes dotes de banquero y, en el fondo, el conde y él se entendían bastante bien. Ambos eran hombres inteligentes y comprendían que se eran útiles mutuamente, lo que había acabado creando entre ellos una especie de amistad basada en un desprecio cordial, como ocurre con ciertos licores amargos, que una vez mezclados tienen un sabor agradable. «Es un degenerado, como todos los nobles», decía Corbin. «El pobre hombre come con los dedos», comentaba Furières. Con el señuelo de la admisión en el Jockey, el conde obtenía de Corbin todo lo que quería.

En definitiva, Furières se había organizado la vida de un modo muy conveniente. Cuando estalló la segunda gran guerra del siglo, tuvo más o menos la misma sensación que el colegial que ha hincado los codos, que tiene la conciencia tranquila y que, cuando está jugando tan feliz, se encuentra con que lo llaman de nuevo a clase. El conde estuvo a punto de contestar: «¡Una vez, pase, pero dos es demasiado! ¡Que vayan otros!» ¡Pero bueno! ¡Él ya había cumplido! Le habían arrebatado cinco años de su juventud y ahora iban a robarle aquellos años de madurez, tan hermosos, tan valiosos, unos años en los que el hombre comprende al fin lo que va a perder y le urge disfrutarlo.

—No, es demasiado injusto —le dijo a Corbin abrumado al despedirse de él el día de la movilización general—. Estaba escrito allí arriba que no escaparía.

Era oficial en la reserva, así que tenía que ir. Por supuesto, habría podido arreglárselas, pero se lo impidió el deseo de seguir respetándose a sí mismo, un deseo que era muy fuerte en él y que le permitía adoptar una actitud irónica y severa hacia el resto del mundo. De modo que fue. Su chófer, que era de su misma quinta, decía:

—Si hay que ir, se va. Pero, si ellos creen que va a ser como en el catorce, están listos. —En su mente, aquel «ellos» iba dirigido a una especie de mítico senado constituido por la gente cuyo cometido y cuya pasión era mandar a la muerte a los demás—. Si creen que vamos a hacer ni tanto así —y juntaba la uña del pulgar con la del índice—, ni tanto así más de lo estrictamente necesario, se van a llevar un chasco, se lo digo yo.

Ciertamente, el conde de Furières no habría expresado de ese modo sus ideas, que sin embargo eran bastante parecidas a las de su chófer, y éstas, a su vez, no hacían más que reflejar el estado de ánimo de muchos antiguos combatientes, que partieron con sordo rencor o indignada desesperación frente a un destino que por segunda vez en la vida les jugaba una pasada atroz.

Durante la debacle de junio, el regimiento de Furières cayó casi al completo en manos del enemigo. Él tuvo la oportunidad de salvarse y la aprovechó. En 1914 habría preferido morir que sobrevivir al desastre. En 1940 optó por vivir. Volvió a su casa señorial de Furières, junto a su mujer, que ya lo lloraba, y sus encantadoras hijas, la mayor de las cuales acababa de hacer una boda muy ventajosa con un joven inspector de Finanzas. El chófer tuvo menos suerte: fue internado en el campo VII A, con el número 55.481.

Apenas regresó, Furières se puso en contacto con Corbin, que se encontraba en la zona libre, y entre los dos empezaron a reorganizar los departamentos del banco, dispersos por el país. La contabilidad estaba en Cahors; los valores, en Bayona, y el secretariado, enviado a Toulouse, en algún lugar entre Niza y Perpiñán. En cuanto a la cartera, nadie sabía qué había sido de ella.

—Es un caos, un desbarajuste, un follón monumental —le dijo Corbin a Furières la mañana de su reencuentro.

Había cruzado la línea de demarcación durante la noche y recibido a Furières en su casa, en su piso parisino, del que los criados habían huido durante el éxodo. El banquero sospechaba que se habían llevado unas maletas completamente nuevas y su frac, lo que no hacía más que aumentar su patriótico furor:

—Usted me conoce. No soy un sensiblero. Pues bien, amigo mío, cuando vi al primer alemán en la frontera, casi me echo a llorar como un niño. Eso sí, un alemán muy correcto, no con esa desfachatez tan francesa, ya sabe, ese aire que parece decir: «¡Con la de veces que hemos comido en el mismo plato!» No, realmente muy correcto: su saludito, una actitud firme pero sin rigidez, muy correcto… Pero ¿qué le parece todo esto, eh? ¿Qué le parece? ¡Menudos oficiales tenemos!

—Permítame —replicó Furières con sequedad—, pero no veo qué se les puede reprochar a los oficiales. ¿Qué quería que hiciéramos sin armas y con hombres flojos y comodones que lo único que querían es que los dejaran en paz de una puñetera vez? Para empezar, que nos hubieran dado hombres.

—Vaya, pues lo que ellos dicen es: «¡No teníamos quien nos mandara!» —repuso Corbin, encantado de humillar a Furières—. Y, entre nosotros, amigo mío, se han visto escenas lamentables…

—Sin los civiles, sin los caguetas, sin esa turba de refugiados que obstruía las carreteras, puede que hubiéramos tenido alguna posibilidad.

—¡Sí, en eso le doy toda la razón! El pánico ha sido vergonzoso. La gente es increíble. Se les repite durante años: «La guerra total, la guerra total…» Deberían haber estado preparados… ¡Pues no! Enseguida, el pánico, el desorden, la huida… ¿Y por qué? Dígamelo usted. ¡Qué insensatez! Yo me marché porque los bancos recibimos la orden de partir, que si no, como usted comprenderá…

—Lo de Tours debió de ser terrible…

—¡Terrible, terrible! Pero por la misma razón: la ola de refugiados. No encontré una habitación libre en los alrededores, así que tuve que alojarme en la ciudad, y naturalmente nos bombardearon y le prendieron fuego a todo —explicó Corbin pensando con indignación en la casita de campo en que se habían negado a alojarlo porque ya tenían a unos refugiados belgas que no habían sufrido ningún daño, mientras que él había estado a punto de quedar sepultado bajo los escombros—. Y en ese desorden —prosiguió el banquero— nadie pensaba más que en sí mismo. Qué egoísmo… ¡Eso no da una idea muy optimista del hombre, no señor! En cuanto a sus empleados, se han comportado de un modo lamentable. Ni uno solo fue capaz de reunirse conmigo en Tours. Perdieron el contacto los unos con los otros. Había recomendado a todos los departamentos que no se separaran. ¡Como quien oye llover! Los unos están en el sur y los otros en el norte. No se puede contar con nadie. En situaciones como ésta es cuando cada cual demuestra su valía, su empuje, su iniciativa, sus agallas. ¡Un hatajo de ineptos, se lo digo yo! ¡Un hatajo de ineptos que no piensan más que en salvar el pellejo, que no se preocupan ni de la empresa ni de mí! Así que más de uno va a ir de patitas a la calle, se lo garantizo. Además, no preveo mucho negocio.

La conversación derivó hacia un terreno más técnico, lo que les devolvió la sensación de su importancia, un tanto debilitada por los últimos acontecimientos.

—Un grupo alemán va a volver a comprar las Acerías del Este —dijo Corbin—. Por ese lado no estamos en mala posición. Es cierto que el asunto de los muelles de Ruán…

El rostro del banquero se ensombreció. Furières tenía que marcharse. Su anfitrión quiso acompañarlo y, al llegar al salón, que tenía los postigos cerrados, accionó el interruptor; pero la luz no se encendió. Corbin soltó una maldición.

—¡Me han cortado la luz! Los muy cabrones…

«Mira que llega a ser vulgar», pensó el conde.

—Haga una llamada y enseguida se lo arreglarán —le aconsejó—. El teléfono funciona.

—¡Es que no se imagina la desorganización que hay en esta casa! —dijo Corbin ahogándose de furia—. ¡Los criados han puesto tierra de por medio, amigo mío! Como lo oye. ¡Todos! Y me extrañaría que no le hubieran metido mano a la plata. Mi mujer no está. Me encuentro perdido en medio de todo este caos…

—¿Su señora está en zona libre?

—Sí —gruñó Corbin.

Su mujer y él habían tenido una escena lamentable: en el caos y la precipitación de la huida, o tal vez con toda intención, la doncella había guardado en el neceser de viaje de la señora Corbin un pequeño portarretratos perteneciente al señor y que contenía una foto de Arlette desnuda. Seguramente, el desnudo por sí solo no habría soliviantado a la legítima, que era una persona de mucho sentido común; pero la bailarina llevaba un collar magnífico.

—¡Te aseguro que es falso! —había exclamado el señor Corbin, descompuesto.

Su mujer no había querido creerlo. En cuanto a Arlette, no había vuelto a dar señales de vida. No obstante, se aseguraba que estaba en Burdeos y que se la veía a menudo en compañía de oficiales alemanes. El recuerdo aumentó el mal humor del señor Corbin, que hizo sonar el timbre con todas sus fuerzas.

—No tengo más que a la mecanógrafa —le explicó a Furières—, una chica a la que recogí en Niza. Más corta que el día de Navidad, pero bastante guapa. ¡Ah, es usted! —dijo de pronto volviéndose hacia la joven morena que acababa de entrar—. Me han cortado la luz, mire a ver qué puede hacer. Telefonee, grite y apáñe-selas; luego me trae el correo.

—¿El correo? ¿No lo han subido?

—No; está en la portería. Espabile. Tráigalo. ¿O es que cree que le pago por no hacer nada?

—Lo dejo, me da usted miedo —dijo Furières.

Corbin sorprendió la sonrisa levemente desdeñosa del conde; su cólera aumentó. «¡Cursi! ¡Sablista!», pensó, pero se limitó a responder:

—¿Qué quiere usted? ¡Me sacan de mis casillas!

El correo incluía una carta de los Michaud. Se habían presentado en la central del banco en París, pero, como no habían sabido darles indicaciones precisas, habían escrito a Niza, desde donde habían reexpedido la carta que Corbin tenía en sus manos. En ella, los Michaud le solicitaban instrucciones y dinero. El difuso malhumor del banquero encontró el blanco perfecto.

—Pero… ¡habrase visto! ¡Son el colmo! ¡Estos dos son el colmo! Tú corre, echa los bofes, juégate el tipo por las carreteras de Francia, que mientras tanto el señor y la señora Michaud se toman unas agradables vacaciones en París, y encima tienen la caradura de exigir dinero. ¡Va usted a escribirles! —le ordenó a la aterrorizada mecanógrafa—. ¡Escriba, escriba!:

París, 25 de julio de 1940
Señor Maurice Michaud
Rue Rousselet 23
París VIIº

Muy señor mío:

El pasado 11 de junio les dimos, tanto a usted como a la se-ñora Michaud, la orden de incorporarse a su puesto en el lugar al que se había replegado la entidad, es decir, Tours. No ignora us-ted que, en estos momentos decisivos, todo empleado de banca, y en particular aquellos que como usted ocupan puestos de con-fianza, puede equipararse a un combatiente. Sabe perfectamen-te lo que en circunstancias como las presentes significa abando-

nar el puesto. El resultado de la ausencia de ambos ha sido la total desorganización de los departamentos que les habían sido confiados: el secretariado y la contabilidad. No es éste el único reproche que podemos dirigirles. Como sin duda recordarán, cuando, llegado el momento de pagar las gratificaciones del pasado 31 de diciembre, solicitaron ustedes ver aumentadas las suyas a tres mil francos, se les señaló que, pese a mi buena voluntad hacia sus personas, me resultaba imposible, por cuanto su rendimiento había sido mínimo en comparación con el que habíamos obtenido de sus predecesores. En estas condiciones, lamentando que hayan esperado tanto tiempo para ponerse en contacto con la dirección, consideramos la falta de noticias suyas hasta el día de hoy como una dimisión, tanto en lo que concierne a usted como en lo referente a la señora Michaud. Dicha dimisión, que es decisión exclusivamente suya y que no ha ido precedida por ningún aviso, no nos obliga a pagarles ninguna indemnización. No obstante, habida cuenta de su larga presencia en la entidad y de las extraordinarias circunstancias actuales, les concedemos, a título excepcional y puramente gracioso, una indemnización equivalente a dos meses de sus respectivos sueldos. Le adjuntamos la cantidad de ... en un cheque barrado a su nombre del Banco de Francia, París. Sírvase acusar recibo en la debida forma y acepte nuestros respetuosos saludos.

Corbin

Aquella carta sumió a los Michaud en la desesperación. Sus ahorros no llegaban a los cinco mil francos, porque los estudios de Jean-Marie habían sido caros. Con los dos meses de indemnización y esa cantidad, apenas tenían quince mil francos, y debían dinero al recaudador. En esos momentos era prácticamente imposible encontrar trabajo; los puestos escaseaban y estaban mal pagados. Por otro lado, siempre habían vivido aislados; no tenían parientes ni nadie a quien pedir ayuda. Estaban agotados por el viaje y angustiados por la incertidumbre sobre la situación de su hijo. A lo largo de una vida no exenta de penurias, más de una vez, cuando

Jean-Marie era pequeño, la señora Michaud había pensado: «Si tuviera la edad de salir adelante solo, nada me afectaría realmente.» Sabía que era fuerte y estaba sana, se sentía con ánimos, no temía por ella ni por su marido, del que no se habría separado ni con el pensamiento.

Ahora Jean-Marie era un hombre. Dondequiera que estuviese, si es que seguía vivo, ya no la necesitaba. Pero eso no le servía de consuelo. Para empezar, no podía imaginar que su niño no la necesitara. Y al mismo tiempo comprendía que ahora era ella la que lo necesitaba a él. Toda su valentía la había abandonado; veía la fragilidad de Maurice; se sentía sola, vieja, enferma. ¿Cómo iban a arreglárselas para encontrar trabajo? ¿De qué vivirían cuando hubieran gastado aquellos quince mil francos? Ella tenía cuatro joyas de nada: las amaba. «No valen nada», se decía siempre, pero en el fondo de su corazón no podía creer que aquel pequeño broche de perlas tan bonito, o aquel modesto anillo adornado con un rubí, regalos de Maurice en sus años jóvenes y que tanto le gustaban, no pudieran venderse a un buen precio. Se los ofreció a un joyero del barrio y, a continuación, a un gran establecimiento de la rue de la Paix. Ambos los rechazaron: el broche y la sortija eran trabajos finos, pero a los joyeros sólo les interesaban las piedras, y aquéllas eran tan pequeñas que no salía a cuenta comprarlas. En su fuero interno, la señora Michaud se alegró de poder conservar sus joyas, pero el hecho estaba ahí: eran su único recurso. Y el mes de julio ya había pasado, llevándose un buen pellizco de sus ahorros. Al principio, los dos pensaron en ir a ver a Corbin, explicarle que habían hecho todo lo que estaba en sus manos por llegar a Tours y decirle que, si persistía en despedirlos, al menos les debía la indemnización prevista para esos casos. Pero conocían demasiado bien al banquero para no saber que estaban indefensos ante él. No tenían los medios necesarios para demandarlo, y Corbin no se dejaba intimidar así como así. Además, sentían una invencible repugnancia a tratar con aquel hombre, al que detestaban y despreciaban.

—No puedo hacerlo, Jeanne. No me lo pidas, no puedo —decía Maurice con su suave y débil voz—. Creo que si lo tuviera delante le escupiría a la cara, y eso no arreglaría las cosas.

—No —reconoció Jeanne sonriendo a su pesar—. Pero estamos en una situación desesperada, cariño mío. Es como si fuéramos hacia un enorme agujero y a cada paso viéramos cómo disminuye la distancia, sin poder hacer nada para escapar. Es insoportable.

—Pues tendremos que soportarlo —respondió él con voz tranquila, en el mismo tono que había utilizado en 1916 cuando lo hirieron y ella fue a verlo al hospital: «Considero que mis probabilidades de curación son de cuatro sobre diez.» Pero se lo había pensado mejor y rectificado: «Tres y media, para ser exacto.»

Jeanne le puso la mano en la frente con dulzura, con ternura, pensando con desesperación: «¡Ah, si Jean-Marie estuviera aquí nos protegería, nos salvaría! Él es joven, es fuerte…» En su interior, se mezclaban de un modo curioso la necesidad de proteger de la madre y la necesidad de protección de la mujer. «¿Dónde estará mi pobre pequeño? ¿Estará vivo? ¿Estará bien? ¡No puede ser, Dios mío, no puede ser que esté muerto!», se dijo, y el corazón se le heló en el pecho al comprender que, por el contrario, era muy posible. Las lágrimas que había contenido valerosamente durante tantos días brotaron de sus ojos.

—Pero ¿por qué siempre nos toca sufrir a nosotros y a la gente como nosotros? —exclamó con rabia—. A la gente normal, a la clase media. Haya guerra, baje el franco, haya paro o crisis, o una revolución, los demás salen adelante. ¡A nosotros siempre nos aplastan! ¿Por qué? ¿Qué hemos hecho? Pagamos por todo el mundo. ¡Claro, a nosotros nadie nos teme! Los obreros se defienden y los ricos son fuertes. Pero nosotros, nosotros somos los que pagamos los platos rotos. ¡Que alguien me diga por qué! ¿Qué ocurre? No lo entiendo. Tú eres un hombre, tú deberías comprenderlo —le espetó a Maurice, colérica, sin saber a quién culpar de la situación en que se encontraban—. ¿Quién se equivoca? ¿Quién tiene razón? ¿Por qué Corbin? ¿Por qué Jean-Marie? ¿Por qué nosotros?

—Pero ¿qué quieres comprender? No hay nada que comprender —dijo Maurice tratando de calmarla—. El mundo está regido por leyes que no se han hecho ni para nosotros ni contra nosotros. Cuando estalla una tormenta, no le echas la culpa a nadie; sabes que el rayo es el resultado de dos electricidades contrarias, que las nubes no te conocen. No puedes hacerles ningún reproche. Además, sería ridículo, no lo entenderían.

—Pero no es lo mismo. Éstos son fenómenos puramente humanos.

—Sólo en apariencia, Jeanne. Parecen provocados por fulano o mengano, o por determinada circunstancia; pero ocurre como en la naturaleza: a un período de calma le sucede la tempestad, que tiene su comienzo, su punto culminante y su final, y a la que siguen otros períodos de tranquilidad más o menos largos. Por desgracia para nosotros, hemos nacido en un siglo de tempestades, eso es todo. Pero al final se apaciguarán.

—Vale —murmuró ella, que no quería seguirlo por aquel terreno abstracto—. Pero ¿y Corbin? Corbin no es una fuerza de la naturaleza, ¿verdad?

—Es una especie dañina, como los escorpiones, las serpientes y las setas venenosas. En el fondo, parte de la culpa es nuestra. Siempre hemos sabido cómo era Corbin. ¿Por qué seguimos trabajando para él? Uno no toca las setas venenosas, ¿verdad?; pues, del mismo modo, hay que alejarse de las malas personas. Ha habido muchas ocasiones en las que, con un poco de decisión y sacrificio, habríamos podido encontrar otro medio de vida. Recuerda que cuando éramos jóvenes me ofrecieron una plaza de profesor en São Paulo, pero tú no quisiste que me marchara.

—Ésa es una historia muy vieja —respondió Jeanne encogiéndose de hombros.

—No, yo sólo decía que…

—Sí, decías que no hay que culpar a la gente. Pero también has dicho que si te encontraras con Corbin le escupirías a la cara.

Siguieron discutiendo, no porque esperaran, ni siquiera desearan, convencer al otro, sino porque hablando se olvidaban un poco de sus problemas.

—¿A quién podríamos acudir? —preguntó Jeanne al fin.

—¿Todavía no has comprendido que a nadie le importa nadie? ¿Aún no?

Jeanne lo miró.

—Qué extraño eres, Maurice… Te han pasado cosas como para estar amargado y desencantado, y sin embargo no eres infeliz, quiero decir, interiormente. ¿Me equivoco?

—No.

—Pero entonces, ¿qué te consuela?

—La certeza de mi libertad interior —respondió Maurice tras un instante de reflexión—, que es un bien precioso e inalterable, y de que conservarlo o perderlo sólo depende de mí. De que las pasiones llevadas hasta el extremo, como ahora, acaban por apagarse. De que lo que ha tenido un comienzo tendrá un final. En una palabra, de que las catástrofes pasan y hay que procurar no pasar antes que ellas, eso es todo. Así que lo primero es vivir: *Primum vivere*. Día a día. Vivir, esperar, confiar.

Jeanne lo escuchó sin interrumpirlo. De pronto, se levantó y cogió el sombrero, que había dejado sobre la chimenea. Maurice la miró sorprendido.

—¡Y yo —exclamó ella— digo que «a Dios rogando y con el mazo dando»! Así que me voy a ver a Furières. Siempre se ha portado muy bien conmigo y nos ayudará, aunque sólo sea para fastidiar a Corbin.

No se equivocaba. Furières la recibió y le prometió que su marido y ella recibirían una indemnización equivalente a seis meses de sus respectivos salarios, lo que elevaba su capital a sesenta mil francos.

—¿Lo ves? Me he espabilado, y Dios me ha ayudado —le dijo a su marido al volver a casa.

—¡Y yo he esperado! —respondió él sonriendo—. Los dos teníamos razón.

Ambos estaban muy contentos por el resultado de la gestión, pero sentían que ahora su mente, liberada de la preocupación por el dinero, al menos en el futuro inmediato, se dejaría invadir totalmente por la angustia por su hijo.

29

En otoño, Charles Langelet volvió a casa. Las porcelanas habían sobrevivido al viaje. Él mismo vació las grandes cajas temblando de alegría al tocar, bajo el serrín y el papel de seda, la lisa frescura de una estatuilla de Sèvres o el jarrón rosa heredado de su familia. Apenas podía creer que estuviera en casa, que hubiera regresado junto a sus posesiones. De vez en cuando, levantaba la cabeza y contemplaba la deliciosa curva del Sena a través de la ventana, cuyos cristales conservaban los sinuosos adornos de papel engomado.

A mediodía, la portera subió a hacer la limpieza; Charlie todavía no había contratado criados. Felices o desgraciados, los acontecimientos extraordinarios no cambian el alma de un hombre, sino que la precisan, como un golpe de viento que se lleva las hojas muertas y deja al desnudo la forma de un árbol; sacan a la luz lo que permanecía en la oscuridad y empujan el espíritu en la dirección en que seguirá creciendo. Charlie siempre había sido muy prudente con el dinero. Al regreso del éxodo, descubrió que se había vuelto avaro; experimentaba auténtico placer ahorrando todo lo que podía, y se daba cuenta, porque también se había vuelto cínico. Antes no se le habría ocurrido instalarse en una casa desorganizada y llena de polvo; la mera idea de ir al restaurante el mismo día de su regreso le habría hecho renunciar. Pero últimamente le habían ocurrido tantas cosas que ya no se asustaba de nada. Cuando la portera le dijo que, de todos modos, no podría acabar de hacer la limpieza ese día, que el señor no se daba cuenta de la faena que había, Charlie, con voz suave pero firme, le respondió:

—Ya se las arreglará, señora Logre. Trabaje un poco más rápido, y ya está.

—Rápido y bien no siempre van unidos, señor.

—Esta vez tendrán que ir. Se acabaron los tiempos de la comodonería —replicó Charlie con severidad—. Volveré a las seis. Espero que esté todo listo —añadió.

Y, tras lanzar una mirada majestuosa a la portera, que se aguantó la rabia y no replicó, y echar un último y tierno vistazo a sus porcelanas, se marchó. Mientras bajaba la escalera, calculó lo que se ahorraba; ya no tendría que pagarle el almuerzo a la señora Logre. Durante algún tiempo se ocuparía de él dos horas al día; cuando estuviera hecho lo más importante, el piso no necesitaría más que un poco de mantenimiento. Entretanto, buscaría tranquilamente a sus criados, un matrimonio, sin duda. Hasta entonces siempre había tenido un matrimonio, ayuda de cámara y cocinera.

Fue a almorzar a un pequeño restaurante que conocía frente a los muelles del Sena. Dadas las circunstancias, no comió del todo mal. Además, él no era glotón; pero bebió un vino excelente. El dueño le susurró al oído que aún tenía un poco de café auténtico en reserva. Charlie encendió un cigarro y se dijo que la vida era buena. Es decir, no, no era buena; no había que olvidar la derrota de Francia y todos los sufrimientos y humillaciones que llevaba aparejados; pero para él, Charles Langelet, era buena, porque se la tomaba como venía, no se lamentaba por el pasado ni le temía al futuro.

«El futuro será lo que tenga que ser. Me preocupa tanto como esto», se dijo dejando caer la ceniza del cigarro. Tenía su dinero en América, y era una suerte que estuviera bloqueado, porque eso le permitía obtener una disminución de impuestos, o incluso no pagar absolutamente nada. El franco seguiría a la baja durante mucho tiempo. Así que, cuando pudiera tocarla, su fortuna se habría decuplicado. En cuanto a los gastos ordinarios, hacía tiempo que se había preocupado de tener una reserva. Estaba prohibido comprar o vender oro, que ya alcanzaba precios astronómicos en el mercado negro. Charlie recordó con asombro el ataque de pánico que le había inspirado la idea de irse a vivir a Portugal o América del Sur. Algunos de sus amigos lo habían hecho, pero él no era ni judío ni masón, gracias a Dios, se dijo con una sonrisa de desprecio. Nunca le había interesado la política, así que no veía por qué no iban a dejarlo en paz, siendo como era un pobre hombre la mar de tranquilo, totalmente inofensivo, que no se metía con nadie y al que lo único que le importaba en esta vida eran sus porcelanas. Ya más en serio, se dijo que ése era precisamente el secreto de su felicidad en medio de tantos sobresaltos. No amaba nada, al menos nada vivo que el tiempo pudiera alterar y la muerte llevarse; había acertado no casándose, no queriendo tener hijos… Qué equivocados estaban los demás, Dios mío. El único sensato era él.

Pero, volviendo a aquel absurdo plan de expatriarse, lo cierto era que se lo había inspirado la curiosa, la peregrina idea de que en el corto lapso de unos días el mundo cambiaría y se convertiría en un infierno, en el escenario de los peores horrores. Pues bien, ¡todo seguía igual! Se acordó de la Historia Sagrada y la descripción de la tierra antes del Diluvio. ¿Cómo era? ¡Ah, sí! Los hombres construían, se casaban, comían, bebían… Bueno, pues el Libro Sagrado estaba incompleto. Debería añadir: «Las aguas del diluvio se retiraron y los hombres siguieron construyendo, casándose, comiendo, bebiendo…» De todas maneras, los hombres eran lo de menos. Lo que había que preservar eran las obras de arte, los museos, las colecciones. Lo terrible de la guerra de España era que hubieran dejado que las obras de arte perecieran; pero en Francia lo esencial se había salvado, excepto algunos castillos del Loira, desgraciadamente. Era imperdonable, desde luego, pero el vino que había bebido estaba tan bueno que se sentía inclinado al optimismo. Después de todo, había ruinas que eran muy hermosas. En Chinon, por ejemplo. ¿Qué más admirable que aquella sala sin techo y aquellas paredes que habían albergado a Juana de Arco, en las que ahora anidaban los pájaros y en una de cuyas esquinas había crecido un cerezo silvestre?

Finalizado el almuerzo, Charlie decidió dar un paseo, pero las calles le parecieron tristes. Apenas había coches, reinaba un silencio sobrecogedor y se veían ondear grandes estandartes rojos con la cruz gamada por todas partes… Unas mujeres hacían cola ante la puerta de una lechería. Era la primera guerra que veía Charlie. La gente tenía un aspecto deprimente. Se apresuró a coger el metro, único medio de transporte disponible, para ir a un bar que frecuentaba muy regularmente a la una del mediodía o a las siete de la tarde. ¡Qué remansos de paz, esos bares! Eran muy caros y su clientela estaba formada por hombres ricos y más que maduros, a los que no les había afectado ni la movilización ni la guerra. Charlie estuvo un rato solo, pero hacia las seis y media fueron llegando todos, todos los antiguos parroquianos, sanos y salvos, con un aspecto inmejorable y una sonrisa en los labios, acompañados de mujeres encantadoras, bien vestidas y mejor maquilladas, tocadas con unos sombreritos muy coquetos.

—Pero ¡Charlie! ¿De verdad eres tú? —exclamaban—. ¿Qué, ya de vuelta? ¿Muy cansado del viaje?

—París está horrible, ¿verdad?

Y casi enseguida, como si se hubieran reencontrado después del más pacífico, del más normal de los veranos, iniciaban una de esas conversaciones animadas y ligeras que todo lo rozan y en nada profundizan, y a las que Charlie exhortaba al grito de: «¡A otra cosa, señores, nada de honduras!» Entre otras noticias, se enteró de la muerte o la captura de varios jóvenes.

—¿Cómo? ¡No es posible! —exclamó—. ¡Vaya! No tenía la menor idea… ¡Es terrible! ¡Pobres chicos!

El marido de una de aquellas señoras estaba prisionero en Alemania.

—Recibo noticias suyas con bastante regularidad. No está mal, pero el aburrimiento, ¿sabe usted?… Espero conseguir que lo liberen pronto.

Poco a poco, charlando y escuchando, Charlie iba recuperando el ánimo y el buen humor que el espectáculo de las calles de París había conseguido quitarle por unos instantes; pero lo que acabó de levantarle la moral fue el sombrero de una mujer que acababa de entrar. Todas las señoras iban bien vestidas, pero con una sencillez un tanto afectada que parecía decir: «No piense que una se arregla… Para empezar, no hay dinero, y además no es el momento. Éstos son trapos viejos.» En cambio, aquélla llevaba, con gracia, con desparpa-

225

jo, con una alegría insolente, un delicioso sombrerito nuevo, apenas más grande que un servilletero, hecho con dos pieles de cibelina cosidas entre sí y un velito rojo que flotaba sobre sus cabellos de oro. Cuando vio aquella monería, Charlie se sintió totalmente reconfortado. Era tarde; quería pasar por casa antes de cenar. Había llegado el momento de marcharse, pero no se decidía a separarse de sus amigos.

—¿Y si cenamos juntos? —propuso alguien.

—Excelente idea —respondió Charlie, entusiasmado; como se parecía a los gatos, que enseguida le cogen cariño a los sitios donde los tratan bien, habló a sus amigos del pequeño restaurante en que tan a gusto había almorzado—. Lo malo es que hay que coger el metro. ¡Peste de metro! Te amarga la vida…

—Yo he podido conseguir gasolina, un permiso… No me ofrezco a llevarlo porque le he prometido a Nadine que la esperaría —dijo la mujer del sombrerito nuevo.

—Pero ¿cómo se las arregla usted? ¡Qué extraordinario, desenvolverse tan bien!

—¡Bah, no es para tanto! —respondió la mujer sonriendo.

—Entonces, a ver… Quedamos dentro de una hora, hora y cuarto.

—¿Quiere que pase a recogerlo?

—No, gracias, es usted muy amable, pero está a dos pasos de mi casa.

—No se fíe, mi querido amigo. Ya es de noche. Para eso son muy estrictos.

«¡Pues sí, qué tinieblas!», pensó Charlie cuando emergió del cálido e iluminado sótano a la oscuridad de la calle. Estaba lloviendo; era una noche de otoño de las que tanto le gustaban en otros tiempos, pero entonces el horizonte estaba envuelto en un halo de luz. Ahora todo estaba siniestramente oscuro, como en el interior de un pozo. Por suerte, la boca de metro quedaba cerca.

En casa, Charlie encontró a la señora Logre, que todavía no había acabado y en esos momentos estaba barriendo el piso con expresión abstraída y sombría. Pero el salón estaba listo. Charlie decidió colocar una estatuilla de Sèvres que representaba a Venus ante el espejo, una de sus favoritas, sobre la reluciente superficie de la mesa Chippendale. La sacó de la caja, le quitó el papel de seda que la envolvía y la contempló amorosamente; pero, cuando la llevaba hacia la mesa, llamaron a la puerta.

—Vaya a ver quién es, señora Logre.

La portera salió y, al cabo de unos instantes, regresó diciendo:

—Señor, he hecho correr la voz de que necesita usted criados, y la portera del número seis me envía a una persona que busca colocación. —Y, como Charlie dudaba, añadió—: Es una persona muy seria que ha sido doncella en casa de la señora condesa Barral du Jeu. Luego se casó y dejó de servir, pero ahora su marido está prisionero y ella necesita ganarse la vida. El señor verá.

—Bueno, hágala entrar —dijo Langelet dejando la estatuilla en un velador.

La mujer, visiblemente deseosa de agradar, se presentó de un modo muy correcto, con una actitud prudente y modesta, pero sin servilismos. Era evidente que había servido en buenas casas y que le habían enseñado bien. Mentalmente, Charlie le reprochó que estuviera fuerte; prefería las doncellas pequeñas y enjutas de carnes. Pero aparentaba unos treinta y cinco o cuarenta años, una edad perfecta para una criada, una edad en la que ya se ha dejado de correr detrás de los hombres, pero aún se tiene suficiente salud y fuerza para proporcionar un servicio satisfactorio. Tenía cara redonda y hombros anchos, y vestía con sencillez pero de forma digna; saltaba a la vista que el sombrero y el abrigo eran prendas desechadas por una antigua señora.

—¿Cómo se llama? —le preguntó Charlie, favorablemente impresionado.

—Hortense Gaillard, señor.

—Muy bien. ¿Busca colocación?

—Verá, señor, hace dos años dejé a la señora condesa Barral du Jeu para casarme. Ya no pensaba volver al servicio doméstico, pero mi marido, que estaba movilizado, fue hecho prisionero, y como el señor comprenderá tengo que ganarme la vida. Mi hermano está parado, con una mujer enferma y una criatura, y depende de mí.

—Comprendo. Yo estaba buscando un matrimonio...

—Lo sé, señor, pero ¿no podría servirle yo? Era primera doncella en casa de la señora condesa y antes serví con la madre de la señora condesa, como cocinera. Podría ocuparme de la cocina y la casa.

—Sí, muy interesante —murmuró Charlie, pensando que era un arreglo muy ventajoso. Naturalmente, quedaba la cuestión del servicio de la mesa. De vez en cuando tenía invitados, aunque ese invierno no esperaba recibir demasiado—. ¿Sabe usted planchar la ropa delicada de caballero? A ese respecto soy muy exigente, se lo advierto.

—Yo era quien planchaba las camisas del señor conde.

—¿Y la cocina? Como a menudo en el restaurante. Necesito una cocina sencilla pero cuidada.

—Si el señor quiere ver mis referencias…

La mujer las sacó de un bolso de piel de imitación y se las tendió. Charlie leyó una tras otra; estaban redactadas en los términos más elogiosos: trabajadora, perfectamente adiestrada, de una honradez a toda prueba, con muy buena mano para la cocina e incluso la pastelería.

—¿También la pastelería? Eso está muy bien. Creo, Hortense, que conseguiremos entendernos. ¿Estuvo mucho tiempo con la señora condesa Barral du Jeu?

—Cinco años, señor.

—Y esa señora, ¿está en París? Comprenderá que prefiera informarme personalmente…

—Lo comprendo perfectamente, señor. La señora condesa está en París. ¿Quiere el señor su número de teléfono? Auteuil tres ocho uno cuatro.

—Gracias. Señora Logre, por favor, tome nota. ¿Y respecto al sueldo? ¿Cuánto le gustaría ganar?

Hortense pidió seiscientos francos. Él le ofreció cuatrocientos cincuenta. Hortense se lo pensó. Sus negros, vivos y perspicaces ojillos habían penetrado hasta el alma de aquel señorito prepotente y cebón. «Roñica, chinchorrero —pensó—. Pero me las arreglaré.» Además, el trabajo escaseaba.

—No puedo aceptar menos de quinientos cincuenta —dijo con decisión—. Compréndalo, señor. Tenía algunos ahorros, pero me los comí durante ese espantoso viaje.

—¿Se marchó de París?

—Durante el éxodo, sí, señor. Nos bombardearon y todo, por no mencionar que casi nos morimos de hambre por el camino. El señor no sabe lo duro que fue…

—Sí que lo sé, sí —respondió Charlie suspirando—. Hice lo mismo que usted. ¡Ah, qué acontecimientos tan tristes! Entonces, quedamos en quinientos cincuenta. Mire, acepto porque creo que usted los vale. Ahora bien, para mí la honradez es fundamental.

—¡Por Dios, señor! —exclamó Hortense en un tono discretamente escandalizado, como si semejante afirmación hubiera sido injuriosa en sí misma.

Pero, con una sonrisa tranquilizadora, Charlie se apresuró a hacerle comprender que sólo lo había dicho por principio, que ni por un momento ponía en duda su absoluta probidad y que, además, la sola idea de una indelicadeza le resultaba tan insoportable a su mente que no podía pararse a pensar en ella.

—Espero que sea usted hábil y cuidadosa. Poseo una colección a la que tengo en gran estima. No dejo que nadie les quite el polvo a las piezas más valiosas, pero esa vitrina de ahí, por ejemplo, quedará a su cuidado.

Como Charlie parecía invitarla a hacerlo, Hortense echó un vistazo a las cajas a medio vaciar.

—El señor tiene cosas muy bonitas. Antes de entrar al servicio de la madre de la condesa, trabajé para un norteamericano, el señor Mortimer Shaw. Él coleccionaba marfiles.

—¿Mortimer Shaw? ¡Qué casualidad! Lo conozco bastante, es un gran anticuario.

—Se había retirado de los negocios, señor.

—¿Y estuvo mucho tiempo con él?

—Cuatro años. Y ésos son todos los sitios en que he servido.

Charlie se levantó y, mientras acompañaba a Hortense a la puerta, en tono alentador le dijo:

—Venga mañana a buscar una respuesta definitiva, ¿le parece? Si las referencias de viva voz son tan buenas como las escritas, de lo que no dudo ni por un instante, dese por contratada. ¿Cuándo podría empezar?

—El mismo lunes, si el señor quiere.

Una vez solo, Charlie se apresuró a cambiarse el cuello y los puños y lavarse las manos. En el bar había bebido bastante. Se sentía extraordinariamente ligero y satisfecho de sí mismo. En lugar de llamar el ascensor, que era un trasto viejo y lento, bajó las escaleras con juvenil agilidad. Iba al encuentro de amigos agradables y de una mujer encantadora, contento porque iba a hacerles conocer aquel pequeño restaurante que había descubierto.

«Me pregunto si aún tendrán aquel borgoña», se dijo. La enorme puerta cochera con hojas de madera esculpida con sirenas y tritones (una maravilla declarada de interés artístico por la Comisión de Monumentos Históricos de París) se abrió y volvió a cerrarse tras él con un sordo y quejumbroso chirrido. Una densa tiniebla lo envolvió apenas traspuso el umbral; pero Charlie hizo caso omiso y, alegre y despreocupado como a los veinte años, cruzó la calle en dirección a los muelles. Se le había olvidado coger la linterna, «pero conozco el barrio como la palma de mi mano —pensó—. No tengo más que seguir el Sena y cruzarlo por el Pont-Marie. No creo que haya mucha circulación». Pero, en el mismo momento en que pronunciaba mentalmente esas palabras, vio aparecer un coche que se acercaba a toda velocidad y cuyos faros, pintados de azul como mandaban las ordenanzas, arrojaban un débil y lúgubre resplandor. Sorprendido, dio un paso atrás, resbaló, notó que perdía el equilibrio, agitó los brazos en el aire y, al no encontrar nada a qué agarrarse salvo el vacío, cayó. El vehículo hizo un extraño zigzag, y una voz de mujer gritó angustiada:

—¡Cuidado!

Demasiado tarde.

«¡Estoy perdido, va a atropellarme! Haber sobrevivido a tantos peligros para acabar así es demasiado… demasiado idiota… Se han burlado de mí… Alguien en algún sitio me está jugando esta grotesca y espantosa pasada…» Como un pájaro que, asustado por un disparo, se aleja de su nido y desaparece, aquel último pensamiento consciente cruzó la mente de Charlie y la abandonó al mismo tiempo que la vida. El alerón del coche le dio de lleno en la cabeza y le destrozó el cráneo. La sangre y la masa encefálica brotaron con tal fuerza que salpicaron a la conductora, una atractiva señora tocada con un sombrerito del tamaño de un servilletero hecho con dos pieles de cibelina cosidas entre sí y un velito rojo que flotaba sobre sus cabellos de oro: Arlette Corail, que había regresado de Burdeos hacía una semana y ahora miraba el cadáver aterrada, murmurando:

—¡Qué mala pata, Dios mío! ¡Pero qué mala pata!

Era una mujer precavida: llevaba una linterna. Examinó el rostro del hombre, o lo que quedaba de él, y reconoció a Charlie Langelet: «¡Pobre viejo! Yo iba deprisa, sí, pero ¿no podía prestar atención, el muy imbécil? ¿Y ahora qué hago?»

No obstante, recordó que el seguro, el permiso y todo lo demás estaba en orden, y conocía a alguien influyente que arreglaría cualquier cosa por hacerle un favor. Más serena, pero con el corazón todavía palpitante, se sentó en el estribo del coche para tranquilizarse, encendió un cigarrillo, volvió a empolvarse la cara con manos temblorosas y, al cabo de unos instantes, fue en busca de ayuda.

La señora Logre, que por fin había acabado el despacho y la biblioteca, volvió al salón para desenchufar la aspiradora. Al hacerlo, el mango del aparato golpeó la mesa sobre la que descansaba la Venus del espejo. La portera ahogó un grito al ver cómo la estatuilla se estampaba contra el parquet. Venus se hizo añicos la cabeza.

La mujer se secó la frente con el delantal y dudó unos instantes. Luego, dejando la estatuilla donde estaba, con pasos rápidos y silenciosos, sorprendentes en alguien tan grueso, guardó la aspiradora en su sitio y abandonó el piso.

—En fin, le diré que se ha abierto la puerta y la corriente ha tirado la estatua. También es culpa suya. ¿Por qué la ha dejado al borde de la mesa? Además, ¡que diga lo quiera y que reviente! —gruñó colérica.

30

Si a Jean-Marie le hubieran dicho que un día se encontraría en una aldea perdida, lejos de su regimiento, sin dinero, sin posibilidad de contactar con sus padres, sin saber si estaban sanos y salvos en París o yacían en el fondo de un agujero de obús al borde de una carretera, como tantos otros, si le hubieran dicho, sobre todo, que Francia, aun derrotada, seguiría viviendo e incluso conocería momentos felices, no lo habría creído. Pero así era. La misma magnitud del desastre, lo que tenía de irreparable, llevaba aparejado cierto consuelo, como algunos potentes venenos contienen su antídoto. Todos los males que padecía eran irremediables. No podía hacer que la línea Maginot no hubiera sido eludida o rota (no se sabía con certeza), que no hubiera dos millones de soldados prisioneros, que Francia no hubiera sido vencida. No podía hacer funcionar el servicio de correos, el telégrafo o el teléfono, ni conseguir gasolina y un coche para recorrer los veintiún kilómetros que lo separaban de la estación, por la que de todas formas no pasaban trenes ya que la vía estaba destrozada. No podía ir andando hasta París, porque había sido gravemente herido y apenas estaba empezando a levantarse. No podía pagar a sus anfitriones, porque no tenía dinero ni modo de conseguirlo. Todo era superior a sus fuerzas, de modo que sólo podía quedarse tranquilamente donde estaba y esperar.

Esa sensación de absoluta dependencia del mundo exterior le hacía sentir una especie de paz. Ni siquiera tenía ropa propia; su uniforme, desgarrado y medio quemado, estaba inutilizable. Llevaba una camisa caqui y el pantalón de repuesto de un mozo de la granja. Los zapatos los había comprado en el pueblo. No obstante, había conseguido que lo desmovilizaran cruzando clandestinamente la línea de demarcación y dando un domicilio falso, así que no corría peligro de que lo hicieran prisionero. Seguía viviendo en la granja, pero, ahora que estaba mejor, ya no dormía en la cama de la cocina. Le habían dado una habitación sobre el granero del heno. Por una ventana redonda veía un hermoso y apacible paisaje de campos, de fértiles tierras y bosques. Por la noche oía corretear los ratones por el techo y el zureo de las palomas en el palomar.

Una existencia de tan angustiosa incertidumbre sólo es soportable si se vive al día, si cuando cae la noche uno se dice: «Otras veinticuatro horas en las que no ha pasado nada especialmente grave, gracias a Dios. Veremos mañana.» Todos los que rodeaban a Jean-Marie pensaban así o al menos actuaban como si pensaran así. Se ocupaban de los animales, el heno o la mantequilla, y nunca mencionaban el mañana. Por supuesto, hacían planes para el futuro, plantaban árboles que darían frutos dentro de cinco o seis temporadas y engordaban el cerdo que se comerían al cabo de dos años, pero no podían confiar en el futuro inmediato. Cuando Jean-Marie les preguntaba si al día siguiente haría buen tiempo (la frase banal del parisino en vacaciones), le respondían: «Pues ¿qué quiere que le diga? Cualquiera sabe…» ¿Habría fruta? «Puede que haya una poca —decían mirando con desconfianza las pequeñas peras, verdes y duras, que crecían en las ramas protegidas por espalderas—. Pero a saber… Aún no se puede decir… Ya se verá.» La experiencia hereditaria de los caprichos del azar, de las heladas de abril, del granizo que apedrea los campos listos para la cosecha, de la sequía que agosta los huertos en julio, les inspiraba esa sensatez y esa parsimonia, lo que no obstaba para que cada día hicieran lo que hubiera que hacer. No eran simpáticos sino cabales, opinaba Jean-Marie, que apenas conocía el campo. Los Michaud eran gente de ciudad desde hacía cinco generaciones.

Los habitantes de la aldea eran hospitalarios y amables: los hombres, buenos conversadores; y las chicas, presumidas. Cuando se los conocía mejor, se descubrían muestras de aspereza, dureza e incluso maldad cuyo origen tal vez se encontrara en oscuras reminiscencias atávicas, odios y temores seculares, transmitidos por la sangre de generación en generación. Sin embargo, eran generosos. De lo contrario, la granjera no le habría regalado un huevo a una vecina. Cuando vendía un pollo, no perdonaba una perra; pero el día que Jean-Marie insinuó que estaba pensando en marcharse y alegó que no tenía dinero, que no quería ser una carga y que intentaría llegar andando a París, toda la familia lo escuchó en consternado silencio hasta que la madre, con una extraña dignidad, respondió:

—No hace falta hablar así, señor, nos ofende…

—Pero, entonces, ¿qué hago? —preguntó Jean-Marie, que todavía se sentía muy débil y estaba sentado junto a ella, inmóvil y con la cabeza entre las manos.

—No hay nada que hacer. Hay que esperar.

—Ya, bueno, el servicio de correos no tardará en funcionar… —murmuró el joven—. Y si mis padres están en París…

—Cuando llegue ese momento, ya se verá —dijo la mujer.

En ningún sitio habría sido tan fácil olvidarse del mundo. A falta de cartas y periódicos, el único vínculo con el resto del universo era la radio; pero a los campesinos les habían dicho que los alemanes les quitarían los aparatos, así que los habían escondido en el granero o en un viejo armario, o incluso enterrado en los campos con las escopetas de caza que no les habían requisado. La comarca estaba en zona ocupada, muy cerca de la línea de demarcación, pero las tropas alemanas se limitaban a atravesarla y no acantonaban en ella; además, sólo pasaban por el pueblo y nunca subían los dos empinados y pedregosos kilómetros de la cuesta. En las ciudades y en algunos departamentos empezaba a escasear la comida, pero allí era más abundante que nunca, porque los productos no se podían transportar y había que consumirlos. Jean-Marie no había comido tanta mantequilla, tanto pollo, tantas natillas y tantos melocotones en su vida. Se recuperaba rápidamente. Incluso estaba empezando a engordar, le decía la granjera, y en su bondad para con Jean-Marie había el vago deseo de negociar con el Todopoderoso, de ofrecerle una vida salvada a cambio de la que Él tenía entre sus manos; del mismo modo que cambiaba grano para las gallinas por huevos para la cría,

234

intentaba trocar a Jean-Marie por su propio hijo. Jean-Marie lo comprendía, pero eso no disminuía en absoluto su gratitud hacia aquella anciana que tan bien lo había cuidado. Así que procuraba ser útil haciendo reparaciones en la vivienda y trabajando en el jardín.

A veces, las mujeres le hacían preguntas sobre la guerra, sobre esa guerra. Los hombres jamás. Los jóvenes se habían ido; sólo quedaban antiguos combatientes. Sus recuerdos estaban anclados en 1914. El pasado ya había tenido tiempo de filtrarse, de decantarse en su interior, de desprenderse de sus heces, de su veneno, de ser asimilado por las almas; en cambio, los acontecimientos recientes eran confusos y conservaban toda su ponzoña. Además, en el fondo del corazón creían que todo aquello era culpa de los jóvenes, que eran menos fuertes y menos pacientes que ellos y que se habían malacostumbrado en la escuela. Y como Jean-Marie era joven, evitaban educadamente verse obligados a juzgarlo a él y a los de su generación.

Así que todo se confabulaba para adormecer y tranquilizar al soldado, que iba recuperando las fuerzas y los ánimos. Estaba solo casi todo el día; era la época de las grandes labores del campo. Los hombres se marchaban con las primeras luces. Las mujeres se atareaban con los animales y en el lavadero. Jean-Marie se había ofrecido a ayudar, pero se le habían reído en la cara. «¡No se tiene en pie y quiere trabajar!» Así que dejaba la casa, cruzaba el corral entre el glugluteo de los pavos y bajaba hasta un pequeño prado rodeado por una cerca. Los caballos pacían: una yegua de pelo castaño dorado con dos potrillos café con leche de cortas y bastas crines negras. De vez en cuando se acercaban a olisquear las patas de la madre, que seguía pastando y agitando impacientemente la cola para espantar las moscas. A veces, uno de ellos volvía la cabeza hacia Jean-Marie, que se tumbaba junto a la cerca, lo observaba con sus negros y húmedos ojos y relinchaba alegremente. Jean-Marie no se cansaba de mirarlos. Le habría gustado escribir la historia imaginaria de aquellos hermosos potrillos, describir aquellos días de julio, aquella tierra, aquella granja, la guerra, a aquellas gentes, a sí mismo… Escribía con un trocito de lápiz que apenas lograba sostener en un pequeño cuaderno escolar que llevaba oculto junto al pecho. Algo en su interior lo inquietaba, llamaba a una puerta invisible, lo impulsaba a garrapatear. Haciéndolo, abría esa puerta, ayudaba a salir a lo que quería nacer. Luego, repentinamente, se desanimaba, se sentía descorazonado, cansado. Estaba loco. ¿Qué hacía allí, escribiendo estúpidas historietas, dejándose mimar por una granjera, cuando sus camaradas habían caído prisioneros, sus desesperados padres lo creían muerto, el porvenir era tan incierto y el pasado tan negro? Pero, mientras se lo preguntaba, uno de los potros se lanzaba alegremente a la carrera y de pronto se detenía, se revolcaba en la hierba, agitaba los cascos en el aire, restregaba el lomo contra el suelo y lo miraba con los ojos brillantes de ternura y malicia. Jean-Marie intentaba describir aquella mirada, buscaba las palabras con avidez, con impaciencia, con una extraña y grata ansiedad. No las encontraba, pero comprendía lo que sentía el potro, lo buena que estaba la fresca y crujiente hierba, lo pesadas que eran las moscas, el gesto libre y orgulloso con que alzaba el hocico, y trotaba, y coceaba… Escribía a vuelapluma unas cuantas frases incompletas y torpes; pero no era eso lo esencial, lo esencial llegaría. Cerraba el cuaderno y se quedaba quieto, con las manos abiertas y los ojos cerrados, cansado y feliz.

Cuando volvió, a la hora de la cena, comprendió al instante que durante su ausencia había ocurrido algo. El mozo había ido al pueblo a buscar pan; traía cuatro hermosas y doradas hogazas en forma de corona sujetas al manillar de la bicicleta. Las mujeres lo rodeaban. Al ver a Jean-Marie, una chica se volvió y le gritó:

—¡Eh, señor Michaud! Estará contento… El correo ha vuelto a funcionar.

—No es posible… —murmuró Jean-Marie—. ¿Estás seguro, muchacho?

—Ya lo creo. La oficina está abierta y he visto gente leyendo cartas.

—Entonces subiré a escribir unas líneas a mi familia e iré a llevarlas al pueblo. Me dejarás la bicicleta, ¿verdad?

En el pueblo, no sólo echó la carta al correo, sino que también compró los periódicos, que acababan de llegar. ¡Qué extraño era todo! Se sentía como un náufrago que ha vuelto a su país, a la civilización, a la sociedad de sus semejantes. En la pequeña plaza, la gente leía las cartas llegadas con el correo de la tarde. Se veían mujeres llorando. Muchos prisioneros daban noticias sobre su paradero por primera vez, pero también los nombres de los camaradas caídos. Tal como le habían pedido en la granja, Jean-Marie preguntó si alguien sabía algo de Labarie hijo.

—¡Ah! ¿Es usted el soldado que vive allí arriba? —respondieron las campesinas—. Nosotras no sabemos nada, pero ahora que llegan las cartas pronto nos enteraremos de dónde están nuestros hombres.

Una de ellas, una anciana que para bajar al pueblo se había puesto un sombrerito negro acabado en punta y adornado con una rosa de trapo que le pendía sobre la frente, dijo sollozando:

—A veces es mejor no saber nada. ¡Ojalá no hubiera recibido yo este maldito papel! Mi muchacho, que era marinero en el *Bretagne*, desapareció cuando los ingleses torpedearon el barco, dice aquí. ¡Qué desgracia tan grande!

—No hay que desesperar, mujer. Desaparecido no quiere decir muerto. ¡A lo mejor está prisionero en Inglaterra!

Pero, por más que le decían, la anciana no paraba de menear la cabeza y hacer temblar la flor artificial en su tallo de latón.

—¡Que no, que no, mi pobre muchacho ha desaparecido! Qué desgracia tan grande...

Jean-Marie tomó el camino de la granja. Al final de la cuesta vio a Cécile y Madeleine, que habían salido a su encuentro.

—¿Sabe algo de nuestro hermano? —le preguntaron a la vez—. ¿No le han dicho nada de Benoît?

—No, pero eso no significa nada. ¿Saben cuánto retraso lleva el correo?

La madre, por su parte, no preguntó nada. Se llevó la reseca y amarillenta mano a la frente para protegerse del sol y lo miró. Jean-Marie negó con la cabeza. La sopa estaba en los platos, los hombres habían vuelto del campo y todo el mundo se sentó a la mesa.

Acabada la cena, después de fregar los cacharros y barrer la sala, Madeleine fue al huerto por guisantes. Jean-Marie la siguió. Pensaba que no tardaría en marcharse de la granja y todo, a sus ojos, adquiría mayor belleza, mayor paz.

En los tres últimos días, el calor había apretado; sólo dejaba respirar cuando llegaba la noche. A esa hora, el jardín era un sitio delicioso; el sol había marchitado las margaritas y los claveles blancos que bordeaban el huerto, pero los rosales que crecían cerca del pozo estaban cuajados de flores; junto a los panales, un macizo de pequeñas rosas rojas exhalaba un aroma azucarado, almizclado, meloso. La luna llena tenía el color del ámbar y resplandecía con tanta fuerza que el cielo parecía iluminado hasta sus profundidades más lejanas por una claridad homogénea, serena, de un verde suave y transparente.

—Qué bonito ha sido este verano —dijo Madeleine, que había cogido un cesto y avanzaba en dirección a las matas de guisantes—. Sólo ocho días de mal tiempo a principios de mes, y luego ni una gota de lluvia, ni una nube… Como siga así nos quedaremos sin verduras… Además, con este calor se trabaja peor. Pero da igual, es bonito, como si el cielo quisiera consolar a este pobre mundo. Si quiere ayudarme, adelante, no le dé apuro —añadió la joven.

—¿Y la Cécile?

—La Cécile está cosiendo. Se está haciendo un vestido muy bonito para ir a misa este domingo.

Sus ágiles y fuertes dedos se hundían entre las verdes y tiernas hojas de las matas, partían los tallos e iban llenando el cesto de guisantes. Madeleine trabajaba con la cabeza baja.

—Entonces, ¿nos va a dejar?

—Debo hacerlo. Tengo muchas ganas de ver a mis padres y he de buscar trabajo, pero…

Los dos se quedaron callados.

—Por supuesto, no podía quedarse aquí toda la vida —murmuró Madeleine bajando aún más la cabeza—. La vida, ya se sabe… La gente se conoce, se separa…

—Se separa —repitió él en voz baja.

—En fin, ahora ya está totalmente recuperado. Ha recobrado el color…

—Gracias a usted, que me ha cuidado tan bien.

Los dedos se detuvieron entre las hojas.

—¿Ha estado a gusto entre nosotros?

—Ya sabe que sí.

—Entonces, no vaya a dejarnos sin noticias… Tendrá que escribirnos —repuso Madeleine, y Jean-Marie vio sus ojos, muy cerca, llenos de lágrimas.

Ella se apresuró a apartar el rostro.

—Por supuesto que escribiré. Se lo prometo —respondió Jean-Marie, y le rozó la mano tímidamente.

—Ya, es lo que se suele decir… A nosotros, cuando se haya ido, nos sobrará tiempo para pensar en usted. Dios mío… Ahora todavía es época de trabajo, no paramos de la mañana a la noche. Pero viene el otoño, y luego el invierno, y no hay más que dar de comer a los animales. El resto del tiempo lo matamos en casa viendo caer la lluvia y después la nieve. A veces me digo que debería ir a buscar trabajo a la ciudad…

—No, Madeleine, no haga eso. Prométamelo. Será más feliz aquí.

—¿Usted cree? —murmuró la chica con una voz extraña y, cogiendo el cesto, se apartó de él.

El follaje le ocultaba la cara. Jean-Marie arrancaba guisantes maquinalmente.

—¿Es que cree que podré olvidarla? —dijo al fin—. ¿Cree que tengo tan buenos recuerdos que me olvidaré de éstos? Figúrese: la guerra, el horror, la guerra…

—Pero ¿y antes? No siempre ha habido guerra… ¿Antes no hubo…?

—¿Qué? —Madeleine no respondió—. ¿Quiere decir mujeres, chicas?

—¡Pues claro!

—Nada demasiado interesante, mi querida Madeleine.

—Pero se va. —Y, ya sin fuerzas para retener las lágrimas, dejó que resbalaran por sus sonrosadas mejillas y, con voz entrecortada, confesó—: A mí me da pena que se vaya. No debería decírselo, se reirá de mí, y Cécile todavía más… pero no me importa… Me da pena que se vaya.

—Madeleine…

La chica se irguió y sus ojos se encontraron. Él se acercó y la cogió por la cintura; pero, cuando quiso besarla, ella lo rechazó con un suspiro.

—No, no es eso lo que quiero… Es demasiado fácil…

—¿Y qué quiere, Madeleine? ¿Que le prometa que jamás la olvidaré? Puede creerme o no, pero es la verdad, no la olvidaré —dijo él cogiéndole la mano y besándosela.

Ella enrojeció de dicha.

—¿De verdad quería meterse monja, Madeleine?

—Sí, de verdad. Antes sí quería, pero ahora… No es que haya dejado de amar a Dios, pero creo que no estoy hecha para eso.

—¡Claro que no! Usted está hecha para amar y ser feliz.

—¿Feliz? No lo sé; pero creo que estoy hecha para tener marido e hijos, y si el Benoît no ha muerto… pues…

—¿Benoît? No sabía…

—Sí, habíamos hablado… Yo no quería. Pensaba meterme monja. Pero si vuelve… Es un buen chico…

—No lo sabía… —repitió Jean-Marie.

¡Qué reservados eran aquellos campesinos! Cautos, desconfiados, cerrados con dos vueltas, como sus enormes armarios. Había pasado más de dos meses entre ellos y nunca había sospechado que existiera una relación entre Madeleine y el hijo de la granjera. Ahora que lo pensaba, apenas le habían dicho una palabra del tal Benoît… Nunca hablaban de nada. Pero lo tenían en la cabeza.

La granjera llamó a Madeleine y ellos volvieron a la casa.

Pasaron unos días. Seguían sin llegar noticias de Benoît, pero Jean-Marie no tardó en recibir carta de sus padres, que también le enviaban dinero. No había vuelto a encontrarse a solas con Madeleine. Estaba claro que los vigilaban. Se despidió de toda la familia, reunida en el umbral de la puerta. Era un día lluvioso, el primero desde hacía semanas; un viento frío soplaba desde las colinas. Cuando Jean-Marie se marchó, la granjera volvió a entrar en la casa, pero las dos chicas se quedaron en la puerta largo rato, escuchando el ruido de la carreta en el camino.

—¡Bueno, ya iba siendo hora! —exclamó Cécile, como si hubiera retenido largamente y con esfuerzo un torrente de palabras fu-

240

riosas—. Por fin podremos conseguir que trabajes un poco. Últimamente estabas en la luna, me lo dejabas todo a mí…

—¡Mira quién fue a hablar! Si lo único que has hecho ha sido coser y mirarte en el espejo… Ayer fui yo quien tuvo que ordeñar las vacas, cuando te tocaba a ti —se encendió Madeleine.

—¿Y a mí qué me cuentas? Fue mamá quien te lo mandó.

—Me lo mandó mamá, pero no creas que no sé quién fue a calentarle la cabeza.

—¡Bah, piensa lo que quieras!

—¡Hipócrita!

—¡Desvergonzada! Y querías ser monja…

—¡Como si tú no le hubieras ido detrás! Lo que pasa es que él no te hacía ni caso…

—¿Y a ti sí? Claro, por eso se ha ido y no volverás a verlo…

Por unos instantes las dos hermanas, rabiosas, se miraron echando chispas por los ojos. Luego, una expresión dulce y sorprendida suavizó el rostro de Madeleine.

—¡Vamos, Cécile! Siempre hemos sido como hermanas… Nunca nos habíamos peleado así… ¡Venga, no merece la pena! Al final no ha sido ni para ti ni para mí. —Madeleine le echó los brazos al cuello, pues Cécile se había puesto a llorar—. Ya está, ¡ea!, ya está… Sécate los ojos. Tu madre verá que has llorado.

—Mamá… no dice nada, pero lo sabe todo.

Las hermanas se separaron; una fue hacia el establo y la otra entró en la casa. Era lunes, día de colada; apenas les dio tiempo a intercambiar un par de frases, pero sus miradas y sonrisas decían que ya se habían reconciliado. El viento arrastraba el humo de la colada hacia el cobertizo. Era uno de esos días tormentosos y oscuros en que se perciben los primeros soplos del otoño en el corazón de agosto. Mientras enjabonaba, escurría y aclaraba, Madeleine no tenía tiempo para cavilaciones y podía adormecer su dolor. Cuando alzaba los ojos, veía el cielo gris y los árboles zarandeados por el viento.

—Es como si hubiera acabado el verano —dijo en cierto momento.

—Mejor. Maldito verano… —gruñó su madre con un dejo de rencor.

Madeleine la miró sorprendida, pero luego se acordó de la guerra, del éxodo, de la ausencia de Benoît, de la desdicha universal, de los que continuaban combatiendo lejos de allí y de los que habían muerto, y siguió trabajando en silencio.

Esa noche, cuando acababa de encerrar a las gallinas y cruzaba el patio corriendo bajo el aguacero, vio a un hombre que se acercaba por el camino a grandes zancadas. El corazón le dio un vuelco; pensó que Jean-Marie había vuelto. Presa de una alegría salvaje, corrió hacia él, pero, cuando estaba a unos pasos, ahogó un grito.

—¿Benoît?

—Pues sí, soy yo —respondió el hombre.

—Pero ¿cómo…? ¡Qué contenta se va a poner tu madre! Entonces… ¿estás bien? Teníamos tanto miedo de que te hubieran hecho prisionero…

Él rió en silencio. Era un chico alto, de rostro ancho y moreno y ojos claros y francos.

—He estado prisionero, pero poco tiempo.

—¿Te escapaste?

—Sí.

—¿Cómo?

—Pues… con unos compañeros.

De pronto, mientras lo miraba, Madeleine volvió a sentir su timidez de campesina, aquella capacidad de sufrir y amar en silencio que Jean-Marie le había hecho perder. Dejó de interrogar a Benoît y se limitó a caminar en silencio junto a él.

—¿Y aquí? ¿Todo bien? —preguntó el joven.

—Todo bien.

—¿Ninguna novedad?

—No, nada —murmuró ella y, adelantándose, subió los tres peldaños de la cocina y gritó—: ¡Venga corriendo, madre! ¡El Benoît ha vuelto!

31

El invierno anterior —el primero de la guerra— había sido largo y duro. Pero ¿qué decir del de 1940-1941? El frío y la nieve empezaron a finales de noviembre. Los copos caían sobre las casas bombardeadas, sobre los puentes a medio reconstruir, sobre las calles de París, por las que ya no circulaban coches ni autobuses, por las que caminaban mujeres con abrigos de pieles y capuchas de lana, mientras otras tiritaban haciendo cola ante las tiendas; caían sobre las vías del tren, sobre los hilos del telégrafo, que se doblaban bajo su peso y a veces se partían, sobre los uniformes verdes de los soldados alemanes ante las puertas de los cuarteles, sobre los estandartes rojos con la cruz gamada en las fachadas de los edificios públicos. En las gélidas viviendas, la nieve difundía una luz pálida y lúgubre que aumentaba aún más la sensación de frío e incomodidad. En los hogares humildes, los ancianos y los niños pasaban semanas enteras en la cama, el único sitio donde se podía entrar en calor.

Ese invierno, la terraza de los Corte estaba cubierta por una espesa capa de nieve que servía para enfriar el champán. Gabriel escribía junto a un fuego de leña que no conseguía sustituir el añorado calor de los radiadores. Tenía la nariz morada y casi lloraba de frío. Con una mano se apretaba contra el pecho una bolsa de agua caliente y con la otra escribía.

En Navidades, el frío arreció; los pasillos del metro eran el único sitio donde daba un poco de cuartel. Y la nieve seguía cayendo, inexorable, silenciosa y tenaz, sobre los árboles del bulevar Delessert, al que habían regresado los Péricand, porque pertenecían a ese sector de la alta burguesía francesa que prefiere ver a sus hijos privados de pan antes que de títulos, y de ninguna manera podían permitir que se interrumpieran los estudios de Hubert, tan comprometidos ya por los acontecimientos del verano anterior, ni los de Bernard, que acababa de cumplir ocho años, había olvidado todo lo aprendido antes del éxodo y volvía a recitar ante su madre: «La tierra es una bola redonda que no descansa sobre nada», como si en lugar de ocho sólo tuviera siete (¡desastroso!).

Los copos de nieve salpicaban el velo de luto de la señora Péricand cuando pasaba orgullosamente junto a los clientes que hacían cola ante la tienda, sin detenerse hasta llegar al umbral, donde agitaba como una bandera el carnet de prioridad concedido a las madres de familia numerosa.

Bajo la nieve, Jeanne y Maurice Michaud esperaban su turno hombro con hombro, como dos caballos cansados antes de reanudar la marcha.

La nieve cubría la tumba de Charles Langelet en Père-Lachaise y el cementerio de automóviles cercano al puente de Gien: los coches bombardeados, calcinados, abandonados durante el mes de junio, se amontonaban a ambos lados de la carretera, panza arriba o tumbados sobre un costado, con el capó abierto en un enorme bostezo o convertidos en un amasijo de retorcida chatarra. Los campos, silenciosos, inmensos, estaban blancos; durante unos días, la nieve se fundía y los campesinos recuperaban los ánimos. «Qué alegría ver la tierra…», decían. Pero al día siguiente volvía a nevar, y los cuervos graznaban en el cielo. «Este año hay muchos», murmuraban los jóvenes pensando en los campos de batalla, en las ciudades bombardeadas… Pero los viejos respondían: «¡Igual que siempre!» En el campo nada había cambiado; la gente esperaba. Esperaba el final de la guerra, el final del bloqueo, el regreso de los prisioneros, la llegada del buen tiempo.

«Este año no habrá primavera», suspiraban las mujeres viendo pasar febrero y después los primeros días de marzo sin que las temperaturas se suavizaran. La nieve se había fundido, pero la tierra, dura y gris, resonaba como el hierro. Las patatas se helaban. Los animales se habían quedado sin forraje; deberían haber buscado el alimento al aire libre, pero no se veía ni una brizna de hierba. En la aldea de los Labarie, los viejos se atrincheraban tras las grandes puertas de madera, que por la noche aseguraban con clavos. La familia se reunía alrededor de la estufa y las mujeres tejían para los prisioneros sin despegar los labios. Las dos hermanas hacían camisitas y pañales con sábanas viejas: Madeleine se había casado con el Benoît en septiembre y esperaba un hijo. «¡Ah, Dios mío, qué desgracia tan grande!», murmuraban las viejas cuando una ráfaga de viento sacudía la puerta con violencia.

En la granja vecina se oía llorar a un niño que había nacido poco antes de Navidad; la madre tenía otros tres hijos y el marido estaba prisionero. Era una campesina alta y delgada, una mujer pudorosa, callada, reservada, que nunca se quejaba. Cuando le decían: «¿Cómo se las va a arreglar, Louise, sin un hombre en casa, sin nadie que la ayude, con cuatro criaturas y todo ese trabajo?», ella sonreía débilmente, mientras sus ojos permanecían fríos y tristes, y respondía: «No queda más remedio...» Por la noche, cuando los pequeños se dormían, aparecía por casa de los Labarie. Se sentaba con su labor muy cerca de la puerta, para poder oír a sus hijos si se despertaban y la llamaban. Cuando nadie la veía, levantaba furtivamente los ojos y miraba a Madeleine y a su joven marido, sin envidia, sin maldad, con una tristeza muda; luego volvía a clavar los ojos en la labor y, al cabo de un cuarto de hora, se levantaba, cogía sus zuecos y decía a media voz: «Bueno, tengo que irme. Buenas noches a todos y hasta mañana.» Y regresaba a su casa.

Era una noche de marzo. No podía dormir. Casi todas las noches se las pasaba así, intentando conciliar el sueño en aquella cama vacía y helada. Alguna vez había pensado acostar al mayor con ella, pero una especie de temor supersticioso se lo había impedido: aquel sitio tenía que permanecer libre para el ausente.

Esa noche soplaba un fuerte viento, un vendaval que cruzaba la región procedente de las montañas de Morvan. «¡Mañana, otra vez nieve!», había dicho la gente. En su gran casa silenciosa, que crujía como un barco a la deriva, la mujer se dejó ir por primera vez y lloró a lágrima viva. No le había ocurrido cuando su marido se fue en 1939, ni cuando se marchaba después de un breve permiso, ni cuando supo que lo habían hecho prisionero, ni cuando dio a luz sin él. Pero había llegado al límite de sus fuerzas: tanto trabajo… El pequeño, tan fuerte, que la agotaba con su apetito y su llanto; la vaca, que apenas daba leche por culpa del frío; las gallinas, que ya no tenían grano y se negaban a poner; el hielo del lavadero, que había que romper todos los días… Era demasiado, no podía más, se había quedado sin energías, ya ni siquiera quería vivir… ¿Para qué? No volvería a ver a su marido, que la echaba de menos tanto como ella a él y moriría en Alemania… Qué frío hacía en aquella cama tan grande… Sacó la bolsa de agua que había metido hirviendo entre las sábanas dos horas antes y que ya no conservaba ni una pizca de calor, la dejó con suavidad en el suelo y, al retirar la mano, rozó las baldosas heladas, y aún tuvo más frío, un frío que le traspasó el corazón. Los sollozos la agitaban de pies a cabeza. ¿Qué podían decirle para consolarla? «No eres la única…» Eso ya lo sabía, pero otras habían tenido más suerte. Madeleine Labarie, por ejemplo… No le deseaba ningún mal, pero… ¡no era justo! El mundo era demasiado horrible. Estaba aterida. Por mucho que se encogiera bajo las mantas y la colcha, el frío penetraba en su escuálido cuerpo y la calaba hasta los huesos. «Todo esto pasará, la guerra acabará y tu marido volverá», decía la gente. ¡No! ¡No! Ya no se lo creía, aquello duraría y duraría… Si ni siquiera la primavera quería llegar… ¿Cuándo se había visto semejante tiempo en marzo? El mes estaba a punto de acabar y la tierra seguía helada, helada hasta el corazón, como ella. ¡Qué ventarrones! ¡Qué ruido! Seguro que arrancaba un montón de tejas. Se incorporó en la cama, se quedó escuchando unos instantes y, de pronto, su rostro, tenso y empapado de lágrimas, adquirió una expresión más suave, incrédula. El viento había parado; se había ido por donde había venido. Había roto ramas, sacudido los tejados con ciega rabia y barrido los últimos corros de nieve de las colinas; pero ahora la primera lluvia de primavera, densa y todavía fría, caía con fuerza de un cielo sombrío y revuelto por la tormenta, y se abría paso hasta las oscuras raíces de los árboles, hasta el negro y profundo seno de la tierra.

DOLCE

1

En casa de los Angellier estaban poniendo a buen recaudo los documentos familiares, la plata y los libros: los alemanes habían llegado a Bussy. Era la tercera vez que ocupaban el pueblo desde la derrota. Ese domingo de Pascua, a la hora de la misa mayor, caía una lluvia fría. Ante la puerta de la iglesia, un pequeño melocotonero agitaba tristemente sus ramas en flor. Los alemanes avanzaban en fila de a ocho; llevaban uniformes de campaña y cascos de metal. Sus rostros tenían la expresión neutra e impenetrable del soldado en campaña, pero sus ojos interrogaban furtivamente, con curiosidad, las grises fachadas del pueblo en que iban a vivir. En las ventanas no se veía a nadie. Al pasar frente a la iglesia oyeron los acordes del órgano y el rumor de las oraciones, pero un fiel se asomó despavorido y cerró la puerta. El ruido de las botas reinó en solitario. Tras el primer destacamento apareció un oficial a caballo; el hermoso animal de pelo tordo parecía furioso por verse forzado a mantener un paso tan lento; posaba los cascos en el suelo con rabiosa precaución, se estremecía, relinchaba y agitaba la orgullosa testa. Enormes carros de combate grises martillearon el empedrado. A continuación venían los cañones sobre sus plataformas giratorias, en cada una de las cuales iba tumbado un soldado, con los ojos a la altura de la cureña. Había tantos que en las bóvedas de la iglesia no dejó de sonar una especie de ininterrumpido trueno durante todo el sermón. Las mujeres suspiraban en la penumbra. Cuando cesó aquel fragor de bronce, aparecieron los motociclistas, rodeando el coche del comandante. Tras ellos, a prudente distancia, los camiones, cargados hasta los topes de gruesos chuscos de pan negro, hicieron vibrar las vidrieras. La mascota del regimiento, un delgado y silencioso perro lobo adiestrado para la guerra, acompañaba a los jinetes que cerraban la marcha y, fuera porque formaban un grupo privilegiado dentro del regimiento o porque estaban muy lejos del comandante, que no podía verlos, o por cualquier otra razón que escapaba a los franceses, se comportaban de un modo más natural, más relajado que sus camaradas. Hablaban entre sí. Reían. El teniente que los mandaba miró sonriendo el humilde y tembloroso melocotonero en flor, azotado por el áspero viento, y arrancó una ramita. A su alrededor no veía más que ventanas cerradas. Se creía solo. Pero, detrás de cada postigo entornado, unos ojos de anciana, penetrantes como flechas, espiaban al vencedor. En el fondo de habitaciones invisibles, las voces susurraban:

—¡Lo que hay que ver!

—Estropear nuestros árboles… ¡Desgraciado!

Una boca desdentada cuchicheó:

—Dicen que éstos son los peores. Dicen que han hecho barbaridades antes de venir aquí.

—Nos quitarán hasta las sábanas —pronosticó un ama de casa—. ¡Las sábanas que heredé de mi madre, Dios mío! Se quedan todo lo bueno.

El teniente gritó una orden. Todos los soldados parecían muy jóvenes; tenían la tez rubicunda y el pelo dorado; montaban magníficos caballos, rollizos, bien alimentados, de anchas y relucientes grupas. Los dejaron atados alrededor del monumento a los caídos de la plaza, rompieron filas y se dispersaron. El pueblo se llenó de ruido de botas, sonido de palabras extranjeras, tintineo de espuelas y entrechocar de armas. En las casas, las familias pudientes escondían la ropa blanca.

Las Angellier —la madre y la mujer de Gaston Angellier, prisionero en Alemania— estaban acabando de esconderlo todo. La señora Angellier, una anciana pálida, arrugada, frágil y seca, guardaba personalmente los volúmenes de la biblioteca, tras leer en voz baja cada título y acariciar piadosamente cada tapa con la palma de la mano.

—Ver los libros de mi hijo en manos de un alemán… —murmuró—. Antes los quemo.

—Pero ¿y si piden las llaves de la biblioteca? —gimió la gruesa cocinera.

—Me la pedirán a mí —repuso la señora Angellier, e, irguiendo el cuerpo, se dio un leve golpe en el bolsillo cosido en el interior de su falda de lana negra; el manojo de llaves que siempre llevaba encima tintineó—. Y no me la pedirán dos veces —añadió con expresión sombría.

Bajo su dirección, Lucile Angellier, su nuera, retiró las chucherías que adornaban la repisa de la chimenea, pero dejó un cenicero. En un primer momento, la señora Angellier se opuso.

—Arrojarán la ceniza a la alfombra —le hizo notar Lucile, y su suegra apretó los labios, pero cedió.

La anciana tenía una cara tan blanca y transparente que parecía no quedarle una sola gota de sangre bajo la piel, cabellos blancos como la nieve y una boca tan fina como el filo de un cuchillo y del color casi lila de una rosa marchita. Un cuello alto, a la antigua, de muselina malva, con armazón de ballenas, disimulaba sin ocultarlas las afiladas clavículas y una garganta que palpitaba de emoción como el buche de un lagarto. Cuando se oían los pasos de un soldado alemán junto a la ventana, la anciana se estremecía como una hoja, desde la punta de los pequeños pies, calzados con puntiagudos botines, hasta la cabeza, coronada por venerables crenchas.

—Deprisa, deprisa, ya vienen —susurraba.

En la sala no quedó más que lo estrictamente necesario; ni una flor, ni un cojín ni un cuadro. El álbum familiar fue a parar al enorme armario de la ropa blanca, para sustraer a las sacrílegas miradas del enemigo a la tía Adélaïde en traje de primera comunión y al tío Jules desnudo en un almohadón a los seis meses. Habían puesto a cubierto hasta el juego de chimenea, así como dos floreros Louis-Philippe de porcelana con forma de papagayo y una guirnalda de rosas en el pico, regalo de boda de una pariente que venía de visita de tarde en tarde y a la que no se quería ofender haciéndolos desaparecer; sí, hasta esos dos floreros, de los que Gaston solía decir: «El día que la criada los rompa de un escobazo, le subo el sueldo.» Habían sido regalados por manos francesas, contemplados por ojos franceses, desempolvados por plumeros hechos en Francia, y jamás serían manchados por el contacto de un alemán. ¡Y el crucifijo! ¡Seguía en una esquina del dormitorio, encima del canapé! La señora Angellier en persona lo retiró y se lo colgó sobre el pecho, bajo el pañuelo de encaje.

—Creo que está todo —dijo al fin.

La anciana recapituló mentalmente: los muebles del salón grande, retirados; las cortinas, descolgadas; las provisiones, escondidas en el cobertizo en que el jardinero guardaba las herramientas —¡oh, los enormes jamones ahumados y cubiertos de ceniza, las jarras de mantequilla fundida, de mantequilla salada, de fina y pura manteca de cerdo, los gruesos y veteados salchichones!—, todos sus bienes, todos sus tesoros… El vino dormía enterrado en la bodega desde el día en que las tropas inglesas habían reembarcado en Dunkerque. El piano estaba cerrado con llave; la escopeta de caza de Gaston, en un escondite inmejorable. Todo estaba en orden. Sólo quedaba esperar al enemigo. Pálida y muda, la anciana señora Angellier entornó los postigos con manos temblorosas, como en la habitación de un muerto, y salió seguida por Lucile.

Lucile era una joven rubia de ojos negros, muy hermosa pero callada, discreta, «un tanto distraída», según su suegra. La habían escogido por las relaciones de su familia y por su dote. Su padre era un gran terrateniente de la región; pero se había embarcado en desafortunadas especulaciones y había comprometido su fortuna e hipotecado sus tierras, de modo que el matrimonio no había sido el éxito que se esperaba. Además, no había tenido hijos.

Las dos mujeres entraron en el comedor. La mesa estaba puesta. Eran más de las doce, pero sólo en la iglesia y el ayuntamiento, obligados a marcar la hora alemana. Todos los hogares franceses retrasaban sus relojes sesenta minutos, por sentido del honor, y todas las mujeres francesas decían en tono despectivo: «En nuestra casa no vivimos a la hora de los alemanes.» En determinados momentos de la jornada, esa circunstancia dejaba grandes lapsos vacíos sin empleo posible, como aquél, que se extendía entre el final de la misa de los domingos y el comienzo del almuerzo y se hacía interminable. No se podía leer. En cuanto veía a Lucile con un libro en las manos, la anciana señora Angellier la miraba con una expresión de asombro y desaprobación: «Pero bueno, ¿ya estás leyendo? —Tenía una voz suave y distinguida, delicada como el suspiro de un arpa—. ¿Es que no tienes nada que hacer?» Pues no, no tenía nada que hacer. Era domingo de Pascua. Tampoco se podía hablar. Entre aquellas dos mujeres, cualquier tema de conversación era como una zarza: si no había más remedio que tocarlo, se hacía con infinita prudencia para no pincharse las manos. Cada palabra que se pronunciaba en su presencia llevaba a la mente de la anciana el recuerdo de una desgracia, de una pelea familiar, de una antigua afrenta que Lucile ignoraba. Tras cada frase apenas musitada, la señora Angellier se interrumpía y miraba a su nuera con una expresión vaga, dolorida y asombrada, como si pensara: «Su marido está prisionero de los alemanes, ¿y ella puede respirar, moverse, hablar, reír? Es extraño…» Apenas aceptaba que el nombre de Gaston surgiera entre ellas. El tono de Lucile nunca era el que habría debido ser. Unas veces le parecía demasiado triste: ¡ni que hablara de un muerto! Su deber de mujer, de esposa francesa, era sobrellevar la separación con coraje, como ella, que la había sobrellevado en 1914, y desde la mañana siguiente a su noche de bodas, o casi. En cambio, otras veces, cuando Lucile murmuraba palabras de consuelo, la anciana pensaba con amargura: «¡Ah, cómo se nota que nunca lo ha querido! Siempre lo había sospechado, pero ahora lo veo claro, estoy segura. Hay tonos que no engañan. Es una mujer fría e indiferente. A ella no le falta de nada, mientras que mi hijo, mi pobre niño…» Se imaginaba el campo de prisioneros, el alambre de espino, los carceleros, los centinelas… Los ojos se le llenaban de lágrimas y, con voz ahogada, decía:

—No hablemos de él…

Y, sacando del bolso un pañuelo fino y limpio que siempre tenía a mano por si le recordaban a Gaston o las desgracias de Francia, se secaba muy delicadamente las comisuras de los ojos, con el mismo gesto con que se limpia una mancha de tinta con papel secante.

Así que, inmóviles y silenciosas junto a la chimenea apagada, suegra y nuera siguieron esperando.

2

Los alemanes habían tomado posesión de sus alojamientos y estaban familiarizándose con el pueblo. Los oficiales iban solos o de dos en dos, haciendo resonar las botas sobre el empedrado con la cabeza muy alta; los soldados formaban grupos ociosos que recorrían la única calle de la localidad de punta a punta o daban vueltas por la plaza, alrededor del viejo crucifijo. Cuando uno se paraba, toda la cuadrilla lo imitaba, y la larga fila de uniformes verdes cerraba el paso a los vecinos, que automáticamente se calaban la gorra todavía más, daban media vuelta y se alejaban a la chita callando por las pequeñas y tortuosas callejas que llevaban a los campos. Vigilado por dos suboficiales, el guarda forestal pegaba carteles en los principales edificios del pueblo. Eran anuncios diversos: unos representaban a un militar alemán muy rubio que sonreía de oreja a oreja enseñando unos dientes perfectos mientras repartía pan con mantequilla a un grupo de niños franceses; la leyenda decía: «¡Civiles abandonados, confiad en los soldados del Reich!» Otros ilustraban la opresión ejercida por los ingleses en el mundo y la odiosa tiranía de los judíos mediante caricaturas o gráficos. Pero la mayoría estaban encabezados por la palabra *Verboten*: «Prohibido.» Estaba prohibido circular por la calle entre las nueve de la noche y las cinco de la mañana, tener armas de fuego en casa, prestar «refugio, ayuda o auxilio» a prisioneros evadidos, ciudadanos de países enemigos de Alemania o militares ingleses, escuchar emisoras extranjeras, rechazar el dinero alemán… Y al pie de cada cartel se leía la misma advertencia, escrita en caracteres negros y subrayada dos veces: «Bajo pena de muerte.»

Entretanto, los comerciantes habían abierto sus tiendas. En la primavera de 1941, en provincias, los productos todavía no escaseaban. La gente tenía suficientes existencias de telas, zapatos o víveres, y estaba dispuesta a venderlas. Los alemanes no eran exigentes; les colocarían todas las antiguallas: corsés que databan de la otra guerra, botines de 1900, ropa interior con banderitas y torres Eiffel bordadas (originalmente destinadas a los ingleses)... Todo les parecía bien.

A los habitantes de los países ocupados, los alemanes les inspiraban miedo, aversión y el socarrón deseo de engañarlos, de aprovecharse de ellos, de sacarles el dinero.

«En cualquier caso es nuestro... el que nos han quitado», se decía la tendera ofreciendo una libra de ciruelas pasas agusanadas con su mejor sonrisa a un militar del ejército invasor y cobrándole el doble de lo que valían.

El soldado examinaba la mercancía con cara de desconfianza; se olía el fraude, pero, intimidado por la imperturbable expresión de la tendera, se callaba. El regimiento había estado destinado en una pequeña ciudad del norte, devastada y desprovista de todo desde hacía tiempo. En aquella rica región del centro, el soldado volvía a ver cosas que deseaba. Sus ojos se iluminaban ante los escaparates. Aquellos muebles de pino tea, aquellos trajes de confección, aquellos juguetes, aquellos vestiditos rosa, le recordaban las dulzuras de la vida civil. La tropa iba de tienda en tienda, seria, pensativa, haciendo sonar las monedas en los bolsillos. A espaldas de los soldados, o por encima de sus cabezas, de ventana a ventana, los franceses intercambiaban escuetas señas, alzaban los ojos al cielo, meneaban la cabeza, sonreían, esbozaban leves muecas de burla o desafío, desplegaban todo un repertorio de gestos que expresaban, alternativamente, que en trances así había que tener fe en Dios, pero que el propio Dios... Que no pensaban renunciar a su libertad, al menos, a su libertad de pensar, ya que no a la de hablar o actuar; que aquellos alemanes no eran demasiado listos, puesto que tomaban por auténtica la amabilidad con que los trataban, con que se veían obligados a tratarlos, visto que eran los dueños de la situación. «Nuestros dueños», decían las mujeres, y miraban al enemigo con una especie de odio concupiscente. (¿Enemigos? Por supuesto, pero hombres, y jóvenes…) Sobre todo, les encantaba engañarlos. «Creen que los queremos, pero a nosotras lo que nos interesa son los salvoconductos, la gasolina, los permisos», pensaban las que ya habían convivido con el ejército de ocupación en París o en las grandes ciudades de provincias, mientras que las ingenuas campesinas bajaban tímidamente los ojos ante las miradas de los alemanes.

Nada más entrar en los cafés y antes de sentarse, los soldados se desabrochaban los cinturones y los arrojaban sobre los veladores de mármol. En el Hôtel des Voyageurs, los suboficiales reservaron el salón principal para utilizarlo como comedor. Era una sala alargada y oscura de mesón de pueblo. Sobre la pared del fondo, dos banderas rojas adornadas con la cruz gamada ocultaban la parte superior del marco dorado del gran espejo, esculpido con amorcillos y antorchas. Pese a lo avanzado de la estación, la estufa seguía encendida. Varios hombres habían acercado las sillas y se calentaban con una expresión de beatífica modorra. De vez en cuando, la enorme y enrojecida estufa negra quedaba envuelta en una acre humareda, pero los alemanes no se inmutaban. Se acercaban todavía más para secarse el uniforme y las botas, y miraban pensativamente alrededor, con una expresión a un tiempo aburrida y vagamente ansiosa que parecía decir: «Hemos visto tantas cosas… Veremos qué pasa aquí…»

Eso, los más viejos, los más sensatos. Los jóvenes le guiñaban el ojo a la criada, que, diez veces por minuto, levantaba la trampilla de la bodega, se perdía en las tinieblas subterráneas y retornaba a la luz sujetando en una mano diez botellas de cerveza y en la otra una caja de botellas de espumoso («*Sekt!* —reclamaban los alemanes—. *Mademoiselle*, por favor, champán francés… *Sekt!*).

La criada —redonda, carillena y colorada— recorría las mesas a paso ligero. Los soldados la recibían con una sonrisa. Ella, indecisa entre las ganas de devolvérsela porque eran jóvenes y el miedo al qué dirán porque eran alemanes, fruncía el entrecejo y apretaba severamente los labios, sin poder evitar que el regocijo interior le excavara dos hoyuelos en los carrillos. ¡Cuántos hombres, Dios mío! Cuántos hombres para ella sola, porque en los otros sitios quienes servían eran las hijas de los dueños, que no les quitaban ojo, mientras que ella... La miraban y hacían ruido de besos con los labios. Recurriendo a un resto de pudor, ella fingía no oírlos y de vez en cuando respondía para su coleto:

—¡Vale, vale, ya va! ¡Sí que tenéis prisa!

Si le hablaban en alemán, replicaba, muy digna:

—¿Entiendo yo vuestra jerigonza, eh?

Pero las puertas, abiertas de par en par, seguían dejando pasar una incesante sucesión de uniformes verdes, y la criada, que cada vez se sentía más aturdida, como achispada, sin fuerzas para resistir, ya no respondía al calenturiento asedio de la muchachería más que con débiles protestas:

—Pero bueno, ¿queréis dejarme en paz de una vez? ¡Menudos salvajes!

Otros militares hacían rodar las bolas de billar sobre el tapete verde. La barandilla de la escalera, los alféizares de las ventanas y los respaldos de las sillas estaban cubiertos de cinturones, gorras, pistolas y cartucheras.

Entretanto, las campanas tocaban a vísperas.

3

Cuando las Angellier salían para asistir a vísperas, el oficial que se alojaría en su casa entraba en ella. Se cruzaron en el umbral. El alemán dio un taconazo y saludó. La anciana señora Angellier palideció aún más y, haciendo un esfuerzo, le concedió una muda inclinación de la cabeza. Lucile levantó los ojos y, por un instante, el oficial y ella se miraron. En un segundo, un tropel de ideas cruzó su mente. «¿Y si fuera él quien hizo prisionero a Gaston? ¿A cuántos franceses habrá matado, Dios mío? ¿Cuántas lágrimas se habrán vertido por su culpa? Aunque lo cierto es que, si la guerra se hubiera desarrollado de otro modo, ahora Gaston podría estar entrando en una casa alemana como dueño y señor. Es la guerra, este joven no tiene la culpa.»

Era delgado, de manos bonitas y ojos grandes. Lucile se fijó en sus manos porque estaba sosteniéndoles la puerta. Llevaba un anillo con una piedra oscura y opaca en el anular; un rayo de sol surgido entre dos nubes arrancó un destello púrpura a la piedra y acarició aquel rostro de piel rojiza, curtida por la intemperie y cubierta de un vello suave como el de un melocotón de viña. Los pómulos eran prominentes, de un modelado fuerte y delicado, y la boca, fina y orgullosa. Lucile acortó el paso a su pesar; no podía dejar de mirar aquella mano grande y suave de largos dedos (se la imaginaba sosteniendo un pesado revólver negro, o una metralleta, o una granada, cualquier arma que repartiera muerte con indiferencia), aquel uniforme verde (¿cuántos franceses habrían pasado la noche en vela esperando ver aparecer entre las sombras de unos matorrales un uniforme así?) y aquellas relucientes botas... Se acordó de los soldados del derrotado ejército francés que, un año antes, habían atravesado el pueblo en su huida, sucios, agotados, arrastrando por el polvo sus pesados zapatones. Oh, Dios mío, eso era la guerra... Un soldado enemigo nunca parecía estar solo —un ser humano frente a otro ser humano—, sino acompañado, rodeado por un innumerable ejército de fantasmas, el ejército de los ausentes y los muertos. No se hablaba con un hombre, sino con una muchedumbre invisible; de tal modo que ninguna frase se decía sin más, y tampoco se escuchaba sin más; siempre se tenía esa sensación de no ser más que una boca que hablaba por muchas otras bocas mudas.

«¿Y él? ¿Qué piensa él? —se preguntó Lucile—. ¿Qué siente al poner los pies en esta casa francesa cuyo dueño está ausente, hecho prisionero por él o por sus camaradas? ¿Nos compadece? ¿Nos odia? ¿O entra aquí como en una fonda, pensando solamente si la cama será cómoda y la criada, joven?» Hacía rato que la puerta se había cerrado detrás del oficial; Lucile había seguido a su suegra, había entrado en la iglesia, se había arrodillado en su banco... Pero no podía olvidar al soldado enemigo. Ahora estaba solo en la casa; se había reservado el despacho de Gaston, que tenía una salida independiente. Comería fuera; no lo veía, aunque oiría sus pasos, su voz, su risa. ¡Sí, él podía reír! Estaba en su derecho. Lucile miró a su suegra, que permanecía inmóvil, con la cara oculta entre las manos, y por primera vez aquella mujer a la que no quería le inspiró piedad y una vaga ternura. Se inclinó hacia ella y le dijo con suavidad:

—Recemos el rosario por Gaston, madre.

La anciana asintió con la cabeza. Lucile empezó a rezar con un fervor sincero, pero poco a poco sus pensamientos se le escapaban y regresaban a un pasado cercano y lejano a un tiempo, sin duda debido al siniestro paréntesis de la guerra. Volvía a ver a su marido, aquel hombre grueso y hastiado que sólo se apasionaba por el dinero, las tierras y la política local. Nunca lo había amado. Se había casado con él porque así lo deseaba su padre. Nacida y criada en el campo, lo único que conocía del mundo era lo que había visto durante sus breves estancias en París, en casa de una pariente anciana. La vida en esas provincias del centro es opulenta y salvaje; cada cual vive encerrado en su casa, en su propiedad, recoge su trigo y cuenta su dinero. Las largas comilonas y la partidas de caza ocupan el tiempo libre. Para Lucile, el pueblo, con sus adustas casas protegidas por puertas tan gruesas como las de una prisión, sus salones atestados de muebles, siempre cerrados y helados para ahorrarse el fuego, era la imagen de la civilización. Dejó la casa paterna, perdida en medio del bosque, con un jubiloso entusiasmo ante la idea de vivir en el pueblo, de tener coche, de ir a comer a Vichy de vez en cuando... Educada severa y religiosamente, la adolescente no había sido infeliz, porque para entretenerse le bastaban el jardín, las tareas domésticas y una enorme y húmeda biblioteca llena de libros apolillados que leía a escondidas. Se había casado; había sido una esposa dócil y fría. Gaston Angellier sólo tenía veinticinco años en el momento de la boda, pero aparentaba esa prematura madurez que la vida sedentaria, los excelentes y pesados alimentos con que se atiborra, el abuso del vino y la falta de cualquier emoción viva y auténtica dan al hombre de provincias. Es una seriedad engañosa que sólo afecta a las costumbres y las ideas del individuo, en cuyo interior sigue bullendo la espesa y caliente sangre de la juventud.

En uno de sus viajes de negocios a Dijon, donde había estudiado, Gaston Angellier se encontró con una antigua amante, una modista con la que hacía años que había roto; se encaprichó de ella por segunda vez y con más vehemencia que la anterior; le hizo un hijo; le alquiló una casita en las afueras y se las arregló para pasar la mitad de su vida en Dijon. Lucile lo sabía todo, pero callaba, por timidez, desprecio o indiferencia. Después había estallado la guerra...

Y ahora, desde hacía un año, Gaston estaba prisionero. «Pobrecillo. Lo estará pasando mal —pensaba Lucile mientras las cuentas del rosario se deslizaban maquinalmente entre sus dedos—. ¿Qué será lo que más echa de menos? Su mullida cama, sus buenas comidas, su amante...» Le habría gustado poder darle todo lo que había perdido, todo lo que le habían quitado... Sí, todo, incluida aquella mujer... Eso, la espontaneidad y la sinceridad de ese sentimiento, le hizo comprender el vacío de su corazón; nunca había estado henchido de amor ni de celosa aversión. A veces, su marido la trataba con rudeza. Ella le perdonaba sus infidelidades, pero él nunca había olvidado las especulaciones de su suegro. Lucile volvió a oír las palabras que en más de una ocasión habían hecho que se sintiera abofeteada: «¡Anda, que si llego a saber antes que la moza no tenía dinero!»

Lucile bajó la cabeza. No, en su corazón ya no había resentimiento. Lo que su marido debía de haber pasado después de la derrota, los últimos combates, la huida, la captura, las marchas forzadas, el frío, el hambre, los muertos a su alrededor y ahora el campo de prisioneros, lo borraba todo. «Que vuelva y recupere todo lo que le gustaba: su habitación, sus zapatillas forradas, los paseos por el jardín al amanecer, los melocotones frescos recién cogidos en la espaldera y las buenas comidas, los grandes fuegos crepitantes, todos sus placeres, los que ignoro y los que adivino, que los recupere! No pido nada para mí, pero me gustaría verlo feliz. ¿Y yo?»

En su ensimismamiento, el rosario se le escapó de las manos y cayó al suelo; de pronto, se dio cuenta de que todo el mundo estaba de pie, de que el oficio tocaba a su fin. Fuera, los alemanes paseaban por la plaza. Los galones de plata de sus uniformes, sus ojos claros, sus rubias cabezas, las hebillas metálicas de sus cinturones brillaban al sol y daban al polvoriento terrero de delante de la iglesia, encerrado entre altos muros (las ruinas de las antiguas murallas), una alegría, una animación, una vida nueva. Los alemanes paseaban los caballos. Habían organizado una comida al aire libre: la mesa y los bancos estaban hechos con tablas requisadas en el taller del ebanista, que las destinaba a hacer ataúdes. Los soldados comían y miraban a los lugareños con divertida curiosidad. Era evidente que los once meses de ocupación no habían bastado para aburrirlos de los franceses; aún los observaban con el regocijado asombro de los primeros días, los encontraban graciosos, raros, no se acostumbraban a su atropellado parloteo, trataban de adivinar si los odiaban, los toleraban, los apreciaban… Sonreían a las chicas con disimulo, y ellas pasaban de largo, dignas y desdeñosas (¡era el primer día!). Así que los alemanes bajaban los ojos hacia la chiquillería que los rodeaba: todos los chavales del pueblo estaban allí, fascinados por los uniformes, los caballos y las botas altas. Las madres se desgañitaban, pero no las oían. Con los dedos sucios, tocaban furtivamente la gruesa tela de las guerreras. Los alemanes les hacían señas de que se acercaran y les llenaban las manos de caramelos y calderilla.

Pese a todo, en el pueblo reinaba la acostumbrada paz dominical; los alemanes ponían una nota extraña en el cuadro, pero el fondo seguía siendo el mismo, pensaba Lucile. Había habido momentos de tensión; algunas mujeres (madres de prisioneros, como la señora Angellier, o viudas de la otra guerra) habían vuelto a sus casas a toda prisa, cerrado las ventanas y corrido las cortinas para no ver al enemigo. En pequeños cuartos oscuros, lloraban y releían viejas cartas, besaban amarillentas fotos adornadas con un crespón y una escarapela tricolor… Pero las más jóvenes seguían en la plaza, de cháchara, como todos los domingos. No se iban a perder una tarde de fiesta y diversión por culpa de los alemanes; habían estrenado sombrero: era domingo de Pascua. Los hombres observaban a los alemanes disimuladamente. No había manera de saber qué pensaban: los rostros de los campesinos son impenetrables. Un alemán se acercó a un grupo y pidió fuego; se lo dieron y respondieron a su saludo con leve gesto; el militar se alejó y los hombres siguieron hablando del precio de sus bueyes. Como todos los domingos, el notario pasó camino del Hôtel des Voyageurs para echar la partida. Varias familias regresaban del paseo semanal hasta el cementerio, casi una excursión campestre en aquella comarca que ignoraba las diversiones. La gente iba en grupo y recogía flores entre las tumbas. Las hermanas del patronato salieron de la iglesia con los niños e, imperturbables bajo sus tocas, se abrieron paso entre los soldados.

—¿Se quedarán mucho tiempo? —le susurró el recaudador al escribano, señalando a los alemanes.

—Dicen que tres meses —respondió el otro en voz no menos baja.

El recaudador suspiró.

—Eso hará que suban los precios.

Y, maquinalmente, se frotó la mano inutilizada por el estallido de un obús en 1915. Luego pasaron a otra cosa.

Las campanas, que habían anunciado la salida de vísperas, enmudecieron; el débil eco de sus últimos tañidos se perdió en el aire de la tarde.

Para volver a casa, las Angellier hacían un sinuoso recorrido que Lucile se sabía piedra a piedra. Avanzaban en silencio, respondiendo con leves movimientos de la cabeza a los saludos de los campesinos. La señora Angellier no era muy querida en la región, pero Lucile inspiraba simpatía, porque era joven, tenía el marido prisionero y no se mostraba orgullosa. En ocasiones, acudían a ella en busca de consejo sobre la educación de los hijos o la compra de un corsé. O cuando tenían que mandar un paquete a Alemania. Sabían que en casa de los Angellier —la mejor del pueblo— se alojaba un oficial enemigo, y compadecían a las dos mujeres.

—Menuda faena les han hecho —les susurró la modista al cruzarse con ellas.

—Esperemos que no tarden en irse por donde han venido —les deseó la farmacéutica.

Y una viejecilla que daba pasitos cortos detrás de una cabra de suave pelaje blanco, se puso de puntillas para decirle al oído a Lucile:

—Dicen que son muy malos, que son unos demonios, que le hacen la vida imposible a la pobre gente.

La cabra dio un brinco y embistió la larga capa gris de un oficial alemán. El militar se volvió, se echó a reír y quiso acariciar al animal, pero la cabra salió huyendo. La horrorizada viejecilla puso pies en polvorosa y las Angellier cerraron tras de sí la puerta de su casa.

4

Era la casa más hermosa de la región; tenía cien años. Baja y alargada, estaba construida en una piedra amarilla y porosa que, a la luz del sol, adquiría un cálido tono dorado de pan recién horneado. Las ventanas que daban a la calle (las de las habitaciones principales) estaban firmemente cerradas, con los postigos echados y asegurados contra los ladrones con barras de hierro. La pequeña claraboya redonda del desván (donde permanecían ocultos los tarros, las jarras y las garrafas que contenían los comestibles prohibidos) tenía una reja de gruesos barrotes acabados en puntas con forma de flor de lis, que habían empalado a más de un gato errante. La puerta de la calle estaba pintada de azul y tenía un cerrojo de prisión y una enorme llave que chirriaba quejumbrosamente. La planta baja exhalaba un olor a cerrado, un olor frío a casa deshabitada, pese a la ininterrumpida presencia de sus propietarios. Para impedir que las colgaduras se ajaran y preservar los muebles, el aire y la luz estaban proscritos. A través de la puerta del vestíbulo, con su vidriera de cristales de colores que parecían culos de botella, se filtraba una luz glauca, incierta, que sumía en la penumbra los arcones, las cornamentas de ciervo colgadas en las paredes y los pequeños y viejos grabados, descoloridos por la humedad.

En el comedor, el único sitio donde se ponía la estufa, y la habitación de Lucile, que de vez en cuando se permitía encenderla a última hora de la tarde, se respiraba el grato olor de los fuegos de leña, un aroma a humo y corteza de castaño. Al otro lado del comedor, se extendía el jardín. En esa época del año tenía un aspecto de lo más triste: los perales extendían sus crucificados brazos sobre alambres; los manzanos, podados en cordón, rugosos y atormentados, estaban erizados de punzantes ramas; de la viña sólo quedaban sarmientos desnudos. Pero, unos días de sol, y el pequeño y madrugador melocotonero de la plaza de la iglesia no sería el único en cubrirse de flores; todos los árboles lo imitarían. Desde su ventana, mientras se cepillaba el pelo antes de acostarse, Lucile contemplaba el jardín a la luz de la luna. Los gatos maullaban encaramados a la tapia baja. Alrededor se veía toda la comarca, salpicada de pequeños y frondosos valles, fértil, secreta, de un suave gris perla al claro de luna.

Al llegar la noche, Lucile se sentía rara en su enorme habitación vacía. Antes, Gaston dormía allí, se desnudaba, gruñía, maltrataba los cajones… Era un compañero, una criatura humana. Ahora hacía casi un año que estaba sola. No se oía un ruido. Fuera, todo dormía. Inconscientemente, Lucile aguzó el oído, esperando percibir algún signo de vida en la habitación contigua, ocupada por el oficial alemán. Pero no oyó nada. Puede que todavía no hubiera vuelto, o que la gruesa pared ahogara los sonidos, o que estuviera inmóvil y callado, como ella. Al cabo de unos instantes percibió un roce, un suspiro, luego un tenue silbido, y se dijo que estaba en la ventana, contemplando el jardín. ¿Qué estaría pensando? No conseguía imaginarlo; por más que lo intentara, no podía atribuirle las reflexiones, los deseos naturales de un individuo normal. No podía creer que contemplara el jardín inocentemente, que observara el espejeo del vivero, en el se adivinaban silenciosas formas plateadas: las carpas para la comida del día siguiente. «Está eufórico —se dijo Lucile—. Recordando sus batallas, los peligros superados. Dentro de un rato escribirá a su casa, a Alemania, a su mujer… No, no puede estar casado, es demasiado joven… Escribirá a su madre, a su novia, a su amante… Pondrá: "Vivo en una casa francesa; no hemos padecido en absoluto, Amalia —se llamará Amalia, o Cunegonde, o Gertrude, pensó Lucile, buscando expresamente nombres ridículos—, porque somos los vencedores."»

Ahora ya no se oía nada. Había dejado de moverse; contenía la respiración.

«¡Croac!», se oyó un sapo en la oscuridad.

Era como una exhalación musical grave y dulce, una nota temblorosa y pura, una burbuja de agua que estallaba con un sonido nítido.

«¡Croac, croac!»

Lucile entrecerró los ojos. Qué paz, qué triste y profunda paz… De vez en cuando, algo despertaba en su interior, se rebelaba, exigía ruido, movimiento, gente. ¡Vida, Dios mío, vida! ¿Cuánto duraría aquella guerra? ¿Cuántos años habría que estar así, en aquel siniestro letargo, sometidos, humillados, acobardados como el ganado durante una tormenta? Echaba de menos el vivaz parloteo de la radio, que permanecía oculta en la bodega desde la llegada de los alemanes. Se decía que las requisaban y destruían. Lucile sonrió. «Las casas francesas deben de parecerle un tanto desamuebladas», se dijo pensando en todas las cosas que su suegra había escondido en los armarios y puesto bajo llave para preservarlas del enemigo.

Durante la cena, el ordenanza del oficial había entrado en el comedor y les había entregado una breve nota:

El teniente Bruno von Falk presenta sus respetos a ambas señoras Angellier y les ruega tengan la bondad de entregar al soldado portador de estas líneas las llaves del piano y la biblioteca. El teniente se compromete, bajo palabra de honor, a no llevarse el instrumento y a no destrozar los libros.

Pero a la señora Angellier la broma del teniente no le había hecho ninguna gracia. Había alzado los ojos al techo, movido los labios como si musitara una breve plegaria y se sometiera a la voluntad divina, y preguntado:

—La fuerza prevalece sobre el derecho, ¿no es eso?

Y el soldado, que no sabía francés, tras asentir con la cabeza vigorosa y repetidamente, había sonreído de oreja a oreja y se había limitado a responder:

—*Ja wohl.*

—Dígale al teniente Von… Von… —farfulló la anciana con desdén— que ahora es el dueño. —Y tras sacar las llaves solicitadas

266

del llavero y arrojarlas sobre la mesa, le susurró a su nuera con tono dramático—: Va a tocar la *Wacht am Rhein*...

—Creo que ahora tienen otro himno nacional, madre.

Pero el teniente no había tocado nada. Siguió reinando un profundo silencio; luego, el ruido de la puerta cochera, que resonó como un gong en la paz de la tarde, les hizo saber que el oficial salía; ambas mujeres habían soltado un suspiro de alivio.

«Ahora se ha apartado de la ventana —pensó Lucile—. Se pasea por la habitación. Las botas, ese ruido de botas... Todo esto pasará. La ocupación acabará. Llegará la paz, la bendita paz. La guerra y el desastre de 1940 no serán más que un recuerdo, una página de la Historia, nombres de batallas y tratados que los estudiantes recitarán en los institutos. Pero yo recordaré este ruido sordo de botas golpeando el suelo mientras viva. Pero ¿por qué no se acuesta? ¿Por qué no se pone zapatillas en casa, por la noche, como un civil, como un francés?... Está bebiendo.» Lucile oyó el siseo del sifón de agua de Selz y el débil chsss-chsss de un limón exprimido. Su suegra habría dicho: «Ahí tienes por qué no encontramos limones. ¡Nos lo quitan todo!» Ahora estaba hojeando un libro. ¡Oh, qué idea tan odiosa! Lucile se estremeció. Había abierto el piano; reconocía el golpe de la tapa y el chirrido que producía el taburete al girar. «¡No! ¡Es capaz de ponerse a tocar en plena noche!» Aunque lo cierto es que sólo eran las nueve de la noche. Puede que en el resto del mundo la gente no se acostara tan temprano... Sí, estaba tocando. Lucile escuchó con la cabeza baja, mordiéndose nerviosamente el labio inferior. No fue tanto un arpegio como una especie de suspiro que ascendía del teclado, una palpitación de notas; las rozaba, las acariciaba, y acabó con un trino leve y rápido como el canto de un pájaro. Luego, todo quedó en silencio.

Lucile permaneció inmóvil largo rato, con el pelo suelto sobre los hombros y el cepillo en la mano. Al fin, suspiró y pensó vagamente: «Lástima...» (¿Lástima que el silencio fuera tan profundo? ¿Que quien estaba allí fuera él, el invasor, el enemigo, y no otro?) Hizo un leve gesto de irritación con la mano, como si apartara capas de aire demasiado denso, irrespirable. Lástima... Y se acostó en la gran cama vacía.

5

Madeleine Labarie estaba sola en casa, sentada en la sala donde Jean-Marie había vivido durante unas semanas. Todos los días hacía la cama en la que dormía el convaleciente.

—¡Déjalo ya! —le decía Cécile, irritada—. Si nadie se acuesta en ella, no sé qué necesidad tienes de cambiar las sábanas, como si esperaras a alguien. ¿Esperas a alguien?

Madeleine no respondía, y a la mañana siguiente volvía a sacudir el enorme colchón de plumas.

Estaba contenta de haberse quedado sola con el bebé, que mamaba con la mejilla apoyada contra su pecho desnudo. Cuando lo cambiaba de lado, tenía una parte de la cara húmeda, roja y brillante como una cereza, y la forma del pecho impresa en la piel. Lucile lo besó con ternura. «Me alegro de que sea un chico —se dijo por enésima vez—. Los hombres sufren menos.»

Se estaba amodorrando frente al fuego: nunca dormía lo suficiente. Había tanto trabajo que rara vez se acostaban antes de las diez o las once, y a veces volvían a levantarse en plena noche para escuchar la radio inglesa. Había que estar en pie a las cinco de la madrugada para dar de comer a los animales. Era agradable poder echar una cabezadita esa mañana, con la comida en el fuego, la mesa puesta y todo en orden a su alrededor. La pálida luz de un lluvioso mediodía de primavera iluminaba el verde nuevo de los campos y el gris del cielo. En el corral, los patos parpaban bajo la lluvia y las gallinas y los pavos, pequeñas bolas de hirsutas plumas, se cobijaban tristemente bajo el cobertizo. Madeleine oyó ladrar al perro.

«¿Ya vuelven?», se preguntó.

Benoît había llevado la familia al pueblo.

Alguien cruzó el patio, alguien que no llevaba zuecos como Benoît. Cada vez que Madeleine oía pasos que no eran los de su marido u otro habitante de la granja, cada vez que veía a lo lejos una silueta desconocida, en el momento mismo en que pensaba febrilmente: «No es Jean-Marie, no puede ser él, estoy loca; primero, porque no volverá, y después, porque si volviera, ¿qué más daría, si me he casado con Benoît? No espero a nadie; al contrario, ruego a Dios que Jean-Marie no vuelva jamás, porque poco a poco me acostumbraré a mi marido y seré feliz... Dios mío, no sé qué me digo, no sé dónde tengo la cabeza. Si soy feliz...», en el mismo momento en que se decía todo eso, su corazón, que era menos razonable que ella, comenzaba a palpitar con tal violencia que ahogaba todos los sonidos exteriores, hasta el punto de que Madeleine dejaba de oír la voz de su marido, el llanto del niño y el viento bajo la puerta, y el estruendo de sus latidos la ensordecía, como cuando nos zambullimos bajo una ola. Por unos instantes era como si perdiese el conocimiento; luego, cuando volvía en sí, veía al cartero, que traía un muestrario de semillas (y que ese día estrenaba zapatos), o al vizconde de Montmort, el propietario.

—Pero bueno, Madeleine, ¿no das los buenos días? —le preguntaba la señora Labarie, extrañada.

—Creo que la he despertado —decía el visitante, mientras ella se excusaba débilmente y murmuraba:

—Sí, me ha sobresaltado...

¿Despertarla? ¿De qué sueño?

Una vez más, Madeleine fue presa de esa agitación interior, de ese pánico que la paralizaba a la vista del desconocido que entraba (o regresaba) a su vida. Se levantó a medias de la silla y clavó los ojos en la puerta. ¿Un hombre? Eran pasos de hombre, una tosecilla masculina, un aroma a tabaco de calidad... Una mano de hombre, cuidada y blanca, sobre el picaporte; luego, un uniforme alemán. Como siempre, al ver que quien entraba no era Jean-Marie, se llevó una decepción tan grande que se quedó aturdida unos instantes; ni siquiera se le ocurrió abotonarse la blusa. El alemán, un oficial, un joven que no tendría más de veinte años, con el rostro muy pálido y las pestañas, el pelo y el corto bigote igual de claros, de un rubio pajizo y brillante, miró el pecho desnudo, sonrió y saludó con una corrección exagerada, casi insultante. Algunos alemanes sabían imprimir en sus saludos a los franceses una cortesía afectada (¿o tal vez sólo era la impresión del vencido, agriado, humillado, lleno de cólera?). Ya no era una muestra de consideración hacia un semejante, sino la que se testimonia a un cadáver, como el «¡Presenten armas!» ante el cuerpo del condenado al que se acaba de ejecutar.

—¿Puedo ayudarlo en algo, señor? —preguntó al fin Madeleine, cubriéndose rápidamente.

—Tengo una boleta de alojamiento en la granja de los Nonnain, señora —respondió el joven, que hablaba un francés excelente—. Perdone que la importune, pero ¿sería tan amable de mostrarme mi habitación?

—Nos habían dicho que tendríamos soldados rasos —repuso Madeleine tímidamente.

—Yo soy teniente intérprete en la Kommandantur.

—Estará usted lejos del pueblo, y me temo que la habitación no es demasiado buena para un oficial. Esto no es más que una granja; aquí no tendrá agua corriente, ni electricidad ni nada de lo que un caballero necesita.

El joven paseó la mirada por la sala. Examinó el suelo de gastadas baldosas rojizas, casi rosa en algunos sitios, el enorme hogar que ocupaba el centro de la habitación; la cama de vela en un rincón, la rueca que habían bajado del granero, donde languidecía desde la otra guerra, porque ahora todas las chicas de la región aprendían a hilar la lana, puesto que ya no podía comprarse en madejas... El alemán siguió observando con atención las fotografías enmarcadas de las paredes, los premios de concursos agrícolas, la pequeña hornacina vacía, que antaño había albergado la imagen de una santa, y las delicadas y desvaídas pinturas que formaban un friso a su alrededor. Por fin, volvió a posar los ojos en la joven campesina y la criatura que tenía en brazos, y sonrió.

—No se preocupe por mí. Estaré perfectamente.

Su voz tenía un timbre extrañamente duro y vibrante que recordaba a un crujido metálico. Los ojos gris acero, las angulosas facciones y el peculiar color rubio del pelo, pálido, lustroso y liso como un casco, daban a aquel joven un aspecto inquietante a los ojos de Madeleine; su apariencia física tenía algo perfecto, preciso, deslumbrante, que hacía pensar más en una máquina que en un ser humano, se dijo, fascinada a su pesar por las botas y la hebilla de su cinturón: el cuero y el acero resplandecían.

—Espero que tenga ordenanza —dijo Madeleine—. Aquí nadie podría sacar tanto brillo a sus botas.

El alemán se echó a reír y repitió:

—No se preocupe por mí.

Madeleine había acostado al niño. La imagen del alemán se reflejó en el espejo inclinado que colgaba sobre la cama. Madeleine sorprendió su mirada y su sonrisa. «Si le da por rondarme, ¿qué dirá Benoît?», pensó con temor. El joven le desagradaba y le daba un poco de miedo, pero no podía evitar sentirse atraída por cierto parecido con Jean-Marie; no con Jean-Marie en tanto que hombre, sino en tanto que burgués, que «señorito». Los dos iban bien afeitados, eran educados y tenían manos blancas y piel fina. Madeleine comprendió que la presencia de aquel alemán sería doblemente odiosa para Benoît: porque era un enemigo y porque no era un campesino como él; sobre todo, porque detestaba lo que en Madeleine revelaba interés, curiosidad por la clase superior, hasta el punto de que, desde hacía algún tiempo, le arrancaba de las manos las revistas de moda o, cuando ella le pedía que se afeitara o se cambiara de camisa, le espetaba: «En esta vida hay que elegir. Tú has elegido a un hombre del campo, a un destripaterrones… Yo no tengo modales refinados», con tanto rencor, con unos celos tan exacerbados, que Madeleine se olía lo que había ocurrido: Cécile se había ido de la lengua. Cécile tampoco era la misma con ella. Suspiró. Cuántas cosas había cambiado aquella maldita guerra…

—Le enseñaré su habitación —murmuró al fin.

Pero el alemán cogió una silla y se sentó junto a la estufa.

—Luego, si no le importa. Antes presentémonos. ¿Cómo se llama usted?

—Madeleine Labarie.

—Yo, Kurt Bonnet. Como ve, es un apellido francés. Mis antepasados debían de ser compatriotas suyos, expulsados de Francia en tiempos de Luis XIV. En Alemania hay sangre francesa, y palabras francesas en nuestro idioma.

«En Francia también hay sangre alemana —le habría gustado responderle—, pero en la tierra, y desde 1914.» Pero no se atrevió; lo mejor era callarse. Era extraño: no odiaba a los alemanes, no odiaba a nadie, pero cada vez que veía aquel uniforme parecía convertirse, ella, que tan libre y orgullosa había sido siempre, en una especie de astuta, cautelosa y asustada esclava, llena de habilidad para adular al vencedor y luego escupir a sus espaldas: «¡Ojalá revientes!», como hacía su suegra, que al menos no sabía fingir ni contemporizar con el invasor, se dijo Madeleine, avergonzada de sí misma. Arrugó la frente, adoptó una expresión glacial y apartó un poco la silla para darle a entender que no deseaba seguir hablando con él y que su presencia la incomodaba.

Él, en cambio, la miraba complacido. Como muchos hombres jóvenes, sometidos desde la infancia a una dura disciplina, se había acostumbrado a ocultar su ser íntimo tras una rígida arrogancia exterior. Opinaba que un hombre digno de ese nombre debía ser de hierro. Por lo demás, así era como se había mostrado en la guerra, en Polonia y Francia, y durante la ocupación. Pero obedecía no tanto a unos principios como a la impetuosidad de la extrema juventud. (Madeleine le calculaba unos veinte años, pero aún tenía menos: había cumplido los diecinueve durante la campaña de Francia.) Se mostraba benévolo o cruel según la impresión que le causaran las cosas y las personas. Si le cogía ojeriza a alguien, se las arreglaba para hacerle la vida imposible. Tras la debacle del ejército francés, le encomendaron conducir a Alemania el lamentable rebaño de prisioneros y, durante esas terribles jornadas, en las que la orden era abatir a los que flaquearan, a los que no caminaran lo bastante deprisa, lo había hecho sin remordimientos, e incluso de buena gana con quienes le resultaban antipáticos. En cambio, se había mostrado infinitamente humano y compasivo con ciertos prisioneros que le cayeron en gracia, y que en algunos casos le debían la vida. Era cruel, pero con la crueldad de la adolescencia, producto de una imaginación muy viva y sensible, totalmente ensimismada, absorta en su propia alma: el adolescente no se compadece de las desgracias ajenas, no las ve, sólo se ve a sí mismo. En esa crueldad había una parte de afectación, debida a su edad tanto como a cierta inclinación al sadismo. De tal modo que, si bien se mostraba implacable con los hombres, era extraordinariamente considerado con los animales. A su inspiración se debía una orden de la Kommandantur de Calais fechada unos meses antes. Bonnet había observado que, los días de mercado, los campesinos llevaban los pollos cabeza abajo, agarrados por las patas. «Por motivos humanitarios», tal comportamiento quedó terminantemente prohibido. Los campesinos no hicieron el menor caso, lo que aumentó la aversión de Bonnet por los franceses, «incivilizados y vanos», que por su parte estaban indignados ante semejante bando, colocado junto a otro que informaba de la ejecución de ocho hombres en represalia por una acción de sabotaje. En la ciudad del norte donde había estado acantonado, Bonnet se había encariñado con su patrona por la sencilla razón de que, un día que tenía gripe, la mujer se había tomado la molestia de llevarle el desayuno a la cama. Bonnet se acordó de su madre y de su infancia, y con lágrimas en los ojos dio las gracias a la señora Lili, antigua madame de un burdel. A partir de ese día hizo todo lo que pudo por ella: le conseguía vales de gasolina y permisos de todo tipo, pasaba las veladas con la antigua alcahueta porque, según decía el joven, estaba sola, era mayor y se aburría, y siempre que iba a París por asuntos del servicio le traía algún regalo, que le salía caro, porque no era rico.

En ocasiones, esas simpatías tenían su origen en reminiscencias musicales, literarias o, como la mañana de primavera en que se presentó en casa de los Labarie, pictóricas: Bonnet era un joven muy culto y dotado para todas las artes. La granja de los Labarie, con aquella atmósfera un tanto lúgubre y húmeda que le daba el día lluvioso, con sus gastadas baldosas rojizas, su pequeña hornacina vacía, en la que el joven teniente imaginaba una estatua de la Virgen retirada durante la última revolución, con la rama de boj bendecida encima de la cuna y el brillo de un calentador de cobre en la penumbra, tenía algo que recordaba un «interior» de la escuela flamenca. Aquella joven sentada en un sillita baja, con su hijo en brazos y un delicioso pecho medio desnudo y reluciendo en la penumbra, aquel rostro encantador de mejillas sonrosadas y frente y barbilla muy pálidos, se merecían por sí solos un cuadro. Contemplándolos, admirándolos, casi se sentía como en un museo de Múnich o Dresde, solo ante una de esas telas que le producían una incomparable embriaguez sensual e intelectual a un tiempo. A partir de ese momento, esa mujer podría mostrarse fría u hostil hacía él; no le afectaría, ni siquiera lo advertiría. Lo único que le pedía, a ella como a todo lo que la rodeaba, era que le procuraran un placer puramente estético, que conservaran aquella iluminación de obra maestra, aquella luminosidad de la carne, aquel terciopelo del fondo.

En ese instante, el enorme reloj dio las doce. Bonnet sonrió casi con placer. Aquel sonido grave, profundo y un tanto cascado, que salía de aquella vieja máquina con la caja pintada, era el mismo que en más de una ocasión había creído oír mientras contemplaba un cuadro de algún pintor holandés e imaginaba el olor de los arenques preparados por la señora de la casa o el ruido de la calle que se adivinaba tras una ventana de cristales verdosos; en aquellos lóbregos interiores siempre había un reloj así.

No obstante, quería hacer hablar a Madeleine, deseaba volver a oír su voz fresca y melodiosa.

—¿Vive aquí sola? ¿Tiene al marido prisionero, quizá?

—¡No, no! —se apresuró a responder Madeleine.

Al recordar que Benoît se había escapado de los alemanes, volvió a asustarse; de pronto, temió que el alemán lo adivinara y detuviera al fugitivo. «Mira que soy idiota», se dijo, pero instintivamente suavizó su actitud: había que ser amable con el vencedor. Adoptando un tono ingenuo y obsequioso, preguntó:

—¿Se quedarán ustedes mucho tiempo? Dicen que tres meses.

—No lo sabemos ni siquiera nosotros —explicó Bonnet—. Es la vida del soldado: dependemos de una orden, del capricho de los generales o del azar de la guerra. Íbamos camino de Yugoslavia, pero allí todo ha terminado.

—¡Ah! ¿Ha terminado?

—Es cuestión de días. De todas formas, hubiésemos llegado después de la victoria. Así que creo que nos tendrán aquí todo el verano, a no ser que nos envíen a África o Inglaterra.

—Y… ¿le gusta esa vida? —preguntó Madeleine con fingida candidez, pero sintiendo un leve estremecimiento de repugnancia, como si le hubiera preguntado a un caníbal: «¿Es verdad que le gusta la carne humana?»

—El hombre ha nacido para ser guerrero, como la mujer para el descanso del guerrero —respondió Bonnet, y sonrió, porque encontraba divertido citar a Nietzsche ante aquella bonita campesina francesa—. Seguro que su marido, si es joven, piensa lo mismo.

Madeleine no respondió. En el fondo, sabía muy poco sobre las ideas de Benoît, se dijo, pese a que se habían criado juntos. Benoît era taciturno y estaba revestido de una triple armadura de pudor: masculino, campesino y francés. Madeleine no sabía ni qué odiaba ni qué amaba, sólo que era capaz de amar y de odiar. «Dios mío, que no le coja manía a este alemán», pensó.

Madeleine prestaba atención al joven oficial, pero estaba pendiente de los ruidos del camino y apenas le respondía. Las carretas pasaban de largo; las campanas tocaban el ángelus; sonaban una tras otra en el silencio del campo: primero, la de la pequeña capilla de Montmort, alegre como un cascabel de plata; luego, el grave tañido de la iglesia del pueblo, y por último el apresurado repique de Sainte-Marie, que sólo se oía cuando hacía mal tiempo y el viento soplaba de lo alto de las colinas.

—Mi familia no tardará en llegar —murmuró, colocando sobre la mesa un jarrito de porcelana crema lleno de nomeolvides—. Usted no comerá aquí, ¿verdad? —le preguntó de improviso.

El alemán se apresuró a tranquilizarla.

—¡No, no! Las comidas las haré en el pueblo. Sólo necesito el café con leche del desayuno.

—Eso es bien fácil. Si no es más que eso, teniente…

Era una frase hecha de la región; la gente la decía sonriendo y con voz melosa, pero no significaba absolutamente nada: era una fórmula cortés que no engañaba a nadie ni comprometía a nada, una simple muestra de amabilidad. Si al final la promesa quedaba en nada, existía otra fórmula *ad hoc*, que, por el contrario, se pronunciaba en tono de pesar y disculpa: «¡Ah, no siempre puede hacer uno lo que le gustaría!» Pero el alemán se quedó encantado.

—¡Qué amable es todo el mundo en este pueblo! —exclamó ingenuamente.

—¿Usted cree, teniente?

—¿Y me subirá el desayuno a la cama?

—Eso sólo se hace con los enfermos —replicó Madeleine con tono burlón. Bonnet intentó cogerle las manos, pero ella las apartó bruscamente—. Aquí llega mi marido.

Todavía no era él, pero no tardaría en aparecer. Madeleine había reconocido el paso de la yegua en el camino. Salió al patio; seguía lloviendo. El viejo break, que no se había usado desde la otra guerra y que ahora sustituía al coche, inutilizable, cruzó el portón. Benoît iba en el pescante y las mujeres, sentadas bajo los chorreantes paraguas. Madeleine corrió hacia su marido y le echó los brazos al cuello.

—Hay un boche —le susurró al oído.

—¿Se va a alojar aquí?

—Sí.

—Maldita sea…

—¡Bah, si los sabes manejar no son malas personas! —dijo Madeleine—. Y pagan bien.

Benoît desenganchó la yegua y la llevó a la cuadra. Cécile, intimidada por el alemán pero consciente de su buen aspecto —llevaba el vestido de los domingos, sombrero y medias de seda—, entró muy tiesa en la sala.

6

El regimiento pasó bajo las ventanas de Lucile. Los soldados cantaban; tenían muy buenas voces, pero formaban un coro grave, amenazador y triste que parecía más religioso que guerrero y desconcertaba
a los franceses. «¿Serán cánticos suyos?», se preguntaban las mujeres.

La tropa volvía de las maniobras; era tan temprano que todo el
pueblo dormía. Algunas mujeres se habían despertado sobresaltadas
y reían asomadas a las ventanas. ¡Qué mañana tan pura y fresca! Los
gallos hacían sonar sus trompetas, enronquecidas por el relente de la
noche. El aire inmóvil estaba teñido de rosa y plata. Una luz inocente
bañaba los felices rostros de los hombres que desfilaban (¿cómo no
ser feliz en una primavera tan hermosa?), hombres altos y bien plan-
tados, de facciones duras y voces armoniosas, a los que las mujeres seguían con la mirada largo rato. Los vecinos empezaban a reconocer a
algunos soldados, que ya no formaban la masa anónima de los primeros días, aquella marea de uniformes verdes en la que ningún rasgo se
distinguía de los demás, del mismo modo que en el mar ninguna ola
posee fisonomía propia, sino que se confunde con las que la preceden
y la siguen. Ahora aquellos soldados tenían nombres: «Mira —decía
la gente—, ése es el rubito que vive en casa del almadreñero; sus compañeros lo llaman Willy. Aquel pelirrojo es el que pide tortillas de
ocho huevos y se bebe doce vasos de aguardiente de un tirón, sin emborracharse ni ponerse malo. Y ese tan joven y tan tieso es el intérprete, el que hace y deshace en la Kommandantur. Y por ahí viene el alemán de las Angellier.»

Y, del mismo modo que a los granjeros se los llamaba por el nombre de la propiedad en que vivían, hasta el punto de que el cartero, descendiente de antiguos aparceros de los Montmort, seguía apodándose Auguste de Montmort, los alemanes heredaron en cierta medida los apellidos de sus anfitriones. Y así, se decía: «Fritz de Durand, Ewald de la Forge, Bruno de los Angellier...»

Este último iba a la cabeza de su destacamento de caballería. Los animales, fogosos y bien alimentados, que caracoleaban y miraban a la gente con ojos vivos, impacientes y orgullosos, eran la admiración de los campesinos. «¿Has visto, mamá?», exclamaban los niños.

El caballo del teniente tenía el pelaje castaño dorado, con reflejos de satén. Ninguno de los dos parecía insensible a los murmullos y las exclamaciones de admiración de las mujeres. El hermoso corcel arqueaba el pescuezo y sacudía furiosamente el bocado. El oficial esbozaba una leve sonrisa y de vez en cuando producía con la lengua un pequeño chasquido cariñoso que resultaba más efectivo que la fusta.

—¡Qué bien monta ese boche! —exclamó una chica asomada a su ventana, y el teniente se llevó la enguantada mano a la gorra y saludó muy serio.

Detrás de la chica, se oyó un agitado cuchicheo.

—Sabes perfectamente que no les gusta que los llamen así. ¿Es que te has vuelto loca?

—Bueno, ¿y qué? Se me había olvidado —se defendió la chica, roja como un tomate.

Al llegar a la plaza, el destacamento se dispersó. Los soldados regresaron a sus alojamientos haciendo resonar las botas y las espuelas. Un sol radiante y casi estival empezaba a calentar con fuerza. En los patios, los soldados se lavaban; sus desnudos torsos estaban enrojecidos, curtidos por la intemperie y empapados en sudor. Un soldado había colgado un pequeño espejo en el tronco de un árbol y se estaba afeitando; otro sumergía la cabeza y los brazos en un cubo de agua fresca; un tercero exclamaba:

—¡Bonito día, señora!

—Vaya, ¿habla usted mi idioma?

—Un poco.

Se cruzaban miradas y se cambiaban sonrisas. Las mujeres se acercaban a los aljibes y soltaban las largas y chirriantes cadenas. Cuando el cubo volvía a aparecer, lleno de un agua helada y temblorosa en la que el cielo se veía de un azul más oscuro, siempre había algún soldado que acudía a toda prisa para aliviar de su carga a la mujer. Unos, para mostrarle que, aunque alemanes, eran educados; otros, por bondad natural, y la mayoría, porque el buen tiempo y una especie de plenitud física causada por el aire libre, el sano cansancio y la perspectiva del descanso les producía esa exaltación, esa sensación de fuerza interior que induce al hombre a ser más blando con los débiles y más duro con los fuertes (sin duda, el mismo instinto que en primavera lleva a los machos a luchar entre sí, mordisquear el suelo, jugar y revolcarse en el polvo delante de las hembras).

Un joven soldado acompañó a una mujer hasta su casa; le llevaba, muy serio, dos botellas de vino blanco que ella acababa de sacar del aljibe. No era más que un muchacho, de ojos claros, nariz respingona y grandes y fuertes brazos.

—Muy bonitas —decía mirando las piernas de la francesa—. Muy bonitas, señora…

La mujer se volvió y se llevó un dedo a los labios.

—Chist… Mi marido…

—Ah, marido, *böse*… malo —murmuró él fingiéndose asustado.

Al otro lado de la puerta, el marido lo oía todo, pero, como confiaba en su mujer, lejos de encolerizarse sentía una especie de orgullo. «¡Claro, como que nuestras mujeres son unas reales hembras!», se decía. Y esa mañana el vasito de vino blanco aún le supo mejor.

Dos soldados entraron en la tienda del almadreñero, que era mutilado de guerra y en ese momento estaba trabajando en su banco. En el aire flotaba un penetrante olor a madera recién cortada; los tarugos de pino aún lloraban lágrimas de resina. En un estante se veían zuecos acabados y adornados con quimeras, serpientes o cabezas de buey. Un par estaba tallado en forma de morro de cerdo. Uno de los alemanes se quedó admirándolo.

—Obra excelente —murmuró.

El enfermizo y taciturno almadreñero no dijo nada, pero su mujer, que estaba poniendo la mesa, no pudo resistirse a la curiosidad y preguntó:

—¿Qué era usted en Alemania?

El soldado no comprendió de inmediato, pero acabó contestando que cerrajero. La mujer del almadreñero se quedó pensativa.

—Deberíamos enseñarle la llave del aparador, que está rota —le dijo al oído a su marido—. A lo mejor la arregla.

—Deja, deja —contestó él frunciendo el entrecejo.

—¿Ustedes, desayunar? —dijo el soldado señalando el pan blanco colocado en un plato floreado—. Pan francés, ligero… No llena estómago…

El alemán quería decir que aquel pan le parecía poco nutritivo, que no alimentaba, pero los franceses no podían concebir que alguien fuera tan ignorante como para no reconocer la excelencia de uno de sus alimentos, y más de aquellas hogazas rubias, de aquellos grandes panes en forma de corona, que, según decían, pronto serían reemplazados por una mezcla de salvado y harina de calidad inferior. Y como no podían creerlo, tomaron las palabras del alemán por un cumplido y se sintieron halagados. Hasta el almadreñero suavizó su hosca expresión. El matrimonio se sentó a la mesa con el resto de la familia y los alemanes se acomodaron aparte, en los taburetes de la tienda.

—¿Y qué, les gusta el pueblo? —siguió preguntando la mujer, que era de carácter sociable y sobrellevaba como podía los largos silencios de su marido.

—¡Oh, sí, bonito!

—¿Y su tierra? ¿Se parece a esto? —le preguntó la mujer al otro soldado.

La frente del joven se cubrió de arrugas; era evidente que buscaba con desesperación palabras para describir su región natal, sus campos de lúpulo o sus profundos bosques. Pero, al no encontrarlas, se limitó a abrir los brazos.

—Grande… buena tierra… —Y tras dudar un instante, soltó un suspiro y añadió—: Lejos…

—¿Tiene usted familia?

El soldado asintió. En ese momento, el almadreñero le susurró a su mujer:

—No tienes por qué hablar con ellos.

Avergonzada, la mujer acabó de preparar el desayuno en silencio, sirvió el café y cortó rebanadas de pan para los niños.

De la calle llegaba un alegre guirigay. Las risas, el entrechocar de las armas, el resonar de las botas y las voces de los soldados formaban un risueño bullicio. Todo el mundo estaba contento, sin saber por qué. ¿Tal vez porque hacía buen tiempo? Aquel cielo tan azul parecía inclinarse dulcemente sobre el horizonte para abrazar la tierra. Agachadas en el suelo, las gallinas dormitaban y de vez en cuando agitaban las alas y cloqueaban perezosamente. Briznas de paja y plumones volaban por el aire mezclados con un polen impalpable. Era la época de los nidos.

El pueblo llevaba tanto tiempo sin hombres que, pese a ser invasores, hasta éstos parecían estar en su sitio. Ellos lo sentían y se dejaban acariciar por el sol. Al verlos, las madres de los prisioneros y de los caídos en combate los maldecían entre dientes. Pero las jóvenes los miraban.

7

Las señoras del pueblo y varias granjeras ricas de la comarca se habían reunido en un aula de la escuela religiosa para la reunión mensual del «paquete para el prisionero». El municipio había tomado bajo su protección a los huérfanos que vivían en la región antes de las hostilidades y habían sido hechos prisioneros. La presidenta de la obra era la señora vizcondesa de Montmort, una joven tímida y fea que sufría horrores cada vez que tenía que hablar en público: se le trababa la lengua, le sudaban las manos, le temblaban las piernas y no sabía dónde meterse. Pero consideraba que cumplía con un deber, que el cielo le había encargado a ella en persona iluminar a aquellas burguesas y aquellas campesinas, llevarlas por el buen camino, hacer germinar la semilla del bien en su interior.

—Mira, Amaury —le había explicado la vizcondesa a su marido—, yo no puedo creer que entre ellas y yo exista una diferencia esencial. Por mucho que me decepcionen, porque no te imaginas lo groseras y mezquinas que pueden llegar a ser, sigo buscando alguna luz en su interior. ¡No —exclamó alzando los ojos, arrasados en lágrimas, hacia el vizconde (lloraba con facilidad)—, Nuestro Señor no habría muerto por sus almas si en ellas no hubiera algo! Pero la ignorancia, mi querido Amaury, la ignorancia en la que viven es espantosa. Así que, al comienzo de cada reunión, les dirijo una breve alocución para que comprendan por qué están siendo castigadas; puedes reírte, Amaury, pero a veces he visto un destello de inteligencia en sus toscos rostros. Cuánto lamento no haber podido seguir mi vocación… —murmuró la vizcondesa pensativamente—. Me habría gustado evangelizar una región remota, ser la mano derecha de algún misionero en la sabana o en una selva virgen. En fin, no le demos más vueltas. Nuestra misión se encuentra allí donde el Señor nos ha puesto.

Ahora, la vizcondesa estaba de pie en la pequeña tarima de un aula de la escuela de la que se habían sacado los pupitres a toda prisa; una docena de alumnas, elegidas entre las más aplicadas, habían obtenido el privilegio de escuchar las palabras de la señora de Montmort. Rascaban el suelo con sus zuecos y miraban al vacío con sus grandes e inexpresivos ojos, «como las vacas», pensó, no sin cierta irritación, la vizcondesa, y decidió dirigirse a ellas especialmente.

—Vosotras, mis queridas niñas —empezó—, habéis sufrido precozmente los dolores de la Patria… —Una de las niñas escuchaba con tal atención que se cayó del taburete en que estaba sentada; las otras once ahogaron la risa en los delantales. La vizcondesa frunció el entrecejo y elevó el tono de voz—: Os entregáis a los juegos de vuestra edad. Parecéis despreocupadas, pero vuestros corazones están henchidos de dolor. ¡Cuántas oraciones eleváis a Dios Todopoderoso mañana y noche para que se apiade de los infortunios de nuestra querida Francia!

La vizcondesa se interrumpió para dirigir un seco saludo a la maestra de la escuela laica, que acababa de entrar: era una mujer que no asistía a misa y había enterrado a su marido por lo civil; sus alumnos incluso aseguraban que no estaba bautizada, lo que era menos escandaloso que inverosímil, casi como decir que un ser humano había nacido con cola de pez. La vizcondesa la detestaba tanto más cuanto que su conducta era irreprochable, «porque —como le decía al vizconde— si bebiera o tuviera amantes, se podría explicar por su irreligiosidad; pero date cuenta, Amaury, de la confusión que puede causar en el ánimo del pueblo ver gente que no piensa como es debido pero practica la virtud». Como la presencia de la maestra le resultaba odiosa, la vizcondesa dejó que su voz trasluciera parte del encendido calor que la aparición de un enemigo suele verternos en el corazón y siguió hablando con verdadera elocuencia:

—Pero las oraciones y las lágrimas no bastan. No lo digo sólo por vosotras; lo digo también por vuestras madres. Debemos practicar la caridad. Y sin embargo, ¿qué veo? Que nadie la practica. Nadie se sacrifica por los demás. Lo que os pido no es dinero; por desgracia, ahora el dinero ya no sirve para gran cosa —añadió con un suspiro, pensando en los ochocientos cincuenta francos que le habían costado los zapatos que llevaba (afortunadamente, el vizconde era el alcalde del municipio y ella tenía todos los bonos para calzado que quisiera)—. No, no es dinero, sino los frutos que el campo produce en tanta abundancia y con los que me gustaría llenar los paquetes para nuestros prisioneros. Cada una de vosotras piensa en los suyos, en el marido, el hijo, el hermano o el padre cautivo; a ése no le falta de nada, se le envía mantequilla, chocolate, azúcar, tabaco… Pero ¿y los que no tienen familia? ¡Ay, señoras! ¡Piensen, piensen en la suerte de esos desdichados que nunca reciben paquetes ni noticias! Veamos, ¿qué podemos hacer por ellos? Acepto todos los donativos y los centralizo; luego los envío a la Cruz Roja, que los reparte en los distintos campos de prisioneros. Las escucho, señoras. —Se produjo un silencio. Las granjeras miraban a las señoras del pueblo y las señoras del pueblo apretaban los labios y miraban a las campesinas—. Está bien, empezaré yo —dijo la vizcondesa con benevolencia—. Ésta es mi idea: en el próximo paquete se podría incluir una carta escrita por una de estas niñas. Una carta en la que, con palabras sencillas y enternecedoras, deje hablar a su corazón y exprese su dolor y su patriotismo. Piensen —prosiguió con voz vibrante—, piensen en la alegría de ese pobre hombre abandonado cuando lea esas líneas, en las que en cierto modo palpitará el alma del país y que le recordarán a los hombres, las mujeres, los niños, los árboles, las casas de su querida patria chica, que, como dijo el poeta, nos hace amar todavía más a la grande. Sobre todo, mis queridas niñas, dad rienda suelta a vuestros corazones. No busquéis efectos de estilo; que el talento epistolar calle y hable el corazón. ¡Ah, el corazón! —exclamó la vizcondesa entrecerrando los ojos—. ¡Nada hermoso, nada grande puede hacerse sin él! Podríais meter en vuestra carta alguna florecilla silvestre, una margarita, una prímula… No creo que las normas lo prohíban. ¿Les gusta la idea? —preguntó la vizcondesa ladeando ligeramente la cabeza con una graciosa sonrisa—. ¡Vamos, vamos, que yo ya he hablado bastante! Ahora les toca a ustedes.

La mujer del notario, una señora bigotuda de facciones duras, dijo con voz agria:

—No es que no queramos mimar a nuestros queridos prisioneros. Pero ¿qué podemos hacer nosotros, los pobres vecinos del pueblo? No tenemos nada. No tenemos grandes propiedades como usted, señora vizcondesa, ni las hermosas granjas de la gente del campo. Nos las vemos y deseamos para poder comer. Mi hija, que acaba de dar a luz, no puede encontrar leche para alimentar a su hijo. Los huevos se venden a dos francos la pieza, y eso cuando se encuentran.

—¿Y qué quiere decir con eso, que nosotros participamos en el mercado negro? —replicó Cécile Labarie, que cuando se encolerizaba hinchaba el cuello como un pavo y enrojecía como un tomate.

—No quiero decir eso, pero…

—¡Señoras, señoras! —rogó la vizcondesa, pensando con desánimo: «Decididamente, no hay nada que hacer, no escuchan nada, no comprenden nada, son espíritus groseros. ¡Qué digo! ¿Espíritus? Barrigas parlantes, eso es lo que son.»

—Es una vergüenza —prosiguió Cécile, meneando la cabeza—, es una vergüenza ver casas donde tienen de todo y aún se quejan. ¡Vamos, todo el mundo sabe que a los del pueblo no les falta de nada! ¡Sí, lo han oído bien, de nada! ¿Creen que no sabemos quién arrambla con toda la carne? Es bien sabido que acaparan los vales. A cinco francos el vale de carne. A los que tienen dinero no les falta de nada, como siempre, pero los pobres…

—Nosotros también necesitamos carne, señora —dijo la mujer del notario muy digna, pero pensando con angustia que dos días antes la habían visto salir de la carnicería con una pierna de cordero (la segunda de la semana)—. Porque nosotros no matamos cerdos. Nosotros, en nuestras cocinas, no tenemos jamones, montones de tocino y salchichones que se resecan y que se prefiere ver agusanados antes que dárselos a la pobre gente de las ciudades.

—Señoras, señoras… —suplicó la vizcondesa—. Piensen en Francia, eleven sus corazones… ¡Domínense! Acallen esos lamentables desacuerdos. ¡Piensen en nuestra situación! Estamos arruinados, vencidos… Sólo nos queda un consuelo: nuestro querido Mariscal… ¡Y se ponen a hablar de huevos, de leche y de cerdos! ¿Qué importa la comida? ¡Por amor de Dios, señoras, todo eso es una vulgaridad! Como si no tuviéramos suficientes motivos para estar tristes… En el fondo, ¿de qué se trata? De un poco de solidaridad, de un poco de tolerancia. Permanezcamos unidas, como lo estaban nuestros padres en las trincheras, como lo están, no me cabe duda, nuestros prisioneros tras las alambradas, en los campos de internamiento…

Qué extraño… Hasta ese momento, apenas le habían hecho caso. Sus exhortaciones eran como los sermones del párroco, que se escuchan sin entenderlos. Pero la imagen de un campo en Alemania, con aquellos hombres encerrados tras alambradas de espino, las conmovió. Todas aquellas fuertes y pesadas criaturas tenían un ser querido en alguno de aquellos campos; trabajaban para él y ahorraban para él, para que a su regreso dijera: «Has conseguido que todo siguiera funcionando, mujer.» Cada una vio con los ojos de la imaginación al ausente, a un solo hombre, al suyo; cada una se figuró a su manera el sitio en que estaba prisionero. Fulana imaginaba un bosque de pinos; mengana, una habitación; zutana, los muros de una fortaleza; pero todas acababan viendo kilómetros de alambradas que encerraban a sus hombres y los separaban del mundo. Burguesas y campesinas sintieron que los ojos se les llenaban de lágrimas.

—Yo le traeré alguna cosa —dijo una.

—Yo también encontraré algo —suspiró otra.

—Veré lo que puedo hacer —prometió la mujer del notario.

La señora de Montmort se apresuró a anotar los donativos. Todas las presentes fueron levantándose de sus asientos, acercándose a la presidenta y susurrándole algo al oído, porque ahora estaban conmovidas y querían dar algo, no sólo para los hijos y los maridos, sino también para los desconocidos, para los huérfanos. Pero desconfiaban de la vecina; no querían parecer más ricas de lo que eran; temían que las denunciaran. Las familias se ocultaban lo que tenían; madres e hijas se espiaban y se denunciaban unas a otras; las amas de casa cerraban la puerta de la cocina a la hora de las comidas para que el olor no traicionara el tocino que crepitaba en la sartén, ni el filete de carne prohibida, ni el pastel hecho con harina prohibida. La vizcondesa escribía: «La señora Bracelet, granjera de Roches, dos salchichones crudos, un tarro de miel, un tarro de chicharrones… La señora Joseph, de la propiedad de Rouet, dos pintadas en escabeche, mantequilla salada, chocolate, café, azúcar...»

—Cuento con ustedes, ¿verdad, señoras? —preguntó al final.

Las campesinas la miraron asombradas: la palabra era sagrada. Una tras otra, empezaron a desfilar; tendían a la señora de Montmort una mano enrojecida, agrietada por el frío del invierno, por el trabajo con los animales, por la lejía, y en cada ocasión la vizcondesa tenía que hacer un esfuerzo para estrechar aquella mano, cuyo contacto le resultaba físicamente desagradable. Pero dominaba ese sentimiento contrario a la caridad cristiana y, como mortificación, se obligaba a besar a los niños que acompañaban a sus madres. Todos estaban gordos y sonrosados, hermosos y sucios como lechones.

Al fin, el aula quedó vacía. La maestra había hecho salir a las niñas; las granjeras se habían marchado. La vizcondesa soltó un suspiro, pero no de cansancio sino de desánimo. ¡Qué vulgar y desagradable era la humanidad! Cuánto costaba hacer brotar un destello de amor en aquellas tristes almas…

—¡Puaj! —dijo en voz alta.

Pero acto seguido ofreció a Dios los esfuerzos y sinsabores de ese día, como le había recomendado su director espiritual.

8

—¿Y qué piensan los franceses del desenlace de la guerra, señor? —preguntó Bonnet.

Las mujeres se miraron, indignadas. Eso no se hacía. Con un alemán no se hablaba de la guerra, ni de ésta ni de la otra, ni del mariscal Pétain, ni de Mers-el-Kebir, ni de la partición de Francia en dos pedazos, ni de las tropas de ocupación, ni de nada importante. Sólo podía adoptarse una actitud: fingir la fría indiferencia del tono con que respondió Benoît alzando su vaso de vino tinto:

—Les importa un carajo, señor.

Estaba anocheciendo. El ocaso, puro y frío, presagiaba una helada nocturna, pero sin duda al día siguiente haría un tiempo espléndido. Bonnet, que había pasado todo el día en el pueblo, había vuelto para dormir; pero antes de subir a su habitación, por condescendencia, bondad natural, ganas de hacerse notar o deseo de calentarse a la lumbre de la chimenea, se había sentado un momento en la sala. La cena estaba acabando; Benoît se había quedado solo a la mesa; las mujeres, ya en pie, ordenaban la sala y fregaban los cacharros. El alemán miró con curiosidad la enorme cama del rincón.

—Ahí no duerme nadie, ¿verdad? ¿Nunca se utiliza? Qué curioso…

—Se utiliza a veces —respondió Madeleine, pensando en Jean-Marie.

Creía que nadie lo adivinaría, pero Benoît frunció el entrecejo; cada alusión a la aventura del reciente verano le traspasaba el corazón con la rapidez y la fuerza de una flecha; pero eso era asunto suyo, sólo suyo. Atajó con una mirada la risita de Cécile y respondió al alemán con mucha educación:

—A veces puede ser útil. Nunca se sabe. Por ejemplo, si le ocurriera a usted una desgracia (y no es que se lo desee)... Aquí acostamos a los muertos en esas camas.

Bonnet lo miró con una expresión divertida y una pizca de esa compasión despectiva que se siente al ver una fiera enseñando los dientes tras los barrotes de una jaula. «Por suerte —se dijo—, el hombre estará trabajando y no lo veré a menudo... Las mujeres son más accesibles.» Sonrió y dijo:

—En tiempo de guerra, ninguno de nosotros espera morir en una cama.

Entretanto, Madeleine había salido al jardín y regresado con un ramo de flores para adornar la chimenea. Eran las primeras lilas; blancas como la nieve y rodeadas de pequeños brotes verdes todavía cerrados, desplegaban sus corolas en perfumados racimos. Bonnet hundió el pálido rostro en el ramo.

—Es maravilloso... Y qué bien sabe usted arreglar las flores...

Por un instante se quedaron de pie el uno junto al otro, sin decir nada. Benoît pensaba que su mujer (su Madeleine) siempre parecía estar en su elemento cuando hacía cosas de señorita: recoger flores, limarse las uñas, peinarse de un modo distinto al de las mujeres de la región, hablar con un extraño, leer un libro... «Es mejor no casarse con una inclusera, no hay forma de saber de dónde viene», se dijo una vez más con amargura; con «de dónde viene», lo que imaginaba, lo que temía, no era que descendiera de alcohólicos o ladrones, sino aquello, aquella sangre de burgués que la hacía suspirar: «¡Ah, cómo se aburre una en el campo!» o «Echo de menos tantas cosas bonitas...», y que establecía —o eso le parecía a él— una oscura complicidad entre ella y un desconocido, un enemigo, con tal de que fuera un «señorito», llevara ropa de calidad y tuviera las manos finas.

Benoît apartó la silla con brusquedad y salió fuera. Era la hora de encerrar a los animales. Permaneció largo rato en la tibia penumbra del establo. El día anterior había parido una vaca, que ahora lamía con ternura a un becerrillo de cabeza grande y delgadas y vacilantes patas. Otra resoplaba suavemente en su rincón. Benoît se quedó escuchando sus profundas y tranquilas respiraciones. Desde allí podía ver la puerta de la casa, que estaba abierta. En el umbral apareció una figura. Alguien, extrañado de su tardanza, lo buscaba. ¿Su madre? ¿Madeleine? Su madre, seguro… Sí, sólo era su madre, que al poco volvió a entrar. Él no pensaba moverse de allí hasta que el alemán se hubiera ido a dormir. Lo sabría cuando encendiera la luz. Claro, como la electricidad no la pagaba él… Instantes después, una luz iluminó la ventana. En ese preciso momento, Madeleine salió de la casa y corrió hacia él, ligera. Benoît sintió que el corazón se le ensanchaba, como si de pronto una mano invisible hubiera levantado un peso que le aplastaba el pecho desde hacía tiempo.

—¿Estás ahí, Benoît?

—Sí, aquí estoy.

—¿Qué haces? Tenía miedo. Estaba asustada.

—¿Miedo? ¿De qué? No seas tonta.

—No lo sé. Vamos.

—Espera. Espera un poco.

Benoît la atrajo hacia sí. Ella se debatía y reía, pero una especie de rigidez que tensaba todo su cuerpo decía a Benoît que reía sin ganas, que no lo encontraba divertido, que no le gustaba que la echaran sobre el heno y la paja fresca, que no quería… No, no lo amaba, no lo deseaba.

—Entonces, ¿no quieres? —le susurró con voz ronca.

—Sí, sí que quiero… Pero no aquí, así, Benoît. Me da vergüenza.

—¿De quién? ¿De las vacas que te miran? —replicó él con dureza—. ¡Anda, vete!

Ella adoptó aquel tono de queja afligida que le daba ganas de llorar y de matarla a la vez.

—¿Por qué me hablas así? A veces parece que te hubiera hecho algo. ¿Qué? Es Cécile la que… —Benoît le tapó la boca con la mano, pero Madeleine apartó la cara bruscamente y terminó la frase—: Es ella quien te calienta la cabeza.

—A mí no me calienta la cabeza nadie. Yo no veo por los ojos de los demás. Sólo sé que, cuando me acerco a ti, siempre es lo mismo: «Espera. Otro día. Esta noche no, el niño me ha dejado agotada.» ¿A quién esperas? —rugió él de pronto—. ¿Para quién te reservas? ¿Eh? ¿Eh?

—¡Suéltame! —gimió Madeleine rechazándolo mientras él le apretaba los brazos y las caderas—. ¡Suéltame! Me haces daño…

Benoît la empujó con tanta fuerza que ella se golpeó la frente contra el dintel de la puerta. Por un instante se miraron sin decir nada. Luego, él cogió una horca y empezó a remover la paja con furia.

—Haces mal —dijo al fin Madeleine; y con voz dulce murmuró—: Benoît… mi pobre Benoît… Haces mal en pensar cosas raras. Vamos, soy tu mujer, soy tuya. Si a veces te parezco fría, es porque el niño me deja agotada. Nada más.

—Salgamos de aquí —dijo él—. Vámonos a la cama.

Cruzaron la cocina, que ya estaba desierta y a oscuras. Aún quedaba luz, pero sólo en el cielo y la copa de los árboles. Lo demás, la tierra, las casas, los campos, todo, estaba envuelto en una fresca oscuridad. Se desnudaron y se metieron en la cama. Esa noche, él no intentó poseerla. Permanecieron separados, inmóviles, despiertos, escuchando la respiración del alemán y los crujidos de su cama sobre sus cabezas. En la oscuridad, Madeleine buscó la mano de su marido y se la apretó con fuerza.

—Benoît…

—¿Sí?

—Benoît, ahora que lo pienso… Hay que esconder la escopeta. ¿Has leído los carteles en el pueblo?

—Sí —respondió él con sorna—. *Verboten, verboten!* ¡La muerte! Esos boches no saben decir otra cosa.

—¿Dónde podríamos esconderla?

—En ningún sitio. Está bien donde está.

—¡No seas cabezón, Benoît! Es peligroso. Ya sabes a cuánta gente han fusilado por no entregar las armas en la Kommandantur.

—¿Quieres que vaya a entregarles mi escopeta? ¡Eso lo hacen los cobardes! Yo no les tengo miedo. No sabes cómo escapé hace dos veranos, ¿verdad? Matando a dos. No dijeron esta boca es mía. Y aún quitaré de en medio a unos cuantos más —gruñó Benoît con rabia, agitando el puño en dirección al alemán.

—No te digo que la entregues, sino que la escondas, que la entierres… Hay muchos sitios donde ocultarla.

—No puede ser.

—¿Por qué?

—He de tenerla a mano. ¿Crees que voy a dejar que los zorros y demás alimañas apestosas se acerquen a nuestra casa? Allá arriba, en el parque de los Montmort, los hay a cientos. El vizconde está muerto de miedo. Se caga en los pantalones. No matará ni uno. Ése es uno de los que han entregado la escopeta en la Kommandantur, y encima saludando con mucha educación. «Se lo ruego, caballeros, háganme el favor…» Suerte que unos amigos y yo nos damos una vuelta por su parque alguna noche que otra. Si no, arruinarían toda la comarca.

—¿No oyen los tiros?

—¡Quia! Es inmenso, un auténtico bosque.

—¿Vas a menudo? —le preguntó Madeleine con curiosidad—. No tenía ni idea.

—Hay muchas cosas que no sabes, cariño mío… Vamos por sus tomateras y sus remolachas, su fruta y todo lo que no quiere vender. El vizconde… —Se interrumpió con aire pensativo y añadió—: El vizconde es uno de los peores.

Los Labarie habían sido aparceros en tierras de los Montmort de padres a hijos. Y, de padres a hijos, las dos familias se odiaban mutuamente. Los Labarie decían que los Montmort eran despiadados con los pobres, soberbios y falsos, y los Montmort acusaban a sus aparceros de tener «mala voluntad». Lo decían en voz baja, meneando la cabeza y alzando los ojos al cielo, y la expresión significaba aún más cosas de lo que los propios Montmort creían. Sugería una manera de concebir la pobreza, la riqueza, la paz, la guerra, la libertad y la propiedad que en sí misma no era menos razonable que la de los Montmort, pero se oponía a ésta como la noche al día. Y ahora, a los antiguos agravios se habían sumado otros. Benoît era un soldado de esta guerra y, a los ojos del vizconde, había sido precisamente la indisciplina, la falta de patriotismo, la «mala voluntad» de los soldados, lo que había llevado a la derrota, mientras que Benoît veía en Montmort a uno de aquellos elegantes oficiales de polaina amarilla que habían huido hacia la frontera española en sus cómodos coches, con sus mujeres y sus maletas, durante las jornadas de junio. Por no hablar del colaboracionismo…

—Les lame las botas a los alemanes —murmuró Benoît en tono sombrío.

—Ten cuidado —dijo Madeleine—. Dices las cosas tal como te vienen a la cabeza. Y no seas maleducado con el alemán de ahí arriba…

—Como se le ocurra acercarse a ti, te juro…

—¡No digas tonterías!

—Tengo ojos en la cara.

—¿Ahora también vas a estar celoso de éste? —exclamó Madeleine, y se arrepintió apenas las palabras salieron de su boca. No había que dar cuerpo y nombre a las fantasías de un celoso. Pero, después de todo, ¿para qué callar lo que ambos sabían?

—Para mí —respondió Benoît—, los dos son lo mismo.

La clase de hombre bien afeitado, bien lavado, de palabra fácil y ligera, al que las chicas miran sin querer, porque les halaga ser las elegidas, las cortejadas por un «señorito»… Eso era lo que Benoît quería decir, pensó Madeleine. ¡Si él supiera! Si sospechara que había amado a Jean-Marie desde el primer instante, desde que lo vio tendido en la camilla, extenuado, cubierto de barro, con el uniforme ensangrentado… Sí, lo había amado. En la oscuridad, en el secreto de su corazón, para sí misma, se repitió una y mil veces: «Lo amaba. Sí. Y todavía lo amo. No puedo remediarlo.»

Cuando el primer canto del gallo anunció el alba, Madeleine y Benoît se levantaron sin haber pegado ojo. Ella fue a calentar el café y él, a dar de comer a los animales.

9

Lucile Angellier se había sentado a la sombra de un cerezo, con un libro y la labor. Aquélla era la única parte del huerto en que habían dejado crecer árboles y plantas sin preocuparse del provecho que se les pudiera sacar, porque lo cierto era que aquellos cerezos apenas daban fruta. Pero era la época de floración. Recortadas contra un cielo de un azul puro y homogéneo, el azul de Sèvres, cálido y brillante a un tiempo, de ciertas porcelanas finas, las ramas parecían cubiertas de nieve; la brisa que las agitaba ese día de mayo aún era fría; los pétalos se defendían débilmente, se encogían con una especie de friolera coquetería y volvían su corazón de rubios pistilos hacia la tierra. El sol atravesaba algunos y revelaba un entramado de minúsculas y delicadas venas, que destacaban en la blancura del pétalo y añadían a la fragilidad, a la inmaterialidad de la flor, algo vivo, casi humano, en la medida en que el adjetivo humano implica a un tiempo debilidad y firmeza; no resultaba extraño que el viento pudiera agitar a aquellas maravillosas criaturas sin destruirlas, sin siquiera ajarlas; se dejaban mecer soñadoramente; parecían a punto de caer, pero estaban firmemente unidas a las delgadas, lustrosas y duras ramas, unas ramas cuyo aspecto tenía algo metálico, como el propio tronco, esbelto, liso, de un solo fuste con reflejos grises y purpúreos. Entre los blancos racimos se veían hojitas alargadas y cubiertas de un vello plateado; a la sombra, eran de un verde suave; al sol, parecían de color rosa. El jardín se extendía a lo largo de una calle estrecha, una calleja de pueblo bordeada de casitas, en una de las cuales habían instalado su polvorín los alemanes. Un centinela caminaba de un lado a otro bajo un cartel rojo que, en gruesas letras negras, rezaba: VERBOTEN. Y debajo, en francés, con caracteres más pequeños: «Prohibido acercarse a este local bajo pena de muerte.»

Los soldados cepillaban los caballos y silbaban, y los caballos se comían los brotes verdes de los árboles jóvenes. Por todas partes se veían hombres trabajando apaciblemente en los jardines que flanqueaban la calleja. Con sombreros de paja, en mangas de camisa y pantalones de pana, cavaban, descocaban, regaban, sembraban, plantaban… De vez en cuando, un militar alemán abría la verja de uno de aquellos jardincillos y entraba a pedir fuego para su pipa, o un huevo fresco, o un vaso de cerveza. El jardinero le daba lo que pedía; luego, apoyado pensativamente en la azada, lo observaba alejarse y después reanudaba la tarea con un encogimiento de hombros, que sin duda resumía un mundo de pensamientos, tan numerosos, tan profundos, tan serios y extraños, que no encontraba palabras para expresarlos.

Lucile daba una puntada al bordado y volvía a dejarlo. Sobre su cabeza, las flores de cerezo atraían avispas y abejas. Se las veía ir, venir, revolotear, introducirse en los cálices y succionar golosamente con la cabeza hacia abajo y el cuerpo estremecido por una especie de espasmódico alborozo, mientras, como si se burlara de aquellas ágiles obreras, un grueso y dorado abejorro se mecía en el ala del viento como en una hamaca, sin apenas moverse y llenando el aire con su apacible y monótono zumbido.

Desde donde estaba sentada, Lucile podía ver a través de una ventana al alemán que se alojaba en la casa. Desde hacía unos días, tenía con él al perro pastor del regimiento. Estaba en el despacho de Gaston Angellier, sentado al escritorio Luis XIV, vaciando las cenizas de la pipa en la taza de porcelana en que la anciana señora Angellier solía servir la tisana a su hijo; distraídamente, golpeaba con el pie los adornos de bronce dorado que sostenían la mesa. De vez en cuando, el perro, que tenía el hocico apoyado en la pierna del oficial, ladraba y tiraba de su correa. Entonces, en francés y lo bastante alto para que Lucile pudiera oírlo (en la calma del jardín, todos los sonidos flotaban largo rato, como mecidos por la suave brisa), el alemán le decía:

—No, *Bubi*, no vas a ir a pasear. Te comerías todas las lechugas de esas señoras, y a ellas no les haría ni pizca de gracia; dirían que somos unos soldados groseros y mal educados. Tenemos que quedarnos aquí, *Bubi*, mirando ese bonito jardín. —«¡Qué crío!», pensó Lucile sonriendo a su pesar—. Es una pena, ¿verdad, *Bubi*? —añadió el alemán—. Te encantaría hacer agujeros en la tierra con el hocico, ya lo sé. Si en la casa hubiera algún niño pequeño, no habría ningún problema. Nos haría señas para que fuéramos. Siempre hemos hecho muy buenas migas con los niños, pero aquí solo hay dos señoras muy serias, muy calladas y… ¡Más vale que nos quedemos donde estamos, *Bubi*! —Hizo una pausa y, como Lucile no decía nada, decepcionado, se asomó a la ventana, le dirigió un aparatoso saludo y le preguntó ceremoniosamente—: ¿Tendría usted algún inconveniente en que recogiera unas fresas de su jardín, señora?

—Está usted en su casa —respondió Lucile con irónica vivacidad.

El oficial volvió a saludar.

—No me atrevería a pedírselo si fueran para mí, se lo aseguro, pero a este perro le encantan las fresas. Por cierto, me permito señalarle que el perro es francés. Fue encontrado en un pueblo abandonado de Normandía, durante los combates, y recogido por mis camaradas. No negará usted unas fresas a un compatriota…

«Parecemos un par de idiotas», pensó Lucile, pero se limitó a responder:

—Vengan su perro y usted y cojan lo que quieran.

—¡Gracias, señora! —exclamó alegremente el oficial, y saltó por la ventana seguido por el perro.

Se acercaron a Lucile. El alemán le sonrió.

—No se enfade conmigo por ser tan indiscreto, señora, pero para un pobre militar este jardín, con estos cerezos, es como un rincón del paraíso.

—¿Ha pasado usted el invierno en Francia? —preguntó Lucile.

—Sí, en el norte, retenido por el mal tiempo en el cuartel y en un café. Me alojaba en casa de una pobre chica que dos semanas después de casarse tenía al marido prisionero. Cuando nos cruzábamos en el pasillo, ella se echaba a llorar y yo me sentía como un criminal. Sin embargo, no es culpa mía… Y habría podido decirle que también yo estoy casado y separado de mi mujer a causa de la guerra.

—¿Está casado?

—Sí. ¿Le sorprende? Cuatro años de casado, cuatro años de soldado.

—¡Es usted tan joven!

—Tengo veinticuatro años, señora.

Guardaron silencio. Lucile volvió a coger la labor. El oficial hincó una rodilla en el suelo y empezó a recoger fresas; las iba amontonando en la palma de la mano y *Bubi* se acercaba y las cogía con su negro y húmedo hocico.

—¿Vive aquí sola con su señora madre?

—Es mi suegra; mi marido está prisionero. Puede pedir un plato en la cocina para las fresas.

—¡Ah, muy bien! Gracias, señora…

Al cabo de unos instantes, el oficial volvió con un gran plato azul y siguió con su recogida. Luego ofreció el plato a Lucile, que cogió unas cuantas fresas y le dijo que se comiera las otras. Él estaba de pie frente a ella, con la espalda apoyada contra el tronco de un cerezo.

—Tiene una casa preciosa, señora.

El cielo se había cubierto de tenues vapores que tamizaban la luz y daban a la casa un tono ocre, casi rosa, que recordaba el color de algunas cáscaras de huevo; de pequeña, Lucile los llamaba huevos rubios y los prefería a los otros, blancos como la nieve, que ponían la mayoría de las gallinas y le parecían menos sabrosos. El recuerdo la hizo sonreír; miró la casa, con su tejado de azulada pizarra, sus dieciséis ventanas con los postigos prudentemente entrecerrados para que el sol primaveral no ajara los tapizados, su gran campana oxidada, que ya nunca se tocaba, en lo alto del frontón, y su marquesina de cristal, que reflejaba el cielo.

—¿De verdad le gusta?

—Parece la casa de un personaje de Balzac. Debió de mandarla construir un rico notario de provincias retirado al campo. Me lo imagino por las noches, en la habitación que ocupo, contando luises de oro. Era librepensador, pero su mujer iba todas las mañanas a la primera misa, a la que oigo llamar cuando vuelvo de las maniobras nocturnas. A la mujer la imagino rubia, de cara sonrosada y con un gran chal de cachemira.

—Le preguntaré a mi suegra quién hizo construir esta casa —dijo Lucile—. Los padres de mi marido eran terratenientes, pero seguro que en el siglo diecinueve en la familia hubo notarios, abogados, médicos y, antes de eso, campesinos. Sé que aquí, hace ciento cincuenta años, se alzaba su granja.

—¿Se lo preguntará? ¿No lo sabe? ¿Es que no le interesa, señora?

—No demasiado —respondió Lucile—; podría decirle cuándo y por quién fue construida la casa donde nací. Yo no nací aquí, sólo vivo.

—¿Y dónde nació?

—No muy lejos de aquí, pero en otra provincia. En una casa rodeada de bosque… donde los árboles crecen tan cerca del salón que en verano su verde sombra lo baña todo, como en un acuario.

—En mi tierra también hay bosques —dijo el oficial—. Bosques grandes, muy grandes. La gente se pasa el día cazando. Un acuario… Tiene usted razón —murmuró tras reflexionar un instante—. Los espejos del salón son todos verdes y oscuros, y turbios como el agua. En mi tierra también hay lagos, en los que cazamos patos salvajes.

—¿Tendrá pronto un permiso para volver a casa?

Un destello de alegría iluminó los ojos del oficial.

—Me voy dentro de diez días, señora, la semana que viene. Desde el inicio de la guerra sólo he tenido un breve permiso por Navidad, menos de una semana. ¡No sabe usted cómo se esperan esos permisos, señora! Cómo se cuentan los días… ¡Qué largos se hacen! Y luego uno llega y se da cuenta de que ya no habla el mismo idioma.

—A veces —murmuró Lucile.

—Siempre.

—¿Todavía viven sus padres?

—Sí. En estos momentos, mi madre debe de estar sentada en el jardín, como usted, con un libro y una aguja.

—¿Y su mujer?

—Mi mujer me espera. O más bien espera a alguien que se marchó por primera vez hace cuatro años y que jamás volverá... tal como era. ¡La ausencia es un fenómeno muy curioso!

—Sí —suspiró Lucile.

Y pensó en Gaston. «Aunque hay quienes esperan que vuelva el mismo hombre y quienes esperan que vuelva un hombre diferente al que se marchó —se dijo—, y todas se llevan una decepción.» Se esforzó en imaginarse a su marido, separado de ella desde hacía un año, tal como debía de estar ahora, sufriendo, muriéndose de añoranza (pero ¿añoraba a su mujer o a la modista de Dijon?). Era injusta; Gaston debía de estar muy afectado por la humillación de la derrota, por la pérdida de tantas cosas... De repente, ver al alemán (no, no al alemán, sino su uniforme, aquel verde almendra tirando a gris, su dormán, el brillo de sus botas...) se le hizo insoportable. Pretextó que tenía cosas que hacer y entró en la casa.

Desde su habitación, lo observó ir y venir por el estrecho sendero, entre los grandes perales que extendían sus brazos cargados de flores. Qué día tan bonito... La luz iba debilitándose poco a poco y las ramas de los cerezos se volvían azuladas y etéreas como borlas de maquillaje llenas de polvos. El perro caminaba mansamente junto al oficial, y de vez en cuando le tocaba la mano con la punta del hocico; el joven lo acarició cariñosamente en varias ocasiones. Llevaba la cabeza descubierta y su pelo, de un rubio metálico, brillaba al sol. Lucile lo vio mirar hacia la casa.

«Es inteligente y educado —se dijo—, pero me alegro de que tenga que irse pronto; mi pobre suegra no soporta verlo instalado en la habitación de su hijo. Los seres apasionados son simples; ella lo odia, y ya está. Dichosos los que pueden amar y odiar sin disimulos, sin vacilaciones, sin matices. Entretanto, aquí estoy, encerrada en la habitación un día precioso porque al señor vencedor le ha dado por pasearse. Es ridículo...»

Cerró la ventana, se tumbó en la cama y reanudó la lectura. La continuó hasta la hora de la cena, pero agotada por el calor y la luminosidad del día y adormilándose sobre el libro. Cuando entró en el comedor, encontró a su suegra sentada en el sitio de costumbre, frente a la silla vacía de Gaston. Tenía los ojos enrojecidos y estaba tan pálida, tan rígida, que Lucile se alarmó.

—¿Qué ha pasado? —le preguntó.

—Me pregunto… —murmuró la señora Angellier entrelazando las manos con tanta fuerza que los nudillos se le pusieron blancos—. Me pregunto por qué te casaste con Gaston.

Nada más constante en un ser humano que su forma de expresar la cólera; habitualmente, la de la señora Angellier era sinuosa y sutil como el siseo de una víbora. Lucile, que nunca había recibido un ataque tan brusco y duro, se sintió menos indignada que apenada, y de pronto comprendió lo mucho que sufría su suegra. Se acordó de la gata negra, siempre quejosa, hipócrita y zalamera, que arañaba a traición sin dejar de ronronear. Hasta que saltó a la cara de la cocinera y estuvo a punto de dejarla ciega. Ese mismo día habían ahogado a sus gatitos recién nacidos. No volvieron a verla.

—¿Qué he hecho ahora? —repuso Lucile en voz baja.

—¿Cómo has podido…? Aquí, en su casa, ante sus ventanas, mientras él está ausente, prisionero, quizá enfermo, maltratado por esos botarates… ¿Cómo has podido sonreírle a un alemán, hablar despreocupadamente con un alemán? ¡Es inconcebible!

—Me ha pedido permiso para bajar al jardín y coger unas fresas. No podía negarme. Olvida usted que, por desgracia, ahora quien manda es él. Guarda las formas, pero podría hacer lo que quisiera, entrar donde le apeteciera, incluso echarnos a la calle… Ejerce sus derechos de conquista con guante blanco. No puedo reprochárselo. Creo que tiene razón: el campo de batalla no está aquí. Uno puede guardar en su interior todos los sentimientos que quiera, pero, exteriormente al menos, ¿por qué no ser educado y benévolo? Esta situación es inhumana. ¿Por qué empeorarla? No es… ¡no es razonable, madre! —exclamó Lucile con una vehemencia que a ella misma la sorprendió.

—¿Razonable? —exclamó la señora Angellier—. Basta esa palabra, mi querida Lucile, para probar que no quieres a tu marido, que nunca lo has querido y que no lo echas de menos. ¿Crees que yo razono? ¡No puedo ver a ese alemán! ¡Me gustaría arrancarle los ojos! Me gustaría verlo muerto. No será justo, ni humano ni cristiano, pero soy una madre, sufro por mi hijo, odio a los que me lo han quitado, y si tú fueras una verdadera mujer no habrías podido soportar la compañía de ese alemán. No habrías tenido miedo de parecer vulgar, maleducada, ridícula... Te habrías levantado, y con excusas o sin ellas, lo habrías dejado plantado. ¡Dios mío! Ese uniforme, esas botas, ese pelo rubio, esa voz, ese aspecto saludable, feliz, mientras mi pobre hijo... —La anciana se interrumpió y prorrumpió en sollozos.

—Vamos, madre...

Pero la señora Angellier reaccionó con redoblada furia.

—¡Me pregunto por qué te casaste con él! —repitió—. Por el dinero y por las propiedades, claro, pero entonces...

—¡Eso no es cierto! ¡Sabe usted perfectamente bien que no es cierto! Me casé porque era una pava, porque papá me dijo: «Es un buen chico. Te hará feliz.» ¡No esperaba que me engañara desde el día siguiente a la boda con una modista de Dijon!

—Pero ¿qué...? ¿Qué historia es ésa?

—Es la historia de mi matrimonio —respondió Lucile con amargura—. En este momento hay una mujer en Dijon que teje un jersey para Gaston, que le prepara dulces, que le envía paquetes y que probablemente le escribe: «No sabes cuánto me aburro, sola en nuestra camita todas las noches, mi tigre enjaulado.»

—Una mujer que lo quiere —murmuró la señora Angellier, y sus labios adquirieron el color de una hortensia marchita, finos y cortantes como un cuchillo.

«Ahora mismo me echaría de casa y pondría a la modista en mi lugar», pensó Lucile y, con la perfidia que nunca abandona ni a la mejor de las mujeres, dejó caer:

—Es cierto que lo quiere mucho... Muchísimo. No hay más que ver las matrices de su talonario. Lo encontré en su escritorio cuando se marchó.

—¿Es que le paga? —exclamó la señora Angellier, horrorizada.

—Sí, aunque eso a mí me da igual.

Se produjo un largo silencio. Se oían los sonidos habituales del anochecer: la radio del vecino, que desgranaba una sucesión de notas tan monótonas, quejumbrosas y chirriantes como la música árabe o el chirrido de las cigarras —la BBC de Londres, enturbiada por las ondas enemigas—, el misterioso murmullo de una fuente perdida en el campo, el insistente y sediento croar de un sapo que suplicaba lluvia… En la sala, la antigua lámpara colgante de cobre, frotada y bruñida durante generaciones hasta perder su brillo de oro rosa y adquirir un rubio pálido de luna en cuarto creciente, iluminaba la mesa y a las dos mujeres. Lucile sentía tristeza y remordimientos.

«Pero ¿qué mosca me ha picado? —pensó—. Debería haber escuchado sus reproches y haberme callado. Ahora aún se atormentará más. Querrá justificar a su hijo, reconciliarnos… ¡Qué pesadilla, Dios mío!»

La señora Angellier no volvió a dirigirle la palabra en toda la cena. Luego, las dos mujeres se instalaron en el salón, donde la cocinera les anunció la visita de la señora vizcondesa de Montmort. La aristócrata no frecuentaba a las señoras del pueblo ni las invitaba a su casa, como tampoco a las granjeras, pero, cuando necesitaba algún favor, iba a pedirlo a domicilio con una tranquilidad, un candor y una ingenua insolencia que habrían bastado para certificar la autenticidad de su casta. Llegaba muy sencillita, vestida como una doncella y tocada con un fieltro rojo adornado con una pluma de faisán que había conocido tiempos mejores. Las burguesas ignoraban que esa falta de elegancia remarcaba mejor que la altivez o unas maneras ceremoniosas el profundo desdén que profesaban a las campesinas; emperifollarse por ellas era tan innecesario como arreglarse para entrar en una granja a pedir un vaso de leche. Desarmadas, se decían: «No es orgullosa.» Lo que no obstaba para recibirla con una dignidad extraordinaria, tan inconsciente como la pretendida sencillez de la vizcondesa.

La señora de Montmort entró en el salón de las Angellier con paso decidido y las saludó cordialmente. No se disculpó por presentarse a una hora tan tardía, sino que cogió el libro de Lucile y leyó el título en voz alta:

—*Conaissance de l'Est*, de Paul Claudel… ¡Esto está muy bien! —le dijo con una sonrisa de aprobación, como habría hecho con una niña de la escuela si la hubiera encontrado leyendo *Historia de Francia* sin que se lo hubieran mandado—. Veo que le gustan las lecturas serias. Eso está bien —repitió, y se agachó para recoger la madeja de lana que acababa de caérsele a la anciana Angellier.

«Ya ven —pareció decir con su gesto— que me enseñaron a respetar a las personas de edad. Para mí, su origen, su educación y su fortuna no tienen importancia. Sólo veo sus canas.»

No obstante, mientras indicaba a la vizcondesa que tomara asiento con una gélida inclinación de la cabeza y separando apenas los labios, todo en la anciana señora Angellier clamaba silenciosamente, por así decirlo: «Si cree usted que voy a mostrarme halagada por su visita, está muy equivocada. Es posible que mi tatarabuelo fuera el granjero de los vizcondes de Montmort, pero eso es historia antigua y nadie lo sabe, mientras que todo el mundo conoce el número de hectáreas que su difunto suegro, que andaba escaso de dinero, le cedió a mi difunto marido; además, su marido se las ha apañado para volver de la guerra, mientras que mi hijo está prisionero. Me debe usted el respeto que merece una madre que sufre.»

A las preguntas de la vizcondesa, respondió con voz débil que seguía bien de salud y que había tenido noticias de su hijo recientemente.

—¿Tiene usted esperanzas? —quiso saber la vizcondesa, que se refería a «esperanzas de verlo pronto a su lado». La anciana meneó la cabeza y alzó los ojos al cielo—. ¡Qué triste, Dios mío! —exclamó la vizcondesa—. ¡A qué pruebas nos vemos sometidos! —añadió.

Decía «nos» por ese sentimiento de pudor que nos impulsa a fingir males similares a los del desventurado que tenemos delante (aunque el egoísmo deforma nuestras mejores intenciones tan ingenuamente que somos capaces de decir a un tuberculoso en fase terminal, con la mayor inocencia: «Lo compadezco, porque sé lo que es: tengo un reuma que no me deja vivir desde hace tres semanas»).

—Muy duras, señora —murmuró la señora Angellier con frialdad y tristeza—. Como ya sabe, tenemos compañía —añadió indicando la habitación contigua con una amarga sonrisa—. Uno de esos caballeros... Usted también alojará a alguno, imagino... —añadió, pese a saber por la *vox populi* que, gracias a las relaciones personales del vizconde, la mansión de los Montmort estaba virgen de alemanes.

En lugar de responder a la pregunta, la vizcondesa exclamó indignada:

—¡Jamás adivinarían ustedes lo que han tenido la desfachatez de reclamar! ¡Acceso al lago para nadar y pescar! Y yo que me pasaba las horas muertas en el agua... Ya puedo despedirme para todo el verano.

—¿Le han prohibido ir? Desde luego, es indignante... —dijo la anciana Angellier, ligeramente reconfortada por la humillación infligida a la vizcondesa.

—No, no —la corrigió ésta—. Al contrario. Se mostraron muy correctos: «Ya nos comunicará a qué hora podemos ir para no molestarla», me dijeron. Pero ¿me ve usted dándome de bruces con uno de esos caballeros en ropa de verano? ¿Saben que se medio desnudan hasta para comer? Han ocupado la escuela y comen en el patio, con el torso y las piernas desnudos, ¡sin más ropa que una especie de taparrabos! Tenemos que cerrar los postigos del aula de las mayores, que da justo a ese patio, para que las niñas no vean... lo que no deben. Y con este calor, imagínese lo bien que estamos.

La vizcondesa suspiró: se encontraba en una situación muy difícil. Al estallar la guerra se había mostrado ardientemente patriótica y antialemana, no porque odiara a los alemanes más que al resto de los extranjeros (los englobaba a todos en un mismo sentimiento de aversión, desconfianza y desprecio), sino porque en el patriotismo y la germanofobia, como, por otro lado, en el antisemitismo y, más tarde, en la devoción por el mariscal Pétain, había algo que la hacía vibrar afectadamente. En 1939, ante un auditorio compuesto por las monjitas del hospital, algunas señoras del pueblo y varias granjeras ricas, había pronunciado una serie de conferencias populares en torno al tema de la psicología hitleriana, en las que describía a todos los alemanes sin excepción como locos, sádicos y asesinos. En los momentos inmediatamente posteriores a la derrota había perseverado en su actitud, porque para cambiar de chaqueta con tanta rapidez habría necesitado una flexibilidad y una agilidad mental de las que carecía. En esa época, había mecanografiado y distribuido personalmente por la comarca varias decenas de ejemplares de las famosas predicciones de santa Obdulia, que profetizaba la aniquilación de los alemanes en 1941. Pero había pasado el tiempo, el año había acabado y los alemanes seguían allí, y además el vizconde había sido nombrado alcalde del pueblo y se había convertido en un personaje oficial, obligado a seguir los dictados del gobierno, que por otro lado cada día se inclinaba un poco más hacia la llamada «política de colaboración». De modo que, cada vez que tenía que hablar de los acontecimientos recientes, la señora vizcondesa se veía obligada a echar agua al vino.

Y una vez más, recordó que no debía manifestar malos sentimientos hacia el vencedor (después de todo, ¿no ordenó Nuestro Señor que amáramos a nuestros enemigos?). Así pues, dijo con indulgencia:

—De todas formas, comprendo que vayan ligeros de ropa después de sus agotadoras maniobras. A fin de cuentas, son hombres como los demás.

Pero la señora Angellier se negó a seguirla por ese camino.

—Son unos facinerosos y nos detestan. Dijeron que no pararían hasta que vieran a los franceses comiendo hierba.

—Qué atrocidad —repuso la vizcondesa, sinceramente indignada. Y como, después de todo, la política de colaboración no tenía más que unos meses de existencia, mientras que la germanofobia databa de hacía casi un siglo, retornó instintivamente al lenguaje de antaño—: Nuestro pobre país… Expoliado, oprimido, desorientado… ¡Y qué de tragedias! Ahí tienen a la familia del herrero. Tres hijos: el uno muerto, el otro prisionero, y el tercero desaparecido en Mers-el-Kebir… En cuanto a los Bérard de la Montagne —prosiguió, yuxtaponiendo al apellido de los aparceros el nombre de la propiedad en que vivían, según el uso de la región—, desde que tiene al marido prisionero, la pobre mujer se ha vuelto loca de agotamiento y preocupación. Sólo quedan el abuelo y una niña de trece años para llevar la granja. En casa de los Clément, la madre murió trabajando; a las cuatro criaturas las recogieron los vecinos. Tragedias y más tragedias… ¡Pobre Francia!

Con los pálidos labios apretados, la anciana señora Angellier tejía y asentía con la cabeza. Sin embargo, las dos mujeres no tardaron en dejar de hablar de las desgracias ajenas para ocuparse de las propias. Lo hicieron en un tono vivo y vehemente que contrastaba con el lento, enfático y solemne murmullo que habían utilizado para evocar los padecimientos del prójimo, de modo parecido al colegial que recita con seriedad, respeto y apatía el episodio de la muerte de Hipólito, que le es indiferente, pero recupera milagrosamente el calor y la persuasión cuando se interrumpe para quejarse al maestro de que le han robado las canicas.

—Es vergonzoso, vergonzoso... —dijo la señora Angellier—. La libra de mantequilla me cuesta veintisiete francos. Todo va a parar al mercado negro. Las ciudades tienen que vivir, claro que sí, pero...

—¡Ay, no me hable! Me gustaría saber a qué precio se venden los comestibles en París... Para los que tienen dinero, perfecto; pero también hay pobres, me parece a mí —observó compasivamente la vizcondesa, disfrutando del placer de ser buena, de demostrar que no se olvidaba de los desheredados, un placer sazonado por la seguridad de que, gracias a su inmensa fortuna, nunca se vería en la situación de que la compadecieran a ella—. Nadie se acuerda de los pobres —constató.

Pero todo eso no era más que un preámbulo; había llegado el momento de abordar el asunto que la había llevado allí: necesitaba trigo para sus gallinas. El corral de la vizcondesa era famoso en la comarca. En 1941, todo el trigo debía ser entregado a las autoridades; en principio, estaba prohibido alimentar con él a las gallinas, pero «prohibido» no significaba «imposible», sino sólo «difícil»; era cuestión de tacto, oportunidad y dinero. La vizcondesa había escrito un articulito que había sido aceptado por el periódico local, una hoja conservadora en la que también colaboraba el párroco. El artículo se titulaba «Todo por el Mariscal» y empezaba así: «¡Que corra la voz, que resuene bajo las techumbres de paja y en las veladas en torno a los rescoldos que arden bajo las cenizas! ¡Ningún francés digno de ese nombre volverá a arrojar a sus gallinas un solo grano de trigo, ni entregará una sola patata a sus cerdos, sino que guardará su avena y su centeno, su cebada y su colza, y, tras reunir todas esas riquezas, frutos de su trabajo regados con su sudor, hará con ellas una gavilla anudada con una cinta tricolor, símbolo de su patriotismo, y las llevará a los pies del Venerable Anciano que nos ha devuelto la esperanza!» Pero, naturalmente, de todos esos corrales en los que, según la vizcondesa, no debía quedar un solo grano de trigo, quedaba exceptuado el suyo, que era su orgullo y el objeto de sus más tiernos cuidados, y en el que había ejemplares únicos, premiados en los grandes concursos agrícolas de Francia y del extranjero. La dama era dueña de las mejores tierras de la comarca, pero no se atrevía a dirigirse a los campesinos para tan delicada transacción: no había que ponerse en manos de los proletarios, que le harían pagar cara cualquier complicidad de ese tipo. Pero con la señora Angellier era distinto. Siempre se podrían entender.

—Quizá un par de sacos… —dijo la anciana tras soltar un profundo suspiro—. Por su parte, señora vizcondesa, a través del señor alcalde, ¿no podría hacer que nos dieran un poco de carbón? En principio no nos corresponde, pero…

Lucile las dejó solas y se acercó a la ventana. Los postigos aún no estaban cerrados. El salón daba a la plaza. El banco frente al monumento a los caídos estaba envuelto en sombras. Todo parecía dormido. Era una espléndida noche de primavera y el cielo estaba tachonado de estrellas de plata. Los tejados de las casas vecinas brillaban débilmente en la oscuridad: la herrería, donde un anciano lloraba la pérdida de sus tres hijos; la tiendecilla del zapatero, muerto en la guerra, en la que una pobre mujer y un chico de dieciséis años se ganaban la vida como podían. Aguzando el oído, de cada una de aquellas oscuras y tranquilas casitas bajas debería haberse elevado una queja, pensó Lucile. Pero ¿qué oía? De las tinieblas brotó una risa, seguida de un roce de faldas. Y una voz de hombre, una voz con acento, preguntó:

—¿Cómo en francés, eso? ¿Beso? ¿Sí? ¡Oh, gusta!

Un poco más allá se movían unas sombras; se distinguía vagamente la blancura de una blusa, un lazo en unos cabellos sueltos, el brillo de una bota y un cinturón… El centinela seguía yendo y viniendo ante el *lokal* al que estaba prohibido acercarse bajo pena de muerte, mientras sus camaradas disfrutaban de su tiempo libre y de la hermosa noche. Dos soldados le cantaban a un grupo de chicas jóvenes:

Trink'mal noch ein Tröpfchen!
Ach! Suzanna...

Y a continuación, las chicas lo tarareaban por lo bajo.

En determinado momento, la señora Angellier y la vizcondesa se quedaron calladas, y las últimas notas de la canción llegaron a sus oídos.

—¿Quién puede cantar a estas horas?

—Mujeres con soldados alemanes.

—¡Qué vergüenza! —exclamó la vizcondesa con un gesto de horror y asco—. Me gustaría saber quiénes son esas frescas. Se lo diría al señor cura —añadió asomándose a la ventana y escrutando ávidamente la oscuridad—. No se las ve. A la luz del día no se atreverían... ¡Ah, señoras, esto es todavía peor! ¡Ahora se dedican a pervertir a las francesas! Lo que hay que ver: sus hermanos y sus maridos, prisioneros, y ellas, confraternizando con los alemanes. Pero ¿qué es lo que tienen algunas mujeres en el cuerpo? —exclamó la vizcondesa, que tenía numerosos motivos para sentirse indignada: el patriotismo herido, el respeto a las conveniencias, las dudas sobre la eficacia de su papel social (todos los sábados impartía conferencias sobre «La verdadera joven cristiana»; había creado una biblioteca rural y a veces invitaba a la juventud de la comarca a su casa para asistir a la proyección de películas instructivas y edificantes con títulos como *Un día en la abadía de Solesmes* o *De la oruga a la mariposa*. Y todo, ¿para qué, para dar al mundo una imagen vergonzosa, degradante, de la mujer francesa?) y, por último, el sofoco de un temperamento al que ciertas imágenes turbaban sin que pudiera esperar ningún apaciguamiento de parte del vizconde, poco inclinado hacia las mujeres en general y hacia la suya en particular—. ¡Es un escándalo! —tronó.

—Es triste —dijo Lucile, pensando en todas aquellas chicas que veían con impotencia cómo se les escapaba la juventud. Los hombres estaban ausentes, prisioneros o muertos. El enemigo ocupaba su lugar. Era deplorable, pero mañana no lo sabría nadie. Sería una de esas cosas que la posteridad ignoraría, o de la que se desentendería por pudor.

La señora Angellier tiró de la campanilla. La cocinera acudió a cerrar los postigos y las ventanas, y la noche se lo tragó todo: las canciones, el susurro de los besos, el acariciante titilar de las estrellas, los pasos del soldado vencedor por el empedrado y el suspiro del sapo sediento que pedía lluvia al cielo, en vano.

10

Lucile y el alemán habían coincidido una o dos veces en la penumbra del vestíbulo. Cuando Lucile cogía el sombrero de paja, hacía tintinear un plato de cobre que adornaba la pared justo debajo de la cornamenta de ciervo que hacía las veces de colgador. El alemán, que parecía estar al acecho de ese débil ruido en el silencio de la casa, abría la puerta e iba a ayudarla; le llevaba al jardín el cesto, las tijeras de podar, el libro, la labor o la hamaca, pero ella ya no le hablaba; se limitaba a darle las gracias con un gesto de la cabeza y una sonrisa apurada, creyendo sentir sobre sí los ojos de la señora Angellier, al acecho tras una persiana. El alemán lo comprendió y dejó de mostrarse. Salía de maniobras con su regimiento casi todas las noches. No volvía hasta las cuatro de la tarde y se encerraba con su perro en la habitación. A veces, cuando Lucile cruzaba el pueblo al anochecer, lo veía en un café, solo, con un libro en las manos y una cerveza en la mesa. Él evitaba saludarla y miraba a otro lado con el entrecejo fruncido. Lucile contaba los días: «Se irá el lunes. Puede que a su regreso el regimiento se haya marchado del pueblo. De todas maneras, ha comprendido que no volveré a dirigirle la palabra.»

Todas las mañanas le preguntaba a la cocinera:

—¿El alemán sigue aquí, Marthe?

—Ya lo creo, señora —respondía la anciana—. Parece un buen chico. Ha preguntado si a la señora le gustaría un poco de fruta. Se la daría con mucho gusto. ¡Caray, a ellos no les falta de nada! Tienen cajas de naranjas. Son muy refrescantes —añadió Marthe, dividida entre la benevolencia hacia el oficial que le ofrecía naranjas y que siempre se mostraba, como ella decía, «tan simpático y tan tratable; a éste no hay que tenerle miedo», y la cólera por el hecho de que los franceses estuvieran privados de esa fruta. Esta última idea se impuso sin duda, porque la mujer acabó diciendo con repugnancia—: En cualquier caso, ¡son gentuza! Yo al oficial le quito todo lo que puedo: pan, azúcar, las pastas que le mandan de su casa, y que son de harina buena, créame, señora, y el tabaco, que se lo mando a mi prisionero.

—Eso no está bien, Marthe…

Pero la vieja cocinera se encogió de hombros.

—Ellos nos lo quitan todo, así que…

Una noche, cuando Lucile salía del comedor, Marthe abrió la puerta de la cocina y la llamó:

—¿Podría venir un momento, señora? Hay alguien que quiere verla.

Lucile entró temiendo que la sorprendiera la señora Angellier, a la que no le gustaba ver a nadie ni en la cocina ni en la despensa, no porque sospechara realmente que Lucile le robaba la mermelada —aunque en su presencia inspeccionaba los armarios ostensiblemente—, sino más bien porque sentía el pudor de un artista sorprendido en su taller o una mujer mundana ante su tocador: la cocina era un santuario que le pertenecía en exclusiva. Marthe llevaba veintisiete años con ella; y la señora Angellier, otros veintisiete haciendo todo lo que estaba en su mano para que Marthe jamás olvidara que no estaba en su propia casa, sino en la de otros, y que en cualquier momento podía verse forzada a separarse de sus plumeros, sus cacerolas y su horno, del mismo modo que el fiel, según los ritos de la religión cristiana, debe recordar constantemente que los bienes de este mundo sólo le han sido concedidos a título temporal y pueden serle arrebatados de la noche a la mañana por un capricho del Creador.

Marthe cerró la puerta tras Lucile y, en tono tranquilizador, le comunicó:

—La señora está en misa.

La cocina era casi tan grande como un salón de baile y tenía dos grandes ventanas que daban al jardín; estaban abiertas. Sentado a la mesa había un hombre, y sobre el mantel de hule, entre una hogaza de pan blanco y una botella de vino medio vacía, un magnífico lucio; los últimos espasmos de la agonía estremecían su plateado cuerpo. El hombre alzó la cabeza. Lucile reconoció a Benoît Labarie.

—¿De dónde ha salido eso, Benoît?

—Del lago de los Montmort.

—Uno de estos días conseguirá que lo atrapen.

Labarie no respondió. Levantó por las agallas el enorme pez, que apenas boqueaba pero seguía balanceando su transparente cola.

—¿Es un regalo? —preguntó Marthe, que era pariente de los Labarie.

—Si lo quieren...

—Trae aquí, Benoît. ¿Sabe la señora que han vuelto a reducir la ración de carne? Esto va a ser la muerte y el fin del mundo —dijo la cocinera meneando la cabeza y colgando un gran jamón de un gancho que pendía del techo—. Benoît, aprovecha que no está la señora para decir por qué has venido.

—Señora —dijo Benoît tras una breve vacilación—, en casa hay un alemán que ronda a mi mujer. El intérprete de la Kommandantur, un chico de diecinueve años. Ya no puedo soportarlo.

—Pero ¿qué puedo hacer yo?

—Uno de sus camaradas se aloja aquí...

—Nunca hablo con él.

—No me diga eso —murmuró Benoît alzando la vista hacia ella. Se acercó al horno y, maquinalmente, dobló el atizador y volvió a enderezarlo; era un hombre muy fuerte—. El otro día la vieron con él en el jardín, hablando, riendo y comiendo fresas. No se lo reprocho, es asunto suyo; pero se lo suplico: haga que convenza a su camarada para que se busque otro alojamiento.

«¡Qué pueblo éste! —pensó Lucile—. Aquí las paredes tienen ojos.»

De pronto, la tormenta que amenazaba desde hacía horas estalló y, tras un solo trueno breve y solemne, una lluvia fría y torrencial descargó con violencia. El cielo se ennegreció, las luces se apagaron, como ocurría nueve de cada diez días de fuerte viento, y Marthe dijo con satisfacción:

—Ahora la señora no podrá salir de la iglesia.

Y aprovechó la coyuntura para servir una taza de café caliente a Benoît.

Los relámpagos iluminaban la cocina; por los cristales de las ventanas chorreaba un agua brillante que, a aquella luz sulfurosa, parecía verde. La puerta se abrió y el oficial alemán, ahuyentado de su habitación por la tormenta, entró a pedir velas.

—¡Ah, está usted ahí, señora! —exclamó al reconocer a Lucile—. Perdone, con esta oscuridad no la había visto.

—No hay velas —gruñó Marthe—. Desde que llegaron ustedes, no quedan velas en toda Francia.

Le molestaba ver al alemán en su cocina; en las demás habitaciones su presencia era llevadera, pero allí, entre el horno y la alacena, le parecía escandalosa, casi sacrílega: estaba profanando el corazón de la casa.

—Deme al menos una cerilla —le suplicó el oficial con voz fingidamente quejumbrosa para ablandarla.

Pero la cocinera sacudió la cabeza.

—Tampoco quedan cerillas.

Lucile se echó a reír.

—No le haga caso. Mire, ahí las tiene, detrás de usted, encima del horno. Precisamente aquí hay alguien que quería hablar con usted, teniente; quiere quejarse de un soldado alemán.

—¿Ah, sí? Lo escucho —se apresuró a responder el oficial—. Somos los primeros interesados en que los soldados de la Reichswehr muestren un trato exquisito con la población.

Pero Benoît no abrió la boca. Fue Marthe quien tomó la palabra:

—Ronda a su mujer —dijo en un tono que no permitía adivinar qué prevalecía en ella: si la virtuosa indignación o la pena por haber superado la edad de verse en semejantes trances.

—Pero, joven, tiene usted una idea exagerada del poder de los mandos en el ejército alemán. Por supuesto, puedo castigar al muchacho por importunar a su mujer, pero si a ella le gusta…

—¡No bromee! —bramó Benoît dando un paso hacia el oficial.

—¿Le gusta?

—Que no bromee, le he dicho. No necesitábamos que los sucios… —Lucile ahogó un grito de miedo y advertencia. Marthe le dio un codazo a Benoît; sabía que iba a decir la palabra prohibida, «boche», que los alemanes castigaban con la prisión. Benoît se mordió la lengua—. No necesitábamos que ustedes vinieran a rondar a nuestras mujeres.

—No, amigo mío, era antes cuando había que defender a sus mujeres —respondió el oficial con voz tranquila. Se había puesto muy rojo y su rostro había adquirido una expresión altanera y desagradable.

Lucile decidió intervenir.

—Se lo ruego —le dijo en voz baja—. Este hombre está celoso. Sufriendo. No le haga perder los estribos.

—¿Cómo se llama ese soldado?

—Bonnet.

—¿El intérprete de la Kommandantur? No está sometido a mi autoridad. Tenemos la misma graduación. No puedo intervenir.

—¿Ni como amigo?

El oficial meneó la cabeza.

—Imposible. Ya le explicaré por qué.

La voz de Benoît, tranquila pero agria, lo interrumpió.

—No hacen falta explicaciones. A un soldado, a un pobre diablo, se le pueden imponer prohibiciones. *Verboten*, como dicen ustedes en su lengua. Pero ¡cómo van a privar de sus entretenimientos a los señores oficiales! En todos los ejércitos del mundo pasa lo mismo.

—No pienso hablar con él. Sería echar leña al fuego y hacerle un flaco favor a usted —respondió el alemán y, dando la espalda a Benoît, se acercó a la mesa—. Sea buena, Marthe, y hágame un café. Salgo dentro de una hora.

—¿Otra vez de maniobras? ¡Ya van tres noches seguidas! —exclamó la cocinera, que no acababa de aclararse sobre sus sentimientos hacia el enemigo; cuando veía volver al regimiento al amanecer, tan pronto decía con satisfacción: «Qué calor pasan, qué cansados están… ¡Cuánto me alegro!», como se olvidaba de que eran alemanes y añadía, con una especie de ternura maternal: «De todas maneras, vaya vida, los pobrecillos…» Por alguna oscura razón, fue ese instinto protector lo que prevaleció en esta ocasión—. Está bien, vamos a hacerle ese café. Siéntese ahí. Usted también tomará una taza, ¿verdad, señora?

—No, no… —murmuró Lucile.

Entretanto, Benoît había desaparecido por la ventana sin hacer ruido.

—Vamos, se lo ruego —le dijo el alemán en voz baja—. Ya no la molestaré durante mucho tiempo. Me voy pasado mañana y se dice que cuando regrese mandarán el regimiento a África. No volveremos a vernos, y me gustaría pensar que no me odia.

—No lo odio, pero…

—Lo sé. No hace falta profundizar. Pero acepte acompañarme…

Mientras tanto, Marthe, con una sonrisa enternecida, cómplice y escandalizada a un tiempo, como si estuviera dándole un dulce a escondidas a un niño castigado, ponía la mesa: sobre un paño limpio, dos grandes cuencos floreados, la cafetera y un viejo quinqué, que había sacado de un armario, cebado y encendido. La tenue llama amarilla iluminaba las paredes, cubiertas de cacharros de cobre que el oficial miraba con curiosidad.

—¿Cómo se llama eso, señora?

—Calentador.

—¿Y eso?

—Un aparato para hacer gofres. Tiene casi cien años. Ya no se utiliza.

Marthe dejó en la mesa un azucarero monumental que parecía una urna funeraria, con sus patas de bronce y su tapadera labrada, y un cuenco de cristal tallado lleno de mermelada.

—Entonces —dijo Lucile—, pasado mañana a estas horas, ¿estará tomando una taza de café con su mujer?

—Eso espero. Le hablaré de usted. Y le describiré la casa.

—¿Ella no conoce Francia?

—No, señora.

Lucile habría querido saber si al enemigo le gustaba Francia, pero una especie de púdico orgullo retuvo las palabras en sus labios. Siguieron tomando el café en silencio y sin mirarse.

Luego, el alemán le habló de su país, de las grandes avenidas de Berlín, que en invierno se cubren de nieve, del frío y cortante viento que sopla sobre las llanuras de Europa Central, de los profundos lagos, de los bosques de abetos y los arenales.

Marthe se moría de ganas de entrar en la conversación.

—Y esta dichosa guerra, ¿va a durar mucho tiempo? —preguntó al fin.

—No lo sé —respondió el alemán, sonriendo y encogiendo ligeramente los hombros.

—Pero ¿qué piensa usted? —insistió Lucile.

—Señora, yo soy un soldado. Los soldados no piensan. Me dicen que vaya a un sitio, y allí voy. Que luche, y lucho. Que me juegue la vida, y me la juego. Ejercitar el pensamiento haría las batallas más difíciles y la muerte, más terrible.

—Pero el entusiasmo…

—Perdóneme, señora, pero ésa es una palabra de mujer. Un hombre cumple con su deber incluso sin entusiasmo. Precisamente en eso se reconoce que es un hombre, un hombre de verdad.

—Puede ser.

Se oía el rumor de la lluvia en el jardín; las últimas gotas caían lentamente de las lilas; el agua rebosaba del vivero con un murmullo perezoso. De pronto se oyó la puerta de la calle.

—¡La señora! ¡Corran! —susurró Marthe asustada, empujando hacia la puerta a Lucile y al oficial—. ¡Vayan por el jardín! ¡La que me va a armar, Virgen misericordiosa! —exclamó, apresurándose a tirar el resto del café por el desagüe del fregadero, esconder las tazas y apagar el quinqué—. ¡Vamos, deprisa! ¡Menos mal que es de noche!

Al punto se encontraron en el jardín. El oficial sonreía y Lucile temblaba un poco. Al amparo de la oscuridad, vieron a la señora Angellier atravesar la casa precedida por Marthe, que llevaba una lámpara. Luego, los postigos se cerraron y se aseguraron con las barras de hierro; al oír el chirrido de los goznes, un ruido de cadenas oxidadas y el fúnebre sonido de los cerrojos de las grandes puertas, el alemán comentó:

—Esto parece una prisión. ¿Y ahora cómo entrará, señora?

—Por la puerta de la antecocina. Marthe la habrá dejado abierta. ¿Y usted?

—Bah, saltaré la tapia. —Y eso hizo, con extraordinaria agilidad. Luego le dijo con suavidad—: *Gute Nacht. Schlafen sie wohl.*

—*Gute Nacht* —respondió ella.

Su acento hizo reír al alemán. Lucile se quedó un instante en la oscuridad, escuchando aquella risa que se alejaba. Una ráfaga de viento agitó las ramas mojadas de las lilas sobre sus cabellos. Se sentía alegre y ligera. Echó a correr y entró en la casa.

11

La señora Angellier visitaba sus propiedades todos los meses. Elegía un domingo para encontrar a «la gente» en casa, lo que sacaba de quicio a los aparceros, que al verla venir escondían a toda prisa el café, el azúcar y el aguardiente de la sobremesa: la señora Angellier era de la vieja escuela; consideraba que todo lo que consumía «su» gente era parte de lo que habría debido acabar en su bolsillo y, en la carnicería, hacía agrios reproches a los que compraban carne de primera calidad. En el pueblo, tenía «su» policía, como ella decía, y pobre de los aparceros cuyas mujeres o hijas compraban medias de seda, perfumes, polveras o novelas demasiado a menudo: duraban poco tiempo en sus tierras. La señora de Montmort gobernaba sus dominios de acuerdo con principios análogos, pero, como era aristócrata y sentía más aprecio por los valores espirituales que la ávida y materialista burguesía a la que pertenecía la señora Angellier, le preocupaba sobre todo el aspecto religioso de la cuestión; se informaba sobre si todos los niños habían sido bautizados, si todos los miembros de la familia comulgaban dos veces al año, y si las mujeres iban a misa (en lo tocante a los hombres hacía la vista gorda; era mucho pedir). Así que, de las dos familias que se repartían la región, los Montmort y los Angellier, la más odiada seguía siendo la primera.

La señora Angellier se puso en camino con la anubarrada aurora. La tormenta del día anterior había alterado el tiempo: caía agua helada a cántaros. Con el coche no se podía contar, porque no tenía permiso para circular ni gasolina, pero la anciana había hecho exhumar del cobertizo en que reposaba desde hacía treinta años una especie de victoria que, enganchada a un buen par de caballos, cumplía su papel. Toda la casa se había levantado para despedir a la señora. En el último minuto, y a regañadientes, confió sus llaves a Lucile. Luego abrió el paraguas. El aguacero arreciaba.

—La señora debería dejarlo para mañana —opinó la cocinera.

—No tengo más remedio que ocuparme yo de todo, puesto que el amo está prisionero de estos señores —respondió la anciana en tono sarcástico y voz muy alta, sin duda para avergonzar a dos soldados alemanes que en ese momento pasaban por allí.

Acto seguido, les lanzó una mirada como la que Chateaubriand atribuye a su padre diciendo: «Sus centelleantes pupilas parecían salir disparadas y atravesar a la gente como balas.» Pero los soldados, que no sabían francés, debieron de tomar aquella mirada por un homenaje a su buena planta, su porte marcial y su irreprochable uniforme, porque le sonrieron con tímida efusividad. Exasperada, la señora Angellier cerró los ojos. El coche se puso en marcha. El viento sacudía las portezuelas.

Unas horas después, Lucile fue a casa de la modista, una mujer joven de la que se murmuraba que intimaba con alemanes. Le llevaba un retal de tela para que le hiciera un peinador.

—Tiene usted suerte de disponer todavía de una seda como ésta —le dijo la chica asintiendo apreciativamente—. ¡Qué más quisiéramos las demás! —Al parecer no lo decía con envidia, sino con admiración, como si le reconociera no una prerrogativa de burguesa, sino una especie de astucia natural para que la sirvieran antes que a las demás, del mismo modo que el habitante del llano dice del montañés: «¡Ése no hay peligro de que se despeñe! Lleva subiendo a los Alpes desde que nació.» Y tal vez también pensaba que Lucile, por un don de nacimiento, ancestral, era más hábil que ella para violar las leyes y sortear los reglamentos, porque, tras guiñarle el ojo y dedicarle la mejor de sus sonrisas, añadió—: Sabe usted apañárselas, sí señora. Eso está bien.

En ese instante, Lucile vio el cinturón de un soldado alemán encima de la cama. Los ojos de las dos mujeres se encontraron. Los de la costurera tenían una mirada astuta, vigilante e impertérrita;

parecía una gata que tiene un pájaro entre las zarpas y, si alguien intenta quitárselo, levanta el hocico y maúlla con arrogancia, como diciendo: «¡Que te has creído tú eso! ¿Quién lo ha cazado, tú o yo?»

—¿Cómo puede…? —murmuró Lucile.

La costurera dudó entre varias actitudes. Su rostro pasó de la insolencia a la candidez y de la candidez al disimulo. Pero, de pronto, bajó la cabeza.

—Bueno, ¿y qué? Alemán o francés, amigo o enemigo, ante todo es un hombre, y yo, una mujer. Es amable conmigo, cariñoso, atento… Es un chico de ciudad que se cuida, no como los de aquí; tiene la piel suave y los dientes blancos. Cuando me besa, el aliento no le huele a alcohol como a los mozos del pueblo. Para mí eso es suficiente. No busco nada más. Nos complican demasiado la vida con las guerras y todas esas mandangas. Entre un hombre y una mujer, eso no cuenta para nada. Si fuera inglés o negro y me atrajera, también me daría el gusto, si pudiera. ¿Le parece mal? Claro, usted es rica y tiene diversiones que yo no tengo…

—¡Diversiones! —exclamó Lucile con involuntaria amargura, preguntándose qué podía encontrar divertido la costurera en una vida como la de las Angellier; seguramente, visitar propiedades y contar dinero.

—Usted tiene cultura. Trata con gente fina. Para los demás, todo es trabajar y matarse. Si no existiera el amor, más valdría tirarse de cabeza a un pozo. Y cuando digo amor no crea que sólo pienso en lo que ya sabe. Mire, el otro día ese alemán estuvo en Moulins: pues compró un bolso de imitación de cocodrilo. Otra vez me trajo flores, un ramo que me compró en la ciudad, como a una señorita. Parece una idiotez, porque aquí en el campo lo que sobra son flores; pero es un detalle bonito. Hasta ahora, para mí los hombres sólo habían sido para lo que ya sabe. Pero éste… no sé cómo decirle… Haría cualquier cosa por él, lo seguiría a cualquier parte. Y sé que él me quiere… He tratado con bastantes hombres como para saber cuándo te mienten. Así que, como comprenderá, que me digan «¡Es un alemán, es un alemán!» no me da ni frío ni calor. Es una persona como las demás.

—Claro que sí, mujer, pero cuando se dice «Es un alemán», ya se sabe que no es más que un hombre, ni mejor ni peor que los demás, pero lo que se sobreentiende, lo que es terrible, es que ha matado a franceses, que los suyos tienen a los nuestros prisioneros, que nos hacen pasar hambre...

—¿Y cree que yo nunca lo pienso? A veces, estoy echada a su lado y me digo: «¿Y si quien mató a mi padre fue el suyo?» A mi padre, como quizá usted sepa, lo mataron en la otra guerra. Pues claro que lo pienso; pero luego, en el fondo, me da igual. A un lado estamos él y yo, y al otro la gente. A la gente no le importamos; nos bombardean y nos hacen sufrir. Nos matan peor que si fuéramos conejos. Bueno, pues a nosotros tampoco nos importan ellos. Mire, si hubiera que vivir pendiente del qué dirán, estaríamos peor que los animales. En el pueblo dicen que soy una perra. ¡Pues no! Los perros son ellos, que van en manada y, si les mandan morder, muerden. Willy y yo... —La chica se interrumpió y soltó un suspiro—. Nos queremos —dijo al fin.

—Pero el regimiento se irá...

—Ya lo sé, señora; pero Willy dice que cuando acabe la guerra vendrá a buscarme.

—¿Y tú le crees?

—Sí, le creo —respondió la chica en tono desafiante.

—Pues estás loca —dijo Lucile—. Se olvidará de ti en cuanto se vaya. Tienes hermanos prisioneros y cuando vuelvan... Hazme caso: ten cuidado, lo que haces es muy peligroso. Es peligroso y está mal —añadió.

—Cuando vuelvan...

Las dos mujeres se miraron en silencio. En aquella habitación cerrada y llena de muebles anticuados y aparatosos, flotaba un olor profundo y secreto que turbaba a Lucile y le producía un extraño malestar.

En la escalera, unos críos churretosos pasaron junto a ella como una exhalación.

—¿Adónde vais tan deprisa?

—A jugar al jardín de los Perrin.

Los Perrin era una familia acomodada que había huido en junio de 1940 presa del pánico, dejando la casa abandonada, las puertas abiertas de par en par, la plata en los cajones y la ropa en las perchas.

Los alemanes habían saqueado la vivienda. En cuanto al extenso jardín, desatendido, pisoteado, devastado, parecía una selva.

—¿Os dejan entrar los alemanes?

Por toda respuesta, los chiquillos se echaron a reír y se alejaron corriendo.

Lucile regresó a casa bajo un chaparrón. Por el camino, pasó por delante del jardín de los Perrin. Entre las ramas, pese a la fría tromba, se veían los delantales azules y rosa de los niños del pueblo, que aparecían y volvían a desaparecer. De vez en cuando, una sucia y lustrosa mejilla chorreante de lluvia relucía como un melocotón. Los chiquillos arrancaban las lilas y las flores de los cerezos y se perseguían por el césped. Encaramado a un cedro, un renacuajo en pantalón rojo silbaba como un mirlo.

Estaban acabando de destrozar lo que quedaba del jardín, antaño tan cuidado, tan apreciado por los Perrin, quienes ya no salían a sentarse en las sillas de hierro al atardecer, los hombres en traje negro y las mujeres con largos vestidos de crujiente seda, para ver madurar en familia las fresas y los melones. Un mocoso de delantal rosa hacía equilibrios sobre la verja de hierro, con los pies entre las puntas de lanza de los barrotes.

—Te vas a caer, por travieso.

El chiquillo se quedó mirándola sin decir nada. De repente, Lucile envidió a aquellos niños que se divertían ajenos al tiempo, la guerra y las desgracias. Parecían los únicos libres en una nación de esclavos. «Libres de verdad», se dijo.

A regañadientes, siguió su camino hacia la taciturna y silenciosa casa, impasible bajo el temporal.

12

Lucile se quedó sorprendida al ver al cartero, con el que se cruzó en la puerta: apenas recibían correspondencia. En la mesa del vestíbulo había una carta a su nombre.

Señora, ¿se acuerda usted del matrimonio mayor al que acogió en su casa el pasado junio? Nosotros hemos pensado en usted muchas veces, en su amable hospitalidad, en ese alto en su casa durante un viaje espantoso. Nos gustaría mucho tener noticias suyas. ¿Ha regresado su marido sano y salvo de la guerra? Por nuestra parte, hemos tenido la enorme dicha de recuperar a nuestro hijo. Reciba, señora, nuestros respetuosos saludos.

Jeanne y Maurice Michaud
Rue de la Source 12, París (XVIº)

Lucile se quedó encantada. Qué grata sorpresa, qué buenas personas… Desde luego eran más felices que ella. Se querían, habían afrontado y superado juntos todos los peligros… Escondió la carta en su secreter y fue al comedor. Decididamente, era un buen día aunque no parara de llover: en la mesa sólo había un plato. Lucile volvió a alegrarse de la ausencia de su suegra: podría leer mientras comía. Almorzó a toda prisa y luego se acercó a la ventana para contemplar la lluvia. Era una «cola de tormenta», como decía la cocinera. En cuarenta y ocho horas, el tiempo había pasado de la primavera más radiante a una estación indeterminada, cruel, extraña, en la que

323

las últimas nieves se mezclaban con las primeras flores; los manzanos habían perdido las flores en una noche, los rosales estaban negros y helados y el viento había derribado las macetas de geranios y guisantes de olor.

—Se va a perder todo, nos quedaremos sin fruta —gimió Marthe mientras recogía la mesa—. Voy a encender fuego en la sala —añadió—. Hace un frío que no se puede estar. El alemán me ha pedido que le encienda la chimenea, pero no está deshollinada y se va a atufar. Allá él. Se lo he dicho, pero ni caso. Cree que es mala voluntad, como si después de todo lo que nos han quitado le fuese a negar un par de troncos. ¿Lo oye? ¡Ya está tosiendo! Jesús, Jesús… ¡Qué cruz, tener que servir a los boches! ¡Ya va, ya va! —gruñó la cocinera. Lucile la oyó abrir la puerta del despacho y hablar con el alemán, que parecía irritado—: ¡Oiga, que ya se lo he dicho! Con este viento, cualquier chimenea sin deshollinar echa el humo para dentro.

—¿Y por qué no la han deshollinado, *mein Gott*? —replicó el alemán, exasperado.

—¿Que por qué? ¡Y a mí qué me cuenta! Yo no soy la dueña. ¿Cree usted que con su dichosa guerra se puede hacer algo a derechas?

—Mire, buena mujer, si cree usted que voy a dejarme ahumar aquí dentro como un conejo, está muy equivocada. ¿Dónde están las señoras? Si no pueden proporcionarme una habitación confortable, no tienen más que instalarme en el salón. Encienda fuego en el salón.

—Lo siento, teniente, pero eso es imposible —terció Lucile acercándose a ellos—. En nuestras casas de provincias, el salón es una pieza en la que se recibe, pero donde no se puede acomodar a nadie. La chimenea es falsa, como puede comprobar.

—¿Qué? ¿Ese monumento de mármol blanco con amorcillos que se calientan los dedos…?

—Nunca ha calentado nada —completó Lucile con una sonrisa—. Pero si quiere, venga a la sala; la estufa está encendida. La verdad es que aquí no hay quien esté —hubo de reconocer al ver la nube de humo que flotaba en la habitación.

—¡Como que por poco muero asfixiado, señora! ¡Desde luego, el oficio de soldado está lleno de peligros! Pero por nada del mundo quisiera molestarla. En el pueblo hay un par de cafés cochambrosos con billar en los que flotan nubes de tiza… Su señora suegra…

—Estará ausente todo el día.

—¡Ah! Entonces se lo agradezco mucho, señora Angellier. No la molestaré. Tengo trabajo urgente que terminar —dijo el teniente, y mostró un mapa y unos planos.

Él se sentó a la mesa, que ya estaba recogida, y ella en un sillón, frente a la estufa. De vez en cuando extendía las manos hacia el fuego y se las frotaba distraídamente. «Tengo gestos de vieja —se dijo de pronto con tristeza—. Gestos y vida de vieja.» Y dejó caer las manos sobre las rodillas. Al levantar la cabeza, vio que el oficial había dejado los mapas, se había acercado a la ventana y apartado la cortina. Estaba contemplando los perales, crucificados bajo el encapotado cielo.

—Qué sitio tan triste… —murmuró.

—¿Y a usted qué más le da? —respondió Lucile—. Se va mañana.

—No, no me voy.

—¡Ah! Creía…

—Han suspendido todos los permisos.

—Vaya… ¿Y eso?

El alemán encogió ligeramente los hombros.

—No lo sabemos. Suspendidos, y punto. Es la vida del militar.

Lucile lo sintió por él: estaba tan contento con su permiso…

—Qué lástima —murmuró compadecida—, pero sólo es un aplazamiento.

—De tres meses, de seis, para siempre… Si lo siento es por mi madre. Está mayor y delicada. Es una viejecita de pelo muy blanco, con su eterno sombrero de paja, a la que tumbaría el menor soplo de viento. Me espera mañana por la noche, y no recibirá más que un telegrama.

—¿Es usted hijo único?

—Tenía tres hermanos. Uno cayó durante la campaña de Polonia, otro hace un año, justo cuando entramos en Francia, y el tercero está en África.

—Es muy triste, y para su mujer también…

—Bueno, mi mujer… mi mujer se consolará. Nos casamos muy jóvenes; éramos casi unos niños. ¿Qué opina usted de esos matrimonios que se celebran tras quince días de amistad y de excursiones por los lagos?

—No sabría decirle. En Francia no se hace así.

—Pero tampoco será como antaño, cuando la gente se casaba después de verse un par de veces en casa de unos amigos de la familia, como en las novelas de Balzac…

—Puede que no del todo, pero, al menos en provincias, la diferencia no es tan grande…

—Mi madre me desaconsejó que me casara con Edith. Pero yo estaba enamorado. *Ach, Liebe*… Deberían darnos la oportunidad de crecer juntos, de envejecer juntos… Pero llega la separación, la guerra, las dificultades, y descubres que estás casado con una niña que sigue teniendo dieciocho años, mientras que tú… —Levantó los brazos y los dejó caer de nuevo—. Unas veces tienes doce y otras cien…

—Vamos, no exagere…

—No, no… Para unas cosas, el soldado sigue siendo un niño, y en cambio, para otras, es tan viejo, tan viejo… No tiene edad. Es contemporáneo de las cosas más antiguas del mundo, del asesinato de Abel por Caín, de los festines de los caníbales, de la Edad de Piedra… En fin, no sigamos hablando de esas cosas. El caso es que aquí estoy, encerrado en este sitio que es como una tumba… Bueno, una tumba en un cementerio en medio del campo, lleno de flores, pájaros y fantasmas encantadores, pero tumba al fin… ¿Cómo puede usted vivir aquí todo el año?

—Antes de la guerra hacíamos alguna que otra salida…

—Pero apuesto a que nunca viajaban. No conoce ni Italia, ni Europa Central, París apenas… Piense en todo lo que falta aquí… los museos, los teatros, los grandes conciertos… ¡Ah, lo que más echo de menos son los conciertos! Y no dispongo más que de un mísero instrumento, que encima no me atrevo a tocar por miedo a herir sus legítimas susceptibilidades francesas —añadió con una pizca de resentimiento.

—Pero toque cuanto quiera, teniente… Mire, está usted triste, y yo tampoco es que esté muy alegre. Siéntese al piano y toque. Nos olvidaremos del mal tiempo, de la soledad y de todas nuestras desgracias…

—¿De verdad no le importa? Pero tengo trabajo… —Lanzó una mirada a los mapas—. ¡Bah! Coja la labor o un libro, siéntese junto al piano y óigame tocar. Sólo toco bien cuando tengo público. Soy un… ¿cómo dicen ustedes? ¡Un farolero, eso es!

—Sí, farolero. Mis felicitaciones por su conocimiento de nuestro idioma.

El teniente se sentó al piano. La estufa crepitaba suavemente, difundiendo un agradable calorcillo y un grato olor a humo y castañas asadas. Las gotas de lluvia resbalaban por los cristales como gruesas lágrimas. La casa estaba silenciosa y vacía, pues la cocinera había ido a vísperas.

«Yo también debería ir —se dijo Lucile—. Pero no me apetece. Sigue lloviendo.»

Sus ojos seguían las finas y blancas manos del alemán, que brincaban por el teclado. El anillo adornado con una piedra granate que llevaba en el anular le molestaba para tocar; se lo quitó mecánicamente y se lo tendió a Lucile, que lo cogió y lo tuvo un instante en la mano; todavía estaba tibio. Hizo espejear la piedra a la mortecina luz que entraba por la ventana. Bajo la piedra se transparentaban dos letras góticas y una fecha. Lucile supuso que era una prenda de amor. Pero no: la fecha era de 1775 o 1795, no se distinguía bien. Una joya de familia, sin duda. La dejó en la mesa con cuidado, diciéndose que seguramente muchas tardes tocaba para su mujer tal como hacía ahora para ella. ¿Cómo había dicho que se llamaba su esposa? ¿Edith? Qué bien tocaba… Lucile reconocía algunos fragmentos.

—Es Bach, ¿verdad? ¿Mozart? —preguntó tímidamente.

—¿Toca usted también?

—¡No, no! Antes de casarme tocaba un poco, pero ya se me ha olvidado. No obstante, me gusta la música. ¡Tiene usted mucho talento, teniente!

Él la miró muy serio.

—Sí, creo que tengo talento —murmuró con una tristeza que la sorprendió, y arrancó al teclado una serie de rápidos y juguetones arpegios—. Ahora escuche esto —dijo y, sin dejar de tocar, siguió hablando en voz baja—: Esto es el tiempo de la paz, la risa de las chicas, los alegres sonidos de la primavera, el vuelo de las primeras golondrinas que regresan del sur… Estamos en un pueblo de Alemania, en marzo, cuando la nieve apenas ha empezado a fundirse. Éste es el ruido que hace la nieve cayendo en las viejas calles del pueblo. Y ahora la paz ha acabado… Los tambores, los camiones, el paso de los soldados… ¿Los oye? ¿Los oye? Esas pisadas lentas, sordas, inexorables… Un pueblo en marcha… El soldado está perdido entre los demás… Aquí entrará un coro, una especie de cántico religioso, que todavía no está terminado. ¡Ahora, escuche! Es la batalla…

La música era grave, profunda, terrible…

—¡Oh, qué hermoso! —murmuró Lucile, arrobada—. ¡Qué hermoso!

—El soldado muere, pero antes de morir oye de nuevo ese coro, que ya no viene de este mundo, sino de la milicia de los ángeles… Algo así, escuche… Tiene que ser suave y vibrante a la vez. ¿Oye usted las trompetas celestiales? ¿Oye el clamor de esos metales que derriban las murallas? Pero todo se aleja, se debilita, cesa, desaparece… El soldado ha muerto.

—¿Lo ha compuesto usted? ¿Es suyo?

—¡Sí! Yo iba para músico… Pero se acabó.

—¿Por qué? La guerra…

—La música es una amante exigente. No puedes abandonarla cuatro años. Cuando quieres volver junto a ella, ha huido. ¿En qué está pensando? —preguntó al ver que Lucile lo miraba fijamente.

—Pienso… que no se debería sacrificar así al individuo. Me refiero a todos nosotros. ¡Nos lo han quitado todo! El amor, la familia… ¡No es justo!

—Ya, señora Angellier… Pero ése es el principal problema de nuestro tiempo, individuo o comunidad, porque la guerra es la obra común por excelencia, ¿no le parece? Nosotros, los alemanes, creemos en el espíritu de la comunidad, en el mismo sentido en que se dice que entre las abejas existe el «espíritu de la colmena». Se lo debemos todo: néctares, luces, aromas, mieles... Pero ésos son asuntos demasiado serios. ¡Escuche, voy a tocarle una sonata de Scarlatti! ¿La conoce?

—¡No, creo que no!

Entretanto, Lucile pensaba: «¿Individuo o comunidad? ¡Ay, Dios mío! Eso no es nuevo, los alemanes no han inventado nada. Nuestros dos millones de muertos en la otra guerra también se sacrificaron por el "espíritu de la colmena". Murieron, y veinticinco años después... ¡Qué mentira! ¡Qué fatuidad! Hay leyes que rigen el destino de las colmenas y los pueblos, ¡y ya está! Seguramente, el espíritu del pueblo está gobernado por leyes que se nos escapan, o por caprichos que ignoramos. Pobre mundo, tan hermoso y tan absurdo... Pero si algo hay seguro es que dentro de cinco, diez o veinte años, este problema, que, según él, es el de nuestro tiempo, habrá dejado de existir, habrá cedido el sitio a otros... Mientras que esta música, ese repiqueteo de la lluvia en los cristales, esos ruidosos y fúnebres crujidos del cedro del jardín de enfrente, esta hora tan maravillosa, tan extraña en mitad de la guerra, esto, todo esto, no cambiará... Es eterno...»

De pronto, el teniente dejó de tocar y la miró.

—¿Está usted llorando? —Ella se secó los ojos a toda prisa—. Le ruego que me perdone. La música es indiscreta. Puede que la mía le recuerde a alguien ausente...

—¡No, a nadie! —murmuró ella a su pesar—. Eso es precisamente lo que... Nadie...

Se quedaron callados. El teniente bajó la tapa del piano.

—Señora, después de la guerra volveré. Permítame volver. Todas las disputas entre Francia y Alemania serán antiguallas, estarán olvidadas... al menos durante quince años. Una tarde, llamaré a la puerta. Usted me abrirá y no me reconocerá, porque iré de paisano. Entonces le diré: Soy el oficial alemán... ¿Se acuerda? Es tiempo de paz, de felicidad, de libertad. He venido por usted. Venga, vayámonos juntos. La llevaré a visitar un montón de países. Yo, naturalmente, seré un compositor célebre y usted estará tan guapa como ahora...

—¿Y su mujer y mi marido? ¿Qué hacemos con ellos? —le preguntó Lucile, esforzándose por reír.

El teniente silbó por lo bajo.

—¡A saber dónde estarán! Y dónde estaremos nosotros… Pero se lo digo muy en serio, señora: volveré.

—Siga tocando —murmuró ella tras un breve silencio.

—¡No, se acabó! El exceso de música es *gefährlich*, peligroso. Ahora, sea una señora de mundo. Invíteme a tomar el té.

—En Francia ya no queda té, *mein Herr*. Puedo ofrecerle vino de Frontignan y bizcochos. ¿Le apetece?

—¡Ya lo creo! Pero, por favor, no llame a su criada. Permítame ayudarla a poner la mesa. Dígame, ¿dónde están los manteles? ¿En ese cajón? Déjeme escoger: ya sabe que nosotros los alemanes no tenemos ni pizca de tacto. Elijo el rosa, no, el blanco con florecitas bordadas… ¿por usted, tal vez?

—¡Pues sí!

—En cuanto a lo demás, usted manda.

—Menos mal —respondió ella riendo—. ¿Dónde está su perro? Hace días que no lo veo.

—De permiso. Pertenece a todo el regimiento, a todos los camaradas. Uno de ellos, Bonnet, el intérprete, ese del que vino a quejarse su amigo el rústico, se lo llevó consigo. Salieron hace tres días hacia Múnich, pero las nuevas disposiciones los obligarán a volver.

—A propósito de Bonnet, ¿ha hablado con él?

—Señora, mi amigo Bonnet no es un alma cándida. Si el marido lo exaspera, puede que lo que hasta ahora no era más que una diversión inocente se convierta en algo más pasional, con más *Schadenfreude*, ¿me comprende? Puede incluso enamorarse de verdad, y si esa joven no es seria…

—No es el caso —respondió Lucile.

—¿Quiere a ese patán?

—Sin duda. Además, si bien algunas chicas de por aquí se dejan abrazar por sus soldados, no todas son iguales. Madeleine Labarie es una mujer decente y una buena francesa.

—Lo he comprendido —dijo el oficial con una inclinación de la cabeza.

330

Luego la ayudó a acercar la mesa de juego a la ventana. Lucile sacó las copas de cristal tallado en grandes facetas, una licorera con el tapón corlado y unos platitos que databan del Primer Imperio y estaban decorados con motivos militares: Napoleón pasando revista a las tropas, dorados húsares acampados en claros, un desfile en el Campo de Marte... El alemán se quedó admirado del colorido y el primor de las pinturas.

—¡Qué uniformes tan bonitos! ¡Cuánto me gustaría tener un dolmán con bordados dorados como el de este húsar!

—Pruebe estos bizcochos, *mein Herr*. Están hechos en casa.

El teniente alzó la vista y le sonrió.

—¿Ha oído hablar de esos ciclones que se desatan en los mares del sur, señora Angellier? Si he entendido bien mis lecturas, forman una especie de círculo cuyo borde consiste en una sucesión de tormentas, mientras que el centro permanece inmóvil, de tal modo que un pájaro o una mariposa que se encontrara en el ojo del huracán no sufriría ningún daño, ni siquiera se le arrugarían las alas, mientras a su alrededor se producen terribles estragos. ¡Mire esta casa! ¡Mírenos a nosotros tomando vino de Frontignan y comiendo bizcochos, y piense en lo que está ocurriendo en el mundo!

—Prefiero no pensar —respondió Lucile con tristeza.

Sin embargo, en su alma había una especie de calor que jamás había sentido. Hasta sus movimientos eran más sueltos, más seguros que de costumbre, y su propia voz resonaba en sus oídos como si fuera la de una desconocida: más baja de lo habitual, más profunda y vibrante; no la reconocía. Pero lo más delicioso era aquel aislamiento dentro de la casa hostil, unido a aquella extraña seguridad: no vendría nadie, no habría cartas, ni visitas ni teléfono. Y como esa mañana se le había olvidado darle cuerda («Naturalmente, cuando yo no estoy, todo va a la deriva», diría su suegra), hasta el reloj, aquel reloj que la angustiaba con sus profundas y melancólicas campanadas, estaba callado. Para colmo, la tormenta había vuelto a inutilizar la central eléctrica; durante unas horas, la región estaría sin luz y sin radio. La radio, muda... ¡Qué descanso! No había tentación posible. No se podría buscar París, Londres, Berlín o Boston en el negro dial. No se podrían oír esas malditas, invisibles, lúgubres voces que hablaban de barcos hundidos, aviones derribados y ciudades bombardeadas, que recitaban números de muertos, que anunciaban futuras matanzas... Bendita paz... Hasta la noche, nada; sólo las lentas horas, una presencia humana, un vino suave y aromático, música, largos silencios, la felicidad...

13

Transcurrido un mes, una tarde de lluvia, como la que el alemán y Lucile habían pasado juntos, Marthe anunció una visita a las señoras Angellier. Tres figuras cubiertas con velos, vestidas con largos abrigos negros y tocadas con sombreros de luto las esperaban en el salón. Los crespones que las cubrían de la cabeza a los pies las encerraban en una especie de fúnebre e impenetrable jaula. Las Angellier no recibían muchas visitas; en su atolondramiento, la cocinera había olvidado recoger los paraguas de las visitas, que seguían sosteniéndolos y dejando caer en ellos las últimas gotas de lluvia que se escurrían de sus velos, como plañideras derramando lágrimas sobre las urnas de piedra de la tumba de un héroe. La anciana Angellier tardó en reconocer aquellas tres formas negras. Al fin, exclamó sorprendida:

—¡Pero si son las Perrin!

La familia Perrin (propietaria de la magnífica casa saqueada por los alemanes) era «de lo mejorcito de la región». La señora Angellier sentía hacia los portadores de ese apellido algo similar a lo que sienten los miembros de la realeza unos por otros: la serena certeza de encontrarse entre personas con la misma sangre y los mismos puntos de vista sobre todas las cosas, a las que ciertamente pueden separar divergencias pasajeras, pero que, pese a las guerras o las meteduras de pata de un ministro, permanecen unidas por un vínculo indisoluble, de tal modo que el trono de España no puede derrumbarse sin que su caída haga temblar el de Suecia. Cuando un notario de Moulins se fugó con novecientos mil francos de los Perrin, los Angellier se estremecieron. Y cuando los Angellier adquirieron por cuatro perras unas tierras que habían pertenecido a los Montmort «de siempre», los Perrin se congratularon. El respeto desabrido que los Montmort inspiraban a los burgueses no admitía comparación con esa solidaridad de clase.

Con afectuosa consideración, la señora Angellier indicó a la señora Perrin que volviera a sentarse cuando ésta hizo ademán de levantarse al verla entrar. No sentía el desagradable repelús que la estremecía cuando la señora de Montmort entraba en su casa. Sabía que a los ojos de la señora Perrin allí todo estaba bien: la chimenea falsa, el olor a cerrado, las persianas medio bajadas, los muebles cubiertos con fundas, el empapelado verde oliva con palmas doradas… Todo era apropiado; a continuación, pasados unos instantes, ofrecería a sus visitas una jarra de naranjada y unas galletas desmigajadas. La mezquindad del piscolabis no sorprendería a la señora Perrin, antes bien, vería en ella una nueva prueba de la prosperidad de los Angellier —porque a mayor riqueza, mayor tacañería— y reconocería su propia preocupación por el ahorro y esa tendencia al ascetismo que es consustancial a la burguesía francesa y da a sus inconfesables placeres secretos una amargura tonificante.

La señora Perrin relató la heroica muerte de su hijo, caído en Normandía durante el avance alemán. Había obtenido permiso para visitar su tumba, pero se lamentó insistentemente del coste del viaje. La señora Angellier le dio la razón. El amor materno y el dinero eran dos cosas distintas. Los Perrin vivían en Lyon.

—En la ciudad hay mucha necesidad. He llegado a ver vender cuervos a quince francos la unidad. Hay madres que han dado caldo de corneja a sus hijos. Y no crea que estoy hablando de obreros. No, señora Angellier. ¡Gente como usted y como yo!

La anciana Angellier suspiró acongojada, imaginándose a personas de su círculo de amistades o de su familia compartiendo un cuervo a la hora de la cena, una idea que tenía algo de grotesco y degradante (mientras que tratándose de obreros, con decir «¡Pobres desgraciados!» y pasar a otra cosa, habría sido suficiente).

—¡Pero al menos son ustedes libres! No tienen alemanes en casa; en cambio, nosotras alojamos a uno. ¡Un oficial! Sí, señora Perrin, en esta casa, detrás de esa pared —dijo la anciana indicando el papel verde oliva con palmas doradas.

—Lo sabemos —reconoció la señora Perrin con cierto apuro—. Nos lo dijo la mujer del notario, que cruzó la línea hace poco. Por eso precisamente hemos venido a verlas.

Todas las miradas se clavaron en Lucile.

—Explíquese, señora Perrin —pidió la anciana Angellier con frialdad.

—Ese oficial, según me han dicho, se muestra perfectamente correcto...

—En efecto.

—E incluso lo han visto dirigiéndole la palabra con suma educación en repetidas ocasiones...

—No me dirige la palabra —replicó la señora Angellier con altivez—. Yo no lo toleraría. Estoy dispuesta a admitir que no es una actitud demasiado razonable —añadió poniendo énfasis en la última palabra—, como ya me han hecho notar; pero soy madre de un prisionero y, en cuanto tal, ni con todo el oro del mundo podrán hacerme ver a uno de esos señores como otra cosa que un enemigo mortal. Aunque hay personas que son más... ¿cómo diría? Más flexibles, más realistas quizá... y mi nuera en particular...

—Yo le contesto cuando me habla, efectivamente —admitió Lucile.

—¡Pero si hace usted muy bien, hace usted estupendamente bien! —exclamó la señora Perrin—. Mi querida joven, es en usted en quien tengo puestas todas mis esperanzas. Se trata de nuestra pobre casa. Se encuentra en un estado lamentable, ¿verdad?

—Sólo he visto el jardín a través de la verja...

—Mi querida Lucile, ¿no podría usted hacer que nos devolvieran determinados objetos, que se encuentran en su interior y que nos son especialmente queridos?

—Yo, señora... la verdad...

—¡Por favor! Se trataría de ir a ver a esos señores e interceder en nuestro favor. Naturalmente, cabe la posibilidad de que esté todo destrozado o calcinado; pero no concibo que el vandalismo haya llegado a ese extremo y no podamos recuperar ciertos retratos, cartas personales o enseres que sólo tienen valor sentimental…

—Señora, diríjase usted misma a los alemanes que ocupan la casa y…

—Jamás —replicó la señora Perrin irguiéndose en la silla—. Jamás pondré los pies en mi casa mientras el enemigo siga en ella. Es una cuestión de dignidad y también de sentimientos… Mataron a mi hijo, un hijo que acababa de ser admitido en el Politécnico entre los seis primeros… Me alojaré con mis hijas en una habitación del Hôtel des Voyageurs hasta mañana. Si pudiera usted arreglárselas para hacer salir determinados objetos, de los que le daré una lista, le estaré eternamente agradecida. De tener que entenderme con un alemán (¡me conozco!), sería capaz de ponerme a cantar *La Marsellesa* —aseguró la señora Perrin con tono vibrante—, y sólo conseguiría que me deportaran a Prusia. Lo que no sería ningún deshonor, sino todo lo contrario, pero ¡tengo hijas! Debo preservarme por mi familia. Así que, mi querida Lucile, le suplico encarecidamente que haga lo que pueda por nosotras.

—Aquí tiene la lista —dijo la menor de las Perrin.

Lucile desplegó el papel y leyó:

—Una jofaina y una jarra de porcelana, con nuestra inicial y un motivo de mariposas; un escurridor para la ensalada; el servicio de té blanco y dorado (veintiocho piezas, al azucarero le faltaba la tapa); dos retratos del abuelo: uno en brazos de la nodriza y el otro en su lecho de muerte. La cornamenta de ciervo de la antesala, recuerdo de mi tío Adolphe; el plato para las gachas de la abuela (porcelana y corladura); la dentadura postiza de repuesto de papá, que se la dejó en el cuarto de aseo; el diván negro y rosa del salón. Y por último, del cajón de la izquierda del escritorio, del que se adjunta la llave: la primera página escrita por mi hermano, las cartas de papá a mamá durante la cura que hizo papá en Vittel en mil novecientos veinticuatro (están atadas con una cintita rosa) y todos nuestros retratos.

Lucile leyó en medio de un silencio fúnebre. Bajo el velo, la señora Perrin lloraba calladamente.

—Qué duro, qué duro verse despojado de cosas a las que se tenía tanto cariño… Se lo ruego, querida Lucile, no ahorre esfuerzos. Eche mano de toda su elocuencia, de toda su habilidad…

Lucile miró a su suegra.

—Ese… ese militar —murmuró la señora Angellier despegando los labios con dificultad— todavía no ha regresado. Esta noche ya no lo verás, Lucile, es demasiado tarde; pero mañana por la mañana podrías dirigirte a él y solicitar su ayuda.

—De acuerdo. Así lo haré.

Con las manos enguantadas de negro, la señora Perrin atrajo hacia sí a Lucile.

—¡Gracias, gracias, hija mía! Y ahora debemos retirarnos.

—Pero no sin antes tomar un refrigerio —terció la señora Angellier.

—¡Por favor, señoras, no se molesten!

—No es ninguna molestia.

Hubo un suave y educado murmullo en torno a la jarra de naranjada y las galletas que Marthe acababa de traer. Ya más tranquilas, las señoras hablaron de la guerra. Temían la victoria alemana, pero tampoco deseaban la inglesa. En definitiva, deseaban que todo el mundo fuera vencido. Echaban la culpa de todos sus males al ansia de placeres que se había apoderado del pueblo. Al cabo de unos instantes, la conversación derivó hacia un terreno más personal. La señora Perrin y la señora Angellier hablaron de sus enfermedades. La primera relató con pormenores su último ataque de reuma. La segunda la escuchaba con impaciencia y, en cuanto la primera hacía una pausa para tomar aliento, decía: «Pues a mí…», y se ponía a describir su propio ataque de reuma.

Las hijas de la señora Perrin mordisqueaban tímidamente las galletas. Fuera, seguía lloviendo.

14

La lluvia cesó a la mañana siguiente. El sol iluminaba una tierra tibia, húmeda y feliz. Lucile, que había dormido poco, estaba sentada
en un banco del jardín desde primera hora, aguardando el paso del
alemán. En cuanto lo vio salir de la casa, fue a su encuentro y le
planteó el asunto. Ambos se sentían espiados por la anciana Angellier y la cocinera, por no hablar de las vecinas, que tras sus respectivas persianas observaban a la pareja, de pie en medio de un sendero.

—Si tiene la bondad de acompañarme a casa de esas señoras
—dijo el alemán—, haré que busquen en su presencia todos los objetos que reclaman; pero en esa casa abandonada por sus dueños se
instalaron varios camaradas nuestros, y me temo que estará en bastante mal estado. Vayamos a ver.

Lucile y el teniente cruzaron el pueblo sin apenas hablar.

Al pasar ante el Hôtel des Voyageurs, Lucile vio flotar el velo
negro de la señora Perrin en una ventana. Todo el mundo los observaba con ojos curiosos, pero cómplices y vagamente aprobadores.
Sin duda, sabían que iba a arrancar al enemigo unas migajas de su
botín (en forma de dentadura postiza, servicio de té y otros objetos
de utilidad práctica o valor sentimental). Una anciana que no podía
ver el uniforme alemán sin echarse a temblar, se acercó no obstante a
Lucile y le susurró:

—Bien hecho. Ya era hora. Usted, al menos, no les tiene miedo…

El teniente sonrió.

—La toman por Judith yendo a desafiar a Holofernes en su propia tienda. Espero que no tenga usted tan malas intenciones como aquella señora... Bueno, ya hemos llegado. Tenga la bondad de entrar, señora Angellier.

El teniente empujó la pesada verja, en cuyo remate tintineó el melancólico cascabel que en otros tiempos anunciaba las visitas a los Perrin. En un año, el jardín había adquirido un aspecto desolador y, en un día menos hermoso que aquél, le habría encogido el corazón a cualquiera. Pero era una mañana de mayo, al día siguiente de una tormenta. La hierba relucía y las margaritas, los acianos y la miríada de flores silvestres que invadían los senderos estaban empapadas y brillaban al sol. Los arbustos habían crecido desordenadamente, y los húmedos racimos de lilas rozaban con suavidad el rostro de Lucile. La casa estaba ocupada por una decena de soldados jóvenes y por todos los chavales del pueblo, que se pasaban las horas muertas en el vestíbulo (como el de los Angellier, era oscuro, olía levemente a humedad y tenía espejos verdosos y trofeos de caza en las paredes). Lucile reconoció a las dos hijas del carretero, que estaban sentadas sobre las rodillas de un soldado rubio de boca grande y reidora. El pequeño del ebanista montaba a caballo a espaldas de otro soldado. Sentados en el suelo, cuatro mocosos de entre dos y seis años, bastardos de la costurera, trenzaban coronas con miosotis y los olorosos clavelitos blancos que tan ordenadamente bordeaban los parterres en otros tiempos.

Los soldados se levantaron con presteza y se cuadraron en la posición reglamentaria, con la barbilla en alto y el cuerpo tan tenso que las venas del cuello les palpitaban.

El teniente se volvió hacia Lucile.

—¿Sería tan amable de darme su lista? Buscaremos esas cosas juntos. —Leyó el papel y sonrió—. Empecemos por el diván. Tiene que estar en el salón. Y el salón estará por aquí, imagino...

El teniente abrió una puerta y entró en una habitación enorme atestada de muebles, unos volcados y los otros destrozados. Los cuadros estaban descolgados y alineados contra las paredes, con el lienzo roto de una patada en no pocos casos. El suelo estaba cubierto de hojas de periódico, puñados de paja (vestigios, sin duda, de la huida en junio de 1940) y cigarros a medio fumar dejados por el invasor. En un pedestal se veía un buldog disecado con una corona de flores secas en la cabeza y el hocico destrozado.

—¡Qué espectáculo! —murmuró Lucile, consternada.

No obstante, aquel salón, y sobre todo las caras de pena de los soldados y del oficial, tenían algo de cómico. El teniente vio el rostro de Lucile y su expresión de reproche y dijo con viveza:

—Mis padres tenían una villa a orillas del Rin. Durante la otra guerra fue ocupada por unos soldados franceses que destrozaron instrumentos musicales de inestimable valor, que llevaban en casa doscientos años, e hicieron trizas libros que habían pertenecido a Goethe.

Lucile no pudo evitar sonreír; el teniente se defendía en el tono brusco y ofendido del niño que ha hecho una trastada y, cuando se le riñe, replica: «Pero, señora, no he empezado yo, han sido ellos...» Ver aquella expresión infantil en el rostro de alguien que, después de todo, era un duro guerrero y un enemigo encarnizado, le hizo sentir un placer muy femenino, una especie de ternura sensual. «Porque no nos engañemos —se dijo Lucile—. Estamos todos en sus manos. A su merced. Si nuestra vida y nuestras pertenencias están sanas y salvas, sólo es porque él así lo quiere.» Casi estaba asustada de los sentimientos que empezaban a despertar en su interior, no muy distintos de los que habría experimentado al acariciar a un animal salvaje, una sensación áspera y deliciosa, una mezcla de enternecimiento y terror.

Como le apetecía seguir jugando a aquel juego, frunció el entrecejo y refunfuñó:

—¡Debería darles vergüenza! ¡Estas casas abandonadas estaban bajo la custodia del muy honorable ejército alemán!

El teniente, que la escuchó golpeándose levemente las botas con un junquillo, se volvió hacia los soldados y les habló con dureza. Lucile comprendió que los estaba conminando a poner orden en la casa, arreglar lo que estaba roto y limpiar el suelo y los muebles. Cuando hablaba en alemán, sobre todo en aquel tono de mando, su voz adquiría una sonoridad vibrante y metálica que producía a los oídos de Lucile un placer similar a un beso dado con rabia y acabado en mordisco. «¡Para! —se dijo llevándose las manos a las mejillas, que le ardían—. Deja de pensar en él, llevas un camino peligroso...»

—No me voy a quedar —dijo dando unos pasos hacia la puerta—. Vuelvo a casa. Ya tiene la lista; ahora sus soldados pueden buscar los objetos reclamados.

El teniente la alcanzó de una zancada.

—Por favor, no se vaya enfadada... Repararemos los daños en la medida de lo posible. ¡Escuche! Dejemos que busquen; lo cargarán todo en una carretilla e irán a depositarlo a los pies de esa señora Perrin, bajo su dirección. Yo la acompañaré para presentar mis excusas. Entretanto, salgamos al jardín. Daremos un paseo y le haré un bonito ramo de flores.

—No; me voy a casa.

—No puede —repuso el teniente cogiéndola del brazo—. Ha prometido a esas señoras que les devolvería sus pertenencias. Tiene que supervisar la ejecución de sus órdenes.

Habían salido de la casa y se encontraban en un sendero bordeado de lilas en flor. Miles de abejas, abejorros y avispas revoloteaban alrededor, penetraban en las corolas, chupaban el néctar y, a continuación, volvían y se posaban en los brazos y el pelo de Lucile, que no las tenía todas consigo y reía nerviosamente.

—Sáqueme de aquí. Voy de peligro en peligro.

—Vamos más lejos.

Al fondo del jardín, volvieron a encontrarse con los chavales del pueblo. Unos jugaban en medio de los parterres, entre los macizos pisoteados y destrozados, y otros se subían a los perales y rompían las ramas.

—Pero ¡qué brutos son! —dijo Lucile—. Luego no habrá fruta.

—¡Sí, pero las flores son tan bonitas!

El alemán tendió los brazos hacia los niños, que le lanzaron ramitas cuajadas de flores.

—Tenga, señora Angellier. En un jarrón colocado en la mesa quedarán preciosas.

—No me atrevería a cruzar el pueblo llevando flores de árboles frutales —bromeó Lucile—. ¡Ah, granujas! ¡Como os coja el guarda forestal!

—No hay cuidado —dijo una niñita de delantal negro que mordisqueaba una rebanada de pan y trepaba a un árbol rodeándolo con las sucias piernecillas—. No hay cuidado… Los bo… los alemanes no le dejarán entrar.

La extensión de césped, que no se había podado en dos años, ya estaba cubierta de ranúnculos. El oficial se sentó en la hierba y extendió junto a él su amplia capa, de un verde pálido tirando a gris, el color del almendruco. Los niños los habían seguido. La chiquilla del delantal negro recogía narcisos silvestres, formaba grandes manojos frescos y amarillos y hundía la naricilla en ellos, pero sus negros ojos, pícaros e inocentes a un tiempo, no se apartaban de los adultos. Miraba a Lucile con curiosidad, pero también con cierto espíritu crítico: como una mujer a otra. «Me parece que tiene miedo —se decía—. No sé por qué. Ese oficial no es malo, lo conozco bien. Me da dinero, y el otro día me alcanzó el balón, que se me había quedado en las ramas del cedro grande. ¡Qué guapo es ese oficial! ¡Es más guapo que papá y que todos los chicos del pueblo! Y la señora lleva un vestido muy bonito…»

La niña se acercó a la chita callando y, con un dedito sucio, tocó un volante del sencillo y fino vestido de muselina gris, sin más adornos que el pequeño cuello y las mangas de linón plisado. Tiró de la tela un poco más y Lucile se volvió, sorprendida; la pequeña retrocedió de un salto, pero advirtió que la señora la miraba con grandes ojos asustados, como si no la reconociera; estaba muy pálida y le temblaban los labios. Pues sí, le daba miedo estar allí sola con aquel alemán. ¡Como si fuera a hacerle daño! Le hablaba con mucho cariño. Eso sí, la tenía cogida de la mano con tanta fuerza que no habría podido soltarse por mucho que lo intentara. Sorprendida, la niña se dijo que los chicos, pequeños o grandes, eran todos iguales. Les gustaba hacerte rabiar y asustarte. Se tumbó del todo en la hierba, tan alta que la ocultaba completamente; se sentía muy pequeña e invisible, y las hojas le acariciaban el cuello, las piernas, los párpados… ¡Qué cosquillas!

El alemán y la señora hablaban en voz baja. Ahora él también estaba blanco como el papel. De vez en cuando oía su fuerte voz, pero contenida, como si tuviera ganas de gritar o llorar y no se atreviera a hacerlo. Sus palabras no tenían ningún sentido para ella, aunque comprendía vagamente que hablaba de su mujer y del marido de la señora.

—Si al menos fuera usted feliz… —le oyó decir—. Sé cómo es su vida… Sé que está sola, que su marido la engañaba… He hablado con la gente…

¿Feliz? Entonces aquella señora, que tenía unos vestidos tan bonitos y vivía en una casa tan grande, ¿no era feliz? De todas maneras, no le gustaba que la compadecieran, quería marcharse. Le decía que la soltara y se callara. Uy, ahora ya no tenía miedo, ahora el que estaba asustado era él, con sus grandes botas y su aire orgulloso… De pronto, una mariquita se posó en la mano de la niña, que se quedó mirándola; le dieron ganas de matarla, pero sabía que matar a una criatura del Señor traía mala suerte. Así que se limitó a soplarle, primero muy suavemente, para levantarle las alas finas, transparentes y caladas, y luego tan fuerte que el pobre insecto debió de sentirse como un náufrago en una balsa zarandeada por la tempestad y acabó echando a volar.

—¡Se le ha posado en el brazo, señora! —gritó la niña.

El alemán y la señora se volvieron hacia ella y la miraron sin verla. Pero el oficial hizo un gesto impaciente con la mano, como si espantara una mosca. «Pues no pienso irme —se dijo la niña en tono desafiante—. Para empezar, ¿qué hacen aquí? Donde tienen que estar un caballero y una señora es en un salón.» Enfurruñada, aguzó el oído. Pero ¿de qué parloteaban tanto?

—¡Jamás! —susurró el oficial con voz ronca—. ¡Jamás la olvidaré!

Una enorme nube cubrió la mitad del cielo; las flores, los frescos y brillantes colores del césped, todo se apagó. La señora arrancaba las florecillas malvas de los tréboles y las deshojaba.

—Es imposible —dijo, y las lágrimas temblaron en su voz. «¿Qué es imposible?», se preguntó la niña—. Yo también he pensado… Se lo confieso… No hablo de… amor… Pero me habría gustado tener un amigo como usted… Nunca he tenido un amigo. ¡No tengo a nadie! Pero es imposible.

—¿Por la gente? —le preguntó el oficial poniendo cara de desprecio.

—¿La gente? Con que sólo ante mí misma me sintiera inocente… ¡Pero no! Entre nosotros no puede haber nada.

—Ya hay muchas cosas que jamás podrá borrar: nuestro día lluvioso, el piano, esta mañana, nuestros paseos por el bosque…

—¡Ah, no debí…!

—¡Pero ya está hecho! Es demasiado tarde… Ya no puede evitarlo. Todo eso ha ocurrido…

La niña cruzó los brazos sobre la hierba y apoyó la barbilla; ya no oía más que un rumor lejano como el zumbido de una abeja. Esa nube tan grande, ese relampagueo, anunciaban lluvia. Si empezaba a llover de repente, ¿qué harían la señora y el oficial? Sería gracioso verlos correr bajo el agua, ella con su sombrero de paja y él con esa capa verde tan bonita… Pero también podían esconderse en el jardín. Si quisieran, ella los llevaría a un cenador donde no te veía nadie. «Ya son las doce —se dijo al oír las campanadas del ángelus—. ¿Se irán a comer? ¿Qué comerá la gente rica? ¿Queso blanco, como nosotros? ¿Pan? ¿Patatas? ¿Caramelos? ¿Y si les pido caramelos?» Se estaba acercando a ellos, decidida a darles un toquecito en el hombro y pedirles caramelos —porque la pequeña Rose era una niña muy atrevida—, cuando vio que se levantaban de golpe y se quedaban de pie, temblando. Sí, aquel señor y aquella señora estaban temblando, como cuando uno se subía al cerezo de la escuela y, con la boca todavía llena de cerezas, oía gritar a la maestra: «¡Rose, baja inmediatamente de ahí, ladronzuela!» Pero ellos a quien veían no era a la maestra, sino a un soldado que se había cuadrado a unos metros de distancia y hablaba muy deprisa en esa lengua suya que no había quien la entendiera; las palabras hacían el mismo ruido en su boca que un torrente saltando entre las piedras.

El oficial se apartó de la señora, que estaba pálida y turbada.

—¿Qué pasa? ¿Qué dice? —murmuró ella.

El oficial parecía tan azorado como ella; escuchaba al soldado sin comprender. Al fin, una sonrisa iluminó su pálido rostro.

—Dice que ya lo han encontrado todo, pero que la dentadura postiza del anciano está rota, porque los niños jugaban con ella: intentaron ponérsela al buldog disecado.

Los dos —el oficial y la señora— parecían haber interrumpido una especie de rito y volvían gradualmente a la realidad. Posaron los ojos en la pequeña Rose, y esta vez la vieron. El oficial le tiró de la oreja.

—¿Qué habéis hecho, granujas?

Pero su voz sonó vacilante, y en la risa de la señora había una especie de eco vibrante, como sollozos ahogados. Reía como la gente que acaba de pasar mucho miedo y, aunque ríe, todavía no puede olvidar que se ha salvado de un peligro mortal. La pequeña Rose, muy apurada, buscó en vano una respuesta salvadora. «La dentadura… sí… es que… queríamos ver si el buldog parecía más malo con unos dientes tan blancos y tan nuevos…» Pero temía la cólera del oficial (de cerca, parecía muy grande y enfadado) y optó por gimotear:

—No hemos hecho nada… Si ni siquiera hemos visto esa dentadura…

Pero ahora los niños surgían de todas partes. Sus frescas y agudas voces se confundían en un ruidoso guirigay.

—¡No! ¡No! —exclamó la señora—. ¡Callad! ¡No pasa nada! Ya es suficiente con haber encontrado lo demás.

Una hora después, del jardín de los Perrin salía un enjambre de críos de mugrientos delantales, dos soldados alemanes empujando una carretilla que contenía un cesto lleno de tazas de porcelana, un diván con las cuatro patas al aire y una rota, un álbum de felpa, la jaula de un canario, que los alemanes habían confundido con el escurridor de ensalada que figuraba en la lista, y un montón de cosas más. Cerraban la marcha Lucile y el oficial. Cruzaron todo el pueblo ante las miradas de curiosidad de las mujeres, que advirtieron que no se hablaban, no se miraban e iban blancos como el papel. El oficial tenía una expresión glacial e indescifrable.

—Ha debido de cantarle las cuarenta —susurraban las mujeres—, decirle que era una vergüenza dejar una casa en semejante estado. Está enfurruñado. ¡Claro, como que no están acostumbrados a que les planten cara! Pero ella tiene razón. ¡No somos animales! Es valiente, la joven señora Angellier; no se asusta así como así —decían.

Al pasar junto a Lucile, una que seguía a una cabra (la viejecilla que el domingo de Pascua a la salida de Vísperas les había dicho a las Angellier: «Estos alemanes son de la piel del diablo»), una mujeruca diminuta y cándida de cabello blanco y ojos azules, le susurró al oído:

—¡Siga así, señora! ¡Que vean que no les tenemos miedo! Su prisionero estará orgulloso de usted —añadió, y se echó a lloriquear, no porque ella tuviera prisionero a nadie (hacía mucho tiempo que se le había pasado la edad de tener un marido o un hijo en la guerra), sino porque los prejuicios sobreviven a las pasiones, y ella era patriota y sentimental.

15

Cuando la anciana señora Angellier y el alemán se encontraban cara a cara, ambos retrocedían instintivamente, de un modo que, en el oficial, podía pasar por una afectación de cortesía, por el deseo de no importunar con su presencia a la señora de la casa, y se parecía bastante a la reparada de un purasangre que ve una víbora ante sus patas, mientras que la señora Angellier ni siquiera se molestaba en disimular el estremecimiento que la sacudía y se quedaba rígida, en la actitud de pavor que puede causar la proximidad de un animal peligroso e inmundo. Pero eso sólo duraba un instante: la buena educación sirve precisamente para corregir las reacciones instintivas de los seres humanos. El oficial se erguía todavía más, revestía sus facciones de una seriedad y rigidez de autómata, inclinaba la cabeza y daba un taconazo («¡Oh, ese saludo a la prusiana!», se decía la anciana, sin pensar que, tratándose de un hombre nacido en Alemania oriental, no podía esperarse ni la zalema de un árabe ni el apretón de manos de un inglés). Por su parte, la señora Angellier cruzaba las manos sobre el estómago con un gesto similar al de la monjita que está velando a un muerto y se levanta para saludar a un miembro de su familia sospechoso de anticlericalismo, lo que hace que su rostro adopte diversas expresiones: el aparente respeto («usted manda»), la censura («pero todo el mundo sabe que es usted un descreído»), la resignación («ofrezcamos nuestra repugnancia al Señor») y, por último, un destello de alegría feroz («tiempo al tiempo, amiguito: tú arderás en el infierno mientras que yo me iré al cielo calzada y vestida»), aunque en el caso de la anciana este último pensamiento coincidía más bien con el deseo que formulaba mentalmente cada vez que veía a un miembro del ejército de ocupación: «Ojalá se pudra en el fondo del Canal», porque en esa época se esperaba que intentaran invadir Inglaterra en cualquier momento. Tomando sus deseos por realidades, la señora Angellier incluso creía ver al alemán con las lívidas e hinchadas facciones de un ahogado devuelto a la playa por las olas, y sólo eso le permitía adoptar un rostro humano, dejar que una débil sonrisa vagara por sus labios como el último rayo de un sol que se apaga y responder a su interlocutor, que se había interesado por su salud: «Gracias. Bien, dadas las circunstancias», en un tono lúgubre que se acentuaba en las dos últimas palabras y significaba: «Bien, dado el desastroso estado de mi país por vuestra culpa.»

Detrás de la señora Angellier venía Lucile. Esos días estaba más callada, ausente y seria que de costumbre. Inclinaba silenciosamente la cabeza al pasar junto al alemán, que tampoco decía nada, pero, creyendo que no lo veían, la seguía con una larga mirada; sin volverse, la anciana Angellier, que parecía tener ojos en la nuca cuando de sorprenderlos se trataba, le murmuraba a su nuera, colérica:

—No le prestes atención. Sigue ahí. —La anciana no respiraba libremente hasta que la puerta se cerraba detrás de ellas; entonces, fulminaba a Lucile con una mirada asesina—. Hoy no te has peinado como siempre —le decía con voz seca, o bien—: ¿Te has puesto el vestido nuevo? No te favorece.

Sin embargo, pese al odio que sentía a veces hacia Lucile, simplemente porque ella estaba allí y su hijo, ausente, pese a todo lo que habría podido sospechar o presentir, ni se le había pasado por la cabeza que entre su hija política y el oficial alemán pudiera existir algún sentimiento tierno. En el fondo, todos juzgamos a los demás según nuestro propio corazón. El avaro cree que a todo el mundo lo mueve el interés; el lujurioso, el deseo, y así sucesivamente. Para la señora Angellier, un alemán no era un hombre, sino la personificación de la maldad, la crueldad y el odio. Que otros tuvieran una opinión distinta le parecía imposible, inconcebible… Era tan incapaz de imaginarse a Lucile enamorada de un alemán como de representarse el acoplamiento de una mujer y un unicornio, un dragón, una quimera… El alemán tampoco le parecía enamorado de Lucile, porque no podía atribuirle ningún sentimiento humano. Creía que lo único que perseguía con sus miradas era insultar todavía más aquella casa francesa que ya había profanado; que sentía un placer indescriptible al ver a su merced a la madre y la esposa de un prisionero francés. Lo que realmente la irritaba era lo que ella llamaba «la indiferencia» de Lucile: «¡Prueba nuevos peinados, se pone vestidos nuevos…! ¿Es que no comprende que el alemán pensará que es por él? ¡Qué falta de dignidad!» Le habría gustado cubrir el rostro de su nuera con una máscara y vestirla con un saco. Verla guapa y sana la hacía sufrir, le desgarraba el corazón: «Y mientras tanto, mi hijo, mi pobre hijo…»

El día que se cruzaron con el alemán en el vestíbulo y vieron que estaba pálido y llevaba un brazo en cabestrillo —«con ostentación», se dijo la señora Angellier—, se llevó una alegría enorme. Cuál no sería su indignación al oír que, casi a su pesar, Lucile se apresuraba a preguntar:

—¿Qué le ha pasado, *mein Herr*?

—Me ha derribado el caballo. Un animal difícil al que montaba por primera vez.

—Tiene muy mala cara —dijo ella mirando el rostro extenuado del teniente—. ¿Por qué no se acuesta?

—¡Oh, no es más que un rasguño! Además… —añadió haciendo un gesto hacia la ventana, bajo la que en esos momentos pasaba el regimiento—. Las maniobras, ya sabe…

—¿Cómo? ¿Otra vez?

—Estamos en guerra —respondió él con una débil sonrisa y, tras un breve saludo, se marchó.

—Pero ¿qué haces? —exclamó la señora Angellier con voz desabrida. Lucile había apartado la cortina y seguía a los soldados con la mirada—. Está visto que no tienes sentido de las conveniencias. Los alemanes deben desfilar ante ventanas cerradas y persianas echadas… como en mil ochocientos setenta.

—Cuando entran por primera vez en una ciudad, sí —respondió Lucile con impaciencia—; pero cuando recorren nuestras calles casi a diario, si siguiéramos las tradiciones al pie de la letra, estaríamos condenadas a una oscuridad perpetua.

El cielo de la tarde presagiaba tormenta; una luz sulfurosa bañaba todos aquellos rostros alzados, todas aquellas bocas abiertas, de las que salía un canto armonioso, exhalado a media voz, como contenido, como reprimido, que no tardaría en estallar en un solemne y magnífico coro.

—Tienen unos cánticos curiosos, que te arrastran… —decía la gente del pueblo—. ¡Parecen oraciones!

Al ponerse el sol, un rayo escarlata tiñó de sangre los cascos y las caras, las hinchadas yugulares, los uniformes verdes y al oficial a caballo que mandaba el destacamento. Hasta la señora Angellier se quedó sobrecogida.

—Ojalá fuera un presagio… —murmuró.

Las maniobras acabaron a medianoche. Lucile oyó la puerta de la calle, que se abría y volvía a cerrarse, y reconoció los pasos del oficial en las baldosas del vestíbulo. Suspiró. No podía dormir. ¡Otra mala noche! Ahora todas eran parecidas: vigilias interminables y absurdas pesadillas… A las seis, ya estaba en pie. Pero eso no solucionaba nada. Sólo hacía los días más largos y vacíos.

La cocinera comunicó a las dos señoras Angellier que el alemán había vuelto enfermo y que el oficial médico había pasado a verlo y, tras comprobar que tenía fiebre, le había ordenado guardar cama. A mediodía, dos soldados se presentaron con un almuerzo que el enfermo no tocó. Permanecía en su habitación, pero no estaba acostado; se lo oía ir de aquí para allá, y sus monótonos pasos irritaban de tal modo a la anciana Angellier que se retiró a sus habitaciones en cuanto acabó de comer, contrariamente a su costumbre, pues hasta las cuatro solía hacer cuentas o tejer en la sala, junto a la ventana en verano y ante el fuego en invierno. Después subía al segundo piso, donde tenía sus habitaciones y no la perturbaba ningún ruido. Lucile respiraba hasta que volvía a oír unos débiles pasos que bajaban la escalera, vagaban por la casa, al parecer sin objeto, y luego se perdían de nuevo en las profundidades del segundo piso. A veces se preguntaba qué haría su suegra allí arriba, a oscuras, porque cerraba ventanas y postigos y no encendía la luz. De modo que no leía. En realidad jamás leía. Puede que siguiera tejiendo en la oscuridad… Hacía bufandas para los prisioneros, largas y estrechas tiras de lana que confeccionaba sin mirar, con la seguridad de un ciego. ¿Rezaba? ¿Dormía? Volvía a bajar a las siete sin un solo pelo despeinado, muda y tiesa en su negro vestido.

Ese día y los siguientes, Lucile oyó que echaba una vuelta de llave a la puerta de su habitación; luego, nada. La casa parecía desierta; lo único que rompía el silencio eran los monótonos pasos del alemán. Pero no llegaban a oídos de la anciana, protegida por gruesas paredes y espesas colgaduras que ahogaban todos los ruidos. Su dormitorio era una enorme y oscura habitación atestada de muebles. La señora Angellier empezaba por hacerla todavía más oscura cerrando los postigos y corriendo las cortinas, para después sentarse en un gran sillón tapizado de verde y entrelazar las pálidas manos sobre las rodillas. Cerraba los ojos; a veces dejaba escapar unas escasas y relucientes lágrimas, esas lágrimas de vieja que parecen brotar a regañadientes, como si la senectud hubiera comprendido al fin la inutilidad, la futilidad de todo llanto. Ella se las secaba con un gesto casi de rabia. Erguía el cuerpo y hablaba sola en voz baja. Decía:

—¡Ven! ¿No estás cansado? Ya has vuelto a correr después de comer, en plena digestión… ¡Estás sudando! Vamos, Gaston, ¡ven, siéntate en tu pequeño taburete! Ponte aquí, junto a mamá… Ven, que vamos a leer juntos. Pero antes puedes descansar un poquito; pon la cabecita aquí, sobre las rodillas de mamá —musitaba, acariciando tierna y amorosamente unos rizos imaginarios.

No era un delirio ni el comienzo de la locura (nunca había sido más duramente lúcida y consciente de sí misma), sino una especie de comedia voluntaria, lo único capaz de producirle cierto alivio, como pueden procurarlo el vino o la morfina. En la oscuridad, en el silencio, recreaba el pasado; exhumaba instantes que ella misma creía olvidados para siempre; desenterraba tesoros; recuperaba determinada frase de su hijo, determinada entonación de voz, determinado gesto de sus regordetas manos de bebé, que por un segundo abolían realmente el tiempo. Ya no eran imaginaciones suyas, sino la realidad misma, recuperada en lo que tenía de imperecedero, puesto que nada podía hacer que todo aquello no hubiera ocurrido. Ni la ausencia, ni la misma muerte, podían borrar el pasado: el delantal rosa que había llevado Gaston o el gesto con que le había enseñado la mano arañada por una ortiga habían existido y, mientras ella vivira, estaba en su voluntad que volvieran a existir. No necesitaba más que la soledad, la oscuridad y tener a su alrededor aquellos muebles, aquellas cosas que había compartido con su hijo. Variaba sus alucinaciones a voluntad. No se contentaba con el pasado; jugaba con el futuro. Cambiaba el presente a su capricho; mentía y se engañaba a sí misma; pero, como sus mentiras eran obra suya, las amaba. Durante unos breves instantes era feliz. Su felicidad ya no conocía los límites impuestos por la realidad. Todo era posible, todo estaba al alcance de su mano. Para empezar, la guerra había acabado. Ése era el punto de partida del sueño, el trampolín desde el que se lanzaba hacia una felicidad sin límites. La guerra había acabado… Era un día como otro cualquiera. ¿Por qué no mañana? No sabría nada hasta el último minuto; ya no leía los periódicos, ya no oía la radio. Estallaría como una tormenta. Una mañana, al bajar a la cocina, vería a Marthe con los ojos desorbitados: «¿La señora no lo sabe?» Así era como se había enterado de la capitulación del rey de Bélgica, de la toma de París, de la llegada de los alemanes, del armisticio… ¿Y por qué no de la paz? Por qué no: «¡Señora, parece que se ha acabado! ¡Parece que han dejado de luchar, que ya no estamos en guerra, que van a volver los prisioneros!» Que la victoria fuera de los ingleses o los alemanes le daba igual. Lo único que le importaba era su hijo. Pálida, con los labios temblorosos y los ojos cerrados, se representaba el cuadro en su mente, con esa profusión de detalles que suelen tener las pinturas de los locos. Veía hasta la última arruga del rostro de Gaston, cómo iba peinado, la ropa que llevaba, sus borceguíes militares; percibía hasta la menor inflexión de su voz.

—Vamos, entra… —susurró extendiendo las manos—. ¿Es que ya no reconoces tu casa?

Durante esos primeros instantes Lucile se borraría, porque Gaston le pertenecería a ella y sólo a ella. No abusaría de los besos y las lágrimas; haría que le prepararan un buen almuerzo y un baño, e inmediatamente después le diría: «Me he ocupado de tus negocios, ¿sabes? Esa propiedad que querías, cerca del Lago Nuevo, la he conseguido, es tuya. También he adquirido el prado de los Montmort, que colinda con el nuestro y que el vizconde no quería vendernos por todo el oro del mundo. Pero esperé el momento favorable y logré lo que quería. ¿Estás contento? He guardado en lugar seguro tu oro, tu plata, las joyas de la familia… Lo he hecho todo, lo he afrontado todo, sola. Con tu mujer no se puede contar… ¿No ves que soy tu única amiga? ¿La única que te comprende? Pero ¡ve, hijo! ¡Ve con tu mujer! No esperes gran cosa de ella. Es una criatura fría y obstinada. Pero entre los dos sabremos someterla a nuestra voluntad mejor que cuando yo estaba sola y ella se atrincheraba en sus largos silencios. Tú en cambio tienes derecho a preguntar: "¿En qué piensas?" Eres el amo, puedes exigir una respuesta. ¡Anda, ve con ella! Toma lo que es tuyo: su belleza, su juventud… He oído que en Dijon… Eso no está bien, hijo mío. Una amante cuesta dinero. Pero esta larga ausencia te habrá hecho querer aún más nuestra vieja casa…»

—¡Oh, qué días tan agradables, tan tranquilos vamos a pasar juntos! —murmuró la señora Angellier; se había levantado y se paseaba lentamente por la habitación cogida de una mano imaginaria y recostada en un hombro soñado—. ¡Ven, vamos a bajar! He hecho preparar un tentempié en la sala. Estás más delgado, hijo… Tienes que recuperarte, ¡ven!

Maquinalmente, la anciana abrió la puerta y bajó la escalera. Sí, así saldría de su habitación esa tarde. Iría a sorprender a los chicos. Encontraría a Gaston en un sillón junto a la ventana y a su mujer a su lado, leyendo para él. Ése era su deber, su papel: retenerlo, distraerlo. Cuando Gaston estaba convaleciente de la tifoidea, Lucile le leía los periódicos. Su voz era dulce y agradable al oído, y ella misma la escuchaba a veces con placer. Una voz suave y ronca… Pero ¿no la estaba oyendo? ¡Bah, estaba soñando! Había llevado el sueño más allá de los límites permitidos. Se irguió, avanzó unos pasos, entró en la sala y, sentado en un sillón arrimado a la ventana, con el brazo herido apoyado en el asiento, la pipa en la boca y los pies en el taburete en que Gaston se sentaba de pequeño, vio al invasor, al enemigo, al alemán con su uniforme verde, y a Lucile junto a él, leyendo un libro en voz alta.

Hubo un momento de súbito silencio. Ambos se levantaron. Lucile dejó escapar el libro, que cayó al suelo. El oficial se apresuró a recogerlo, lo dejó en la mesa y murmuró:

—Señora, su nuera ha sido tan amable de autorizarme a venir a hacerle compañía unos minutos.

La anciana, muy pálida, inclinó la cabeza.

—Usted es quien manda.

—Y como me habían enviado de París un paquete de libros nuevos, me he permitido…

—Aquí es usted quien manda —repitió la señora Angellier, dando media vuelta y abandonando la sala. Lucile la oyó hablar con la cocinera—: Marthe, no volveré a salir de mi habitación. Me subirás las comidas al piso de arriba.

—¿Hoy también, señora?

—Hoy, mañana y hasta que estos señores se vayan de aquí.

Cuando sus pasos se alejaron y se perdieron en las profundidades de la casa, el alemán susurró:

—Esto va a ser el paraíso.

16

La vizcondesa de Montmort, que padecía insomnio, tenía un espíritu universal: todos los grandes problemas del momento hallaban eco en su alma. Cuando pensaba en el porvenir de la raza blanca, en las relaciones francoalemanas, en el peligro francmasón y en el comunismo, no lograba pegar ojo. Gélidos escalofríos le recorrían el cuerpo. Se levantaba. Se echaba por los hombros una piel comida por la polilla y salía al parque. Despreciaba el adorno, tal vez porque había perdido la esperanza de paliar con un vestido favorecedor un conjunto de rasgos bastante lamentable —una nariz larga y roja, una tez granujienta, un talle casi contrahecho—, tal vez por el orgullo innato de quien cree en sus indiscutibles méritos y no concibe que puedan pasar inadvertidos a los ojos del prójimo, ni siquiera bajo un fieltro abollado o una chaqueta de lana tejida (verde espinaca y amarillo canario) que su cocinera habría rechazado horrorizada, o tal vez porque menospreciaba las trivialidades. «¿Qué importancia tiene eso, querido?», le respondía con suavidad a su marido cuando éste le reprochaba que se hubiera sentado a la mesa con zapatos de distinto par. No obstante, bajaba de sus alturas de golpe cuando de hacer trabajar a los criados o proteger sus propiedades se trataba.

Durante sus insomnios, se paseaba por el parque recitando versos o se llegaba hasta el gallinero y examinaba las tres enormes cerraduras que impedían la entrada. Después echaba un vistazo a las vacas; al comenzar la guerra había dejado de cultivar flores en los parterres, y ahora los animales pasaban la noche en el jardín. Por último, recorría el huerto al suave claro de luna y contaba las plantas de maíz. Le robaban. Antes de la guerra, el cultivo del maíz era casi desconocido en aquella rica región que alimentaba sus aves de corral con trigo y avena. Ahora, los agentes de la requisa registraban los graneros en busca de sacos de trigo, y las granjeras se habían quedado sin grano para sus gallinas. Habían acudido a la mansión para conseguir plantas de maíz, pero los Montmort las reservaban para ellos y para todos sus amigos de la comarca. Los campesinos se enfadaban.

—Pensamos pagar —decían.

No pensaban hacerlo, pero la cuestión no era ésa. Y los campesinos lo sabían, aunque vagamente. Intuían que se enfrentaban a una especie de masonería, una solidaridad de clase que los ponía a ellos y su dinero por detrás del placer de quedar bien con el barón de Montrefaut o la condesa de Pignepoule. Y como no podían comprar, lo tomaban por las buenas. En el parque ya no había guardas: estaban prisioneros y no habían sido reemplazados. En la región faltaban hombres. Tampoco había manera de encontrar obreros y materiales para reparar el muro, que se caía a pedazos. Los campesinos se colaban por los agujeros, cazaban en el bosque, pescaban en el lago, robaban gallinas, tomateras o plantas de maíz y, en una palabra, se servían ellos mismos. El señor de Montmort estaba en una situación delicada. Por un lado, era el alcalde y no quería ponerse en contra a sus administrados; por el otro, y como es natural, tenía apego a sus propiedades. No obstante, habría optado por cerrar los ojos si no hubiera sido por su mujer, que rechazaba por principio cualquier compromiso, cualquier debilidad.

—A ti lo único que te importa es que te dejen en paz —le decía a su marido con acritud—. Pero fue el propio Jesucristo quien dijo: «No he venido a traer la paz, sino la espada.»

—Tú no eres Jesucristo —gruñía Amaury.

Pero hacía mucho tiempo que en la familia se había aceptado que la vizcondesa tenía alma de apóstol y visión profética. Y Amaury tendía a aceptar las opiniones de su mujer, tanto más cuanto que era la titular de la fortuna del matrimonio y tenía apretados los cordones de la bolsa. Así que la secundaba con lealtad y combatía encarnizadamente a los furtivos, los merodeadores, la maestra que no iba a misa y el empleado de correos, sospechoso de simpatizar con el Frente Popular, por mucho retrato del mariscal Pétain que hubiera puesto en la puerta de la cabina telefónica.

Así pues, una hermosa noche de junio, la vizcondesa se paseaba por su parque recitando unos versos que el día de la Madre quería hacer declamar a sus protegidas de la escuela religiosa. Le habría gustado escribirlos ella misma, pero lo suyo era la prosa (cuando escribía, las ideas acudían a su cabeza tan atropelladamente que tenía que dejar la pluma de vez en cuando e ir a mojarse las manos con agua fría para hacer bajar la sangre que se le subía a la cabeza), no la poesía. La servidumbre de la rima se le hacía insoportable. De modo que decidió sustituir el poema que le habría gustado componer en honor de la Madre Francesa por una invocación en prosa: «¡Oh, madre! —diría una de las alumnas de la pequeña clase vestida de blanco y con un ramo de flores silvestres en la mano—. ¡Oh, madre, ver tu dulce rostro inclinado sobre mi camita mientras fuera ruge la tormenta…! El cielo cubre el mundo con su negrura, pero un alba radiante se dispone a nacer. ¡Sonríe, oh, madre amantísima, viendo a tus hijos en pos del Mariscal que nos lleva de la mano a la Paz y la Felicidad! ¡Entra conmigo en el alegre corro que forman todos los hijos y todas las mamás de Francia en torno al Venerable Anciano que nos ha devuelto la esperanza!»

La señora de Montmort pronunció en voz alta esas palabras, que resonaron en la soledad del parque. Cuando le venía la inspiración, perdía el dominio de sí misma. Iba de aquí para allá a grandes zancadas. Al cabo de un rato, se dejó caer en el húmedo musgo y, cubriéndose los huesudos hombros con la piel, se embarcó en una larga meditación. Las meditaciones de la vizcondesa siempre acababan tomando la forma de apasionadas reivindicaciones. ¿Por qué, con las muchas virtudes que la adornaban, no estaba rodeada de calor, admiración y afecto? ¿Por qué se habían casado con ella por dinero? ¿Por qué era impopular? Cuando cruzaba el pueblo, los niños se escondían a su paso o reían por lo bajo a sus espaldas. Sabía que la llamaban «la loca». Sentirse odiada era muy duro, especialmente después de todas las molestias que se había tomado por los campesinos… La biblioteca (esos libros elegidos con amor y que elevaban el espíritu, los dejaban fríos; las chicas pedían novelas románticas. Qué generación…), las películas educativas (que no tenían mucho más éxito), la fiesta anual en el parque (que incluía un espectáculo montado por las niñas de la escuela religiosa)… Pero hasta sus oídos había llegado el eco de vivas críticas. La gente estaba molesta porque, en previsión de que el tiempo no invitara a sentarse bajo los árboles, había hecho colocar sillas en el garaje. ¿Qué esperaban? ¿Que los metiera en su casa? Serían los primeros en sentirse incómodos. ¡Ah, los nuevos aires, los nefastos aires que soplaban en Francia! Ella era la única que había sabido reconocerlos y darles nombre: el pueblo se volvía bolchevique. La vizcondesa confiaba en que la derrota lo curaría, lo apartaría de sus peligrosos errores, lo obligaría a respetar de nuevo a sus dirigentes, ¡pero no! Era peor que nunca.

A veces llegaba a alegrarse, ella, patriota hasta la médula, de la presencia del enemigo, pensó al oír los pasos de los centinelas alemanes en la carretera que bordeaba el parque. Recorrían la región durante toda la noche en grupos de cuatro; las pisadas de las botas y el rumor de las armas, que traían a la mente el patio de una prisión, se oían regularmente, al mismo tiempo que la campana de la iglesia, repique dulce y familiar que acunaba al pueblo en su sueño. Sí, la vizcondesa de Montmort había llegado a preguntarse si no habría que dar gracias a Dios por haber permitido que los alemanes invadieran Francia. Y no es que le gustaran, ¡Dios mío! No los podía ver. Pero sin ellos… ¿quién sabe? Amaury solía decirle: «¿Comunista, la gente de aquí? ¡Si son más ricos que tú!» Pero no era solamente cuestión de dinero o propiedades, sino también, y sobre todo, de pasión. La vizcondesa lo intuía confusamente, aunque no fuera capaz de explicarlo. Puede que no tuvieran más que una vaga idea de lo que realmente era el comunismo, pero esa idea halagaba su deseo de igualdad, un deseo que la posesión de dinero y tierras exasperaba en lugar de aplacar. Les daba cien patadas, como ellos decían, tener un dineral en animales y aperos, poder pagar el colegio al hijo y comprar medias de seda a la hija, y sentirse, pese a todo, inferiores a los Montmort. Los campesinos opinaban que con ellos no se tenían miramientos, sobre todo desde que el vizconde era el alcalde. El viejo granjero que lo había precedido en el cargo tuteaba a todo el mundo, era avaro, grosero, duro, insultaba a sus convecinos... ¡pero se le aguantaba todo! En cambio, al vizconde le reprochaban que se mostrara orgulloso, y eso no se lo perdonaban. ¿Es que pensaban que iba a levantarse cuando los viera entrar en su despacho? ¿Y que luego los acompañaría hasta la puerta? No soportaban ninguna superioridad, ni de cuna ni de fortuna. Los alemanes serían lo que fueran, pero tenían mucho mérito. Ése sí era un pueblo disciplinado y dócil, se dijo la señora de Montmort escuchando casi con placer los rítmicos pasos que se alejaban y la voz ronca que gritaba «*Achtung!*» a lo lejos... Poseer tierras en Alemania debía de ser una bendición, no como allí...

Las preocupaciones la consumían. Pero la noche avanzaba; cuando se disponía a regresar a la casa vio —creyó ver— una sombra que se deslizaba a lo largo del muro, se agachaba y desaparecía a la altura del huerto. Por fin iba a sorprender a un ladrón de maíz, se dijo la vizcondesa con un estremecimiento de satisfacción. Como era habitual en ella, no tuvo miedo ni por un instante. Amaury se acobardaba enseguida, pero lo que es ella... El peligro despertaba a la cazadora que llevaba dentro. Siguió a la sombra ocultándose tras los árboles, no sin antes inspeccionar el muro, junto al que descubrió un par de zuecos escondidos entre la hierba. El intruso iba en calcetines para no hacer ruido. La vizcondesa maniobró de tal modo que, cuando el furtivo salió del huerto, se dio de bruces con ella. El hombre emprendió la huida, pero la señora de Montmort le gritó con desprecio:

—¡Tengo tus zuecos, bellaco! A los gendarmes no les costará mucho averiguar a quién pertenecen.

Al oírla, el ladrón se detuvo y volvió sobre sus pasos. La vizcondesa reconoció a Benoît Labarie. Se quedaron el uno frente al otro, en silencio.

—Muy bonito —dijo por fin ella, temblando de ira. Odiaba a aquel hombre. De todos los campesinos de la comarca, Labarie era el que más insolente e irreducible se mostraba; por el heno, por el ganado, por las cercas, por hache o por be, la mansión y la granja libraban una guerra sorda y sin cuartel—. ¡Bueno, amiguito! —le espetó indignada—. Ahora que conozco al ladrón, voy a avisar al alcalde sin pérdida de tiempo. ¡Ésta la pagarás cara!

—Oiga, ¿la tuteo yo acaso? Aquí tiene sus plantas —gruñó Benoît arrojándolas al suelo, donde se desparramaron a la luz de la luna—. ¿Es que nos negamos a pagar? ¿Es que cree que no tenemos suficiente dinero? Estamos cansados de pedírselo por las buenas... Con lo poco que le habría costado... ¡Pero no! ¡Prefiere que reventemos!

—¡Ladrón, más que ladrón! —gritaba entretanto la vizcondesa con voz aguda—. El alcalde...

—¡A mí el alcalde me importa un carajo! ¡Ande, corra a buscarlo, que se lo diré a la cara!

—¿Cómo se atreve a hablarme en ese tono?

—Porque tienen harta a toda la comarca, si quiere saberlo. ¡Lo tienen todo y se lo guardan todo! La madera, la fruta, los peces, la caza, los pollos... No venden, no sueltan nada ni por dinero ni por todo el oro del mundo. El señor alcalde hace discursitos sobre la solidaridad y todo eso. ¡No te jode! Su casa está llena a reventar de la bodega al granero. Lo sabemos, la han visto. ¿Acaso le pedimos caridad? Pero eso es precisamente lo que le fastidia; la caridad la haría porque usted disfruta humillando al pobre, pero cuando la gente viene a hacer un trato, de igual a igual, «esto pago, esto me llevo», ¡nanay! ¿Por qué se negó a venderme las plantas?

—¡Eso es asunto mío, insolente! Con lo mío hago lo que quiero.

—Ese maíz no era para mí, eso se lo puedo jurar. Prefiero morirme de hambre antes que pedir nada a gente como ustedes. Era para la Louise, que tiene al marido prisionero. Para hacerle un favor, ¡porque yo sí sé hacer favores!

—¿Robando?

—¿Y qué otra cosa podemos hacer? Son ustedes demasiado egoístas, y demasiado roñosos, también. ¿Qué otra cosa podemos hacer? —repitió Benoît, furioso—. Y no soy el único que vengo por aquí. Todo lo que ustedes nos niegan sin razón, por pura maldad, la gente lo coge. Y esto no ha hecho más que empezar. ¡Espere al otoño! El señor alcalde cazará con los alemanes...

—¡Eso no es cierto! ¡Es mentira! Jamás ha cazado con los alemanes...

La señora de Montmort pateaba el suelo con rabia, fuera de sí. ¡Otra vez esa estúpida calumnia! El invierno anterior, era cierto, los alemanes los habían invitado a ambos a una de sus cacerías. Ellos se disculparon, pero no tuvieron más remedio que asistir al convite posterior. De grado o de fuerza, no había más remedio que seguir la política del gobierno. Y además, ¡qué caramba!, aquellos oficiales alemanes eran gente educada. Lo que une o separa a los seres humanos no es el idioma, las leyes, las costumbres ni los principios, sino la manera de coger el cuchillo y el tenedor.

—En otoño cazará con los alemanes —repitió Benoît—, pero yo volveré a su parque y no pienso dejar liebre ni zorro con vida. Y ya pueden echarme los perros, los guardias y el administrador, que ya veremos quién es más listo, si ellos o Benoît Labarie. ¡Ya se han pasado todo el invierno detrás de mí, y aquí me tiene!

—No iré a buscar ni al administrador ni a los guardias, sino a los alemanes. A esos sí les tiene miedo, ¿eh? ¡Mucho fanfarronear, pero cuando ve un uniforme alemán agacha las orejas!

—¿Eso cree? Sepa usted que yo a los boches los he visto de bien cerca, en Bélgica y en el Somme. ¡No como su marido! ¿Dónde ha luchado él? En los despachos, jodiendo a la gente...

—¡Zafio patán!

—En Chalon-sur-Saône es donde estuvo su marido, desde septiembre hasta el día que llegaron los alemanes. Y entonces puso pies en polvorosa. ¡Ésa ha sido su guerra!

—Es usted... ¡es usted un indeseable! Váyase o grito. Váyase o llamo.

—¡Eso es, llame a los alemanes! Está muy contenta de tenerlos aquí, ¿verdad? Le hacen de policía, le vigilan las propiedades... Rece a Dios para que se queden mucho tiempo, porque el día que se vayan...

No acabó la frase. De pronto le arrebató los zuecos, la prueba inculpatoria que ella tenía en las manos, se los puso, se metió por un boquete del muro y desapareció. Casi de inmediato se oyeron los pasos de la patrulla alemana, que se acercaba.

«¡Oh, ojalá lo atrapen, ojalá lo maten! —se dijo la vizcondesa mientras corría hacia la casa—. ¡Qué tipejo! ¡Qué gentuza! ¡Qué chusma tan despreciable! ¡Eso es el bolchevismo! ¡Dios mío! ¿Hacia dónde va el pueblo? En tiempos de papá, cuando cogías a un furtivo en los bosques se echaba a llorar y te pedía perdón. Naturalmente, lo perdonabas. Papá, que era un trozo de pan, gritaba y se acaloraba, pero luego hacía que le sirvieran un vaso de vino en la cocina… ¡La de veces que lo vi de niña! Pero entonces los campesinos eran pobres. Es como si el dinero hubiera despertado todos sus malos instintos… "La casa llena a reventar de la bodega al granero" —se repitió la vizcondesa con indignación—. Bueno, y la suya ¿qué? ¡Si son más ricos que nosotros! ¿Qué quieren? Lo que pasa es que los carcome la envidia y la mala voluntad. Ese Labarie es un hombre peligroso. ¡Se ha jactado de venir a cazar a nuestro parque! Y eso significa que no ha entregado su escopeta… Es capaz de cualquier cosa. Si hace alguna barbaridad, si mata a un alemán, toda la región será responsable del atentado y el alcalde el primero… La gente como él es la causa de todas nuestras desgracias. Denunciarlo es un deber. Se lo haré entender a Amaury y… y si hace falta, iré yo misma a la Kommandantur. Merodea por los bosques en plena noche, con desprecio de las normas, tiene un arma de fuego… ¡Está acabado!»

La vizcondesa se precipitó en el dormitorio, despertó al vizconde, le relató lo ocurrido y concluyó:

—¡Ya ves adónde hemos llegado! ¡Vienen a desafiarme, a robarme, a insultarme en mi propia casa! Pero bueno, eso sería lo de menos. ¿Voy a hacer caso yo de las injurias de un patán? Sin embargo, es un hombre peligroso. Es capaz de cualquier cosa. Estoy segura de que si no hubiera tenido la presencia de ánimo de callarme, si hubiera llamado a los alemanes que en ese momento pasaban por la carretera, se habría liado a puñetazos con ellos o incluso… —La vizcondesa soltó un chillido y palideció—. Tenía un cuchillo. ¡He visto brillar la hoja de un cuchillo, estoy segura! ¿Te imaginas lo que habría pasado a continuación? Un alemán asesinado en plena noche, en nuestro parque… A ver cómo demostrábamos luego que nosotros no habíamos tenido ninguna participación. Amaury, tu deber está muy claro. Hay que actuar. Ese hombre tiene armas en casa, puesto que se ha jactado de haber cazado en el parque durante todo el invierno... ¡Armas! ¡Cuando los alemanes están cansados de repetir que no seguirían tolerándolo! Si las tiene en casa es porque prepara algo, ¡un atentado, seguro! ¿Te das cuenta de la gravedad del asunto?

En la ciudad más cercana, un soldado alemán había muerto a manos de un desconocido y los notables (empezando por el alcalde) habían sido tomados como rehenes hasta que se descubriera al culpable. En un pueblecito que estaba a tan sólo once kilómetros, un chico de dieciséis años, borracho, le había propinado un puñetazo a un centinela que pretendía detenerlo tras el toque de queda. El muchacho había sido fusilado, pero ¡la cosa no había quedado ahí! Después de todo, si hubiera obedecido los reglamentos no le habría pasado nada; pero ¿qué culpa tenía el alcalde, que, como responsable de sus administrados, había estado a punto de correr su misma suerte?

—Un cuchillo —gruñó Amaury, pero la vizcondesa estaba sumida en sus elucubraciones—. Empiezo a creer —añadió vistiéndose con manos temblorosas (ya eran casi las ocho)—, empiezo a creer que no debería haber aceptado este cargo.

—Irás a poner una denuncia en la gendarmería, espero…

—¿En la gendarmería? ¡Tú estás loca! Se nos echaría encima toda la comarca. Sabes tan bien como yo que para esta gente tomar lo que no se les quiere vender a cambio de dinero contante no es un robo. Es un escarmiento. Nos harían la vida imposible. No, me voy derecho a la Kommandantur. Les pediré que mantengan el asunto en secreto, lo que sin duda harán porque son discretos y comprenderán la situación. Registrarán la casa de los Labarie, no te quepa duda de que encontrarán el arma y…

—¿Seguro que la encontrarán? Porque esa gente…

—Esa gente se cree muy lista, pero sus escondrijos los conozco yo mejor que ellos. Fanfarronean en la taberna, después de beber. O es el granero, o es la bodega o es la pocilga de los cerdos. Detendrán a Benoît, y haré prometer a los alemanes que no lo castigarán severamente. Todo quedará en unos meses de cárcel. Nosotros nos libraremos de él durante ese tiempo y, cuando salga, te garantizo que estará más suave que un guante. Los alemanes saben cómo tratar a tipos así… Pero ¿qué diantre les pasa? —exclamó de pronto el vizconde, que estaba en camisa, haciendo oscilar los faldones alrededor de sus desnudas piernas—. ¿Qué demonio llevan en el cuerpo? ¿Por qué no pueden estarse quietos? ¿Qué se les pide? Que se callen, que estén tranquilos. ¡Pues no! ¡A protestar, a despotricar, a fanfarronear! ¿Y qué sacan con eso, dime? Nos han derrotado, ¿verdad? Pues a aguantar mecha. Cualquiera diría que lo hacen adrede, para fastidiarme. Con los esfuerzos que me ha costado estar a bien con los alemanes… Date cuenta de que no hemos tenido que meter a ninguno en nuestra casa. Es un gran favor. Y, en fin, en cuanto al municipio… hago todo lo que puedo, me desvivo por la gente… Los alemanes se muestran correctos con todo el mundo. Saludan a las mujeres, acarician a los niños… y pagan religiosamente. Pues bien, ¡todavía no estamos contentos! ¿Qué queremos? ¿Que nos devuelvan Alsacia y Lorena? ¿Que se constituyan en República y nombren presidente a Léon Blum? ¿Qué? ¿Qué?

—No te sulfures, Amaury. Mira lo tranquila que estoy yo. Cumple con tu deber sin esperar otra recompensa que la del cielo. Créeme, Dios lee en nuestro corazón.

—Lo sé, lo sé, pero aún así es muy duro —repuso el vizconde con amargura, y soltó un suspiro.

Y sin perder el tiempo en desayunar (tenía un nudo en la garganta y no habría podido tragar ni una miga de pan, le dijo a su mujer), salió de casa y, con la mayor discreción, fue a pedir audiencia a la Kommandantur.

17

El ejército alemán había ordenado una requisa de caballos. En esos momentos, el precio de los animales alcanzaba los sesenta mil, setenta mil francos. Los alemanes pagaban (prometían pagar) la mitad de esa cantidad. Se acercaba la época de las grandes labores agrícolas, y los campesinos preguntaban amargamente al alcalde cómo se las iban a arreglar.

—Con estos brazos, ¿verdad? Pues mire lo que le digo: como no nos dejen trabajar en condiciones, quienes se morirán de hambre serán los de las ciudades.

—Pero, mis queridos amigos, ¡yo no puedo hacer nada!

Los campesinos sabían que, en efecto, no podía hacer nada, pero en el fondo del corazón lo culpaban a él. «¡Verás como él se las apaña, verás como se libra, verás como a él no le quitan sus malditos caballos!» Todo iba mal. No había escampado en dos días, la lluvia saturaba los jardines, el granizo había apedreado los campos. Por la mañana, cuando el teniente Von Falk partió a caballo de casa de las Angellier para dirigirse a la ciudad vecina, donde tendría lugar la requisa, encontró un paisaje desolado, azotado por el aguacero. Sacudidos por el viento, los grandes tilos del paseo gemían y crujían como mástiles de barco. No obstante, Bruno galopaba por la carretera contento; aquel viento hosco, frío y puro le recordaba el de su Prusia Oriental. ¡Ah, cuándo volvería a contemplar aquellas llanuras cubiertas de pálida hierba, aquellos pantanos, la extraordinaria belleza de los cielos de primavera, la tardía primavera de los países del norte! Cielo de ámbar, nubes de nácar, juncos, cañas, bosquecillos dispersos de abedules… ¡Cuándo volvería a cazar la garza y el zarapito! Por el camino iba encontrando caballos que, conducidos por sus dueños, se dirigían a la ciudad desde todos los pueblos, todas las aldeas, todas las granjas de la región. «Buenos animales —se dijo Bruno—. Pero mal cuidados. Los franceses, y los civiles en general, no saben nada de caballos.»

Se detuvo para dejarlos pasar. Formaban pequeñas reatas que zigzagueaban por la carretera. Bruno los observaba con mirada atenta, buscando los más adecuados para el ejército. La mayoría acabaría trabajando los campos alemanes, pero algunos conocerían las furiosas cargas en los desiertos de África o los campos de lúpulo de Kent. Porque sólo Dios sabía en qué dirección soplarían en adelante los vientos de la guerra. Bruno recordó los relinchos aterrorizados de los caballos entre los edificios en llamas de Ruán. Seguía diluviando. Los campesinos caminaban con la cabeza agachada, pero la levantaban cuando veían a aquel jinete inmóvil envuelto en su capa verde. Por unos instantes, sus ojos se encontraban con los de Bruno. «¡Mira que son lentos! —pensaba el teniente—. ¡Mira que son torpes! Llegarán con dos horas de retraso, y comeré a las tantas. Porque lo primero son los caballos.»

—¡Venga, vamos, vamos! —murmuró entre dientes, golpeándose las botas con el junquillo y haciendo esfuerzos para no empezar a gritar órdenes, como en las maniobras.

Junto a él pasaban ancianos, niños e incluso mujeres. Los que eran del mismo pueblo iban todos juntos. Luego se producía un vacío, durante el cual sólo el cortante viento llenaba el espacio y el silencio. Aprovechando uno de esos huecos, Bruno lanzó el caballo al galope en dirección a la ciudad. La paciente cola volvió a formarse a sus espaldas. Los campesinos callaban. Les habían quitado a los jóvenes, les habían quitado el pan, el trigo, la harina y las patatas; les habían quitado la gasolina y los coches, y ahora les quitaban los caballos. Y mañana, ¿qué? Algunos se habían puesto en camino la noche anterior. Avanzaban cabizbajos, encorvados, impertérritos. Puede que al alcalde le hubieran dicho que basta, que ya no moverían un dedo, pero sabían mejor que nadie que tendrían que hacer la faena, que la cosecha esperaba, que había que comer. «Con lo bien que vivíamos… —se decían—. ¡Panda de cabrones! Pero hay que ser justos… Es la guerra… De todas maneras, ¿durará mucho, Dios mío?», murmuraban alzando la cabeza hacia aquel cielo de tormenta.

Bajo la ventana de Lucile habían pasado hombres y caballos todo el día. Ella procuraba hacer oídos sordos. No quería saber nada más. ¡Basta de imágenes de guerra, de visiones siniestras! La angustiaban, le encogían el corazón, no le dejaban ser feliz… ¡Feliz, Dios mío! «Vale, bien, la guerra… —se decía—. Vale, bien, los prisioneros, las viudas, la penuria, el hambre, la ocupación… ¿Y después? No hago nada malo. Es el amigo más respetuoso del mundo: libros, música, nuestros largos paseos por el bosque de la Maie… Lo que hace que parezcamos culpables es la idea de la guerra, esta plaga universal. Pero él es tan poco responsable como yo. No es culpa nuestra. Que nos dejen tranquilos… ¡Que nos dejen!» A veces se asustaba, incluso se asombraba, de tener el corazón tan lleno de rabia contra su marido, contra su suegra, contra la opinión de la gente, contra ese «espíritu de la colmena» del que hablaba Bruno. Enjambre refunfuñón, malintencionado, que obedece a fines desconocidos. Cómo lo odiaba… «Que ellos vayan donde quieran, yo haré lo que me apetezca. Quiero ser libre. Me importa menos la libertad exterior, la libertad de viajar, de irme de esta casa (¡aunque sería una felicidad indescriptible!), que ser libre interiormente, elegir mi propio camino, mantenerme en él, no seguir al enjambre. Odio ese espíritu comunitario con el que nos machacan los oídos. Los alemanes, los franceses, los gaullistas, todos coinciden en una cosa: hay que vivir, pensar, amar como los otros, en función de un Estado, de un país, de un partido. ¡Oh, Dios mío! ¡Yo me niego! Soy una pobre mujer, no sirvo para nada, no sé nada, pero ¡quiero ser libre! Esclavos, nos han convertido en esclavos —pensó Lucile—. La guerra nos manda a este sitio o al otro, nos priva del bienestar, nos quita el pan de la boca… Que me dejen por lo menos el derecho de enfrentarme a mi destino, de burlarme de él, de desafiarlo, de eludirlo, si puedo. ¿Una esclava? Mejor eso que ser un perro que camina detrás de su amo y se cree libre. Ellos ni siquiera son conscientes de su esclavitud —se dijo al oír el ruido de los hombres y los caballos—, y yo me parecería a ellos si permitiera que la piedad, la solidaridad, el "espíritu de la colmena", me obligaran a renunciar a la felicidad.» Aquella amistad entre el alemán y ella, aquel secreto compartido, un mundo oculto en el seno de aquella casa hostil, ¡qué dulce era, Dios mío! Sólo gracias a eso seguía sintiéndose un ser humano, orgulloso y libre. No permitiría que nadie invadiera lo que era su territorio exclusivo. «¡A nadie! ¡No le importa a nadie! ¡Que luchen ellos! ¡Que se odien ellos! ¡Me da igual que en su día su padre y el mío combatieran el uno contra el otro! ¡Que fuera él personalmente quien hizo prisionero a mi marido (una idea que obsesiona a mi pobre suegra)! ¿Qué tiene eso que ver? Él y yo somos amigos.» ¿Amigos? Estaba cruzando el oscuro vestíbulo; se acercó al espejo de encima de la cómoda, un espejo con un marco de madera negra; se miró los negros ojos y los temblorosos labios. Sonrió.

—¿Amigos? Él me ama —musitó acercando los labios al cristal y besando su propia imagen con ternura—. Sí, claro que te ama. A ese marido que te ha engañado, que te ha abandonado, no le debes nada. Está prisionero, tu marido está prisionero, y tú ¿dejas que un alemán se acerque a ti y ocupe el lugar del ausente? Bueno, pues ¡sí! Y después, ¿qué? Al ausente, al prisionero, al marido, jamás lo he amado. ¡Que se muera! ¡Que desaparezca! Pero, vamos a ver, reflexiona —siguió murmurando con la frente apoyada contra el espejo y la sensación de estar hablando realmente con una parte de sí misma que hasta entonces desconocía, una parte invisible que veía por primera vez, una mujer de ojos negros, labios finos y temblorosos y mejillas encendidas, que era ella y no lo era del todo—. A ver, reflexiona… La razón, la voz de la razón… Tú eres una francesa razonable. ¿Adónde te llevará todo esto? Es un soldado, está casado, se marchará… ¿Adónde te llevará eso? A donde sea. Aunque sólo fuera a un instante de felicidad… Ni siquiera de felicidad, de placer. ¿Tienes la menor idea de lo que es eso?

La imagen que le devolvía el espejo la fascinaba; le gustaba y al mismo tiempo la asustaba.

De pronto, oyó los pasos de la cocinera en la despensa cercana al vestíbulo. Sobresaltada, se apartó del espejo y empezó a dar vueltas por la casa. ¡Qué casa tan inmensa y tan vacía, Dios mío! Como había prometido, su suegra no había vuelto a salir de su habitación, a la que Marthe le subía las comidas; pero aun estando ausente tenía la sensación de verla. Aquella casa era su reflejo, la parte más auténtica de su ser, del mismo modo que la parte más auténtica de Lucile era aquella joven delgada, enamorada y valiente, alegre y desesperada, que hacía apenas unos instantes le sonreía desde el otro lado del espejo… (había desaparecido dejando tan sólo un fantasma sin vida, aquella Lucile Angellier que vagaba por las habitaciones, pegaba la cara a los cristales, ponía maquinalmente en su sitio los feos e inútiles objetos que adornaban la chimenea). ¡Qué tiempo! El aire estaba cargado; el cielo, gris… Las ráfagas de frío viento zarandeaban los tilos en flor. «Una habitación, una casa para mí sola —pensó—, una habitación perfecta, casi desnuda, con una buena lámpara… ¿Y si cerrara los postigos y encendiera la luz, para no ver ese cielo? Marthe vendría a preguntarme si estoy enferma y avisaría a mi suegra, que le mandaría apagar las luces y descorrer las cortinas, porque la electricidad cuesta dinero. No puedo tocar el piano: sería una ofensa al ausente. De buena gana me iría al bosque, pese a la lluvia, pero todo el mundo se enteraría. Lucile Angellier se ha vuelto loca, diría la gente. Y en nuestro país, basta con eso para encerrar a una mujer.» Lucile rió al recordar la historia de una chica a la que sus padres habían encerrado en un manicomio porque las noches de luna salía de casa y se iba al lago. «Con un chico sería mala conducta, pero se entendería. Pero ¿sola? ¡Está loca!» El lago, de noche… El lago, bajo aquella lluvia torrencial… O cualquier otro sitio, pero lejos de allí… Lejos… ¡Esos caballos, esos hombres, esos tristes cuerpos encorvados bajo el aguacero! Se alejó de la ventana bruscamente. Por más que se repetía: «¡Entre ellos y yo no hay nada en común!», sentía la presencia de un vínculo invisible.

Entró en la habitación de Bruno. Más de una noche se había deslizado en ella, con el corazón palpitante. Él estaba incorporado en la cama, totalmente vestido, leyendo o escribiendo. Su rubio cabello brillaba bajo la lámpara. En una esquina, tirados de cualquier manera sobre un sillón, se veían el grueso cinturón, con la inscripción *Gott mit uns* de la hebilla, una pistola negra, una gorra de plato y un gran abrigo verde, que él cogía y le ponía sobre las rodillas, porque desde la semana anterior, con sus incesantes tormentas, las noches habían refrescado. Estaban solos —se creían solos— en la enorme casa dormida. Ninguna confesión, ningún beso, sólo el silencio… Más tarde, conversaciones febriles y apasionadas durante las que hablaban de sus respectivos países, de sus familias, de música, de libros… Los invadía esa extraña felicidad, esa prisa por desnudar el corazón ante el otro, una prisa de amante que ya es una entrega, la primera, la entrega del alma que precede a la del cuerpo. «Conóceme, mírame. Soy así. Esto es lo que he vivido, esto es lo que he amado. ¿Y tú? ¿Y tú, amor mío?» Pero, hasta ahora, ni una palabra de amor. ¿Para qué? Son inútiles cuando las voces se alteran, cuando las bocas tiemblan, cuando se producen esos largos silencios… Lucile acarició con suavidad los libros extendidos sobre la mesa, libros alemanes con las páginas impresas en esa escritura gótica que resulta extraña y repulsiva. Alemanes, alemanes… «Un francés no me habría dejado salir sin más muestra de amor que besarme las manos y el vestido…»

Sonrió y encogió ligeramente los hombros: sabía que no era timidez ni frialdad, sino esa enorme y adusta paciencia alemana, semejante a la del animal salvaje que espera su momento, que espera que la presa, fascinada, se deje coger sola.

—Durante la campaña —le había contado Bruno—, pasamos noches enteras apostados en el bosque de Moeuvre. La espera, en momentos así, es erótica…

Sus palabras la habían hecho reír. Ahora ya no le parecían tan graciosas. ¿Qué otra cosa estaba haciendo ella en ese momento? Esperaba. Lo esperaba. Merodeaba por aquellas habitaciones sin vida. Dos, tres horas todavía. Luego, la cena a solas. Luego, el ruido de la llave en la puerta de su suegra. Luego, Marthe, cruzando el jardín para ir a cerrar la verja. Luego, de nuevo la espera, febril, extraña… y, por fin, el relincho del caballo en la calle, el entrechocar de armas, las órdenes al asistente, que se alejaba con el animal… En el umbral, aquel ruido de espuelas… Luego, esta noche, esta noche de tormenta, con el rumor de los tilos agitados por el frío vendaval y el lejano redoble del trueno, le diría al fin —¡porque ella no era hipócrita y se lo diría alto y claro!— que la presa apetecida era suya.

—¿Y mañana? ¿Mañana? —murmuró Lucile, y de pronto una sonrisa traviesa, atrevida, voluptuosa, la transformó súbitamente como el resplandor de una llama que ilumina y altera un rostro. A la luz de un incendio, las facciones más suaves adquieren un aspecto diabólico que atrae y da miedo. Lucile salió de la habitación sin hacer ruido.

18

Alguien llamaba tímidamente a la puerta de la cocina con débiles golpes que ahogaba el ruido de la lluvia. «Unos críos que querrán protegerse de la tormenta», se dijo Marthe. Pero cuando fue a abrir se encontró con Madeleine Labarie, con el paraguas chorreando en la mano. Por un instante, la cocinera se quedó mirándola boquiabierta. La gente de las granjas no bajaba al pueblo más que para asistir a misa mayor los domingos.

—Pero ¿qué te pasa? ¡Entra, deprisa! ¿Va todo bien en casa?

—¡No! ¡Ha ocurrido una desgracia terrible! Me gustaría hablar con la señora enseguida —respondió Madeleine bajando la voz.

—¡Ave María purísima! ¡Una desgracia! ¿Con quién quieres hablar, con la señora Angellier o con la señora Lucile?

Madeleine dudó.

—Con la señora Lucile. Pero ve con cuidado... No quiero que ese maldito alemán se entere de que he venido.

—¿El teniente? Está en la requisa de caballos. Acércate al fuego, que estás empapada. Yo voy a buscar a la señora.

Lucile estaba acabando su solitaria cena. Tenía un libro abierto sobre el mantel.

«Pobres muchachas... —se dijo Marthe con un súbito destello de lucidez—. Esto no es vida para ellas. La una sin marido desde hace dos años y la otra... ¿Qué desgracia ha podido ocurrir? ¡Otra marranada de los alemanes, seguro!»

Marthe comunicó a Lucile que preguntaban por ella.

—Madeleine Labarie, señora. Le ha ocurrido una terrible desgracia… No le gustaría que la vieran.

—Tráela aquí. Bru… ¿El teniente Von Falk todavía no ha vuelto?

—No, señora. Pero cuando llegue oiré el caballo. Avisaré a la señora.

—Sí, eso es. Ve.

Lucile esperaba con el corazón palpitando. Muy pálida y todavía jadeando, Madeleine Labarie entró en el comedor. El pudor y la cautela de la campesina pugnaban en su interior con la angustia que la embargaba. Le dio la mano a Lucile, murmuró, según la costumbre, «¿No la molestaré?» y «¿Todo bien por aquí?» y luego, en voz muy baja y haciendo terribles esfuerzos para contener las lágrimas, porque en público no se llora, salvo a la cabecera de un muerto (el resto del tiempo hay que saber comportarse y ocultar a los demás no sólo las penas, sino también las alegrías demasiado grandes):

—¡Ay, señora Lucile! ¡No sé qué hacer! Vengo a pedirle consejo porque estamos perdidos, señora. Esta mañana los alemanes han venido a detener a Benoît.

—Pero ¿por qué? —exclamó Lucile.

—Se supone que porque tenía una escopeta escondida. Como todo el mundo, figúrese usted… Pero no han ido a casa de nadie, sólo a la nuestra. Benoît les dijo: «Busquen.» Y ellos han buscado y han encontrado. Estaba escondida entre el heno, en el viejo comedero de las vacas. Nuestro alemán, el que vive en nuestra casa, el intérprete, estaba en la sala cuando los hombres de la Kommandantur volvieron con la escopeta y le dijeron a mi marido que los siguiera. «Un momento», respondió Benoît. «Esa escopeta no es mía. Es de algún vecino que la ha escondido ahí para después denunciarme. Déjenmela y se lo demostraré.» Hablaba con tanta naturalidad que los soldados no desconfiaron. Mi Benoît cogió la escopeta, hizo como que la examinaba y de pronto… ¡ay, señora Lucile, los dos tiros salieron casi a la vez! El primero mató a Bonnet y el segundo a *Bubi*, un perro pastor enorme que acompañaba a Bonnet…

—Sí, ya sé —murmuró Lucile.

—A continuación, mi Benoît saltó por la ventana de la sala y desapareció, y los alemanes tras él. Pero él conoce la zona mucho mejor que ellos, figúrese usted... Así que no lo han encontrado. Gracias a Dios, llovía tanto que no se veía a dos pasos delante. Y Bonnet, en mi cama, en la que lo habían acostado... Si encuentran a Benoît lo fusilarán. Sólo por la escopeta ya lo habrían fusilado. Pero aún habría habido alguna esperanza, mientras que ahora ya sabemos lo que lo aguarda, ¿verdad?

—¿Por qué ha matado a Bonnet?

—Seguramente lo denunció él, señora Lucile. Vivía en casa. Debió de descubrir la escopeta. ¡Estos alemanes son todos unos traidores! Y ése... me hacía la corte, ¿comprende? ¡Y mi marido lo sabía! Puede que haya querido vengarse, puede que se haya dicho: «Ya puestos, por lo menos sabré que éste no estará rondando a mi mujer mientras yo no esté.» Puede... Y, además, señora, los odia. No soñaba más que con cargarse a alguno.

—Se habrán pasado todo el día buscándolo, imagino. ¿Estás segura de que todavía no lo han encontrado?

—Sí, segura —respondió Madeleine tras un instante de silencio.

—¿Lo has visto?

—Sí. Es su vida o su muerte, señora Lucile. Usted... usted no dirá nada, ¿verdad?

—¡Por Dios, Madeleine!

—Muy bien. Está escondido en casa de nuestra vecina, la Louise, la que tiene el marido prisionero.

—Peinarán toda la comarca, lo registrarán todo...

—Afortunadamente, hoy era la requisa de caballos. Todos los oficiales están fuera. Los soldados esperan órdenes. Mañana removerán cielo y tierra. Pero en las granjas lo que sobra son escondrijos, señora Lucile. Ya les hemos pasado prisioneros evadidos por delante de las narices más de una vez. La Louise lo esconderá bien; pero están los niños... Los críos no les tienen miedo a los alemanes, juegan con ellos, charlan... y son demasiado pequeños para entender las cosas. La Louise me ha dicho: «Ya sé a lo que me arriesgo. Lo hago de todo corazón por tu marido, como tú lo habrías hecho por el mío; pero es mejor buscarle una casa en la que puedan tenerlo hasta que se le presente la oportunidad de huir de la región.» Ahora todos los caminos estarán vigilados, figúrese usted. Pero los alemanes no estarán aquí eternamente. Lo que haría falta es una casa grande en la que no hubiera niños.

—¿Aquí? —dijo Lucile mirándola de hito en hito.

—Sí, había pensado que aquí…

—¿Sabes que tenemos alojado a un oficial alemán?

—Están en todas partes. Seguro que ese oficial no sale mucho de su habitación… Y me han dicho… Perdón, señora Lucile, pero se dice que está enamorado de usted y que usted hace con él lo que quiere. Discúlpeme si la he ofendido… Son hombres como los demás, por supuesto, y se aburren. A lo mejor, diciéndole: «No quiero que tus soldados lo pongan todo patas arriba. Es ridículo. Sabes que no escondo a nadie. Para empezar, me daría miedo…» Cosas como las que puede decir una mujer… Y además en esta casa tan grande y tan vacía tiene que ser fácil encontrar un rincón, un escondite. En fin, es una tabla de salvación. ¡La única! Me dirá usted que si la descubren se arriesga a la cárcel, puede que incluso a la muerte. Con estos salvajes, todo es posible. Pero si entre franceses no nos ayudamos, entonces ¿quién nos ayudará? La Louise es madre de cuatro hijos y no tiene miedo. Usted está sola.

—Yo tampoco lo tengo —dijo Lucile lentamente.

Reflexionaba; para Benoît, el peligro sería el mismo allí o en cualquier otro sitio «¿Y para mí? ¿Para mi vida? ¡Para lo que hago con ella!», se dijo con involuntaria desesperación. Realmente, eso no tenía ninguna importancia. De pronto, se acordó de junio del cuarenta (dos años, hacía justo dos años). Tampoco entonces, en medio del caos y el peligro, había pensado en sí misma; se había dejado arrastrar como por la impetuosa corriente de un río.

—Está mi suegra —murmuró—, pero ya no sale de su habitación. No se enterará de nada. Y Marthe.

—¡Oh, Marthe es de la familia, señora! Es prima de mi marido. Por ese lado no hay cuidado. La familia es de confianza. Pero ¿dónde lo escondería?

—He pensado en la habitación azul que está junto al granero, el antiguo cuarto de los juguetes, que tiene una especie de recámara. De todas maneras, mi pobre Madeleine, no hay que hacerse ilusio-

375

nes. Si tenemos la suerte en contra, lo descubrirán ahí o en cualquier otro sitio; sólo se salvará si Dios lo quiere. Después de todo, en Francia se han cometido atentados contra soldados alemanes cuyos culpables nunca han sido descubiertos. Tenemos que esconderlo lo mejor que sepamos y… y esperar, ¿no te parece?

—Sí, señora, esperar… —dijo Madeleine dejando al fin que las lágrimas le resbalaran por las mejillas.

Lucile la cogió por los hombros y la besó.

—Ve a buscarlo. Venid por el bosque de la Maie. Sigue lloviendo. No habrá nadie en la calle. No te fíes de nadie, sea francés o alemán, hazme caso. Os estaré esperando en la portezuela del jardín. Voy a explicárselo a Marthe.

—Gracias, señora Lucile —balbuceó Madeleine.

—Anda, ve. Date prisa.

Madeleine abrió la puerta sin hacer ruido, salió al solitario y encharcado jardín y se deslizó entre los árboles, que lloraban las últimas gotas de lluvia. Una hora después, Lucile hacía entrar a Benoît por la pequeña puerta pintada de verde que daba al bosque de la Maie. La tormenta había cesado, pero el viento seguía soplando con idéntica furia.

19

Desde su habitación, la anciana Angellier oyó gritar al guarda forestal en la plaza del ayuntamiento:

—¡Bando! ¡Orden de la Kommandantur!

En cada ventana aparecieron rostros ceñudos. «¿Con qué nos saldrán ahora?», pensaba la gente con odio y temor. Tenían tanto miedo a los alemanes que, incluso cuando la Kommandantur prescribía por boca del guarda forestal la desratización o la vacunación obligatoria de los niños, no se tranquilizaban hasta pasado un rato del último redoble del tambor y sólo después de haberse hecho repetir por personas instruidas, como el farmacéutico, el notario o el jefe de los gendarmes, lo que acababan de decir.

—¿Eso es todo? ¿De verdad es todo? ¿No van a quitarnos nada más? —Luego, conforme se calmaban—: ¡Bien, bien! ¡Entonces, bien! Pero me gustaría saber por qué se meten en eso...

No les faltaba más que añadir: «Son nuestras ratas y nuestros hijos. ¿Con qué derecho quieren matar a las unas y vacunar a los otros? A ellos ni les va ni les viene.»

Los alemanes presentes en la plaza comentaban las órdenes:

—Ahora todos sanos, franceses y alemanes...

En tono de fingida sumisión (¡oh, esas sonrisas de esclavos!, pensaba la anciana Angellier), los vecinos se apresuraban a asentir:

—Claro que sí... Está muy bien... Es en interés de todos... Lo comprendemos perfectamente.

Y, cuando llegaban a casa, arrojaban el raticida al fuego y luego iban corriendo al médico para pedirle que no vacunara al crío «porque acaba de tener paperas» o «porque, con lo mal que se come, no está nada fuerte». Otros decían francamente:

—No nos importaría que hubiera uno o dos enfermos, a ver si así se marchaban los Fritz.

Solos en la plaza, los alemanes miraban alrededor con benevolencia y se decían que poco a poco empezaba a fundirse el hielo entre vencedores y vencidos.

Ese día, sin embargo, ningún alemán sonreía ni hablaba con los vecinos. Estaban todos de pie, muy tiesos, un tanto pálidos, mirando al frente con dureza. El guarda forestal, consciente de la importancia de las palabras que iba a pronunciar, y hombre apuesto y del sur, siempre encantado de atraer la atención de las mujeres, acababa de ejecutar el último redoble de tambor y colocarse los dos palillos bajo el brazo con una gracia y una habilidad de prestidigitador; al fin, con una voz profunda, pastosa y varonil que resonaba en el silencio, leyó:

—Un miembro del ejército alemán ha sido víctima de un atentado: un oficial de la Wehrmacht ha sido cobardemente asesinado por un individuo que responde al nombre de Labarie, Benoît, domiciliado en la granja de... municipio de Bussy.

»El criminal consiguió darse a la fuga. Toda persona culpable de ofrecerle refugio, ayuda o protección o que, conociendo su paradero, haya omitido ponerlo en conocimiento de la Kommandantur en un plazo de cuarenta y ocho horas, incurrirá en la misma pena que el asesino, a saber: será fusilado inmediatamente

La señora Angellier había entreabierto la ventana; cuando el guarda se marchó, se asomó y recorrió la plaza con la mirada. La gente murmuraba, presa del estupor. El día anterior no se hablaba más que de la requisa de caballos, y esta nueva desgracia, añadida a la anterior, sumía sus lentas mentes de pueblerinos en el colmo de la incredulidad: «¿El Benoît? ¿Que el Benoît ha hecho eso? ¡No es posible!» Los granjeros habían sabido guardar el secreto. Los habitantes del pueblo ignoraban lo que ocurría en el campo, en aquellas grandes propiedades celosamente guardadas. Los alemanes estaban mejor informados. Ahora se entendía el porqué de aquel rumor, de aquellos toques de silbato en plena noche, de la prohibición de salir pasadas las ocho el día anterior: «Seguro que trajeron el cuerpo y no querían que lo viéramos.» En los cafés, los alemanes conversaban en voz baja. También ellos tenían una sensación de irrealidad y horror. Llevaban tres meses viviendo con los franceses, codeándose con ellos; no les habían hecho ningún daño; habían conseguido, al fin, y a fuerza de miramientos y buenos modos, establecer relaciones humanas entre invasores e invadidos. Y ahora el acto de un loco volvía a ponerlo todo en entredicho. En realidad, el asesinato en sí mismo les afectaba menos que aquella solidaridad, aquella complicidad que adivinaban a su alrededor (porque, en fin, para que un hombre eluda a un regimiento lanzado en su persecución, hace falta que toda la comarca lo ayude, lo oculte, le dé de comer, a menos, naturalmente, que estuviera escondido en los bosques —que habían batido durante toda la noche— o, aún más probable, que hubiera abandonado la región, cosa que, una vez más, no podía hacerse sin la ayuda activa o pasiva de la población). «De modo —pensaba cada soldado— que después de haberme acogido, de haberme sonreído, de haberme hecho sitio en su mesa, de haber dejado que sentara a sus hijos en mis rodillas, si mañana un francés me mata, no habrá una sola voz que me compadezca y todos encubrirán al asesino lo mejor que puedan.» Aquellos campesinos tranquilos de rostro impenetrable, aquellas mujeres que ayer mismo les sonreían y les hablaban y que hoy, al pasar ante ellos, desviaban la mirada, incómodas, ¡eran otros tantos enemigos! Apenas podían creerlo. ¡Si eran tan buenas personas…! Lacombe, el almadreñero, que la semana anterior les había regalado una botella de vino blanco porque su hija acababa de obtener el diploma de estudios primarios y no sabía cómo expresar su alegría; Georges, el molinero, veterano de la otra guerra, que les había dicho: «¡Que llegue la paz, y cada uno en su casa! Eso es todo lo que nosotros queremos»; las chicas, siempre dispuestas a reír, a cantar, a dejarse besar a escondidas… y de pronto, ¿enemigos otra vez, y para siempre?

Los franceses, entretanto, se decían: «Entonces, ese Willy que me pidió permiso para besar a mi cría, diciendo que tenía una de la misma edad en Baviera; ese Fritz que me ayudó a cuidar a mi marido enfermo; ese Erwald que encuentra Francia tan bonita, y ese otro que se descubrió delante de la foto de papá, caído en 1915… si mañana se lo ordenan, ¿me detendrá, me matará con sus propias manos sin vacilar? La guerra… sí, ya se sabe lo que es la guerra. Pero, en cierto modo, la ocupación aún es peor, porque uno se acostumbra a la gente; uno se dice: "Después de todo, son como nosotros", y no, no es verdad. Somos dos razas diferentes, enemigas para siempre», pensaban los franceses.

La señora Angellier conocía tan bien a aquellos campesinos que tenía la sensación de leerles el pensamiento en la cara. Rió por lo bajo. ¡No, ella no se había dejado engañar, no se había dejado comprar! Porque todos estaban en venta, tanto en el pequeño pueblo de Bussy como en el resto de Francia. Los alemanes ofrecían dinero a los unos (aquellos taberneros que cobraban la botella de chablís a cien francos a los miembros de la Wehrmacht, aquellos granjeros que vendían los huevos a cinco francos la pieza…) y diversión a los otros, los jóvenes, las mujeres… Desde que habían llegado los alemanes nadie se aburría. Por fin había con quien hablar. ¡Señor, si hasta su propia nuera…! Entornó los párpados y extendió una mano pálida y transparente delante de sus ojos, como si se negara a ver un cuerpo desnudo. ¡Sí! Los alemanes creían que podían comprar la tolerancia y el olvido de ese modo. Y lo conseguían. La señora Angellier pasó revista a los notables del pueblo; todos se habían doblegado, todos se habían dejado seducir. Los Montmort recibían a los alemanes; se decía que los oficiales organizarían una fiesta en el parque, en torno al lago. La señora de Montmort decía a todo el que quisiera escucharla que estaba indignada, que cerraría las ventanas para no oír la música ni ver los fuegos artificiales entre los árboles. Pero, cuando los tenientes Von Falk y Bonnet habían ido a hacerle una visita para pedirle sillas, copas y manteles, no los había soltado en dos horas. La señora Angellier lo sabía por la cocinera, que lo sabía por el administrador. De todas maneras, pensándolo bien, esos nobles eran medio extranjeros. ¿No correría por sus venas sangre bávara, renana o prusiana (¡abominación!)? Las familias de la nobleza se unían entre sí sin importarles las fronteras; aunque, bien mirado, los grandes burgueses no eran mucho mejores. La gente susurraba los nombres de los que hacían negocios con los alemanes (y la radio inglesa los gritaba todas las noches): los Maltête de Lyon; los Péricand, en París; la Banca Corbin y tantos otros… La señora Angellier empezaba a sentirse única en su especie, irreducible, inexpugnable como una fortaleza, la única fortaleza que seguía en pie en toda Francia, ¡ay!, pero una fortaleza que nada conseguiría abatir o conquistar, porque sus bastiones no eran de piedra, ni de carne y sangre, sino de lo más inmaterial y, al mismo tiempo, de lo más invencible que había en el mundo: el amor y el odio.

La anciana caminaba rápida y silenciosamente por la habitación. «De nada sirve cerrar los ojos —murmuraba—. Lucile está a punto de arrojarse a los brazos de ese alemán.» ¿Y qué podía hacer ella? Los hombres tenían armas, sabían luchar. Ella sólo podía espiar, mirar, escuchar, acechar en el silencio de la noche un ruido de pasos, un suspiro, para que al menos eso no fuera ni perdonado ni olvidado, para que Gaston a su regreso… Una alegría feroz la estremeció de pies a cabeza. ¡Dios, cómo detestaba a Lucile! Cuando por fin todo dormía en la casa, hacía lo que ella llamaba «su ronda». En esas ocasiones no se le escapaba nada. Contaba las colillas manchadas de carmín de los ceniceros; recogía silenciosamente un pañuelo arrugado y perfumado, una flor caída, un libro abierto… A menudo, oía las notas del piano y la voz, muy baja y muy suave, del alemán, que canturreaba o acompañaba una frase musical. Ese piano… ¿Cómo puede gustarles la música? Cada nota le martilleaba los nervios y le arrancaba un gemido. Antes que eso, prefería sus largas conversaciones, cuyo débil eco conseguía captar asomándose a la ventana, justo encima de la del despacho, que dejaban abierta durante esas hermosas noche de verano. Prefería incluso los silencios que se hacían entre ellos o la risa de Lucile (¡reír, teniendo al marido prisionero! ¡Desvergonzada, mujerzuela, alma vil!). Cualquier cosa era preferible a la música, porque sólo la música es capaz de abolir las diferencias de idioma o costumbres de dos seres humanos y tocar algo indestructible en su interior. En un par de ocasiones, la señora Angellier se había acercado a la puerta del alemán, se había quedado escuchando su respiración y su tosecilla de fumador unos instantes, y luego había cruzado el vestíbulo y deslizado una ramita de brezo, que según la gente atraía la mala suerte, en un bolsillo de la gran capa del oficial, colgada de la cornamenta de ciervo. No es que ella creyera en esas cosas, pero por probar no pasaba nada...

Desde hacía unos días, dos exactamente, la atmósfera de la casa parecía aún más amenazadora. El piano había enmudecido. La señora Angellier había oído a Lucile hablando largo rato y en voz baja con Marthe («¡Ésta también me ha traicionado, seguro!»). Las campanas empezaron a doblar («¡Ah, el entierro del oficial asesinado!»). Los soldados armados, el ataúd, las coronas de flores rojas... Los alemanes habían requisado la iglesia. Los civiles tenían prohibido el acceso. Se oía un coro de admirables voces que entonaba un cántico religioso; venía de la capilla de la Virgen. Ese invierno, los niños que asistían a catecismo habían roto un cristal, que seguía sin reponer. El cántico escapaba por aquella pequeña y antigua ventana situada detrás del altar de Nuestra Señora y oscurecida por el gran tilo de la plaza. ¡Con qué alegría cantaban los pájaros! Había momentos en que sus agudos trinos casi ahogaban el himno de los alemanes. La señora Angellier ignoraba el nombre y la edad del muerto. La Kommandantur sólo había dicho: «Un oficial de la Wehrmacht.» Bastaba con eso. Sería joven. Todos lo eran. «Bueno, para ti se acabó. ¿Qué querías? Es la guerra.»

—Ahora su madre también lo comprenderá —murmuró la anciana jugueteando con su collar de luto, el collar de azabache y ébano que no se había quitado desde la muerte de su marido.

Permaneció inmóvil, como clavada al suelo, hasta el anochecer, siguiendo con la mirada a todos los que pasaban por la calle. La noche... ni un solo ruido. «No se ha oído crujir el tercer peldaño de la escalera, el que revela que Lucile ha salido de su habitación y baja al jardín, porque las cómplices puertas no chirrían, pero ese viejo peldaño fiel me avisa —pensó la anciana—. No, no se oye nada. ¿Estarán juntos ya? ¿Se reunirán más tarde?»

La noche transcurre. Una irresistible curiosidad se apodera de la señora Angellier, que se desliza fuera de su habitación, va hasta la puerta de la sala y pega el oído a la hoja. Nada. De la habitación del alemán no llega el menor ruido. La anciana podría pensar que todavía no ha vuelto, si unas horas antes no hubiera oído unos pasos de hombre por la casa. No lograrán engañarla. Una presencia masculina que no es la de su hijo la ofende; huele el aroma del tabaco extranjero y palidece, se lleva las manos a la frente como quien siente que se va a marear. ¿Dónde está ese alemán? Más cerca de ella que de costumbre, puesto que el humo penetra por la ventana. ¿Está recorriendo la casa? La anciana se dice que se irá pronto, que lo sabe y que está eligiendo muebles: su parte del botín. ¿No robaban los prusianos los relojes de péndulo en 1870? ¡Sus nietos no pueden ser muy diferentes! Se imagina unas manos sacrílegas registrando el granero, la despensa y... ¡la bodega! En el fondo, es la bodega lo que de verdad hace temblar a la señora Angellier. No prueba el alcohol; recuerda haber tomado un sorbito de champán el día que Gaston hizo la primera comunión y otro, el de su boda. Pero, en cierta manera, el vino forma parte de la herencia y, por lo tanto, es sagrado, como todo lo que está destinado a perdurar tras nuestra muerte. Ese Château d'Yquem, ese... Los recibió de su marido para transmitírselos a su hijo. Las mejores botellas están enterradas, pero ese alemán... quién sabe, quizá guiado por Lucile... Vayamos a ver... Aquí está la bodega, con su puerta chapada de hierro como la de una fortaleza. Y aquí el escondite que sólo ella reconoce, gracias a la cruz marcada en la pared. No, aquí también parece que está todo en orden. Sin embargo, el corazón de la señora Angellier late con violencia. Lucile debe de haber bajado a la bodega hace apenas unos instantes, porque su perfume todavía flota en el aire. Siguiendo la pista de ese perfume, la anciana vuelve a subir, cruza la cocina y la sala y, al fin, al llegar al pie de la escalera, ve bajar a Lucile, con un plato y un vaso sucios y una botella vacía en las manos. Por eso había ido a la bodega y la despensa, donde la anciana había creído oír pasos.

—¿Una cenita de enamorados? —dice la señora Angellier con voz baja y mordaz como la correa de un látigo.

—¡Calle, se lo ruego! Si usted supiera...

—¡Con un alemán! ¡Bajo mi techo! En casa de tu marido, desgraciada...

—¡Que se calle, le digo! El alemán no ha vuelto, ¿verdad? Llegará de un momento a otro. Déjeme pasar y guardar esto en su sitio.

Y usted, mientras tanto, suba, abra la puerta del antiguo cuarto de los juguetes y mire quién hay allí… Luego, cuando lo haya visto, venga a la sala. Me dirá lo que quiere que hagamos. He hecho mal, muy mal, actuando a sus espaldas, porque no tenía derecho a poner en peligro su vida…

—¿Has escondido en mi casa a ese campesino… acusado de asesinato?

En ese instante se oyó el ruido del regimiento, que pasaba ante la casa, las roncas voces alemanas gritando órdenes, y, casi de inmediato, las pisadas del oficial en los escalones de la entrada, imposibles de confundir con las de un francés, por el crujido de las botas y el tintineo de las espuelas, pero sobre todo porque aquellos pasos sólo podían ser los de un vencedor, que, orgulloso de sí mismo, estampa el pie en suelo enemigo y pisotea con júbilo la tierra conquistada.

La señora Angellier abrió la puerta de su habitación, hizo entrar a Lucile y echó el pestillo. Cogió el plato y el vaso de manos de su nuera, los lavó con esmero en el cuarto de baño, los secó y escondió la botella, después de mirar la etiqueta. ¿Vino corriente? ¡Sí, gracias a Dios! «No le importa que la fusilen por haber ocultado en su casa al asesino de un alemán —pensó Lucile—; pero no abriría una botella de borgoña añejo por él. Ha sido una suerte que la bodega estuviera a oscuras y haya cogido un tinto de tres francos el litro.» Guardaba silencio, esperando con expectación las primeras palabras de su suegra. De todos modos, no habría podido seguir ocultándole la presencia de un extraño por más tiempo; aquella mujer parecía atravesar las paredes con la mirada.

—¿Creías que vendería a ese hombre a la Kommandantur? —preguntó al fin la anciana. Le brillaban los ojos y le temblaban las aletas de la nariz. Parecía feliz, exultante, un poco ida, como una vieja actriz que vuelve a interpretar el papel que la hizo famosa y cuyos gestos y entonaciones se le han hecho tan familiares como una segunda naturaleza—. ¿Hace mucho que está en casa?

—Tres días.

—¿Por qué no me lo dijiste? —Lucile no respondió—. Esconderlo en la habitación azul ha sido una locura. Es aquí donde debe quedarse. Como me suben las comidas, ya no correrás el riesgo de que te sorprendan: es la excusa perfecta. Dormirá en el sofá, en el cuarto de baño.

—¡Piénselo bien, madre! Si lo descubren aquí las consecuencias serán terribles. En cambio, yo puedo hacerme responsable, decir que actuaba a sus espaldas, lo que en definitiva es cierto; mientras que en su habitación…

La señora Angellier se encogió de hombros.

—Cuéntame —urgió. Lucile no la había visto tan animada desde hacía mucho tiempo—. Cuéntame lo que ha ocurrido exactamente. Lo único que sé es lo que ha pregonado el guarda. ¿A quién ha matado? ¿A un solo alemán? ¿No ha herido a algún otro? ¿Era un mando, un oficial superior, al menos?

«Qué contenta está —pensó Lucile—, qué pronto responde a todas esas llamadas al asesinato, a la sangre… Las madres y las enamoradas, hembras feroces… Yo, que no soy ni lo uno ni lo otro (¿Bruno? No, ahora no debo pensar en Bruno, no debo…), no puedo tomarme este asunto de la misma manera. Sigo creyendo que soy más desapasionada, más fría, más tranquila, más civilizada… Y además, no puedo creer que los tres nos estemos jugando la vida realmente. Parece excesivo, melodramático… Sin embargo, Bonnet está muerto, asesinado por ese campesino, al que unos llamarán criminal y los otros héroe. ¿Y yo? Debo tomar partido. Ya lo he tomado, a mi pesar. Y pensar que me creía libre…»

—Podrá preguntárselo a Labarie usted misma, madre —respondió—. Voy a buscarlo y acompañarlo aquí. No le deje fumar; el alemán podría percibir el olor de un tabaco que no es el que él fuma. Es el único peligro, creo; no registrarán la casa. Ni siquiera creen que alguien se haya atrevido a esconderlo en el pueblo. Se limitarán a registrar las granjas. Pero podrían denunciarnos.

—Los franceses no nos vendemos unos a otros —replicó la anciana con orgullo—. Desde que conoces a los alemanes, pareces haberlo olvidado, querida.

Lucile recordó una confidencia del teniente: «En la Kommandantur —le había contado Bruno—, el mismo día de nuestra llegada, nos esperaba un paquete de cartas anónimas. La gente se acusaba mutuamente de hacer propaganda inglesa y gaullista, de acaparar productos de consumo, de espionaje… ¡Si les hubiéramos hecho caso, ahora toda la comarca estaría en prisión! Ordené que las arrojaran todas al fuego. Los seres humanos nos vendemos con mucha facilidad, y la derrota despierta lo peor que hay en nosotros. En Alemania ocurrió lo mismo.» Pero Lucile no dijo nada y dejó a su suegra, alegre, entusiasmada, veinte años más joven, preparando el sofá del cuarto de baño. Con su propio colchón, su almohada y las mejores sábanas, hacía con amor la cama de Benoît Labarie.

20

Hacía tiempo que los alemanes habían dispuesto todos los preparativos para celebrar una fiesta en el parque de los Montmort la noche del 21 al 22 de junio. Era el aniversario de la entrada del regimiento en París, pero ningún francés debía conocer el motivo que justificaba la elección de esa fecha. Era la consigna de los mandos: no herir el orgullo nacional de los franceses. Los pueblos conocen sus propios defectos mejor que nadie, incluido el observador extranjero peor intencionado. Recientemente, Bruno von Falk había mantenido una conversación amistosa con un joven francés, que le había dicho:

—Nosotros lo olvidamos todo muy rápidamente. Es nuestra debilidad y, al mismo tiempo, nuestra fuerza. Después de 1918 olvidamos que éramos los vencedores, y eso nos perdió; después de 1940 olvidaremos que nos derrotaron, lo que quizá nos salve.

—Para nosotros, los alemanes, lo que es a la vez nuestro peor defecto y nuestra mejor virtud es la falta de tacto o, dicho de otro modo, la falta de imaginación. Somos incapaces de ponernos en el lugar del otro, lo ofendemos gratuitamente y nos hacemos odiar; pero eso nos permite actuar de un modo inflexible y sin desfallecer.

Como los alemanes desconfiaban de su propia falta de tacto, medían cuidadosamente todas sus palabras cuando hablaban con los lugareños, lo que hacía que éstos los tacharan de hipócritas. Hasta a Lucile, que le preguntó: «¿Qué se celebra con ese convite?», le respondió Bruno evasivamente, diciendo que en su país había costumbre de reunirse hacia el 24 de junio, la noche más corta del año, pero que, como para el 24 se habían programado unas grandes maniobras, no había habido más remedio que adelantar la celebración.

Todo estaba a punto. Para cubrir las mesas, que se colocarían en el parque, se había rogado a la población que tuviera a bien prestar sus mejores manteles por unas horas. Con respeto e infinito cuidado, los soldados, bajo la dirección del propio Bruno, habían hecho su elección entre los montones de piezas adamascadas que salían de los hondos armarios. Las señoras, con los ojos alzados al cielo —como si esperaran, se decía Bruno con sorna, ver aparecer a la mismísima santa Genoveva, que fulminaría a los sacrílegos alemanes por atreverse a poner las zarpas en aquel tesoro familiar de fina tela, calados en escala y monogramas bordados con flores y pájaros—, montaban guardia y contaban ante ellos las toallas de baño.

—Tenía cuatro docenas: cuarenta y ocho, teniente. Ahora sólo me salen cuarenta y siete.

—Permítame ayudarla a contar, señora. Estoy seguro de que nadie ha cogido nada; son los nervios, señora. Mire, ahí tiene la que hace cuarenta y ocho, caída a sus pies. Permítame recogerla y devolvérsela.

—¡Ah, sí, ya la veo! Perdone, teniente —respondía la buena mujer con su sonrisa más ácida—, pero cuando te desordenan todo de este modo, las cosas desaparecen fácilmente.

No obstante, Bruno acabó descubriendo un buen modo de ganárselas. Con un gran saludo, les decía:

—Naturalmente, no tenemos ningún derecho a pedírselo. Como comprenderá, es algo que no entra en las contribuciones de guerra… —Y llegaba a insinuar que si el general se enterara…—. Es tan suyo… Seguro que nos reñiría por actuar con un descaro tan imperdonable. Pero estamos muy aburridos. Nos gustaría que la fiesta saliera bien. Lo que le pedimos es un favor, mi querida señora. Es usted muy dueña de negárnoslo.

¡Mágicas palabras! Al oírlas, hasta el rostro más ceñudo se iluminaba con el atisbo de una sonrisa (un pálido y agrio sol de invierno sobre una de sus opulentas y decrépitas casas, pensaba Bruno).

—Faltaría más, teniente, no cuesta nada darles ese gusto. ¿Serán ustedes cuidadosos con esos manteles?, formaban parte de mi ajuar.

—Por Dios, señora… Le juro que se los devolveremos lavados, planchados e impecables…

—¡No, no! ¡Gracias, pero devuélvamelos tal cual! ¡Lavar mis manteles! Nosotros no los llevamos a la lavandería, teniente. La criada hace toda la colada bajo mi supervisión. Usamos ceniza fina…

Llegados a este punto, no quedaba sino exclamar, con una sonrisa enternecida:

—¡Vaya, como mi madre!

—¿Ah, sí? ¿Su señora madre también…? ¡Qué curioso! ¿No necesitará también servilletas?

—No me atrevía a pedírselas, señora…

—Le pongo una, dos, tres, cuatro docenas. ¿Cubertería?

Salían con los brazos cargados de inmaculada y fragante ropa, los bolsillos llenos de cuchillos de postre y una ponchera antigua o una cafetera Napoleón con adornos de hojarasca en el asa, sostenida en la mano como si fuera el Santísimo Sacramento. Todo iba a parar a las cocinas de la vizcondesa, a la espera del día de la celebración.

Las chicas interpelaban a los soldados entre risas:

—¿Cómo se las arreglarán para bailar sin mujeres?

—Como podamos, señoritas. Es la guerra.

Los músicos se instalarían en el invernadero. A la entrada del parque se habían colocado pilares y mástiles cubiertos de guirnaldas en los que se desplegarían las banderas: la del regimiento, que había hecho las campañas de Polonia, Bélgica y Francia y entrado victorioso en tres capitales, y el estandarte con la cruz gamada, teñido —diría Lucile en voz baja— con toda la sangre de Europa. De toda Europa, sí, incluida Alemania; la sangre más noble, la más joven, la más ardiente, la primera que se derrama en los combates. Y luego, con la que queda, hay que vivificar el mundo. Por eso son tan difíciles las posguerras.

Todos los días, de Chalon-sur-Saône, Moulins, Nevers, París y Épernay llegaban camiones militares cargados con cajas de champán. Puede que no hubiera mujeres, pero habría bebida, música y fuegos artificiales en el lago.

—Eso no nos lo perdemos —habían dicho las chicas francesas—. Esa noche no pensamos hacer ni caso del toque de queda. ¿Lo han oído? Ya que ustedes se lo van a pasar en grande, nosotras tenemos derecho a divertirnos un poco. Iremos a la carretera que pasa junto al parque y los veremos bailar.

Entre risas, se probaban gorros de cotillón, sombreros cabriolé con encajes plateados, máscaras, flores de papel para el pelo… ¿Para qué fiesta se destinaban? Todo estaba un poco arrugado, un poco descolorido, era de segunda mano o formaba parte de la guardarropía de alguna sala de fiestas de Cannes o Deauville cuyo dueño, antes de septiembre de 1939, echaba cuentas con las futuras temporadas.

—Vais a estar muy graciosos con todo esto —decían las chicas.

Los soldados se pavoneaban y hacían muecas.

Champán, música, baile… un poco de diversión para olvidarse por unas horas de la guerra y el paso del tiempo. La única preocupación era la posibilidad de que estallara una tormenta. Pero las noches eran tan serenas… Y, de pronto, aquella tremenda desgracia, el camarada muerto, caído sin gloria, cobardemente asesinado por un campesino borracho. Se pensó en anular la fiesta. ¡Pero no! Allí debía reinar el espíritu guerrero: el que admite tácitamente que, apenas uno muera, sus camaradas se repartirán sus camisas y sus botas, y se pasarán la noche jugando a las cartas mientras él reposa en un rincón de la tienda (¡si es que han encontrado sus restos!), y que, en contrapartida, acepta la muerte del prójimo como una cosa natural, el destino probable de todo soldado, y se niega a renunciar por su causa ni al pasatiempo más insignificante. Además, los mandos debían pensar sobre todo en la tropa, a la que convenía apartar cuanto antes de desmoralizadoras meditaciones sobre la brevedad de la vida y los peligros que podía deparar el futuro. ¡No! Bonnet había muerto sin apenas sufrir. Había tenido un hermoso entierro. Y él tampoco habría querido que sus camaradas se vieran privados de una alegría por su culpa. La fiesta se celebraría en la fecha prevista.

Bruno se dejaba devorar por esa impaciencia pueril, un poco absurda y a la vez casi desesperada, que se apodera del soldado en los momentos en que la guerra le concede una tregua y espera un alivio al aburrimiento cotidiano. No quería pensar en Bonnet, ni imaginar lo que se cuchicheaba tras los postigos cerrados de aquellas casas grises, frías y enemigas. Le habría gustado decir lo que el niño al que han prometido llevar al circo y luego quieren dejarlo en casa con la excusa de que una pariente anciana y cargante está enferma: «¿A mí qué me contáis? Eso es asunto vuestro. ¿Tengo yo algo que ver en eso?» ¿Tenía él, Bruno von Falk, algo que ver en aquello? Él no era solamente un soldado del Reich. No lo movían únicamente los intereses del regimiento y la patria. Era tan humano como el que más. Bruno pensó que buscaba lo que todos los seres humanos, la felicidad, el libre desenvolvimiento de sus facultades, y que ese legítimo deseo se veía continuamente contrariado por una especie de razón de Estado llamada guerra, seguridad pública, necesidad de preservar el prestigio del ejército vencedor. Un poco como los príncipes, que sólo existen para cumplir los designios de los reyes, sus padres, Bruno sentía esa majestad, esa grandeza del poder alemán, reflejada en él mismo cuando caminaba por las calles de Bussy, cuando cruzaba un pueblo a caballo, cuando hacía sonar sus espuelas ante la puerta de una casa francesa. Pero lo que los franceses no habrían podido comprender era que él no era ni orgulloso ni arrogante, sino sinceramente humilde, y la grandeza de su tarea lo asustaba.

Pero ese día, precisamente, no le apetecía pensar en eso. Prefería jugar con la idea de aquel baile o bien soñar con cosas irrealizables, por ejemplo, con una Lucile plenamente cercana a él, una Lucile que pudiera acompañarlo a la fiesta… «Deliro —se dijo sonriendo—. Bueno, ¿y qué? En mi alma soy libre.» Con los ojos de la imaginación, diseñaba un vestido para Lucile, pero no un vestido moderno, sino del estilo de un grabado romántico; un vestido blanco con grandes volantes de muselina, abombado como una corola, para que cuando bailara con ella, cuando la tuviera entre sus brazos, sintiera de vez en cuando el embate de espuma de los encajes contra sus piernas. Bruno palideció y se mordió el labio. Era tan hermosa… Aquella mujer, a su lado, en una noche así, en el parque de Montmort, con la música y los fuegos artificiales a lo lejos… Una mujer, sobre todo, que comprendería, que compartiría ese estremecimiento casi religioso del alma, nacido de la soledad, de la tiniebla y de la conciencia de esa oscura y terrible multitud: el regimiento, los soldados a lo lejos, y todavía más lejos el ejército que sufría y luchaba y el ejército victorioso acampado en las ciudades.

«Con esa mujer tendría auténtico genio», se dijo. Había trabajado mucho. Vivía en una perpetua exaltación creadora, locamente enamorado de la música, decía riendo. Sí, con esa mujer, y con un poco de libertad y paz habría podido hacer grandes cosas. «Es una pena —pensó soltando un suspiro—, una gran pena... Cualquier día llegará la orden de partida, y otra vez la guerra, otra gente, otros países, tal cansancio físico que ni siquiera conseguiré llegar al final de mi vida de soldado. Y ella me pide que la reciba... Y en el umbral se amontonan frases musicales, acordes maravillosos, sutiles disonancias... criaturas aladas y recelosas que espantan el ruido de la guerra. Es una pena. ¿Le gustaría a Bonnet algo aparte de combatir? No lo sé. Nunca se acaba de conocer a nadie. Pero sí, es así, él, que ha muerto a los diecinueve años, se ha realizado más que yo, que todavía vivo.»

Bruno se detuvo ante la casa de las Angellier. Su casa. En tres meses se había acostumbrado a considerar suyos aquella puerta con refuerzos de hierro, aquella cerradura de prisión, aquel vestíbulo que olía a sótano y aquel jardín de la parte posterior, el jardín bañado por la luna, con el bosque al fondo. Era una noche de junio de una suavidad maravillosa; las rosas se abrían, pero su perfume era menos intenso que el aroma a heno y fresas que flotaba en la región desde el día anterior, porque era la época de las grandes labores campestres. Por el camino, el teniente se había encontrado carros llenos de heno recién cortado y tirados por bueyes, porque ahora los caballos escaseaban, y había admirado en silencio la lenta marcha de los majestuosos animales delante de sus olorosos cargamentos. A su paso, los campesinos desviaban la mirada; se había dado cuenta, pero... Volvía a sentirse contento y animado. Entró en la cocina y pidió de comer. La cocinera le sirvió con inusual celeridad, pero no respondió a sus bromas.

—¿Dónde está la señora? —preguntó al fin.

—Estoy aquí —dijo Lucile.

Había entrado sin hacer ruido mientras él acababa de devorar una rebanada de pan con una gruesa loncha de jamón. Bruno alzó los ojos hacia ella.

—Qué pálida está usted… —dijo con voz tierna y preocupada.

—¿Pálida? No. Es que hoy ha hecho mucho calor.

—¿Dónde está nuestra reclusa? —preguntó Bruno sonriendo—. Demos un paseo. La espero en el jardín.

Minutos después, mientras caminaba lentamente por el sendero principal, entre los árboles frutales, la vio llegar. Avanzaba hacia él con la cabeza baja. Cuando estaba a unos pasos, dudó; luego, como de costumbre, en cuanto estuvieron al abrigo de las miradas tras el gran tilo, ella se le acercó y lo cogió del brazo. Dieron unos pasos en silencio.

—Han segado los campos —dijo ella al fin.

Bruno aspiró el aroma con los ojos cerrados. La luna era de color miel en un firmamento turbio, lechoso, por el que se deslizaban tenues nubes. Aún era de día.

—Buen tiempo para nuestra fiesta, mañana.

—¿Es mañana? Creía… —Lucile se interrumpió.

—¿Por qué no? —preguntó él frunciendo el entrecejo.

—Por nada, creía…

Con el junquillo que tenía en la mano, Bruno azotaba las flores nerviosamente.

—¿Qué dice la gente?

—¿Sobre qué?

—Lo sabe perfectamente. Sobre el asesinato.

—No sé. No he hablado con nadie.

—¿Y usted? ¿Qué piensa usted?

—Que es terrible, por supuesto.

—Terrible e incomprensible. Porque, en fin, ¿qué les hemos hecho nosotros, nosotros en tanto que hombres? Si de vez en cuando los molestamos, no es culpa nuestra; nos limitamos a cumplir órdenes. Somos soldados. Y me consta que el regimiento se ha esforzado en mostrarse correcto, humano. ¿No es verdad?

—Lo es —murmuró Lucile.

—Naturalmente, a otra no se lo diría… Entre nosotros se sobreentiende que no hay que lamentar la suerte de un camarada asesinado. Es contrario al espíritu militar, que exige que nos consideremos únicamente en función de un todo. ¡Que mueran los soldados con tal que el regimiento perviva! Por eso no vamos a suspender la fiesta de mañana —prosiguió Bruno—. Pero a usted, Lucile, se lo puedo decir. Se me parte el corazón cada vez que pienso que han asesinado a ese chico de diecinueve años. Éramos algo parientes. Nuestras familias se conocen… Y además hay otra cosa, estúpida pero que me indigna. ¿Por qué mató al perro, a nuestra mascota, al pobre *Bubi*? Si alguna vez consigo encontrar a ese hombre, será para mí un placer matarlo con mis propias manos.

—Seguramente —dijo Lucile en voz baja—, eso mismo es lo que él ha debido de decirse durante mucho tiempo. Si acabo con uno de esos alemanes, o a falta de ellos, con uno de sus perros, ¡qué placer!

Se miraron consternados. Las palabras habían salido de sus labios casi contra su voluntad. El silencio sólo las hubiera agravado.

—Es la vieja historia —dijo Bruno esforzándose por adoptar un tono ligero—. *Es ist die alte Geschichte*. El vencedor no comprende por qué lo miran mal. Después de 1918, ustedes se esforzaron en vano por convencernos de que teníamos mal carácter, porque no podíamos olvidar nuestra flota hundida, nuestras colonias perdidas y nuestro imperio destruido. Pero ¿cómo comparar el resentimiento de un gran pueblo con el ciego arrebato de ira de un campesino?

Lucile cogió una reseda, la olió y la aplastó en la mano.

—¿No lo han encontrado? —preguntó.

—No. ¡Bah, ahora ya estará lejos! Ninguno de estos valientes se habrá atrevido a esconderlo. Saben demasiado bien a lo que se arriesgan y le tienen mucho apego a la vida, ¿me equivoco? Casi tanto como a su dinero…

Con una leve sonrisa, Bruno miró todas aquellas casas bajas, rechonchas, cerradas, dormidas en el crepúsculo, que rodeaban el jardín por todas partes. Estaba claro que las imaginaba habitadas por viejas chismosas y sensibleras, burguesas prudentes, quisquillosas y tacañas y, más allá, en el campo, por granjeras parecidas a sus animales. Era casi verdad, parte de la verdad. El resto era esa zona de sombra, de tinieblas, de misterio, inexpresable por definición y sobre la que —pensó de pronto Lucile recordando una lectura escolar— «ni el más altivo tirano tendrá poder jamás».

—Vamos un poco más allá —dijo Bruno.

El sendero estaba bordeado de lirios; los largos y aterciopelados capullos se habían abierto a los últimos rayos del sol y ahora las flores, erguidas, orgullosas y fragantes, se ofrecían a la brisa de la noche. En los tres meses que hacía que se conocían, ambos habían dado muchos paseos, pero ninguno con un tiempo tan hermoso, tan propicio para el amor. De común acuerdo, intentaron olvidar todo lo que no fueran ellos mismos. «No es cosa nuestra, no es culpa nuestra. En el corazón de cada hombre y de cada mujer pervive una especie de paraíso en el que la muerte y la guerra no existen, en el que los lobos y las ciervas juegan en paz. Sólo hay que descubrirlo, sólo hay que cerrar los ojos a todo lo demás. Somos un hombre y una mujer. Nos amamos.»

Se decían que la razón, que el mismo corazón, podía convertirlos en enemigos, pero que existía una conformidad de los sentidos que nada podría romper, la muda complicidad que une con un deseo común al hombre que ama y a la mujer que consiente. A la sombra de un cerezo cuajado de flores, cerca de la pequeña fuente, de la que ascendía la sedienta queja de los sapos, él quiso tomarla. La cogió entre sus brazos con una fuerza de la que ya no era dueño, le desgarró la ropa y empezó a tocarle los pechos…

—¡Nunca! —gritó ella—. ¡No! ¡No! ¡Nunca!

Nunca le pertenecería. Le tenía miedo. Ya no deseaba sus caricias. No era lo bastante cínica (¡demasiado joven, quizá!) para que de ese mismo miedo naciera la voluptuosidad. Había acogido el amor tan complacientemente que se había negado a considerarlo culpable, pero ahora, de pronto, le parecía un delirio vergonzoso. Mentía; lo engañaba. ¿Podía llamarse amor a aquello? ¿Entonces? ¿Sólo una hora de placer? Pero ni siquiera era capaz de sentir placer. Lo que los convertía en enemigos no era ni la razón ni el corazón, sino aquellos oscuros movimientos de la sangre con que habían contado para que los unieran y sobre los que no ejercían ningún poder. Él la tocaba con unas manos hermosas y finas, pero ella no sentía las manos cuyas caricias había deseado, mientras que el frío de aquella hebilla apretada contra su pecho le penetraba hasta el corazón. Él le murmuraba palabras alemanas. ¡Extranjero! ¡Extranjero! Enemigo, pese a todo y para siempre enemigo, con su uniforme verde, sus hermosos cabellos, de un rubio que no era el de allí, y su confiada boca. De pronto, fue él quien la rechazó.

—No la tomaré por la fuerza. No soy un chusquero borracho… Váyase.

Pero el ceñidor de muselina de su vestido se había enredado en los botones metálicos del uniforme del oficial. Suavemente, con manos temblorosas, Bruno lo desenganchó. Ella, mientras tanto, miraba angustiada hacia la casa. Se habían encendido las primeras luces. ¿Se acordaría su suegra de correr la doble cortina para que la sombra del fugitivo no apareciera en la ventana? Esos hermosos crepúsculos de junio eran muy traicioneros, podían revelar los secretos de las habitaciones, abiertas e indefensas ante las miradas. La gente no desconfiaba de nada. De una casa vecina llegaba nítidamente el sonido de la radio inglesa; el carro que pasaba por la carretera iba cargado de contrabando; en todas las casas se ocultaba algún arma… Cabizbajo, Bruno sostenía el largo ceñidor. No se atrevía a moverse ni a hablar.

—Yo creía… —dijo al fin con tristeza, y tras una vacilación acabó la frase—: que sentía algo por mí…

—Yo también lo creía.

—¿Y no es así?

—No. Es imposible.

Lucile se alejó unos pasos y se detuvo. Se miraron un instante. El sonido de una trompeta desgarró el aire: el toque de queda.

En la plaza, los soldados alemanes pasaban entre los grupos de gente.

—¡Vamos, a la cama! —decían sin brusquedad.

Las mujeres protestaban y reían.

Volvió a sonar la trompeta.

La gente se fue a casa. Los alemanes quedaron como únicos dueños. Hasta el amanecer, su monótona ronda sería lo único que turbaría el sueño.

—El toque de queda —dijo Lucile con voz inexpresiva—. Tengo que volver a casa y cerrar todas las ventanas. Ayer me dijeron de la Kommandantur que las luces del salón no estaban bien disimuladas.

—Mientras yo esté aquí no haga caso de nada. La dejarán tranquila.

Lucile no respondió. Le tendió la mano, dejó que se la besara y se dirigió hacia la casa.

Bien pasada la medianoche, él todavía se paseaba por el jardín. Lucile oía las breves y monótonas llamadas de los centinelas en la calle y, bajo su ventana, aquellos pasos lentos y regulares de carcelero. A ratos pensaba: «Me ama. No sospecha nada.» Y a ratos: «Desconfía, acecha, espera.»

«Es una lástima —se dijo de pronto Bruno en un repentino arranque de sinceridad—. Es una lástima, era una noche preciosa, hecha para el amor… no había que dejarla pasar. Lo demás no tiene importancia.» Pero ella no hizo ningún movimiento para levantarse de la cama, para acercarse a la ventana. Se sentía atada, cautiva, solidaria con aquel país prisionero que suspiraba de impaciencia calladamente y soñaba. Dejó que la noche pasara en vano.

21

Desde primera hora de la tarde, el pueblo había adquirido un aspecto alegre. Los soldados habían adornado con hojas y flores los mástiles de la plaza y, sobre el estandarte con la cruz gamada del balcón del alcalde, ondeaban banderolas rojas y negras de papel con inscripciones en letras góticas. Hacía un día espléndido. Una suave y fresca brisa agitaba cintas y banderas. Dos soldados jóvenes y rubicundos arrastraban una carreta rebosante de rosas.

—¿Son para las mesas? —les preguntaron unas mujeres, curiosas.

—Sí —respondieron orgullosos, y uno de ellos eligió un capullo apenas abierto y, con una reverencia, se lo ofreció a una chica que casi se muere de vergüenza.

—Será una bonita fiesta.

—*Wir hoffen so.* Eso esperamos. Nuestro trabajo nos cuesta —respondieron los soldados.

Los cocineros trabajaban al aire libre preparando los platos para la cena. Se habían instalado bajo los grandes tilos que rodeaban la iglesia, a cubierto del polvo. El chef, de uniforme pero con un gorro alto y un delantal de un blanco inmaculado encima del dolmán, daba los últimos toques a una tarta adornándola con arabescos de nata y trozos de fruta confitada. El aroma a azúcar invadía el aire. Los niños daban gritos de alegría. El chef, que no cabía en sí de orgullo pero no quería demostrarlo, arrugaba el entrecejo y les decía muy serio:

—¡Vamos, apartaos un poco! ¡Con vosotros no hay quien trabaje!

Al principio, las mujeres habían fingido que la tarta no les interesaba.

—¡Bah, les saldrá un churro! No tienen la harina que hace falta.

Pero, poco a poco, se fueron acercando, primero tímidamente, después con toda naturalidad y, por fin, metieron baza con descaro, como suelen hacer las mujeres.

—¡Eh, señor, por este lado no está bastante adornada!

—Lo que le falta es angélica confitada, señor.

Acabaron colaborando en la obra. Apartaron a los embelesados críos y se pusieron a trabajar entre los alemanes alrededor de la mesa. Una picaba almendras, otra machacaba el azúcar…

—¿Es sólo para los oficiales, o también les darán a los soldados? —preguntaron.

—Para todos, para todos.

—¡Menos para nosotras! —rezongaron ellas.

El chef levantó en brazos la bandeja de porcelana coronada por la enorme tarta y, con un pequeño saludo, la mostró a la multitud, que rió y aplaudió. La tarta fue depositada con extremo cuidado en una gran tabla que, transportada por dos soldados (uno en cabeza y el otro detrás), tomó el camino del parque. Mientras tanto, los oficiales de los regimientos acantonados en las cercanías llegaban de todas partes haciendo ondear a sus espaldas las largas capas verdes. Los comerciantes los esperaban en la puerta de sus tiendas con una sonrisa. Esa mañana habían subido todas las existencias que les quedaban en los sótanos. Los alemanes compraban todo lo que podían y pagaban sin rechistar. Un oficial arrambló con las últimas botellas de benedictino; otro se gastó doscientos francos en lencería femenina; los soldados se agolpaban ante los escaparates y, enternecidos, contemplaban baberos azules y rosa. Al fin, uno de ellos no pudo aguantar más y, en cuanto se marchó el oficial, llamó a la vendedora y le señaló la ropita de niño. Era un soldado muy joven y de ojos azules.

—¿Chico o chica? —le preguntó la mujer.

—No sé —respondió él con ingenuidad—. Me ha escrito mi mujer. Fue en el último permiso, hace un mes.

A su alrededor, todo el mundo soltó la carcajada. Él estaba ruborizado, pero parecía muy contento. Le hicieron comprar un sonajero y un trajecito. Cruzó la calle con aire triunfal.

Los músicos ensayaban en la plaza y, junto al círculo que formaban los tambores, las trompetas y los pífanos, otro círculo rodeaba al suboficial cartero. Los franceses miraban boquiabiertos y meneaban la cabeza con ojos brillantes de esperanza y una expresión cordial y melancólica, pensando: «Ya se sabe lo que es esperar noticias de casa… Todos hemos pasado por eso…»

Entretanto, un joven soldado de una estatura colosal, con unos muslos enormes y un pandero superlativo que parecía a punto de hacer estallar las costuras del pantalón, ceñido a su alrededor como un guante, entraba por tercera vez en el Hôtel des Voyageurs y pedía que le dejaran consultar el barómetro. El barómetro no se había movido. El alemán, radiante de felicidad, declaró:

—Nada que temer. Esta noche no habrá tormenta. *Gott mit uns.*

—Sí, sí —opinó la criada.

Su ingenuo contento contagió incluso al dueño (que era anglófilo) y a todos los parroquianos, que se levantaron y se acercaron al barómetro.

—Nada temer, nada. Bien, bien. Bonita fiesta —decían, esforzándose en hablar como los indios para que se les entendiera mejor.

Y el alemán repartía palmadas en la espalda y, sonriendo de oreja a oreja, repetía:

—*Gott mit uns.*

—Sí, sí, mucho «got mitún», pero menuda la has cogido, Fritz —murmuraban los franceses a sus espaldas, pero con un dejo de simpatía—. Estas cosas, ya se sabe… Aquí el amigo lleva celebrándolo desde ayer… Pero es buen chaval… Y ¡qué carajo!, ¿por qué no se van a divertir? ¡Después de todo son hombres!

Tras crear con su aspecto y sus palabras un clima de simpatía y vaciar una tras otra tres botellas de cerveza, el alemán, exultante, se retiró. Conforme avanzaba la tarde, los habitantes del pueblo empezaban a sentirse animados y nerviosos, como si ellos también fueran a participar en la fiesta. En las cocinas, las chicas enjuagaban los vasos distraídamente y se asomaban a la ventana cada dos por tres para ver pasar a los grupos de alemanes que se dirigían hacia el parque.

—¿Has visto al subteniente que se aloja en casa del cura? ¡Qué guapo y qué bien afeitado! ¡Mira, el nuevo intérprete de la Kommandantur! ¿Cuántos años dirías que tiene? Yo no le echo más de veinte… Hay que ver lo jóvenes que son todos… ¡Ah, y por ahí viene el teniente de las Angellier! Con ése no me importaría hacer alguna locura… Se ve a la legua que es educado. ¡Y qué caballo tan bonito! Llevan todos unos caballos preciosos… —decían las chicas, y suspiraban.

—¡A ver, como que son los nuestros!

El viejo escupía en las cenizas mascullando juramentos que las chicas no oían. No tenían más pensamiento que acabar de fregar los cacharros e ir a ver a los alemanes al parque de Montmort. Junto al muro pasaba una carretera bordeada de acacias, tilos y esbeltos álamos de follaje perennemente agitado, perennemente estremecido. Entre las ramas se veía el lago, la extensión de césped en la que se habían colocado las mesas y, en un altozano, la mansión, con las puertas y las ventanas abiertas, en la que tocaría la banda del regimiento. A las ocho, toda la comarca estaba allí; las chicas habían arrastrado a sus padres; las madres jóvenes no habían querido dejar en casa a sus hijos, que dormían en sus brazos, corrían, gritaban y jugaban con piedras o apartaban las ramas de las acacias y contemplaban el espectáculo con curiosidad: los músicos, instalados en la terraza; los oficiales alemanes, tumbados en la hierba o paseándose lentamente entre los árboles; las mesas cubiertas con resplandecientes manteles, sobre los que la plata relucía a las últimas luces del sol y, detrás de cada silla, un soldado inmóvil como durante una revista: los ordenanzas encargados de servir la mesa. Al fin, la banda tocó un aire particularmente alegre y animado; los oficiales se dirigieron hacia sus asientos; antes de sentarse, el que ocupaba la cabecera de la mesa («en el sitio de honor hay un general», susurraban los franceses) alzó su copa, y todos los oficiales, en posición de firmes, lo imitaron y lanzaron un fuerte grito:

—*Heil Hitler!*

El eco de sus voces tardó en apagarse; vibraba en el aire con una sonoridad metálica, salvaje y pura. Luego se oyó el rumor de las conversaciones, el tintineo de los cubiertos y el tardío canto de los pájaros.

Los franceses trataban de localizar a lo lejos los rostros de los alemanes conocidos. Los oficiales de la Kommandantur estaban sentados cerca del general, un hombre de pelo blanco, rostro fino y nariz larga y aguileña.

—¿Ves a ese de allí, el de la izquierda? ¡Pues ése es el que me quitó el coche, el muy cerdo! En cambio, ese rubito coloradote que tiene al lado es bien majo, y habla francés muy bien. ¿Dónde está el alemán de las Angellier? El Bruno, se llama. Un nombre bonito… Lástima, enseguida será de noche y no veremos nada… ¡El Fritz del almadreñero me ha dicho que encenderán antorchas! ¡Oh, mamá, qué bonito! Nos quedaremos hasta entonces, ¿eh? ¿Qué pensarán los vizcondes de todo esto? ¡Esta noche no pegarán ojo! ¿Quién se comerá las sobras, mamá? ¿El señor alcalde? ¡Calla, tontorrón! ¡Como que va a haber sobras, con el saque que tienen ésos!

Poco a poco, las sombras invadían la extensión de césped; todavía se veían relucir con brillo mortecino las condecoraciones de oro de los uniformes, las rubias cabezas de los alemanes, los instrumentos de la banda en la terraza… Toda la claridad del día huía de la tierra y por un breve instante parecía refugiarse en el cielo; nubes teñidas de rosa formaban una concha alrededor de la luna llena, que tenía un color extraño, un verde muy pálido de sorbete de pistacho, y una dura transparencia de hielo; se reflejaba en el lago. Un exquisito aroma a hierba, heno recién cortado y fresas silvestres llenaba el aire. La banda seguía tocando. De pronto se encendieron las antorchas; sostenidas por soldados, iluminaban la mesa en desorden y los vasos vacíos, porque los oficiales desfilaban hacia el lago, cantando y riendo. Los tapones de las botellas de champán saltaban con una detonación seca y alegre.

—¡Los muy cabrones! —refunfuñaban los franceses, pero sin excesivo rencor, porque toda alegría es contagiosa y desarma los sentimientos de odio—. ¡Encima se beben nuestro champán!

402

Además, los alemanes parecían encontrarlo tan bueno (¡y lo pagaban tan bien!) que en su fuero interno los franceses les alababan el gusto.

—Se lo están pasando en grande. Pero no te preocupes, que a éstos aún les queda por ver. Y la guerra no durará eternamente. Dicen que acabará este año. Desde luego, si ganan ellos será una desgracia; pero ¡qué se le va a hacer! El caso es que acabe... En las ciudades lo están pasando muy mal... Y que nos devuelvan a nuestros prisioneros.

En la carretera, las chicas bailaban cogidas de la cintura a los vibrantes y festivos sones de la banda. Los tambores y los vientos daban a esos aires, el vals y la opereta, una sonoridad brillante, un tono triunfal, glorioso, heroico y al mismo tiempo risueño que aceleraba los corazones; a veces, entre aquellas alegres notas, se elevaba un lamento bajo, prolongado y potente como el eco de una tormenta lejana.

Cuando se hizo totalmente de noche, los coros alzaron sus voces. Los grupos de militares se respondían de la terraza al parque y de la orilla del río a la margen del lago, por el que se deslizaban barcas adornadas con flores. Los franceses escuchaban, arrobados a su pesar. Era casi medianoche, pero nadie se decidía a abandonar su sitio en la hierba o entre las ramas de los árboles.

Sólo las antorchas y las luces de Bengala iluminaban los árboles. Las voces llenaban la noche con sus admirables cantos. De repente se hizo un gran silencio. Los alemanes corrían como sombras sobre un fondo de llamas verdes y luz de luna.

—¡Son los fuegos artificiales! ¡Seguro que son los fuegos artificiales! ¡Lo sé, me lo han dicho los Fritz! —chilló un niño.

Su aguda voz llegaba hasta el lago. La madre le regañó:

—¡Calla! No hay que llamarlos ni Fritz ni boches. ¡Jamás! No les hace ni pizca de gracia. Calla y mira.

Pero sólo se veía un ir y venir de sombras apresuradas. En lo alto de la terraza, alguien gritó unas palabras ininteligibles; un clamor sordo y prolongado como el fragor de un trueno le respondió.

—¿Qué gritan? ¿Lo habéis entendido? Debe de ser «*Heil Hitler!*, *Heil Goering!*, *Heil* el Tercer Reich!», o algo por el estilo. Ya no se oye nada. Se han callado. ¡Mira, los músicos se van! ¿Les habrán dado alguna noticia? Mira que si han desembarcado en Inglaterra...

—Para mí que les ha entrado frío y van a seguir la fiesta dentro —dejó caer el farmacéutico, que tenía reuma y temía la humedad de la noche—. ¿Y si hacemos nosotros lo mismo, Linette? —añadió cogiendo del brazo a su joven mujer.

Pero la farmacéutica no tenía prisa.

—¡Va, espera un poco más! A ver si vuelven a cantar. Era tan bonito...

Los franceses siguieron esperando, pero los cantos no se reanudaban. Soldados con antorchas corrían de la casa al parque, como si transmitieran noticias. De vez en cuando se oían breves órdenes. En el lago, las barcas flotaban vacías a la luz de la luna; todos los oficiales habían saltado a tierra. Se paseaban por la orilla hablando agitadamente. Sus palabras llegaban hasta la carretera, pero nadie las comprendía. Las luces de Bengala se apagaban una tras otra. Los espectadores empezaron a bostezar.

—Es tarde. Vámonos a casa. Esto se ha acabado.

Todo el mundo, las chicas, cogidas del brazo, los padres detrás de ellas, y los niños, muertos de sueño y arrastrando los pies, emprendió el regreso al pueblo en pequeños grupos.

Ante la primera casa, un viejo fumaba en pipa sentado en una silla de anea al borde del camino.

—¿Qué? —preguntó—. ¿Ya ha acabado la fiesta?

—Pues sí. ¡Se han divertido de lo lindo!

—Pues que aprovechen mientras puedan —dijo el anciano sonriendo plácidamente—. En la radio acaban de anunciar que han entrado en guerra con Rusia. —El hombre golpeó varias veces la pipa contra una pata de la silla para hacer caer la ceniza, miró al cielo y murmuró—: Nos espera otro día seco... ¡Este tiempo va a acabar con los huertos!

22

—¡Se van!

Hacía días que se esperaba la marcha de los alemanes. La habían anunciado ellos mismos: los mandaban a Rusia. Al conocer la noticia, los franceses los miraban con curiosidad («¿Están contentos? ¿Preocupados? ¿Van a perder o a ganar?»). Por su parte, los alemanes también trataban de adivinar lo que pensaban de ellos. ¿Se alegraban de perderlos de vista? ¿Secretamente les deseaban la muerte a todos? ¿Habría alguien que los compadeciera? ¿Los echarían de menos? No en tanto que alemanes, en tanto que invasores, claro (ninguno era tan ingenuo para planteárselo así); pero ¿echarían de menos a aquellos Paul, Siegfried, Oswald, que habían vivido tres meses bajo sus techos, que les habían enseñado fotos de sus mujeres o sus madres, que habían bebido con ellos más de una botella de vino…? Pero franceses y alemanes se mostraban igual de circunspectos; intercambiaban frases corteses y prudentes: «Así es la guerra… Qué le vamos a hacer… Ya no durará mucho… Esperémoslo así.» Se decían adiós como los pasajeros de un barco en la última escala. Se escribirían. En su día, volverían a verse. Siempre guardarían un buen recuerdo de las semanas que habían pasado juntos. En algún rincón oscuro, más de un soldado le susurraba a una chica pensativa: «Después de la guerra volveré.» Después de la guerra… ¡Qué lejos estaba!

Se iban ese día, 1 de julio de 1941. Lo que más preocupaba a los franceses era saber si el pueblo tendría que acoger a otros soldados; porque en tal caso, se decían con amargura, no merecía la pena cambiar. A éstos ya se habían acostumbrado. Más valía malo conocido...

Lucile fue a la habitación de su suegra para decirle que era definitivo, que habían recibido la orden, que los alemanes se marchaban esa misma noche. Antes de que llegaran otros, cabía esperar al menos unas horas de respiro, que había que aprovechar para facilitar la huida de Benoît. No podían esconderlo en casa hasta que acabara la guerra, ni tampoco mandarlo a la suya mientras el país siguiera ocupado. Sólo había una salida: que cruzara la línea de demarcación. Pero estaba estrechamente vigilada y aún lo estaría más mientras duraran los movimientos de tropas.

—Es muy peligroso, mucho —murmuró Lucile.

Estaba pálida y parecía agotada; hacía varias noches que apenas dormía. Miró a Benoît, de pie frente a ella. Labarie le inspiraba un sentimiento extraño, una mezcla de temor, perplejidad y envidia. Su expresión imperturbable, severa, casi dura, la intimidaba. Era un hombre alto y musculoso de rostro colorado; bajo sus pobladas cejas, los ojos claros tenían una mirada que a veces resultaba difícil sostener. Sus callosas y atezadas manos eran manos de labrador y de soldado que tan pronto removían la tierra como derramaban la sangre, pensó Lucile. Estaba segura de que ni el remordimiento ni la angustia le quitaban el sueño; para aquel hombre, todo era muy simple.

—Lo he pensado bien, señora Lucile —dijo Labarie en voz baja. Pese a aquellos muros de fortaleza y aquellas puertas cerradas, cuando estaban juntos, los tres se sentían espiados y decían lo que tuvieran que decir muy deprisa y casi en un murmullo—. En estos momentos, nadie me ayudará a pasar la línea. Es demasiado peligroso. Tengo que irme, sí, pero quiero ir a París.

—¿A París?

—En mi regimiento conocí a unos chicos... —Benoît hizo una pausa—. Nos capturaron juntos. Nos evadimos juntos. Trabajan en París. Si consigo localizarlos, me ayudarán. Uno de ellos no estaría vivo ahora mismo si yo no... —Se miró las manos y guardó silencio—. Lo que necesito es llegar a París sin que me trinquen por el camino y encontrar a alguien que me esconda un par de días, hasta que dé con mis amigos.

—No conozco a nadie en París —murmuró Lucile—. De todas maneras, necesitaría documentos de identidad.

—Los tendré en cuanto encuentre a mis amigos, señora Lucile.

—¿Cómo? ¿A qué se dedican sus amigos?

—A la política —respondió lacónicamente Benoît.

—Ah, comunistas… —murmuró Lucile recordando los rumores sobre las ideas y la forma de actuar de Benoît que circulaban por la comarca—. Ahora los comunistas estarán muy perseguidos. Se va a jugar la vida.

—No será ni la primera ni la última vez, señora Lucile —respondió él—. Uno acaba acostumbrándose.

—¿Y cómo piensa ir a París? En tren, imposible; han dado su descripción en todas partes.

—A pie, en bicicleta… Cuando me evadí, volví andando. No me asusta andar.

—Pero los gendarmes…

—En los sitios en que dormí hace dos años me reconocerán y no irán a delatarme a los gendarmes. Corro más peligro aquí, donde hay un montón de gente que me odia. Lo peor es la tierra de uno. En los demás sitios, ni me odian ni me quieren.

—Un viaje tan largo, a pie, solo…

La anciana Angellier, que hasta entonces no había abierto la boca y que, de pie ante la ventana, seguía con los pálidos ojos las idas y venidas de los alemanes por la plaza, alzó la mano en un gesto de advertencia.

—Está subiendo.

Los tres guardaron silencio. Lucile se avergonzó de los latidos de su corazón, tan violentos y acelerados que temió que su suegra y el campesino los oyeran. Pero permanecían impasibles. Oyeron la voz de Bruno en el piso inferior; la estaba buscando. Abrió varias puertas y luego le preguntó a la cocinera:

—¿Sabe dónde está la señora Lucile?

—Ha salido —respondió Marthe.

Lucile respiró hondo.

—Es mejor que baje. Me estará buscando para despedirse.

—Aprovecha —dijo su suegra de pronto— para pedirle un vale de gasolina y un permiso de circulación. Coge el coche viejo; ése no lo han requisado. Le dices al alemán que tienes que llevar a la ciudad a un aparcero que se ha puesto enfermo. Con un permiso de la Kommandantur no os pararán por el camino y podréis llegar a París sin contratiempos.

—Pero… —murmuró Lucile con repugnancia—. Mentir así…

—¿Qué otra cosa has hecho estos dos últimos días?

—Y, una vez en París, ¿dónde esconderlo hasta que dé con sus amigos? ¿Dónde encontrar gente lo bastante valiente, lo bastante generosa…? A menos que… —Un recuerdo cruzó la mente de Lucile—. Sí —dijo—. Es posible… En cualquier caso, se podría intentar. ¿Se acuerda usted de aquellos refugiados parisinos que se alojaron en casa en junio del cuarenta? Un matrimonio de empleados de banca, ya mayores, pero llenos de entereza y coraje… Me escribieron hace poco; tengo su dirección. Se apellidan Michaud. Sí, eso es, Jeanne y Maurice Michaud. Tal vez acepten… Seguro que aceptan… Pero habría que escribirles y esperar su respuesta. Lo contrario sería jugarse el todo por el todo… No sé…

—De todas formas, pide el permiso —le aconsejó la señora Angellier y, con una tenue e irónica sonrisa, añadió—: Es lo más fácil.

Lucile temía el momento de encontrarse a solas con Bruno. No obstante, se apresuró a bajar. Cuanto antes acabara, mejor. ¿Y si sospechaba algo? Mala suerte. Estaban en guerra, ¿no? Pues se sometería a la ley de la guerra. No le tenía miedo a nada. Su vacía y cansada alma deseaba oscuramente verse en algún gran peligro.

Llamó a la puerta del alemán. Al entrar, la sorprendió no encontrarlo solo. Lo acompañaban el nuevo intérprete de la Kommandantur, un joven delgado y pelirrojo de rostro huesudo y duro y pestañas muy rubias, y un oficial todavía más joven, rechoncho y colorado, con mirada y sonrisa de niño. Los tres estaban escribiendo cartas y haciendo paquetes: enviaban a sus casas esas bagatelas que el soldado compra siempre que pasa algún tiempo en el mismo sitio, como para hacerse la ilusión de un hogar, pero que le estorban en cuanto entra en campaña: ceniceros, relojes de sobremesa, grabados y, sobre todo, libros. Lucile hizo ademán de marcharse, pero le rogaron que se quedara. Se sentó en el sillón que le acercó Bruno y observó a los tres alemanes, que, tras pedirle excusas, siguieron con su tarea. «Porque nos gustaría mandar todo esto con el correo de las cinco», le dijeron.

Vio un violín, una pequeña lámpara, un diccionario francés-alemán, libros franceses, alemanes e ingleses y un hermoso grabado romántico que representaba un velero en el mar.

—Lo encontré en un baratillo de Autun —dijo Bruno—. Aunque… —murmuró, dudando—. No, no lo mando… No tengo el embalaje adecuado. Se estropearía. ¿Querría hacerme el grandísimo favor de aceptarlo, señora? Les vendrá bien a las paredes de esta habitación tan oscura. El tema es adecuado. Juzgue usted misma. Un tiempo amenazador, negro, un barco que se aleja… y a lo lejos, una línea de claridad en el horizonte… una vaga, muy vaga esperanza… Acéptelo en recuerdo de un soldado que se va y que no volverá a verla.

—Lo acepto, *mein Herr*, sobre todo por esa línea clara en el horizonte —repuso Lucile en voz baja.

Bruno se inclinó y siguió con sus preparativos. En la mesa había una vela encendida. Acercaba a la llama una barrita de cera, dejaba caer unas gotas sobre el cordel de un paquete y sellaba la cera caliente con su anillo, que se había quitado del dedo. Viéndolo, Lucile se acordó de la tarde en que había tocado el piano para ella y ella había tenido en sus manos el anillo, todavía tibio.

—Sí —dijo él alzando bruscamente los ojos—. Se acabó la felicidad.

—¿Cree usted que esta nueva campaña durará mucho? —le preguntó Lucile, y al instante se arrepintió de haberlo hecho. Era como preguntarle a alguien si pensaba vivir mucho tiempo. ¿Qué auguraba, qué anunciaba esa nueva campaña? ¿Una serie de victorias fulminantes, o la derrota y una larga lucha? ¿Quién podía saberlo? ¿Quién podía escrutar el futuro? Aunque todo el mundo lo intentara, siempre era en vano…

—En cualquier caso, mucho sufrimiento, mucha amargura y mucha sangre —comentó Bruno, como si le hubiera leído el pensamiento.

Como él, sus dos camaradas seguían empaquetando cosas. El oficial bajito, con enorme cuidado, una raqueta de tenis; el intérprete, unos preciosos y enormes libros encuadernados en cuero amarillo.

—Tratados de jardinería —le explicó a Lucile—. En la vida civil soy arquitecto de jardines que datan de esa época, el reinado de Luis XIV —añadió con tono ligeramente pomposo.

En ese momento, ¿cuántos alemanes estarían escribiendo a sus novias o mujeres y despidiéndose de sus posesiones terrenales en los cafés, en las casas que habían ocupado, en todo el pueblo? Lucile sintió una enorme piedad. Vio pasar por la calle unos caballos que volvían de la herrería y la guarnicionería, sin duda ya listos para partir. Costaba imaginar a aquellos animales arrancados de los campos de Francia y enviados al otro extremo del mundo. El intérprete, que había seguido la dirección de su mirada, dijo con voz grave:

—El sitio al que vamos es una tierra muy bonita para los caballos...

El oficial bajito hizo una mueca.

—Y un poco menos bonita para los hombres...

Lucile comprendió que la idea de esa nueva campaña les provocaba tristeza, pero se prohibió profundizar demasiado en sus sentimientos: no quería aprovecharse de sus emociones para sorprender algún atisbo de lo que habría podido llamarse «la moral del combatiente». Era casi una tarea de espía; se habría avergonzado de cometerla. Además, ahora los conocía lo suficiente para saber que lucharían bien de todos modos... «En el fondo —pensó—, hay un abismo entre el joven al que estoy viendo en estos momentos y el guerrero de mañana. Todos sabemos que el ser humano es complejo, múltiple, contradictorio, que está lleno de sorpresas, pero hace falta una época de guerra o de grandes transformaciones para verlo. Es el espectáculo más apasionante y el más terrible del mundo. El más terrible porque es el más auténtico. Nadie puede presumir de conocer el mar sin haberlo visto en la calma y en la tempestad. Sólo conoce a los hombres y las mujeres quien los ha visto en una época como ésta. Sólo ése se conoce a sí mismo.» Cómo habría podido ella creerse capaz de decirle a Bruno en un tono tan natural, tan inocente que parecía el de la sinceridad misma:

—Venía a pedirle un gran favor.

—Diga, señora Angellier, ¿en qué puedo serle útil?

—¿Podría hablar con alguno de esos señores de la Kommandantur para que me proporcionen a la mayor brevedad un permiso de circulación y un vale de gasolina? Debo llevar a París a... —Mientras hablaba, pensó: «Si digo un aparcero enfermo se extrañará; hay buenas clínicas mucho más cerca, en Creusot, Paray, Autun...»—. Debo llevar a uno de nuestros granjeros a París. Su hija trabaja allí; está gravemente enferma y quisiera verlo. En tren, el pobre hombre tardaría demasiado. Ya sabe usted que es época de grandes labores. Si pudiera hacerme ese favor, podríamos ir y volver en un solo día.

—No tendrá que ir a la Kommandantur, señora Angellier —se apresuró a decir el oficial bajito, que le lanzaba tímidas miradas de admiración—. Yo estoy autorizado para proporcionarle lo que necesita. ¿Cuándo quiere salir?

—Mañana.

—¡Ah, bueno, mañana! —murmuró Bruno—. Entonces estará aquí cuando nos vayamos.

—¿A qué hora se marchan?

—A las once. Viajamos de noche por los bombardeos. Parece una precaución inútil, porque con esta luna se ve como en pleno día. Pero la vida militar está llena de tradiciones.

—Ahora tengo que dejarlos —dijo Lucile tras coger los dos trozos de papel garrapateados por el oficial: la vida y la libertad de un hombre, sin duda. Los dobló y se los guardó bajo el cinturón, sin que la menor precipitación traicionara su nerviosismo—. Estaré allí para verlo partir. —Bruno la miró, y ella comprendió su muda súplica—. ¿Vendrá a despedirse de mí, *Herr* teniente? Voy a salir, pero estaré de vuelta a las seis.

Los tres oficiales se levantaron y dieron sendos taconazos. Antes, se dijo Lucile, aquel saludo anticuado y un poco afectado de los soldados del Reich le parecía cómico; ahora pensaba que echaría de menos el tintineo de las espuelas, los besamanos, esa especie de admiración que le mostraban casi a su pesar aquellos militares sin familia, sin mujer (salvo de la más baja estofa). En su respeto había un tinte de melancolía enternecida: era como si, gracias a ella, recuperaran un poco de la vida de antaño, en la que la amabilidad, la buena educación y la gentileza hacia las mujeres eran virtudes más valiosas que beber en exceso o tomar al asalto una posición enemiga. En su actitud hacia ella había agradecimiento y nostalgia; Lucile lo comprendía y se sentía conmovida.

Esperaba que se hicieran las ocho muerta de ansiedad. ¿Qué le diría Bruno? ¿Cómo se despedirían? Entre ellos había todo un mundo de matices turbios, inexpresados, algo tan frágil como un cristal precioso que una sola palabra podría romper. Él también debía de saberlo, porque sólo permaneció junto a ella unos breves instantes. Se descubrió (su último gesto de civil, quizá, pensó Lucile con ternura y dolor) y le cogió las dos manos. Antes de besárselas, apoyó la mejilla en ellas con un movimiento suave e imperioso a un tiempo. ¿Una toma de posesión? ¿Un intento de estampar en ella, como un sello, la quemadura de un recuerdo?

—Adiós —le dijo—, adiós. Jamás la olvidaré. —Ella no respondía. Al mirarla, Bruno vio que tenía los ojos llenos de lágrimas y volvió la cabeza—. Escuche —dijo al cabo de un instante—. Voy a darle la dirección de uno de mis tíos, un Von Falk como yo, un hermano de mi padre. Ha hecho una carrera brillante y está en París con... —Bruno pronunció un nombre alemán muy largo—. Hasta que acabe la guerra, él es el comandante del gran París, una especie de virrey, vaya, y mi tío tiene su plena confianza. He hablado con él y le he pedido que, si alguna vez se encuentra usted en dificultades (estamos en guerra y sólo Dios sabe lo que todavía puede ocurrirnos), la ayude en la medida de sus posibilidades.

—Es usted muy bueno, Bruno —musitó Lucile. En ese momento ya no se avergonzaba de amarlo, porque su deseo había muerto y sólo sentía por él pena y una ternura inmensa, casi maternal. Se esforzó por sonreír—. Como la madre china que mandó a su hijo a la guerra aconsejándole prudencia «porque la guerra tiene sus

412

peligros», le ruego que, en recuerdo mío, preserve su vida tanto como pueda.

—¿Porque es valiosa para usted? —preguntó él con ansiedad.

—Sí. Porque es valiosa para mí.

Lentamente, se estrecharon la mano. Lucile lo acompañó hasta la puerta de la calle. Allí lo esperaba un ordenanza, sujetando la brida de su caballo. Era tarde, pero nadie pensaba en dormir. Todos querían asistir a la marcha de los alemanes. En las últimas horas, una especie de melancolía, de calor humano, unía a los unos con los otros, a los vencidos con los vencedores. El grueso Erwald, que tenía unos muslos enormes, aguantaba bien la bebida y era tan divertido y tan fuerte; el pequeño Willy, ágil y alegre, que había aprendido canciones francesas (decían que era payaso en la vida civil); el pobre Johann, que había perdido a toda su familia durante un bombardeo, «a toda, menos a mi suegra, porque nunca he tenido buena suerte», decía tristemente… Todos iban a exponerse al fuego, a las balas, a la muerte. ¿Cuántos acabarían enterrados en las llanuras rusas? Por pronto, por felizmente que terminara la guerra, ¿cuánta pobre gente no vería ese bendito final, ese día de resurrección? Era una noche espléndida, pura, iluminada por la luna, sin un soplo de viento. Era la época en que se cortan las ramas de los tilos; en que los hombres y los chicos se encaraman a las copas de esos hermosos árboles de denso follaje y los desnudan; en que las mujeres y las niñas, con las olorosas brazadas de ramas a los pies, van recogiendo las flores, que se secan durante todo el verano en los graneros de provincias y en invierno se toman en infusión. En el aire flotaba un aroma delicioso, embriagador. ¡Qué bonito, qué tranquilo estaba todo! Los niños jugaban y corrían unos tras otros; de vez en cuando subían los escalones del viejo crucero y miraban hacia la carretera.

—¿Se ven? —les preguntaban las madres.

—Todavía no.

El regimiento formaría delante del parque de los Montmort y desfilaría en orden de marcha a través del pueblo. Aquí y allá, en la oscuridad de una puerta, se oía un murmullo, un sonido de besos… unos adioses más tiernos que otros. Los soldados llevaban el uniforme de campaña, los pesados cascos, las máscaras de gas colgadas del cuello. Por fin, se oyó un breve redoble de tambor. Los hombres aparecieron avanzando en fila de ocho en fondo, y, a medida que pasaban, los rezagados, tras un último adiós o un beso dado al aire con la punta de los labios, se apresuraban a ocupar sus puestos, señalados previamente, los puestos en que los encontraría el destino. Todavía se oyeron algunas risas, algunas bromas intercambiadas por los soldados y la gente, pero pronto todo enmudeció. Había llegado el general. Pasó a caballo ante las tropas. Las saludó levemente, saludó también a los franceses y luego se marchó. Detrás venían los oficiales. Luego, los motociclistas, que escoltaban el coche gris en que viajaba la Kommandantur. A continuación pasó la artillería: los cañones antiaéreos apuntando al cielo sobre sus plataformas giratorias, en cada una de las cuales iba el ametrallador tumbado con la cara a la altura de las cureñas, todos aquellos rápidos y mortíferos ingenios que la gente había visto pasar durante las maniobras, que se había acostumbrado a observar sin temor, con indiferencia, y que ahora no podía mirar sin sentir un escalofrío. Después, el camión lleno a rebosar de grueso pan negro recién amasado, los vehículos de la Cruz Roja, todavía vacíos, y finalmente la cocina de campaña, traqueteando al final de la comitiva como una cacerola atada a la cola de un perro… Los hombres empezaron a entonar un cántico grave y lento que se perdía en la noche. Poco después, en la carretera, en lugar del ejército alemán sólo había un poco de polvo.

APÉNDICES

I

Notas manuscritas de Irène Némirovsky sobre la situación de Francia y su proyecto *Suite francesa*, extraídas de su cuaderno

¡Dios mío! ¿Qué me hace este país? Ya que me rechaza, considerémoslo fríamente, observémoslo mientras pierde el honor y la vida. Y los otros, ¿qué son para mí? Los imperios mueren. Nada tiene importancia. Se mire desde el punto de vista místico o desde el punto de vista personal, es lo mismo. Conservemos la cabeza fría. Endurezcamos el corazón. Esperemos.

21 de junio. Encuentro con Pied-de-Marmite. Francia va a ir de la mano de Alemania. Aquí se movilizará pronto, «pero sólo a los jóvenes». Eso lo dice sin duda en atención a Michel. Un ejército atraviesa Rusia, el otro viene de África. Suez ha caído. Japón vence a Estados Unidos con su formidable flota. Inglaterra pide clemencia.

25 de junio. Calor inaudito. El jardín se ha engalanado con los colores de junio: azul, verde claro y rosa. He perdido la estilográfica. Pero tengo otras preocupaciones, como la amenaza del campo de concentración, el estatus de los judíos, etc. Jornada dominical inolvidable. El trueno de Rusia cayendo sobre nuestros amigos después de su «noche loca» al borde del lago. Y por hacer el [?] con ellos todo el mundo está borracho. ¿Describiré eso algún día?

• • •

28 de junio. Se van. Han estado abatidos durante veinticuatro horas, ahora se los ve contentos, sobre todo cuando están juntos. El pobre Bruno dice tristemente que «se acabó la felicidad». Envían sus paquetes a casa. Se nota que están sobreexcitados. Admirable disciplina y, en el fondo del corazón, creo yo, ni una chispa de rebeldía. Hago aquí la promesa de no volver a descargar mi rencor, por justificado que sea, sobre una masa de hombres, sean cuales sean su raza, religión, convicciones, prejuicios o errores. Compadezco a esos pobres chicos. Pero no puedo perdonar a los individuos, a los que me rechazan, a los que nos dejan caer fríamente, a los que están dispuestos a darnos la patada. A ésos, si los cojo algún día… ¿Cuándo acabará esto? Las tropas que estuvieron aquí el verano pasado decían «en Navidades»; luego, en julio. Ahora, a finales de 1941. Aquí se habla de liberar el territorio, salvo la zona prohibida y las costas. En la zona libre, parece que la guerra se la trae al fresco. La atenta relectura del *Journal officiel* me devuelve al estado de ánimo de hace unos días,

> *Para levantar un peso tan enorme,*
> *Sísifo, se necesitaría tu coraje.*
> *No me faltan ánimos para la tarea,*
> *mas el objetivo es largo y el tiempo, corto.*
> *Le vin de solitude,*
> de Irène Némirovsky para Irène Némirovsky

1942

Los franceses estaban cansados de la República como de una vieja esposa. Para ellos, la dictadura era una cana al aire, una infidelidad. Lo que querían era engañar a su mujer, no asesinarla. Ahora que ven muerta a su República, su libertad, lloran.

Todo lo que se hace en Francia en cierta clase social desde hace unos años no tiene más que un móvil: el miedo. Ha llevado a la guerra, la derrota y la paz actual. El francés de esa casta no siente odio hacia nadie; no siente ni celos ni ambición frustrada, ni auténtico deseo de revancha. Está muerto de miedo. ¿Quién le hará menos daño (no en el futuro, en abstracto, sino ahora mismo y en forma de patadas en el culo y bofetadas)? ¿Los alemanes? ¿Los ingleses? ¿Los rusos? Los alemanes le han pegado, pero el correctivo está olvidado, y los alemanes pueden defenderlo. Por eso está «por los alemanes». En el colegio, el alumno más débil prefiere la opresión de uno solo a la libertad; el tirano lo humilla, pero prohíbe a los otros que le birlen las canicas y le peguen. Si se libra del tirano, está solo, abandonado en medio de todos.

Hay un abismo entre esa casta, que es la de nuestros dirigentes actuales, y el resto de la nación. Los otros franceses, como poseen menos, temen menos. Como la cobardía no les ahoga en el alma los buenos sentimientos (patriotismo, amor a la libertad, etc.), éstos pueden nacer. Ciertamente, entre el pueblo se han amasado muchas fortunas en los últimos tiempos, pero son fortunas en dinero devaluado, que no se pueden transformar en bienes reales, tierras, joyas, oro, etc. Nuestro carnicero, que ha ganado quinientos mil francos de una moneda cuya cotización en el extranjero (exactamente cero) conoce, le tiene menos aprecio a su dinero que un Péricand a sus propiedades, un Corbin[1] a su banco, etc. El mundo está cada vez más dividido entre los que poseen y los que no poseen. Los primeros no quieren soltar nada y los segundos quieren cogerlo todo. ¿Quién ganará?

Los hombres más odiados de Francia en 1942:

Philippe Henriot[2] y Pierre Laval. El primero como el tigre, el segundo como la hiena. Alrededor del uno se percibe el olor a sangre fresca y alrededor del otro, el hedor a carroña.

---

1. Personajes de *Suite francesa*.

2. Diputado católico por la Gironde, Philippe Henriot (1889-1944) fue uno de los propagandista más escuchados y más eficaces del régimen de Vichy. Miembro de la Milicia des-

Mers-el-Kebir: estupor doloroso

Siria: indiferencia

Madagascar: indiferencia aún mayor. En suma, la única conmoción que cuenta es la primera. Uno se acostumbra a todo, a todo lo que se hace en la zona ocupada: las masacres, la persecución y el pillaje organizado son como flechas que se clavan en el barro… en el barro de los corazones.

Quieren hacernos creer que vivimos en una época comunitaria en la que el individuo debe perecer para que la sociedad viva, y no queremos ver que es la sociedad la que perece para que vivan los tiranos.

Esta época que se cree «comunitaria» es más individualista que la del Renacimiento o la de los grandes señores feudales. Todo ocurre como si en el mundo hubiera una suma de libertad y poder compartida tan pronto entre millones como entre *uno solo* y millones. «Tomad mis sobras», dicen los dictadores. De modo que no me vengan con el espíritu comunitario. Estoy dispuesto a morir, pero como francés y como racional quiero entender por qué muero, y yo, Jean-Marie Michaud,[3] muero por P. Henriot, P. Laval y otros señores, del mismo modo que un pollo al que matan para servirlo en la mesa de esos traidores. Y yo sostengo que el pollo vale más que los que se lo comerán. Sé que soy más inteligente, mejor, más valioso a los ojos del bien, que los susodichos. Ellos tienen la fuerza, pero una fuerza temporal e ilusoria. Se la quitará el tiempo, una derrota, un capricho del destino, la enfermedad (como ocurrió en el caso de Napoleón)… Y la gente se quedará boquiabierta: «¿Cómo? —dirá—. ¿Y esto era lo que nos hacía temblar?» Tengo auténtico espíritu comunitario si defiendo mi parte y la de todos contra la voracidad. El individuo no tiene valor si no siente a los otros hombres. Pero que sean «los otros hombres», no «un hombre». La dictadura se funda en

---

de su creación en 1943, a principios de 1944 entró en el gobierno presidido por Pierre Laval, en cuyo seno propugnó la colaboración a ultranza. Murió a manos de la Resistencia en junio de 1944.

3. Personaje de la novela.

esa confusión. Napoleón sólo desea la grandeza de Francia, dice, pero le grita a Metternich: «la vida de millones de hombres me importa un comino».

Hitler: «No lucho por mí, sino por Europa» (empezó diciendo: «no lucho por el pueblo alemán»). Piensa como Napoleón: «la vida y la muerte de millones de hombres me importan un comino».

PARA *TEMPESTAD EN JUNIO*
Lo que necesitaría:
1) Un mapa de Francia extremadamente detallado o una guía Michelín.
2) Todos los números de varios periódicos franceses y extranjeros entre el 1 de junio y el 1 de julio.
3) Un tratado sobre porcelanas.
4) Los pájaros en junio, sus nombres y sus cantos.
5) Un libro místico (el del padrino), el abate Bréchard.

Comentarios sobre lo ya escrito:
1) Testamento - Habla demasiado.
2) Muerte del cura - Melodrama.
3) ¿Nimes? - ¿Por qué no Toulouse, que conozco?
4) En general, no hay bastante simplicidad.
[En ruso, Irène Némirovsky añadió: «en general, suelen ser personajes colocados demasiado arriba».]

30 de junio de 1941. Insistir en las figuras de los Michaud. Los que siempre reciben y los únicos auténticamente nobles. Es curioso que la masa, la odiosa masa, esté formada en su mayoría por esa buena gente. Eso no la hace mejor a ella ni peor a ellos.

· · ·

¿Qué escenas merecen pasar a la posteridad?

1) Las colas al amanecer.

2) La llegada de los alemanes.

3) No tanto los atentados y los rehenes fusilados como la profunda indiferencia de la gente.

4) Si quiero hacer algo efectivo, lo que debo mostrar no es la miseria sino la prosperidad a su lado.

5) Cuando Hubert escapa de la prisión a la que han llevado a los pobres diablos, en lugar de describir la muerte de los rehenes, lo que debo hacer ver es la fiesta en la Ópera y, simplemente, a los que pegan los carteles en las paredes: fulano ha sido fusilado al alba. Y lo mismo después de la guerra, sin cargar las tintas sobre Corbin. ¡Sí, hay que hacerlo mediante oposiciones!: una palabra para la miseria, diez para el egoísmo, la cobardía, el compadreo, el crimen. ¡Nunca habrá habido nada tan chic! Pero lo cierto es que ése es el aire que respiro. Es fácil imaginar eso: la obsesión por la comida.

6) Pensar también en la misa de la rue de la Source, la mañana en la negra noche. ¡Oposiciones! Sí, ahí dentro hay algo, algo que puede ser muy efectivo y muy nuevo. ¿Por qué lo utilizo tan poco en *Dolce*? En vez de insistir en Madeleine, todo el capítulo Madeleine-Lucile, por ejemplo, puede ser suprimido, reducido a unas líneas de explicaciones que pasarían al capítulo Señora Angellier-Lucile. Y viceversa, describir minuciosamente los preparativos de la fiesta alemana. Es quizá *an impression of ironic contrast, to receive the force of the contrast. The reader has only to see and hear.*[4]

Personajes por orden de aparición (si no recuerdo mal):

Los Péricand - Los Corte - Los Michaud - Los propietarios - Lucile - ¿Los maleantes? - Los campesinos, etc. - Los alemanes - Los nobles.

Bueno, al principio habría que añadir a Hubert, Corte, Jules Blanc… Pero eso destruiría la unidad de tono de *Dolce*. Decidida-

---

4. Una impresión de contraste irónico. Percibir la fuerza de ese contraste. El lector no tiene más que ver y oír.

mente, creo que hay que dejar *Dolce* así y, en cambio, recuperar todos los personajes de *Tempestad*, pero arreglárselas para que todos ellos tengan una influencia fatal sobre Lucile, Jean-Marie y los demás (y Francia).

Creo que (resultado práctico) *Dolce* debe ser muy corto. En efecto, frente a las ochenta páginas de *Tempestad*, *Dolce* tendrá probablemente unas sesenta, no más. *Cautividad*, en cambio, debería llegar hasta las cien. Así pues, pongamos:

TEMPESTAD	80 páginas	
DOLCE	60	"
CAUTIVIDAD	100	"
Los otros dos	50	"

Trescientas noventa,[5] digamos cuatrocientas, multiplicadas por cuatro. ¡Señor, eso hace mil seiscientas páginas mecanografiadas! *Well, well, if I live in it!* En fin, si el 14 de julio llegan los que lo han prometido, eso tendrá entre otras consecuencias dos o al menos una parte menos.

Efectivamente, es como la música en la que a veces se oye la orquesta y a veces sólo el violín. Al menos, así debería ser. Combinar [dos palabras en ruso] y los sentimientos individuales. Lo que me interesa aquí es la historia del mundo.

Cuidado con el peligro: olvidar las modificaciones de los caracteres. Evidentemente, el tiempo transcurrido es corto. Las tres primeras partes, en cualquier caso, sólo cubrirán un espacio de tres años. En cuanto a las dos últimas, es un secreto que sólo Dios conoce y por el que yo pagaría lo que fuera. Pero, debido a la intensidad, a la gravedad de las experiencias, es necesario que las personas a las que les ocurren esas cosas sufran cambios (…).

---

5. El error de cálculo figura en el manuscrito.

Mi idea es que las cosas pasen como en una película, pero por momentos la tentación es grande, y he cedido a ella en frases breves o bien en el episodio que sigue a la escena de la escuela religiosa, dando mi propio punto de vista. ¿Hay que combatir eso sin piedad?

Meditar también: *the famous «impersonality» of Flaubert and his kind lies only in the greater fact with which they express their feelings – dramatizing them, embodying them in living form, instead of stating them directly?*

Such... hay casos en los que no hace falta saber lo que Lucile tiene en el corazón, sino mostrarla a través de los ojos de los demás.

Abril de 1942

Hay que convertir *Tempestad*, *Dolce* y *Cautividad* en una suite. Hay que sustituir la granja de los Desjours por la de los Mounain. Me dan ganas de situarla en Montferroux. Doble ventaja: se relaciona *Tempestad* con *Dolce* y se suprime lo que de desagradable tiene el matrimonio Desjours. Hay que hacer algo grande y dejar de preguntarse para qué.

No hacerse ilusiones: no es para ahora. Así que no hay que reprimirse; hay que teclear con todas las fuerzas cuando se quiera.

Para *Cautividad*: Las sucesivas actitudes de Corte: revolución nacional, necesidad de un jefe. Sacrificio (todo el mundo está de acuerdo en la necesidad del sacrificio siempre que lo haga el vecino); luego, la frase lapidaria que constituye toda la gloria de Corte, porque al principio está bastante mal considerado: adopta una actitud demasiado francesa, pero se da cuenta de que no es la adecuada por signos leves pero amenazadores. Sí, es un patriota, pero a continuación: *hoy el Rin corre por los montes Urales, tiene un momento de vacilación, pero, después de todo, eso es tan válido como todas las fantasías geográficas que han circulado estos últimos años: la frontera inglesa está en el*

Rin y, para acabar, la línea Maginot y la línea Siegfried están ambas en Rusia, última creación de Horacio (down him).

Sobre L.[6] Tendría que ser él, porque es un canalla. Y en los tiempos que corren un canalla vale más que un hombre honrado.

Cautividad: nada de cursilerías. Contar lo que le pasa a la gente y ya está.

Hoy, 24 de abril, un poco de calma por primera vez en mucho tiempo. Convencerse de que la serie de las *Tempestades*, si puedo decirlo así, debe ser, es una obra maestra. Trabajar en ella sin desfallecer.

Corte es uno de esos escritores cuya utilidad se puso de manifiesto de forma espectacular en los años que siguieron a la derrota. No tenía igual a la hora de encontrar fórmulas decentes para adornar las realidades desagradables. Ejemplo: el ejército francés no ha retrocedido, se ha replegado. Besar las botas de los alemanes es tener sentido de la realidad. Tener espíritu comunitario significa acaparar productos para el uso exclusivo de unos cuantos.

Creo que habrá que sustituir las fresas por las miosotis. Parece imposible hacer coincidir en el mismo espacio de tiempo los cerezos en flor y las fresas maduras.

Encontrar el modo de relacionar a Lucile con *Tempestad*. Cuando los Michaud hacen un alto en el camino durante la noche, ese oasis y ese desayuno, y todo lo que debe parecer tan excelente: las tazas de porcelana, las rosas húmedas en apretados ramos sobre la mesa (las rosas de corazón negro), la cafetera envuelta en humo azulado, etc.

---

6. Con toda seguridad, la inicial corresponde a Laval.

• • •

Darles un repaso a los literatos. Ejemplo: A. C., el A. R. que escribió el artículo «¿Es *La tristeza de Olympo* una obra maestra?». Nunca se toca a ciertos literatos del estilo A. B., etc. (los lobos no se devoran entre ellos).

En resumen, capítulos ya escritos el 13 de mayo de 1942:
1) La llegada. 2) Madeleine. 3) Madeleine y su marido. 4) Las vísperas. 5) La casa. 6) Los alemanes en el pueblo. 7) La escuela religiosa. 8) El jardín y la visita de la vizcondesa. 9) La cocina. 10) La partida de la señora Angellier. Primera descripción del jardín de los Perrin. 11) El día de lluvia.

POR ESCRIBIR:
12) El alemán enfermo. 13) El bosque de la Maie. 14) Las Perrin. 15) El jardín de los Perrin. 16) La familia de Madeleine. 17) La vizcondesa y Benoît. 18) ¿La denuncia? 19) La noche. 20) La catástrofe en casa de Benoît. 21) Madeleine en casa de Lucile. 22) La fiesta junto al lago. 23) La partida.

Quedan por escribir: 12, la mitad del 13, 16 y 17 y la continuación.
Madeleine en casa de Lucile. Lucile con la señora Angellier. Lucile con el alemán. La fiesta junto al lago. La partida.

PARA *CAUTIVIDAD* PARA EL CAMPO DE CONCENTRACIÓN LA BLASFEMIA DE LOS JUDÍOS BAUTIZADOS «PERDÓNANOS NUESTRAS DEUDAS COMO NOSOTROS TE PERDONAMOS» - Evidentemente, los mártires no habrían dicho eso.

• • •

Para hacerlo bien, habría que hacer cinco partes.

1) *Tempestad*
2) *Dolce*
3) *Cautividad*
4) *¿Batallas?*
5) *¿La paz?*

Título general: *Tempestad* o *Tempestades*, y la primera parte podría llamarse *Naufragio*.

Pese a todo, lo que une a todos estos seres es la época, únicamente la época. ¿Es suficiente? Quiero decir: ¿se siente suficientemente ese lazo?

Así pues, Benoît, después de haber matado (o intentado matar) a Bonnet (porque todavía tengo que ver si no es mejor para el futuro dejarlo vivir), se salva; se esconde en el bosque de la Maie y luego, como Madeleine teme que la sigan cuando vaya a llevarle comida, en casa de Lucile. Por último, en París, en casa de los Michaud, adonde lo manda Lucile. Perseguido, huye a tiempo, pero la Gestapo registra la casa de los Michaud, encuentra unas notas manuscritas por Jean-Marie para un libro futuro, las toma por panfletos y encierra a éste. En la cárcel, Jean-Marie vuelve a encontrarse con Hubert, que está allí por una fruslería. Podría salir tranquilamente, ayudado por su poderosa familia, cuyos miembros son casi todos colaboracionistas, pero su juventud, su afición a las novelas de aventuras, etc., lo impulsan a jugarse la vida y evadirse con Jean-Marie. Benoît y sus camaradas los ayudan. Más tarde, mucho más tarde, porque entretanto Jean-Marie y Lucile tienen que enamorarse, la huida de Francia. Eso debería poner fin a *Cautividad* y como ya he dicho:

* Benoît, comunista
* Jean-Marie, burgués

Jean-Marie muere heroicamente. Pero ¿cómo? ¿Y qué es el heroísmo en nuestros días? Paralelamente a esa muerte, habría que mostrar la del alemán en Rusia, ambas llenas de dolorosa nobleza.

Adagio: habría que encontrar todos esos términos musicales (*presto, prestissimo, adagio, andante, con amore*, etc.).

Música: Adagio del opus 106, el inmenso poema de la soledad. La 20.ª variación sobre el tema de Diabelli, esa esfinge de negras cejas que contempla el abismo. El Benedictus de la *Missa solemnis* y las últimas escenas de *Parsifal*.

De ahí sale que quienes realmente se amarán serán Lucile y Jean-Marie. ¿Qué hacer con Hubert? Plan vago: tras haber matado a Bonnet, Benoît escapa. Se esconde en casa de Lucile. Cuando se van los alemanes, a Lucile le da miedo que se quede en el pueblo y se acuerda repentinamente de los Michaud.

Por otro lado, me gustaría que Jean-Marie y Hubert sean encarcelados por los alemanes por motivos diferentes. Así podría posponer la muerte del alemán. Lucile podría tener la idea de dirigirse a él para salvar a Jean-Marie. Todo esto es muy vago. Ya veremos.

Por una parte, querría una especie de idea general. Por otra… Tolstoi, por ejemplo, lo estropea todo con una idea. Lo que se necesita son hombres, reacciones humanas, y eso es todo…

Contentémonos con grandes hombres de negocios y escritores célebres. Después de todo, son los verdaderos reyes.

En *Dolce*, una mujer de honor puede confesar sin vergüenza «esas sorpresas de los sentidos que la razón superan», dirá Pauline (Corneille).

2 de junio de 1942: no olvidar nunca que la guerra acabará y que toda la parte histórica palidecerá. Tratar de introducir el máximo de cosas, de debates… que puedan interesar a la gente en 1952 o 2052. Releer a Tolstoi. Inimitables las pinturas pero no históricas. Insistir en eso. Por ejemplo, en *Dolce*, los alemanes en el pueblo. En *Cautividad*, la primera comunión de Jacqueline y la velada en casa de Arlette Corail.

* * *

2 DE JUNIO DE 1942 - ¡Empezar a preocuparme de la forma que tendrá esta novela una vez terminada! Considerar que todavía no he acabado la 2.ª parte, que veo la 3.ª?, pero que la 4.ª y la 5.ª están en el limbo, ¡y qué limbo! Están realmente en las rodillas de los dioses, porque dependen de lo que pase. Y los dioses pueden divertirse poniendo cien años de intervalo o mil años, como está de moda decir: y yo estaré lejos. Pero los dioses no me harán eso. También cuento bastante con la profecía de Nostradamus.

1944 ¡Oh! *God!*

En espera de la forma… aunque más bien debería hablar del ritmo: el ritmo en sentido cinematográfico… relaciones de las partes entre sí. La *Tempestad*, *Dolce*, dulzura y tragedia. *¿Cautividad?* Algo sordo, ahogado, tan maligno como se pueda. Después, no sé.

Lo importante: las relaciones entre las distintas partes de la obra. Si supiera más de música, supongo que eso podría ayudarme. A falta de la música, lo que en cine llaman ritmo. En definitiva, preocupación por la variedad, de un lado, y por la armonía, del otro. En el cine, una película debe tener una unidad, un tono, un estilo. Ejemplo: esas películas norteamericanas que muestran las calles y en las que siempre se ven rascacielos, en las que se adivina la atmósfera caliente, sorda, polvorienta de una parte de Nueva York. De modo que unidad para toda la película, pero variedad entre las partes. Persecución, los enamorados, la risa, las lágrimas, etc. Ésa es la clase de ritmo que me gustaría conseguir.

Ahora una pregunta más prosaica, pero a la que no consigo dar respuesta: ¿no se olvidará a los héroes de un libro a otro? Para evitar ese inconveniente me gustaría hacer no una obra en varios tomos, sino un grueso volumen de mil páginas.

* * *

3 de julio de 1942 - ¡Decididamente, y a menos que las cosas se prolonguen, y al prolongarse se compliquen! ¡Pero que acabe, bien o mal!

Sólo hacen falta cuatro movimientos. En el 3.º, *Cautividad*, el destino comunitario y el destino individual están fuertemente unidos. En el 4.º, sea cual sea el resultado (¡YO YA ME ENTIENDO!), el destino individual se separa del otro. De un lado, el destino del pueblo; del otro, Jean-Marie y Lucile, su amor, la música del alemán, etc.

Ahora, esto es lo que se me ha ocurrido:

1) Benoît muere durante una revolución, una pelea o en un intento de revuelta, según lo que dé la realidad.

2) Corte. Creo que esto puede ser bueno. Corte tenía mucho miedo de los bolcheviques. Es violentamente colaboracionista, pero, debido a un atentado sufrido por un amigo o por vanidad decepcionada, empieza a pensar que los alemanes están acabados. ¡Quiere congraciarse con la izquierda, izquierda! Primero piensa en Jules Blanc, pero cuando lo ve lo encuentra [palabra rusa ilegible] e inicia un decidido acercamiento a un grupo joven, que actúa, que ha fundado... [frase inacabada]

Para *Cautividad*:

Empezar por: Corte, Jules Blanc en casa de Corte.

Luego un contraste: quizá Lucile en casa de los Michaud.

Después: los Péricand.

Todas las reuniones que pueda, pero no históricas, sino gentío, fiestas mundanas o guerras en la calle, o algo así.

Llegada

Mañana

Partida

A estos tres episodios hay que darles más realce. Este libro debe destacar por los movimientos de masas.

De la 4.ª parte, sólo sé que el alemán muere en Rusia.

. . .

Sí, para hacerlo bien se necesitarían cinco partes de doscientas páginas cada una. Un libro de mil páginas. ¡Ah! *God!*

Observación. El robo de la cena de Corte por parte de los proletarios debe tener una gran influencia para el futuro. Normalmente, Corte debería volverse violentamente nazi, pero si quiero también puedo hacerle decir algo así: «No hay que hacerse ilusiones, el futuro es eso, esa fuerza bruta que me ha arrebatado la cena. Así que hay dos opciones: luchar contra ella o ponerse, desde este mismo momento, a la cabeza del movimiento. Dejarse llevar por la ola, pero ¿en primera línea? Mejor, ¿intentar dirigirla? El escritor oficial del Partido. El gran hombre del Partido, ¡je, je, je!» Tanto más cuanto que Alemania está a bien con la URSS y deberá tolerarla cada vez más. Efectivamente, mientras dure la guerra sería un locura por parte de Alemania, etc. Más tarde será diferente… Más tarde ya se verá. Se volará en ayuda del más fuerte. ¿Puede un Corte tener ideas tan cínicas? En determinados momentos, claro que sí. Cuando ha bebido, o cuando ha hecho el amor de la forma que él prefiere, una forma de la que un simple mortal no puede tener más que una débil idea, y si la tuviera sólo le causaría estupefacción y pánico. Lo difícil de eso, como siempre, es el aspecto práctico de la cosa. Un periódico, una especie de radio. Libertad, subvención bajo mano de los alemanes… Ya veremos.

All action is a battle, the only business is peace.

Seguramente, *the pattern is less* [la estructura es menos] una rueda que una ola que sube y baja y en cuya cresta tan pronto hay una gaviota, como el Espíritu del Mal, como una rata muerta. Exactamente, la realidad, *nuestra* realidad (¡no hay ningún motivo para estar orgullosos!).

Aquí el ritmo debe estar en los movimientos de masas, en todos los momentos en que aparece la muchedumbre en el primer volumen, la huida, los refugiados, la llegada de los alemanes al pueblo.

En *Dolce*: la llegada de los alemanes, pero hay que volver a mostrarla, la mañana, la partida. En *Cautividad*, la primera comunión, una manifestación (la del 11 de noviembre de 1941), ¿una guerra? Veremos. Todavía no he llegado ahí y ya abordo el dictado de la realidad.

Si muestro a gente que «actúa» sobre esos acontecimientos, será una pifia. Si muestro a esa gente, ciertamente eso se acercará a la realidad, pero a costa del interés. Así pues, hay que detenerse ahí.

Lo que dice Percy es bastante justo (y por otra parte banal, pero admiremos y amemos la banalidad): que las mejores escenas históricas (véase *Guerra y paz*) son las que se ven a través de los personajes. Yo he intentado hacer eso en *Tempestad*, pero en *Dolce* todo lo relacionado con los alemanes puede y debe estar aparte.

Lo que en definitiva estaría bien (pero ¿es factible?) sería mostrar *siempre*, en las escenas no vistas a través de los personajes, la marcha del ejército alemán. Así que *Tempestad* debería empezar con un movimiento de masas en Francia.

Difícil.

Creo que lo que da a *Guerra y paz* esa expansión de la que habla Forster, es simplemente el hecho de que, en la mente de Tolstoi, *Guerra y paz* no es más que un primer volumen al que debería seguir *Los decembristas*, pero lo que ha hecho inconscientemente (quizá, porque desde luego yo no lo sé, sólo lo imagino), en fin, lo que ha hecho conscientemente o no es muy importante hacerlo en un libro como *Tempestad*, etc. Aunque algunos personajes lleguen a una conclusión, el libro mismo debe dar la sensación de no ser más que un episodio... lo mismo que nuestra época, y todas las épocas, por supuesto.

22 de junio de 1942 - Hace ya algún tiempo, descubrí una técnica que me ha sido de gran utilidad: el método indirecto. Exactamente cada vez que hay una dificultad de tratamiento, este método me salva, da frescura y fuerza a toda la historia. Lo empleo en *Dolce* cada vez que la señora Angellier entra en escena. Pero ese método de aparición que todavía no he utilizado es susceptible de infinitos desarrollos.

1 de julio de 1942. Se me ha ocurrido lo siguiente para *Cautividad*:

Unificar, simplificar constantemente el libro (en su totalidad) debe dar como resultado una lucha entre el destino individual y el destino común. No hay que tomar partido.

Mi partido: régimen burgués representado por Inglaterra, lamentablemente arruinado; al menos, pide ser renovado, porque en el fondo es inmutable en lo esencial; pero seguramente no se recuperará antes de mi muerte; quedan, pues, presentes dos formas de socialismo. Ni la una ni la otra me vuelven loca, pero *there are facts!* Uno de ellos me rechaza, conque el otro… Pero eso es otra cuestión. En tanto que escritora, debo plantear correctamente el problema.

Esa lucha entre los dos destinos se produce cada vez que hay una convulsión; no es algo razonado, es instintivo; yo creo que nos dejamos una buena parte de la piel, pero no toda. La suerte es que, por lo general, el tiempo que nos ha sido concedido es más largo que el concedido a la crisis. Contrariamente a lo que se cree, lo general pasa, el partido entero permanece, el destino común es más corto que el del simple individuo. (No es totalmente exacto. Es otra escala temporal: sólo nos interesamos por las sacudidas; las sacudidas nos matan o duran menos que nosotros.)

Para volver a lo mío: al principio, Jean-Marie tiene una actitud meditada y distanciada respecto a esa gran partida de ajedrez. Naturalmente, querría la revancha de Francia, pero se da cuenta de que eso no es un objetivo, porque quien dice revancha dice odio y venganza, la guerra eterna, y si al cristiano le preocupa la idea del infierno y el castigo eterno, a él lo que le inquieta es la idea de que siempre habrá un fuerte y un débil, así que va hacia la unificación… Lo que

desea, lo que ambiciona, es la concordia y la paz. Pero el colaboracionismo, tal como se practica ahora, le repugna, y, por otra parte, ve
que el comunismo es adecuado para Benoît, pero no para él. Así que
intenta vivir como si el gran y urgente problema común no se plan-
teara, como si no tuviera que resolver más que sus propios problemas.
Pero resulta que se entera de que Lucile ha amado, y quizá todavía
ama, a un alemán. De pronto toma partido, porque la abstracción ha
adquirido de repente la forma del odio. Odia a un alemán y en él, a
través de él, odia o cree odiar, lo que en el fondo es lo mismo, una
manera de pensar. En realidad, lo que ocurre es que se olvida de su
propio destino y lo confunde con el de otro. Prácticamente, al final de
Cautividad, Lucile y Jean-Marie se aman; es un amor doloroso, inacabado, inconfesado, en plena lucha. Jean-Marie huye para combatir
contra los alemanes (¡si es que a finales de 1942 eso todavía es posible!).

La 4.ª parte debería ser el regreso, si no el triunfo, representado
por el capítulo en el que aparecerá Jean-Marie. No olvidar nunca
que al público le encanta que le describan la vida de los «ricos».

En resumen: lucha entre el destino individual y el destino común.
Para acabar, el acento recae en el amor de Lucile y de Jean-Marie y
en la vida eterna. La obra maestra musical del alemán. También haría falta un recordatorio de Philippe. *Lo que en definitiva se corres-
pondería con mi convicción profunda. Lo que queda:*
   1) Nuestra humilde vida cotidiana
   2) El arte
   3) Dios

Bosque de la Maie: 11 de julio de 1942
   *Los pinos a mi alrededor. Estoy sentada sobre mi jersey verde en me-
dio de un océano de hojas podridas y empapadas por la tormenta de la pasada noche como en una balsa, con las piernas flexionadas debajo de mí.
En el bolso llevo el segundo tomo de* Ana Karenina, *el Diario de K. M. y
una naranja. Mis amigos los abejorros, insectos deliciosos, parecen con-*

tentos de sí mismos y su zumbido es profundo y grave. Me gustan los tonos bajos y graves en las voces y en la naturaleza. Ese agudo «chirrup, chirrup» de los pajarillos en las ramas me da dentera. Dentro de un rato intentaré encontrar el estanque perdido.

Cautividad:
1) Reacción de Corte.
2) Atentado de los amigos de Benoît, que horroriza a Corte.
3) Corte se entera, a través del charlatán de Hubert…
4) A través de Arlette Corail, etc.
5) Sus coqueterías.
6) Denuncia. Detención de Hubert y Jean-Marie, entre muchos otros.
7) Hubert es liberado merced a las gestiones de su rica y conservadora familia. ¿Jean-Marie es condenado a muerte?
8) Aquí intervienen Lucile y el alemán. Jean-Marie es indultado (aquí condensar el encarcelamiento o algo por el estilo).
9) Benoît lo ayuda a evadirse. Evasión clamorosa.
10) Reacción de Jean-Marie respecto a Alemania y los alemanes.
11) Hubert y él huyen a Inglaterra.
12) Muerte de Benoît. Salvaje y llena de esperanza.

A través de todo eso debe pasar el amor de Lucile por Jean-Marie.

Lo más importante aquí, y lo más interesante, es lo siguiente: los hechos históricos, revolucionarios, etc., sólo hay que rozarlos, mientras se profundiza en la vida cotidiana y afectiva, y, sobre todo, en la comedia que eso ofrece.

II

Correspondencia 1936-1945

7 de octubre de 1936

Irène Némirovsky a Albin Michel

Le agradezco el cheque de 4.000 francos. Permítame recordarle a ese respecto la visita que le hice la primavera pasada con el objeto de preguntarle si le era posible considerar algún arreglo para el futuro, porque, como puede comprender, ahora la situación se ha vuelto muy dura para mí. Me respondió usted entonces que haría todo lo que estuviera en su mano para darme satisfacción y que debía tener plena confianza en usted. En ese momento no quiso decirme de qué manera se proponía arreglar las cosas, pero prometió comunicármelo antes de dos meses como muy tarde. Sin embargo, no me ha escrito al respecto desde que mantuvimos esa conversación, que se remonta a hace casi cuatro meses. Por ese motivo, me atrevo a preguntarle cuáles son sus intenciones, esperando comprenda las necesidades de la vida para alguien que como yo no posee ninguna fortuna y sólo vive de lo que gana escribiendo.

10 de octubre de 1938

Ediciones Genio (Milán) a Albin Michel

Le estaríamos enormemente agradecidos si pudiera decirnos si la señora I. Némirovsky es de raza judía. Según la ley italiana, no debe considerarse de raza judía a la persona de quien uno de sus progenitores, sea el padre o la madre, es de raza aria.

• • •

28 de agosto de 1939

Michel Epstein[1] *a Albin Michel*

Mi mujer se encuentra actualmente en Hendaya (Villa Ene Exea, Hendaya-Playa), con los niños. Estoy preocupado por ella en estos tiempos difíciles, porque no tiene a nadie que pueda acudir en su ayuda en caso de necesidad. ¿Puedo contar con su amistad para que me haga llegar, si eso es posible, unas palabras de recomendación, de las que ella podría hacer uso en caso necesario ante las autoridades y la prensa de esa región (Basses-Pyrénées, las Landas, Gironda)?

28 de agosto de 1939

Albin Michel a Michel Epstein

¡El nombre de Irène Némirovsky debería abrirle todas las puertas por sí solo! Pese a ello, nada más grato para mí que proporcionar a su esposa unas palabras de presentación para los periódicos que conozco, pero necesitaría ciertas precisiones que sólo usted puede proporcionarme. Le ruego, pues, que venga a verme esta misma noche.

28 de septiembre de 1939

Robert Esménard[2] *a Irène Némirovsky*

Vivimos en estos momentos unas horas angustiosas que pueden convertirse en trágicas de un día para otro. Usted es rusa y judía, y podría suceder que quienes no la conocen —pocos, sin duda, dado su renombre de escritora— le creen dificultades; de modo que, como hay que preverlo todo, he pensado que mi testimonio de editor podría serle útil.

---

1. Marido de Irène Némirovsky y, como ella, refugiado ruso tras huir de la revolución bolchevique para vivir en París, donde fue apoderado de la Banque des Pays du Nord. Detenido en octubre de 1942, fue deportado a Drancy y algún tiempo después sucumbió en Auschwitz.

2. Director de Éditions Albin Michel y yerno de Albin Michel, que en esa época ya no asumía en solitario la gestión de su editorial por motivos de salud.

Así pues, estoy dispuesto a atestiguar que es usted una mujer de letras de gran talento, tal como por otra parte prueba el éxito de sus libros tanto en Francia como en el extranjero, donde existen traducciones de varias de sus obras. Estoy también más que dispuesto a declarar que, desde octubre de 1933, época en la que acudió usted a mí tras haber publicado con mi colega Grasset varios libros, uno de los cuales, David Golder, *fue una extraordinaria revelación y dio origen a una película notable, siempre he mantenido con usted y su marido las relaciones más cordiales, además de ser su editor.*

21 de diciembre de 1939

Permiso de circulación temporal del 24 de mayo al 23 de agosto de 1940

    Nombre: Irène Némirovsky

    Nacionalidad: rusa

    Autorizada a viajar a: Issy-l'Évêque

    Medio de transporte autorizado: ferrocarril

    Motivo: ver a sus hijos, evacuados

12 de julio de 1940

Irène Némirovsky a Robert Esménard

Hace apenas dos días que el servicio de correos funciona con cierta normalidad en la pequeña localidad en que me encuentro. Por si acaso, le escribo a su dirección de París. Espero de todo corazón que haya atravesado felizmente estos terribles momentos y que no tenga inquietud por ninguno de los suyos. En lo que me concierne, si bien se han desarrollado muy cerca de aquí, las operaciones militares nos han respetado. Actualmente, mi mayor preocupación es conseguir dinero.

* * *

9 de agosto de 1940

Irène Némirovsky a la señorita Le Fur[3]

Confío en que haya recibido mi carta acusándole recibo de los 9.000 francos. Permítame exponerle el motivo por el que me dirijo a usted en esta ocasión. Imagínese que en un pequeño diario de la región he leído el entrefilete siguiente:

«En virtud de una decisión reciente, ningún extranjero podrá colaborar en el nuevo diario.»

Quisiera obtener precisiones respecto a esa medida y he pensado que tal vez usted podría proporcionármelas.

¿Cree usted que afecta a una extranjera que, como yo, vive en Francia desde 1920? ¿Se refiere a escritores políticos o también a autores de ficción?

Como bien sabe, me encuentro totalmente aislada del mundo y lo ignoro todo sobre las medidas que puedan haber sido adoptadas en la prensa en los últimos tiempos.

Si cree usted que determinado asunto podría ser de mi interés, le ruego sea tan amable de hacérmelo saber. Eso no es todo. Voy a seguir molestándola, porque recuerdo lo amable y servicial que es usted. Querría saber qué escritores están en París y siguen colaborando en los periódicos que aparecen. ¿Podría decirme si Gringoire y Candide, así como las grandes revistas, prevén regresar a París? ¿Y las editoriales? ¿Cuáles permanecen abiertas?

8 de septiembre de 1940

Irène Némirovsky a la señorita Le Fur

En lo que me concierne, los persistentes rumores que circulan por aquí me hacen pensar que uno de estos días podríamos encontrarnos en zona libre, y me pregunto cómo me las arreglaría para disponer de mis mensualidades en esa eventualidad.

• • •

---

3. Secretaria de Robert Esménard.

4 de octubre de 1940

Ley sobre los ciudadanos de raza judía

«A partir de la fecha de promulgación de la presente ley, los ciudadanos extranjeros de raza judía podrán ser internados en campos especiales, por decisión del prefecto del departamento en que residan.

»Los ciudadanos de raza judía podrán ser puestos bajo arresto domiciliario por el prefecto del departamento en que residan.»

14 de abril de 1941

Irène Némirovsky a Madeleine Cabour[4]

Ahora ya sabes todos los problemas que he tenido. Para colmo, desde hace unos días alojamos a un número considerable de esos señores. Eso se nota desde todos los puntos de vista. De modo que contemplaría con placer la idea de trasladarme al pueblecito del que me hablas. Pero ¿puedo pedirte información?

1) Importancia de Jailly desde el punto de vista de los habitantes y los proveedores.

2) ¿Hay médico y farmacéutico?

3) ¿Hay tropas de ocupación?

4) ¿Es posible aprovisionarse con facilidad? ¿Tenéis mantequilla y carne? Eso es particularmente importante para mí en estos momentos debido a las niñas, una de las cuales acaba de sufrir la operación que ya sabes.

10 de mayo de 1941

Irène Némirovsky a Robert Esménard

Querido señor, ¿recuerda usted que, según nuestro acuerdo, el 30 de junio debería recibir 24.000 francos? No necesito

---

4. Madeleine Cabour, de soltera Avot, es una gran amiga de Irène Némirovsky con la que mantuvo una abundante correspondencia durante la adolescencia. Su hermano, René Avot, tomará a Élisabeth a su cargo cuando la tutora legal de las dos hijas de Irène regrese a Estados Unidos. La niña permanecerá en casa de los Avot hasta la mayoría de edad.

ese dinero actualmente, pero le confieso que las últimas dispo-
siciones sobre los judíos me hacen temer que surjan dificulta-
des cuando llegue el momento de ese pago, para el que todavía
faltan seis semanas, y eso para mí sería un desastre. Así pues,
me permito abusar de su bondad y rogarle que adelante el
pago entregando tan pronto pueda un cheque por esa canti-
dad a mi cuñado Paul Epstein, a su nombre. Ya le he pedido
que le telefonee a usted para que se pongan de acuerdo al respec-
to. Por supuesto, un recibo firmado por él le dará pleno y ente-
ro descargo de mi parte. Lamento enormemente molestarlo
una vez más, pero estoy segura de que comprenderá los moti-
vos de mi angustia. Espero que siga teniendo excelentes noti-
cias de A. Michel.

17 de mayo de 1941
Irène Némirovsky a Robert Esménard
Querido señor Esménard, mi cuñado me ha comunicado
que le ha entregado usted los 24.000 francos que debía pagarme
el 30 de junio. No sabe cómo le agradezco su infinita bondad
para conmigo.

8 de agosto de 1941
En Le Progrès de l'Allier, *n.º 200*
Orden de presencia obligatoria para los ciudadanos soviéticos,
lituanos, estonios y letones.
«Todo ciudadano varón mayor de quince años, de nacionali-
dad soviética, lituana, estonia o letona, así como el que habiendo
tenido la nacionalidad soviética, lituana, estonia o letona la
haya perdido, deberá presentarse en la Kreiskommandantur de
su distrito antes del sábado 9 de agosto de 1941 a mediodía, pro-
visto de sus documentos de identidad. El incumplimiento de esta
disposición será castigado de acuerdo al decreto concerniente a
esta orden de presencia.»
El Feldkommandant

• • •

2 de septiembre de 1941

Michel Epstein al subprefecto de Autun[5]

Me escriben de París que las personas asimiladas a los judíos no pueden abandonar el municipio en que se residen sin autorización del prefecto.

Yo me encuentro en ese caso, al igual que mi mujer, porque, aunque católicos, somos de origen judío. Así pues, me permito rogarle que autorice a mi mujer, de soltera Irène Némirovsky, así como a mí mismo, a pasar seis semanas en París, donde también tenemos un domicilio, en el número 10 de la avenida Constant-Coquelin, durante el período que va del 20 de septiembre al 5 de noviembre de 1941.

Esta petición está motivada por la necesidad de resolver determinados asuntos de mi mujer con su editor, visitar al oculista que siempre la ha atendido, así como a nuestros médicos habituales, el profesor Vallery-Radot y el profesor Delafontaine. Pensamos dejar a nuestras dos hijas, de cuatro y once años de edad, en Issy y, claro está, querríamos tener la seguridad de que nada se opondrá a nuestro regreso a dicho municipio, una vez hayamos resuelto nuestros asuntos.

Doctor de Issy: A. Bendit-Gonin.

9 de septiembre de 1941

Irène Némirovsky a Madeleine Cabour

Por fin he alquilado aquí la casa que quería, que es confortable y tiene un jardín precioso. Debo instalarme en ella el 11 de noviembre, si esos señores no se nos adelantan, porque otra vez los esperamos.

• • •

---

5. Dado que la línea de demarcación dividía en dos el departamento de Saône-et-Loire, el subprefecto de Autun era quien hacía las funciones de prefecto en la parte ocupada, en la que se encontraba el municipio de Issy-l'Évêque.

443

13 de octubre de 1941

Irène Némirovsky a Robert Esménard

Su carta, que he recibido esta mañana, ha hecho que me sintiera feliz, no sólo porque confirma mi esperanza de que hará usted todo lo posible por ayudarme, sino también porque me reafirma en la certeza de que se piensa en mí, lo que es un enorme consuelo.

Tal como teme usted, la vida aquí es muy triste. Si no fuera por el trabajo… Un trabajo que también se vuelve penoso cuando no se está seguro del porvenir…

14 de octubre de 1941

Irène Némirovsky a André Sabatier[6]

Querido amigo, su amable carta me ha conmovido. Sobre todo, no crea usted que ignoro su amistad y la del señor Esménard; por otra parte, sé perfectamente cuáles son las dificultades de la situación. Hasta ahora he mostrado toda la paciencia y el coraje de los que he podido hacer acopio. Pero, qué quiere usted, hay momentos muy duros. Los hechos están ahí: imposibilidad de trabajar y necesidad de mantener a cuatro personas. A lo que se suman vejaciones estúpidas: no puedo ir a París; no puedo mandar traer las cosas más indispensables de la vida, como mantas, camas para los niños, mis libros, etc. Se ha dictado una interdicción general y absoluta sobre todas las viviendas habitadas por mis iguales. No se lo cuento para inspirarle lástima, sino para explicarle que mis ideas no pueden ser más que negras […].

27 de octubre de 1941

Robert Esménard a Irène Némirovsky

He expuesto su situación a mi suegro y le he remitido las últimas cartas que me ha dirigido usted.

---

6. Director literario de Éditions Albin Michel.

Como ya le había dicho, el señor A. Michel no desea otra cosa que serle útil en la medida de sus posibilidades y me ha rogado que le ofrezca para el año 1942 mensualidades de 3.000 francos, semejantes, en suma, a las que le pagaba cuando tenía la posibilidad de publicar sus obras y obtener de ellas una venta regular. Le estaría muy agradecido si me confirmara su acuerdo.

No obstante, debo señalarle que, conforme a las muy precisas indicaciones que hemos recibido del Sindicato de los Editores respecto a la interpretación de las disposiciones resultantes de la ordenanza alemana del 26 de abril, artículo 5, nos vemos en la obligación de ingresar en sus «cuentas bloqueadas» todos los pagos correspondientes a autores judíos. Partiendo de ese principio, se dice que «los editores deben pagar los derechos de autor a los autores judíos ingresándolos en sus cuentas en un banco tras obtener del mismo la confirmación de que dichas cuentas están bloqueadas».

Por otro lado, le remito la carta que ha recibido de Films GIBE (después de hacer una copia). Según informaciones que he obtenido de una fuente cualificada, resulta que algo así sólo puede hacerse cuando el autor de una novela susceptible de ser adaptada a la pantalla es de origen ario, tanto en esta zona como en la otra. En consecuencia, sólo puedo negociar un asunto de esa naturaleza cuando el autor de la obra a llevar a la pantalla me da las garantías más formales a ese respecto.

30 de octubre de 1941
Irène Némirovsky a Robert Esménard

Acabo de recibir su carta del 27 de octubre, en la que me ofrece mensualidades de 3.000 francos para el año 1942. Aprecio enormemente la actitud del señor Michel respecto a mí. Se la agradezco vivamente, así como a usted; la fiel amistad de ambos es tan valiosa para mí como la ayuda material que quieren prestarme de ese modo. No obstante, comprenderán que, si ese dinero ha de quedar bloqueado en un banco, no puede serme de ninguna utilidad.

Me pregunto si, en esas condiciones, no sería más sencillo hacer beneficiaria de esas mensualidades a mi amiga la señorita Dumot,[7] *que vive conmigo y es autora de la novela* Les biens de ce monde, *cuyo manuscrito obra en poder del señor Sabatier [...].*

La señorita Dumot es indiscutiblemente aria y puede darles toda clase de pruebas al respecto. Es una persona a la que conozco desde la infancia y, si se pudiera entender con ustedes en lo tocante a esas mensualidades, me tomaría a su cargo [...].

13 de julio de 1942
Telegrama de Michel Epstein a Robert Esménard y André Sabatier

Irène súbitamente detenida hoy – Enviada destino Pithiviers (Loiret) – Espero puedan intervenir urgencia – Intento vanamente telefonear. Michel Epstein.

Julio de 1942
Telegrama de Robert Esménard y André Sabatier a Michel Epstein

Acabamos recibir telegrama – Gestiones comunes hechas inmediato por Morand, Grasset, Albin Michel – Suyos.

Las dos últimas cartas de Irène Némirovsky[8]

Toulon S/Arroux, 13 de julio de 1942 – 5 horas
[escrita con lápiz y sin matasellos]
Amor mío, por el momento estoy en la gendarmería, comiendo grosellas mientras espero que vengan a llevarme. Sobre todo, de-

---

7. Irène Némirovsky y su marido, Michel Epstein, habían pedido a Julie Dumot que se trasladara a Issy-l'Évêque en previsión de que los detuvieran. Julie había sido señorita de compañía en casa de los abuelos maternos de los niños.

8. La primera fue sin duda generosamente transmitida por un gendarme y la segunda, por un viajero conocido en la estación de Pithiviers.

bes estar tranquilo, tengo la convicción de que esto no durará
mucho. He pensado que también podríamos dirigirnos a Cai-
llaux y al padre Dimnet. ¿Qué te parece?

Cubro de besos a mis amadas hijas… Que mi Denise se
porte bien y sea razonable. Te estrecho contra mi corazón, así
como a Babet, que Dios Todopoderoso os proteja. Por mi parte,
me siento fuerte y tranquila.

Si podéis enviarme alguna cosa, creo que mi segundo par de
gafas se quedó en la otra maleta (en el portafolios). Libros, por
favor. Y, si puede ser, también un poco de mantequilla salada.
¡Hasta pronto, amor mío!

Jueves por la mañana – julio de 1942, Pithiviers
[escrita con lápiz y sin matasellos]
Mi querido amor, mis adoradas pequeñas, creo que nos vamos
hoy. Valor y esperanza. Estáis en mi corazón, amados míos. Que
Dios nos ayude a todos.

14 de julio de 1942
Michel Epstein a André Sabatier
Ayer intenté en vano contactar con usted por teléfono. Le he
telegrafiado, así como al señor Esménard. Ayer, la gendarmería
se llevó a mi mujer. Destino (según parece): el campo de concen-
tración de Pithiviers (Loiret). Razón: medida general contra
los judíos apátridas de 16 a 45 años. Mi mujer es católica y
nuestros hijos son franceses. ¿Qué se puede hacer por ella?

Respuesta de André Sabatier:

En cualquier caso, serán indispensables varios días. Suyo, Sa-
batier.

· · ·

15 de julio de 1942
André Sabatier a J. Benoist-Méchin, secretario de Estado de la
Vicepresidencia del Consejo
    Nuestra autora y amiga Irène Némirovsky acaba de ser
trasladada desde Issy-l'Évêque, donde residía, a Pithiviers. Me
lo ha comunicado su marido. Rusa blanca (judía, como sabes),
nunca ha tenido ninguna actividad política; es una novelista de
enorme talento que siempre ha hecho el mayor honor a su país
de adopción, y madre de dos niñas de cinco y diez años. Te supli-
co que hagas todo lo que esté en tu mano. Gracias por anticipado.
Muy fielmente tuyo.

16 de julio de 1942
Telegrama de Michel Epstein a Robert Esménard y André Sabatier
    Mi mujer debe haber llegado Pithiviers - Creo útil inter-
venir ante prefecto regional Dijon - Subprefecto Autun y auto-
ridades Pithiviers. Michel Epstein.

16 de julio de 1942
Telegrama de Michel Epstein a André Sabatier
    Gracias querido amigo - Confío en usted. Michel Epstein.

17 de julio de 1942
Telegrama de Michel Epstein a André Sabatier
    Cuento me telegrafiará noticias buenas o malas - Gracias
querido amigo.

17 de julio de 1942
Telegrama de Lebrun[9] *(Pithiviers) a Michel Epstein*
    Inútil enviar paquetes no habiendo visto a su mujer.

---

9. Un intermediario ante la Cruz Roja.

· · ·

18 de julio de 1942
Telegrama de Michel Epstein a André Sabatier
    Ninguna noticia de mi mujer – Ignoro dónde está – Trate informarse y telegrafíeme la verdad – Con preaviso puede telefonearme cualquier hora. 3.º ISSY-L'ÉVÊQUE.

20 de julio de 1942
Telegrama de Abraham Kalmanok[10] a Michel Epstein
    ¿Has enviado certificado médico para Irène? – Hay que hacerlo inmediatamente –Telegrafiar.

22 de julio de 1942
Michel Epstein a André Sabatier
    He recibido de mi mujer, del campo de Pithiviers, una carta fechada el pasado jueves en la que me anuncia su probable salida hacia un destino desconocido que supongo lejano. He telegrafiado, con la respuesta pagada, al comandante de ese campo, pero sigo sin noticias de él. ¿Quizá su amigo tendría más suerte y tal vez podría obtener la información que a mí se me niega? Gracias por todo lo que está haciendo. Téngame al corriente, se lo ruego, incluso de las malas noticias. Muy suyo.

Respuesta:
    He visto personalmente a mi amigo.[11] Se hará lo imposible.

· · ·

---

10. Tío abuelo de Denise y Élisabeth Epstein.

11. El tenor de la carta del 15 de julio hace pensar que podría tratarse de Jacques Benoist-Méchin.

449

André Sabatier a Michel Epstein

Si no le he escrito es porque todavía no tengo nada preciso que comunicarle y no puedo decirle otra cosa que lo natural en estos casos para atenuar la angustia. Se ha hecho todo lo necesario. He vuelto a ver a mi amigo, que me ha dicho que sólo podíamos esperar. He señalado, a la recepción de su primera carta, la nacionalidad francesa de sus dos hijas, y a la recepción de la segunda, la posible salida del campo de Loiret. Espero, y esta espera, le ruego lo crea, me resulta, en tanto que amigo, muy penosa... Puedo asegurarle que me pongo en su lugar. Confiemos en que pueda comunicarle pronto alguna noticia precisa y feliz. Estoy con usted de todo corazón.

26 de julio de 1942

Michel Epstein a André Sabatier

Tal vez habría que señalar, en el asunto de mi mujer, que se trata de una rusa blanca que nunca ha querido aceptar la nacionalidad soviética, que huyó de Rusia tras no pocas persecuciones con sus padres, cuya fortuna fue enteramente confiscada. Yo me encuentro en la misma situación y creo no exagerar cifrando en un centenar de millones de francos de antes de la guerra lo que nos arrebataron allí a mi mujer y a mí. Mi padre era presidente del Sindicato de Bancos Rusos y administrador delegado de uno de los mayores bancos de Rusia, el Banco de Comercio de Azov-Don.

Así pues, las autoridades competentes pueden tener la seguridad de que no sentimos la menor simpatía por el régimen ruso actual. En Rusia, mi hermano menor, Paul, era amigo personal del gran duque Dimitri, y la familia imperial residente en Francia, en particular los grandes duques Alejandro y Boris, ha sido recibida con frecuencia en casa de mis padres políticos. Por otro lado, le participo, si aún no se lo había dicho, que los suboficiales alemanes que pasaron varios meses con nosotros en Issy me dejaron al marcharse una nota en estos términos:

O. U. den I, VII, 41

Kameraden. Wir haben längere Zeit mit der Familie Epstein zusammengebelt und Sie als eine sehr anständige und zuvorkommende Familie kennengelernt, Wir bitten Euch daher, sie damitsprechend zu behandeln. Heil Hitler!

Hammberger, Feldw. 23599 A.

Sigo ignorando el paradero de mi mujer. Las niñas están bien. En cuanto a mí, sigo en pie.

Gracias por todo, mi querido amigo. Tal vez fuera útil que comunicara todo esto al conde de Chambrun[12] y a Morand. Muy suyo. Michel.

27 de julio de 1942

Remitente desconocido a Michel Epstein

¿Hay en la obra de su mujer, aparte de una escena de Vin de solitude, *pasajes de novelas, relatos o artículos que pudieran ser señalados como netamente antisoviéticos?*

27 de julio de 1942

Michel Epstein a André Sabatier

Esta mañana he recibido su carta fechada el sábado. Miles de gracias por todos sus esfuerzos. Sé que hace y hará todo lo posible por ayudarme. Tengo paciencia y valor. ¡Quiera Dios que, por su parte, mi mujer tenga la fuerza física necesaria para soportar este golpe! Lo más duro es que debe de estar tremendamente preocupada por sus hijas y por mí, y yo no tengo ningún medio de comunicarme con ella, puesto que ni siquiera sé dónde se encuentra.

Le adjunto una carta que deseo hacer llegar a manos del embajador de Alemania, y con URGENCIA. *Si puede usted encontrar a alguien que pueda llevársela personalmente y entregárse-*

---

12. El conde René de Chambrun era el yerno de Pierre Laval, con cuya hija única, Josée, se había casado.

la (tal vez el conde de Chambrun, que según creo se interesa por la suerte de mi mujer) sería perfecto. Pero si no conoce a nadie capaz de hacerlo RÁPIDAMENTE, ¿sería tan amable de hacerla depositar en la embajada o, simplemente, echarla al correo? Gracias por anticipado. Por supuesto, si esta carta interfiere en las gestiones ya iniciadas, rómpala. En caso contrario, es muy importante para mí que llegue a su destino.

Temo una medida similar contra mí. Para prevenir preocupaciones materiales, ¿podría usted hacer enviar a la señorita Dumot un avance sobre las mensualidades de 1943? Tengo miedo por las niñas.

27 de julio de 1942
Michel Epstein al embajador de Alemania, Otto Abetz

Sé que el hecho de dirigirme a usted personalmente es de una gran audacia. No obstante, doy este paso porque creo que sólo usted puede salvar a mi mujer. Deposito en usted mis últimas esperanzas.

Permítame exponerle lo siguiente: antes de abandonar Issy, los militares alemanes que lo ocupaban, en agradecimiento a lo que hicimos por su bienestar, me dejaron una carta redactada en estos términos:

O. U. den I, VII, 41

Kameraden. Wir haben längere Zeit mit der Familie Epstein zusammengebelt und Sie als eine sehr anständige und zuvorkommende Familie kennengelernt, Wir bitten Euch daher, sie damitsprechend zu behandeln. Heil Hitler!

Hammberger, Feldw. 23599 A.

No obstante, el lunes 13 de julio mi mujer fue detenida, conducida al campo de concentración de Pithiviers (Loiret) y, de allí, enviada a un destino que ignoro. La detención, según me dijeron, era debida a instrucciones de orden general dadas por las autoridades ocupantes en lo concerniente a los judíos.

Mi mujer, la señora Epstein, es una novelista muy conocida, Irène Némirovsky. Sus libros han sido traducidos en gran

número de países, al menos dos de ellos —David Golder *y* El
baile— *en Alemania. Mi mujer nació en Kiev (Rusia), el 11 de
febrero de 1903. Su padre era un importante banquero. El mío,
presidente del Comité Central de los Bancos de Comercio de Rusia y administrador delegado del Banco de Azov-Don. Nuestras
dos familias perdieron en Rusia fortunas considerables. Mi padre fue detenido por los bolcheviques y encarcelado en la Fortaleza de San Pedro y San Pablo, en San Petersburgo. Con grandes
dificultades, conseguimos huir de Rusia en 1919 y nos refugia-
mos en Francia, país que no hemos abandonado desde entonces.
En consecuencia, creo innecesario manifestar que no podemos
sentir más que odio por el régimen bolchevique.*

*En Francia, ningún miembro de nuestra familia ha par-
ticipado en actividades políticas en ningún momento. Yo era
apoderado de un banco y, en cuanto a mi mujer, ha llegado a ser
una escritora de renombre. En ninguno de sus libros (que, por otro
lado, no han sido prohibidos por las autoridades ocupantes), encontrará usted una sola palabra contra Alemania, y, si bien mi
mujer es judía, habla en ellos de los judíos sin el menor afecto.
Los abuelos de mi mujer, así como los míos, eran de religión judía; nuestros padres no profesaban ninguna; en cuanto a nosotros, somos católicos, lo mismo que nuestras hijas, que nacieron
en París y son francesas.*

*Me permito señalarle igualmente que mi mujer siempre se
ha mantenido al margen de cualquier adscripción política, que
nunca se ha beneficiado del favor de ningún gobierno, ni de iz-
quierdas ni de derechas, y que, ciertamente, el periódico en el que
colaboraba en calidad de novelista,* Gringoire, *cuyo director es
H. de Carbuccia, nunca se ha mostrado favorable ni a los judíos
ni a los comunistas.*

*Por último, mi mujer padece desde hace años asma crónico
(su médico, el profesor Vallery-Radot, puede atestiguarlo), y un
internamiento en un campo de concentración podría significar
su muerte.*

*Sé, señor embajador, que es usted uno de los hombres más
eminentes del gobierno de su país. Estoy convencido de que tam-*

bién es un hombre justo. Sin embargo, me parece injusto e ilógico que los alemanes envíen a prisión a una mujer que, si bien es de origen judío, no siente —todos sus libros lo prueban— ninguna simpatía por el judaísmo ni por el régimen bolchevique.

28 de julio de 1942

André Sabatier al conde de Chambrun

    Acabo de recibir una carta del marido de la autora de David Golder, *de la que me permito adjuntarle copia. Dicha carta contiene precisiones que me parecen interesantes. Esperemos que le permitan a usted obtener una resolución feliz. Le agradezco por anticipado todo lo que pueda hacer por nuestra amiga.*

28 de julio de 1942

André Sabatier a la señora de Paul Morand

    Ayer escribí a Michel Epstein en los términos que convinimos, pensando que era preferible actuar así en lugar de enviar un telegrama. Esta mañana he encontrado la copia en el correo. Evidentemente, contiene precisiones interesantes.

28 de julio de 1942

Michel Epstein a André Sabatier

    Espero que haya recibido mi carta de ayer y que la dirigida al embajador haya llegado a su destino, sea a través del propio Chambrun u otra persona, sea directamente.

    Respuesta a su nota de ayer: creo que, en David Golder, *el capítulo en el que David negocia con los bolcheviques la cesión de unos pozos de petróleo no debe de ser muy cariñoso con ellos, pero no tengo el libro aquí. ¿Sería tan amable de comprobarlo?* Les Échelles du Levant, *cuyo manuscrito obra en su poder y que aparecieron en* Gringoire, *son más bien feroces con el héroe, un matasanos originario del Mediterráneo Oriental, pero no recuerdo si mi mujer especifica que se trataba de un judío. Creo que sí.*

En el capítulo *XXV de* La vida de Chejov, *encuentro la frase siguiente:* «*La sala n.º 6 ha contribuido mucho a la celebridad de Chejov en Rusia; debido a ella, la URSS lo reivindica como suyo y afirma que, de seguir vivo, pertenecería al partido marxista. La gloria póstuma de un escritor tiene esas sorpresas...*» *Desgraciadamente, no he encontrado nada más, y eso es poco.*

¿No hay realmente ningún modo de averiguar, a través de las autoridades francesas, si mi mujer continúa o no en el campo de Pithiviers? Hace diez días telegrafié, con la respuesta pagada, al comandante de dicho campo, y sigo sin respuesta. ¿Es posible que esté prohibido saber simplemente dónde se encuentra? Si se me hizo saber que mi hermano Paul está en Drancy, ¿por qué no puedo saber dónde está mi mujer? En fin...

29 de julio de 1942

André Sabatier a la señora de Paul Morand

Le adjunto la carta de la que le hablé por teléfono. Creo que está usted en mejores condiciones que nadie para juzgar si conviene darle el destino que desea su autor. Respecto al fondo, no puedo pronunciarme; pero, en cuanto a los detalles, me parece que ciertas frases no son muy afortunadas.

29 de julio de 1942

Mavlik[13] a Michel Epstein

Querido Michel: Espero que hayas recibido mis cartas, aunque tengo miedo de que se hayan perdido, porque he escrito a Julie, y la tía había entendido mal su nombre por teléfono. Mi querido Michel, te suplico una vez más que te mantengas firme por Irène, por las niñas y por los demás. No tenemos derecho a perder el ánimo, puesto que somos creyentes. Yo me volví loca de desesperación,

---

13. Hermana de Michel Epstein, que será detenida al mismo tiempo que él y deportada a Auschwitz, donde fueron asesinados.

pero conseguí superarlo, y ahora me paso todo el día buscando noticias y viendo a personas en la misma situación. Germaine[14] volvió anteayer; debe partir hacia Pithiviers en cuanto tenga todo lo necesario. Como parece que Sam está en Beaune-la-Rolande, cerca de Pithiviers, quiere intentar a toda costa llevarles noticias a Irène y a él. Hasta ahora sólo hemos tenido noticias de Ania, que está en Drancy y pide ropa interior y libros. Se han recibido varias cartas de Drancy en las que la gente dice que están bien tratados y alimentados. Querido Michel, te lo suplico: ánimo. El dinero se ha retrasado por culpa del malentendido sobre el nombre. Mañana volveré a ver a Joséphine.[15] Germaine ha visto al señor que tiene a su criada en Pithiviers. También tengo que ver a Germaine antes de que se marche. Recibió una carta de Sam, pero también desde Drancy. Te escribiré el día que se marche, pero me gustaría que me enviaras unas líneas, cariño. En cuanto a mí, me mantengo en pie, aunque no sé cómo, y espero, como siempre. Os envío besos y mi infinito cariño a ti y a las niñas.

3 de agosto de 1942
La señora Rousseau (Cruz Roja francesa) a Michel Epstein
    El doctor Bazy[16] ha salido esta mañana en dirección a la zona libre, donde pasará varios días; se ocupará in situ del caso de la señora Epstein y hará todo lo posible para conseguir una intervención en su favor. Como no disponía de tiempo para responderle antes de marcharse, me ha encomendado que le comunicara que recibió su carta y que hará cuanto esté en su mano por auxiliarlo.

• • •

---

14. Una amiga francesa de Samuel Epstein, hermano mayor de Michel.

15. Joséphine era la doncella de Irène Némirovsky.

16. Presidente de la Cruz Roja.

Michel Epstein a la señora Rousseau

Me alegra enormemente saber que el doctor Bazy está haciendo gestiones en favor de mi mujer. Me preguntaba si no sería oportuno coordinarlas con las que ya han realizado:

1) El editor de mi mujer, señor Albin Michel (la persona que se ocupa más directamente es el señor André Sabatier, uno de los directores de la editorial).

2) La señora de Paul Morand.

3) Henri de Régnier.

4) El conde de Chambrun.

El señor Sabatier, a quien envío una copia de esta carta, podrá darle toda la información que pudiera necesitar (tel. Dan 87.54). Me resulta terriblemente doloroso no saber dónde se encuentra mi mujer (el jueves 17 de julio estaba en el campo de Pithiviers, Loiret; desde entonces no he recibido la menor noticia de ella). Me gustaría que ella supiera que hasta la fecha nuestras hijas y yo no nos hemos visto afectados por las recientes medidas y que estamos bien de salud. ¿Podría hacerle llegar ese mensaje la Cruz Roja? ¿Se le pueden enviar paquetes?

6 de agosto de 1942

Michel Epstein a André Sabatier

Le adjunto copia de una carta que envío a la Cruz Roja. Sigo sin tener la menor noticia de mi mujer. Es duro. ¿Ha sido posible contactar con el señor Abetz y entregarle mi carta? Michel.

PD: ¿Podría usted proporcionarme la dirección del conde de Chambrun?

· · ·

Michel Epstein a André Sabatier

Acabo de enterarme, por una fuente muy fiable, de que las mujeres (y también los hombres y los niños) internadas en el campo de Pithiviers han sido conducidas a la frontera de Alemania y de allí enviadas hacia el Este, a Polonia o Rusia probablemente. El traslado se habría producido hará unas tres semanas.

Hasta ahora, pensaba que mi mujer se encontraba en algún campo francés, bajo la vigilancia de soldados franceses. Saber que se encuentra en un país salvaje, en condiciones probablemente atroces, sin dinero ni víveres y entre gente de la que lo ignora todo, incluido el idioma, me resulta insoportable. Ahora ya no se trata de sacarla más o menos rápidamente de un campo, sino de salvarle la vida.

Habrá usted recibido mi telegrama de ayer, en el que le indico un libro de mi mujer, Nieve en otoño, *aparecido primero en Kra, en edición de lujo, y más tarde en Grasset. Es un libro abiertamente antibolchevique, y no sabe cómo siento no haberme acordado antes de él. Espero que no sea demasiado tarde para insistir, con esta nueva prueba en las manos, ante las autoridades alemanas.*

Sé, mi querido amigo, que hace usted todo lo que puede para ayudarnos, pero, se lo suplico, encuentre, imagine alguna otra cosa, consulte de nuevo a Morand, Chambrun, su amigo y, especialmente, al doctor Bazy, presidente de la Cruz Roja, rue Newton 12, tel. KLE.84.05 (la jefa de su secretaría particular es la señora Rousseau, en la misma dirección), señalándoles este nuevo motivo que constituyen Nieve en otoño. *Es totalmente inconcebible que nosotros, que lo perdimos todo por culpa de los bolcheviques, seamos condenados a muerte por quienes los combaten.*

En fin, querido amigo, le ruego atienda esta nueva súplica que le hago. Sé que soy imperdonable por abusar de este modo de usted y de los amigos que aún nos quedan, pero, se lo repito, es una cuestión de vida o muerte, no sólo para mi mujer, sino también para nuestras hijas, por no hablar de mí. Solo aquí, con las pequeñas, casi en prisión, puesto que se me prohíbe moverme, ni siquiera tengo el consuelo de poder actuar. Ya no puedo ni comer ni dormir. Espero que eso sirva de excusa a esta carta incoherente.

10 de agosto de 1942
Yo, el abajo firmante, conde W. Kokovtzoff, antiguo presidente del Consejo y ministro de Finanzas de Rusia, certifico por la presente que conocía al difunto señor Efim Epstein, administrador de banco en Rusia y miembro del Comité de los Bancos que funcionaba en París bajo mi presidencia, que tenía la reputación de un financiero de una honradez irreprochable y que sus sentimientos y sus acciones eran netamente anticomunistas.
[certificado por una comisaría de policía]

12 de agosto de 1942
André Sabatier a Michel Epstein
He recibido su telegrama y sus cartas. Le respondo antes de trasladarme por unas semanas a los alrededores de París. Si necesita escribirme durante este período, del 15 de agosto al 15 de septiembre, hágalo a la dirección de la editorial, que le atenderá, tomará medidas en caso necesario y lo pondrá en mi conocimiento de inmediato. Así es como están las cosas: muchas gestiones, pero, hasta ahora, sin resultados.

1) No hay respuesta del conde de Chambrun, al que he escrito. No conociéndolo, no puedo insistir, pues ignoro si su silencio es una señal de su voluntad de no intervenir. Su dirección es: Plaza del Palais-Bourbon 6 bis, VII distrito.

2) Por el contrario, la señora de Paul Morand ha dado pruebas de una adhesión incansable. Multiplica sus gestiones y tiene su carta en su poder; lo esencial de la misma será transmitido, junto con un certificado médico, por un amigo común a ella y la embajada, en los próximos días. Al parecer, Nieve en otoño, *que ha leído, no responde a lo que ella buscaba: anti-*

459

rrevolucionaria sí, pero no antibolchevique. Sugiere que no dé usted pasos dispersos, e inútiles a su modo de ver. La única puerta a la que debería llamar, siempre según ella, es la de la Unión Judía, que, por sus ramificaciones, es la única que puede informarle del lugar en que se encuentra su mujer y quizá hacerle llegar noticias de sus hijas. Ésta es su dirección: Rue de la Bienfaisance 29, VIII distrito.

3) Mi amigo me ha hecho saber sin ambages que sus gestiones lo han llevado a la conclusión de que no puede hacer nada.

4) Idéntica respuesta, no menos categórica, de mi padre, tras sus gestiones ante las autoridades regionales francesas.

5) Un amigo ha contactado, a petición mía, con el autor de Dieu est-il français *(Friedrich Sieburg), que ha prometido actuar, no con vistas a una liberación, que le parece dudosa, sino con el fin de obtener noticias de su mujer.*

6) Ayer telefoneé a la Cruz Roja y hablé con la sustituta de la señora Rousseau, muy amable y al corriente del asunto. El doctor Bazy se encuentra actualmente en zona no ocupada y está utilizando todas sus influencias para averiguar qué se podría conseguir. Debe volver el jueves, de modo que le telefonearé antes de marcharme.

Mi sensación general es la siguiente:

1) La medida que afectó a su mujer es de orden general (sólo aquí, en París, parece haber afectado a varios miles de apátridas), lo que explica en parte la dificultad en la que parecemos encontrarnos de obtener una medida de favor especial, pero lo que también permite esperar que no le haya ocurrido nada especial.

2) La medida fue adoptada por ciertas autoridades alemanas que son todopoderosas en ese terreno y ante las que, tanto las autoridades militares o civiles alemanas como las autoridades francesas, incluidas las más altas, parecen tener escaso margen de maniobra.

3) La partida hacia Alemania es verosímil, pero no con destino a un campo, según la señora Morand, sino a las ciudades polacas en las que se reagrupa a los apátridas.

Todo esto es duro, lo comprendo más que perfectamente, querido amigo. Su único deber es pensar en las niñas y ser fuerte por ellas. Consejo fácil de dar, me dirá. Tiene toda la razón. Por mi parte, sólo puedo decir que he hecho todo lo que estaba en mi mano. Fielmente suyo. André.

14 de agosto de 1942

Michel Epstein a la señora Cabour

Desgraciadamente, Irène se encuentra lejos de nosotros. ¿Dónde? Lo ignoro. Comprenderá usted mi angustia. Se la llevaron el 13 de julio, fecha desde la que no he vuelto a tener noticias suyas. Aquí estoy solo con las dos pequeñas, de las que se ocupa Julie. Probablemente la recordará de haberla visto en la avenida Président-Wilson. Si algún día recibo noticias de Irène, se las comunicaré de inmediato. Ha tenido usted la amabilidad de ofrecernos su ayuda. Lo aprovecho, querida señora, sin saber si lo que le pido está dentro del terreno de lo factible. ¿Podría usted proporcionarnos hilo, algodón y papel para la máquina de escribir? Nos haría un enorme favor.

20 de agosto de 1942

Michel Epstein a la señora Cabour

Irène fue detenida el día 13 de julio por la gendarmería, que obedecía órdenes de la policía alemana, y conducida a Pithiviers, en su calidad de apátrida de raza judía, sin tener en cuenta que es católica, que sus hijas son francesas y que ella se refugió en Francia para escapar de los bolcheviques, que además se apropiaron de la fortuna de sus padres. Llegó a Pithiviers el 15 de julio y, según la única carta que he recibido de ella, debía salir de allí hacia un destino desconocido el día 17. Desde entonces, nada; ni una sola noticia. Desconozco dónde está e incluso si sigue con vida. Como no se me permite moverme de aquí, he pedido la intervención de diversa personalidades, sin resultado hasta la fecha. Si puede usted hacer algo, sea lo que sea, hágalo, se lo supli-

461

co, porque esta incertidumbre es insoportable. Piense que ni si-
quiera puedo mandarle algo para comer, que no tiene ni ropa ni
dinero... Hasta ahora, me han dejado aquí, porque tengo más
de 45 años...

15 de septiembre de 1942
Michel Epstein a André Sabatier

Sigo sin tener la menor señal de vida de Irène. Tal como me
aconsejó la señora Paul,[17] *no he dado ningún nuevo paso. Ella es*
mi última esperanza. No creo que pueda seguir soportando esta
incertidumbre mucho tiempo. Me dijo usted que esperaba noticias
del doctor Bazy. ¿No las ha tenido? Si la Cruz Roja pudiera al
menos hacer llegar a Irène, antes del invierno, ropa, dinero y ali-
mentos...

Si ve a la señora Paul, ¿sería tan amable de decirle que reci-
bí una carta de monseñor Ghika,[18] *que hace seis meses seguía con*
buena salud en Bucarest?

17 de septiembre de 1942
André Sabatier a Michel Epstein

Nada más regresar, telefoneé a la señora Paul. Le participé
su gratitud y le dije que había seguido usted su consejo. Ninguna
de sus gestiones, ni siquiera la realizada ante la personalidad
para la que redactó usted una carta, ha dado resultados hasta
ahora. «No hago más que chocar contra muros», me dijo. La se-
ñora Paul opina que, para saber algo con certeza, hay que espe-
rar a que toda esa enorme multitud de gente sea canalizada y
estabilizada de algún modo.

· · ·

---

17. La esposa de Paul Morand. Como medida de seguridad, convenía evitar el uso claro de los nombres.

18. Príncipe-obispo rumano que iba a ver a Irène Némirovsky muy a menudo.

Michel Epstein a André Sabatier

Nuestras cartas se han cruzado. Le agradezco que me haya dado noticias, por desalentadoras que sean. Intente averiguar, se lo ruego, si sería posible que mi mujer y yo intercambiemos nuestros respectivos puestos; yo quizá podría ser de más utilidad en el suyo y ella estaría mucho mejor aquí. Si es imposible, ¿no podrían llevarme a su lado? Juntos estaríamos mejor. Evidentemente, tendría que hablar de todo esto con usted en persona.

23 de septiembre de 1942

André Sabatier a Michel Epstein

El 14 de julio me dije que si era necesario hacer un viaje a Issy, lo haría sin vacilar. Sin embargo, no creo que, ni siquiera ahora, dicho viaje nos condujera a una decisión concreta y válida. Le diré por qué.

Actualmente, es imposible un intercambio de puestos. Sólo conduciría a que hubiera un internado más, si bien la razón que invoca usted a ese respecto esté evidentemente bien fundada. Cuando sepamos con exactitud dónde está Irène, es decir, cuando todo esté «organizado», entonces y sólo entonces, será útil plantearse esa cuestión.

¿Juntos, en el mismo campo? Otra imposibilidad, teniendo en cuenta que la separación entre hombres y mujeres es rigurosa y absoluta.

La Cruz Roja me ha pedido una precisión que no he podido darles y que, a mi vez, le he solicitado a usted esta mañana por telegrama. La transmitiré en cuanto la tenga. Esperemos estar en camino de obtener noticias.

29 de septiembre de 1942

Michel Epstein a André Sabatier

Le había prometido abrumarlo con peticiones y cumplo mi promesa. Se trata de lo siguiente. Necesito renovar mi documento de identidad de extranjero, válido hasta el próximo noviembre. Eso depende del prefecto de Saône-et-Loire, en Mâcon, al que debo dirigir una solicitud de renovación en los próximos días. No quisiera que esa renovación nos causara nuevos problemas. Por ello, le pido que intervenga ante el prefecto de Mâcon. Estoy perfectamente en regla desde todos los puntos de vista, pero las circunstancias, poco propicias a las personas en mi situación, me hacen temer toda clase de complicaciones burocráticas, etc. ¿Puedo contar con usted? No daré ningún paso hasta recibir su respuesta, pero es urgente.

5 de octubre de 1942

André Sabatier a Michel Epstein

Acabo de recibir su carta del 29. La he leído y la he dado a leer. No tengo ninguna duda; mi respuesta es clara: no haga nada, cualquier paso que dé me parece extremadamente peligroso. Espero la visita del canónigo Dimnet y estaré encantado de hablar con él.

12 de octubre de 1942

André Sabatier a Michel Epstein

Esta mañana he recibido su carta del 8, así como la copia de la que envió a Dijon. Le escribo para decirle esto:

Nuestra amiga estaba en perfecta regla, y convendrá conmigo en que eso no impidió nada.

En lo que concierne a las niñas, dado que son francesas, y para emplear su propia expresión, no tengo la impresión de que un cambio de clima sea indispensable, pero no es más que una impresión. Creo que, sobre ese punto, la Cruz Roja podría informarle con más precisión y más seguridad.

• • •

19 de octubre de 1942

Michel Epstein a André Sabatier (prisión de Creusot)
[carta escrita a lápiz]

Sigo en Creusot, bastante bien tratado y con buena salud. Ignoro cuándo emprenderemos nuestro viaje y adónde iremos. Cuento con su amistad para los míos. Les será necesaria. Estoy seguro de que se ocupará de ellos. Aparte de eso, no tengo nada más que contarle, salvo que conservo los ánimos y le estrecho la mano.

1 de octubre de 1944

Julie Dumot a Robert Esménard

Quiero agradecerle la continuación de las mensualidades. Veo que ha comprendido usted mis preocupaciones. Hace seis meses, tuve que ocultarlas de nuevo en lugares diferentes. Ahora espero que la pesadilla haya acabado. He ido a buscar a las niñas para meterlas en un internado. La mayor está en tercero y Babet en primero, felices de verse al fin libres. Ahora, Denise estará más tranquila para trabajar en sus estudios, pues también de ellos depende su porvenir.

10 de octubre de 1944

Julie Dumot a André Sabatier

He recibido los 15.000 francos. Desde finales de febrero he estado muy inquieta por mis pequeñas. Tuve que volver a esconderlas. Sin duda, eso explica que la hermana Saint-Gabriel no le haya contestado. No han podido ir a clase durante siete meses. Ahora confío en que estaremos más tranquilas y podrán estudiar. He vuelto a meterlas en el internado. Denise ha reanudado tercero y Babet, primero. Están muy contentas de haberse reunido de nuevo con sus compañeras y con las hermanas, que me han ayudado mucho en los momentos difíciles. Espero que ahora ya no venga nada más a torturarnos, mientras aguardamos el regreso de nuestros exiliados. En estos momentos, ¿pueden ya ponerse a la venta todos los autores o todavía no es libre la venta?

465

. . .

30 de octubre de 1944

Robert Esménard a Julie Dumot

Le agradezco su carta del 1 de octubre. Veo que ha tenido usted que volver a vivir días muy crueles y angustiosos. Pero ahora puede estar tranquila sobre la suerte de las niñas, que podrán continuar sus estudios en paz. Esperemos que esta espantosa pesadilla acabe pronto y que en un futuro muy próximo reciba usted noticias de sus padres. Es, como usted sabe, uno de mis más fervientes deseos...

9 de noviembre de 1944

André Sabatier a Julie Dumot

Me he enterado, no sin un estremecimiento, de que recientemente ha vuelto usted a tener motivos de temor por sus pequeñas. No puedo sino alegrarme al saber que ahora están a cubierto de toda medida del género al que hace alusión. No cabe más que esperar el regreso no muy lejano de quienes fueron apartados de su lado.

Efectivamente, el señor Esménard ha dado las instrucciones oportunas para que se vendan los ejemplares que restan de los libros de la señora Némirovsky. Por mi parte, me he planteado la cuestión de si convenía publicar en estos momentos los dos manuscritos que poseo de ella, su novela Les biens de ce monde *y su biografía de Chejov. Tanto el señor Esménard como yo consideramos preferible aplazar dicha publicación, pues quizá fuera peligroso atraer la atención en un momento en que su situación no la pone a cubierto de las siempre temibles medidas de represalia.*

27 de diciembre de 1944

Robert Esménard a Julie Dumot

Que 1945 nos traiga al fin la paz y les devuelva a sus queridos ausentes.

∙ ∙ ∙

Albin Michel a Julie Dumot
   9.000 francos (junio–julio–agosto de 1945)

                                    8 de enero de 1945
Respuesta de Robert Esménard a R. Adler
      La carta del 13 de octubre a nombre de la señora Némi-
rovsky nos ha llegado, pero desgraciadamente no hemos podido
trasladarla a su destinataria. En efecto, la señora Némirovsky
fue detenida el 13 de julio de 1942 en Issy, donde vivía desde
1940, trasladada al campo de concentración de Pithiviers y deportada ese mismo mes. Meses después, su marido fue igualmente detenido y deportado. Todas las gestiones emprendidas en su
favor han sido vanas, y hasta la fecha nadie ha recibido noticias
de ellos. Afortunadamente, las dos pequeñas han podido salvarse, gracias a los desvelos de una amiga con la que vivían en provincias. Crea que nos sentimos profundamente apesadumbrados
al tener que transmitirle estas noticias.

                                    16 de enero de 1945
Respuesta de Albin Michel a A. Shal
      Le agradezco la carta que el 6 de noviembre tuvo la amabi-
lidad de dirigir a la señora Némirovsky. Por desgracia, no nos
será posible remitir dicha carta a la interesada, porque nuestra
autora y amiga nos fue arrebatada en 1942 y deportada a algún
campo de Polonia. Desde entonces, pese a las muchas gestiones
realizadas, no hemos podido obtener ninguna noticia sobre su
situación. Unos meses después, su marido corrió la misma suerte.
En cuanto a las niñas, afortunadamente confiadas a tiempo a
unos amigos de la familia, se encuentran bien. Lamento profundamente tener que comunicarle tan tristes noticias. Esperemos,
no obstante…

· · ·

5 de abril de 1945

Marc Aldanov (Found for the Relief of Men of Letters and Scientists of Russia), *Nueva York, a Robert Esménard*

Por la señora Raïssa Adler, acabamos de enterarnos de la trágica noticia relativa a Irène Némirovsky. La señora Adler nos ha comunicado igualmente que sus dos hijas se han salvado gracias a una antigua enfermera de su abuelo. Esta persona, la señorita Dumot, es, según nos dicen, digna de toda confianza, pero desgraciadamente carece de recursos y, en consecuencia, no puede costear la educación de las pequeñas.

Los amigos y admiradores de la señora Némirovsky que viven en Nueva York se han reunido para considerar qué podría hacerse por las niñas. Pero no son ni muy numerosos ni muy ricos. En cuanto a nuestro comité, está formado en la actualidad por cien escritores y sabios. No hemos podido hacer gran cosa. Por ello, nos dirigimos a usted, apreciado señor, para preguntarle si la señora Némirovsky no dispone de un crédito ante sus editores franceses correspondiente a sus derechos de autor y si, en caso afirmativo, no les sería posible a usted y sus colegas poner una parte de sus honorarios a disposición de esas dos niñas. Nosotros le enviaríamos su dirección.

11 de mayo de 1945

Respuesta de Robert Esménard a Marc Aldanov

Efectivamente, y por desgracia, la señora Némirovsky fue detenida en julio de 1942, conducida al campo de Pithiviers y deportada. Meses después, su marido corrió la misma suerte. No hemos vuelto a tener noticias de ninguno de los dos y estamos profundamente angustiados por ellos.

Sé que la señorita Dumot, que salvó a las dos pequeñas, las está educando perfectamente. Para permitírselo, precisamente, debo decirle que, desde la detención de la señora Némirovsky, he entregado a la señorita Dumot sumas importantes, puesto que *ascienden a 151.000 francos, y que en la actualidad sigo pagándole una mensualidad de 3.000 francos.*

1 de julio de 1945

André Sabatier a Julie Dumot

Desde que los deportados y los prisioneros han empezado a regresar a Francia, pienso muy a menudo en usted y en sus pequeñas. Supongo que, por el momento, no ha sabido nada, porque no me cabe duda de que en caso contrario me lo habría comunicado. Por mi parte, no he podido obtener la menor indicación. He pedido a la señora Bernard,[19] que conocía a la señora Némirovsky y que actualmente se encuentra en la Cruz Roja, que haga las gestiones necesarias para que podamos saber algo. Por supuesto, si me enterara de algo, sería usted la primera en saberlo. Hay una pregunta que quería hacerle: ¿qué ha sido de los papeles que se encontraban en Issy en el momento de la detención de la señora Némirovsky? He oído decir que había una gruesa novela acabada. ¿Tiene usted ese texto? Si es así, le ruego me lo comunique; tal vez podríamos publicarla en nuestra revista La Nef.

16 de julio de 1945

André Sabatier al padre Englebert

Le escribo por un asunto totalmente inesperado. Se trata de lo siguiente: sin duda conoce usted el nombre y la reputación de Irène Némirovsky, una de las mejores novelistas que ha tenido Francia en el curso de los años que precedieron a la guerra. Judía y rusa, la señora Némirovsky y su marido fueron deportados en 1942, seguramente a un campo de Polonia. Nunca hemos podido saber nada más sobre ninguno de los dos. En la actualidad, el silencio sigue siendo total y lo cierto es que hemos perdido toda esperanza de volver a verlos con vida.

---

19. La esposa del escritor Jean-Jacques Bernard, hijo de Tristan Bernard.

Irène Némirovsky dejó en Francia a sus dos hijas pequeñas, Denise y Élisabeth Epstein, al cuidado de una amiga. He visto recientemente a la persona que se ha ocupado de ellas, y me ha explicado que había conseguido que aceptaran a las pequeñas en el pensionado de las Hermanas de Sión. El acuerdo estaba cerrado; sin embargo, en el último momento, la superiora se desdijo so pretexto de carecer de plazas, con el consiguiente disgusto y trastorno para la pobre señora que se ocupa de las niñas. ¿Podría usted averiguar qué ha ocurrido? Y si tiene usted alguna influencia sobre esas hermanas, ¿podría intervenir para que en octubre Denise y Élisabeth puedan iniciar el curso en dicha institución?

Como usted comprenderá, nos preocupa extraordinariamente el bienestar de esas dos niñas. En cualquier caso, incluso si no pudiera usted hacer nada, le agradezco por anticipado las molestias que no dudo se tomará.

23 de julio de 1945
Comunicación telefónica: Chautard (Unión Europea Industrial y Financiera) a André Sabatier

El señor de Mézières de la U.E.[20] está dispuesto a hacer algo en favor de las hijas de Irène Némirovsky, en colaboración con nuestra editorial.

[nota manuscrita: esperar que se ponga en contacto con nosotros]

Estarían dispuestos a desembolsar 3.000 francos al mes.

Un pensionado religioso en la zona de París vendría a costar 2.000 francos por mes y niña.

· · ·

---

20. Banco de la Unión Europea (antiguo Banque des Pays du Nord, en el que Michel Epstein fue apoderado).

Omer Englebert a Robert Esmérard

Tengo el placer de anunciarle que las hijas de la novelista rusa judía (ahora mismo no consigo acordarme de su nombre), por las que se interesa usted y que el señor Sabatier me recomendó de su parte, han sido admitidas en las Hermanas de Sión de Grandburg, por Evry-Petit-Bourg. La madre superiora acaba de comunicarme que podrán incorporarse al comienzo del próximo curso.

29 de agosto de 1945

Julie Dumot (rue Pasteur 46, en Marmande) a André Sabatier

No sé cómo darle las gracias por todos sus desvelos. Estoy muy contenta por las niñas, sobre todo por Babet, que sólo tiene ocho años y todos sus estudios por delante. En cuanto a Denise, que ahora va muy bien, podrá perfeccionarse en esa institución de primera categoría, tal como deseaba su madre. Le estoy muy agradecida por haber hecho realidad los deseos de sus padres. Si Denise no puede continuar sus estudios, necesitará al menos su título para poder trabajar; pero todo eso se verá muy pronto. Su amable carta me ha encontrado aquí, donde he traído a las niñas para pasar las vacaciones. Denise está totalmente restablecida. Las radiografías muestran que no le queda el menor rastro de pleuritis. A Babet la operarán de anginas y vegetaciones la semana que viene. No he podido hacerlo antes porque el médico estaba de vacaciones, lo que me obligará a retrasar ocho días la vuelta a París.

Sí, señor Sabatier, se había hablado de que la Societé des Gens de Lettres haría algo por las niñas. El señor Dreyfus, a quien expuse mi caso, que con 3.000 francos no podía llegar a fin de mes (Denise ha estado en tratamiento seis meses), se ocupó de hablar con su amigo el señor Robert para ver qué se podía hacer por las niñas. Se lo comuniqué el mismo día al señor Esménard, que está al corriente. Para cualquier referencia sobre mí, Tristan Bernard me conoce desde los dieciséis años.

· · ·

3 de octubre de 1945

Ediciones Albin Michel a Julie Dumot
12.000 francos: sept.–oct.–nov.–dic. 45.

7 de diciembre de 1945

Robert Esménard (nota para la señorita Le Fur)

El viernes a mediodía estuve en casa de la señora Simone Saint-Clair, que forma parte de un comité cuyo fin es ayudar a las hijas de Irène Némirovsky. Determinadas personas y agrupaciones entregarán una suma mensual al notario que se les ha designado, en principio, hasta que terminen el bachillerato. Cuando la mayor, Denise, haya obtenido el título, imagino que esa cuestión será revisada.

Aparte de eso, con los donativos que se reciban, se constituirá un fondo para las hijas de Irène Némirovsky, que podrán disponer de él una vez alcancen la mayoría de edad. Hay ya cierta suma, en la que está comprendida una entrega de la Banque des Pays du Nord, donde estaba empleado el señor Epstein, algo así como 18.000 francos, correspondientes a 3.000 francos de mensualidad con cierta retroactividad.

A través del notario, la señorita Dumot tendrá a su disposición inmediatamente una suma X, para compensarla por los gastos que ha soportado, y, en adelante, recibirá cierta cantidad mensual. En lo concerniente a nuestra editorial, he dispuesto que a partir de la fecha de la última mensualidad, que entregué el 31/12/45, se pague una suma mensual de 2.000 francos, sin que naturalmente se compensen con los derechos de autor de Irène Némirovsky. Además, renuncio a la cantidad de 2.000 francos mensuales sobre los derechos de la señora Némirovsky a partir del mes en que comencé las mensualidades, es decir, esas mensualidades tienen un efecto retroactivo a partir del primer desembolso.

Se darán amplios comunicados a la prensa para la ayuda a constituir.

• • •

24 de diciembre de 1945

W. Tideman a Irène Némirovsky

Soy periodista de un diario de Leyde (Holanda), al que he ofrecido traducir una novela o un cuento francés, que se publicaría en forma de folletín. Acaban de responderme que están de acuerdo en publicar lo que les aconseje o envíe. Les he hecho notar que habría que pagar derechos de autor y que serían bastante más elevados para una novela ya publicada aquí, puesto que los editores exigirían su parte, que para un relato original no editado, ya que sólo tendrían que tratar con el autor. Y he pensado en usted, aunque sólo conozco sus novelas.

29 de diciembre de 1945

Respuesta de Albin Michel a W. Tideman

Ha llegado a mi conocimiento la carta remitida por usted a nuestra editorial a nombre de Irène Némirovsky, a la que desgraciadamente no puedo entregársela.

En efecto, la señora Némirovsky fue arrestada en julio de 1942 y posteriormente deportada, creemos que a Polonia. Desde la fecha de su detención, nadie ha vuelto a tener noticias suyas.

Agradecimientos

Toda mi gratitud para:

Olivier Rubinstein y todas las personas de Éditions Denoël, que acogieron este manuscrito con entusiasmo y emoción;

Francis Esménard, presidente y director general de la editorial Albin Michel, que tuvo la enorme generosidad de aceptar que se publicara una parte de un pasado del que es depositario;

Myriam Anissimov, el vínculo entre Romain Gary, Olivier Rubinstein e Irène Némirovsky,

y Jean-Luc Pidoux-Payot, que contribuyó a la relectura del manuscrito ayudándome con sus inestimables consejos.

DENISE EPSTEIN